于霰夫——著

祖屋

ZU WU

回得去的故乡，
回不去的祖屋；
烽火连天的岁月，
波澜壮阔的个人史。

中国致公出版社
China Zhigong Press

图书在版编目 (CIP) 数据

祖屋 / 于霞夫著 . —北京：中国致公出版社，2018
ISBN 978-7-5145-1117-8

Ⅰ．①祖… Ⅱ．①包… Ⅲ．①长篇小说－中国－当代
Ⅳ．①I247.5

中国版本图书馆 CIP 数据核字 (2017) 第 265286 号

祖　屋
于霞夫 著

责任编辑：何江鸿
责任印制：岳　珍
出版策划：马　健　周　炜

出版发行：中国致公出版社 —China Zhigong Press—
地　　址：北京市海淀区翠微路 2 号院科贸楼
邮　　编：100036
电　　话：010-85869872(发行部)
经　　销：全国新华书店
印　　刷：三河市嵩川印刷有限公司
开　　本：787 毫米 × 1092 毫米　1/16
印　　张：42
字　　数：542 千字
版　　次：2018 年 3 月第 1 版　2018 年 3 月第 1 次印刷

定　　价：68.00 元

开篇寄语

笔者自幼就喜欢听人讲故事。大多孩子都喜欢听《封神演义》《穆桂英挂帅》中那些惊心动魄的摆阵破阵情节，我也喜欢听强者呼风唤雨弱者旗倒兵溃的描述，但更喜欢摆阵破阵的细微点评，渴望用故事里的智慧开启自己的天眼，长大后能看穿世界。

我出生的那个渔农村有个绰号叫“王二”的鳏夫，生父盼他发家，特取名王顺发。顺发在家排行老二，因不喜耕渔，哥哥怕弟拖累自己，没等爹离世就撵他出户单居。村人说顺发不该投胎乡野，嘴皮子功夫虽算过硬，但肚皮子却很干瘪。因此，姑娘媳妇都说他不务正业，没一个情愿和他迎面相向的。可他从不觉得自己少了什么，大人孩子便一齐呼他“王二”。“二”在乡间是指男人下身那个不可随意见天的物件。顺发听了觉得反胃，但如不回应，乡邻会再往他脸上抹些黑灰，“没老没少”。因此，面对持久的呼叫，他只好勉强点头应允。

但他却是我少年时的崇拜对象，只因为他嘴里的故事高潮迭起品味无尽。例如，在讲到李靖与爱子哪吒断绝父子关系时，他会添加哪吒在剔骨脱肉前“挥泪化细雨，云雾蔽南山”的刻画。我当时就琢磨，哪吒的眼泪为什么不化作瓢泼大雨？长大后才明白，依哪吒当时的心情，“挥泪化细雨”比“瓢泼大雨”更有意境。

我对王二很感好奇，向奶奶讨教他的来历。奶奶告诉我，王二在少年时就缺少乡人“勤劳守家”的本分，喜欢游逛，后人叫“旅游”，把讨饭和流浪当成了一种生活方式，不觉羞耻。哥哥骂他没出息。他说，俺连奉天哪家店铺的幌子是什么颜色都记得，没上过学，却会说日语，跟沙俄又混了抖舌头的功夫，你会什么？“半条船三亩地，一年到头饿肚皮”，俺也不用你供养，你凭什么看不起俺？

我到十六七岁时，王二早就由“盲流”变成规规矩矩的“拱土猪”了，没人再找他讲“阶级阵线不清”的故事了。但只我是例外，总愿私下求他讲走南闯北的奇闻怪见。因之，本人才有幸得知发生在东北的许多古今事变。

除了王二，奶奶和姥姥也是我青少年时的说书人。她俩的故事主角是活生生的自己、家人和乡里乡亲，情节具体生动，人物活灵活现，再加上我“生在伪满洲，长在红旗下”，亲身经历了辽南滨海的雪雨冰霜。于是，20世纪初中期的家乡历史便在我的心头烙印了深深的紫痕。

退休后，我不甘寂寞，想来想去还是把历史的记忆留存下来才是一代人的正经作为，又何况，曾是“中共地下党”的老爹正是那段历史的践行者。

可是，我又担心真实记叙会招惹是非，犹豫了好久才最终拍定，不管自己有无文学创作天赋，还是用虚构故事把史实和精神留存下来比较稳妥。

我家乡的经历是中国文明行进中的一幕窄镜头，我的故事是那个时期的辽东微缩，是后人翻阅宏大历史长卷的引子。我想让自己的儿孙记得这忽闪即逝的片段，知道他们的前人曾这样活过，并养育了他们。

我发小就想跟王二学讲故事，但到老才如愿。可我讲的不是演义不是神话，而是真实过客和世事的转换与编撰。我要借以提示儿孙，人类文明在进步中总会遇到羁绊，但它仍然会踢开一切障碍朝前行进。真文明不会让朴实的平民失落，甘愿给权贵做手杖的文明是假文明。真文明只存活在善于总结历史教训并认真改正错误的世途上，且途无止境，并需后人一代代披荆斩棘去拼搏争取。

目 录

第一篇　簸箕庄的由来

（一）

谁也说不清它到底和山岚、大海相伴了多少岁月——一个苍老的、生气永存的、不大不小的渔农村——因地形地貌类似古人的用具——簸箕而得名——富簸箕庄。

作为家私簸箕，本没贫富之别，只看它落在谁家，富家的簸箕自然是多与粳米白面磨擦，而贫户的簸箕必定要和糠秕结缘。但不管贫家富户，凡住家过活的，谁都离不开它。簸箕庄的人们渴望这家私能给自己扤来珍珠玛瑙，便在簸箕的前头添加了个“富”字，渴求这片土地能照应儿孙后代丰衣足食。

几百年过去了，庄人自己确实把个“富”字呼得爆豆一样的脆响，可呼声始终也没能溢过簸箕的周缘，邻乡人更不情愿，呼叫时只喊仨字——簸箕庄。

此庄三面环山，一面朝海，状如敞口簸箕在撮大海的浪花。高耸入云的虎山正威严地卧在它的侧后，斜伸的山脊仿如粗壮的虎腿，把簸箕紧紧地抱扯在嘴巴底下，仿佛在尽永续看护义务，不弃不离。一条蛇形溪流从庄后的山谷间蜿蜒淌来，把簸箕割成均等的左右两畔，天长地久风雨淘选，庄人便依据家境的参差，或自觉定居右畔，或甘心固守左畔，蛇溪便变为庄人心里的贫富界线，且随着日月的变迁，差别越是泾渭分明起来。

其实在人足未踏之前，簸箕里原本就是片林子。只因移民渐增，耕地逐扩，其中的风水自便随着移民的眼界、喜好及是否惜力而运转起来。左面，地势平缓，开荒省力，土地年年外延，树木月月缺失，最终便成为庄人果腹的依靠之处。而右面，丘坡错落，怪石层叠，树老根深，景象天造，自然是匠心人造屋的争选之境。因此，东西两盘人的活法及面貌，也逐渐发生了差异，久而久之，庄人便以蛇溪为界，悄悄编出个“右富左贫，西闲东累”的说法来。

但外村人对富簸箕庄的评价却微词颇多，“别的不说，仅看簸箕人吃的和拉的一样多，就知道他们的肠子没挂油水，那‘富’字猫错了地界，你自己呼富没用，推出个嘴丫子流油的在人前显显，让七八岁的女孩穿开裆裤，还整天喊‘富’，臊死人了。”

富簸箕庄的小辈听了不服，用另一种解释帮自己辩驳，“只怨爬地的是条蛇溪，如是条龙河，俺肯定不会这么寒碜”。也有的说，“都怨簸箕口太畅，钱财都被颠簸出去了”。风水先生看了说，“你簸箕口直冲大海，本该进财如涛，只怨你们生来没福分承担那大势”。但庄里的长辈对子女却是另种教诲，“古人有言在先，嫡亲望好，邻家望倒。咱不听那些粪草屁话，富贵在天，命有定数，不可强求，凡和命拗劲的，都不会有好果子吃，不管上天扔给你什么，接着就是了”。

如此，富簸箕庄的人便一直揣着世代难解的疑惑，向土地求福，冲龙王讨运，熬过了漫长的皇统岁月，度过了亡国的伪满时光，直到“八·一五”光复那日，才迎来为存活而继续辛劳的希望之晨。

一九四五年冬月初始，头场夜雪就给簸箕盛满了厚厚的洁白，在辰时把雪帘收拢了以后，瓦亮的朝阳便焦急地把庄子抹上了耀眼的银辉。从北山南望，一排排房屋就像一鼎鼎并列的元宝，齐齐整整地码放在簸箕当间，其中最大的一锭正紧靠着蛇溪的西岸，在阳光里分外醒眼夺目。

那户人家的房前屋后遍围着苍劲婀娜的梨树，枝枝挂絮杈杈兜玉，在清冷里稳健地摇曳着稍头，树周还不时地飘洒起纷纷扬扬的晶莹雪花。

古村老宅独特景观，引逗路人对它突发羡慕，只因为它几乎把全庄晨雪的光彩全都占尽了。没有疑问，它一定是全庄唯一的一户富庶门庭。

但你如稍稍细看，它却只有三间正房，缺少深宅大院的厚重。而且，富户都讲究独门独户自成庄园，恨不得离贫家越远越好，怎么会在平民堆里挤挤插插只盖那几间屋子？那儿地下藏金吗？

可是，瞧它那“羊群里站条叫驴”的派头，又绝非贫户人家所能为的。

因此百年来，无论是外乡人还是本村人，总是对这家的由头满怀猜测，觉得来路蹊跷。

因而，随着庄史的延续，有关那幢房屋的传说，也便翻着样地添枝加叶越诌越多，越扯越奇。

（二）

别的不讲，单说这院落与四周人居的不同之处，就能叫人瞠目结舌。在近处着眼，它没有豪宅的斗拱、高脊、黛瓦，门窗选料全是硬杂山木，质地坚实光滑，不挂油漆，本质本色，粗细木纹清晰可见。为耐得住日月之曲和防潮防腐防裂防变，一撑一方都用了“鲁班火工”。内窗楞方的拼接，既使仅是食指粗的一根木条，也榫卯相连，严实合缝得就像自然长在一起。边框里镶嵌着巴掌大的篆“寿”，寿字围着荷瓣，荷瓣拥着窗芯，窗芯是金贵的西洋彩花玻璃。更出奇的是，东北人说“关东山中有一怪，窗户纸要糊在外”，但这家的窗纸却糊在里面，说是为了让人进院第一眼就能看见毛白窗纸存托精巧木工工艺，不然就白瞎了匠人的用心。窗纸上还涂了豆油，这会让糊纸结实耐久，并多给屋里透些光明，且夏能防雨，冬不挂霜。

再看那房子的外墙，从下到上清一色的斧凿青石，每块都见楞见角，连豆大的破损都难找到。整个墙体虽没一处雕刻，但石匠的凿技之高已清晰可见。石缝间填构的白色泥胶，虽经百年风吹雨打，却没一处脱落，外人传说，那是秦始皇垒长城的秘方，大黄米浆拌石灰，泼滚烫猪油，掺入短细麻丝，反复搅拌捶捣成泥，因此，万里长城才永不倒。

如再细看，就连那屋檐都比别家宽出半尺，长檐流水，水滴处码着用整条长石拓成的石沟，沟的尽头罩着石箅子，箅下藏着窄口宽肚的水窖。据传，乃是这家过日子的传代法宝，即窖水便是储财，肥水不外流。

更有意思的是，檐拱下那一溜两行的燕窝，只要不是年久脱落或自然破损，绝不许大人孩子沾指毁坏。如此对比，这家就成了春燕最安宁的居处，每逢暖风花开，燕雀纷纷飞来踩点占地方。庄人说，那是他们家的金窝银窝，眼珠窝。

好个乡风人家，女儿水灵，男儿壮实，诚实为人，仁义处邻，凡事大气得体，举止干净利落，对比四围邻居那低矮的小门小窗，和守着水也三日不洗脸的粗里糙外，以及人前人后先为自己打算的活命方式，这户人喘的可是另种气息。

听人说，在这栋房子刚建成那会儿，确有外乡财东不辞辛苦赶来细瞧，瞧得心血来潮，横心要比照动土。可比来画去，仅那窗饰和圆拱，满乡下就找不到一个工匠敢接活的。因之，人们便得出了结论，这户的居家造房创意绝非常人所为。

如进屋去瞅瞅，其中虽没有官富必备的“千工床”，更无流传千年的贵户时髦——“东阳木雕”，可耕种、捕捞必需的家私、箱具，件件井井有条，个个有模有样，一打眼就让人觉得整洁舒服，绝不像锄倒犁翻的泥巴门里。如扫视下房间，宽大豁然的能让人眼睛发直，“要不是家口多，干什么修一铺能躺十条汉子的火炕？丈八屋地可练身打拳。”对此，就连这户的后人也疑问前辈，“搞这么大有什么用处？这得费多少银量？”

至于那柏木隔墙、薄板挂顶、四季松香洋溢的装饰，更是世代守家在地的乡间贫子难以想象的。

如从后山望那院落，丈八高墙，四围坐北朝南，高顶大屋端端正正地矗立在坪坛之上，少说也拔出别家三尺头。坪坛铺着四拃宽的长方条石，从坛下到坛上要踏过三层石阶，院里有数棵高大斑驳的杏树，靠墙边的几棵还把枝条伸到了墙外，这布局着实让秀才联想起“满院粉红关不住，秀枝试探邻家心”的蜂飞燕舞时节。

房子的后身离围墙约有丈宽，房墙装有后门后窗，墙根铺着流水石沟，石沟与围墙之间是一溜错落有致的沃地，紧靠围墙是密麻的樱桃树，其余田段可栽种蔬菜、地果。如此寸土不荒，檐水滋润，自给自足绰绰有余。

前院大门是坚不可摧的拃厚门板，门面打着成排的圆钉，利斧也只能砍它个皮毛。要想把大门推开，连男子汉也得咬牙拼力。院门顶苫着双坡苇子，盖下的空地至少能停两架马车。

总共三间正房，用得着这么绅士的院门吗？懂行的都看了，越看越觉别扭。

还有，一把磨得冒着亮光的竹捆扫把常年固定放在院门左边。说这是为便利房主一进院就能拿起它清理杂物的安排，要是有人挪了扫把，等同违了家规。

将扫把依放在院门旁边，证明这户房主时时都在守护着祖传的家当，它在告诉后人，你只能往里扫，不准朝外倾，代代保证不丢祖宗的颜面。如此，那扫帚也不知更新了多少把，但它的功能却早已悄悄地化成了这户人家接力相传的祖规家法，无论房主抱起它还是放下它，都是一家之主的权威象征。可见，这家后人尽心尽意地照看祖上传代遗产的意志是多坚定。

有心人还注意到，那么好的一个院落，如真的讲究福贵，为什么没有安放护宅石狮？是建宅时遗漏了？或有其他讲究？

听说，仅此就是段令人憧憬的小故事。当初建房时，不仅院门两旁安放了一雌一雄的怒目坐狮，而且正房门边还趴着两只一睁一闭的慈目卧仔。可当时的家长知道自家只是个世代的庄户，屋里没有可麻烦兽王看护的贵重器物，弄不好还会招来红眼。他望来看去总觉得心里别扭，等新房上梁过了百日的夜里，便找人帮着把四个石狮悄悄地搬了，在自家院里挖了个深坑埋了，入春又栽了杏树。多年以后，不见外的亲戚来访时总会问：“这五棵树的苗子原本都一边大，怎么只中间这棵长得壮实？”问了也白问，这家只以笑回应。

富簸箕庄前后三街，民房一字排开，横跨蛇溪两畔的木桥就建在这户人家的房子东头，把所谓的“东贫西富”连为了一体。

这家虽居蛇溪右畔，院子宽畅，房子高大，但并不等于屋里装满了元宝，如与外乡的真富相比，其实连阔绰的资格都够不上。可在本村穷人的眼里，仅瞅那院落的派头，即使不够地主老财，也该是地富的管家帮手，或至少是与官家来往密切的“大爷”。当地人嘴里的“大爷”可不是什么尊称，重音不在“大”上，而在“爷”上。只这么简单地把重音朝后挪了一位，那意思可就完全变了。

（三）

说来没人会信，这院确归一户世代靠耕种捕鱼过活的赵氏人家所有。

赵氏先祖在明朝崇祯末年从胶东移居辽南，移民建言说，皇太极占了大半辽北，如再占辽南得了海洋，满人就如鱼得水，很快会霸占整个东北，将与大明分庭抗礼，甚至入关。建言让崇祯日夜不得安宁。因此，朝廷紧逼不舍，催促加快移民，用汉人的躯体筑起阻挡满人的壕墙。

但那时的朝廷已腐败堕落，奸臣当道，只管催移不管安置，像赶羊一样把人赶过海峡，大老远地抬手一指说，“往东走，就那一片，愿住哪儿住哪儿！”

因赵氏祖人对大海亲近，一家人便一直沿着黄海北岸东行。路上，家主骂道：“狗官说的是人话吗？拿俺当牲口，赶哪儿是哪儿，这个杂种。”官府不派人带路，骂也是骂给自家人听。

这日，一座高山挡住了赵家的去路，磨破了脚掌的家主走不动了，坐在地上望着高山说，这山像只卧虎，挡着不让俺走了，那咱就在这里安家吧。

举目无亲的移民携儿带女千里奔波，官府不给半文补偿，只能白手起家重立灶锅，一家人围着虎山挑选可居地段，最终看上了虎头下簸箕样的山洼，便放下担儿的挑筐，动手就地取材编篮垦土，临水靠林搭建棚户，成了洼里的首居。

为节省力气，在西山脚下一片有草无树的斜坡上，累断了腰筋，一镢一镐地开出了五亩土地。至今，百年过去，从没过东片与邻争过寸壤，地亩仍是先祖留下的那么大的一块儿。

随后，各方杂姓才跟着挤进了“簸箕”，大家连手毁林开荒造屋，洼中便慢慢长出个庄子，赵家渐渐就被人围在了庄子的中间。耕田的方位虽没法挪动，但那田却比四围邻家的多了些妩媚阳光，更少有台风扑打，地势越耕越平坦开阔，壤逐肥，土渐沃，尤其地头上的那股泉眼，冬天不冰盛夏不热，总在滋滋润润。赵家坚信，只要耕作精细，侍弄勤奋，多施粪肥，无论天老爷发不发疯，它总能旱涝保收。因此，这五亩田便成了赵家的传代之宝、活命之本。仅仅五亩，但完全可以保证：只要赵家的儿媳能生养出一儿半女，它一准能把崽子喂大成人。

民国前，赵家接宗换代的后生几乎都是单传，无论天灾人祸，总没一个夭折过，即使小病小灾也能平安度过，而且都能娶嫁带口。因此，赵家人认定这是祖上安分守己与人为善积下的福分，便在正屋的左后墙边常年供着祖宗牌位，初一十五生火燃香，逢年过节还把祖宗牌位移上正堂。每逢二十四节气的晚饭前，全家都把这当作天意，在当家人的主持下，洗净双手，把汤菜一样样敬了祖宗，一齐磕了头，祈祷了“上苍福报，祖德宗功，后世不忘”，而后才能坐下用餐。

赵家在生儿育女上的眼界和别人不同，算计的是本大账。而别家是传统小账，越算越觉女儿多了是累赘。赵家听了便偷偷发笑，不肯多言一句为什么，连儿女亲家问了都不搭话。赵家的见解独到在，“靠力气吃饭的，谁都知道男多女少好。但多养了丫头也不能怨天怪地，儿女都是男人图裆下那玩艺舒服，下种时顾不得公母，图一时痛快才把‘没长把儿’的从老婆肚里拖带出来了，那你还能把女儿掐死？不能，只能好好养着，图的是往后能嫁个好人家。要是不好好养，像不长棒棒的苞米，谁人稀罕？只能老死在家。可话又说回来，那要是嫁对了门，说不定个个都是‘搂财的筢子，装钱的匣子’，她们你来我往，回过头来哪个都能帮衬你十年二十年的，架不住零敲碎打细水长流，小不见的工夫就码成了大堆，养女的本钱早就拿回来了。如你福贵，再养个即恋家又如王熙凤那样的丫头，那爹妈的赚头可就大了。”

赵家的这个认知是有根据的。大清咸丰年期，赵家的一个丫头在跟奶奶去赶天后宫庙会时，被微服私访的知县一眼瞧上了。“小丫头虽是民女，但粗布细工，瘦妆柳腰，腿嫩腕白，凤眉杏目，姿色出众，就像画里仕女一般，要是再往好里打扮打扮，定能闭月羞花。虽说门不当户不对，月云地雾之距，差之天壤。可人言：儿相随母，女相随父。本县来日孙辈的貌相肯定个个出众。”知县刚赶回家就急着和夫人详细交流，心里蠢蠢欲动。

知县的眼光就是与众不同，看得见隔山的艳芳骨朵，目光能拐弯扫视。据传，那知县年轻时曾随父常居海参崴，受了些临近沙俄品味的沾染，眼界和学识要比守土死读自高自大的榜眼宽阔了许多。

夫人点头后，他立即派师爷上门求婚，这对常年蹲在山沟里数地垄的赵家来说，简直是连做梦都琢磨不到的事，但他却实实在在地趴在面前。一家人先惊后喜，转而又心中忐忑。

户主在师爷的一再催促下才慌忙招出孙女给师爷磕头，孙女便“扑通”一声跪倒在堂间。结果把个师爷吓了个半死，甩着袖子抢着再次匍匐在地，惊恐万状地先给村女叩起头来，还连声说，“少奶奶如此大礼，不敢不敢，往后还得仰仗您老人家多多帮我美言。”

赵家爷奶纳闷，“俺孙女水灵灵的，怎么‘老人家’啦？还少奶奶，怎么和爷奶平起平坐了？”但不敢直问，也从没见过这种两手爬地的礼数，更不懂其中的奥妙。面对难得一见的长衫马褂，二老抢着上前去扶师爷。可师爷却像四爪儿着地，趴着不肯起身。

赵家不明白了，哪有掌管草民生死簿的大人在民女面前爬到地上赖着不起的？而且还真心实意地惶恐不安？

整日围着菜帮子、猪圈墙打转的田姑水娘，一眨眼就变成了少奶奶。少奶奶是个什么官职？她怎么能把师爷吓成这样？

说定后，全家一直把师爷送过西岭，回返时都情不自禁地望了望日头。“它是不是还在天上挂着？”

师爷回到县衙后声情并茂地给知县细诉在近处看赵家孙女的感受：“品貌更加端庄清雅，老爷的眼光就是独特，就凭这丫头壤子，用不着多下功夫，少爷的这块地随意都能长出牡丹和仙桃来！”

知县听了异常兴奋，赶忙催人到赵家下了聘书聘礼。其后，不到一个月就把赵家孙女娶回衙门给儿子做了压床夫人。小夫妻在“一拜天地”时，少爷心急火燎地从红盖头的缝隙间偷眼，果然是一支刚欲绽放的荷苞，美得他差点把“二拜高堂”都忘了。

县太爷拿斜眼瞅瞅，在心里骂道，“都快变二、三月的闹猫了”。

在“夫妻对拜”时，要不是司仪扯着少爷，少爷差点当众就冲上去抱了新娘。

按登州府的规矩，婚后七天女婿必得回拜“泰山”。可是丈人的家业不够“泰山”档次，姑爷一怕没面子，二是真想寻机给赵家做点讨好的贡献，但又不能直接出口，故意拖延。母亲催他，他顺杆把心事透给了娘亲。

县太爷从夫人那里得知后，立即派人带领工匠急速去了富簸箕庄，也不问一二，挑杆拆了亲家低矮的茅屋，仅 20 多天，便就地建起了三间一围的院子，并亲手题写了“泰山石敢当”刻碑，镶到院门的左墙上。这才要儿骑马挂红，携夫人一道赶往名不见经传的渔农小乡。

姑爷全心全意地拜见了岳丈岳母和爷爷奶奶，又一夜笙管笛箫吹拉弹唱，闹得山洼千树震颤万叶抖动，鸡鸭扇翅猫狗欢跳。第二天，姑爷又给“泰山”甩下一包袱银子，才带着媳妇吹吹打打地翻过了松山奔西去了。

赵家借知县给翻建旧房的机会，要亲家再在溪上架座木桥便利东西往来，联络两畔居家的感情，堵堵东贫西富的瞎话。知县很想留名长远，没加思索，欣然接受。直到那时，两畔庄人才不再绕行和惧怕山洪了，相互的走动多了，一个个乐不可支，齐呼“老爷桥建得好”“县太爷是真正的父母官”“赵家给富簸箕庄添彩了”。

师爷下跪磕头，官甬抬轿娶亲，知县公子披红拜岳，县衙筑桥便民往来……接连不停的惊人之举，把个清净冷僻的簸箕闹得沸腾不止，没出半日就成了百里奇闻。从此，县太爷的土亲家一夜之间真就变成了山里海外人人皆知的“泰山”了。

（四）

到民国八年霜降这天，赵家移民至富簸箕庄后的第六代孙子赵狮接亲了。庄人把这天叫“秋梨美，冰糖水，五谷归仓，蟹黄满围”的时日。而赵家又在此基础上借霜降的谐音，把其视作双喜临门的吉日。

那日云高日丽秋风斯文，院里的杏叶斑斑驳驳挂满了枝头。树下，近30张宽板挨排摆开，贺婚人坐着松软的草捆，闻着随风而至的煎炸油香，抻着脖子在互传着各样的真假口信，扯着东咸西淡的长短是非。到正晌午时了，赵狮和媳妇在一对童男童女的搀扶下，双双敬了祖宗叩见了爹娘，接下来便是庄人最盼望的婚庆宴席了。

用土坯临时搭建的五口大锅在院子东墙边一顺排开，三尺锅盖刚一掀起，腾腾的热气便冲空而窜，搅得杏树的黄叶颤抖不止。吹手们摇晃着脑袋奏响了乐笙韵管横笛竖箫，把个民间“十八摸”的荤俗小曲搭配得即轻松愉快又喜气洋洋，韵律绕耳不去，在四合围墙里来回迭荡，不停地助推着来人的兴致，让乡客的胃口扩张不止，如此，就能弥补婚宴用料的短项。“想不到捏奶儿摸腚儿扣大腿根儿的小调，也能让这帮吹手弄得这么叫人心慌意乱，赵狮一定急得摁不倒裆里的棍棍了，裤子都被顶破了！”年轻人交头接耳，指着赵狮扯淡取乐。

赵狮爹亲自请来的喜宴师傅一边敲着长把铁勺，一边拖着长音高腔大声呼喊:“好了，金丝地瓜！”“是了，蟹籽银汤！”“成了，鹅块土豆！”“爽了，火烧鳎目！”招待的伙计们听了立马涌上前去，把厨师喊的第一个字连在一起，边吆喝“好事成双了！”边端起菜小跑着分送到各处，客人一见慌忙伸手接过，一不小心，油珠菜汤便顺着手流淌，接菜人便赶紧张嘴伸舌舔咽，舔得旁边的嘴都跟着吧嗒个不停，口水直流。

来人正在贪吃的时候，有人却站到台阶上不顾纷纷扬扬的闹腾，展开大张红纸尖声宣读送礼人的清单。“于宪锁礼鸭一对儿，倒拴子土豆一挑；张乐昆婚鸡两只，江蛤蟆劈柴一担，宋老落稗米双升……”叨咕了半天没一件能让人觉得惊喜的。

这是赵狮爹有意安排的插曲，他是跟老辈儿学的。乡间本来就穷兮兮的，图什么贺礼？也就把人请来让儿子的婚日热闹热闹。所以他才趁人都在忙活自己那个缺油水的肚子的时候，或各人还要拣点夹点裹点给家人捎点儿回去的工夫，猛一宣布，没人诚心立着耳朵去嘴评谁厚谁薄，让那些礼亏的穷户心里好过。而且簸箕人平时只喊绰号，如呼真姓大名，除了本人外，几乎没人知道是谁。而赵狮爹诚心要这样呼喊，庄人闹不清谁送了什么，赵家的套数礼数算都尽到了，还能让人明白，姓赵的对给彩礼的李四王五都记着账挂着心，来日定有回报。

农家渔家，匣子里的钱都很窄巴，只能送物件，还得秋天有点收成了方能顺便。要是“春脖子长时”娶亲，一是耕、渔正忙，二是你就再饿也不能拿种子填肚皮，青黄不接，连两张桌的人头都难以凑齐，很难把喜事办得体面。

赵狮的爷爷在传家时曾千叮咛万嘱咐，“鳖羔子，你记着，富簸箕庄名不副实，日子好过的家数不多，可眼馋别人的家数不少。过日子，第一要紧就是与邻居不争不闹，不惹人甭积恨，大不见小不怪，让人觉得你的眼睛总像被眯了似的，看不清别人也弄不明自己，得让人处且让人，抢挤一脚万人白眼，后退半步石门洞开，万万不能让吃不上饭的记恨你”。

“鳖羔子”一词，是赵家男性的传世用语，而且只有家里辈分最高的才有资格使用。赵家的后生和媳妇对这仨字都有感知，觉得比别家动不动就“王八蛋”的叫骂文明多了，而且其用意也会随着长辈的情绪变化而转化。如长辈生气时喊，前头必定会加个“个”字，那是骂你，“个鳖羔子”；若高兴时喊，前头一定是个“小”字，“小鳖羔子”，给人以溺爱的感觉；如只有仨字，那问题就严重了，就得长记性了，是长辈在警告你。

赵狮爹对父亲的指教贴骨铭心，独自坐在台阶上望着出出进进的人流，欣赏着自己对这一出的如意安排，端着酒盅边饮边美美地回想着往事。“从俺祖辈起，大婚只请亲戚邻居，还得不声不响不张不扬，一律霜降日操办，日子好记，不冷不热，不忙不闲，晴多阴少，物件齐全。爹还告诉俺，这个日子，请客宁少一个亲戚不少一个邻居，远亲不如近邻。爹，您老就在阴间看着吧，老儿就是照你的托付办的呐！”

赵狮妈从老伴旁边经过时觉得他自顾自乐，怠慢了亲戚邻居，故意啐待他：“团个老不死的，大喜的日子，哪里坐着不好？好狗不挡道，偏偏在这里碍事绊脚。”老伴拿小尖脚踹他的屁股，要他与亲家母坐到一处去。鞋底很硬，尖锤样地踹了老头的腚骨，他放了酒盅摸摸屁股，拿眼狠狠地白了一下老伴，拗着劲儿，就是不肯挪动。

按当地规矩，女儿出嫁母亲送亲，父亲只能留守看家。他想：“个鳖羔子，俺和亲家公还能说到一块儿去，这母的站起来也不过就只叭儿狗的个儿，跟锅台的高矮差不离，她懂个屁？有啥嗑可唠的？”他越琢磨越气，总觉该骂赵狮妈几句。可抬头一看满院子的人，怕丢人现眼，只好憋着。“个鳖羔子，婆婆妈妈的，只知道下蛋，把抱窝的累活都丢给俺，俺这会儿的感觉是什么样囡懂吗？哼，俺把祖宗托下来的大事都干完了，还不让自个儿舒舒坦坦品品这日子的味道？”

年轻时，他为生出赵狮，曾坚持不懈地一口气接连养了三个丫头。本来老祖宗都觉得他没指望了，可赵狮爹仍不死心，坚持要一直干到不能干了为止，都40多岁了，终于让发丝见白、老脸错皱的婆娘给赵家养出了赵狮。

"小鳖羔子，是老天给俺的痛快，这回鳖羔子才算是下了个正儿八经的蛋！"

赵狮爹还记得，在儿子出生时，一直愁眉苦脸的赵狮爷爷见老天终于给他投胎了孙子，高兴地一个劲地往家里挑水，愣是一天不撂闲，连晌午饭都不肯吃，把个丈八的地窖灌得满满的。"俺记得，那个晚上，爹就坐在这个台阶上，点着香火望着月亮自斟自饮，一直把月亮从东山头送到西山顶，他也从面朝东转到脸向西，寻思了一夜，到第二天早上才当着全家宣布，星星给咱赵家使眼色了，让俺给孙子起名叫'赵狮'，小名叫狮子。古话说，'爷爷盼孙儿，盼的是能有个报仇的人儿'，爹从不害人，也不记恨人，没仇可报，那就盼孙子长大能给赵家争口气吧。"

赵家不能把对赵狮的希望公告给别人，几乎半个大字都不识的村人，以为狮子排行在三个姐姐之后，数第四，再加当地土音"狮""四"不分，便把"狮"当成了"四"。后来，每当村人喊赵四，赵家便紧跟着解释，"俺孩是头狮子"。村里没人见过狮子，只知年节孩童狮头绣鞋的模样，都觉得可乐，私下议论，"什么破名？还当宝了，不就崽子鞋尖上那玩艺？踢粪玩的。"时间久了，赵家也自觉总解释很是费嘴累舌，就当"狮""四"是一回事算了。

赵四爹苦苦地盼来了独子娶亲的时刻，"他爷爷奶奶在九泉之下也一定喜乐万分"，他越想越兴奋，不知不觉喝高了，但还能自知，晃晃悠悠地站起身一边摸着冰凉的石墙一边叨咕："不管怎么招，那件大事……俺可别忘了！"

回来给弟弟贺喜的三个姐姐怕爹妈在大喜的日子里骂出难听的来，一齐上前扶着爹安慰。大女儿问："爹，你刚刚说怕忘了甚？"

爹笑笑，逗着三个女儿说："俺还没喝醉，囡仨……猜？"女儿摇头。

"那囡仨……今儿个就别走了，明早……就……知道了。"赵四爹高兴地一屁股又坐回到台阶上。

（五）

当晚，姐妹三人并排躺在西屋的炕上，久别重聚，喜不自抑，自然是乡间的“三句话不离本行”，你摸我我摸你地探寻着各自夜里的那点隐私。也是难得，要不是弟弟结亲，三人也不会巧合同时凑到爹妈的身边。姐妹自幼就互相珍爱，受父母勤劳顾家的影响很深，为了好不容易等来的自由与欢心，都没让自己的夫婿跟着碍事，恰好老爹要留住一宿，便格外兴奋。平日，老爹不准闺女在娘家过夜，不许她们出来因撒野误了婆家的活计，惹公婆不悦。

炕头里热乎乎的，是爹的专位，中间隔着老妈，剩余的地儿足够姐仨横躺竖卧了，三人嬉戏时忍不住还乐出声来。老妈觉多，脑袋刚一靠枕连打雷都听不见了。而老爹却一直兴奋不已，再加上女儿的闹腾，都半夜了，仍翻来覆去地睡不着，后来，索性坐起摸出那些祖传的物件，在黑股影里瞅来瞅去。

女儿见爹不睡，想起昨个儿他“明早就知道了”的那句话，便立着耳朵偷听爹到底在捣鼓什么。她们深知老头的脾气，凡事如不是他主动告诉你，你千万别问，一问就发火。如此，不知他颠三倒四了多少次，一直到头遍鸡叫才偎进被里躺下。

三遍鸡叫完了，天放亮了，儿子洞房喜夜的清晨终于来了，赵四爹睁眼瞅瞅窗镜，急忙下炕在院里学着他爹当年的样子，来回徘徊了一阵后，抱起那把扫帚站在院中等儿出屋。三个女儿见爹出门了，也起身梳洗完毕坐在堂间里一边哈气一边盯着门外。

“俺当是什么大事了，硬留咱住下就为看他一夜不睡到院里抱那把扫帚。”大姐小声说。两个妹妹疑问着：“咱爷爷一发脾气就抱起那把破扫帚，可咱爹反倒笑嘻嘻的，弟媳妇刚进门，他就是有脾气也不能一大早就发。”

赵四爹把急脾气丢到一边，在院门旁耐着性子冲三个孝顺女儿微笑。这反而更让女儿觉得莫名其妙。因为他光顾着高兴了，反倒没觉等待的时间有多长。姐妹三人更加疑惑不解，“你看咱爹他怎么了？连嘴都合不上了，没见过他有这份心情，不像要骂人的样子。”

新媳妇下地了，见姐姐们比自己起得早，羞怯地朝姐姐们点点头赶紧忙做早饭去了。赵家祖上留了规矩，新禧二日的早饭，一定要过门媳妇独立完成，借以表示新媳妇不是仅来张嘴等吃的。

姐仨想帮帮弟妹，弟媳扯着推让，要姐姐安坐一旁，说自己能行。

直到儿媳把婚嫁的第一餐早饭做妥了，赵四这才伸着懒腰哈气连天地走出婚房。三个姐姐想看弟弟夜间有无收获，一齐把目光投向他，赵四抬眼瞅瞅没搭茬，羞怯地快步出了堂间。

老爹望见儿子出屋了，不但没发火，反而还点头要赵四赶快到他近前，说：“小鳖羔子，时辰到了。”赵四却很不在意地用手搓着眼皮，问了句：“什么时辰？”

爹没顾得看儿子一夜精血劳累的怪相，立刻向儿子递过那把扫帚，而后又捧出四个沉甸甸的长满黑斑的锭子，一切托付就在不言之中了。因为，当年的赵四爷爷就是这样向赵四爹移交的家权。这出等同是在告诉接班的，“爹已经向你移交了管家的资格，从此，爹就是你的顾问了，家里的小情俺不管，可大事定要和顾问商量了再办”。

昨儿个赵四爹坐在台阶上喝酒所想的大事，原来就是这家权的移交。老人家在喝得头昏眼花时也没忘记祖上传下的规矩。当时他想：“个鳖羔子，要在过去，这点酒连个尿根儿都不顶。看来俺都六十过头了，不认老不行了，俺就是那快要耗干的豆油灯，火苗子高不起来了，有点风一忽闪就灭了，确实该交班了，俺要早一天把儿子培养成能叫祖宗放心的一家之主，这是赵家传宗的大事……”

赵四爹移交完权力，招手叫三个女儿跟随着走走，他已经三天没去看那块相依为命的五亩地了，女儿跟在后边，他在前头领着出了大门，只丢下赵四一人站在院里发呆。

赵四见爹和姐姐出了大门，愣了一会儿，而后将扫把夹在胳肢窝里，腾出双手捧起黑斑元宝，眼睛发直地面朝正房微笑，心想：“啊，俺从今日起，就是赵家的管家了是吧？”他像做梦似的又对天望了半时，直到瞅见媳妇推门看他才回过神来，并“嘻嘻”地笑了两声。

儿子对爹给予的信任喜出望外，心想，“为了证明自己是称职的，决心头胎就旗开得胜，一定给老爹生个孙子，决不像爹那样，养了一炕闺女才想起来养俺。”

赵四把扫帚放回原处，兴奋地踏上台阶，皮笑肉不笑地进了堂屋。见娘不在，顺步伸手抠了下媳妇的屁股沟沟，回头耍着鬼脸说了声“没够”，就钻进了自己的屋子把肚皮靠到炕沿上。元宝从他怀中滚到炕里，他爬上炕趴着翻弄着瞅来瞅去，“爹给俺这玩艺是什么东西？值钱吗？它有什么用处？”赵四左思右想不得其解。“唉，俺不费那脑筋了，反正一定是祖辈留下的传家宝。”

这日，赵四表现得很顺溜，一改往常的“叫驴”劲儿，基本是爹叫他干啥就干啥。而爹的心情也比平常愉快，晌午饭又自斟自饮了好一阵子。赵四妈见爷俩都一脸晴天，千方百计想找两句热闹话说说，想了半天才想出一句：“你喝的那玩艺能比咱孙子的尿还好？你可不要一下把肚子灌满了，得留点空裆。”

赵四爹知道老婆子满嘴说不出一句周正的话来，今日要不是她的话里有孙子，而且还是孙子的尿，早就跳起来摔了筷子，何况新儿媳正坐在对面。三个女儿本想前晌就赶回自家，是他硬留人吃了中饭再走，见爹没因娘不入耳的话发火，都装着笑笑哄抬气氛。赵四爹便更加兴奋了，端起酒盅一扬脖喝了一大口，然后眯着眼说：“俺孙子的尿肯定比这酒好喝，还怪了，小鳖羔子，怎么喝也不醉！”说着又“哈哈”地笑了起来，接着又给老婆子留了句话：“囡呐好好活着，等有了孙子，就跟着沾光吧，这头一光就是少挨骂！”

公婆的一番话，羞得儿媳低下了头，同时也给媳妇增添了精神压力。赵四见媳妇红了脸，便在旁边捅捅她的胳膊，小声说：“咱俩争口气，好好干，听见没有？”媳妇偷着瞅瞅三个姐姐，嘴唇靠着碗边，继续低着头，不肯搭腔。

吃完午饭，赵四妈包了三大包昨日剩下的醽觥，要闺女捎给各自的公婆。并让带话“谢谢亲家的贺礼，有工夫来家坐坐。”赵四爹听了不耐烦，“个鳖羔子，囡带的什么屁话？该说让亲家来家喝两盅才对。”赵四妈不愿和他争辩，喊儿子一直向西把姐姐送过管篓屯的柏岭再回来。

赵四送走姐姐回来一进屋就趴到自己的炕头里养神，一直躺到日头下山了才爬起来。他诚心为完成对爹的报答在做准备。

吃完晚饭，媳妇正在刷锅洗碗，赵四就门里门外地磨叽，急着要过第二个洞房之夜。老妈问，你这么出来进去的要干什么？他憨笑着不予回答。待母亲走开了，便赶紧凑近媳妇的耳根反复只一句，“你快点，别磨蹭”。媳妇装没听见。他只好转身回屋先把元宝塞进被里，脱了衣服就上了炕。

媳妇并没着急，等公公从院里查看完鸡窝猪圈，一直用眼睛把老人送进西屋关了门，才转身迈入自己的喜房，并进屋就说：“你讲点体面好不好？小猫小狗都比你懂事！”

“小猫在房顶上干，小狗在大街上干，俺在被窝里干，你说谁懂事？”

赵四早就急了，“叫你不磨蹭你就是要磨蹭，谁不知新婚就这事最要紧？你尽干那些没用的，妈要帮你你还不肯。就你体面？”还没等媳妇挨到炕沿，他转身就“噗”地一口吹灭了油灯，伸手拽着媳妇的腕子，“快进被窝！”心急火燎地催媳妇赶快脱衣裳。

媳妇爬上炕沿，两腿还没伸进被里，赵四就光着膀子扯扒媳妇的裤衩。媳妇觉得他粗鲁得有点烦人，赶紧钻进被窝里用手紧紧地捂住“那里”。不料，两脚却碰到了被窝里的锭子，惊得急叫道：“什么玩艺，冰凉冰凉的？”

赵四赶忙用手捂着媳妇的嘴，笑道，“你小点声，那是爹传给俺的，爹也没告诉俺那是什么，俺只是从奶奶那里听说过，说早先大清那时的姑老爷给过俺赵家元宝，是传家的。咱爹今早交给俺了。从今天起，俺就是当家的爷爷了，那你就是当家奶奶了，当家爷爷干你你还不愿意？”

媳妇听了不信地问：“有那好事？爹还明白着呢，用得着你？再说了，就你这粗拉劲儿，能把家管好？”

赵四故意撒娇着回答：“嗯，俺是托你的福，你早头儿不是看见俺和爹在院里了吗？要不是你过门来，俺哪有这好事？”媳妇掐了一下丈夫的大腿根儿，笑笑，很不情愿地应酬着丈夫的手脚，“你急什么？俺也跑不了，你轻点好不好？昨晚都把俺捅出血了，你也不问问俺疼不疼，今儿个还要接着捅！”

“人家说了，那叫见红，好啊，那你就是个真闺女，能下好多崽。”

“别胡说了，你以为俺是猪啊，一下一堆。就你这毛毛草草的野劲，只知道自己痛快，还下崽儿呢，你下耗子吧。”

“俺弄得太快了吗？有点猛是吗？俺不知道怎么干你才好。”说着，赵四就耐不住了。媳妇只好依他。

他干得仍然很快，可完事了也不肯歇息，更不管媳妇乐不乐意，把长遍膙子的手掌放在媳妇的肚皮和奶子上，一边摸一边说："俺爹不是正急着要喝孙子的尿吗？俺是盼你这里快快地鼓起来才犯的急嘛！"

媳妇难为情地回答："俺姐告诉俺，男人猴急了女人不舒服，俺不舒服就不给你下崽。"

赵四说："那好那好，刚才干的不算数，俺过一会儿再好生干一次，保管让你舒服行吗？你可得争口气。不过……咱俩的事，关你姐什么屁？俺也不要她舒服。你姐也不进赵家的门，她当然不着急了？可俺急！"

媳妇觉得赵四话不对题，知道婚前没人告诉男人在给女人破红时该注意什么，心想："什么过一会儿？没意思，俺可不干了。赵家的日子过得不错，可这方面的家教很不周全。"她生气地把头转向一边，强忍着丈夫的大手任他搓来搓去。

就这样，赵四瞪眼扒胯地盼了四个月，终于看到媳妇的肚子慢慢地撑起来了。从那之后，他生怕不小心把孩子捅掉了，对不住爹妈的期盼，再和媳妇一起办那事时倍加注意，不敢做粗粗拉拉的动作了。媳妇也隐隐约约地感觉到丈夫好像斯文了不少。

"小鳖羔子，你小子还有点出息。"在一次下地干活时赵四爹忍不住欢喜，揪着儿子的耳朵夸了一句。赵四知道，爹只在特别兴奋和不知怎么表达时，才有这样的举动。而且平日里也难得讨到爹扯耳朵的爱抚。他忍着痛躲着爹的眼光，点着头"嘿嘿"地装傻。

10个月过去了，赵四就像热锅蚂蚁似的盼来了孩子落地的日子。可他走上前去一看，原来是个丫头，便满心不痛快地出了屋门，一屁股坐到台阶上抱怨着："俺吹了牛屁。她的腚那么大，可一点儿不中用。"

媳妇还在月子里，但他每日都门里门外地嘟噜个不停："俺白费了力气，一个干不了正事的腚，要她养小子她偏给你养丫头，俺怎么娶了个能气死屌的腚呢？"

这话传出老远，多管闲事的邻居听不入耳，反把赵四的脏话传回赵四爹的耳朵里。赵四爹这才知道儿子在偷着骂媳妇的难听话。心想，“个鳖羔子，连自家的密宗都不懂，他哪有资格接俺的班子？他要是把俺气急了俺就收了扫帚！”便找茬厉声地骂儿子，“鳖羔子，你的嘴就像个放串屁的驴腚，整日在外面嘟噜个没完，也分不出个远近里表来！”

爹的骂声传到了邻家，邻家便当笑话一传二、二传三，没几天就传遍了前后街东西畔。不到10天的工夫，庄人便在赵四的后面添加了两字，一齐呼他“赵四嘟噜”，后来干脆把姓和出生排号也省了，只喊俩字“嘟噜”。赵四听了村人的呼叫觉得别扭，朝喊他的人瞪眼扒皮地吼，可总也止不住。时间久了，他也吼累了，只好答应。

公公虽然为媳妇生女撑了腰，可按养男为上的传统，媳妇仍觉得自己很不争气。便一有空就撅着屁股给祖宗牌位烧香磕头，求祖宗给自己一个悔过的机会。结果还真是灵验，没出一年，媳妇的肚子果然又重新鼓了起来。公婆见了喜挂眉梢。爹在田里再次揪了儿子的耳朵夸着，“小鳖羔子，行呀，像赵家的后生。”

可媳妇自己却打不起精神，担心肚子里的这个种不肯为自己争脸，终日提心吊胆地摸着肚皮，嘴里还不停地念叨着“送子观音保佑，祖宗保佑”。有时还情不自禁地回想起头胎生丫头受嘟噜闷气的往事，“那要是菩萨和祖宗都不照应，俺可怎么办呢？”她自问完了，眼睛也哭成了红红的肿眼泡。

婆婆见儿媳整日郁郁寡欢无精打采，劝她别哭坏了胎气，告诉说，“赵家不同别家，养女一样发家。”媳妇还是头次听婆婆这么说，觉得新鲜，琢磨了好久也琢磨不透这话里的意味。婆婆只好打比方说：“你见俺那三个闺女没？总回来瞧俺，有好东西的第一就想着自己的爹妈，哪次回来都不空爪，架不住长年累月地倒腾。”媳妇一边吧嗒婆婆这话的味道一边点头，脸上终于有了笑模样。

（六）

一天正午，媳妇腆着鼓鼓的肚子刚做完晌饭就撑着锅台突然喊叫起来。婆婆问她怎么了，儿媳抽动着脸皮回道“肚子疼”。婆婆赶忙掰着指头算了算喊道：“日子到了！”便急着把媳妇扶上炕沿，而后匆忙跑到门外扯着脖子呼喊嘟噜他爹，“死鬼，大晌午头的，平时饭晚了屁大工夫就吹胡子瞪眼的，可今儿个你一准是钻到哪个眼儿里出不来了，用不着你时，身前身后地鬼影跟着，媳妇要急用你了，你反溜得比兔子还快！”情急中，她一眼瞄见了墙边的洋铁筒，顺手拎起一只一边呼着一边拍打筒底。“嗵嗵”的大声震得四邻都放了碗筷出来观望。

因为赵家的日子比较好过，邻里常常有求于他家，突然听见赵家婆婆的叫声有些异样，估计是有了急事，便上赶子帮着着急，临近的各户都一齐打发孩子一溜小跑地出门去寻找嘟噜他爹。

约近少半个时辰了，一帮大人孩子才前护后拥地跟着嘟噜爹回到院子门口。“个鳖羔子，天塌地陷了怎的？囟火烧腚地直着嗓子嚎，那么大岁数了，一辈子就那二两重个腚片，轻点儿得瑟行不行？敲掉了俺的筒底，囟拿命还？”嘟噜爹憋着一肚子气，顾不得邻里说三道四，冲着大门骂得吐沫星子四溅。

邻里们长年都能听到这老两口互不相让和没里没表的大嗓门，耳根子早就熟了，只当热闹观望。

嘟噜妈和嘟噜爹同龄，16 岁婚配，养了四个孩子，形影不离地过了

40 多年，但又互骂了 40 多年，直到满头花白，还是谁也没能征服得了谁。老头骂婆子“本性难移”，婆子的回骂要比老头更有力度，“狗改不了吃屎”。

骂归骂，可在勤俭持家上，即使两人互不递话，只一个眼神就能取得高度的默契。例如，嘟噜妈比哪个村女都留心和熟知庄子各处山峦林地在什么季节，什么温湿，长什么蘑菇，哪山的核桃仁儿满，哪沟的榛子肉甜，每当时机或季节到了，总一个人背上麻袋躲过庄人的眼睛出门。但两人从不吃独食，采回来必定送些给东邻西居。可你要问她是从哪儿弄的，婆子宁肯把东西都送你也不愿透露实底，怕知道的人多，祸害了山货的源头。

而老头估计婆子出去的工夫差不多了，一准按时按点不声不响地去迎接，婆子会不动声色地把装满山珍的袋子帮老头背到肩上。自娶了儿媳，嘟噜妈又把这套本事传给了二代，并叮嘱不得告诉给三居六戚。还有，嘟噜爹继承父亲的秘诀，担海水在院里烧锅熬盐，每每婆子都会不声不响地主动帮爷们拾柴点火，而且火候恰好。婆子知道，这样就不必花钱买盐了。两人还默契地在半夜三更把干货、盐巴和年节必备的值钱物品悄悄运到海边的岩洞里，以躲避日本鬼子和胡子的抢劫。

而庄人只知老夫妻大嗓门互咒互骂的一面，却不知还有暗合不分相依为命的一面。在私下里活灵活现地编排些故事戏说人家，就像亲眼所见似的。说嘟噜爹的新婚之夜可没他儿子那么美，该给新媳妇破红的那晚，嘟噜妈不让嘟噜爹瞅见自己的身子，黑灯瞎火就脱衣钻进了被窝。嘟噜爹左盯右盼都没得逞，只好坐在板凳上发呆。还描述了嘟噜爹当时的想法，“今晚俺到底干不干她呢？”说过了好久，他终于忍不住了，挠着头皮大着胆子爬上了炕沿，没脱衣裳就试探着压到媳妇的肚皮上。

“爬上来的是个什么东西？”嘟噜妈觉得趴在肚皮上的男人就像刚从林子里逃出来的刺猬，麻砾麻渣的浑身毛凉，生烦得心里发怵。嘟噜爹见媳妇没有强烈反抗的意思，说，俺先让你试试分量，并用手在婆娘的大腿根里胡乱抓摸。

"你找什么？"婆娘粗声粗气地问。听媳妇那声调，仿佛两人根本不是一个被窝里的夫妻，反倒像两个贼人在偷窃时相碰了。

"俺在找那个口儿。""什么口儿？""就你那个口儿？""俺的口儿在上边，你在下面抠什么？""上边那个口儿是咬东西用的。"接着，嘟噜爹就一个人喘着粗气在下边硬捅。媳妇不愿闻他毛孔里浸出的酒气，而且还捅疼了她，便不顾一切地坐起身子，也不管东屋的公婆是否睡了，"嗷嗷"地直起嗓子叫唤，"口儿口儿的，你家鸡窝有口儿！"。

吓得嘟噜爹连滚带爬地钻出了被窝。可媳妇还不算完，跟上去连踢带踹，把个大男人一直轰到炕角。嘟噜爹愣是依着窗台坐了一夜。

村人想起这些糟蹋人的讹传，一边装着替赵家着急，一边在心里偷着作乐。

而此时，嘟噜妈的确正在气头上，别说是洋铁筒，逼急了她能把灶上的铁锅拔起来摔了。

邻里的水桶都是木桶，只有赵家的水桶是洋铁皮的，嘟噜爹本来一听见铁皮声就知道是婆子在拍筒叫他，便放了田里的活计直往家奔。可半路又碰上一群村人。他不情愿家事让村人知道或随意谈论，眼瞅着火气把一缕缕的皮褶子粘到了脸上。

嘟噜爹骂骂咧咧地推开了半敞的大门，张嘴还想接着吼叫，没想到，婆子正母夜叉似的站在门里，脊梁骨挺得铁棍似的，指着爷们的鼻子喊道："你也不怕雷劈，你让媳妇肚里的孩子说什么好，你尿泡尿照照自己那个熊样，谁敢叫你爷爷？"

大一点儿的村童听了嘟噜妈的话直笑。但站在一旁的大人即使想笑也不好当面发笑，赶紧拿手掌捂住孩子的嘴巴，不让嘟噜爹觉得尴尬。

嘟噜爹被婆子迎面的一盆凉水泼得蒙头转向，"她什么意思？也不怕丢丑，当着这些长舌头的面把儿媳妇的肚子亮出来干什么？"他放下扛着的铁锨，又一想，"不对，这母狗的话从来都是半生不熟的，她是不是要告诉俺儿媳要生养了？要不这母狗的脊梁骨怎么会那么硬？”

嘟噜爹还在琢磨，嘟噜妈却又开口了，“你看你愣挺挺的样？还没拐过弯儿来？只想钻一个眼儿？咱媳妇肚子疼你知不知道？”

嘟噜爹觉得婆娘的话实在是别扭难听，但其中“媳妇肚子疼”一句反倒提醒了他。他这才彻底明白过来，便慌忙丢下铁锨顺嘴骂了句“个鳖羔子！”转身就往街上跑去。

“你往哪儿跑？你帮媳妇干点正事好不好？你可气死俺了！”婆子站在门里朝远处嚷着。

西邻的婆婆觉得赵家公婆的对骂实在是一塌糊涂，便插话说，“他大婶，嘟噜媳妇的肚子疼，你喊他大叔回来干什么？你该喊你儿子回来才是。”

嘟噜妈赶忙解释，“他婶子，你不知道，俺赵四的媳妇要养了。”

“是啊，俺说的就是这个，赵四媳妇要养孩子你骂他爹干什么？该骂你儿子才对。”众人在交头接耳地议论著。

嘟噜妈急了，“俺是要他爹快去找守生的婆子的！”

“哎呀，这老两口骂了半天，原来是为这个，净瞎耽误工夫。行了，人家要养孩子，咱也使不上劲儿！”众人知道自己插不上手了，挤着凑着都快一袋烟的工夫了。

不一会儿，嘟噜爹就提着守生婆的包包跑过了老爷桥，并脚不沾地的朝大院奔去。嘟噜妈正在院门口等着，急速地接过包包快步走上了台阶。当她领着守生婆要迈进堂间的门坎时，回头说，“当公公的不许进屋。”然后“咣当”一声关了门，嘟噜爹被拦在了门外。

直到这时嘟噜才赶了回来。嘟噜爹回头一见便骂：“个鳖羔子，你小子哎，就像没事人似的！”并冷不防地提起腿对着儿子的屁股就是一踹。嘟噜不知一二，慌张后退，一仰壳就跌到台阶下边。嘟噜仰在地上，气急了，忙喊，“你干什么？哪像个爹的样子？”

“个鳖羔子，团喊什么？俺刚受完团个屁娘的气，接着还要受团的气？团想要什么样的爹？俺都跑了好几圈儿了，脚脖子都崴了。团媳妇要养孩子你知不知道？团看俺不顺眼是不是？有本事再给团那个屁娘找个爹来？”嘟噜爹不管儿子从三层石阶摔倒是不是伤了骨头，只想这回老天爷可该给俺送个孙子了。

“你儿媳给你养孙子是喜事，你干什么踢俺？”

“团媳妇着急，你跑哪去了？”

“哎呀爹，养孩子可不能着急，那会出人命的。再说了，她着急你踢俺有什么用？”嘟噜从地上爬起来拍拍裤子上的土。嘟噜爹瞅瞅儿子，心里念道，“小鳖羔子，他是腚上的肉先着的地，小子结实着呐，没摔坏！”

爷儿俩正在屋外吵着，屋里突然传出“哇”的一声啼哭，小孩降生了。

“他爷，谢天谢地，媳妇为你着想，有孙子啦，这回你可真的有尿喝了！”嘟噜妈突然换了一个腔调，冲出屋门，仰着头对着天拖着长音给老头子报喜。

嘟噜忽地扑到窗前，掂着脚也够不到窗芯，便撕开窗纸，紧靠着窗楞向屋里拼命地扒瞅。

媳妇瘫软地光着身子，半个屁股浸在血水里，守生婆正端着水盆为媳妇擦洗着嘟噜最熟悉的那个部位，包裹着的小孩就躺在媳妇的身边。“哎呀，养儿子这么难，为了老爷子，俺媳妇被弄的满身都是血。”他正要把纸洞扯大一点。背后却突然伸过一只手来，肩膀也被死死地抓住了。

“小鳖羔子，团扯窗纸干什么？扯了还得糊！快让开，俺要看看孙子！”

“是爹的手……哎呀，他怎么能看俺媳妇那个地方呢？”嘟噜本想让开，可猛一闪念，觉得这万万不可，双手便牢牢地抓住窗楞不放。

就在这时，嘟噜听见爹在自己的身后“哎哟！”了一声，接着，便跌坐到墙边。

“你想扒灰啊，你是公公，哪儿都想看？你看了俺，俺活该倒霉，你要是看了儿媳，可叫她在人前怎么抬头？”婆婆撩起棍子，一下打到老头子的脚跟筋上，疼的老头抱着脚在地上转着磨磨。

嘟噜媳妇果然生了儿子，全家为此高兴不止。依着赵家的密宗，只要有个男孩，以后哪管满炕都是丫头也不怕。结果万不曾想，只隔了一年，媳妇的肚子又鼓了起来，养的又是一个儿子。紧接着没过两年，第三个儿子也降生了。赵家无论如何也想不到，老天会接连送来三个男孩。嘟噜爹高兴地扯着儿子的耳朵走了好远，说，“小鳖羔子，俺养了三个闺女才有团，可团媳妇给俺颠倒了，一个闺女三个儿子，是赵家开天辟地头一回，咱祖坟可真是冒了青烟了。”

多子多福，公婆对媳妇格外疼爱。嘟噜一高兴跑去外乡花钱请教“八字”先生，给女儿起名叫独芳，意在一支独秀，长大能像前世姑太那样嫁到有钱有势的县官家里，再给赵家搬来几方元宝。给大儿起名叫立春，意在赵家虽沾过七品顶戴花翎的光，但那毕竟是外财，如今，家有三只虎豹，等春天一到，阳气回转，赵家就占山为主招财进宝；二儿叫立邦，意在庄里光赵家一家日子好过不行，容易遭嫉，如邻里四围都好过，才能和睦安详，赵家也少了许多打扰和麻烦；三儿叫立国，不光个人好过，还要国家好过，只有国家好，才不会再受老毛子和小日本的欺负，国家无难，百姓安康，那才是从根本里好。

为此，嘟噜也跟随着世趋，大改祖宗专守田垄的惯例，对儿子长大后干什么也提前做了打算。他想，自己继续父亲的耕作功夫，种好那五亩田，这是根本。独芳要当才女，立春去做买卖，立邦驾船出洋，立国好好读书，争取当个知县，光宗耀祖。

“人家先生不仅给起了名字，还给俺讲了大半天的道理。”嘟噜对爹说。

“小鳖羔子，你就空手去的？”嘟噜爹扯扯儿子的耳头，眯着眼睛乐个不停。

“俺拿了一筐海货去的，要不先生会那么高兴？”嘟噜揉揉耳头回道。

嘟噜爹听了不再言语了，为了四个后人，他赶紧出了院子，直奔那五亩养生救命的土地。还边走边唠叨："要不了几年三个孙子就大了，眼瞅着一下就会多出三个撑饭的口袋，俺得把那五亩当十亩侍弄才行。"

（七）

自赵家迁入簸箕那年起，人丁从没像今日这般旺兴，嘟噜爹终日哼着只有他自己才懂得的小调：大门朝南开呀，紫阳照进来呀，娘们咧嘴乐呀，爷们力不衰呀！为家业的兴盛，白黑都在筹谋算计日子的过法。家人也觉得老头子的脸自打有了三个孙子后，晴朗的天数持续不断。

不料，噩耗却突然从天而降。嘟噜媳妇因为接连生女育儿，外加个性要强，产后过早下地，致使心血亏损，内气大伤，终于卧炕一病不起。公婆和嘟噜到处求医把脉拜庙讨丹，但病情却越治越是深重，生下立国后不到一年，便撇下四个孩子，丢了嘟噜和公婆，不声不响地走了。

嘟噜是眼瞅着孩儿妈在自己的面前咽气的。她临走时一直用眼睛瞪着丈夫，好像有许多话要嘱咐，可一句也说不出来。刚刚六岁的独芳扯着两个弟弟跪在母亲的身边号哭着，立国在奶奶怀里吭哧吭哧地吸允着自己的小手指，嘟噜爹不敢直看儿媳的脸，蹲在灶坑边默默地流着泪水……

嘟噜爹说："俺儿媳吃苦耐劳，不声不语，坚守妇道，在赵家属头功，鳖羔子灾星非要在俺的头上闪，俺得厚葬了她才能心安。"便雇来专给富人办红白喜事的吹手，拿出三丈家织白布，挂五丈纸幡，要儿子披麻扶杖牵一女二子给儿媳引行，三个姑姑轮着怀抱立国，公婆一步三泣，气氛与派势震动了蛇溪两畔。

为报答媳妇的恩德，嘟噜提早一锤一锤地把冻土块砸成细末，给媳妇培上整齐厚实的墓顶，不让冷风透过冻土的空隙吹进墓穴冰坏孩儿妈的身子，更望来春葱绿快长……他想：“那四个孩子，都是从她身上掉下的肉，她亏得大了，给俺赵家留了后人，可她就这么连句话都没留下就走了……”

媳妇下葬那日，杏花大的雪片纷纷扬扬，刚刚埋起的墓土立马就变为浑圆的白冢。跪在妈妈坟前的独芳、立春、立邦瞬间成了雪人，场面肃穆安静，催人珠泪难断。只有松坡喜鹊的“喳喳”在提醒人们别过于悲伤，宁静与孤寂里仍有希望。嘟噜怀抱着立国，呆呆地让一朵朵雪花沾遍了全身。

此后，从祭祀的“头七”到“七七”，嘟噜总要带着四个孩子去媳妇的墓头坐上半日。平时，每当村人在他面前提起赵家儿媳为人厚道的话题时，他都顾不得父亲“大老爷们怎么娘们样”的提醒，忍不住当着人面就擦眼抹泪。夜里，待爷奶把孩子哄睡了，他总孤独地坐在炕角里不停地摸着孩儿妈在病中躺过的地方，默默地抽泣哀痛，思念媳妇对家庭对公婆对孩子对丈夫的许多好处，细数自己对孩儿妈的那些过错，后悔脾气为什么那样不好，让她受了许多委屈，困乏了也不脱衣，歪靠着糊弄一夜到亮，只盼白日的活能多些，帮自己分散下心中的压抑。

“那不是人心能忍受得了的滋味啊！”以后多年，嘟噜每每想起夫妻割裂的滋味，总是这么一句话，说完就哑巴似的沉默不语了。自媳妇走后，嘟噜就再也打不起他原有的精神状态，头发稀落花白了，脸盘消瘦多皱了，后背也微驼了，性格也变得内向了，一有空闲就扛着铁锹到松山媳妇的坟头前默默地站一会儿。而只在这时，媳妇夸过他的那句话才再次绕耳，“你表面粗，里面细，你嘴上硬，心里软，能干活，会过日子，你捏着指结就知道往后的家底怎么攒，很像你爹，会算计，还不小气。俺爹俺妈都背里说你好……老爹把家权交给你是对的……”这是媳妇留给他最贴心的悄悄话。听孩妈说完了，他便再次扛起铁锹安静地朝回庄的坡路走去……

下个地点便是老爷桥。桥下冰面如镜，可见冰下夹带气泡的潺潺流水，他靠着桥栏，两眼直直地望着溪旁的石板，那是媳妇要他从海边搬来的，石板前那宽敞的水涡是媳妇自己淘挖的，她在这里洗衣洗菜淘米，回家用少量的泉水冲冲即可，省了男人担水的力气。特别是媳妇分娩前拖着笨重的身子蹲在溪边忙活的情景，“女人活得比男人艰难”这句话让他永世难忘，“是啊，每逢初冬初春，她总沾着冰水劳作，手红红的，脸红红的，还不时地抬头望着丈夫微笑……”

庄人都说，自嘟噜媳妇去了，他就像变了个人似的。

春去秋来，转眼间嘟噜媳妇就离世四年了。在爷爷奶奶的精心照料下，孙女孙子都长成了活蹦乱跳的大孩子。此间，庄人多次提议要嘟噜再给孩子娶个后娘，庄里的大闺女都羡慕赵家的业景，凡自觉长相人品能陪伴得上的，巴不得一下就嫁给嘟噜做后，有的还求人托友登门提亲，有的干脆自己主动找上门去表白情愿当续的心境，一再向赵家表达愿意给上了年纪的老爹老妈当个帮手。可嘟噜就是不肯，他说，“天下没人能比得过俺孩她妈的，俺心里容不下别人了。再说她妈给俺留下四个水灵灵的后生，谁瞧了都眼馋，他们能和后娘合群吗？要是合不了，那不是添乱？何苦？”嘟噜什么都不想，只想死去的媳妇，逢人就说，“俺是个粗人，可她一点也不嫌弃俺……”他一心一意要实现自己在媳妇生命垂危时的承诺，按着老爹设下的预定目标把孩子培养成人。

独芳 10 岁时，庄人听说嘟噜要让闺女上学，便七嘴八舌地议论起来，说赵家那五亩地总比东片的丰盛，鸡鸭鹅猪也比别家养得肥实，钱花不完了，要拉骒子考状元，那还不得把骨头都赔进去？女人就是书读得再好也没用，知道猪长四条腿足够了，用不着认字，到了还是外姓人一个。

嘟噜根本不听这些闲言碎语，也不计自己要背负什么生活压力，一定要孩子都去读书。他告诉独芳，“是你妈要你带弟弟去念书的。你妈说，不能让你们和爹妈一样，当一辈子瞪眼瞎。你是姐姐，要带好弟弟，每天早上第一件事就是催弟弟起炕赶路；第二件事是不准弟弟淘气打架；第三件事是要他们爱惜书本学好功课。”

可到真要具体行动了，嘟噜的打算却遇上了阻力。上私塾还是上日本的学校呢？

自日本人霸占了辽东，鬼人虽比中国人少得多，可握着枪掌着权，无孔不渗透，又有那么多汉奸走狗帮着出力，根本不许华人办校，连独设个私塾都得偷着藏着，必须和当地保长甲长扯好关系，不然，要叫鬼子闻到半点气味，轻的烧房拆墙，重的家破人亡。

日本人为建“大东亚共荣圈”，决定从辽东的娃娃做起，连偏僻的滨海山村也被拢进了“试验田”。没有资金，就村村摊派，或用恐吓欺骗手法征用民工，搞孝敬满洲国皇上傅仪的“勤劳奉侍”，用中国人的钱和力气去实现日本人的长远占领目标。

就在嘟噜要送孩子上学时，正赶上日本人在富簸箕庄等几个村庄的交界处建起个小学，校长是从日本请来的，还是个懂得汉学的行家。开学前，他们召集各村的保长敲锣打鼓嚷嚷了30多天，可没人愿把孩子送去。校长只好挨家挨户走访。因为他了解辽南的风土人情，中国话又说得利落，方便与村民的沟通，嘟噜觉得这个日本人说话客气，心肠善良，特别是他“后人读书是富家富国的根本”这话，让嘟噜听了很是动心。

嘟噜不敢自作主张，说给爹听。结果爹的态度比他还坚决，说：“个鳖羔子，咱赵家的后生只管念书，念完了不会跟日本人当狗。”

嘟噜踏实了，不理邻居说什么难听的，找校长提了条件，“俺老四还不足六岁，可俺一定要他去念书”。校长没加思索就痛快答应了。于是，嘟噜便变成了全庄第一个把四个孩子全送进日本学校的家长。校长很感激，夸嘟噜比别人开明，说他有见地，有长远打算，必有福报。

后来，村人慢慢才了解到，那校长原是个基督教徒，讲世人要无缘无故地爱，不计回报，关爱弱小是上天的旨意，说烧杀抢掠是灭绝人性，更是灭己性，庄人听了入耳新鲜。而且他对中国孩子十分友善，特别是对学习好的孩子，格外体贴关照，说才子多了才能创造盛世。人们受了感动，抵触情绪慢慢得到化解，渐渐地都把孩子送进了校门。

独芳和立国聪明，加上嘟噜带头送子读书，校长常常单独给姐弟俩开"小课"。有一次，独芳特意大着胆子问校长，"人家都说日本人坏，可你怎么对俺这么好？"校长笑笑，握着独芳的小手说，"天底下的人不都一个模样是吧？"独芳点头。老师继续说，"那天下人要是都长一个模样会是什么结果？"独芳回答，"那就分不清谁是谁了。"老师高兴地表扬她确实为"独芳"，"你很聪明，想想我问你这话是什么意思？"

"老师是说日本人也有好有坏。"

"芳芳回答的非常正确。我年轻时去过英国，后来在中国北平住了很久，一看见你们那些剪了辫子的男人就着急。而且觉得你们的'革命'总是窝里斗，不想国家，不为大众。我是因为崇拜英国的李提摩太才来中国的。你们听说过李提摩太的故事吗？"

独芳摇摇头表示不知道。

"在清朝末期，李提摩太为让中国能跟上世界文明进步的脚步，在中国住了 45 年，走遍了五湖四海，最后连他出生的家乡是什么模样都记不清了。他为让中国人把皇帝赶下金銮殿，废除闭关锁国的封建主义，实现政治民主化，写了许多关于沟通世界和人人自由平等的书。他是真心帮助中国的外国人。我看了感动得流泪。"

"说到底，日本文化就是中国文化输出的果实，也可以叫东方文化的组成部分。但日本 19 世纪的明治维新引进了西方文明，并与东方文明融合，因此让社会实现了民主进步，搞了产业革命，国家强大起来了。难道中国就不该民主强大吗？封建专制了几千年，把老百姓变成了皮影画，那么穷那么多文盲，都快要饿死了，还全心全意地给皇帝磕头，太纯朴也真愚腐，总希望皇帝某一天会赐福给自己。可结果呢？不仅受穷，而且还亡国。”

“要想让中国人富起来，让你们的国家强大起来，国人就要有文化有知识，有鉴别是非的能力，切切不可做群氓。中国富了强大了，就没人敢来欺负你们了，你俩听懂了吗？”

独芳和立国虽不知五湖四海在哪里，不知西方文化是什么东西，也不知李提摩太的名字为什么这样怪异，对封建和政治民主化，对闭关锁国等词句更一窍不通。但校长“国强不受欺侮”的故事，却深深地印在了他们童年的记忆里。

就这样，姐弟四人一直读完了日校的初小，各方面都超出了同代人很长的一大截，离校时，校长亲自把他们送到老爷桥头，嘱咐要多读书，别把这四年的功夫丢弃了。嘟噜本来还要立国继续读五年级，单独培养。但因为五年级要去很远的镇子，爷爷奶奶怕孙子每天奔波发生意外，拼命反对。嘟噜拗不过，只好暂且歇手。

时后，嘟噜越想越觉不该就此罢休，便背着父母偷去近村找一个姓陈的先生请教。

先生名叫陈子久，曾留学日本，见识过“明治维新”日本工业化变革的过程，更亲身体会了“国穷被人欺”的真实场面。听了嘟噜对三儿情况的介绍，没一丝犹豫，爽快应承让立国立刻进他的私塾。如此，立国又比哥哥姐姐多学了四年。

陈子久每年只收四个学生，每期三年。他学识渊博性格古怪，民族自尊心极强，十分蔑视溥仪的为人及狭隘的列祖列宗观念，坚信自己的故乡不会被日本长期霸占，认定满清政权后期的政治腐败是经济腐败的必然结果，是国家走向没落的毒因，而毒根却是国人的无知，无知便没有意识，只能像动物一样除了找吃的，就是放任、内斗，而不懂如何去推翻腐败的政权，心目中永远没有国家和民族的信念，更没法识别政权的合法性和执政能力的优劣。于是，在日寇的殖民监管空隙里，他打着专习四书五经和唐宋诗词的旗号，一心着力开阔学生的社会见识，和如何识别国是国非，教育学生建立民族、国家、大众生计信念，并用大多的时间以讲故事的方式给孩子们灌输世界史、中国史，特别是中国的近代屈辱史，外加哲学常识，以提高孩子的逻辑思维素养。

立国三年期满，先生要他回家告知父亲，“你再多读一年，功课另选。”嘟噜听了喜出望外，带了四只冻野鸡前往答谢。而先生只留下一只，送他出门时说：“我特意留立国多学一年，这孩子可成国之梁材，一目十行，记忆深刻，头脑清晰，我要教他真正的洋文和应知，要他不仅只对自己有兴趣，而且要关注国体，人说能人要眼观六路耳听八方。可你没知识没境界是做不到的，观也不明，听也不懂。你就放心回去种你那五亩地养你的蟹子去吧。我比你大十来岁，老了，浑身的力气只剩半斤八两了，只好带徒弟，把希望寄托在下一代。立国这一年的学费就不要交了，算是师徒挚情，希望有朝一日他能遇上伯乐。”

从四个孩子上初小算起，一晃的工夫就十几个年头过去了。嘟噜看看儿女的苗头，觉得自己的汗水没有白流，早先的安排倒也真与孩子的性格和习好贴切。独芳出落成一个桃花样的大姑娘，嫁个好家已手拿把掐；立春自幼天资聪颖，为人和善，尤其是珠算，噼里啪啦的快得叫人眼花缭乱，几乎能做人算师，的确是块经商的好料；立邦有股蛮劲，喜欢天文地理，心在周游列国，干什么都一心一意，非得一路到头不可，在冰封大海时，他敢赤身裸体破冰下水摸蟹；立国敏捷，头脑快当，有过目不忘的本领，出口成文，写得一手好毛笔字，每逢春节，白黑不闲，一人包写了庄子西畔的对联，只是屈在一时半会儿还没更大的用武之地。

嘟噜暗暗欢喜，更不想娶什么后房后妻了。他知道，即使想也白想，爹压根就没同意过。如今，孩子们都成手了，自己就是真的想“弯弯绕子”，“那要被爹知道，他能打断儿子的腿。”于是，嘟噜便一门心事地帮爹耕耘那五亩田垄，直到把那块地种成了一株双棒的粮囤子，把庄人眼馋得直淌口水，一再朝他讨教内中的奥妙。嘟噜笑答：“庄稼活能有什么奥妙？你要舍得力气，用汗水把苗子浇透，到秋它一准给你个好回报。”

紧接着，他靠着日日增长的财力，紧挨着东西院墙又加盖了东西厢房，并分三年按三个儿子出生序列娶了媳妇。小日子过得火上浇油，直招四周邻居的羡慕和议论。

但就在院里多了六间房子和三个儿媳后的半年，爷爷奶奶的寿数到了，二老就像完成了传代任务尽到该尽的责任似的，仅相隔四十来天就先后离开了人世。

在给爷爷奶奶烧百日那天，嘟噜带着独芳和儿子儿媳跪在二老的墓前祈祷：“老爹老妈，団俩虽吵了一辈子，但棒打不散，过了一辈子。叫人不好琢磨的是，団俩又差不多是手牵手走的，全村都说団真是一对冤家聚首。可団也积了德了，后人兴旺，祖宗的规矩也一点不落地传了下来。二老放心吧，他们会记住爷爷奶奶的大恩大德的，一定要为赵家光宗耀祖。俺和孩子给二老磕头了！”

当场，嘟噜让立国把爷爷奶奶的名字写进了家谱，立春夫妇给爷爷倒了喜欢的烧酒，立邦夫妇给二老摆了供品，立国夫妇在坟头烧了香纸。而后，一家人又回家为二老单独立了牌位。嘟噜嘱咐独芳，每天日出日落都得一日不落地给爷爷奶奶点香，以报答二老的养育之恩。

第二篇　朦胧雪的流转

（八）

1945年冬月中的一天，在日头只剩下一抹红彩的时候，嘟噜捡满一担牛粪正从西岗的林中往岗下走，但刚挨近林边，忽见有队扛枪的兵从庄子东北口的牛道那里朝庄子走去。他本能地支起脖子想给庄人喊声“过洋兵了！”

以往，每当日本兵来了，凡提前望见了的庄人，都会这样召唤一嗓子给邻居报信。这次，他刚冒出一声，但仔细一瞅又觉得不像，便立马压住了喉咙。

这队人的枪虽和日本的一模一样，可那走相和衣帽却不如日本兵的整齐统一，浑身穿戴都是粗布片片，上身是盖过屁股的棉大褂子，下身是轻飘飘的薄棉裤，根本挡不了风寒，为了跑路利索，还都把裤脚裹在绑带里，体形显得更加瘦弱。而衣料颜色的深浅差别也大，蓝不蓝白不白，一流子灰不啦叽，还尽是补丁，在刺骨的北风里，让人觉得那一架架身子骨就像干柴。“不对，小日本不是已经投降了吗？那是不是胡子下山了？也不对，胡子怎么成这副摸样了？他们不是庄稼绿杖后才出来吗？这股绺子还是个大排，还知道站队，那要是进了村子，害命越货作践起妇女来……哎呀，那可糟了……来不及了，不等俺赶回去，胡子就进庄了……”想到这里，他丢了挑筐就朝岗下跑去。

眼瞅着前队就要挨近庄子最后那排房子了，“来不及了！”嘟噜灵机一动，忙把下半身躲进沟坎里，猫着腰向庄里喊话，“乡亲们，不好啦，胡子进庄啦！”他接连喊了几声。粗犷的声音在山湾里绕来绕去，打破了傍晚的沉寂，惊得躲在树棵里避风的鸦雀都跳出来东望西瞅。

庄人早就被日本鬼子吓出了神经，多年来，一听有人喊话，根本不辩是谁喊的，也不问真假，听了声，觉得来不及往山里逃了，就家家急火火地关紧了门窗，躲进屋里连大气都不敢哈一口。

嘟噜喊过话后，见那队人就像没听见似的依然列队进了庄子，在庄头的空地场园上排成方队听两个穿大衣的训完话，而后分为几个小队散去。但他们没像胡子那样呼天抢地的挨家挨户叫骂，也没用枪托砸门。

“怪了，世道还真是变了，怎么胡子的天性也改了，学着斯文了！”嘟噜想到近处去看个明白。但自我保护的意识却按住了他，“还是小心点为好。”他缩回脖子继续趴在沟边目不转睛地瞅着。

天色渐暗，他望见有两个人出了庄子朝西山根走去，其中一个指着山根边走边说着什么。

“他们发现俺了？”嘟噜觉得浑身紧张。可过了一会儿，那两人又转身退回村里。而后，几个人提着锅背着口袋在赵家地头的泉旁支起了火灶。“他们还做晚饭？不像胡子，没见胡子出来抢东西还背着锅。”

又过了一会儿，火灭了。一个拿勺子的人给队伍分饭，领饭人端着碗依次排着长队，那两个穿大衣的人排在最后。“他们怎么那么规矩听话？”

寒夜降临了，庄里没一星灯亮，正冬月末尾没有月照，四处漆黑一片，一阵阵杀骨的朔风从北山吹来，在半空里不时地扬起冰凉的雪沫子，还一个劲儿地往衣领和袖口里钻，激冷得让人发抖。要不是偶尔的狗叫在向夜行者发送信号，没人会以为这洼子里还有人家。

那队人不想打扰怀有敌意的村民，分头挤到各家的屋檐底下或草垛空儿里，和着薄衣抱着大枪坐着干草互相依靠。赵家的大门楼下即宽敞又避风，至少挤了三、四十个人。

赵氏一家只落日时听见老爷子呼喊胡子，再就没了音信，想出门看看或大声召唤，又怕给全家引来祸水，只好关门闭窗聚在一起着急。嘟噜的爱犬一直不肯安静，总想冲大门汪汪。立国只好用布蒙住它的眼睛。

快半夜了，寒气越加透心，躲在沟里的嘟噜觉得自己的筋骨实在是抵不住数九的阴冷了，上下牙帮“磕磕”直响。他琢磨着，“俺要把金子带着就好了，抱着它还能暖和些，不该把它关在屋里。唉，家里不知急成什么德性了，俺就这么撑下去还不得冻死？”

金子是大儿立春贩鲜到高丽岸时带回的一只白肚白蹄白脑盖白嘴巴满身黄毛的幼犬，他怕爹因爷奶去世感到孤独，特意送给爹做伴的。

嘟噜想到这里，咬着牙爬出了沟坎，但刚要直起身子，就觉得两条腿不听使唤了，接着眼前一黑，“扑通”一声便跌倒在雪地里。雪面结了层光滑的硬壳，他毫无知觉地沿着斜坡滚到坡底的凹兜里。

又不知过了多久，嘟噜才觉得有股子温乎气儿在慢慢地侵袭着自己的身子骨。苏醒了以后眯着眼看看头顶，原来自己竟躺在自家的门楼底下，一群抱枪的人正围拢在他的脚前脑后，其中一个穿大衣的正蹲着身子在为他搓手活血，正想试探着向他问点什么。嘟噜心里慌了，赶紧微闭了眼睛，心想，“这下完了，俺被绑票了，怎么才能脱身呢？”

“老乡，你别怕，我们是八路，刚进辽东才十几天。我们早就发现你躲在西山的沟里，这么冷的天，你一定冻坏了。我们几次想去找你，又怕你不理解。后来你摔倒昏迷了，我们才把你救起。你是哪家的？我们送你回去暖暖身子吧！”嘟噜觉得那人的话有些南腔北调，他从来也没听到天底下还有这种说话的口音。

“满洲国不是前几个月就倒了吗？怎么又出来个八路？八路是干什么的？他们如进了俺家会糟蹋俺的儿媳抓走俺的儿子吗？俺决不能说这门里

就是俺家。”嘟噜心里明白，但仍故意从嘴里发出“唔唔”的声音，让人觉得他还在胡涂状态。

又一个穿大衣斜背盒子枪的人打着电筒走近嘟噜身边，他先用电光在老头的脸上晃了一下才说：“于指导员，他就是昨下晌呼喊我们是土匪的那个人吧？”嘟噜听得很真切，说话人是东北腔调，粗声粗气，透着不乐意的味道。

蹲着的人没马上答话，他站起身跺跺脚拍拍胯骨，回道：“是的，卞连长。老人家昏倒在村西的雪坡底下了，就这天气，他能在雪沟里挺这么久，还有口气，很不容易。”

嘟噜不知“指导员”“连长”都是些什么官衔，只觉得这两人就是他插黑时远远望见的那两个穿大衣的，很可能是这群人的头儿。便趁两人说话的工夫，偷眼看了下那个满嘴东北腔调的人。天已蒙亮，在雪光的辉映下，老人觉得那人是长瓜脸儿，大嘴巴，高鼻子，大个头，全身上下都被“匪气”笼罩着。

“就是这个老头搞乱了我们的整个计划，群众连院都不让进，这么抵触，政权建设很难不说，征兵扩编的任务就更不好完成了，不如另换个地方吧！”卞连长生气地说。

“可以理解，日本刚刚投降，这里偏僻，音信不通，他们不了解我们，有顾虑是很自然的。上级对辽南农村基层政权建设的指示是，按当地的实际和需要决定，我们扩编完了，很可能立即就被调上前线，国民党就会跟着屁股插进来，等于没建一样。这里连县城都还没解放，我们不搞形式。扩编的任务虽然紧迫，但我们不能采取强制手段。看来只能急电请示上级首长，把这里的情况汇报一下，看首长如何指示？”于指导员有分寸地表达了他的不同看法。

“那好吧，也只有这样了！”卞连长琢磨了一阵子，叹了口气，又瞅了嘟噜一眼，转身走了。

天终于亮了，庄子的轮廓在晨曦里显现出来。但没有鸡鸣没有炊烟，也没有开门的“吱扭”声，更没有晨起人的吆喝。家家都把鸡鸭鹅狗闷在屋里，大人们轮流盯着那些畜牲，一有动静就捏它们的脖子，不让发出半点声响。这是庄人长期对付日本鬼子摸索出的一套办法。因此，就因为这帮衣帽不整的队伍进庄后不走，没有任何应对突袭准备和逃也不是睡也不是的庄人，便经受了村史上从未有过的一个寂静而寒冷的长夜。早先的鬼子是作践完了就跑，不敢在外过夜。而这帮兵还敢钻到老乡的草垛里避风，不怕人点火烧他。

在东天刚刚冒出一缕红润的时候，扛枪的队伍连集合的哨子都不准吹，也没吃早饭，又整装打包一声不响地离开了。

临走，他们让卫生员号过老头的脉搏，卫生员说，“应该没危险了，他的心率很稳，可能是先头受了惊吓，再加上严寒，他一定会缓过来的。”

指导员怕老人冷，让人在老头的身底铺了厚厚的干草。但仍不放心，蹲下身子左右看看，说，“不妥。”忙亲手拨开老人身上的草，叫卫生员“把我的被子拿来给老人盖上。”

卫生员说：“那以后你盖什么？”

“我好说，如把老人冻坏了，我们走了，你叫他怎么办？”

卫生员按照指导员的要求打开背包，把被子盖到老人身上，四边掖严实了，又细致地查看了一阵，才跟着队伍走了。

队伍不声不响地出了庄子。嘟噜已经觉得不对劲儿了，急忙掀开被子从草铺上爬起来想了想说：“他们不是胡子，是和抗联一样的好人。”他喊叫着追到西山脚下。但队伍已经翻过了山坡，被松山林子挡在了那一边。

听到嘟噜喊叫队伍远去的声音，家家户户都推开了房门走出了院子，一簇簇聚拢到路边。鸡鸭跳出门坎搧起了解放的翅膀，黑狗在雪堆里滚动着身子……

独芳带着弟弟和弟媳冲出院子一起用力拉开大门，他们一夜没敢合眼。金子呼喊着直接奔嘟噜扑去，立起身子与主人对脸站着，发出“哼哼唧唧”的声音，像在表达挂念的心情。

嘟噜抱抱金子，顾不上搭理儿女给他的关爱，就像做了天大的错事似的，忐忑着去给村人说明实情，“唉呀，人家不是胡子，俺却把人家错看了眼，都怨俺乱喊乱叫，大家也就都信了，人家冰天雪地在门外挤了一夜，连口冷水都没喝，那些人都和咱孩子一边大……哎！”

有人说：“也不怨你，你也是为大家好……”也有人说：“你老眼昏花了，这年景，好赖人也真是不好区分……”

嘟噜无心去听那些或热或冷的闲话，回到院门前抱起那床被子看了又看，禁不住流下了泪水。金子也凑过去闻闻。嘟噜想：“俺活了一辈子，从不曾遇见这样感人的举动，别看穿戴不像抗联，可心里和抗联一样，他们就盖这么薄的被子过冬，还把它给了俺，那指导……就连这个也没有了，俺错怪了人家，但他们却救了俺，如不是他们，俺早就在雪沟里咽气了！”

立国问：“他们没说自己是什么队伍？”

嘟噜回答：“说了，是什么八路，俺头次听说天下还有叫这七路八路名的军队。”

立国自言自语：“俺知道，报上早就提过他们的名字，他们是共军，和抗联是一伙的，老蒋杀过他们。但为了打日本，是老蒋把他们改成第八路军的。现在日本投降了，他们还叫八路？来咱们这里干什么？”

嘟噜听儿子这么一说，有些发急：“团天天看那些报纸，既然知道为什么不早点告诉俺？”

“你整日就知道捡粪，种你那点儿地，谁知道你还有意关心和你不搭边的东西？”立国争辩着。

气得嘟噜拿白眼瞅瞅儿子：“个鳖羔子，还俺的地，你没份啊？喝西北风你就能活着是吗？”嘟噜认真地继承了祖宗的口头语，第一次使用到了立国的身上，且还是不满的发泄。

立春、立邦在一边偷着捅捅弟弟，不要他再抢白老头。他们看出，老爹的心里确实是有些难过，就好像做了什么亏心事似的。

回到家中，嘟噜精心地把八路给他的被子迭好包好，小心地放到谁也摸不到的地方，他要把它作为对救命恩人的永远纪念保留着。

（九）

1946年正月初八下午，也就是头年冬月那支衣帽不整的队伍刚刚离开富簸箕庄两个来月，一列黄衣队伍也从北山口向庄子开进。

虎山背后有条伪满修的官道，官道沿着山丘宛转向东，中途有个庄子叫凉水，从凉水朝南分出的牛车岔路可直奔富簸箕庄，而簸箕又是虎山地区最大的庄子，名声在外，凡对虎山地形不熟的，要去簸箕，都会绕圈走这段冤枉路，黄衣队伍也不例外。

傍黑时，嘟噜正背着松枝领着金子从西山顶往家走。

赵家祖宗给后人留了个规矩，每逢正月十五必得在院门口架设临街牌楼，系上红布飘带，挂上大红灯笼，以照耀家族前景光明红火。而那牌楼还必须得用松枝捆绑，象征人寿年丰，祖脉永继，让后人朝气蓬勃。所以，松枝不可捡来就用，必得到山上一支支精心挑选，干这活计，嘟噜自然是全家最娴熟的人。为过好今年的正月十五，他一早就去了山里，连晌午饭都没顾上吃。该回返了，肚子也空了，自觉背上十分沉重，只能哼着不成调的号子放松自已，一步步地迈过积雪的山坡，“嘿——呦，嘿——呦，大家用点劲呦，眼见一网银呦，立马一网金呦，风调雨又顺呦，日日都安心呦，嘿——呦……”

可是，刚出了林子，一直跟在后边的金子就冲到前头“汪汪”起来。嘟噜抬头一看，猛见一长列队伍正横在庄东北的通道上。他便想起年前的教训，这次可不能再冒昧地乱喊了。

嘟噜脚前有道土坎，过了土坎就是一片斜坡开阔地，若跨过土坎，迎面的大兵就会把他看得清清楚楚。他只好退到林边的松树底下，按着金子不准它再叫，金子听话，悄悄地趴着不动。

嘟噜边望边寻思，觉得那队伍的气派比较特别，队列服装统一讲究，鲜亮开眼。队尾还跟着一辆蛤蟆样的四个轱辘怪物，屁股里正一股股地冒着白烟，队中除了扛枪走路的以外，还有骑枣红马、戴大沿帽、腰里挎撸子的，看上去神气要比年前的那拨足了不少，人头也多了许多。

“是不是年前那支队伍又回来了？”他揉了揉眼睛细看，“不对，他们的装束怎么换得那么快？前不久还穷兮兮的……”他刚想喊叫，但又立即噎住了，“俺怎么喊呢？这一回可别喊错了……对，那姓卞的连长不是提了句什么扩编的话吗？也许人家摸到金堆银窝了，没错，是恩人回来了，肯定是。”

于是，他决心将功补过，把八路又回来了的消息告诉村人，便丢下松毛爬到坎上，扯着嗓子呼喊起来，“乡亲们，救俺命的八路又回来了！”金子也仰着脖子跟着起劲地叫唤起来，还讨好地摇着尾巴。

队头的士兵最先听见坡顶“八路又回来了”的呼叫，突然止住了脚步。跟在后边的人便拥作一团。队尾的蛤蟆见状也“吱呀”着停了下来。接着，蛤蟆门开了，从中跳出个披黄呢大氅戴大盖帽的人。同时又有几个大沿帽也跳下马背，迅速围到披大氅人的身边。其中的一个大沿帽挥着撸子说，“去侦察一下，活见鬼了，哪来的八路？”那人的话音刚落，队伍里便走出五、六个人来，一齐猫腰端着枪散开，围着庄子四周仔细地探究了一番。

嘟噜万分惊奇，“他们这是要干什么？藏猫猫？抓鸡？抓人？抢东西？都不像……”他忘记自己正站在高处。

还沉浸在过年氛围里的村人听见嘟噜呼喊，纷纷跑上街头，都想一睹上次救嘟噜性命的那些八路的风采。但却碰见了上着刺刀的黄衣侦查士兵。于是就一边喊着“不是八路”，一边赶紧躲进了自家的门里。

嘟噜望着庄里的情景傻眼了，木呆呆地站在坎上不知所措。

过了好一阵子，端枪的士兵又聚回到披大氅人的跟前。接着，披大氅的一边说“你们快把那老头叫过来！”一边向远处的嘟噜招手。嘟噜越发觉得莫名其妙，心慌地抱着金子的脖子蹲到地上。

不多一会儿，还没等嘟噜回过神儿来，几个端枪人已经站到他的跟前。“对不起老大爷，我们长官叫你过去一趟！”

听语调还和气，嘟噜用眼角瞅瞅来人，“叫俺过去干什么？俺可不去，俺还急着回家架松毛楼呢，没两天就正月十五了。”他性急中想，只这话还可用来应酬。

其中一位端枪的小个子急了，拿刺刀搓了下嘟噜的松毛坨坨。金子不高兴了，对来人喷着气龇着牙地叫起来。另一个人制住了小个子说，“你不怕长官扣你的饷？”转身对老头说，“老大爷，你别理他，他不懂事。”

嘟噜觉得这队伍有些怪异，不像八路那样的做派，怕惹出大事，只好重新背起松毛领着金子跟他们走。

嘟噜走到长官跟前，叫金子趴到地上。大氅人摘下大盖帽，先瞅瞅金子，说：“它还真听你的话。”又警惕而客气地问，“大爷，你别怕，老老实实地告诉我们，八路在哪里？”

“你们不是八路？俺以为你们是八路了。”嘟噜是答非所问。心里却在想，“看来他们不是八路，好汉不吃眼前亏，俺要遇上八路的对头可就麻烦了，俺前时和八路的瓜葛决不能叫他们知道。”

“你见过八路吗？他们现在还在你们这里？”那人重复着问。

“节前过来一支队伍，在庄里只待了一夜就走了，俺是从他们话里知道是八路的。”嘟噜解释着。

“有多少人？往哪儿去了？”大鳖人又问。

“也就百十来个人，和你们一样，从这边进来，奔西山坡走了。唉，你们是……俺也不知该不该问。”嘟噜壮了壮胆，他想弄个水落石出。

“老大爷，你就是不问，我们也会告诉你，你知道国军吗？或叫中央军，打日本鬼子的？我们就是。得提前谢谢你，请你把我们带进村吧！”大氅人笑笑，他不想和这老头搞僵，因为他已清清楚楚地听见老头刚喊过“救俺命的八路”，认为其中必有原因。

“打日本的？不是只抗联打日本吗？怎么不一会儿又钻出个打日本的？立国说老蒋打过日本，他们和老蒋是什么关系？是不是见日本国倒了都钻出来讨功？蒙咱老百姓？”嘟噜早先对国军的名字只是耳边一过，从未遇见到。他只在山里砍冬柴时远远地望见过翻穿羊皮大衣头戴狗皮帽子的背枪人，在和乡亲悄悄说起时方知，那是抗联，是打小日本的游击队。

他真正近距离眼见为实的只有鬼子那群王八蛋。他听说，鬼子在关里烧杀抢掠，群奸妇女。在辽南这里，鬼子虽不那么疯狂，但人们一听他们来了，仍关门闭户携儿带女地往山里躲藏。除非鬼子趁庄人不备突袭而来。鬼子来簸箕庄不为别的，只为粮食和海产品。可庄人家家在海峭里都有自己的密洞，特别是赵家，那密洞就连獾狗都扒不到。日本抢占辽东几十年，簸箕庄从未损失过一粒米。鬼子气急了只能换保长。而簸箕庄的保长基本没人愿干，一是庄人都是杂姓移民，拉不起帮派成不了气候，压不得阵脚；二是全庄基本一团和气，为鬼子去敲诈乡民伤害邻里不值得，很难在庄里站得住脚；三是没有报酬，庄人也都不富有，弄不到油水。所以无论指定谁，都只当是挂着名片不干实事的混子。

可为此，村人也受了不少皮肉之苦，大多人都挨过鬼子那粗肚短把的皮鞭，把人拉到场园让狼狗围着人群龇牙裂嘴地狂扑乱叫，吓得老婆孩子魂不附体。男人被一批批地抓进北边的煤矿或捆到日本去做劳工。嘟噜是爹的独苗，民风留根，庄人也不攀比，他才有幸没被抓走。可他亲眼看见那些活着归来的乡亲，个个都是被扒了几层皮之后才死里逃生的。

嘟噜从心里感激村人，在那个年月，他正在中年力壮时期，加上为人机警和耿直爽快，每每都是他事先发见鬼子来了，而每次都是他不顾身死地站在高处给村里喊话。因此，日久天长，在村人的心目中，嘟噜就成了鬼子进村的信号员，他也想以此回报村人对赵家独子的关照。

大队国军在嘟噜的带领下进了村子。进村后，大鳖人又要他领着把村子从东到西从前到后全面审视了一遍，最后在嘟噜家的门前停住了脚。金子一直不声不响地跟在身后，不时地拿白眼瞅瞅大鳖人。

“这是谁家？”

“俺家！”

“有钱？”

“没钱！”嘟噜的嘴巴颤抖着。

大鳖人粗略地看了看房屋，又上下打量了下身边的老头，觉得这人的样子同房主的地位不很相称。便补了一句，“这是你家？你是这家的伙计吧？”

“俺家，俺是这家的爷爷。”

长官听了老头的话觉得可乐。但出于尊严不好直笑，便换着手扯下雪白的手套，在手背上拍了拍，而后脸上便挂起轻蔑与奇怪的色彩，但神情仍给人以轻松自然的感觉。

同时，他立即转身吩咐下人，“通知后勤，团部就设在这院的正房里。各营不得住进居民家中，每排一顶帐篷，就在村西那片开阔地里扎住，那儿有股泉子，离水近，我们的给养充足，严令不得拿用村民的物品或扰民，尤其不得接触村妇村姑，如有发现，一定严惩不怠。”

并转过脸对嘟噜说：“老人家，我们担负着特殊任务，团部不能在帐篷里办公，暂借用一下你的上房，时间不会太久，也不会白用，你放心好了。”

老人听了长官的传令又忧又喜。忧的是，他也不问问俺愿不愿意接纳他，就几乎把俺的全部家当占据了，俺这不是引狼入室吗？喜的是，国军对老百姓的态度虽然比八路差点，但还说的过去。日本鬼子的所作所为，总是他心中鉴别这两拨军人做派好坏的参照物。

就这样，赵家的正房在一瞬间便成了国军的团部。赵家的人和物全都被挤进了东西厢房

与此同时，赵家大院也人来人往地热闹起来，腰挎撸子的大盖帽军官没白没黑地进进出出，大院门外常有营级军官骑的溜光油滑的高头大马在摇尾仰脖，正房顶上架起了无线电天线，院门楼底成了蛤蟆怪的窝居，当院杏树下和蛇溪边，包括老爷桥，就变为团长散步和与部属谈心的去处，两进的门外都白黑站着荷枪实弹的卫兵。

正房成为军事要地，赵家老小只可随意出入台阶下的当院一周。而前后邻居只能翘脚远远地望着赵家，望久了还会有士兵去轰他们走开。如此，赵家就变为庄人和长官下属另眼高看的居所。好像嘟噜一家大小只一夜之间都长了个头、提了价码。

可嘟噜从心底也没觉得如何光彩，“那些混头的，他们羡慕个屌屁，那就把国军的团部搬他家去算了。也不想想，就因为个团部，他们进不来了，就不自在了，俺这儿就变成慈禧老佛爷的宫殿啦？俺个草民，这是俺家，俺不走大门难道还要跳墙？个狗脑子！”

从正房变为国军团部那日起，嘟噜还添了个总想唉声叹气的毛病。因为他老早就习惯了的生活规律，一下子被这帮国军彻底搅乱了，不但给他

增加了许多不快，而且还多了些以往不曾想过的操心事。比方说，他本想出了正月就往那五亩地里堆粪，等谷雨到了就开犁……

这下可好，那里扎了兵营，也不知他们何年何月能走，又不敢上前打听。还有，家藏一女三媳，尽招汉子的眼睛，一旦有个不雅，那能对得起故去的二老和他们的母亲吗？再说了，八张嘴的粮食从哪儿来？就这样耗下去还不得喝西北风啊？国军占地嘴说不白占，可给不给租金也没个音信。

特别让嘟噜心烦的是，国军进村的10日后，上房团部的警卫突然给老头送来一大盘煮得火红的河蟹。嘟噜见了高兴地左看右看，嘴里还不停地念叨："行，这帮兵还知道敬重老人。"可转念一想又觉得不对味了，"这是不是俺那湾子里的？"

他转身出屋直奔西山脚的泉溪。不一会儿又气冲冲地回到东厢房，脸色涨红地拿了一只扔给金子，金子闻了闻就走开了。嘟噜一看二话没说，端起河蟹径直倒进了猪食桶里。完后又补了一句："连狗都不稀罕，猪就是吃了也不知道感谢团！"

原来，嘟噜养在泉溪里的河蟹全是母的，是为四、五月潲仔用的。结果都被马屁精当"伟大发现"抓了煮给团长吃了。团长前几天曾给老头送过乡间难见的白面馒头。但自觉还差了点心意，一见有北平人特别喜欢的大个毛腿蟹，便想起下房的老人，要卫兵端了盘送给嘟噜。卫兵进门后还点头说，"这是我们团长的心意"。

"什么狗鸡巴心意？那明明是俺自己的东西，拿俺的东西来孝敬俺，连本钱都不用掏，还叫送礼？真让人哭不出眼泪笑不出音儿来。团看看人家八路那人品，咱不是瞪眼瞎夸，就在湾子边上安锅煮饭，明明看见了河蟹，可人家连根蟹腿都没动！"

团长的心意反把老头的眼睛给气蓝了。

立春说，爹倒得好。立国说，爹倒得很有志气。只有立邦扭着说："你管他是偷的还是抢的，满肚子黄的肥蟹，倒了多可惜啊？赌那志气能当钱花？还是肚子舒坦没饿着，你们不吃俺还吃呐。”

三个媳妇也在琢磨，“可真是的，好几十只呐，都倒了，猪可过了个像模像样的正月。俺还真想尝个鲜来，结果一转眼就让老头倒了。”但谁都不敢言语，扭过脸去装着不作声响。

还是独芳的胆子大，冲着老头说，“爹，可能他们觉得进村都那么多天了，没见有人去管管那蟹子，以为是没主的。团长那么忙，他肯定不知道这蟹子是从泉溪里拿来的，他更不会知道这河蟹是你养的。要是知道，这台上台下住着……”

“啊，他进村那天还说不拿老百姓的东西，一转脸就放屁啦？不知道是谁的就敢吃啊？他没长嘴啊？不会问啊？他以为那是大海啊？谁捞到就是谁的啊？就那么腚大个窝窝，蟹子又不会坐局设赌，挤一块儿凑热闹，有那么扎堆儿聚在一起的蟹吗？大冬天的，都僵了，明眼人一看就知道那是人家养的嘛。噢，他们想解馋，连自己个儿的脑子都挖吃了？一庄子上百户都没人去动，他却敢动。别的不看，就看这一点，比人家八路差远了，真不人稀罕。”嘟噜不等女儿说完就抢着骂了一通。

立国忙用手捅捅爹，说，“咱这儿本来是化外之域，溥仪被沙俄活捉了以后，东四省到底该属谁的还没托底呢，你没见就这么几天的工夫过来两股兵，八路刚走国军跟着屁股就来了。看来都是为了这地盘儿，世道又要荒乱了。上房这伙来头更大，老爷子你撒野也得端量个地方，咱现在就在人家的枪口底下，你小点声好不好，别惹了他们，不就那几个破蟹子嘛？你还想豁出命啊？”

“什么‘话’里‘话’外的，俺不懂，俺只知道他们不如前面那伙当兵的本分。国兵就是国家的兵，是老百姓拿血汗养活的兵，总和老百姓过不去，那咱还养他干什么？养金子它都知道和俺亲乎。可他们……”

“老爹，人家刚从关内过来，可没花过你交的税，你的税都养伪警察和关东军了。”立国俏皮着说。

嘟噜吧嗒吧嗒嘴，没话说了。

“不就吃了你几个蟹子吗？”独芳见立国帮她，便抢着说。一家人只有女儿敢和爹不停地顶嘴争辩。

“小子哎，你识数不？如不识数爹豁出去再送你回日本老师那里回回炉。那叫几个？他们吃了俺整整一湾子，到今年秋后就变成八、九湾子，十来湾子，俺和山外的贩子都有了搭讪，海边人不认河蟹，北山后那边认，人家专门倒腾这个，秋天一准来取，一手钱一手货。这下倒好，取什么？取个屁。俺连个信用都没有了，以后人家还信得过俺吗？七老八十的人，赚不赚钱倒没什么，这脸可不是说丢就丢的，像丢张破纸那么简单。俺这下可赔大罚了，俺看呐，是不是连你的脑子也被那个屁团长给挖吃了！”老头成心隔着女儿骂立国。

独芳知道爹是真的生气了，老人家从来没这样训斥过女儿，说明他确实是因为精心养育的蟹种被人吃了心疼不止，不然他不会一反常态，用指桑骂槐的法子铺头盖脑地呛冲自己的宝贝闺女。独芳觉得实在是无话以对了，只能补上一句：“那一个院这么住着，你也不能因为蟹子就把关系搞得太僵了不是？”

老头听了拿白眼狠狠地看了女儿一下，不再吱声了。

对独芳的一番言辞，立春立邦家的都不觉得奇怪。以前她们对公公有时发脾气骂人看不惯时，全指望大姑姐帮着出出气。

而立国媳妇听了的感觉却是，“这下俺可对上码子了，俺总觉得姐姐和上房那团长的关系有点黏糊。”还忍不住把脸扭到一边偷偷地嘻笑了一下。她对大姑子那番话的用心已领回了大半。

可弟弟们对该嫁不嫁的姐姐的表现倒没有任何疑问。因为姐姐和爹拗着说话的习惯老早就养成了，姐要是改了这风格，兄弟三人还没一个敢站出来直面和老头叫劲的。

（十）

农历二月二“龙抬头”那天早上，嘟噜比平时早起了半个时辰，他知道照以往的规律，今儿个很可能是一年里难得的大潮活汛，就像传说一年一回的八月十五蛟龙闹钱塘，全家该下海去大捞一把。他兴冲冲地出了东厢站在房檐下习惯地望了眼西北方的天空，预计下晌刮的是北风，判断今儿个的海水至少能后退一里半地，“那些许多平时不露面的海滩石礁都要裸了，趁立春冬季生意不多，先把理账的事放放，上午将赶海的傢什准备齐全，过晌带全家去赶趟大潮，蛎蟹螺蛤怎么也能弄它一二百斤。”

想到这里，嘟噜越是急着要去西厢那边喊老大老二。但一抬眼却见团长正在杏树下面打拳，而独芳只一人跟在旁边学练，金子也坐在台阶上不声不响地看着他们。

每逢冬天，金子不愿在冷飕飕的屋外窝里睡觉，嘟噜对金子好有耐心，在屋地给牠铺了棉袋躺着，半夜还要送出门撒趟尿，因独芳早起，金子便养成随女主人一块儿出屋溜达的习惯，日子久了，和团长也混成了熟人。团长还真心喜欢它，总给它好吃的，摸它的脑袋。一开始它不很情愿，后来觉得团长确实对它好，就不再拿团长当外人看了。嘟噜如遇见它和团长在一起，要不喊它，它就像没看见自己的主人似的，会继续待在团长的身边。到现在，只要它在屋外一见团长出门，就会立即凑到人家跟前亲近。

在嘟噜看来，凡金子能看上的人，估计心肠都不会太赖，渐渐地也就把河蟹那档子不快扔到一边去了。

但眼下是自己的女儿正和个大男人凑在一起，便立马觉得心里有些别扭，“哼，还有比俺起得更早的！”但他没想立即去惊动两人，退回原处想看个究竟。

独芳和团长好像老熟人似的一边比划着拳脚一边唠扯着什么。嘟噜想：“看来独芳跟人学拳不止是这次了，一个大闺女，要是在别家，孩子都该两三岁了，可那么多提媒的她连看都不看一眼，就在家里这么偎着，反倒跟人家团长套起近乎来了，你瞧两人那热乎劲儿！唉，多亏祖宗把院墙垒得高高的，这要是让外人看见，不知又要说些什么难听的出来……”他琢磨着，“俺该不该过去把他们的局搅了？”但仔细一想，“不妥，那会让团长瞧不起自己，会说咱心眼太小，逢事尽往斜处琢磨。俺还不如就这么就近听听他们都说了些什么吧。”

因团部就在眼前，以及多日的耳闻目染，嘟噜已经知道些有关这拨国兵和团长的来历了，只是不很详尽，他很想再多了解一些，以便破破心里对他们印象不佳的疙瘩，便站在暗影里正着耳朵细听。但独芳的声音很弱，只能隐约听见她的一句半语。团长的嗓门反而高些，无拘无束地在回答着独芳的提问。

团长说，这支队伍是从烟台卫子乘船来辽东的，还说辽东从甲午海战后就被割让给了日本，沿岸长期都是日军的后防，在这里残酷统治的暴行少些，因此这里的大多群众不知日军在华北实行了“杀光、烧光、抢光”的政策，对鬼子的仇恨大多出于义愤，而缺少理性，对民国更一无所知，仅少数有识之士才懂得什么是亡国奴。共产党比国民党先知先觉，很早就在这里埋了桩子，成立了地下党。团长被分配到这一带的任务是：宣传民国，发展壮大队伍，把团扩建成旅，然后北上。为此，军长特别提前给团长配备了只有旅长才可乘坐的美式吉普，要不他只能骑马。

独芳听了笑着说：“立国说鬼子在华北搞‘三光’政策，不让人活，那当然是千人刮万人恨了。不过，俺这里大多人也是痛恨他们的，他们拿中国人不当人看，只要国军能为老百姓着想，从道理上打开人的心结，不必顾虑人心装不下你们。俺不懂，也不知该不该问，旅比团大多少？”

团长停住了手脚，笑着回道：“这不算军事秘密，可以告诉你，一个旅三个团，至少要二千七八百士兵。估计时间太紧，招不到那么多，能凑二千人就很不错了。”

“噢，那么多兵啊！难怪要你坐吉普，比马跑得快。不过，俺看马比吉普好，多养个开车的，麻烦。”

团长摇头笑笑说：“一样，马得吃夜草，半夜需要人起来喂它。”

独芳回道：“真有意思，你说话能惹人笑。”边说边往团长近前凑了凑，不知又问了什么。

只见团长连连回道：“那可不能说，是机密。”等独芳再问，只听团长故意干咳了一声，说，“你……那我也不能说。”

嘟噜想：“听团长这‘你……那我也不能……’的内音儿，看来他们之间已不是一般的近乎了。”

因为团长和独芳交谈的神情过分集中，再加上东厢房檐底背光，金子也没想往老主人这边蹭，两人一直也没注意这边的屋墙下还站着个老头。

他们一边练拳一边继续交谈，嘟噜从两人的话头话尾进一步了解到，这位团长是北平生人，17岁就参加了国军，是父亲要他投奔抗日救国队伍的，到今天，他离家已九年多了。

团长练完拳，背靠着老杏树，转过脸告诉独芳：“我参军后，先在长城内外打日本，站在城墙的狼烟楼顶就能望见家，可就是回不去。因宋哲元要搞华北独立，按十万大军不动，北平实际上已经被日本和亲日的汉奸势力控制了，他们怕民众组织抗日队伍，一户户调查有没有男人长期不回家。以后我又转到黄河沿岸。到辽东前是在京广铁路一线，所在部队始终正面对着日寇，战友们成排成连甚至是成团地倒在鬼子的枪口下，我必须为战友们讨回血债，为国为民尽责，否则就对不住战友和国家，对不起父亲的希望和教诲。因此，至今也没回过家，也回不了家。以前驻军从来就不住百姓家里，这次是极特殊的一次。也好，我有机会接近你们一家，我对你父亲有种特殊的感情。但他老人家不理解，总绕着我走，在一个院里，碰了面他也会赶紧躲开，顶多拿眼角瞅瞅。可能是刚进村那日我给他留了不好的印象，或是占了他的地面。”

独芳不肯提河蟹的事，笑着解释：“俺爹的脾气倔，可他心好。”

关联到自己，嘟噜听得入了心，便不由自主地蹲到墙根下。他终于肯定了前日几个老兵的说法，这位团长原是在抗日战场上几次从枪林弹雨中死里逃生的。

“每当我被鬼子追杀到走投无路的时候，就会陡然想起母亲临别的嘱咐，‘孩子，你一定要活着回来，妈等你！’我常常因此而勇气倍增，几次和战友们拼命用刺刀戳开血路，让鬼子望之胆寒。我曾无数次给父母写信，但都因北平是日本鬼子的天下而片纸无回，一直音信渺无。日本投降了，去年刚刚通上家信，我这才得知，自己参军的第二天父亲就被特务带走了，坐了四年日本监狱，出狱后双腿瘫痪。这期间，母亲思儿念夫久忧成疾，还没等父亲出监，就永远地离开了人世。现在家里只有姐姐一人守着生活不能自理的老爹。

“我再也见不到妈妈了……姐姐和爸爸并没因我当了团长而高兴，只是因为经历了血肉横飞的抗战，我还仍然活着……现在，他们日日夜夜都在盼着我能突然出现在面前……但是，国共两党又要……”

“国共两党怎么了？”嘟噜没听见下半句，只注意到，他俩对话到这里时，团长的神情和语调显得有些悲伤。

“好啦，小日本终于投降了，东北该回到母亲的怀抱里了。这一次，我们一定要创造个奇迹，让我们的国家能第一次实现真正的统一和完整。为了抗战，我们的民族付出那么大的代价，牺牲了那么多生命，如今终于盼到了这一天。难道外患消除了，自我同胞就一定要互相厮杀吗？像以前的军阀那样？你知道人世间最惨不忍睹的所在是哪里吗？”团长的情绪有些激动，他突然拉住独芳的双手，给独芳提出了让她无法解答的设问。

独芳眼神凝重地盯着团长的脸孔，慢慢地抽回两手，很想听听团长的自我回答。

“只有不是你死就是我活的战场最惨不忍睹。人性里野兽样的残暴与撕咬，只在那时才暴露无遗，人与人的绞杀胜过世间的一切残忍。无论你前进还是后退，每一脚都会踏得血水四溅。直到你下了战场才发现自己的衣裤、腿和双手全是血污，遍身都在散发着让人窒息的血腥，你这才记起自己刚刚经历的的确是人性极其丑恶的一面。那残缺不全的尸体横竖遍野，壕沟里层层迭压，面目全非，即使还有面目的也扭曲得不成人形了……只在那一刻你才能理解什么叫疯狂，你才知道生命一文不值。

“天下的母亲如看见自己的儿子是那个死法，她们个个都会精神崩裂……”

独芳深深地叹了口气，急切地问：“那怎么办呢？难道就避免不了自我同胞的互相厮杀吗？”

团长无奈地摊了下手：“这是政治家的需要，皇帝们的需要，不是平民百姓的需要。但百姓总是被利用，甚至是心甘情愿的被利用，还信心百倍忘我地去为之冲锋陷阵，给政治家去打天下，帮他们抢金銮宝座。反过来自己仍然是被践踏的草芥，而且还热烈欢呼，对自己的境遇和明日总在盼好，期望值总比手里握的要高。国际政治国内政治一直在主导着国与民的命运，一套充满了诱惑但又彻头彻尾荒谬的说教，一个常被戳穿但又依旧行进的规律，一辆只要乘坐上去就再也无法逃离的战车，一条少数人不折手段梦寐争取的不归之途，包装了迷彩的专制，平民对这些总是毫无察觉，即使察觉了也无能为力。”他摇了摇头，没再说话。

独芳眼神直直地看着团长，觉得团长的话似乎只有自己的那位日本老师可与之相比较，虽深奥难懂，但可启人心扉。

嘟噜偷听了团长的心言，除了不知后面那几个“一”是什么意思外，剩下的句句都在敲打他的胸口，连最不愿看见的男女握手那幕也变得无所谓了，仅是他看到的枝节。“原来这团长还有那么多家仇，抗日救国的决心那么坚定，他年轻轻的，八年抗战，那他现在还不到30岁，那么多年没回家，真是条汉子。哎，俺何必和他计较那点儿河蟹？看在他为国效力的份儿上，就是再多吃几湾子，俺还是亏欠了他的……”想到这里，他有意地咳嗽了一声。

金子闻听后迅速地跳下台阶朝老主人跑去，并偎到嘟噜的脚下。

两人听到门边传来意外的咳声，都回过身望着。团长见是老人家，立即点头笑笑。近来，他总是对这个脾气古怪的老头客客气气的。

这时，嘟噜反而觉得有点儿不好意思和摸不着头脑了。

而独芳听到爹的咳声有些紧张，蹭到爹的跟前小声说：“团长的拳术打得好，俺要跟他学学，学好再教你，你也该松松筋骨，别整日总是干活干活的。”

嘟噜知道女儿这话是在给自己遮掩，没好当面教育孩子，只小声说：“咱是庄稼人，不干活你喝西北风去？一个闺女家，练什么拳脚？那是咱的营生？人家都是有家眷的人了，要是叫邻居看见那多不好？囡妈要是活着就好了，能告诉囡好多当爹不好说的话。你就是叫爷奶给惯的，任性。”

独芳没接爹的话尾，回头对团长招了下手，摸摸金子的脑袋进了东厢。团长也回身走向台阶，并向老头扬着手说：“您老有事了？起得这么早，要有重活累活就吱一声，我给你叫几个当兵的帮你，别客气。”

嘟噜慌乱地点着头回答：“行，行，谢谢你，长官。”

“您老可不能呼我长官，我爹的年龄可能要比您大，以后我就呼您大叔，您就呼俺老侄子，行不？”团长有意这么说。

嘟噜觉得团长这话说得很是入耳，不隔生。但也没回说行还是不行，只“嘿嘿”地憨笑了几声。

“好了，不为难您老了，您就随意呼我吧！”团长向嘟噜招了下手，转身回屋去了。

（十一）

嘟噜没因一早的偶遇而破坏了晨起时的情绪，反倒有种意外所获的感觉，“俺总算理解了上房这位团长啦，这孩子不赖！”并兴奋地走到西厢门前呼喊：“立春，快起来吧，今天你就别整理那几本破账啦，俺给你找个活儿干干，领全家赶海去，俺今儿个高兴，跟你们一起去瞅瞅下晌的大潮！”

屋里的男女一齐应着：“听见啦，爹！”儿媳们和老头处久了都知道他的脾气，凡老爹认定必须全家出动的活儿，喊话的气量和腔调都会比平时高出个倍数来，他虽只点了某个儿子的名，可意思里却包含了全家，你若不齐刷刷地应着，他以为你不从，会立即骂道，“还有长耳朵的没有？”为此他能把苦丧的脸耷拉一整天。

独芳和爹原来都住正房，一人一大间，这是为来客方便的特意安排，女客跟独芳睡，男客跟嘟噜睡，不干扰下房三对夫妇的夜生活。因一家之主和长姐的起居都在正房，再加上那是先祖的遗产，全家的活动中心自然就不会在台阶以下，做饭、吃饭，敬祖、恭迎灶王和家庭议事，肯定也不会是别处。三兄弟娶亲后，立春立邦夫妇住西厢，立国夫妇住东厢，但都不可独立起灶，三个儿媳要分别轮流在上房主厨三天。这种分工让立国媳妇很觉为难，她自小缺少理家的教育，生性又头脑懒惰，进门许久仍不能独立操持锅碗瓢盆，尤其不善柴米油盐，经常手忙脚乱摔了碗碟，把汤汤水水洒遍锅台，两个嫂子见三妹的家务活不利落，怕公公看见一混汤地骂人，只好抢着帮忙，如此，每轮到立国媳妇抄灶，堂间必定是三个媳妇同时在忙乱。其实嘟噜早就看在眼里了，可三儿的婚配是他一手包办的，一肚子火却又没处去发，只能默默地替三儿担着日后分家另居的忧虑。

自把正房腾给国军团部使用以后，父女俩只能临时挤到东厢合住一间。当爹的明知女儿大了不方便，自己还打呼噜，会影响独芳睡觉，想动员三儿媳和姐姐暂住一段，自己和立国同住。但却没法张嘴。想让别人开口吧，琢磨一下觉得谁都不好出面，只能在炕间拉根铁丝挂床被面挡着，白天收了晚上挂起，很是麻烦。

但这也逼嘟噜生出了个新的想法，他要以此为借口让三媳妇独自历练历练，学着自己做饭，馋嘴的立国就可以挑媳妇的毛病了，提醒她不要总依靠嫂子。不然，如以后老爹不在了，三儿的日子就没法过了。于是他建议，如大雪封门出不了屋时，东西厢都有锅灶，哥仨可单做单吃。

立春不知爹的用意，说推不开门可以跳窗，总共两步远，用不着多费火费水。嘟噜听了心想："这倭瓜脑子，除了籽没别的东西。"但又不好说破意图，只能装着高兴，还夸立春想得仔细。因此，全家一日三顿只能在东厢做着吃，于此，便减去了立国媳妇的许多麻烦，她自然是偷着乐了。

因农历二月二是龙抬头的吉日，赵家规定这顿早饭必吃龙珠，为此，头天晚上立春立邦媳妇就滚好了小豆馅的黄米圆子，公公一大早就哄全家起炕，三个儿媳便一齐操持锅灶，东厢便充满了过节的气氛。立春趁家人高兴，就便按爹的吩咐给家人分派了任务，立国媳妇反意外突冒出一句说，"哥，俺今天赶不了海了，下晌要去笸箩屯看看妈，去去就回，回来把晚饭做好，姐姐嫂子赶海都累了，还不得有人提前做了？叫他们一进门就吃现成的？”话说得很让家人入耳。

“你可得了吧，赶海那么累，还不得吃点顺口的？就你做那玩艺？金子都不吃，你还不如下海去干点力气活算了。再说了，你要回娘家怎么不早说？一晚上躺在炕上装哑巴，俺怎么不知道你妈叫你回去？谁传的信儿？那你现在就走，赶中午回来，下晌和全家一起下海去，别一听活计累了就尥蹶子。”立国觉得媳妇的要求太突然，明明是逃避，怕两个嫂子有想法，做男人的必得赶紧制止她。

立国媳妇却根本没把丈夫的话当回事，拿眼上角盯了立国一下，抿着嘴唇说：“俺上午有上午的活，你要能替俺干，那就按你说的办。”他估计丈夫不会顺着她的意思，便故意拿话刺立国。

“行，俺替你干，你说吧，什么活？你这些日子脾气长了不少，还有，俺发现你近来怎么特爱捯饬你那个脸？也不知你是从哪儿摸到的口红，俺可警告你，你可得加点小心了！”立国出乎媳妇意料地应了她的要求，并当着全家说出一些很带意味的话来，这让媳妇觉得心窝就像被刀捅了一下似的，脸色立马红涨起来，慌忙应辩道：“淡的，你就是想找岔吧，姐姐嫂子都捯饬，你也觉得别扭是吧？”

立国明明看出了媳妇内心的惶恐，但没想到她会把姐姐嫂子搬出来做挡箭牌，噎得半天说不出话来。

小两口结婚一年多了，虽一开始别扭，可后来一直是亲亲热热的，每到晚上，媳妇总是主动钻丈夫的被窝，摸这摸那的摸个没完没了，还告诉立国，“一到夜里，俺的手要是不握个什么的，就睡不着觉。”但不知为什么，近半个月来，一到晚上，媳妇就像木头似的直挺挺的没一点儿热气，横心不让丈夫上她的身子。特别是昨晚，立国要碰碰她的奶子她都不许，还大声叫唤疼，逼得丈夫拿被子捂她。隔着堂间就是姐姐和爹的睡房，搞得立国心惊肉跳的，浑身上下那股子想干事的兴趣一下就被冲得无影无踪了。因此，这让他心灰意冷，憋了一肚子的气，整夜翻来覆去的睡不踏实，越想越觉得媳妇近来的表现特别不对劲。

“行了行了，你俩别吵了，也不怕别人听见笑话，就让她回去看看吧！”公公也瞧见了三媳妇全脸火烧的样子，觉得她近来在家里的气势确实长了不少，仿佛有人给她撑腰似的。

嘟噜记起前日上午的事。她爹从管篓屯过来看亲家，快晌午吃饭了，老头却急着要走。这在乡下，对主人这边来说可是道难题，留不留客事关大礼。嘟噜决意留他，说大正月没什么活，咱老哥俩喝两盅再回去多好。可她爹说，不啦，过了山就是家，想喝酒抬腿就迈过来了，俺离家时给那老东西说了，不让俺在你这儿吃饭，看看亲家就回去，她那脑筋，不见兔子不撒鹰的手，一准穷等。

立国媳妇听公公挽留爹，不但没高兴，反而还很不耐烦，不等公公再次张嘴就抢着说：“俺爹他越老越胡涂，连不要钱的饭都不知道吃，那你快走吧，别等日头正中了，留你不是，不留你也不是。”气得她爹白着眼珠子出了大门。

从那日起，嘟噜一见三儿媳就觉得心里别扭，心想：“没想到她这么不懂事理，要不是看在俺和她爹的老交情上，说什么也不会娶这么个儿媳进门，真难为俺三子了。”

立国嘟囔着，“你这个老头，俺俩的事用不着你管，你看，你没头没脑地插了一杠子，还应了她。”立国本想接着听听她上午到底要干什么活，她要说不出来，就知道她不肯下海一定有不可告人的打算。结果半路被爹把话截了，目的落空了，心里很不痛快。

“俺还没胡涂，小子哎，团不就多念了几年书吗？”老头儿把对儿媳的火往小儿身上发。

“老三，你别和爹拗好不好？”立春拽着弟弟出了东厢，“一年就这一顿龙珠，你还不愿老头吃舒服。”

这时，立国媳妇突然哭了起来，捂着脸跑回自己房里把头拱到被子低下。从这时起，一上午没再露面。

其实她上午没活儿，要不是老头截了立国的话，她还真没法答复丈夫。

老头虽然顺了她的意思，但等她寻思过味来时才觉得，这更让她难为情了，“俺说下晌过爹那边，可这一上午怎么过呢？”只好使出这一招，装着故意闹别扭，趴着不露脸，以躲过这人出人进的大半天。

独芳和其余两个弟妹都感觉立国媳妇近来的异样，不愿进屋劝解。

立国媳妇好不容易熬到了中午，爬起身子听听窗外的动静，随意夹起个包袱也没与家人打声招呼，午饭也不吃，出了院子就气哼哼地奔西山走了。出门时还故意把声响弄大点儿，以告诉家人，她真的回娘家去了。

笸篓屯与簸箕庄之间只隔了道松山，如站在山顶，连双方家的屋盖都能望得清楚。

吃午饭时，老头儿的眼睛围着桌子看了一圈，然后问，“老三媳妇呢？”结果他等了好一阵子也没人回答。嘟噜扒下筷子，“俺问团呐？连个媳妇都看不住，没出息！”爹对着立国没好气地喊了一声。

“你早上不是准了她的假了吗？还问俺干什么？”立国满嘴学生味地顶着爹。

“哎呀，你爷俩别吵了好不好？让人吃顿舒心饭，拿那么大的劲头吵嘴何苦呢？饭后的活还累着呐。”独芳不高兴爹的絮叨，但又不能直接表示对爹的不满，便把三弟一块捎上指责了几句。

老头把屁股往板凳上一坐，拿起筷子在桌面上用力地扒了一下，“她就是下了海也干不了什么，说不定还会碍事。不过，她近来是不是犯了小时候的脑子病了？精神兮兮的，连她爹都敢呛冲，胆儿忒大了，不知道的都能把人吓着。”老头儿觉得女儿顶的有理，就把话拐到别处。

“她从小有脑病？”立国惊讶地问道。他还是头一次听爹这么说，事关自己的媳妇，便急着追问起来。

“她三、四岁时得了头疼病，一疼就像要抽疯似的，两家结的是娃娃亲，他爹过来借钱给孩子治病，俺和团爷爷奶奶这才知道她得的是怪病，找先生给她下针服药，两年多才治好，以后没再犯过。钱是咱搭的，就算订婚礼了……可她这些日子是怎么啦？怪了！”爹一边夹菜一边回答立国的问话。

立春说：“人都成年了，要再犯病可麻烦了。立国，你不要再惹她，留心观察一下吧！”

立国只抬头看了看哥哥，没有任何表示，别人也没人再问什么，一家人安静地吃过了午饭，遵照立春早上的安排，挑筐提篮地出了大门。

等赵家赶到海边一看，果然如嘟噜所料，大潮退出好远，多年从不见面的石湾都显现出来。立邦可遇上大显身手的机会了，不到半个时辰就捉了满满一筐螃蟹，全身上下湿了个透底。媳妇疼她，脱了自己的棉衣给丈夫裹到身上。

“老三，这筐满了，装不下了，你先提回去吧，看你那样子也没心事干这个，俺去帮爹和姐摸螺头去。”立邦喊着。

立国见二哥大冷天下水摸蟹，怕二哥冻着，坚持让二哥回家。可立邦的一身劲才用了一半，不肯走，“老三，你干这个不在行，走吧，回去看看三妹子回来了没有，再不走，那些蟹子可要爬到筐外去了。”

其实，立邦的提议正合立国的心思，他本来就没心情抓蟹子，总想回家去看个明白。

立国受了爹在早饭时那句话的刺激，让自己在嫂子面前丢了份子，一直觉得心里憋屈，领着蟹筐无精打采地走过海滩，又步子沉重地穿过岸头雪铺的小路。在这段路上，他总在反复问自己：“当初俺不要这门亲事，可爹拿着棍子撵俺，说君子定下的事不可反悔。谁定了？是他一个人替俺定的，俺连她个模样都不知道。为报复爹，结婚的晌午俺故意躲到泉子上头的林里，让江家姑娘一个人拜堂，结果爹撒开人马到处找，江家老爷子还提着把砍刀上山寻人，口口声声地喊，小三子是诚心要寒碜丈人，决心要开女婿的瓜瓢，爹逼俺给丈人下跪求饶……

“其实和俺预想的一样，婚后除了被窝里那点事，就没别的可交流的。可庄稼人吃饱肚子后不就那点热闹吗？陈先生教育俺要为国家服务的那些话，根本一句也用不上。没法子，俺只好跟爹学过日子，但江家女儿除了娇惯，屁也不会，性子反倒疯癫起来了，她到底是怎么了？她不养孩子俺也没怪她呀？大嫂二嫂都没开怀，俺也不想比哥哥先抱儿子……是的，爹抱不上孙子心里别扭，可这也不是发急就管用的？”

庄前那片长满松树的小山丘已迎在立国的眼前，那里的一棵怀抱粗的油松脚下曾是他和媳妇婚后第一个春天常去的地方。“俺为她费尽了心机，开导她认字读书，拉她出门开眼，告诉她，人家西方新婚要外地出行，把情感开放起来，俺总想打破那些封建礼教，用另种方式弥补自己不喜欢的婚姻关系。不然彼此之间总别别扭扭的，那怎么过日子？”

一开始，媳妇还不愿跟立国出玩，怕村人看见会告诉她爹，或说她“不本分，风骚”。还说立国：“家里的炕那么大，还不够你疯的？到外头去撒什么野？那儿有什么好热闹的？不就是下完雨长红蘑吗？”

立国说：“你不懂，你封建保守，娇也没娇到正经地方，各处有各处的乐趣，咱是年轻人，日本投降了，天地变了，没有管制了，以后俺还要领你到更远的地方去看看。俺那个日本老师曾说，人要出去见识世界，自由的感觉是最幸福的，你羡慕小鸟吗？你看它们多自由？你可别学爹，一辈子就知道守那几亩地。”

在立国接连不断的开导下，媳妇才勉强同意了，一天的早饭后，二人借上山捡柴的机会偷偷地跑到那棵树底。

可她从来不知，在熟得不能再熟的山山水水之间，还藏着从未感知过的惬意。只出来一次就上了瘾，那里的阳光，那里的野花，那里的嫩绿，那里的松香，那里的白云，那里飞鸟的啼鸣……让她的精神世界获得了新的解放。

因此，后来她比立国还要大胆，兴致冲动了，几乎要在光天化日下面扯立国的裤带，一定要光身倒在草地上品尝下撒野的欢愉。但每到这时，总是立国首先退却了，觉得还是让自己迅速倒退到“封建”那边踏实。因此也惹得媳妇常常气急地掐他捶他，夜晚不让近身，甚至还故意把立国推到炕下……

立国在油松前停住了脚，爹那充满怒气但又和缓的声音再一次绕近他的耳边，“一个大男人，连自己的老婆都看不住！”面对以往的恋地，立国觉得心里填满了懊恼，为了不让庄人瞧见自己的愁容，他稍微歇息了一会儿重新领起蟹筐，一步步地绕过了丘坡。

这时，金子连蹦带跳地从海边追了上来。嘟噜不愿让它弄湿皮毛沾上盐碱，撵它去找“三哥”，金子用头蹭“三哥”的手，立国只淡淡地摸了摸它的耳朵，金子觉得“三哥”热情不高，扫兴地朝前跑了。

自家那高高的青松牌楼就在眼前，但他却连眼皮都没抬一下，根本没兴趣仰望这家门兴旺的象征。

自立国被庄人呼作秀才后，为展示赵家兄弟的本事，他提议老爹，今后的牌楼要挂五盏福灯，一个大的挂在正中，两对小的作陪，这叫洪福齐天、五福临门，并亲手题写“福”字和捆扎灯笼。老爹问他为什么要改祖宗的规矩。他解释说，以前咱赵家的血脉总是单传，而您是三个儿子的传人，创新比守旧好，再把福字倒着挂起，就把“一口田”变为田口一大片了。

爹听了夸说，亏俺立国多读了几年书，见解就是和常人不同。

立国也很欣赏自己的杰作，每次进出这里都要仔细瞅瞅自己的创意。而这次，他却了无兴致。

当他迈上堆满白雪的庄街时，不知为什么，突然觉得肘里的蟹筐沉重无比，筋骨就像被拉断似的难忍，但又不能将筐扔到街上，只好上气不接下气地一步步挨近到院门跟前把蟹筐放到大门坎上，然后不停地喘着粗气，并毫无目的地拍了下厚实的门框，对着两个站岗的士兵艰难地点了下头，又吃力地迈过了院门的挡口，哈着大口的白雾，挪着步子踌到院里。

“她回来了吗？她在干什么呢？为什么不出来接接俺？噢，她不知道俺回来了。有卫兵把守着家门，她不会有别的事……”他很想原谅媳妇在爹面前的无理取闹。

其实，立国媳妇中午不吃饭夹着包出门以后并没回娘家，她一爬上松山就蹲到树丛里回头往山下瞅，直到望见公公领着全家走出牌楼，沿着蛇溪出了庄子，走近到海滩，才起身又返回了自己的东厢，进屋后虚掩了房门，在自己的房间里坐等。

立国哈腰把蟹筐放到老杏树底下，直起身子喘了喘才走近东厢的窗前，想看看媳妇是否已经回来了。

窗镜里仍是他下海时的那个样子，挡着布帘。“都这个时候了，她怎么还不回来，看来俺确实是冤枉她了，她妈家是真的有事了。那会是什么事呢？就她那两下能解决得了吗？俺要不要赶过去帮帮？”

立国扭身要开房门，却突然听见房间里传出了女人的哼唧声。

一个不祥的念头忽然涌上了他的心头，“这是俺媳妇全身舒服时的那种怪怪的叫声。”但他又不敢确信，强迫自己能再冷静一下，“是不是俺的耳朵有毛病了？”他掐掐自己的手背，“还知道疼，没麻木。”于是，他再次正着耳朵听……

这次确定无疑了。他这才明白过来，“原来她不愿赶海是为这个，屋子里的男人的确不是俺立国，赵老三的媳妇正在偷奸养汉，干让赵家缺德丧脸的大逆不道勾当！”

就在这一霎，他仿佛觉得庄人的吐沫已铺天盖地地冲他泼来。

顿时间，他的全身都被无比的愤怒彻底掀动起来，接着就“哐”地飞起一脚。但房门没被踢开，反闩的房门发出了剧烈的震响。

暴怒的他后退了几步，憋足力气再次急奔上去，又是猛烈的一脚，似乎东厢整座房子都在晃摇。

强烈的响声传进了台阶上的老屋。

金子立即暴躁起来，前腿搭着那间屋子的窗台，面对窗户狂吠不止。它感觉到外人已经侵占了自己的领地……

（十二）

这时，团长正在屋里专心阅读军部刚刚发来的一份很长的电文。电报说：从《双十协定》签订至今，包括东北四平、西北华北大小战役计18次，国军损失十几万人。而共军却迅速膨胀。毛朱言而无信，否定与民国中央达成的“坚决避免内战，建设独立、自由和富强的新中国”的承诺，林彪决意抢占东北，已将东北人民自治军改编为东北民主联军。经外交谈判，苏军决定撤出沈城，移交事项正在进行。据此，总裁命令，暂停全面抗击，实行重点突破。当前沈北一线战况不断，共军赵承金、陈一凡部正在沈南频频扰乱，辽东程世才、肖华与辽西吕正操部，对沈城构成夹持布势。国军东北各部所负国家统一之任重大，务必继续坚守既得城市，继续占据中等城市，加速兵员扩充，以备全面收复东北急用。你部扩编成效甚佳，相关任命待南京批复后速告。近日，鞍山附近的共军已被我逼离铁路沿线，接此电务必于明日晨整旅火速开赴坦镇，疾乘军列驻苏家布防，担沈城南门守护任务。你部此次行动绝密，切不可麻痹迟缓。

团长原先估计北上的时间就在近期。但没想到会这么紧逼，这让他觉得有些过于仓促。他看完电文轻蔑地将电报抛到桌面上，心想：“看来老军头说老蒋是外战外行内战行外，确有道理，中山先生创建的中华民国很可能要败亡在他的手里了……”

他的思绪被院里的狗叫和东厢剧烈的撞击突然打断。出于军人的敏感，他意识到院里发生了不测，便拉开抽屉操起手枪就往外走。

出门一看，只见门边的两个哨兵仍然笔直而立，台阶下一只只肥大的螃蟹正在艰难地爬动着，立国正面对东厢的窗户火气冲天地举着拳头。

“立国，你要干什么？”团长揣着手枪边下台阶边大声喝问道。

背后意外的一喊，猛然把立国从癫狂中唤醒过来，他长叹了一声，痛苦地蹲下了身子，抱着头无力地回答，“屋里……有……奸夫。”

金子也求救似的“哼唧”着回头望着团长。

“奸夫？”团长听了先是一愣，他不愿相信，“这大白天的，就在我的眼皮底下？村里人不敢进这院子，那是我的下属？更不可能，这是团部的所在地，院外院里两道门岗，就是给他个虎胆也不敢呐？又何况，我私下反复叮嘱过部下，我秦泰决不抓壮丁，更不干偷鸡摸鸭的勾当，不要惹了乡民，哪怕你只惹一次，我招兵买马的任务就会遇上许多阻力。”

团长要卫兵把螃蟹捉回筐里。并问道：“你们看见是谁进了东厢？”

卫兵惊恐地摇着头，慌乱地回答：“没……看见……”

团长无心再问，快步走到东厢门外，在离房门约半丈远的地方对着屋里喊：“给你一分钟的思考时间，请屋里人主动走出来。”说完，便拉起立国一同躲到石墙根底。他想：“照卫兵的神情看，说明确实有人进了东厢，而且是卫兵不敢说出名的军官。如真的如此，里面的人听了我的声音，应该想到这次驻兵富簸箕庄的铁律，也就知道自己的下场了，这人很可能会冲出来拼命。”

就在这时，只听“哗啦”一声，对开的房门被急促地推开了，门板重重地摔到边墙上，而后又迅速地弹了回去，发出碎裂般的噪响。金子受了惊吓，再次咆哮起来。

团长十分清楚，眼前的一幕定是老练的擒拿高手所为，他想先把门踹开试探一下外面的动向，只要一出门没有阻拦，就该大胆迈下一步了。

果然不出所料，紧接着，一个下身穿黄料军裤上身穿白色衬衫的光头男人，推着个头发蓬乱全身赤裸的女人冲出门外，男人肩上系着包袱，右手紧握着手枪，枪口正顶着女人的后脑，女人的胳臂背在身后，好像双手已被捆住。

刚一出门，那男人就用眼角迅速地左右瞥瞥了一下，而后才大声说："秦泰团长，实在对不起了，是你救了我这个北平街头的流浪儿，并带着一起去打日本。可今日，我辜负了你。我出生入死到今天，没别的想头，就想女人。今天我终于如愿了，知道做男人的滋味了，死也值了。可你还不知道，只知道忠于老蒋，遗憾呐！"

"我求你让我们远走高飞算了。你知道的，我虽只是一介武夫，可打完日本不想打内战了，我绝不与同胞相残，不然我对不住祖宗，对不住挨饿受冻的爹娘。因此，这枪就成了废铁，我也成了废物。现在，我只想搂着女人睡她十天十夜，然后一块去见上帝，我宁愿让上帝去随意惩治，也不愿把枪口对着共同抗日的八路兄弟。"

"我没强迫她，一切都是她自愿的，她一再说愿跟我去天津，不想继续待在赵家，说赵家人看不起她，想离开这个穷山沟子，正好，我也不想跟你打自己的兄弟了，你就放过我们吧！"

"是我的团副，张虎！"秦泰万没想到进入东厢的男人竟是自己的直接副手、得力的心腹，惊得他浑身激烈地颤抖了一下，"他报告完工作不是立即出院了吗？他是怎么躲过卫兵眼睛的？不，他对我的卫兵称兄道弟，卫兵有意在替他掩盖。可他不住这院子，他又是用什么法子勾引了赵家儿媳的？"一连串的问号在秦泰的脑子里划过后，"不管怎样，现在首要的是稳住他。"便有意缓和着说："好兄弟，你冷静点，我了解你，你是抗日的功臣，你先放了这女人，咱哥俩回上屋喝着茶好好聊聊。"

秦团长不由地改变了往日对"立国夫人"的称呼，而直呼为"这女人"。否则，似乎觉得是对独芳和立国的侮辱。连他自己都不知道为什么会这么自然而然地脱口而出。

"不行，我没想到你会在门前，你是个很难对付的人，小弟佩服你执行军纪不认亲情铁面无私。你得先放我俩走出这院门，咱俩后会有期，到那时我任你惩治，我说一不二，老天作证。我一辈子也不会忘记你在战场上救命的恩德。你要是不肯放了我俩，我就先打死她，后自杀，一块死在你的面前。但我决不会把枪口对准你和立国，我知道我对不住立国，一切都是被逼出来的。”张虎边说边以女人做挡牌，倒退着一步步朝大门口挪去。

秦团长刚要示意大门的门岗从后面强行逮住张虎。可又一想不行，张虎勇猛过人，两三个拳脚根本就近不了他的身边，只好说：“好兄弟，在与日寇作战时，无论有多危险，你总是冲在前面，连陈诚部长都夸你是英雄好汉。这女人是有男人的，我们团部设在人家院里，你这样做，我怎么面对全团？怎么面对征来的新兵？你好好想想？就凭你，偶然做错事不怕，只要放下手里的枪，上司一定会从轻处罚你的，老家还有年迈的父母在等着你呐！”

张团副的身心被团长的话语吸引了，特别是团长提到他年迈的父母，这让他的心忽然抖动起来。“是的，父母可能还在受苦，儿子不孝……自我跟团长出走后，就没了父母的音信……

“从认识秦泰起，我几乎天天都能听到他这熟悉的声音，把自己从北平胡同的睡梦中唤醒过来的正是他的呼叫，向国军长官介绍自己的还是他的话语，我俩一起战斗，在一口锅里吃食，他从班长一级级升到团长，我也由一个大头兵升到团副，我听惯了他简单、果断、宏亮的声音，是的，我曾在他干练的呼声里不顾一切地冲向日寇，我俩是最要好的战友！”这念头在他的脑子里刚刚一闪，抓女人的那只手便有些松动。

这时，女人突然挣扎了一下。张团副一惊，赶忙抢前一步又重新牢牢地抓住了她，说，“你想甩掉我自己逃？晚了，我崩了你！”

“他会向她开枪吗？他俩人有何约定？”团长眯缝着双眼镇定地瞅着自己的战友。

原来，就在他们两人正在东厢里性起若狂的时候，因突然有人踢门和狗叫，便急忙分开紧紧贴在一起的身子，手忙脚乱地各抓各的衣服。接着窗外又传来团长喊立国的声音。女人知道是自己的丈夫回来了，并引来了上屋的团长，急得手足无措地抓了上衣又扔了下衣。好不容易刚穿上一只袖子，张虎却伸手争过去裹进包里，并说，“你前几天不是答应和我过一辈子吗？那现在你就要听我的，跟我逃走！”团副不准她穿衣服，说，“生死关头，还在乎这一时的羞臊？你只有光着身子，我俩才能安全地逃出这院子。只要出了院子，我马上就把衣服给你穿上！”同时，张虎还扯过炕边的细麻绳捆了女人的手腕，拖下炕，又推到堂间准备随时冲出房门。

出门后，张虎用女人的身子给自己做挡靶。但面对院里男人那一双双惊恐僵直的眼睛，女人已不知光裸的寒冷，后悔莫及，恨不得一头撞死到墙上。“这男人刚才还在俺身上又亲又啃，亲爱的像只猫儿似的。怎么一下子就变了脸了？”她搞不懂炕上的张虎为什么这回对她竟如此粗鲁，便又气又吓，浑身发抖。“他还要打死俺！”她以为，“这男人玩过自己的身子后，还真像在蛇溪洗衣服时听别家媳妇说的那样，‘男人是最拔屌无情的东西，舒服时千好万好，完事就拿你当驴赶’。他如果真对俺下死手怎么办？”想到这里，便不顾一切地大喊起来，“立国，你救救俺，俺错啦！”并拼命要甩掉那只铁钳般的大手。

“嘶啦”一声，女人挣脱了。只见她光溜着全身，赤着双脚，飘散着长发，一丝不挂地直奔立国扑去。

张团副一手高举着扯下的麻条，一手把枪口瞄准了女人的脑袋，颤抖着向前挪动着两脚，嘴里喊道，“你……是怎么……答应我的？你这个……没心没肝的……东西……”

张虎的话音刚落，突然，“啪、啪”几乎是同时爆起的两声枪响，只有经验军人才能判别得出这是两个扳机几乎同时在扣动的炸响，一支枪绝不可能打出如此紧密相连的响声来。

枪响过后，只见张虎剧烈地晃动了一下那魁伟的身躯，硬挺着胳膊，紧握着那只手枪，艰难地向前挪动了一步。他本想再第二次向女人扣动扳机。但，他已灵魂出窍不能自己了，腕子失去了支撑的力气，枪柄从手里瞬间滑脱了，并在他的食指上挂挡了一下，翻滚着落向了地面。随之，他的头便重重地磕到大门框上，瞪着双眼仰面跌靠到院门脚下。

眼看正在发疯般奔跑着的女人的两手就要触到自己的男人了。结果，也“扑通”一声栽倒在立国脚前。栽倒的女人匍匐着痉挛地伸开双臂，仿佛要去拥抱什么。斜阳的暖红照耀着她的全身，把只有自己男人才有权欣赏的那雪白的后背和浑圆的臀，全部展现在院人的面前，腕子上被撕裂下来的皮肉已粘满了灰土……

接着，两股殷殷的鲜血就从两颗脑袋里涌流出来……

金子扑向张虎，撕咬开他身边的衣包，一件件凌乱地甩到门旁。

立国抢前一步紧紧地抱起媳妇绵软的身子，让女人的血浆一滴滴淌进了自己的衣袖和前胸。眼泪一珠珠地落到媳妇苍白的脸上。他用手轻轻地沾去媳妇面皮上的泥巴，擦净她唇角的血迹。这一刻，他已经忘记了媳妇的不轨，“一夜夫妻百日恩”的古说在立国的心里获得了充分的验证。他死死地贴着那张只有一丝温热，被庄人夸为赵家四个女人中仅次于独芳的美貌的脸。就是这张白皙的瓜子型脸庞，在老松树底，在后山的林丛草坡，在苞米地里，在谷田埂上，在绵软的沙滩头，在热热乎乎的被窝里……他曾悄悄细腻地亲吻过无数次，两人曾那样的恩爱浪漫，恨夜不长。“你到底是为什么有了外心的？你图什么？俺哪点对你不好了？你不会过日子做家务，俺是着急才埋怨你的……”立国抚摸着媳妇的脸蛋儿，要她能说出心里的想法，也好让自己明白她到底为什么要背叛自己……

团长眼看着张虎倒下了，便急速地朝院门跑去，大声喊道，“张虎，兄弟，你怎么突然胡涂啦？你那么聪明，怎么一下就失去了理智了？我刚刚收到电报，你苦苦企盼的职级马上就要兑现了，可你却在关键时刻选择了……连日本鬼子都没能打死你，却被我……”

他抱起张虎，撕开战友的衬衣，左肩露出一大片疤痕。团长的泪水滚滚而下，雨滴般地浸湿了战友的那片紫红的伤疤。

团长清楚地记得，战友肩头的伤疤是在京广铁路河北段与日军的一次拉锯战中留下的，是和敌人肉搏时被鬼子的刺刀戳穿的。那次混战异常惨烈，战友的刺刀已经刺进了鬼子的肚子，但却没能刺中要害。鬼子疼痛至极，向后一仰脱开了刺刀，倒地后又歇斯底里地爬起来号叫着不顾一切地扑向了张虎。张虎刚刺死身后的一个鬼子，来不及转身阻挡背后刺来的刀尖，肩胛被“哧”地穿透了。但敌人的刺被张虎的胛骨陷住了，鬼子用皮靴蹬着战友的后腰拼命地拔出刺刀。张虎号叫着倒下了，鲜血从他的肩头喷涌而出，鬼子爬起来再次把刀尖对准了战友的背窝……

“就在那万分危机的一刹，我在鬼子背后狠狠地挥起大刀，对手瞬间就分成了两半。我甩开大刀，抱起战友在乱阵中滚下了山坡……”那惨烈的一幕，在他们俩的心头刻下了永恒的记忆。

团长用手紧紧地按着战友眉头上的弹洞，企图堵住流淌不停的血水，渴望他能活过来。“只要你能活过来，就是有天大的错，我也会原谅你……”

可那血水仍从他的指缝间一滴滴静静地流进了袖口，又沿着手腕淌遍了他的胳膊。在冰冷里，他感觉到生死战友血的滚烫和情感的冲撞……

（十三）

赵家院里的枪声和狗的嘶叫声，让全村的人都龟缩了脖子，平时总爱扯着耳朵要隔墙听点他家长短的东西邻居，也赶紧躲进到屋里。从这时起，整日因驻兵而骚动不止了一个来月的庄子，一下子陷入了出奇的安静。

团部电话的铃声响个不停，各营都在追问枪响的缘由。团长说枪声仅是警卫粗心走火，命令各部不要大惊小怪，继续坚守个职，不得随意出营探听传言，以防扰动村民不安。他放了电话又急忙招过卫兵耳语了一阵，卫兵迅速跑到院外叫来头道岗的两个卫士，在院里铺开两张军毯，把张团副连同被金子撕开的包袱一并裹起捆好。

接着，卫兵又走向立国，见立国正紧张地蹲在墙边紧紧地抱着媳妇不放，只好用眼光请示团长。团长在台阶上用力地挥了下手，四个卫兵抢上前扒开立国的双臂夺下女人。而后，两人按住立国，不让他反抗或站起身子，另两人一齐动手把尸体裹住捆紧。

在团长的示意下，四个卫兵丢开立国，分别抬起两个军毯，一溜小跑地出了院子，绕开庄人赶海的归路，往庄北远远的山涧里疾奔而去……

等军毯出了大门，其余的卫士随即关合了院门，院内只剩下团长、立国和金子，除了团长，谁也不知两具尸体被抬向了何方。随后，团长急令卫兵迅速铲除了地上的血迹，撒了雪沫，再次用扫帚扫净，直到金子都不再东闻西闻了，才重新敞开厚重的院门。

院里又像什么也没发生一样的平常与寂静了，门旁的扫把和老杏树虽然见证了刚才的一切，但它们只能默默地挺立在原处，连枝梢都不肯晃动一下。

立国满脸沮丧地靠着石墙埋着头在低声地啜泣着，嘴里不停地念道："萧墙之祸，萧墙之祸啊！"金子焦虑地守在立国身边，不停地舔着他的衣袖。

团长倒背着两手在杏树底徘徊了几步，想了想，回头盯了立国一眼，把手一挥，指使两个卫士把立国拉起来推上了台阶。立国急喊："你们要干什么？杀了俺媳妇还觉不够吗？"他想拼力挣脱。但硬是被推进了正屋。

团长紧随其后跟进到屋里。金子也想进屋，却让熟悉的卫兵挡在了门外，金子无奈，只好摇摇尾巴坐到台阶上等小主人出来。

紧接着，团长又把立国扯进他办公的东间。卫兵不由立国反抗，七手八脚地剥去了他的血衣，迅即又给他换上了一身崭新的国军少尉服装。

立国被这番折腾搞得蒙头转向，顾不得再去回想刚刚发生的事变，既惶恐又疑惑地看看堆在一边的沾血衣服，再瞅瞅自己身上的军装，不知所措地望着站在一旁的兵丁喊：“你们疯了？抓俺壮丁有屁用！”

直到这时，团长才衣冠整齐地再次从堂间迈进了内屋，二话没说，一把抓过立国的手紧紧地握着。并把立国从上到下地打量了一番，而后严肃正经地说道：“祝贺你立国，二月二龙抬头，你抬头了，请记住，自即刻起你就是国军少尉了，任旅部少尉书记员兼参谋，负责起草报告，翻译资料，审阅电文。”

赵家大院的事变既大起大落又大悲大喜，把个精神已疲惫不堪的立国搅得连东西南北都分不清了，真魂一时还难以附体。但潜意识却在告诉他，仅仅一袋烟的工夫，一介凡夫就由极度的悲伤与痛恨，突兀地拐进到另个氛围里去了，他不知刚刚发生的一切是怎么从天而降的，又是怎么随风而去的。更难料想这一切到底是祸还是福，更不知这祸福是怎么被神魂颠倒着交织成一团的，只能惊愕地瞪着眼睛直勾勾地盯着团长的脸孔，饥渴般地要从对面这位难以捉摸的奇人那里寻到答案。

团长似乎已经看出立国眼神里的隐含，“这一切是否都是你团长精心策划并导演出来的？高啊，连上帝都看不出米星儿点瑕疵。只你一抬手，两条活生生的命就瞬间消逝了，你只哼一声，两个血葫芦就刮风般地无影无踪了，只你一句话，团部立即就变成了旅部，只你一转脸，俺草民立马就变成了国军少尉了……鬼魅般的变幻无穷。”

团长洞穿了立国的心思，伸手拉过一张椅子，拍拍他的肩头，要他坐下来喘息一会儿，安稳一下心跳。并要卫士泡了一杯茶叶，亲手端到立国的嘴边要他抿上一小口，并耐心着说：“鲜血，对你来说无法接受，对我，虽已熟视无睹，但眼见亲人的鲜血，还是不敢正视。刚才发生的一切，你我都不曾预见，都不希望是真的。但它确实发生了。怎么处理？我没有准备，你更束手无策。把它大白于天下？你姐说你聪明过人，一定觉得万万不可公开。所以，你只能跟着我的思路往下走，现在第一要紧的是，你该缓缓纷乱的情绪，时间不多了，马上就要面对自己的家人了。”

然后，他挥手要卫士退出，亲自摆正座椅坐到立国的对面，眼都不眨一下，装作什么都没发生一样，认真地端详着立国的面庞，并现出自我兴奋的表情，连嘴角的微动都难以自制似的，希望对方能接受他真心爱戴的表示。而在立国看来，面前的这位，与先前在院里开枪杀人的那位判若两人，于是，一个念头便在脑际徘徊起来，“在当兵的眼里，血淋淋的尸首就如被网住条鱼一样平淡无奇？这还是俺常见的那张涂满了权威油彩的面孔吗？”立国紧紧地盯着团长，心中塞满了密麻的疑窦。

安静了好长一会儿，团长才说：“立国，我再次真诚地告诉你，这突如其来的一切都是天意，绝不是我事先的设定。我怎么能知道你回来捉奸？更不会怂恿张团副去干那种见不得人的勾当。”

“我观察了你好久，你的确是个人才，就牌楼上的红灯倒福与书法修养，也绝非常人所能为。你偶尔流露出的日语和我见过的日本人没有差别，我虽不会说，但因为抗日，已十分耳熟，你的水平不在常人之下，言谈极有条理，国文功底厚实。只是这山沟的环境隔绝了你与大世的往来，孤独了你。”

只这一句，立国便觉得心里的黑暗瞬间被驱散，一直紧闭的心门，被人无声无息地偷偷给“哗啦”一下撬开了。

秦泰已察觉到对方眉尖的瞬间一动，便紧紧地追着说：“国军需要你这样的人才，我招来一千兵马也难以招到你这样一个人。你姐向我介绍了你推荐了你，说你能帮我做很多事。她说如长期把你窝在这簸箕里，就荦废了你这块好料。我仔细观察了你平时的一举一动，证明你姐没有夸大。我只是见于老人家的固执，怕把事情搞砸了，才一直没有机会与你坐下来搭讪。我在这里的时间不多了，即使没有刚才发生的意外，我也必须在今日亲自去东厢找老人说你的事，你是我在虎山这里亲招的最后一名军干。还好，经过近一个月的努力，到目前，我们团基本已够上旅的编制了。”

“刚才的血案，完全是飞来之祸，起先它让我惊慌失措，甚至是心生恐惧。而后我才感知到，这恰是天赐良机，天助我也，神助你也。”

“我的军衔里掩藏着无数条人命，你的军衔里只包涵着两条生命，但代价都是血。张虎是我的得力副职，另一位是你的夫人。但这是很特别的血，在枪声响过之后，我只能顺流推舟化险为夷灵机决断。只有这样处置才无遗漏与后患，望你理解。”

“你现在是军人了，军人就是报效国家。你知道吗？我们中国人曾有过难以启齿的耻辱。鸦片战争，英国仅用十六艘铁皮舰四千陆战队员就打进了咱的国门；八国联军只有一万八千个士兵，仅五个钟头，就从天津一直打进皇城，占领了大清的金銮殿。而当时的京师达十五万人，还有趁火打劫的三十万义和团；‘九一八’包括警察在内，日本只有一万九千人可调动，而东北军包括警察约三十万人，将近十六对一，仅仅三天就丢了奉天，七天失去辽宁，三个月东四省的大中城市全被人控制。你我还能允许这样的国耻再次重演吗？”

“好了，你的家人马上就要回来了。你看？”团长站起身指着窗外，“现在院里一切如常，只有你眨眼间变成了军人。还有，你的夫人出门还没回来……你是聪明人，正月刚过，祥和的空气还没散尽，刚刚发生的一切都已无法挽回，现在是考验你智慧的时刻了，我坚信，你一定能正确面对家人的惊喜与不解，是旅是团、是聚是散，孤注一掷……”

团长的一番言辞，让立国很快从惊愕与虚妄中恢复了镇定，血脉与心境也平和了，他开始冷静思考了。

立国觉察到，眼前这长官的心胸与作为绝非匹夫之勇，更不是酒助兴起。真没想到，国军中竟有如此干才，大有偶遇知己的感受。他开始细细地品味团长刚刚的这番意境与开导，推敲这位军官掷地有声的语述深意，从心底佩服这位帅气汉子的远见卓识，和他能穿透人心的表达方式。

立国想，自己一共读了八年书，本想照老师的教诲为国家做点事。但生不逢机长不逢地，又不肯跪在太阳旗下讨吃的，整年不得不面对撮撮黄土和沟沟烂叶而慨叹不止，睁眼就是连大字都认不出半拉的村人，心中的压抑无处诉说。因此，在精神上，读了书反倒比没读书还痛苦万分。

而此时，可沟通心灵的人就在眼前，仿佛紧闭年久的心窗终于被人一拳给砸开了。团长在言谈时并没在“你的夫人还没有回来”这句上加以分解，但‘是旅是团、是聚是散，孤注一掷’的重托，已无形地压到立国的肩上。这分明不是农家粪土的担子，而是知识与智慧的重压，扁担只能压在肩上，而这却压在心头，沉重难以摆脱。

立国低头想想，他情愿选择压心的事业。因为这正是他的追求。他再次抬起头，毫不迟疑地在心里给眼前的人做了结论，“看来不能以一己之嫌恶和喜好笼统对人，这位原是位境界高远之辈，他的一番看是平静其实是鼎重的话语，让俺这乡间小子茅塞顿开。”

但立国并没理解“是聚是散”还另有所指。

这时，庄里赶海的人群陆续在回归。大门外传来熙熙攘攘的人声。按照习俗，他们都把自己的收成摆在街口互相观看评头论足。立邦像往常一样，不顾浑身已经结了冰碴的板硬衣服有多难受，美滋滋地站在人群中央享受着邻家的一片好评，还大声说着：“俺弟已经领回一筐蟹子了！”因为兴奋，他已忘却了自身的寒冷。

一直在扒团部房门的金子听到街上的纷乱，调头就冲出了院子。

被枪声吓呆了的人终于听到街上有了吵杂，也试探着朝外走。在东张西望一番之后，见天下无事，便把听到赵家大院枪响的事传给了众人。嘟噜听了先是一愣，而后显出很不高兴的脸孔，他大声嚷着，“团怎么就那么肯定是俺家里枪响？走，咱回去看看！”一家人听了村人的叙述，不敢怠慢，跟在爹的身后进了院门。金子赶紧跑到前面领路。

嘟噜一进院先瞅瞅门旁的扫帚，“它没被挪动啊？”便抱起来喊：“怎么回事？是咱们家里响的枪吗？啊？老三？团不是先回来的吗？”嘟噜学着老爹传给他的家法，每逢大事都要如此表达家长的威严。他瞅瞅卫兵，但卫兵仍纹丝不动地站着，就像没看见嘟噜的存在似的。老头又看看院子周围，院里与他赶海前没有纹丝改变，一切照旧。他摸摸金子的头问，你听见咱家放枪了吗？金子摇着尾巴吱吱地哼着。

“老三上哪儿去了？”立春有些沉不住气了，他想赶紧弄清楚枪响的原因。

金子跳上台阶站起身“哗哗”地扒着堂屋的门。

“你该出场了，金子来叫你了！”团长一边瞅着窗外一边拍拍立国的肩头。

立国站起身，抻抻衣角，正正领口，挺了挺胸脯，不慌不忙地走出了正屋的大门。

一位英俊魁伟的年轻国军少尉突然闪出房门，笔挺地立在台阶上。他腰挎短枪，戎装整洁，在夕阳下显得风流倜傥。

嘟噜已经走到院中，却突然被这位迎面闯来的军官怔住了。“团是谁？”他揉揉眼睛再看。

“那是爹的三儿，立国！”独芳在爹的耳边惊喜地提示着。金子赶紧靠着立国的右腿狗仗人势样地坐到台阶上，立起耳朵朝台下望去，这更衬托了立国的威严。

立国出人意料的装束让老爹的眼前豁然一亮。同时，老人家也让眼前的变故惊呆了。哥嫂一直傻愣地望着台阶上这位俊秀威武的国军长官……

“他刚才还在帮俺摸蟹子，一身粗布，怕冷怕得要死，怎么一会儿的工夫就大盖帽了？那是谁都可以戴的吗？还有，那……那枪响和他有什么关系？这都是怎么回事？”嘟噜觉得自己的脑子变成了糊糊。儿子赶海时还奄头耷拉脑的，只叫他送筐蟹子回来，一眨眼就变另个人了，这太不可思议了。“那枪声怎么能崩出这么个人来呢？”

“爹，你一定对那两声枪响犯疑。都是俺的错，团长发给俺一把手枪，不会使，走火了。团长没批评俺，说没伤着人，只当是熟悉枪的用法了。”立国拍拍腰间的枪套，很自信地说。

“是的，听嗓音他的确是俺的儿子！”嘟噜定睛仔细地瞧了好一阵子，才确信站在眼前的人就是立国，这才丢开扫帚，扯着女儿一步步向前挪动着双脚，从心底发出了欢愉，“嘿嘿，呵呵，哈哈！”笑声由小变大，接着又忽然转笑为啼，而后一屁股坐到地上，伤心地哭了起来。

老人情绪的突变，把一直守在身边的立春和立邦吓呆了，不知如何应对了。

岂不知，就在这一刻，孩儿妈走后的许多往事都浮上了嘟噜的心头。特别是爷爷奶奶帮他把四个孩子刚刚养大成家，一天福都没来得及享受就撒手人寰的境遇，让嘟噜心痛至极。

女儿蹲在地上默默地抱起爹的胳膊，并轻轻地给老人擦去泪水。

立国见状急忙跑下台阶，说：“爹，你为什么伤心？艰难的日月已经过去了，俺几个都成家了……”立国不由自主地提到“成家”，却突然又打住了话尾。话到此处，他意识到，自己的小家在半个时辰以前已经彻底破碎了，现在，自己仍是从前扯爹衣角的那个没娘的孩子。

他酸楚地扶起爹，爷儿俩拥在一起。这是爹自立国从小到大给儿子的头一个拥抱，对立春、立邦来说，直到今日，也不知被爹抱在怀里时的滋味是什么感觉，哥俩站在倔强的老爹身后，一边淌着泪，一边嘿嘿地乐着。

筐里的螃蟹已僵硬着腿螯慢慢地爬走了大半，却没一人觉察得到。

团长终于出现在正屋门口了。他在屋里早已看见独芳在四处巡视自己的样子，但出门后还是先招呼着说，“老人家，大叔！”

独芳见秦泰洒脱地站在台阶上，便偷偷地给他展示着感激的微笑。

立国搀扶着爹走上了台阶，团长上前一步紧紧地握住老人枯瘦的双手，“老人家，对不起，明天我就要把您最心爱的儿子带走了，谢谢您，您为国家生了一个有才华的后生，有功啊！”

“怎嘛？团要走？他也要走？”嘟噜觉得这话语来得十分突然，有些不知所措。

“是的，明天一早就走。走前，我托你帮我办好两件事。”团长松开握着老人的双手，认真地说。

老人两眼直直地望着面前这位英武的军官，将往日残留的那点儿不快一扫而空。

“第一，我有车坐了，按规定，我的马或转给新的团职军官，或枪杀。但我舍不得，把它留给你，请你好好照料它，它是从抗日的战火里冲杀过来的，和我生死与共，是我的战友，是匹功勋骏马，我不想让它再上战场，留给谁我都放心不下……快要春耕了，让它留在你的身边，让它帮你把那块地翻松，它特别喜欢喝你地头的那股泉水。”团长说这话时隐匿了自心疼痛的情感。

他略微停顿了一下又说：“第二，替我把张团副的那匹马送给管篓的江家，也就是立国媳妇的娘家，告诉江家二老，他们的女儿已是军人家属了，已提前出发，来不及和父母告别了。”团长的话里充满了人性人情，一字一句都在敲打着立国、嘟噜和全家人的心包。

“团长放心吧，俺一定帮团办好这几件事……唉，团看，俺又胡涂了，团这哪是托俺？这分明是把它们送给俺了……”老人体会到团长的心意，点头向团长致谢，然后问立国：“团媳妇不是去西村了吗？她走时你见过吗？”老人有点疑惑，“儿子刚回家送蟹子，媳妇马上就走了，她走得怎么会这么急促呢？”

立国看出了老人的心事，忙解释说，“爹，她回去不一会儿就回来了，俺和她刚分手……”他在说这句话时，差点儿把嗓子噎住，“团长在俺还没回来时就把一切都安排好了。军部要求，军官家属不准拖累部队，必须提前出发。部队新兵很多，家属不得跟随送行。为避免发生意外，她们只能先走一步。你不是听说书打鼓的喊过‘军令如山倒’吗？”

“是啊，当了兵就由不得自己了。可俺总想看看团长的家属，从团长住进咱这院子起俺就没见团家属进来过。团长不准人家露面，俺连表达一下心意的机会都没有，晚上过来尝尝海蟹是什么味……”一说起螃蟹，嘟噜便想起把河蟹倒给猪吃的那档子事，觉得自己过于小气。

“爹，团长一直没有娶亲。”立国万没想过爹会绕着表达疑问，便抢着替团长回答。

“噢，团长为了抗日，至今还没成家？”

“是的，是的。”团长慌忙接过老人的话尾。

独芳听爹扯起团长的婚姻话题时，只觉得这已与自己紧密相关了，自然有些心慌，在一边低着头，不敢看爹的脸。

“快三十来天了，俺还没敢问团长的真名大姓！”嘟噜又改换了问话的题目。

“对不起，这都是我的疏忽，我姓秦，秦始皇的秦，名叫泰，泰山那个泰。”

“好啊，这姓这名都不是凡人能够担当得起的，俺祖宗在大门口的墙上还镶了块‘泰山石敢当’，说是能镇住八方恶煞。”

“您老人家虽不识字但很聪明，懂得很多东西！”秦泰恭敬地夸奖嘟噜。

“都是祖宗留下的话，不敢忘。嘿嘿！”嘟噜腼腆地笑着。

“俺这名都是母亲给定的，母亲不在了，就成了她老人家留给俺的纪念了！”秦泰有意拿簸箕庄的方言回答嘟噜。

这时，电报员急忙从屋里出来走到团长面前，立正，“报告，紧急电报！”团长没接电报，说：“以后，凡电报，都先给你们书记员，他看过后由他给我。”电报员立正说：“是！”并重复了一遍团长的话，转身把电报递给了立国。立国接过电报一看，便走到团长面前，立正，“报告旅长，请看电报。”

秦泰接过电报看了一眼，不觉一怔，原来是任命电文，秦泰的名下就是副旅长张虎。他苦笑着点点头说：“好吧，做出发的准备吧，今晚召开紧急会议，请你把这份参会名单迅速通知下去。”立国立正回答：“是，旅长，我立即办理！”

立国被三十来天近在咫尺的官兵关系耳濡目染，对团长周围的礼仪与程序已不教自通。连他自己都感奇怪，不知为什么，不知不觉就被军人的风纪感染了，并有种特别的兴趣。

团长对立国今番的所有表现无一不觉得惊讶，“好小子，不学自通。也是，团部这点关节连孩子都难不住。面对家人的疑问，他的应对确实无可挑剔，特别精彩！”便越发为自己的决定而感到高兴。

嘟噜目睹了眼前刚刚发生的一切，在心里问自己，“今天真是邪了门儿了，这大汛多年不遇，一辈子不露脸的石礁都露了脸，赶了趟潮，刚进门小儿媳妇就随军走了，一打盹立国就改头换面了，只一张纸，团长就变旅长了。旅长和团长哪个大？那自然是后一个大了？人往高处走水往低处流嘛……”他百思不得其解，又觉得所有的疑问都被化解了。

秦泰走下台阶，向院门招了下手。嘟噜转身一看，两匹枣红大马正被牵进大院。“老人家，我们的交接就在这里结束了。你要好好保重自己……哎，等等，另外还有……”秦泰转身从另一个刚进院的卫兵手里接过一个紫色锦绒布袋，并与那卫兵耳语了一下，“都清理完了吗？多少？”卫兵点头并回答：“总共三百大洋。”秦泰拉开布袋的铜拉链，在里面摸一会儿，转身继续同老人说：“我把这一百大洋留给江家，要遇上年荒可帮一把。”说完便匆匆回屋布置新的事项去了。

嘟噜双手颤抖着捧起大洋，感动得泪流满面，再也找不到如何表达自己心情的话语了。“原先还想找岔要房子的租金。人家把10年20年的租子一下都给了俺，还有亲家的份儿。俺真胡涂，总是歪着看人……”

立国回头向亲人微笑了一下，还特意给姐姐点了点头，回转身也跟进到屋里。

可儿子的这一笑并没让老人得到安慰，他总觉得一切都来得特别突然，内中似乎还隐藏着不可言语的蹊跷和深深的隐痛，一个人在院里站了好一阵子才回到东厢。

当晚，立国一直参加正屋的会议。秦泰考虑，上峰把这次行军定为绝密自有可靠根据，明早天不亮就要出发，而新兵占了全旅的三分之二，一旦遇袭可就惨了。这些穷孩子，根本不知战争是怎么回事，刚离开父母就送了命，“我如何对得起他们的亲人？父亲曾教育我，‘再穷也是家，再丑也是妈’，我绝不能让他们在行军途中出意外。”于是，他建议，行军以团为整体，团长领头，副团长守尾，各营之间隔半华里，营长带路，副营长压后，其余老兵和排以上的军官都是护卫，沿途注意戒备。会议一直开到半夜。最后秦泰再次叮咛，现在虽然三个团的建制还不很完备，但已经任命的团职军官必须身先士卒，半途要是损伤一个新兵，哪怕断一根手指，军法都不会饶了他。“拜托了，各位尊重！”

会议开完了，秦泰又指挥旅部的人整理文件资料，拆装手摇发电机和无线电设备。这一夜，立国忙得根本顾不上回东厢去看父亲和家人。

（十四）

赵家被立国夫妇意外的变故搅得一夜都没合眼，尤其是嘟噜，不时地把那袋大洋放在手里颠颠，“哗呤哗呤”的响声不仅没让他心安，反而被敲得心神不定，还反复地自问自答：“俺这不是在做梦吧？嗯？这好事怎么连个招呼都不打，呼地一下就自个儿来了？不对吧？天下哪有这便宜事？”

立春拿过袋子把大洋倒到炕桌上，眼前银白一堆，在秦泰赠送的汽灯底下发着闪烁的光彩。立邦手快，摸起一个仔细一看就惊讶地喊着：“哥，这就是你说的那个稀缺品种。江家这下可火了，爹不必再为他们操心了。”

立春接过看了一眼，说：“爹，还真是民国十二年的龙凤对吻银元，哇，够江家二老再活 20 年了，不用劳累了，坐着吃都够了。”

嘟噜拿白眼瞅瞅两个儿子，生气地出了门，临走还丢了句，“尽说些个不中听的，马粪味。”出屋后他先瞅瞅正房窗上显露的忙乱人影，而后叹着气给临时拴在杏树上的马喂草，摸摸马的屁股，感觉了一下马身的温润，才回屋对守在东厢的儿女说：“俺还有许多话要嘱托给老三，他可不能就这么连个哑巴屁都不放就悄声溜了，他眼里还有俺这个爹没有？”嘴上说着硬话狠话，心里却是七上八下，酸楚的感觉一直不肯消散。

嘟噜爬上炕在炕头里靠着被子越想越觉得舍不得，禁不住就闪出了泪花，小声问，“立春，是不是又要打仗了，啊？俺心里总觉得不踏实，你说这个时候去当兵？”

立春安慰爹，“日本鬼子已经投降了，还打什么仗？你别多想，想也没用。三弟他俩口子一定会太太平平的。”

“那为什么还征兵？征那么多兵干什么？不打仗有用吗？那得多少兵饷？谁养得起？年前姓卞的八路连长说，他们到咱这儿来也是为征兵，就因为被俺搅了才走的，他说话不太中听，救俺的是个姓于的指导员。立国说他们两家在孙中山那会儿联合过，到老蒋反目成了仇人，后来说张作霖的儿子搞了个什么事变，两方又联合起来打日本，到这会儿了，天下该太平了，怎么又掰了？双方怎么都征兵？是老人古语说的争天下吗？哥俩争什么？和和气气过日子有多好？可不要像说书的那个什么，曹操那俩儿子，斗来斗去的，你就得了天下又能怎么样？死了照样两手空空……”

“谁告诉你又要打仗了？和谁打？”立邦不假思索就插话问。

“那只能是国军和八路两家打呗？还有谁？打土匪那两个半人还值得再征兵？离上房这么近，那些军官整日出出进进的，俺今天听一耳朵明天闻一鼻子，凑起来总感觉不大对劲儿。搞不好上房的就得和年前的那拨打起来！”嘟噜解释道。

“爹，你想那么多干什么？”独芳在立国屋里偷着整理完东西，走过来时正赶上爹和两个弟弟在说话。

“不想行吗？打仗还不是咱庄稼人遭殃？出命、出钱、出粮、出力，这次光咱庄就快百十个跟着走的……打完了日本，俺刚觉得有奔头了，你看这？让人安生点儿有多好……”嘟噜叹息着。

头遍鸡叫街上就响起了杂乱急促的脚步声，远近的狗儿一个接一个地“汪汪”着。金子已习惯团部的一切了，趴在炕沿下闭着眼无动于衷。接着又有马蹄刨地皮、战马打吐噜的声音，整个庄子都陷在沉闷与骚动之中，大人孩子都被这骚动搅闹得惶惶不安，外加庄人还没弄清昨个儿枪响的来由，没一个敢走出门外去瞧的，都躲在屋里歪着头细听究竟。多年来，因为日本鬼子经常突然袭扰，庄人对兵动这种特别景况总是遗惧难消。

只有赵家的人不同以往，知道国军就要出发了，一股脑地涌出了东厢。嘟噜出门见两匹马安静地站在树下，院里一片沉寂，正房通亮的汽灯不见了，房门紧闭，已经人走屋空了。他慌忙领起门旁的扫帚奔到街上，不远处，吉普的屁股正“突突”地冒着白烟。

“报告旅长，一切准备完毕，部队正在等您下达出发的命令！”是立国的声音。嘟噜听了立即领着家人赶到吉普跟前。

“等等，我们还没向老人和家人道别呢？”秦泰扯过立国的手说，“好家伙，你就这样走了？你倒是个铁性男儿，我的心就够硬的了，可你……连我也难以做得到。”旅长的这番话让赵家老小听得真真切切。

其实立国是故意躲着，如爹突然变卦，那他就很难脱身了，“何况小家也没了，继续在这里如何熬得下去？不如另辟天地一走了之。”

“独芳，你也下车，别躲着爹，人生能有几次亲情分别？你下来和爹拥抱一下，爹是个很明事理的老人，我想他绝不会阻拦你和我的婚姻。”

直到这时，立国才理解了秦泰那句“是旅是团、是聚是散”并不是词不达意，而是各有所指，心中不仅为姐姐高兴，也为自己的决定而得意。

嘟噜出屋前就到处搜寻女儿，要拉女儿送送弟弟，不料她却早早就躲进到“蛤蟆”里了。他终于明白了，女儿已与旅长确定了终身，先前预感的一切，全都实实在在地矗立在他的眼前。

秦泰昨晚就让贴身卫士告知了独芳，在部队集合出发前要安抚好父亲和家人。可她却趁家人把精神都集中在立国身上的空档，早早就悄悄地溜出了东厢，提前钻进停在门楼下的吉普里，心神不定地等着部队出发。

秦泰出门时还看了东厢一眼，见屋里灯亮，以为独芳已经向父亲道出了自己婚姻的原委，他想：“没听见老头高声浪气在骂人，说明她已得到了家人的理解，正在与亲人告别，全家正为她准备送行的事项呢。”

秦泰事先一直坚持，独芳必须把要跟部队走的想法原原本本向父亲和弟弟说清楚。而且必须获得父亲和家人的一致赞同，否则就不能同行。为婚姻的事，秦泰曾几次问她处理得怎样，独芳都说已经给爹下了毛毛雨。可秦泰怎么观察也没发现老人的态度里有什么反应。但又不好对老人直说。特别是昨日下午在院里与老人的那番对话，更使秦泰认为独芳根本就没向父亲透露过心迹。眼下，部队要立即开拔了，不能拖延了。于是，他要求独芳，“要不，我以后再来接你，不可过于急促和突然，让家人很难理解，不要把老人搞得太难堪了，婚姻大事不可背着父母，更不能逃婚。如那样，我也没什么光彩。”

秦泰自幼受中华“孝、悌、忠、信、礼、义、廉、耻”八端的教育，始终把品行与尊严视作人生的第一信条。他清楚地记得，从自己懂事起，父亲就不准他与同学一起到前门外的八大胡同去玩。读小学时，父亲说啥是啥，他无一不从。到中学，他懂的事多了，凡父亲要求他的，都要反问几个问号，父亲只好告诉他，八大胡同不是正经人该去的地方，从袁世凯称皇起，那里只有洋人和达官显贵去挥霍无度，四处都是野鸡赌徒和下流痞子，黑道成帮成伙，你个孩子家，还不谙世事，辨别不了是非，必定受害，咱是小门小户的世代安分人，要以学为主，立志长大为国多做大事好事，练好本领去把那里拆了，不要它祸国殃民。儿子问，那也不能整个前门外一辈子都不准我去吧？父亲想了想，提起毛笔写道：朱茅胡同、胭脂胡同、石头胡同、百顺胡同、朱家胡同、王广福斜街、陕西巷、韩家潭。父亲写完，还用嘴吹了吹才递给儿子说，看好，记住，这就是那八个胡同，你寸步不得近前，也不准跟别人去，待有朝一日你可去了，那就是你有本事能把它砸烂了。

20 年前慈父教子的一幕给秦泰打上了深深的记忆，并把爸爸关于八大胡同的书法当宝贝一直带在身边，即使战火烧着了军衣也决不许父亲的笔墨毁坏片角。后来，他才从别人那里得知，八大胡同是北平著名的妓院分布地。因此，他更体会到爸爸苦心教子的用意。

独芳决心要跟着部队一起走，对恋人的要求一一应承。可当爹面时，她又把涌到嗓子眼儿的话吞了回去，她怕爹会像专横包办三个弟弟的婚姻那样，顽固地阻拦自己的婚恋，如其征得爹的同意，还不如不辞而别，弄假成真，爹也就不得不认了。

除此，独芳还有自己的信念，她认为自己是受过教育有文化的女子，特别是日本老师的启蒙，“不要学日本妇女，在男人面前不敢抬头。俺根本就不想围着锅台转一辈子，即使转也得转出个滋味来才是。”

但那又如何回答秦泰的询问呢？因此，在前半夜，独芳的思想斗争十分激烈，直到晨鸡叫了头遍还在迟疑不定。后来，时间紧迫了，便决心一不做二不休，干脆提前躲开家人，趁大队人马慌乱时一走了之。

秦泰本想亲自驾车像接亲那样大大方方地把自己心爱的女人接走。但吉普车被冻了一夜，他要提前出屋把车发动起来，等独芳上车时就不会觉得车里太凉。可当他拉开车门时，出乎意料地发现，独芳已经坐在里面了。“你没和爹说咱们的事啊？”秦泰不高兴了，“你想过没有，我一个旅长，让部下暗里说咱抢婚逼婚，我还怎么带队伍？怎么见人？唉，你呀，都是你爹惯给你的毛病。”秦泰要她必须下车抓紧和爹说清他们之间是正常恋爱的实情。

迫不得已，独芳只好忐忑不安地下了车。但不敢正眼看家人，尤其不敢直面父亲。

两个弟媳一见姐姐下车，便拨开挡在前面的立春立邦，挤上去抱住独芳，“姐，旅长的话俺都听见了，他是好人呐。咱爹不胡涂，他只是疼你，望你能嫁个好人家。就旅长的为人，咱打着灯笼都难找。”俩妯娌又转向公公，饶求着，“爹，你说是吗？姐一直不肯嫁，她是想给你挑个好女婿。旅长和咱处了这些日子，该说是心里有数了，是吧，爹？”其实俩妯娌已经从三弟媳那里知道独芳与旅长暧昧来往的事了，三弟媳几乎是亲眼看见独芳与旅长拥抱在一起的情景。

就在发生团长送河蟹那档事的前几日下晌，大嫂二嫂上山拣柴，只留下立国媳妇一人看家。她在东厢屋里正给立国补裤子，忽然听见团长在正屋台阶上干咳了一声，便赶忙把眼睛趴到窗缝边朝外看，但团长却转身又回屋里去了，门外只有两个卫兵在僵硬地站着。

她坐回原处继续做活儿，可偏偏又听见姐姐推门出屋的声音。她再次趴回窗缝往外看，只见姐姐出乎意料地径直从正屋房头去了房后。“这大冷天的，房后只有那些没叶的干巴树枝和雪堆，有什么好看的？”三弟媳正在寻思，偏偏又瞅见团长再次走出屋门，并从房东头转去了房后。“他俩怎么都去了房后？难道他们走过卫兵身旁时就当什么也没看见？”立国媳妇觉得奇怪，便出门悄悄地跟了过去。但又怕他们二人此时回返碰上，可心里确实又有种好奇的冲动在支配着，撒野的心跳难以抑制，便不顾一切小跑到门外。而卫兵只抬手表达完阻拦的意思后又退却了，她便大着胆子绕到西房头躲到墙边偷看。

只见，姐姐和团长正站在树丛后边脸贴着脸，紧紧地拥在一起。几只麻雀以为自己的檐窝要被人占领了，在两人的头顶不停地抖着翅膀，“喳喳”地叫个不停。

“哎呀，他俩在亲嘴儿。”立国媳妇觉得特别意外，慌忙逃回屋里靠着炕沿喘粗气，心里“突突”地挑个不停。“姐都敢这样，俺还顾虑什么？”她开始想入非非了。

当晚，在饭后刷锅时，她扯过大嫂的耳朵悄悄把看见的事说了。大嫂知道立国媳妇嘴快，听了反而笑笑说，“咱姐都老闺女了，再这么待下去就老苗子了，姐是爹的一个心事，俺看这倒挺好，姐是个读书识字的女人，眼光比咱高，她要是真的跟了团长，那不正好合乎咱爹祖上养凤奔高枝的意愿吗？只怕那团长别要了咱姐……”嫂子告诉她，现在八字还没有一撇，千万不要把这事说给立国听，这是人家兄弟姊妹的大事，立国一知道定要告诉老头，老头一定会跳起来问个明白……“到那时，你可吃不了还得兜着走……”

嫂子的话吓得立国媳妇胆里突突的，她想，“还真是的，多亏嫂子的提醒，要不俺连今夜都耐不过去，定会把这事对立国从头至尾竹筒倒豆子。”

嘟噜从来不知两个儿媳还有敢直面说理的胆识，见解还这么通达。他感觉，“儿媳并不是平白在给姐姐说情，而是句句在理，对俺的心事也摸得呗儿清。平时，别说她俩见了俺，就是在自己男人面前也不敢正眼瞅一下，说话总像打蔫的韭菜。可今儿个，她们可真是赵家的媳妇了。俺老妈厉害了一辈子，和老爹吵了一辈子，但棒打不散，越老越离不开。可独芳她妈，软弱得像只毛鹅，肚里憋着酸甜苦辣，心里埋着千言万语，可就是一个字也不肯吐露出来。久了窝心，便早早地去了。说实在的，俺喜欢痛快人，做人还是爽快的好，女人也一样。”

嘟噜走上前去握住秦泰的手说，“都民国了，俺没那么多老礼了。你俩就放心走吧，俺认你这女婿就是啦。只是她走得这么急匆，俺心里不好过。她连去茔上和她妈告别的工夫都挤不出来了，爷爷奶奶扶养了她……”

“爹，请您老允许我这样称呼您吧，我对您太失礼了，本应把我俩的事提早征求您的意见，可是我没有胆量直说。独芳该早说可又不敢说。你现在表态了，我感激你，这就算我和独芳的战地婚礼了，女婿欠了你一笔债，日后一定补救。现在我只能把欠岳丈的订婚债先补缺一点，等国家统一时再回来跪着向您老请罪！”秦泰从大氅兜里摸出事先准备好的银元袋，“立春，你替父亲保管着，以便老人急用时方便些。”

站在一旁的独芳再也忍不住了，紧紧地抱住爹的脖子，泪流满面。爹腾出粗糙的手为女儿抹去了泪水。“爹，俺早先插空儿和秦泰去看了茔地，给妈给爷奶和祖宗都烧了香，化了纸钱，磕了头，告诉他们俺就要做秦家的儿媳了。现在孩儿真要远走了，可又不想走了，俺牵挂你，舍不得你。你把孩儿养大了，俺比别家的女孩幸运，识字读书，开了眼界，这都因为俺爹和别人见识不同。秦泰夸你，自己不识字，可非要儿女去识字……”

以往的日子里，独芳从来都是爹的顶头。其实，她是爹与家事之间难得的缓冲。在女儿的心里，一直对爹的恩情感激不尽。临别了，她终于有了表达的机会了。“爹，你放心吧，秦泰觉得立国是个好苗子，他会带好弟弟的，你不是一直希望立国能成大器吗？”

“是啊！他昨晚一夜不回东厢来看俺，俺就觉得他是个忠孝不能两全的后生，今后就看他自己的了。孩子，天要大亮了，趁村人都还没出来，囝就早早上路吧。千里送行总有一散，咱就在这门口分手吧。爹盼囝好，俺的心事不多，囝都随了军，军队是要打仗的，囝可要保重自己。俺见过八路，他们是好人，打过日本，心里揣着平民。两军是不是要打仗？秦泰立国，囝俩千万不要和八路过不去，这是爹的托付。”

立国走到哥嫂面前，立正，敬礼，说，“拜托了，代俺照顾好爹，别忘了，年节给俺和姐摆双筷子，替俺给爹敬盅酒。”他没有提给媳妇也摆双筷子。然后转脚，又立正到爹的眼前，给爹敬完军礼说，“爹，儿走了，俺记着你的嘱托，到天涯海角也把爹的养育之恩揣在心里。”

儿子的军礼感动得老人热泪盈眶，突然想起该给儿留个念想。“给什么呢？”老人着急地打着磨磨。独芳在一旁看出了老人的心思，忙说，“爹，你别急，亲亲你三儿的脸就行了，他会记着的！”

女儿的话提醒了爹，“立国，团等等。”老人放下扫帚，转回身子急匆匆地奔回院里。不一会儿又回到儿子的身边，双手捧着一个红色的包裹，颤抖着递到立国面前。一家人也围拢了要看个明白。

“这包皮儿……是团妈过门那天的……盖头，这薄被……是八路救俺留下的……念想，俺想珍藏着……今个团把它……拿去吧，别忘了，时时不要……离开……”

立国“扑通”一声双膝跪地，满脸泪水，一言不语地接过了爹的珍藏。

赵家父子告别的一幕，在秦泰心中打下了深深的印记，他强忍着激动的泪水下达了出发的命令。

一直沉默着坐在一边的金子突然跑到秦泰跟前蹭蹭裤腿咬住他的裤脚。秦泰弯腰摸摸牠的头说：“金子，再见了，在家好好听话。”金子发出“吱吱”难舍的声音。

独芳和立国坐进吉普后不忍朝车外转头。

队伍开拔了，头队已向西山的林中坡路迈进，后队才刚刚转过庄尾，浩浩荡荡，人与马都比刚进村时翻了倍数。秦泰亲自驾着吉普跟在队伍的后面与人同速，缓缓地爬着年前八路走过的那条铺满积雪的坡道。

独芳立国在长坡慢速时可望得见山下的亲人。可姐弟俩只看了一眼就再也不敢回头了，如再看，很可能忍不住让秦泰停车，影响两千多兵的行军。嘟噜在姐弟俩上车时就语重心长地告诫：“走了……就是走了，不必在离村时……抛头露面，免得让哥嫂看了……心里扯巴，难过，让村人瞧见，揣摩，议论。还是……平平静静……安安宁宁的好！”

从秦泰团入住簸箕那日起，自幼智力表现就很不一般的姐弟俩才真的打开了观察更广人世的眼界，两人确信“天下人是可以离开自己那几亩地的，而且完全可以换成另种活法。”于是，他们就做出了让家人无奈、叫村人不敢的选择。此时，坐在车里的他们，一个怀着初尝男女之爱的冲动和与所爱人永远形影不割的向往，一个全心都充满了对人生的抱负和决意以实际行动光宗耀祖的宏愿，在东山那边刚刚露出一流晨曦的时候，悄悄地离开了养育自己的山洼。

而现在，这山洼就在他们的眼底，并仍然沉浸在无知的期盼之中。再过一会儿，整日难离的系命之所就将变为姐弟俩的故乡了，但他俩却不肯抬头去望，只能咬着牙把泪水积在眼窝里，任凭吉普车的随意颠簸。美式吉普的轮子正在碾过他们熟知的乡路，从母亲和爷奶的墓后，载着亲人的渴求，前往那前途不可预知的明日。

秦泰旅已渐渐隐入了山巅的那面，“蛤蟆”慢慢被淹没在灰茫的初春晨霾与雪霭的交织之中。但嘟噜仍在门口抱着那把扫帚一直朝西望着，美式吉普带走了老人的心，也带走了老人的全部寄托……

第三篇　独立旅的使命

（十五）

秦泰旅自农历二月初三一大早离开富簸箕庄后，几乎是脚不沾地儿的急行了近一百公里，终于在初四日的后半夜到达了坦镇。

从未经受过长途奔波的乡间孩子终于看见了终点，觉得这下可该坐着好好喘口气了。但还没等屁股挨地就被长官严厉的吆喝声惊起，命令说，尽管街面还没到开市的时辰，但也不得坐在路边东倒西歪的，必须立即进站上车。于是，大队人马又被驱赶着挤进了站台。

长官怕新兵在紧急行军途中掉队或开小差，出发前就要求班长给排长写保证书，排长给连长画押签字，每个老兵都得包干几个新兵，一个个对号落座，出了问题要禁闭10天扣饷半年，不会写字就刺破中指在纸上按下血印，当场让会写字的代签了姓名，击掌为誓，到达目的地经查验无误，所有字据才能当众一块儿烧掉。

在严格的责任监督下，全旅一百多公里20个小时的急行军，除个别到最终需搀扶行进外，几乎是一次完好的整旅拉练。出发前秦泰的心里准备是至少流失百人，结果却完全出乎意料，在站台上他召开了临时碰头会，他向所有的军官和老兵鞠了躬，说这是抗战后最艰苦的一次长途跋涉，是新兵创造了他当兵以来行军经历的奇迹，事实证明，虎山的孩子是最能吃苦耐劳的，要各级军官好好照顾他们。

两千多人，中途只歇息了三、四次，每次仅15分钟，还只能站着歇脚，老兵说，你要是坐下，就再也站不起来了。渴了饿了，只能边走边用随带的壶水和干粮，用时还得报告请示，班长排长都没权允许，必得连长同意才能入口。

新兵只在家吃过上山下海干累活和忍饥挨饿的苦头，对脚不沾地的奔波没有体验，一路身心疲惫得几乎要跌倒，恨不能就地躺在雪里睡一觉。但长官不许叫苦，说只要有一人叫苦，就会造成连锁反应，能传染全连全营，拖全旅的后腿。在站台上，新兵们终于有了谈体会的机会了，有的说“路上要瘫倒的滋味实在不能忍受”，也有的说“俺以为会死在半路”，还有的后悔不该当国兵，说“要不是长官看得紧，俺真想瞅机会逃了。但看看老兵真心真意对咱，不该给他们添难为了”。

途中，秦泰开着吉普一直跟在队伍的最后，刘参谋长劝他提早赶到坦镇找旅馆好好休息一下，等大部队到了再一起上车。但他说，仅有的一辆卡车已满载帐篷和器材提前走了，担心如真有躺倒爬不起来需要急救的，夜行军去哪儿找车？还是预防万一，随时有个接应才是。

士兵按预定的安排挤进了车箱，车上已准备了面包、香肠和汽水。这是秦泰在电报中向上司一再要求必须办到的。行军途中，士兵们很难踏踏实实地吃上几口，等上了火车屁股坐稳了，这才想起饥渴已无法忍耐了。老兵一进车厢就看见过道里一箱箱焦黄的面包，不等长官发话就急着哄抢起来。新兵咋见面包不认得那是什么，不敢轻易伸手，并问“那既不像饽饽又不像饼子的东西好吃吗？值得撒野？”有的新兵见老兵你拥我挤，琢磨如不好吃谁会抢那玩艺？便冒蒙地跟着冲进人堆，“你没见他们都挤破头了？那还会差？管它呢，赶紧动手吧！”老兵嫩士都七手八脚地争夺起来，挤不上的大声嚷着，“给俺扔过来！”于是，面包便在车厢里横飞起来，接着就是一片狼吞虎咽的声响。

快吃到半饱了，有人忽然发现最底一层的纸箱里还有香肠，老兵便首先掀起新一轮的争抢，一手一根大啃大嚼。新兵见老兵又拿到了什么，便跟随着再次挤进人堆，好不容易摸到了香肠，但又不知怎么下口，握在手里狐疑地左看右瞅。

“傻瓜，快吃啊？好吃，比大米饭好吃，洋味儿。”老兵边吃边对着新兵呼喊。新兵哪知道什么是洋味儿？“还大米饭呢，俺长这么大，牙尖连颗米粒都没沾过，大米饭是什么味儿？俺家连地瓜秧子都供不上顿，说这东西比大米好吃，俺哪有那感觉啊？就这又细又长，红不红紫不紫的，和牛屌一个摸样的玩艺，是生是熟都不知道，会不会拉肚子啊？”

但见老兵的嘴越来越忙活，新兵这才一边嚷着一边学老兵的摸样，囫囵半片地吞咽起来。等他们吃到嘴里了才感觉到，这东西的确是香甜可口，有的新兵还高兴地呼叫起来，“多亏俺当了国兵，不然一辈子坐不上火车不说，更不知道天底下还有这样带馅的牛屌，当兵可真他妈的好啊！”因此，新兵便把疲惫和后悔当兵的念头全都抛到了脑后。

各车厢的营连排长并没领头抢吃抢喝，也没站出来制止士兵们的疯狂，反倒有点儿唯恐热闹不大的意思。其实，他们已事先接到秦旅长的指示，路上不让这些孩子叫苦，但这会儿一定要让他们把一路的辛苦全都发泄出来，只要不打架不破坏设备，可让他们随意喊叫，吃喝不够继续供给，说这对安抚和稳定新兵的情绪很有好处。

疲乏之极的兵士终于吃饱喝足了，疯劲儿发完了，困劲儿便紧跟着就来了，没精神闹腾了，一个个你靠着我我靠着你歪七八裂地倒在座位上打起了呼噜，有的都睡过去了，嘴角还耷拉着半截香肠。

车厢里混乱的场景终于消停了，这才轮到营连排长坐下来安静地吃点东西。他们一边吃一边议论，“秦旅是在带兵吗？好像在办幼儿园。”“幼儿园的孩子也得管呐？怎么能放任呢？”“人家秦旅是该管时必管，不该管时就放鸭子。”“咱不懂，找时间向秦旅请教请教。”

连排长吃完了，开始分别检查本连的状况，见一个个死人样熟睡的士兵，都暗暗发笑，心想，“这个秦旅长，把新兵蛋子的那点儿心事摸得倍儿清，真是服了，看来他‘行军途中如困乏了，那就是你挨枪子的时候到了，想活就得没命地跑’的动员，确实管用。”

车轮发出了急促的“哐哐”声，风驰电掣地载着一个个鲜活的生命向北驰去。这趟军列是南京军事委员会军政部部长陈诚特地给秦泰旅调用的。机车是日本占领东北时由满洲铁路株式会社专门为关东军总部，和会社高层人物设计的名冠天下的“亚细亚号”。普通机车从大连到满洲国的新京至少要十二个小时，而“亚细亚号”只需八个小时。在日伪时期，若不是满铁和侵华的重要军政要员必用，或紧急秘密调运军队必需，“亚细亚号”从不上路露面，日本一直把它作为绝密技术与特殊资产严加看管。

“八·一五”日本投降后，苏联契卡总部以为亚细亚机车藏在大连，后经密查发现，日本在节节败退时已来不及将它开回辽南，仍放在奉天的秘密车库里。于是，便立即组成突击队抢先占领了车库，把几辆亚细亚机车和技工控制到手，千方百计要获取制造技术。但因图纸和掌握核心技术的人都不在中国，面对梦寐以求的神秘机车和怪异的摸样，只能瞪眼着急。想开回苏联解刨，可东北与苏联铁路的轨距不同，亚细亚的轮距是固定的，无法调整，想整机开回俄境根本不成。如拆开测量，许多部件都是连体铸造，解剖等于破坏。苏联技术人员只好用“都是蒸汽机原理，只是马力大些，没啥神秘的”作借口而放弃。因此，亚细亚这才变成了国军的接收品。

这次，为搬运秦泰旅，军政部费了很大力气才从俘虏营找到个副驾驶，亚细亚才得以在日本投降后的第一次运转。而这第一次，便是给秦泰旅运兵。可见，上峰对秦泰扩编的特别用心了。

秦泰深知责任重大，不放心新兵的情况。但直接部属都按他的要求抓紧睡了，车里又拥挤，不便临时召集下属碰头。他抬腕看看手表，估计再过三个小时就到目的地了，只好亲自去车厢走访。立国要跟他，他制止说："你还是留下来照顾你姐吧，根据以往的经验，这样的紧急兵移常常会发生意想不到的混乱，你姐第一次出远门，如发生意外，她缺少应付能力。"立国只好点头照办。

秦泰在卫兵的警护下，领着军医从最后一节旅部卧铺厢开始依次向前探视。

因为秦泰坚持不要新兵坐闷罐箱，但调集到的客箱数量又有限，每节硬座必须装两个连队才能把一个整旅运走。"多亏吉普是我唯一的辎重，如再有几门大炮和卡车就麻烦了。"秦泰边走边想。

车厢通道拥挤得几乎无处插足，秦泰每迈一步都须小心翼翼，生怕踩了当兵的腿脚。而且随着时间的延伸，箱里的空气也在逐渐污浊。"经这次长途拉练，对每个新兵都是次前所未有的考验，说不定会出现许多吃不消的病号。"

"好歹我一再拒绝乘坐又冷又黑的货柜。如那样，如何把一个旅一次性完整送达目的地？要是再闷死几条命，好，还没等上战场就减员了，那我怎么向新兵的家人交代？现在看，真是万幸啊，我得感谢陈诚将军的帮助啊！"他扶着木座靠背暗暗思量。

秦泰走走停停好不容易才到最前头的一节，他庆幸地回过头来望望，"还好，只有七、八个感觉有些过度疲劳的，只要打支安定，再喝点葡萄糖，好好睡睡，很快就能恢复，不会拖累队伍。这些新兵都是农村苦力孩子，确实比城里兵能经得起历练呐！"他望着睡得东倒西歪的兵士默默念道。

该回返了，他刚要转身，却突然有了新的发现，"这不就是那个孩子吗？"他停住脚站到一个满脸稚气的娃娃兵身旁。

他记起来了，在簸箕庄时，张虎曾把这孩子带来团部，说他住在离簸箕很远的洼子村那边，家中只有老母亲和兄弟俩，父亲早年被小日本抓劳工死于本溪煤矿的一次瓦斯爆炸，日本人为了保住矿井，用流沙加洋灰灌死了燃烧的斜巷，百十号劳工全被葬身在十八层地狱的深处，让矿工的躯体与泥浆胶结在了一起。那时，他兄弟俩还不到10岁，家中没有半分土地，母亲只好带着孩子四处讨饭，靠给人干杂活，赶海打蛎子卖点小钱保命。年后，他母亲听说国军正在招兵，就喊回在外地做长工的儿子，问他们谁愿当兵。兄弟俩本来都想当兵，但又不能撇了母亲不管，必须留下一个，哥俩把扛枪打仗当好事你推我让，可母亲一心想要两个儿子都尽快脱离苦难，偷着去寻死，好让儿子安心寻找活命之路，不要他们牵挂自己。

就在母亲向树杈上挂绳子的时候，两个儿子突然抱住了母亲的双腿，哥哥说，妈，俺有的是力气，挣的粮比弟弟多，可以养活你，弟弟身子单薄，干不了庄稼活，让他走吧，他聪明机灵，会比俺有出息。母亲无奈，只好放弃寻死的念头，领着小儿找到簸箕庄，并遇上了张虎。张团副听了这一家的境况，联想到自己少年时的流浪遭遇，很是同情，他琢磨着，团改旅以后自己很有可能升为副旅级，该配个贴身的勤务兵了，这孩子长得俊俏，只15岁，身子比枪高不了几寸，根本不是冲锋打仗的材料，干脆和团长说说叫他跟着自己算了，这一家怪可怜的，让他待在长官身边，牺牲的机会也少点儿。

“我本想立即答应张虎的要求，但考虑南京还没下达正式任命令，对其他待提拔的人还有个一视同仁的问题。张虎只好临时把这孩子安排在后勤连，他是尽心尽意了，后勤毕竟不是为打肉搏战建立的。”秦泰心想。并询问了站在身旁的朱连长:“你安排这孩子干什么了？”朱连长答道:“还没有，张团副要我等他回话。结果他又突然调转到别的地方去了，临走连声招呼都没来得及和我打，我不能不讲信用，张团副是个很义气很仗义的长官……”连长偷偷地观察着旅长的态度，不敢再往下说了。

秦泰对朱连长的评说没动任何声色。但连长自己却卡住不说了，知道不该随意评论长官，违反规定。

“你说吧，我听着呐。”秦泰因为失去了张虎这个得力的帮手，正陷在恨爱交加之中，无法自慰。特别是部队的这次新编与调动，如张虎还活着，有他帮着忙活，旅长根本就用不着这么操心受累。只因为在二十几个小时前，是旅长亲手开枪击毙了副旅长，才让旅长自己体会到关键时刻失去得力帮手的压力与焦虑。在查看士兵时，秦泰本来已经忘记对张虎的思念，可这孩子又让他想起了生死战友，偏偏朱连长又评论了他，秦泰很想继续听听连长的点评，也算是帮他的回忆和安慰。可这姓朱的偏偏又不敢说了。

“旅长，我犯了军规，乱说长官的短长，你批评吧！”朱连长低着头，一副认真的脸孔。

“我是要他继续说的，你看，他反倒向我作起检讨来了，真是的。”秦泰心想。无奈，只好自己解围说：“是啊，张……团副被调到保密单位去了，我也不好多问究竟。那你就再等等吧，他既然对这孩子那么上心，说明他一定是认真的，或许他对这孩子会有新的考虑。”秦泰差点把副旅长仨字说出来。

连长见旅长大度，对自己没有半点责怪的意思，反而还像是赞同他对张团副的评价，便一边点头一边举手行礼说：“谢谢旅长的宽厚，我一定照您的命令办！”

秦泰哈下腰轻轻地拿过那孩子手里还没吃完的半截香肠，帮他揣进怀抱的挎兜里，而后又整了整他的棉帽子，看看他熟睡的摸样，心中感慨万千，“从此，你离开了母爱，家里再穷总有母亲在，或寒或热，但那毕竟是你的家啊。你为活命出来当兵，可你想过没有？当兵是要打仗的，打仗是要死人的。张虎再也无法照顾你了，今后，你命运的责任谁能负得起来呢？是我吗？那我的命运又由谁来负责呢？孩子，我真的说不清楚。那我们就只有自己对自己负责了……”

秦泰满肚心事地返回旅部卧铺厢，独芳仍坐在会议间里等他，立国抱着书在打盹。见秦泰回来，两人都起身迎候。

“你们怎么还不睡？坐着干嘛？一路够劳累的了！”秦泰虽属明知故问，但也必须得以这种方式表达下自己的亲切和感激。

"行军时咱一直坐车，当兵的可是苦了，去看看他们是应该的，你都快把心操碎了，天都快亮了，抓紧歇息吧。"独芳心疼地回答。

秦泰走到临时办公桌前，拉过椅子坐在台灯下打开手提包，顺便告诉警卫不要总站着，这节车厢不会有大事，抓紧睡觉去。警卫敬礼离去。秦泰又回头对立国说："你也去睡吧，车到站后会有一大堆的事要你去办。"

立国抱着书悄悄起身走了，会议间里只剩下秦泰和独芳。

这节车厢虽安装了单独的取暖设备，温度比普通车厢高些，但因是尾车，车厢两头的门又不很严密，冷风仍是不断地往车厢里灌。独芳走到秦泰身边给丈夫提了提大氅领子，让他的脖口再严实些。秦泰放下手里的文件，顺势扯住独芳的双手放到唇边亲了亲，又抬头仔细地看着爱人的脸。

独芳羞怯地笑了笑，问："你怎么了？为什么这样看俺？"

"我俩这就算结婚了？是真的吗？你不觉得过于草率？难为情吗？"

"军婚不就是这样吗？浩浩荡荡的送婚队伍伴着咱们千里同行，还是专列。在农家谁有这排场？只有你秦泰能做到。"独芳回答。

秦泰感动地揉着爱人的手说："在这种环境下，在此时此地，再看你的打扮，你可是另外一副模样了，你身上有股天然的军人气质，是女军人的特质，那身美国造的女军服如给你穿上，我估计，许多将军见了都会发疯的。"

"别人疯不疯与俺何干？什么军服军装的，俺不稀罕，俺只守着你，躲在屋里谁也不见。"

"是的，我不会让你穿那套虎皮的，只是信口说说，是种设想。我要好好照顾你、呵护你，像养兰花那样，不冷不热，不干不湿，把你安安稳稳地摆放在——"他抬眼环视了一下，"噢，没有花架，窗台也不妥，还是我这里随意些，安全些。"秦泰把独芳拥进怀里，

独芳顺势把脸紧紧地贴到丈夫的脖窝里。

"你离开爸爸的那一幕，让我永世难忘，让我想起了自己的母亲和父

亲，唉，我老爸他现在孤苦一人，腿也残疾了，但他还在鼓励我要为民族为国家去奋斗，知识人的情怀呀！因为我经常转移，他给我的信都半途不见了，我实在是想念他，只能用牢记他嘱托的办法安慰自己。今后，我还要对你爸爸负责。”

“你只是为了俺爹才对俺好的吗？”独芳故意娇痴着问。

“鬼机灵，那还用说吗？”秦泰亲亲爱人的额头站起身，把自己的大衣裹到独芳身上，又捧起爱人的脸轻轻地吻着，久久不肯弃离。

独芳瘫软了，躺倒在沙发里，紧紧地捏着秦泰的手。秦泰努力地抑制着内心的冲动。

他知道，“我这是在战车上，自己随时负有立即参战的使命，不能由着自己的兴致去取舍。”他搂起独芳的腰，亲切地说：“我们一定会有安宁温馨的处所的，等我把队伍安排稳妥了，没有打扰了，我们要一心一意好好享受一下人生的欢愉……”

说到这里，他不知为什么会突然想起张虎把赤裸的女人推到东厢门外时所说的那番话。“今天我如愿以偿了，知道做男人的滋味了，死也值了。可你还不知道，只知道忠于老蒋，遗憾呐。”

秦泰振作了一下情绪，起身挨回到桌边，扯开窗帘望了眼车外漆黑的夜色，回头对又躺回到沙发里的爱人微笑着说：“我要给你派个英俊的小勤务兵，一个孩子，这符合国军的规定，你是随军的旅长家属。”

他知道，独芳是因为自己的亲吻而才两颊绯红起来的，本来自己的全身也随之充溢了火热。但他无法继续选择放纵，把两人的亲吻推向无法阻止的高潮，因而使爱人受到了冷落。现在，他必须变换话题，以引开她情感的聚焦，这也是他对独芳挚爱的表达。

独芳知道此时所处的环境容不得自己的意愿，卫兵和立国与自己只一板之隔，何况自己又不是那种“撒野”的女人。

对一双“处男处女”来说，亲密的相拥，只是互爱难耐的强烈冲动，包括秦泰刚刚说过的“无比的欢愉”，都仅仅是二人热恋中的感受，他们从不知“肉体深入”的两人到底会是什么样子。刚刚的冲动，对他们来说，已不止这次了，这次只不过是比以前更加炽热了一些。

秦泰的这种作为，反而让独芳觉得自己的男人更加英气，将来肯定是个做大事的材料。便稳定了一下自己的心绪，问道：“是女兵还是男兵？”

秦泰赶紧回答：“当然是男兵了，男兵可以帮你干些力气活啊？支使他跑跑腿比女兵快当方便，女兵容易使小性子，不高兴了再耍点小脸子，你受得了吗？再说了，我在家里要光个膀子什么的，换换洗洗的，旁边站个女兵，那怎么成？”

“那俺能习惯吗？”

“唉，你的内房事有我呢，其他的事都有个适应过程，慢慢来，你会习惯的。用人也是门学问，更是另种生活方式，你说是不是？你要逐渐改变老爹的那种生活程式对你的影响，试试自己有没有当财主的福分？财主的本事不就是坐着支使人嘛？”

独芳听了自是发笑，她想象不出家里有了勤务兵会是什么样子，更无法判断如此作为的得失。她只知道爷爷奶奶特别是老爹，自幼就告诉自己，“一切都得靠个人的努力”，因此，她从小就带弟弟，给弟弟洗衣，逼弟弟吃粗菜淡饭，好好读书，维护弟弟的安全，学会勤俭持家，帮爷爷奶奶做事，这是妈妈在远去时扯着她的小手最不放心的嘱托。吃苦耐劳的性格，让她无法对秦泰的计划作肯定的响应，说“是”说“否”都没法具体化，只能以笑代答。

秦泰见爱人用微笑回报了自己，以为她赞同了自己的意见，心里也就踏实了，疲劳与困乏也一起充填了他的整个身子，即使他强打精神也无法抗拒眼皮的沉重，便歪着头靠着车窗的布帘呼呼地大睡了。

独芳却没有半点睡意，只一心要呵护着自己的爱情、幸福和全部希望的寄托。

而秦泰，是因为终于把生死战友的遗托落到了实处，而且就安排在自己的身边，才觉得彻底履行了对战友“生死同步”的承诺，也是对战友的忠诚与回报，并充满了纪念的意味。也只有如此，他才能让战友的孤魄游魂获得安宁。更是对那孩子母亲遥远的祝愿和安慰，希望有朝一日能让他一家三口团圆，“张虎肯定也是这么想的”。

秦泰从前车回返旅部车厢时还想，“张虎这混蛋，只有我知道他的心事，可惜……”但秦泰又立刻否定了自己，“是的，我对他的了解仅在为人情分和领兵打仗方面，而对他的需要……”秦泰开始自责，自己从未想过该给他安个家，也不知他自幼流浪需要爱的关照，以为生死之交可替代人的一切欲望。“可我一直寄希望于国家没有了战争以后再说，我以为他的想法和自己没有差别，平时我们在一起就没扯过女人，他很克制，全团走了这么多地方，从没发生过强奸民女或乱搞女人的事，多日前他到团部喝茶时还顺口问了一句‘你与赵家姑娘可是郎才女貌啊’，我因决心未定没有作答，他也没继续追问。但前日临死前的一番话，却让我惊愕不止，显然我是自以为了解了他。”

独芳紧紧地靠着秦泰，希望他睡得越沉越好。但秦泰却突然睁开了双眼，问：“有事吗？”独芳赶忙拍拍他的肩膀，回答：“你做梦了吧？天下太平，不要以为没有你天下会大乱，快睡吧！”

秦泰笑笑说：“是的，至少咱现在还太平无事。我知道，兵营、装备和一切屯兵等后勤事宜，军部都提前做了安排，这都是美军顾问团按美国军队的管理方式给国军的规划。作战部队只有一个任务——住进去，拉出来，看好门，打好仗，其余的什么都不管，到了目的地只有进兵营、吃饭、睡觉、练兵这四件事，还是美国佬懂得养兵用兵。你没看我们以前的那个慌乱，锅碗瓢盆铺的盖的，背来背去，啰唆极了，能拖累死你，枪还没响，一大半的精神和力气就已经耗尽了，等上了战场，只剩下半拉身子，所以，那仗就打得十分艰苦，牺牲很大。”

独芳也笑笑回道："你是在给一根枯木浇水，兵法的俺不懂，俺只知道你必须好好睡一觉再去研究你的美军顾问团。"

秦泰亲了下夫人的脸蛋儿，说："行行，听你的。但你也要躺下睡一觉才是啊？你总靠着我，我只想和你好，就没有睡觉的愿望了。"

独芳却不愿意，反而更紧紧地搂住爱人宽阔的肩膀，说："就这样，你要养成这样睡觉的习惯哦？要学会另一种睡觉的方式，这也是生活中最重要的内容哦？"

秦泰没想到，自己对夫人关于勤务兵的一番言辞，独芳却用在这里堵他。他抓过爱人的一只胳膊枕着脑门，不再说话了。独芳眯缝着眼睛——母亲般的紧紧地靠在一旁。

（十六）

天还没亮，秦泰就被军列哭号的嘶叫惊醒了，他慌忙爬起身用力地搓搓手，再把滚烫的手掌捂到脸上，而后伸着脖子使劲地打了个哈气，憋着气挺挺脊柱。这是战地生活给他养成的习惯，不然就很难让自己从困睡状态彻底清醒过来。这还是老班长在坚守北平八达岭时教给他的解乏窍门。

独芳在一边看着丈夫这一连串的动作，心想："他这些行为都是为了他的战士——那些不知为谁拼命的贫民儿女。"表面看，独芳仅是个农家妇女，可她因事因势而思的问题，并不比男人少，只是自幼"守口如金"的妇道教育一直在支配着她。

“要进站了，该做好准备了。”秦泰自唔着。转头时才见独芳还在自己的身边，便心疼地搂了下爱人的后腰，说：“对不起，你还在照顾我，我倒是睡死了，却把你丢了不顾。”

“我这样守着你你会睡得更香一些，不光是你的千军万马需要你，我也需要你啊？我会照顾好自己的，放心吧。”独芳决心以后向秦泰学习，包括“我”字这样的标准用语。在秦泰去车厢查看新兵时，她就提醒过弟弟，逐渐不再去说家乡的土话方言，要适应姐夫，适应他的环境。立国冲姐姐笑笑，说：“女人的特点就是太细，如太粗，就没人喜欢了。”表示自己力争照姐姐的要求办。

头声汽笛刚一响起，卫兵便迅速返回到旅长身边。秦泰要他们叫立国赶紧通知刘参谋长和王副旅长，按计划让全旅在下车前就整理好衣帽和背包，到站后顺序下车，在站台上做好受检的各项准备。

列车缓缓地靠上了苏家站台，刚停就有人在车下帮着打开了车门。各厢的连长带着自己的战士速速序列下车，以营为方阵在站台上集合待命。

秦泰从车厢的前门下了车，他一心牵挂那些新兵在远离父母后是否能按训练要求准确就位。却没注意同时有几个女军官已从软卧的后门进了他的专厢。

秦泰踏上站台广场，广场已搭好了两层阶的检阅台子。刘参谋长正在蒙蒙的旭光里用号令训导全旅“立正”“稍息”，告诉士兵如何整齐队列接受检阅。秦泰抬腕看了看夜光表，按原计划，离师部长官前来检阅还有五分钟。

这时，立国跑到他的近前，行过军礼后小声说：“命令有变，原师部长官不来了，来的是五十二军中将军长赵公武，他现在同时兼任沈城警备司令。”秦泰惊讶了，“检阅官的级别倒是提高了，但是不是又整编了？上司对我旅的管辖权是不是又改变了？唉，只要你招来兵马，上司们就你争我夺，这怎么和当年的军阀一样，党国如何团结一心呢？真是莫名其妙。”他摇了摇头，“唉，管他呢，荒乱嘛，国军的系列也铁不成文了，章法也没了，总是走马灯般地调你调他换来换去，这样搞下去军心要不涣散才怪……不过也好，那这些新兵就不属直接参战部队了。”秦泰无意间发现就此之变所产生的新效应，他喜出望外，心也突然舒坦了许多。

几辆美制黑色高级轿车在一辆美式吉普的引导下开进了站台。吉普停稳后从中先跳下四个荷枪实弹的警卫，并迅速站到第二辆轿车的两旁，同时拉开车门。乘车人一出来就笔挺着四下望了望，“果然是赵公武。”秦泰在南京曾见过他，虽只擦肩一遇，但还记得他的面相。

司令望了一眼正在等待检阅的官兵，并在一群高级军官的拥簇下阔步向检阅台走来。赵公武戎装整洁，一米七零多的个头，身材匀称，摆手幅度自然，姿态昂扬威武，每一步迈得都很有力度。“显然是位很讲军风纪的将军，素养极好。”这叫秦泰从心底敬佩。

刘参谋长立即向队伍喊道：“全旅官兵——立——正！”秦泰旅在寒风中整齐划一，方队棱角分明，目光一致地把司令迎接到队列的前面。秦泰看了很是得意，心想，这都是簸箕那个场园的功劳。他首先向司令敬礼，然后跨步登上了检阅台，简捷明快地喊道：“全旅接受中将司令赵公武的检阅！现在——检阅开始！”

秦泰步下台阶，陪司令从部队的右边踏向左边。赵公武不停地向官兵敬礼，问好，雪白的手套在官帽和裤线之间“唰唰”闪烁，官兵齐整整地回报“赵司令好！”

秦泰看出司令十分满意的表情，在重新回到检阅台时，他轻声问：“司令，您训训话吧，给我旅鼓鼓士气。”赵公武回道：“不必了，没人会相信这大部的新兵竟比老兵做得都好，有你这样的将军带兵我还不放心吗？连校长都多次赞扬过你的抗日团。眼前的队伍就是一支训练有素的队伍嘛！这样的统一，是需要长时间磨炼的。而且我连字号都没报，他们就知道赵司令来了，可敬可佩。那咱就进行下一个更能鼓舞士气的日程吧。”赵公武诚心在将军俩字上加重了分量。

司令的方言很重，秦泰对他的话中意也不十分理解，“我哪里是将军？是他记错了吧！这里除了你司令和你的一竿子随从能够得上将军级别外，我已经是破格提升的上校团长了，即使建了旅，我也不过如此而已，哪来的什么将军？”

司令不要人引领就跨上了检阅台，一个校官跑上去递过文夹。司令先抬眼扫视了一下面前的队伍，而后慢条斯理地打开了夹子，清了清嗓口，很有气势地干咳了一声，说：“秦泰接受命令！”

秦泰被这突来的军令震动了一下，“又是什么命令呢？该不是要新兵立即开赴前线吧！上司不会愚蠢到这种程度吧！”他带着疑问向司令立正敬礼，并回答：“是！”

只听司令读道：“蒋委员长命令，任命秦泰为沈城警备区独立旅旅长，少将军衔。蒋中正手令！中华民国三十五年三月十日。”

秦泰再次敬礼，并回道：“部下感谢蒋委员长的栽培！”上前一步，立正，平伸双手接过任命状和司令递来的托盘。托盘里是全套的将军呢服与军衔。随后，赵司令亲切地伸过手来与秦泰紧握祝贺。并说：“本司令希望秦旅长绝不辜负蒋委员长的厚望，忠于党国，认真履行职责。”这是蒋介石自当黄埔军校校长起给国军确立的接受委任状的规定套路，无论何时何地，哪管在炮火纷飞的战场上，都不得有分毫改变。

就在这同时，全旅在刘参谋长的带领下，齐声高呼：“忠于党国，感谢总裁，感谢司令！”并当场点火烧了所有的急行军保证书和押签。

赵公武瞅着腾腾的火焰皱眉不解。秦泰在一边小声给他作了解释。司令听了振奋不已，立起身子，转向全旅大声说：“好样的，百里长途就没一个掉队的，更没有溜号的，你们创造了长途急行军的奇迹，赵某十分佩服。

我宣布，自即日起，独立旅全部改用美式装备，建一个火炮营，一个摩托营，和一个迫击炮营，全旅一律配备自动步枪，每连三辆轻卡，每排各一挺轻重机枪，这是国军中装备最现代化的加强旅，是委座给予你们的奖赏，你们这支队伍很值得好好武装一下！”本来是和秦泰个别交谈的话，因为兴奋，司令却当众作了宣布。

队伍里再次爆发出感谢的呼声，司令多次向队伍招手，官兵们仍不肯平静下来。这阵势，更让那些新兵看傻了眼，心里充满了当兵的滋美与自豪。

就在这会儿，那几个从软卧后门上车的几个女军官，依照上司的命令已经把独芳接走了。

仪式结束后，秦泰本想和妻子坐自己的吉普到驻地。但司令特意停下脚步，悄悄地告诉他，“你的家已经安排好了，估计你妻子现在已经快进家门了。虽然正在战期，但警备区还是不同于一线作战部队，它的主要职责不是进攻，而是防御坚守，伺机出手。那咱就与地方有不可分割的利益关系，同生死共存亡嘛！地方就得多照顾咱们一些，这就是特权，近水楼台先得月嘛！别人嫉妒也没用。你抗日时的名气很大，是让日本人听了都发抖的一员猛将，我特别点了你，苏家是交通要道，是沈城南门的关峡，不得放过一只飞鸟。我已经把你装备到牙齿了，向总裁为你讨取了将军头衔，你要名副其实，不能让党国失望，有事及时向我报告，有困难抓紧向我通报，沈城的东西南北中，在我这里有一盘统一的棋局，不可自成王国，任意行动。”司令还专门加重语气说：“国民政府主席东北行辕主任熊式辉上将，亲自打电话要我一定来接你，你的分量很重噢！”

司令对秦泰说完，招手叫过前导车，说：“我不需要你们导引了，你们把秦将军送回家，不得出任何差错？”

“司令，我现在还不能回家，必须到驻地安顿完队伍才能安心。”秦泰连忙回道。

“你是不放心你的部下？需要你事必躬亲？那你提拔的人不能要你放心你提拔他干甚？”司令想了想又改换一种方式说：“也好嘛！刚组建的独立旅，旅长要关照一下驻地也是必要的了，防止意外嘛！”便安排引导车先随秦将军到防地，等将军放心了，再送旅长回家。秦泰对司令的口音和腔调很不适应，但却明白上司的话外音，怕问多了会引起不必要的误解，便赶紧谢过司令，匆匆尾随到长龙般的大车队后边。

秦泰坐上车后没想别的，他只想了一件事：“如按新武装的独立旅配置，可要训练好多汽车司机，是否该把那孩子培养成一个多面手？让他学点技术？退伍了也能用上？”他想来想去觉得还是不可，战斗部队的司机是狙击手打击的重要目标。“唉，我的权力也就如此了，无法制止一场无为的战争，更救不了所有的母亲和孩子……”

秦泰赶到驻地后，没去看自己的旅指挥部。因为那里如何安排，他在火车上已预先做了计划，有刘参谋长、王副旅长和立国他们去落实。他是一心要去寻找朱连长的后勤连的。

旅后勤系统的人员没参加受检仪式，一下火车就被等在站外的卡车接到驻地。他们得提前进入，落实检查设施是否周全，以及三个团级指挥部和营部的布置是否符合秦旅长提出的战地布防要求。

秦泰在后勤处的住处下了车。李处长已经从首批进驻的官兵嘴里得知秦泰是少将旅长了，以为旅长是来督导工作的，忙掏出笔记本要回报他们刚检查的情况。但秦泰却要他领着去找后勤朱连长。

他们走到一排砖房前面，李处长喊道：“小朱，快出来！”朱连长闻声急忙放下手里的活计跑出门外，一看是旅长，慌忙立正敬礼，说：“是旅长叫我。”

“那个孩子呢？”秦泰急着问。

“您等等，我去喊他，张团副说他自己是大虎，让我们喊这孩子小虎。”

“他的新兵登记表呢？”秦泰笑笑问。

“嘿嘿，还没来得及办。”朱连长回答完想：“怕他问啥他偏问啥，张团只把这孩子交给了我，说手续由他后补，可他……那现在这违纪的责任就由我来担承了，张团为我担承的乱事可是不少啊，这回该我了。”他愣着神等着旅长铺头盖脑的指责。

但怪了，旅长听了仍是眯缝着眼睛在微笑，催着：“你傻站着干什么？快去找那孩子啊？”朱连长这才反应过来，撒腿就跑。

不一会儿，朱连长呼哧带喘地把那孩子领到旅长跟前。秦泰微笑着拍打下小虎的肩头，“你叫小虎？上次领你见我的人叫老虎。好吧，现在你就去拿上行李跟我走。”并对朱连长说：“谢谢你一路对小虎的照顾，我代表张副旅……啊，是张虎感激你。”

朱连长蒙了，受宠若惊，“啊？这是怎么回事？不仅没挨批评，还意外地受到‘感谢’？人家现在可是少将旅长啊，凭什么感谢咱呢？”慌忙回敬道：“旅长，你可是折杀我了，我斗胆也不能接受你这崇高的感谢啊！”

“你贫嘴是不是？这确实不是我的感谢，你搞错了，就凭张虎同你的交情，你不会不知道这孩子参军的过程，张虎托付了你，也托付了我。”秦泰有意这样替战友向忠实于承诺的部下表达了心情。

“嘿嘿，嘿嘿，旅长原来是在替张团和我说话。那也不必，张虎曾是我的直接首长，他对部下从来关切，咱……”他把话说到这儿，又急忙打住了，因为自己又违犯了纪律。

秦泰只是笑笑，亲手接过小虎的背包拉着他上了吉普。站在一旁的李处长搞不清他们这一幕的缘由，满脑子朦胧，心想：“一个大旅长，不关心全体官兵是否已经安顿就绪了，却东找西找一个小兵崽子，他们之间是什么关系？他们之间如没有关系，那他们这演的是哪出？是什么福气让那小兵认识了将军的？”

看旅长已经坐进车里，他急问朱连长：“这到底是怎么回事？”朱连长故意说：“咱俩谁管谁啊？你问我，我是不是该找排长问个究竟？一直问到兵疙瘩是吗？”

李处长被朱连长转着弯地奚落了一顿，觉得不很舒服。但见一个小连长竟与旅长那么热火，也不敢盲目用报复话回敬下级，装着接受部下的意见的样子，说：“小朱你这家伙，是啊，是啊！”

这时，秦泰又推开车门，回头对站在原地的两位部下喊道：“我这么做完全是张虎的意思，他是抗日英雄，我们都敬重他。小虎走了，你们缺个编制，我会帮你们补上的。”

李处长心想：“这个小虎本来还不在编，连参军登记表都没填，更不用说军饷了，旅长是不是胡涂了？”

朱连长喊道:“将军够朋友,够意思,我和张团,还有李处长都谢您了！”

李处长拿眼瞪着朱连长,说:“你就谢你自己那份算了,我让你代了吗?快嘴快舌的，小心拍马屁拍到掌钉上，扎了手！”李处是蔫脾气，一锛一斧子做事，脑子虽慢可干事认真。秦泰喜欢他负责后勤从不缺斤少两的原则性。但李处不知小虎的来由，埋怨朱连长知情不报。

“你知道那么多干什么？旅长信任你就行了呗。我拍你马腿你说疼，我拍旅长半天还得回来被你管制着。”朱连长故意和李处耍贫嘴。

“我要不看在张虎的面子上早撸了你。今后你要不好好持候本处长，有你好果子吃。”李处知道朱连长如没有上司的话不敢造次。后勤多少年都没个定所，这次终于有了安兵之处，他的事也好干多了，心里高兴，有意拿朱连长开心。

秦泰在引导车的带领下，直向还一无所知的私家奔去。

他只从离开父母踏入抗战战场的那日起，就再也没心回顾有家的滋味了。今日终于建立了家，而且还是和心爱人同居的家，心中充满了渴望。但他知道，这很可能是个随风飘摇的家，是枪林弹雨中的家。

（十七）

前导车把秦泰的吉普带到一个宽大的黑色铁门前面，向导先下车向警卫出示了证件，并介绍吉普里是秦泰将军，警卫仍出门围着吉普前后左右看了一周，才示意站岗的士兵开门。

秦泰坐在车里向外瞭看，他注意到，那大门的两边各有一个窄门，分别由两个持枪的士兵把守着。因为是早晨，偶尔有军人或装束打眼的女人从挨着警卫室的窄门出来，出门时都要提前拿出证件让岗哨看了才能离开。秦泰心想："干嘛这么恐怖？警卫管大门，站岗的管小门，两套警戒。再说了，进门看证件是防止外人混入，何必出门还看证件？这里住的都是些什么级别的高官？有必要把气氛搞得这么紧张吗？"

吉普进了院子，迎面是座高大的中国式影碑，上面写着孙中山遗嘱"革命尚未成功，同志仍需努力"，字体鲜红，好像是近日刚刚刷就的。"原字肯定是'武运长久'，现在应该改为'国河安宁'才是。唉，天意难违啊，现在轮到蒋总裁来定乾坤了，他的武运会怎样？能否长久？他办学还可以，治军却一般化，靠军统打击异己，以派系压制派系，暗杀、绑架、盯梢，手段有点儿那个；用密令指挥督军，靠督军强制前指，小报告，打黑枪，全军上下无不暗讥明嘲。但他仍自以为得计，不肯反思，永远正确。唉，确实像张澜老人所言，共和的骨架，皇帝的招数。他的明天是阴是晴只有天才知道啊，搞不好就把中山先生的遗愿变成了'革命半途而废，同志各奔东西'了。"秦泰想到这里，不由地长长地叹了口气。张虎临死前"不打同胞”的呼喊总在纠缠着他的神经。

转过影碑，眼前是一片松林，林里有几座小巧的日式亭子，石板小道与之交错联通，道边还点缀着石灯。穿过松林便是一栋栋日式别墅，有单层的有双层的，各自都被树木花园围成了独立的单元，宽阔的花岗岩通道把各栋建筑连接成一处敞亮幽深的人居之所。院区四周是丈八的高墙，墙头装着电网。向导说这原是日本满铁在沈城近南郊的租地，自 1928 年 6 月 4 日张作霖在沈北皇姑屯被炸以后，日本的侵华野心一天比一天露骨，在张学良逃离东北后，这里便逐渐被建成为侵华日军高级将领的秘密住所，因此警戒才异常森严。

侵华的将军和统帅部高官基本都是“狡兔三窟”，在大连、新京也有住处。但因沈城相对安全，便于聚会，自然就成了他们谋划占领中国的长居之地。

园区西头是道齐刷刷的乱石断崖，遍布着密麻的爬山虎，崖顶的油松遮挡着最高处的建筑，自然伪装十分巧妙，并有周有高墙包围，从外很难窥测墙里的秘密，每当日出，西高东低错落有致的地形，把整个大院都被浸泡在阳光普照之中，日本人说这象征着太阳初升之国的朝气。但日本人怕暴露内情，宁愿让你猜疑，即使在最骄狂的时候，也没在这里悬挂过太阳旗。院内的建筑标准和警卫级别依西高东低而排列，上将居西，中将居中，少将居东，等级严格，满洲国侵华高官的家属几乎全都在这里住过，互相间从不打招呼和探望走访，家属相遇，只点头施礼，不开口问安。于是，高墙里边就成了日本侵华核心分子的群聚之所，更是日寇酝酿巩固东北、占领华北、进军江南的战略策划之源。因此，这儿也就成了造就日本侵华战将的摇篮，墙内墙外的警戒常年都是十步一岗五步一哨，连路灯都比别处密集明亮。四个墙角还单设了防空袭的设施和高炮。苏联占领沈城时，对这里没顾得干预，在允许中共进城时也没当重点作交代，强迫中共退出，向民国政府移交时，只搬走了防空武器，其他设施基本是原貌。

以熊式辉为主任的东北行营进驻沈城后，这里只没了日本主子，但侍候过日寇高官的华人管理成员，职位基本没变。所以，自然得把日本的管理方法照原样传授给了党国的接收者。

前导车在园区最东头的一栋单层别墅前停下了，向导迅速跳下车并跑到秦泰车前敬礼、报告，“秦将军，这就是您的住处，夫人正在等你。赵司令一再嘱咐，如有不妥，请您的勤务兵随时同我们联系。”

秦泰下车与向导握手致谢道别，向导给他还礼，并说：“秦将军是我引来的将官中对办事人员最客气的，我愿意为您效劳。”秦泰笑着回道：“您过奖了，官衔只证明你责任更大，却不含以势压人的特权。”向导感动地回答：“这话太稀缺，难得一听。”而后再次敬礼离去。秦泰这才领着小虎转身走向院门。

院门是用铸铁焊接的欧式连续菊叶图案，立桩地脚埋在混凝土里，表面单薄，但用手推推却一动不动，秦泰左看右摸了好一阵子也不知怎么开门，想喊独芳出来，但房门又关得严严实实，呼声大了怕影响邻舍。“咱只好跳墙了。”他说。宅院墙是用修剪到齐腰高的冬青围成，宽约一米，他试了几次都没法跨过。正在这时，独芳却突然出现在雨搭下面，并小跑着来到院门口，笑着说：“我以为你一整天都回不来呢，正在收拾屋子，结果一转头见你在院外，旅长跳墙，传出去会把人笑死。你如真跳，那警报就响了，能吓着你。来吧，我教你怎么开。”

秦泰纳闷，“她是怎么看见我的？我怎么看不见她呢？”他边琢磨边按夫人的指教触了下门框里隐藏的键盒，只听“咔哒”一声门就开了，同时，宅门雨打底的红灯也跟着忽闪起来。秦泰想：“小日本，这不就是个住房吗？怎么搞得这么复杂？外来人如不知详细，根本就进不了院子。看来，当个侵略者也不容易，把脑袋总挂在裤腰带上，多别扭，连睡觉的地方也装这么多机关。”

秦泰进了院刚要转身关门，但那门却自动扣合了。他笑笑说：“咱土气啊，不知道世面是什么样，只会使枪弄炮，武夫捏饺子，有劲用不上。难怪一个小小的日本敢与东亚各国和老美叫真儿。仅看这一点，中国和人家的差距太大了，什么时候才能强过他呢？”

独芳没听清楚，问：“你说什么？”秦泰没立即回答，转身拍了下小虎的肩头，说：“你看，还没介绍你呢。这位女士是我的夫人，你就喊她赵阿姨。”小虎拘束地点头应着。

“独芳，他就是我在火车上对你说的勤务兵，你们是老乡，以后就喊他小虎。”

独芳在火车上已经同丈夫说了，自己什么都能干，只有一样需要别人指导，那就是自己所做的饭菜怎能让城里人觉得可口。只于其他的，都难不住她，她根本没想到，秦泰竟这么快就把人给领回家了。

独芳伸手去握小虎的手，小虎胆怯地把手背开，从嗓子眼里挤出句话：“俺手脏。”独芳抢过他的手说：“不怕，咱都是一样的人，你别局促，以后就一家人了，快进屋吧，有热水，泡泡澡就干净了。”独芳心想：“丈夫之所以这样安排，必有原因，不该和丈夫拗着。”

三人迈上石阶。秦泰转回头望了下院子，暖融的气息正朝他扑来，通道右院的鱼池已注满了清水，清明一到，就可投放日本锦鲤了，怪石沿着水池的边缘或立或卧，池旁十几棵刚熬过寒冬的樱树在安静地挺拔着，许多枝条已挂上了密麻的毛葆，左院是一簇簇削枝待发的月季和玫瑰，沿着冬青墙是一圈马莲，残余的雪堆在不停地滴答着水珠，滋得草坪一片湿润，春的生机在草根下很不安分地萌动着。秦泰深深地吸了口气，默念着：“抗日的战火刚刚熄灭，内战的烟火又被点燃，但愿人间能如种庄稼的老丈人渴求的那样，春日盎然，天国太平。”

独芳虽只先到家一会儿，但在园区管理员的指导下，已把家里家外看了个遍，见丈夫沉思不语，知道他又联想到什么了，便主动介绍说：“听管理员说，这宅子除了炸弹和炮弹不防，一般的枪弹都不能打穿它，是防弹别墅，房门很厚，普通的子弹很难穿透，反还会被木头夹住，门上的玻璃是防碎的，我试了，你从外面看不见里面，但从里面却能看透外面，清清楚楚，怪了！”

秦泰听了笑道：“你神了，这么一会儿就成行家了。”与其说丈夫是想知道这个家的奇妙，还不如说他很愿意继续听夫人那清脆利落的话音。秦泰不由自主地把手搭到独芳柳弯样的肩上，小虎跟在后边看了，赶紧把眼睛躲到别处。

“我也有不懂的，你说炸弹与炮弹有什么区别？”独芳孩子样地瞅着丈夫的脸问道。

“噢，这个你不懂不奇怪，就小虎这新兵也不懂。我告诉你，很简单，飞机扔下来的叫炸弹，大炮打出去的叫炮弹，装的炸药越多威力越大，别说这房子，就是座铁塔也得垮掉。”

独芳点着头又问：“你遇见过？”

“要抗日救国，就得豁出命去，什么险境都会遇上。但你要机灵，不莽撞！”秦泰像似在回答妻子的话，也像似是在告诫小虎。小虎在一边仔细地听着。

独芳推开宅门，一条长方的密封回廊把家庭生活区围在当中。“人家说，这回廊玻璃的质量与功能和大门上的一样。”“噢！”秦泰随声应着。

三人先往西沿着回廊边走边看，回廊四周的外窗玻璃全是双层密闭的，清一色的碧绿遮光挂帘，外墙下装着可闭合的通风电扇，定时自动开启，内墙的窗户只能平拉不能对开，即使打开，缝隙也仅有拃宽，人体甭想钻入，只能流通空气。

三人到了西廊，独芳拍拍正中的内窗问丈夫：“你猜这是什么？”秦泰笑道：“玻璃呗，怎么又是机关？”独芳回答：“你没看出来吧？这是一扇窗式暗门，和里面的生活区联通着，是专供佣人进出的。”又回头对小虎说，“咱家没有佣人，不走这门，哪有工夫绕这大圈？”

“你说的太对了，咱家没有佣人……小虎？你明白什么是佣人吗？”秦泰问。小虎摇头。

“佣人就和你被人雇去当伙计一样，只是干的活不同，你是种地，这里是家务，做饭、清理屋子。”独芳用乡下人能懂的比方加以解释。

小虎点点头，眼神里明显充满了感激。

三人沿着廊道转了一圈又回到正门的原点。秦泰回头望了一眼，说：“除了没法建两个屋顶外，这不就是大房里边套小房吗？小鬼子真够奢侈的！”

独芳回道：“是的，就是大箱装小箱。”并拉开生活区的头道木门，告诉小虎：“咱们实实在在的窝都在这里面，做饭、吃饭、看书、写字、睡觉。”并指着门里左边的拉门说：“这是警卫间，你就住这儿，门板很朴素，没有雕刻。”接着她又告诉丈夫：“往前右侧的门里是旅长卧室，那个门的镶板很宽，还雕刻了漂亮的花瓣儿，很阔气。”

秦泰听后乐着问：“那这家妇人的卧室呢？”

独芳用手偷偷地掐了下丈夫，“不许乱说话！”

小虎听了旅长夫妇的戏言，故意落下几步保持距离。

小虎的动机被秦泰觉察了，便回头叫着：“小虎，你可得熟悉这里的一切噢？对谁保密也无法对你保密哟？你可肩负着这套宅子的全部安全责任呐！”

小虎明白了，只好紧迈几步跟近在旅长夫妇的身后。

独芳继续介绍，迎面是一扇装了按键的毛花玻璃拉门，门里是主人的书房兼办公室，室内与主人的卧室联通着。“日本人是千方百计给旅长提供便利，咱不直接去书房，先进你卧室看看？”

独芳话里的挑逗意味实在很浓，要不是小虎在身后，秦泰真想趁势把独芳抱起来扔到卧室的床上。

“这卧室可够大的了，打把势翻跟头都够了。”秦泰用步量着房间的长宽，摸摸拉门衣橱，看看宽衣间和化妆台，然后把眼落到宽大的双人床上，用手挡着嘴小声对爱人说："这可足够咱俩折腾的了。"

独芳本想拉住丈夫一起在床上打个滚，但有小虎在一旁，只能故意装着没听见，指着床头柜上的电话说："这东西不该放在这里。"

秦泰点头："对，等会儿把它扔出去，它一准会在不该响的时候乱响。"

小虎还听不懂这夫妇话中的意味是什么，伸手就要搬电话。秦泰笑笑，"是说着玩的，不能搬，这是应急用的，它一定有个开关，我在屋里可以接听外面的电话。"秦泰低头看看，"在这里，掰过来里面响，掰过去外面响。"

"真是开眼，簸箕原来不是世界！"独芳扯着丈夫的手说。

"是啊，咱没看见的世界还大着呐！"秦泰接着夫人的话回道。

小虎歪着头在琢磨将军夫妇这番对话的深意，"是啊，妈妈这一辈子睁开眼就是贫穷，她以为人生就是这样，听说参加国军可让儿不饿，不饿便是妈妈一生的最高目标和追求。"

独芳走到联通书房与卧室的那扇门前，"你看，很有意思，先头领我进屋的女孩就这么一拉，门就全进墙里了，奇怪！"独芳望着丈夫等着解释。

秦泰拍拍墙壁，说："噢，我明白了，这墙是空心的，看来设计人真动了不少脑筋。"

独芳领着丈夫走到书房正对走廊的那扇磨花玻璃门前按了下门锁上的铜钮，门便自动退到两边的墙里了。秦泰看看门锁，笑道："看外表像锁，可里面藏着机关。"

"管理员说，因为这扇门正冲房子的大门，所以玻璃也是防弹的。"独芳补充了一句。

"咱们用不着防弹和这许多密钮，谁会朝咱开枪啊？把明白人都给转胡涂了！"

"人家日本鬼子也没想让你来住啊？要知道你会住进来，那搭个窝棚不就足够了？"

秦泰笑起来，他觉得和独芳处了这么多日子，从来还没像今日这么开心。

三人重又回到走廊里，独芳拉开紧挨警卫间右边的木门，说：“这里才是这栋房子的活动中心。”秦泰先一步迈进门里，其中的场面的确很大，厅堂中铺着整块编花波斯地毯，地毯中央设着花坛，棚上装饰着黄杨木雕吸顶，正好和花坛相对，中间系着花灯。靠北墙是一排单人牛皮沙发，沙发间摆放着暗花钢琴漆茶几。南墙是长条牛皮沙发，茶几的风格如北墙一致。显然，客厅的坐具是南客北主，便于主人顺眼就可查看院里的景况。大门的左边安放着茶台，茶台的立格里陈设着精巧的茶具、咖啡具，和其他饮品用具。西侧是四扇精致的刻花木门，上下设有轴承，俩俩对拉。拉门里是餐室、储藏室、厨房、佣人和厨师的住处，还配有洗浴池和卫生间。卫生间分一大一小两套，大的设备齐全，有供主人使用的休息椅，小的略微简化，仅供下人使用，等级分明，规定下人出入只能走西门，不得从客厅穿行。

看完后的印象是，别墅内部的总体布局极有秩序。但也只有行家才能看懂其中的一些暗示：那就是即要保障安全，又要舒适方便。

秦泰问妻子，“我看了一圈，有三点体会。一是日本鬼子撤退实在匆忙，这么多好东西都没来得及搬走，二是鬼子怎么都把自己的老人孩子给忘了？三是日本人喜欢睡榻榻米，我怎么连影都没见着？”

独芳笑着回答：“他连东京都差点儿丢了，还顾得这点东西？我也给管理员提了，老人住哪儿？他说，日本军部只考虑战争需要，父母不得随军，少数将军妇人虽可以随军，但少年子女只能留在国内，所有军人一律不准在中国生孩子，特殊批准的随带子女，必须集体住安全的后防，早先的沈城还不是后防，大连和安东才是后防。第三个问题也有解释，说他们要在中国东北建个地道的‘脱亚入欧’样板，让本土那些保守派看看，所以室内设施全部欧化。你摸摸？这屋里的地皮是热的。”

“看来小日本为抢占中国用尽了心机，不是防弹玻璃就是防弹木头，下了那么大的功夫，但就是没准备战败投降。爱好和平的人都要消灭他们，即使保了命，也保不了作为战争贩子被审判的命运。还是咱老祖宗说得好，得道多助失道寡助，我真的希望咱们的后人能铭记祖先的教诲！”秦泰坐到沙发里发表了自己的别墅观感。

独芳听了丈夫的感叹，知道他是拿日本房子说事，其实是另有所指，但又不想刨根问底，便用开心事把丈夫的思绪引开，说：“我和小虎都是乡巴佬，从来不知道臭屁股还这么金贵，乡下人干活累了坐着土疙瘩都解乏，没想到，原来人还可以这样坐着。”说着，还故意在沙发上颠了几下，“这么暄乎，牛皮还能变成这么油亮的金黄色，火车上那软卧已经叫我开了眼了，办公室和睡房能安上轱辘跑，别墅这玩影又比软卧强了百倍，我可知道天堂是什么样了，玉皇大帝和王母娘娘大不了过得就这日子呗？”

秦泰听了笑个不止。小虎从进屋就眼花缭乱，根本不知道那东西是让人用的，这东西是让人坐的，他以为全是摆着让人看的，一直愣愣地站着四处张望。

秦泰回头瞅瞅他说：“小虎，你紧张什么？过来坐坐日本鬼子的沙发，从今天开始，你跟阿姨学文化，她就是你的老师，争取一年内给你娘写第一封信，让她高兴高兴。”

小虎立正敬礼，说：“是，旅长，俺一定服从命令！”

独芳见了乐得憋不住地说：“小虎，在家里就不用那么正规了，随便些，就像在你妈身边那样。不过，你们旅长要你学文化，这可是命令，你倒是要正儿八经地服从。”

小虎立即又两腿一摈，棉靴的后跟“咔”的一响，回道：“是！旅……”刚要说旅长，忙改口“是！阿姨！”

独芳和秦泰都感觉这孩子确实心里紧张没底，该好好安慰他，让他尽快与自已和眼前的环境融为一体。

秦泰站起身，拉着小虎的手说："你真是个好孩子，看得出你的天资很好，不要自卑，咱穷不是天生的，仅凭出苦力是改变不了命运的，是独裁国体、吃人制度和日本强盗不让咱好过，所以咱才拼死反抗。过去，穷人不敢奢望读书，只能为活着去挣扎。现在有条件了，你要好好学习。其实你已经开始学习了，从长途行军起就等于已经进了校门。"

小虎听了旅长的话，感激得眼泪直淌。

独芳在一旁也感同身受。但她不愿让这气氛继续下去，只能用另外一个话题把官兵二人的注意力引开，"管理员告诉我，因为咱刚刚进驻，对当地不熟悉，小虎也不知道怎么去买东西，人家把吃的都送来了，够咱吃好几天的。咱不要他们派厨师，我就是厨师，中午我给你们做顿好饭，尝尝赵家的传统土菜。小虎折腾了一夜，都快饿死了吧！"

小虎慌忙回答："俺不饿，在车上吃了那什么包和肠子，阿姨和旅长都挺累的，该歇息一下了，俺回兵营去吃。"

听了小虎的回答，秦泰觉得有种酸楚从心底泛起，想想才说："今后你的饭堂就在这里，哪儿也不去，咱们一起吃，你要觉得不自由就单吃，在厨房里吃，在客厅里吃，回你屋里吃，哪都行。我看你是个干净利索的孩子，不光跟阿姨学文化，还要跟阿姨学过日子，当好助手，跑跑市场买买东西，还要做好我的勤务，你会很累的。不过，你年轻，记住，只要你是有心人，受累越多越长见识，吃苦越多成熟越快，这和你给人当长工不同，那是当奴隶，被人管制，这是在自己家里，明白吗？阿姨不要你交伙食费，军饷要好好保管，不要乱花，到时给你娘寄去，阿姨会教给你怎么办。"

小虎自小到大从没听到过这样的话语，悟性在告诉他，旅长夫妇对自己不仅是真情安慰，更是心的温暖和长辈的教诲。因妈妈终年在痛苦里煎熬，她认定是哪辈造了孽，天老爷才把罪加到自己和孩子的头上。哥俩即使天天守在妈妈身边，也只能感知她生不如死的心跳和坚持让儿活下去的那份渴求，根本想不到人生还有前途。"妈妈只知她活着是为儿子能长大成人不再受苦，却根本就没想过怎么做才不再受苦。旅长的话，就像在俺心里点了盏油灯，亮堂了。”小虎想到这里，突然跪倒到地毯上，低着头，一再对旅长念道：“恩人，恩人……”

独芳走到小虎跟前拽起他的胳膊，说：“你难得遇上旅长这样心肠的人，要好好上进，不辜负旅长的希望就等于报答他啦，知道不？”

小虎边擦着眼泪边轻声应着：“俺知道。”

“好啦，不哭了，男子汉大丈夫。我再重复一遍，你在这里不用交饭伙，不要不好意思，我养得起你。好了，回房里把东西整理一下，铺的盖的都是现成的。阿姨不是要你洗洗澡吗？你去吧，回头我有一项重要的任务需要你去完成！”秦泰拍了下小虎的肩膀。

（十八）

小虎回了卧室，独芳进了她独爱的厨间，秦泰抓紧回到他最关心的地方——“第一办公室”，这是他给自己书房的命名。他预感到以后有关独立旅重大决策题目的发源很可能都要从这里开始了，旅部那里只是最终决定和议事以及处理日常军务的地方。

书房宽大敞亮，右南角的拉门直通走廊，左南角的拉门与卧室联通，北窗把房后的花园和另排别墅全都包揽进室内，写字台坐东朝西，背后是个整块玻璃的长方形窗户，可见隔廊外面的林带，西墙正中挂着蒋总裁满胸勋章和腰挎军刀的光头彩色画像，正神采奕奕地盯着写字台面，办公人只要一抬眼就要和总裁对视。秦泰瞅瞅笑笑，觉得上司的用心十分良苦，总裁应该站在背后监督才对，而在这里，他非要面对面一眼不眨地盯着你。

书房里的设备一应俱全，大多都是日本人留下的，还有一些是管理部门特意安排的，有转椅、电话、台灯、笔架，连纸张和吸墨枕都有准备。还有一台日本洋戏匣子，书架上放了三个版本的线装孙子兵法，秦泰顺手拿起一本颠了颠，“这是要我对照翻阅的，想得还很周全。”还有论语、史记、古文观止、三十六计、三国演义、水浒传、西游记、石头记、西厢记和金瓶梅等。孙中山的书和蒋介石的国政演说，民国建国方略及黄埔军校教程，都摆在随手可取的位置上。“这都是总裁强调的将军必读。其中，金瓶梅是总裁为将军特开的绿灯。”书架旁边还立放着一个很高的军绿色铁皮保险柜，两门敞开，是让主人重新设定密码的有意安排。“用心细致入微啊！”秦泰叨咕着。

“谁能对总裁的思想理解得如此深透？谁会这么用心、细心、苦心？是军政部长陈诚？不会，他即使有心也离得太远。是熊式辉？是赵公武？他们确实是直管，但军务如此紧急繁忙，即使有心也没这时间。那是谁呢？是情报部门？管他呢，反正我是有了自己的书房了，只要这书房不是梦见的……”他故意用力地拍了下写字台试试是不是在做梦。

秦泰生来第一次有了自己梦寐以求的书房，学童时代的愿望终于到今日才得以实现，“我能随心所欲地读书写字了。”

他读小学时随小朋友去阔人家玩，见人家有单独的书房书柜，笔架墨台，衣架花架，陈设高雅，可不受任何干扰地看书练字，十分羡慕。回家后问爸爸，“你也是先生，咱什么时候会有书房呢？”爸爸总是很不明确地回答，“你只要好好读书，一定会有的”。他知道，爸爸没有那么多收入，只是不让孩子有精神压力，特意拿话来搪塞。念中学了，秦泰更懂事了，知道不该再因书房的事给爸爸添堵，“能有个书房多好”的念头就变成了他的向往。直到他按爸爸的意愿投身了抗日队伍才彻底明白，爸爸已经把他交给了国家和民族，在战场上枪弹无眼，命系一悬，想坐在自己的书房里认认真真笃实，那是美丽的梦幻，枪炮一响，最现实的就是打死每一个冲向自己的敌人，千方百计保住自己的性命，争取多活一会儿，只要一会儿，就可多杀几个日本鬼子，以实现爸爸的愿望，报答妈妈的养育之恩。

而今日，生死一瞬的惨烈鏖战终于结束了，自己侥幸活下来了，并娶了称心的媳妇，可以此告慰妈妈的在天之灵了，余愿只剩寻机领着独芳回归故里，双双跪拜父亲和姐姐，跪祭妈妈的灵位，到那时，他要亲口告诉爸爸，“我终于有自己的书房了”。

秦泰兴奋地这儿敲敲那儿摸摸，顽皮地坐到椅子里试着转了一圈，又孩子样的把两脚放到台面上。直到这时，他才发见台面玻璃板下还压着一张白白的印着红色竖格的宣纸。他迅速收回两腿，立身掀起玻璃拿出宣纸，坐正后细看。上面是很有功底的正规楷体书法，可见书写者的重视与尊重，需表达的意味全都涵蓄在其中。上面写道：秦将军，恭喜您的荣进。您是让日寇闻名丧胆的英雄团长，保定一役，奠定了您必然成为国军重要将领的根基。随后，您的大名就刻到总裁的心里。我们坚信，您绝不会辜负总裁的厚望与奖赏，誓死保卫东北重城，决不让共匪踏进驻地半步。署名戴笠。日期民国三十五年三月十日。

“这是戴老板的亲笔？荣幸荣幸。军统真是神了，这日期竟然与老蒋给我的少将令是同一天，不愧是总裁的嫡系啊。戴笠会亲笔给我写这几句话？军统要干什么？抗战期间，他们功劳的确很大，在中共特科的紧密配合下，与日军特高课斗智斗勇，揭露和摧垮了敌人的许多阴谋，破获了攸关国际反法西斯统一战线命运的机密情报，挖除了潜伏到重庆和延安以及国共重要部门里的特务。但不该把对付特高课的那套用于内部，见缝插针无孔不入，手段卑劣……他这是在鼓励我吗？绝不是，他们把忠于党国改为忠于老蒋，忠于派系。我们在战场上流血，他们在背后放箭，恐吓每位抛撒热血的报国志士。只要你不肯入伙，就千方百计抓你的把柄，抓不住把柄就抓小辫子，直到把你摁在手心里为止，现在又瞄上我了！”

想到这里，他突然感到，“我和独芳结合还不足两整天，一直在行军，连床都没上，他们是怎么知道我已经成家了？还给准备了住处？”并同时觉得有股凉风正在侵入自己的脊梁，他很想透透空气，便出了书房，沿着回廊东张西望地转了一圈，而后再次回到书房坐下骂道：“混蛋！下流！别人怕你戴笠，老子连党员都不是，命都可不要，还怕你？”他恼恨地把纸搓成一团，丢开后拍桌而起。但想想不对，又哈腰捡起纸团，再次快步出了书房。

独芳正在厨间烧水，见丈夫没头没脑地突然闯了进来，有点疑惑不解，问道：“你来这里干什么？我不用你帮忙。你别急，等端上桌再评价我的手艺也不迟！”

秦泰笑笑，说：“我找火柴。”

“这儿做饭用电炉，不用洋火。”夫人提醒说。

面对妻子的回答，他一时语塞起来，只好噘起嘴唇亲了下妻子的额头，然后站到炉前，在火红的炉丝上点着了宣纸，并顺手往半空一扔，骂了句：“去你妈的！”

“你怎么像孩子似的？突然玩起火来了？真少见，还会骂人了！谁惹你了？”独芳瞪大了眼睛注视着丈夫。

“嘿嘿，我在骂小偷，小偷特别可恨，即使你背上长眼也盯不了他的第三只手，你恨不恨小偷？我没事，放心吧！”秦泰故意打着哈哈。

“莫名其妙，哪来的小偷？就这院子？大偷也甭想进来，你是遇上不快的事了吧！”

秦泰知道独芳对自己挂心了，凭夫人对丈夫那种特有的敏锐，她肯定要追问到底的。而秦泰却是回答不行，不回答也不行。怎么办呢？他急中生智，一下把妻子拥在怀里，拥得独芳直叫：“这是厨房，我手有油！”

恰在这时，烧水的锅也沸腾起来，热气冲开锅盖，电炉发出“吱啦吱啦”的响声。秦泰只好松开双臂。

可妻子从丈夫的异样举动里更加肯定了自己的判断：“他确实有什么

事瞒着，而且是刚刚发生的，只是不好告诉我，问题很可能就出在他烧的那张纸上……那他说的小偷又代表什么？”

小虎整理完屋子到厨房找独芳，他想请阿姨看看自己的房间弄得是否合乎长官的要求。但刚拉开客厅的门就碰上旅长从厨里出来，便不好意思地说了自己的目的。秦泰愉快地接受了邀请，跟着小虎进了卫士住室。只见，靠床头是雪白的床单和迭得方方正正的被子，床边的办公桌擦得干干净净，木椅靠在桌子底下，门旁茶几上的瓷盘里放着暖瓶和水杯，地板擦得亮汪汪的，仅有的配备件件都有恰当的位置，而且摆放得整洁大方。旅长用手指抹了下窗台的石面，近眼仔细看了看，没有半点灰尘。他真没想到，一个常年住跑风漏气草棚，把城里人看做游手好闲的另个世界怪物，连暖瓶的用途都不知道的乡下孩子，竟这么有条有理。便高兴地鼓励说：“我本来要教你怎样安排卧室的，结果你不学自通，好哦，看来你是个有心人。要当个好兵就得严格要求自己，即使在家里，也得用兵的纪律和标准衡量一言一行。”

“好啦，我领你洗澡去。”旅长刚转过身，但又想起了什么，他站住脚瞅瞅屋墙，说：“那里有点空白，要是挂张你和你妈妈、哥哥的合照就好了，可惜啊！不过，以后会有的！”

小虎习惯性地用手指捏着下巴，抬眼瞅瞅空旷的墙壁，若有所思。

秦泰感叹完后便领小宝去了洗澡间，示范告诉他如何使用水龙头和怎样刷净浴缸。小虎按着长官的说法实际操作了一遍。秦泰说：“好孩子，一点就通，水不要太凉，热点儿舒服，你好好烫烫！”

半个钟点后，小虎洗净了身子，穿戴整齐地出现在独芳面前，问：“阿姨，需要俺帮你做点什么？”

独芳抬眼一看，面前站着的小虎似乎不像进宅时的那个小虎了，稚嫩的脸盘儿，净亮的眼睛，斜挑的眉毛，高挺的鼻梁，浑身上下全是活力。“精神，精神，咱小虎是个帅气的小伙子，快去，让你们旅长瞧瞧，他的勤务兵有多棒！”

小虎不好意思地回道：“俺不去，俺是来帮阿姨干活的。”

“我马上就做好了，没有什么活了。小虎，我教给你，以后不说‘俺’吧，这字在这里显得别扭，跟着旅长在人前要说‘我’，等回了咱的老家再说‘俺’，入乡随俗，知道吗？一开始会觉得不习惯，但说多了就顺嘴了。你去把餐厅碗柜里的碗筷拿出来摆到饭桌上，今天咱一起吃，三个人每人一套，别忘了，每人前边再放个小碟子。”

小虎答应着退出了厨房。

独芳一边欣赏自己的杰作一边想，当年日本老师的教育终于有了用武之地。她清楚地记得，读小学时，见日本老师吃饭，虽独身一人，但总是规矩地先在面前横放双筷子，然后端正坐下摆好姿势，再抬手拿起那双刚放定的筷子，在眼前的空碟里摐成一边齐整了才开始夹菜。而且夹菜时还用另只空手同时在下方接着，就像怕菜从筷头上滑落似的。她觉得老师的做派是否过于古板、麻烦、别扭，便以不解的眼神瞅着老师的一举一动。

老师见独芳好奇，放了筷子拉过学生的手笑着说：“我见芳芳堪造就，有意要你来见见的。这些都是文化，具体说，叫饮食文化，它是民族文明的最具体最直观的表现，不可忽略。中国在孩子的教育上，只强调死记硬背，以为那样做就能培养出成型的梁材。其实错了，把孩子的灵性给压制了。

“日本教育是从本文化的细节做起，在孩子还是空白的脑子里重重地打上一辈子都无法忘却的印记。就拿吃饭来说，日本人讲究不管饭菜有多差都要吃好，餐具整齐，筷子横放，保持桌面至始至终整洁，尊重饮食等同尊重劳动，柴米油盐酱醋茶都来自不易，对它们要充满爱心。中国有诗为证，‘谁知盘中餐，粒粒皆辛苦’。日本的‘吃好’，是指用餐的心情和精神。而中国的‘吃好’是吃饱。日本饮食文化不主张把菜的色香味及做工和就餐者的心境混为一谈，那穷人家没有色香味怎么办？就活该‘不好吃’？这就不对了，脱离了饮食文化的核心价值。你要记住，即使是糙米咸菜也有利于健康，有利于孩子的成长。饮食文化是民族健康之本，不是为讲究而讲究和虚伪排场，认识不该狭隘，粗茶淡饭也有营养，谷草的营养就很高，要不黄牛怎么能那么壮实？当然，贫穷了，人常常没心情去讲究餐饮文化了。”

“中国古人很讲餐饮文化，只是后来急功近利占了上风，筷子顺放，图方便，讲吃饱，把四碟八碗整齐划一变成为有钱人和官场专利，在饮食上把人分为三六九等，制造差异文化，这不符合普世文明要求，也是不好的文化传统。其实当初穷困潦倒的孔子仍讲究‘食不厌精，脍不厌细’，不懂孔子用心的人骂他‘穷讲究’，中国有许多人错误地理解了他的思想，把它与奢侈划等号。日本对孔子的这一思想很是敬佩，不仅不抛弃，而且还在发展。”

还有一次，老师要独芳看烤鱼烤地瓜的吃法，餐具摆放得齐齐整整。她琢磨，天下怎么还有那样吃饭的？那能吃饱吗？手忙脚乱的，干嘛还把餐具摆放得那么齐整？用起来还得乱，多余的忙乎。而老师却告诉她：“芳芳要多学日本女人的礼仪，其实这都是中国大唐的礼仪，传到东瀛又添加了大和民族自己的因素，变为日本文化的重要组成。要做中国古人说的淑女，首先要知天下餐，天下餐是民族文化最直接的表现方式，日日不离，顿顿难舍。有西餐、东餐、南餐。西餐分法餐、意餐、俄餐等，东餐分中餐、日餐、韩餐等，南餐主要是赤道附近各国，东南亚以及非洲、南美，用热带香料烹饪，别有风味。即使中餐也分宫廷系、淮阳系、鲁系、晋系、川系、粤系和僧俗系等。中国大多人不知僧俗素食，以为就是生吃萝卜白菜，没有荤腥。错了，它该是中华美食中的一绝，世界一奇，能把素菜做出烧肉海鲜味来，学问很深，我在九华山尝过，终生不忘，很想再去一次。”

童年的独芳，坚信老师的见识不同一般，便好奇地问老师，那俺家是什么系？老师听了发出爽朗的笑声，特意离开桌子蹲下身用双手拍着她垂放的小胳膊，告诉说，按中国餐饮文化分类，该叫私房菜。中国的某些私房菜非常有名气，甚至成了菜系，比方说谭家菜、孔府菜，随园菜，我非常喜欢中国的私房菜，各具特色。中国也有许多出名的美食家，例如乾隆朝的文学家袁枚，他在乾隆五十七年还出了本《随园食单》，流传到日本，人人争读。按他的说法，你仅仅会品尝还称不上美食家，得会做，要说出为什么这样做的道理。你家的该叫簸箕赵氏菜，估计也很有特色……”说到这里，师生两人都情不自禁地笑了起来……

老师给独芳留下的印象是亲和并诚恳，对中国是真的热爱，对中国人没半点虚情假意。但真心叫她尝一口她都不肯。现在想想还真有些后悔，“都是老爹在自己一片空白的脑子里打了‘不许吃别人东西’的印记，才使我拒绝了老师的请求。而老师真正的目的不是要我吃，是要给我一次特殊的境界开启。”

独芳回想到这里摇摇头，感慨不同文化环境对人心灵的启迪、及成长差异的确很大。这就是不同家庭环境，会影响后代如何长大成人的根本原因。

在秦泰入住以前，考虑中国人的生活习惯，上司要管理部门把餐室的条桌改成了八仙桌。餐厅与厨房之间是拉门，本来也想改。只因为拉门全是红松木料，很宝贵，而且工艺精巧，特别是拉门的滑动技艺，普通技法是拉槽，但这里却是隐蔽滑轮，拉件全用硬木加工，没一点铁活。管理部门说，这和日本皇宫一样，用的是同一个工艺，百年不坏。经上司决定，拉门全部保留了原样。

独芳也因为这拉门更喜欢下厨，甚至觉得下厨不属辛苦劳作，而是一种特别的文化和情趣的享受。

为了好好庆祝一下新婚的第一餐，独芳就配给的现成材料做了一碗酸菜粉丝白肉，一盘黄酱带鱼，一盘汤烧土豆，和一盘爆醋白菜，主食是红小豆闷大米干饭。

小虎摆完餐台让阿姨看了满意了就悄悄躲开了。

（十九）

秦泰在厨房烧纸时就被夫人烧菜的香气诱惑了，很想伸手抓一口尝尝，但被夫人制止了。这会儿一听小虎喊吃饭，便赶紧离开书房，进了餐厅也没顾上和夫人打声招呼，就兴冲冲地坐到方桌的一边。

独芳见丈夫急不可耐的样子，只说了句“饿了吧！”她觉得这餐饭的意义非同一般性用餐，自己该紧挨丈夫并排坐着才显恩爱。但秦泰却坚持不肯让地儿，非叫妻子坐到自己的对面。独芳噘嘴装着生气，他只好急着说：“宝贝，你才是我的总裁，我要一抬头就能看到你才行。”

独芳明白了丈夫不肯让她挨摆坐的用意了，搬回椅子幸福地回道：“你是要我死死地盯着你？看你对我忠不忠诚？”

“是啊！我只要你监督，不要别人监督！”秦泰边说边为妻子的聪颖而骄傲。

独芳说：“今儿个还是你先监督我吧！”并笑着告诉丈夫，按我老师的说法，这叫私房菜，手艺独特，接着便把菜名一一报给了丈夫。秦泰边听边看边琢磨是否名副其实，还挨着样地各夹一口试试口感。

“感觉怎么样？立春嫂子是我师傅，她娘家爹会办婚席，我不但学会了，而且还把她给顶了。爹偷着告诉我，‘还是俺闺女做的菜有味道’。”

秦泰点头夸道：“家存银库金仓，不如有个大厨糟糠，清水能变高汤，顿顿喝辣吃香。还真不是吹牛，三菜一汤，色香味俱佳，以后你就做私房菜给我吃吧，想吃别的菜，什么鲁菜、川菜、湘菜的，咱去下馆子。唉？

你放味素了吗？怎么这么鲜？”

独芳回道：“什么味素？我不懂，糟糠之妻。”

秦泰慌忙解释：“我是借话表达自己的心情，用词不当，你可不是糟糠之妻。”

“人家古人说的‘糟糠之妻不下堂’是好意噢？你是在告诉我一辈子都是你的正房是吗？”

“俺没有正房偏房，一辈子就一房。”秦泰学着簸箕人的腔调边说边要去扯妻子的手。

独芳故意躲开说：“你还没告诉俺味素是什么呢，俺从今天开始就是你的大厨了。”

秦泰回道：“那好，你别躲，我告诉你，味素是从小日本传过来的，日本名，亮晶晶的小粒儿，城里人做菜都离不开那东西。我妈说有了那东西就不用费事煲鸡汤了，汤放久了爱坏，味素不会坏，特别是包饺子捏馄饨，味道会特别鲜美。听说满洲国皇上溥仪的衣兜里总揣个小瓶。”

“噢，难怪架子上摆了那么多小瓶小罐，我只认得盐、糖和花椒大料，别的不敢使，怕毒死你。”

秦泰抑制着内心的冲动，美滋滋地答道：“先生给你起名叫独芳，特合你的性格，我爸妈怎么也想不到他儿子会把你弄到手，他们如见到你一定会以为你是个城里妞，但我却给他们领回个能打渔种菜的儿媳妇。”

“你估计这村姑会给他们什么印象？”

“当然了，他们就是打着灯笼也找不到了？别有风格，有文化，有头脑，会做菜，比味素还鲜美，外加贤慧、聪颖、明白事理、个性坚定，还容人……”秦泰借机把自己对妻子的爱变成了一长串的夸奖词。

独芳赶紧把丈夫的夸奖截转了：“我可不容人，厉害着呐，三个弟弟都怕我，老爹也让我三分。我只有两个优点你还没感受到？——蔫着犟，闷着爆。”

“我不怕，我对付会读‘四书五经’的村姑的办法只有一个，‘笑’，装傻。”

“那叫软磨硬泡，胶皮糖……唉？咱扯点真的吧。我问你，你说平时全吃俺乡巴佬的菜，馋了就去下馆子，那得多少钱啊？我在家里只有过年爹才让办今晌午这种醽醁席。”

秦泰还想和妻子用斗嘴的方式继续交流，他觉得既有乐趣又有智慧。不想妻子提了这样的问题。他冷静地想想才回答：“人世间的日子千差万别，咱比小官好过得多，比高官又差得远，比上不足，比下有余。老百姓根本不知道官场是什么样，他看都看不见，没法想象，甚至做菜还需要放那么多佐料都不清楚，即使看了也看不明白，这就是人生的生活差异。你看，那么聪明的小虎，连暖水瓶的用处都不懂。我北平还有老人，你也有老爹和弟弟，他们需要我们照顾，我并不是要你浪费，但也不要把好日子过成苦日子，把鸡汤放成泔水，家存万贯，早晚馊饭，那如不是太吝啬就是不会生活，我不愿你受苦受累！”

独芳听了感动地说：“我想了，在这么漂亮的别墅里做饭，家什又这么全科，只给仨俩人做吃的，这不和玩一样？说不定还是种享受呢。在簸箕庄，我家的日子算过得最好的了，一年也就过那一口猪，多出的要拿去换钱，虽养鸡养鸭，可连个蛋都舍不得吃。不过，我觉得还是少出去吃饭。《石头记》里说达官显贵吃得是排场、稀缺。实际上人这一辈子哪能天天排场稀缺？不过是天天吃腻味罢了。对他们来说，咱庄稼饭的味道才叫稀缺，刘姥姥二进荣国府带着秋头第一起的枣子倭瓜并些野菜，把个贾母稀罕得眼泪儿巴叉的，嘴都合不拢了。但作者没写厨子是怎么给贾母加工的，败笔，我很想知道贾母吃到肉汤炖倭瓜了没有。可《石头记》里写的那些菜名，别说我做不了，就那佐料你都没处找去。只于你说的菜系，我会找书来读。今天我本来要学做道‘天地良心’，今儿个吃最有意义，可那很破费，时间也来不及了。”

秦泰听了独芳这番话，不由地联想到那些在政界晃悠的女性。心想："如让她在家里专门做饭，可浪费了她满腹的学识了。"便急着回道："总让你做饭那可对不住天地良心。"

"老师告诉我，餐饮是文化，健康饮食是学问，吃谷草的黄牛肉为什么最鲜嫩？学问很深，他说在日本和西方，大厨最受人尊敬。还说餐饮文化的枝叶繁茂，只能在富强肥沃的国土上才能见到，贫瘠便是饥饿，饥饿自然会使餐饮文化枝枯叶黄，他讲的道理肯定是能站得住脚的。可我总觉得书上写的那些城里菜只是名字好听，却分不清主料是什么，都是秀才硬造的，那能叫文化？不如我们乡下菜实实在在，什么料就什么名，甚至你一看名儿就知道它的加工方法，比如'汤烧土豆'，多明白？就是把土豆扔在汤里炖，这文化多朴实？做饭怎么会屈人才？我是心甘情愿的。"

"我是在书里看的'天地良心'，你一听就觉得云山雾罩吧？你就把头憋成倭瓜样也弄不懂。直到我看完了才明白，原来就是空中飞的鸽心，地上跑的鸡心，油炸爆炒，加糖醋咸淡，要请客的话，那一盘得多少个心呐？如这样看，老师就说对了，餐饮文化的进步，的确需要富强肥沃的国土。但我还是做不了，咱的条件不够，那需要权控四方挥金如土才能吃到。还不如把咱俩的心放在一块炒容易！"独芳瞅着丈夫的脸，有滋有味地论道，论得秦泰眼睛都直了。

其实独芳早就注意到书房里的画像了，她听了丈夫在入座时那番含沙射影的话，觉得心里很不是滋味，故意笑侃着逗他把心思移开。"秦泰是个坚强智慧的人，是什么在纠葛着他的心？他遇上什么难题了？仅仅是老蒋的画像？还是爹临行时的那句嘱咐？"但独芳一点也不想表露出来。高兴地接着说："你不是要我监督你吗？那我今天的第一个监督内容就是，你该喝酒庆祝我们成家的第一餐……唉，对啦，你看把我忙活的，都忘了把酒给你拿过来了。你的上司送了两瓶茅台，那是什么酒？什么酱香还是豆香的，我瞅了半天也没弄明白，说是很贵重。"

"哪个上司送的？什么时候送的？我看看！"秦泰觉得奇怪，他想，上司怎么能给下司送礼？日头从西边升天了？再说国家都荒乱了，谁还有心事送酒？"

独芳帮丈夫分了心，秦泰的心绪暂时摆脱了那张宣纸的纠缠，非要起身隔着桌子伸手捧下媳妇的脸蛋儿。独芳怕小虎进来看见，要往后缩。可是已经来不及了，丈夫的两只宽大的手掌已紧紧地捧到她的腮边。"让我好好看看你，亲爱的，上帝要我莫明其妙地钻到簸箕里，又莫名其妙地把你送给了我，我是一举三得，兵招足了，马寄养了，还抱了个大姑娘回来。有了你，我的生命就有了生根开花结果的土壤，就有了甘甜的泉水，就有了温馨的去处，就有了生命的责任与义务，就什么困苦和阻碍都难不倒我了，责任要我必须战胜所有想破坏我们幸福的敌人……"

独芳还是头一次感受到"抡起大刀可把鬼子劈成两半，骨子里暗藏着让人畏惧的杀气，可不假思索地踏着鲜血冲锋"的秦泰，竟这么富有诗意，心仓这么丰盛饱满。"他有洋有土，有雅有俗"，禁不住一股热流涌上了心头。

她抓过丈夫的手不停地吻着，并说："亲爱的，你是我的财富，是我唯一的也是全部的财富……"

在山凹里，受过中日两国文化教育的独芳，从不曾有机会说"亲爱"这个字眼儿，更没机会抒发自己对自然和生活的感怀，日本老师送给她的书中所描绘的那个世界和她在生活里实在接触的世界，完全是本质不同的两个世界。特别是那位迷信基督教义的老师对人经历苦难后的美好叙述，曾鼓励她立志要去探求生命世界的奥秘。而她却根本无法跳出那个只为肚皮忙碌的现实魔圈。因此，在她的心底，知识和愿望便变成了枯燥的爱好，并逐渐演化为干堌的沉积。慢慢地日久天长，她也就适应了那个小院，那群山野，和那片泥泞的滩涂。

而今，秦泰又像他尊敬的日本老师一般点燃了她的欲望之火，感动的泪水泫泫而流，一滴滴跌落在丈夫的手心里。

秦泰捧着双手一动不动地承接着爱妻的泪珠，直待妻子抹去脸上的泪水时才收回，并小心翼翼地移到眼前，目不转睛地看着那晶莹剔透的泪滴，说："这就是醇香清澈的茅台，是从你心里流淌出来的美酒。"说着，就把爱妻的泪水吮吸进嘴里，并张开手掌看看，开心地笑了起来。

独芳实在忍不住了，绕过桌子紧紧地抱着秦泰的脖子，一连亲了好几口。

秦泰这才说："你听，小虎来了。"独芳这才难舍地松开手回到自己的座椅上，撮着下巴望着丈夫微笑，并说："菜都凉了，你还是喝真茅台吧，我给你拿去。"

"你告诉我在哪儿，自己拿，你去喊小虎，这孩子躲了。"

小虎想等主人吃完了再吃。

独芳说，这顿饭是安家的头顿饭，不该分开吃，便拽着小虎的手回到餐厅。秦泰已经把他的椅子摆正了，要他在挨近门口的桌边坐下，"这样你会觉得自由些，不和我们俩面对面了，你随意吃好了，吃饱了干大事，别不好意思夹菜，你再去拿双筷子来往自己眼前的盘里夹，那叫公筷，卫生，互不嫌弃，可放心地吃。"

小虎拿来筷子，秦泰示范，挨着样地给他夹了满满一盘，说："就这样，以后我们自己夹自己的，不要客气，你给我夹我给你夹，夹得手忙脚乱，不舒服，军人就是军人，干脆，利落，不拖泥带水。"

小虎无声地点着头。

独芳从秦泰的言语和行为中感受到丈夫的善良、耐心、细致，和对人的体贴。"难怪，他的属下都说他是个十分难得的爱兵长官，在他的影响下，下属军官从来没克扣过兵饷，对战场负伤的或有病的战士关怀备至，都亲临病床看望，说他还亲手代士兵写信，给家人报平安，亲自掏邮资嘱人寄出。战士们都在重复着他的名言，'打法是指挥的头脑作出的，胜利是战士的勇猛取得的，指挥的头脑关系到生命的存活，战士的勇猛决定了敌人的命运。’他这样一个让困难都觉惧怕的人，刚才到底是遇上什么不顺心的事了？”

秦泰瞅瞅妻子，见独芳正把空酒杯靠在嘴唇边等他，便找来撬锥除去封盖，先闻了一下瓶口，说：“这是上乘的茅台，连不会喝酒的蒋总裁都要端杯品上一点。上司却把它贡献给我们了，不喝白不喝啊！来，我先给女士斟满。”

独芳却放了自己的杯子，伸手拿起秦泰的杯子，笑着回答：“还是我先给你斟，旅长为上。”

“那可不行，这是咱们的安家餐，只有咱夫妻俩和小虎，没有长官。”秦泰把着酒瓶不肯松手。

小虎见了机灵地说：“你俩是我的长辈，阿姨说今天是两位长辈新婚的第一顿饭，该由我敬酒才是。”

秦泰对小虎的话和举动感到突然，心想：“一桩小事，但可看出这孩子的领会能力很不得了，反应很到位，让人觉得恰到好处。”

独芳也觉小虎十分达理。“那行，就由你掌瓶！”便一齐把酒杯送到小虎眼前。小虎慌忙说：“这可不敢。”他把酒杯又挪回新婚夫妇面前，小心地斟了酒才坐到自己的椅子上点头道：“请！”

秦泰刚要端杯，却突然看着小虎说：“小虎，你也尝尝，不要不好意思，就算是替你妈妈喝的。”

小虎回道：“我和妈妈，还有哥哥，光听说酒好喝，也见过别人喝酒，但从来不知道酒是什么味儿，不知道馋。我爹活着的时候一见人喝酒就走开了。他馋，但没钱买！”

独芳听了心里不忍，说：“那也好，今天就算你开斋了，头次尝酒就是茅台，你是代表妈妈和哥哥尝的。”

独芳的话让小虎觉得心里暖和，起身取过杯子。秦泰趁机拿起酒瓶，说：“我这可不是给你斟酒，是给你妈妈斟的，她该是我的老姐姐了。”

小虎含着泪接过杯子，看看透亮溢香的琼液，没加思索地一口就喝了。而后坐到椅子上擦着泪说："我妈怎么都不会想到，他的儿子竟在旅长的家里喝了皇帝喝过的茅台，真是天地倒转了，我一定要替妈妈报答旅长的大恩大德。"

三人正在兴头上，客厅里的电话铃突然响了起来，小虎不知这铃响是什么意思，被吓了一跳。秦泰估计新家的第一个电话一定很有来头，别人怎能知道号码？便匆匆赶到客厅拿起话筒。

"喂，您是哪位？"

"我是您的朋友！"

"朋友？您贵姓啊？"

对方有意逃开秦泰的问话，"您是秦将军吧！"

"我是秦泰！"

"对不起，秦将军，打扰您了！"

"不客气，您有什么事？"

"我没事，只是慰问您和夫人的乔迁之喜。看到茅台了吗？"

"看到了，我正在品尝，您太客气了，我本不该留下，但又不知退给谁。谢谢您！"

"你不要谢我，要谢就谢咱尊敬的蒋总裁……"

对方刚说出这如雷贯耳的称呼，只惊得秦泰差点儿把话筒从手里滑脱了。国军中人人都白黑在呼唤他，可又有几人曾亲眼见过他？"就连我在南京参加他亲自倡议召开的会议都没机会见到他。"

"喂喂，您刚才说谁？我没听清楚，请你再重复一遍。"

"噢，秦将军您别紧张，您觉得很突然是吧？总裁决定，从您的任命开始，也就是自这次剿共开始，为鼓励部下，凡是将军级的，他一律用自己的俸禄送上两瓶百年陈酿茅台，以示慰问与鼓励。"

"不敢不敢，我请您一定代我向总裁表达感激之情！"

“秦将军只要尽心尽职尽责，就是对总裁的最好报答了！”

“是的，我会记住您这句话！”

“秦将军，您看见那封信了吗？”对方的提问出乎秦泰的意料，一时想不出恰当应对的语句，便本能地回道：“是的，我看到了！”

“对不起，秦将军，请您不要多虑，那是戴老板的职责。但他在前晚，也就是三月十七日出事了，当他的座机飞到南京江宁时，遇上大雨和雷电，在板桥镇岱山失事了，岱山的岱和戴老板的戴是同音不同字，大概是天意使然。到目前还没发现生命迹象，总裁非常焦虑。”

“噢，噢，这太突然了，很不幸，是党国和国军的损失，我向他的家人及部属表示慰问。”

“谢谢！今天上午，总裁已经任命毛人凤接替了戴老板的缺失。愿您多多保重。”

秦泰本想再问问话中人到底是谁，但对方却陡然放了电话。

“戴笠死了，死在岱山，人算不如天算，这么巧合。这电话又是一个哑谜……唉，管它呢，毛人凤总不会比戴笠还那个吧？但愿如此。老蒋用人，特别对军统，越到战时，越要起用些奸诈狠毒‘君子’。”

“总归是那张书法的始作俑者永远地走了，对我来说还算是一件幸事。否则，我一怒之下烧了那东西，确实不知是祸是福。这，我就不会让独芳担心了。好，放开喝顿皇帝送的美酒吧！”

秦泰满面得意地回到餐室，说：“喝，还真叫小虎说对了，是蒋总裁赐给我们的，我是头一份。独芳，是去站台接你那几个人捎来的吧？纳了闷儿了，他们是怎么知道你在车上的？不管它了，咱一醉方休！”

独芳见丈夫快慰地进了餐室，知道他心里的郁结已大部分化开了。站起身，说：“是管理员带来的，很及时，好，我豁出去了，和你对饮！”

小虎听说真是皇帝的酒，也兴奋地拿起杯子，说：“我还要替我爹喝一杯！”

秦泰给小虎倒了满满一杯，兴奋地说："小虎，这杯是你爹的，还要给你张叔叔喝一杯。"说完自己站着一气自斟自饮了三杯，才坐下告诉小虎："你真正的恩人是张副旅长，你要永远记着他。他临走把你托付给我，他是我的生死战友加兄弟，他现在要是在我身边，一半的杂事都不用我操心了，他的同情心、爱心比我强，打日寇就像下山猛虎，扑到哪里哪里就是一片死鬼……"说到这里，他忍不住流下了泪水。

独芳在安静地体会着丈夫的话外音，很想问问立国是否已经见到先行出发的媳妇了，总觉得其中藏有迷障，不好出口。

"你明天出发，改穿民服，揣好这个地址。"秦泰从兜里拿出一张筋磨的纸板。

"你不认字没关系，紧要时把这拿给人看，一路不准多说话，带上干粮，倍加小心地把这袋子送给这户人家，亲自交到这家老人的手里。"秦泰翻过纸板的另一面，用手指点着上面的字迹。

"注意，老人要与这上面的人名对上号，不得有误，这袋子的安全是你这趟差的重要目的。见了两位老人，先替张副旅长磕头，再替我和你阿姨磕头，最后是你自己给大恩人的父母磕头。"

"不准在乡下留宿，赶回天津立即坐火车回返。老人要问你是从哪来的，你就回答，我是军人，受上司派遣，保密。老人要问张副旅长现在怎样，你的回答是，他已经升为副旅长了，被国民政府派去参加了秘密行动。"

"千万记住，路上如遇到抓壮丁的，你就拿出这张纸，他们看了就不会找你的麻烦了。"秦泰从一个纸口袋里掏出一张写满墨迹的白色宣纸。

"抓壮丁，你懂吗？"

小虎看着旅长的脸摇头。

"抓壮丁就是一些国军不按党国的规定征兵，比如你，你不愿当兵，我就用绳子把你捆来。"

小虎这才点点头。

“明天，我派车把你送到火车站，直达天津，从天津到张副旅长的老家估计不到60里地，如有长途汽车你就买张票，没有就分两天走，不要急行军，白天步行，晚上住店，要住单间，不图省钱，为的全是这袋子的安全，这是两个老人的救命袋，半途不准自作主张，记住啦？”

小虎点头，并起身立正自觉地给旅长背述了一遍。

“对啦，好孩子，几乎一字不落，你不光聪明，记性也好，你来去最多一个星期就能办妥这件大事，回来我嘉奖你。”

“这是我应该做的，不要嘉奖。没有张副旅长硬把我留在他的身边，我也就没有机会和旅长和阿姨在一起了，我拿命来保护张副旅长的袋子。”

“胡涂，没命了你拿什么保护袋子？嗯？你的决心是对的。但你可不能不要命啊！你妈、你哥，还有我和你阿姨，都在等着你呐！你必须要生命与袋子共存，记住啦？”

小虎再次立正敬礼，回道：“是，旅长，把命装在口袋里，哪个都不能丢！”

独芳听了笑出了眼泪，秦泰夸说：“虎子的理解能力很强，回答准确，而且非常巧妙。”

第四篇 生死义的安寝

（二十）

第二天一大早，秦泰就开着吉普亲自把小虎送进了站台，又千叮咛万嘱咐地看着他进了车厢，才忧心忡忡地走出“特殊”旅客的边门，而后避开站务人员的弓腰笑脸和闲散行人的围观，脱掉军上衣，急急忙忙将自己融入了拥挤的人行道。

秦泰不想急着赶回旅部，他已很久都没机会体察城市的闲散生活了，尤其想知道抗战后和大规模内战即将开始的时候，城市是否还能给人留存一点和缓的氛围。

可当他抬头仰望天空时，却见半天里全是层层叠叠的乌云，在人的头顶塞满了沉重。而坐在路旁乞讨人群的求救与呼喊，使每个路人都不敢止步使善，只要你有一点怜悯的表露，就立即会成为围堵挤压的中心，把你弄得灰头垢面，甚至鼻血流淌。特别是那些衣衫褴褛逃难者的勇猛，和拖儿带女人的哭腔悲鸣，能给善心造成意外的震惊和胆颤。

一些披头散发满面污迹的男女，结伙成帮地企图阻挡过往的各种车辆，伸着脏手不依不饶地讨要，或者干脆就闯进饭铺大把抓舔用餐人的碗碟。

警察和宪兵联手追逐驱赶，一拨刚刚逃掉，一拨又立刻涌来，接续不断……如此，警察和宪兵也渐渐筋疲力尽了，不得不对空鸣枪用以吓阻。

“难道这就是抗战的胜利果实？政治家争夺的就是这个？这就是抗战庆功的盛宴与民族的解放？”

“国人悲哀呀！早知是这样，我宁愿一辈子待在簸箕里，当下，也只有簸箕山高皇帝远，还算片安宁的所在。”秦泰所看到的，与他先前所想象的，差之万里，把个闭塞已久的他搅得无法辨别哪该同情哪该烦恼。他走到一棵刚刚冒着芽胞的大杨树下，手扶树干闭上双眼想安静一会儿，以便理理心中的茫然。却见一帮全副武装的军警又冲到他的对面，厉声的喝斥盖过了吱哇乱叫的汽车喇叭，人群山洪般地拥来推去，恐惧的呼喊不绝于耳，驴马的嘶叫也在其中推噪助烦……把个站前广场稀糊得一派乌烟瘴气。

“这才是实实在在的民不聊生啊！”不见也得见，秦泰只好睁开眼正视。他万没想到，外面的社会竟如此纷乱无序，仍是昨日早晨赵司令检阅的那个车站，今日怎么就变成这样了？“看来，只我的住处才确实是世外桃源和静萍得月的地方了！”

心底的压抑在提醒他该尽快躲开这闹心的纷乱了，“你就满心都是责任感，又能怎样？”他只好直奔吉普，迅速跳上驾驶座，挂了档猛踩油门，吉普陡然一纵，便“突突”地驰离了那片污浊的城区。

路边的建筑渐疏渐矮，视野见宽见远，秦泰反而减缓了车速，他不想立即赶回营区，想在路上宽宽自己的心扉。

“如此，抗战刚刚结束的疮痍，和日本撤退留下的破败，还有苏军搜刮后的残迹，更有民生的潦倒，全都没来得及治理，接着就国共再战，这江山何时能得安宁？困苦的生灵何时才能过上平静的日子？”他不由地默念起曹植的五步诗，“煮豆燃豆萁，豆在釜中泣。本是同根生，相煎何太急？”能不能学美国多党共存？老蒋不是很信服他的美国老师吗？还有枕头旁宋美龄的美国情节熏染？……

秦泰摆脱了让他挠心的火车站后，才觉心中的压抑略微舒缓了一些。

送小虎时，东天刚刚放亮，四周还在灰暗之中，回返时，天已大白，沿路的小河湿气飘悠，岸柳正在逢生，枝条上淡淡的嫩绿开始争夺人眼，清凉透进心底，他抓紧把积压的浊气吐出，“春总是能给人带来希望的呼唤。”他想，并把思绪又重新绕回到小虎的身上。

小虎带着他的意愿走了，这大大地缓解了秦泰心里的憋压。“锦绒包包是战友在战火里的唯一积蓄，是鲜血和生命的遗存，是孝子张虎记挂父母的见证，现在它很快就要被送到老人身边了……”想到这里，他不由地深深地吁了口气。

秦泰清楚地记得，战友曾在战斗间歇的战壕里告诉他，“父亲给我取名叫张虎，想求得后人虎气生风摆脱贫穷，不再受人欺凌。可因为饥饿，丐主说京城里皇上吃剩的倒掉的猪肉块儿能够咱吃上几年。我信以为真，想给爸妈弄回一碗来解馋，就跟着流浪到北京蹲墙角睡厕所，没想过丐主会逼我去前门外掏钱包……整日被巡警驱赶，受人羞辱，谩骂，脚踢，甚至拿刀追撵，喊着要割除我的鸡鸡，我知道自己背叛了父母，不敢回家……”

秦泰刚遇上张虎时，见一个大小伙子连男人最怕人看的地方都无法遮掩，手里总提着块儿麻袋片，正面照人可临时捂到腿裆中间遮羞。参军后，他没沾一点兵痞的劣性，文化学习一直是连里的第一名和营里的优秀。在战场上，自他挨了鬼子的一刺刀后，便精成了猴子，再也没让对手损过一根汗毛，他既能保全自己又能保护战友，无论战争有多惨烈，战士们都愿跟他去冲锋。只要他喊声“趴下”，战士便卧倒一片，只要他高呼“冲啊”，战士们就一齐跃起。张虎，天生一辆冲锋陷阵的坦克……他以为打完日寇就可以捧着大洋回家孝敬老人了，能娶媳妇过平安日子了。但南京“紧急进驻辽东，抓紧扩军”的命令，让他悟出“内战”即将爆发。便公开声言反对蒋介石把枪口对着自己的抗日兄弟，不止一次地向秦泰表示过“你打你的，我走我的”的想法，并在团里散布反内战的言论，许多营连军官都受到影响。秦泰劝他“不急，注意言行，不要让军统抓了辫子，走着看”，可他不肯罢休，轻蔑冷笑。

“张虎把八路看作是和自己一样的穷哥们，公开说‘我不是军阀的狼犬，决不会跳起来撕咬骨肉同胞’，反内战的情绪异常激烈。刘参谋长也曾暗示过我，怕他出问题，可我以为他能听人劝告。结果他用另种极端行为表达了自己的不满和报复，还表达到我的眼皮底下了……”

抗战期间，秦泰受命转防到太行山下，上司指令张虎带两个连去搞乱八路军的管区。他问秦泰，“干嘛非要我去干这丧良心的事？去，上天不饶，不去，上司不饶，你说我去不去？”秦泰回答，你还问我？张虎知道秦泰最恶心这种见不得人的自残行为，撂了句“乒乓球沾了油，滑蛋一个”，便大模大样地领兵走了。

他漫无目标地在八路防区周边游了一圈，回来对秦泰说，上司的情报不准，八路五倍于我，不能拿士兵的命当鸡蛋碰石头。秦泰只好替他圆场。实际是他半路听乡民说一位叫高作支的财主曾招待过日本鬼子，便带兵闯进他家，说追赶小日本快饿死了，满嘴表扬财主支持抗日，夸他是民国绅士的榜样，二百多人在财主院里大吃大喝了一通，直到酒足饭饱了才离开。

高作支明知他是来找茬的，可又怕他回头继续和自己过不去，只好杀两口猪，一口就地吃光，另一口抬回营里给战友们解馋。但他在半路把猪头和两箱子弹留给了八路的哨卡，以表达放行的谢意。

事后张虎藏而不露，告诉俩连长，“要露了风声，小心我会把你吃进去的猪耳朵全抠出来”。秦泰还是用“绝对替你保密”的承诺逼一个班长吐露了真相。

像这种即违犯纪律又情有可谅的乱子，张虎到底干了多少，已无从回忆……

“但是，他却死在我秦泰的枪口下……谁能想到他竟消极到让人意想不到的地步，连死都不顾了，两个苦难的老人接过那钱袋会是什么样子？这能安抚他们的思儿之情吗？”秦泰叹了口气，自语着：“对不住了，二老，是他逼我不得不那样做的，我只能那样，别无它选。”

秦泰在心里掂量了一下有关张虎的后事，“如小虎能办得顺利，那我只剩下一块石头仍没落地，而且是最重的一块，它会继续压着我难以安稳入睡。那就是张虎的副旅长名存实亡，这严重违反军纪。我如何对上司交代？尤其是张虎的死因，怎么向赵司令和南京军政部说明？如调查，人和物怎么取证？自己与立国的姐夫小舅关系是否是证言的阻碍？特别是，这是否会变成军统的把柄？”

秦泰回到旅部，心事重重地走进了中庭。

这是幢坐北朝南的二层白色小楼，白的有些耀眼，一看宽门大窗就知道，这原是日本旅团级军头儿办公的地方，“外观这么显眼，鬼子难道不觉得有碍安全？可能正因为你觉得它最不安全，而恰恰最安全。”秦泰注意到，小楼整体躲藏在松柏和杂木的掩盖之中，夏季无论在平地还是空中都很难发现它。到了冬季，树叶落了，它便与冰雪同色，和四周浑然一体。

部下把旅长的办公处设在二楼，独占了楼层的东头，在廊道的出口处还安装了铁门，门边有卫士站岗，除了围着旅长服务的几个要员外，其他人必须按了电铃，并得到里面的允许方得进入。紧挨铁门一南一北的两套大间分别是作战室和会议室。再往里，北面是参谋室和机要报务室，南面是客厅和旅长办公室。

第一个迎接秦泰的人自然是立国，见旅长进了走廊，他急忙打开办公室的门。屋子里的暖气很热，秦泰一进屋就觉得有股子强烈的烘烤迎脸扑来，便急忙脱掉大氅，立国接过挂到门旁的衣架上。

秦泰端正了一下帽子，转过身想看看窗外，不想西墙上挂的两幅地图却抢先进入了他的眼帘，便走上前要瞅个明白。立国站在他的身旁，问：“我兵法外行，只能看懂图上的山水城乡，但不知它的军事意图是什么。”秦泰“噢”了一声问：“这东西怎么可以公开挂出来？角上还盖着秘密的印章？”

立国回答："刘参谋长昨晚拿来的，说太大了，只能挂起来看，还说上头只允许挂在你的办公室里。"

秦泰听了没再说什么，回身坐到沙发里看着立国笑道："进了营区我注意观察了，你们辛苦了，把一切都安排得井然有序。"

立国回道："应该，不然要部下何用？你和姐姐都安顿妥了吗？我也没帮上忙，小虎还可以吧？"

"全都安排妥了，没费多大力气，人家把过日子的东西都给准备了，我现在才懂得，为什么都拼命争当将军，待遇就是不一样，那阔气做梦你都梦不见。你姐先到的，看后傻了，说大不了王母娘娘的日子也就如此吧？但她还是把该干的活都干完了，我进了屋就捡现成的了。上司很会笼络人心，油盐酱醋齐备。小虎看了吓得连腿都不会迈了，不过，这孩子，值得培养。你的住处安排得怎样？知道你们安营扎寨不好离开驻地，昨天中午我和你姐安家起灶的第一餐没能叫你。"

"昨天确实走不脱，我还真想过去帮着干点什么，后来一想，力气活有小虎足够了。"立国边说边走到独立旅布防图前，指着旅部旁边的标志回答："为了方便你的调遣，我们几个参谋都住这里，跑几步就上楼了，办公在你对面，咳嗽一声都能听见……"

秦泰"嗯"了一声，又问道："伙食怎样？"

"还说得过去，刚开火，估计困难不少，后勤是个很难让所有人都满意的活。李处很尽力，吃饭时他还到饭堂关照了大家，向大家道歉，求得谅解。后来参谋长和副旅都去了，还替你问大家安。"

"李处唯一的缺点就是慢半拍，适合和平环境节奏，对他不能紧逼，一紧张就手忙脚乱，即使在打仗时你也得照顾他这脾气。但做事稳妥周全，在战场上四分绞杀六分后备，他很少出纰漏，是个英雄后援。你还真能理解他们，但他们不能过分强调困难，用困难遮掩偷懒。"

秦泰很想探探立国是否真的把二月初二下午的变故放下了，便接着说：“早晨我去了趟火车站。”

“知道。”秦泰刚说一句，立国就应声回答。

“我让小虎去了张虎家。”秦泰瞅着立国的脸说。

“知道。”立国又不打停地跟进了一句。

“我想先和你探讨一下你入伍这几天的观感和体会，包括不成熟的建议。”

“知道，所以我一进楼就注意你什么时候回来，一直在等您。”

“你怎么什么都知道？你是诸葛亮？到今儿个你……”秦泰扒拉着指头，“满打满算参军还不足四天。”

立国笑笑说：“是啊，可仅仅四天，你就团长升旅长，校官提将军了，外加专列兵移。就不许俺也跟着一步登天？俺不敢怠慢，人比人得死，货比货得扔，你给了俺这个机遇，俺不能辜负你，得努力学习，不能像溥仪那样，狗尿苔长在金銮殿上，不宝也宝，一边尿裤子一边吃零食，还一边要大臣跪着磕头。俺决不当水平与地位画不了等号，和靠后台给撑腰的那种人，更不想让旅长丢脸。”

“这两天俺帮你想了很多，既然你真想听听俺的看法，那俺就不自量力了。俺不是循规蹈矩的人，什么踏踏实实学他几个月再开口。不用，天底那点事就像秃顶上的痦子，一眼便知。”

“参谋们议论说南京为了内战煞费苦心，特意搞了个独立旅的番号，说你的担子很重，新兵占八层。姐夫，你想过没有？之所以一个月能招两千多兵，都是灾荒帮的大忙，乡仔们图不挨饿，根本就没想去送命，这就是您面对的严重课题。”

“你现在能领这些孩子去拼刺刀吗？千万不可，所以俺建议，一、对上装没心没肝，口头坚决按司令指示办。但脑壳里该想好自己的对策；二、要关注内战形势的变化趋势，主要是国共双方势力的偏转。这两条都关系到这些新兵的死活。只于墙上这兵力部署，你就当它是张糊墙纸，有必要那么认真？反正有人比你认真比你着急，你就听赵司令在车站那番讲演，足以证明猴急的人是谁了。嘿嘿，俺还没等你指教就叽哩哇啦发了通议论，谅解了。”

秦泰没想立国会这么快就转换了庄稼人的角色，觉得他绝非等闲之辈，而且把局势看得入木三分，表述还很隐晦，其中虽暴露了他的消极，可这消极却是大多人的心堵，便策略地回道：“是啊，我进驻簸箕时名义是一个团，其实兵力只两个营多一点。自我当了团长，战死10个营都不止，几次侥幸从阎王爷那里活下来的不足百人，都是上天留给人间的精英，我不能随意把他们推上内战的战场。你提醒得很对，但除了饥饿以外，也不能否认虎山人真诚淳朴的品质，二十几个招兵点，仅一个月就完成了一个旅的征召任务，连南京都不相信这是真的，我不可以立即把他们拉上战场，我想赵司令他们也心中有数。立国，你不可有懈怠情绪，别人都在盯着你呐。这几天你不是都好好的吗？今个是遇到什么困难还是想家啦？话味有点那个。”

“你想哪儿去了，不会的，俺刚刚参军，能像猫那样爬爬树就算能耐了？俺只想提醒你在抓局部时更该注意大局，咱虽是个执行者，但他要你死你也得死个明白不是？在簸箕时俺虽被山海封闭着，可也不是什么都不知道。现在跳出簸箕了，过得是几千人的大家家，皇帝琢磨的事没一件不牵扯这一家子的活法的，光听他吹风就是雨不行，得琢磨琢磨这雨为什么要下，该不该下，连爹那庄稼人都知道嘱咐咱不该怎样。”

立国的话让秦泰很是惊讶，“除了二月初二下午，我这是第二次和他交谈，仅开了个头，他就胸有成竹地占了主动，我有些轻看他了，他话里的含蓄与我这几天的思虑完全一致。好了，那就不必绕弯子了。”秦泰想了想问道：“那就按你的考虑继续说说看法吧？”

立国指着西墙上两幅巨大的地图说：“在你没进屋之前我已经把这东西看了几遍了。一是独立旅布防图，上面标得很详细，可看到每个连的所在位置。二是沈城的军用交通图，可看到独立旅在沈城的区位，以及与其他布防的关系。这些都是城防指挥系统事先安排好的，昨天下午送来时说不得擅自改变。问题是，一切都固定了，有没有漏洞不知道，比如赵司令有关全部美式装备的承诺如落空，这图不就废纸了？还有，共军会不会也能拿到同样的一份？你不愿打内战，可共军不知道，如遇突发事件，新兵没有战斗力，如何自我保全？我看，这是独立旅的第一要务。孙子兵法开篇就说：兵者，国之大事，生死之地，存亡之道，不可不察也。但俺没上过战场，只能按书本写的去胡思乱想，提外行问题。”

“你说得很对，不像外行，我想的就是这个，叫对策。但又不可让人胡乱猜疑说我们三心二意。这些新兵一个个把眼睛瞪得溜圆，咱得为他们想得长远点，做法得细致点。不像大官，人家是大笔一挥你去办吧，到咱这儿，很具体琐碎。官是越大越好当，难怪他们有那么多时间和精力去勾心斗角。”

他本想再听听立国的看法，把探讨的问题再引深一步，但话音被突然的敲门声打断了。立国转回头说：“请进！”机要员刚推开门就向立国敬礼报告：“赵参谋，警备司令部的电报！”立国接过电报看了一眼又立即递向秦泰，说：“上头说有紧急情况！”

“心还没踏实就紧急情况，我不看，你念吧！”秦泰仍坐在原处，没像往日那样迅速伸手去接电文，继续用左手撮着下巴在琢磨自己的心事。

“急电独立旅秦旅长，沈城布防业经南京军政部批准。据情报，共匪赵承金部近期在辽阳鞍山一带活动频频，煽动民众‘土改’，收买民心，并有扰乱沈南之可能。秦旅务必布防周密实际，严防匪部内外勾结里应外合骚扰偷袭。”

“念完了？”秦泰不慌不忙地问了一句，“好像电文还没结尾似的，要指挥就该指点到具体部位上。什么布防周密实际？他们不都画到图里了吗？不是不许改吗？再说了，‘土改’不是中山大总统民主共和的重要任务吗？耕人有其田，渔人有其船。蒋总裁不搞‘土改’还不准别人搞？自中山大总统逝世以后，许多元老都认为他没在‘民主、民权、民生’上下功夫，只为权贵着想，用保守意识修正中山的现代意识。可是他连皇帝收买民心这点都不肯做，我真替他着急。他张嘴就是孔孟，可孟子‘水能浮舟，亦能覆舟’的话都不记得。”直到今日，秦泰憋了许久的心里话才借警备司令部的电报一吐为快。

立国在一旁对旅长的牢骚话很感惊讶，“他也对老蒋有看法。”但还是笑笑回答：“旅长所言极是，我已注意到，除发电日期不同外，措辞都是同一个人的手笔，只要共军一有动作，就是这套千篇一律的废话。什么‘可能’啦这些似是而非的用语。熊将军是辛亥革命的先锋，水平不会降落得这么快吧？中山大总统《建国方略》实施的前提条件就是彻底消除内战，他说打内战就是破坏和平建设的叛逆。”

立国的引证和议论让秦泰进一步对他刮目相看，没想到小舅子对国事会这么关心。但他还是觉得在此非常时期，不该和小舅子继续讨论有关老蒋这类让“军统”挖空心思都想密探的敏感话题，便岔开来说：“不过人家的电文里也有点新意，不是说了吗？军政部已经批准了沈城的布防安排了吗？看来这墙上的布阵连南京都知道了，可见沈城卫戍在整个东北的重要地位了。

“但同时也证明军政部凡事巨细，把旅团级的事情都包揽了，以免总裁骂他们名不符其实。他们该把东北全境的军事问题管好才对，熊式辉一个堂堂的上将，连个城市布防都决定不了？那他还能指挥千军万马吗？其实这个布防用不着军政部批，一是谁批准谁得负责，二是层层过目、批复的过程就是泄露的过程，无形中增加了独立旅的风险系数。你说得很对，咱的确该有套自己不漏声色的戒备方案。”

说到军政部，秦泰不禁想起了陈诚部长。

上年10月，蒋总裁在南京分批接见抗日英杰和将领，秦泰是最后一批被召见的，军政部受命代表国民政府举办招待晚宴，宴席开始不久，陈部长就特意走到秦泰的身边给他单独碰杯，还悄悄在秦泰的耳边说了些话，“我做晋獴战区总司令时曾专门研究了你在抗战重要战场上的记录，结论是，你在配合大部队进攻和包抄方面把握战机准确，战术灵活迅速。在学习八路军独立作战的穿插迂回和进退机动方面，国军里无人与你相比。你不学自通，是个国防材料，是上帝有意造就的，前途无量啊，必定是国军的帅才。”在宴会结束时，陈部长再次特意走到秦泰的身边握别，还告诉说，再来南京别忘了打声招呼，有难题了要记得这个部长会真心帮助的。还要秦泰多联系，留了联系方式。

秦泰对陈部长浓重的浙江青田话虽多半耳慢，但对上司的主要用心已完全理解。他想：“我早就听说陈是个坚决的抗日派，曾一再说服蒋要注意抗日的民意，并在民国二十五年八月“七·七”卢沟桥事变后就在蒋的面前分析了中国抗日‘敌强我弱，养护有生力量，伺机出动；敌我均势，壮大抗战基础，各个击破；我强敌弱，兵团先发制人，聚而歼灭’的三大阶段，得到蒋的赞扬，从此才有北平南口的试探性抗击举动。我也是那次战役的新兵，一个小人物，仅仅是要抗日救国为父圆梦，但部长却这样关注我，特别是这次建旅北上，听说部长在招募资金等方面又给予了特别关照。”

秦泰越想越觉深有受宠若惊之感，“陈诚对自己是实意，虽都是为国事没有私情，可自己刚才的话还是有些过了杠子。但好歹是和小舅子在对说，旁边没有外人。”秦泰暗暗自责。

但他的话已被深深地打印到立国的心坎儿上了。他自进了姐夫的旅部，靠自己已有的国文功底，抓紧一切时间阅读姐夫随带的兵书和相关资料，在运兵专列上读了一夜，这两天，在宿舍里也不闲着，很想做个称职的参谋，不愿别人在背地里议论自己，更不枉姐夫对自己的一番苦心。“兵书里说，将不爱兵，不得为将。”独立旅所有的性命都拴在姐夫的挎带上，他必须为一条条生命负责，为他们的爹娘家小担忧，如无缘无故地毁掉一命，那就是毁了一家子。他觉得姐夫对布防的顾虑的确做到了“知彼知己，百战不殆”，是个称职的将军。

同时，立国自己也就刚才的电文和墙上的挂图，闻到了国军的官僚气息，什么摩托营、火炮营，连影都没有就敢把设想当真布阵画进图里，是为了迷糊共军？共军会那么傻？如此下去，早晚会误大事，不免也替姐夫和独立旅担起心来。

正在这时，写字台上的电话铃突然响了。秦泰走过去拿起话筒“嗯嗯”了两声之后，赶紧对立国说：“喊司机，你也跟我走，去警备司令部开会。”

通知开会的电话语气十分急促，给秦泰的感觉就如国共已经在沈城交手了。他满心忧郁地放了话筒并看了下桌面，桌上连一张白纸都没有。

“开会不带相关资料？以往的作战会议可是要提前精心准备好的啊！”他想问立国，立国已经下楼叫司机去了。他又拍拍脑门，这才想起，独立旅刚宣布正式建立才26个小时多一点，自己穿上这套少将军服还不足两个钟点，哪来的军情数据？全部数据就是先前和刚刚看过的几份电文，以及墙上的挂图。便自嘲地冷笑了一声，出了屋门就急匆匆地小跑着下了楼梯。

（二十一）

三月初，在苏军按着两国签署的协议与中共代表先后撤出沈城的同时，借熊式辉回南京述职的空挡，蒋总裁便抓紧命赵公武立即带领五十二军进驻并从苏军手里接管了沈城所有的城防设施。紧接着，总裁又让赵兼任了沈城警备司令一职。总裁在做这决定之先，根本没想征求东北首席接收大员熊式辉的意见，等熊见到任命通告，赵已先期率部到达了沈城，熊明知蒋公诚心在避开自己，满腹不快，但和赵公武碰面时，还得装出抬爱和高兴的样子。

赵公武一身二职，五十二军军部和警备司令部一套人马合署办公，兵权和地方治安权捆绑一体。总裁此举的目的在，让赵先入为主，把沈城有价值的资源控制到手，同时还能把进入东北的所有将官置于军统、中统及警备的三重监督之下。于是，赵也就有了大显身手的舞台，趁机抢先占据了清祖北陵附近原侵华关东军的名义本部。

所谓名义本部，是因为从这里建成那日，侵华策划者基本都在自称后防的旅顺关东军司令部待着，除为避开“满洲国皇帝”溥仪而商讨重大事项不得不在长春旅顺中间聚首外，“七·七”卢沟桥事变后的三任司令，植田谦吉、梅津美治郎和战败投降的山田乙三，都很少来这里。但这栋设施的地位仍是重中之重，担负着侵华日军发号施令的中枢作用，是掌控东北及整个侵华进程的情报中心，分量仅次于旅顺司令部。

出于安全目的，关东军很看重每个要害部门的设立环境，东京大本营要求所有重要部位都不能设在闹市，不能引人注目，要依靠自然隐蔽，便捷交通，选址条件十分苛刻。这幢建筑是在日本三个月占领中国的野心破灭后，为长期侵吞中国的需要修建的。四周山虽不高，却林密可荫，水虽不深，但湖溪绕通，方圆十里丘陵起伏，人烟稀少，安静与优雅兼容。看外观，这仅是一幢被树木遮挡着的普通六层楼，岂不知地下还有三层，隐蔽体量非常庞大，楼体外墙贴面全是大块花岗岩，衬里为钢筋混凝土，即使炮弹炸弹来袭也同蚊蝇蹭爪，而且下设地道，直通周围林带，从林带还可直奔机场和公路、铁路，或直连沈城的东部山地，外警设施的伪装能以假乱真。

内部的格局划分和修饰水平更是罕见，头道楼门与厅堂之间是堵坚壁，坚壁上装饰着连续的花蕾图案，如眼睛一扫而过，很难看出它是观察和射击外面来袭的暗孔，坚壁两侧往里才是椭圆形宽畅高大的二进厅堂，中灯吊挂辉煌，没一处暗角，中间楼梯一主两副，便于人员迅速分流，阶梯是清一色的磨光条石，扶手的大理岩滑溜得滴水无痕，右边设一部官用防弹电梯，左边装一部仓式搬运电笼，楼的东西顶头除了可见楼梯，还各建一条上下暗道，地下三层备有应急发电机组、应急水泵、食品冷库等等，如遭围困，可坚守待援。

但苏军却不喜欢这里，嫌它进出别扭，离闹市太远。赵公武倒有眼识货，内外只瞅了一遍，就果断敲为己用。他进驻时，这里基本还是日军撤离时的摸样，仅地下室的罐头就能拉七、八卡车。因苏军还没等想起拆卸这里的设备就奉命撤走了，对赵公武来说，等同他所需要的一切都有人早早为其准备好了，为此他很是得意。

熊式辉对赵公武仗势欺人的行为很是反感，明明自己才是东北问题对苏谈判的首席功臣，并因此而被任命为“国民政府军事委员会委员长东北行辕主任”，直接代表总裁行使职权，不仅对办公地点有优先选择权，还应将资源优先分配权把握在手。只因听了总裁让他慢半步就职的话，才被一个中将抢了彩头。但为了大局，他只好忍气吞声。

在赵公武的眼中，被称作东北王的熊式辉，仅头衔吓人，实则就如同看家不当家的“满洲国溥仪皇上”一样，背上被人拴着根看不见的绳锁，端头扯在南京的那把高背椅上。而蒋公的特点是，凡他认定的大局，必事事巨细，甚至连鸡毛从眼前飘过都要问个透彻，在他心中，东北早已成了国际关注的火药点，占据东北，一来可抹去张学良给自己造成的心中没有东北父老的历史记忆，二来关内财产已被抗战消耗殆尽，尽管东北地面被日、苏梳刮已尽，但家底比关内还是厚实了许多，攥住东北就等于攥住了剿共的资本源头，更可南北挤压，最终完全消灭华北共党。如此，他自然要仔细过问东北的所有事项，必得安排耳目抢先控制全局。

因此，熊式辉就变成了处理无关痛痒零碎事物的主任，扯得腿脚终日奔波，连睡觉都难以安宁。例如，名义上属留下负责扫尾的那些俄罗斯人，实际上仍在今天拆这个明日运那个，最终只剩努尔哈赤的祖坟不能挖了，才悻悻离去。而蒋公又严令熊必须看住余下的家底，却又不许得罪毛子。熊被夹在蒋公威权和苏俄强势当间，只能忍气吞声地看着苏联大员的脸小声提醒，“大哥，别介，小日本已把东北的地皮挖了三遍，你们这？不为别的，总得给东北老乡留点填肚子的渣渣吧？”熊将军自知，出于职责，这话一定得说，但又怕人家翻脸，不能让得来不易的移交半途而废，弄不好还会被总裁骂作无能。“军事没决策权，资源没掌控权，我何苦？这差事实在窝囊。”上任不久便暗暗叫苦起来。

而赵公武也很明白，尽管总裁不待见熊，但熊却是民国元老级人物，自己的资历没法与他相比，如有恃无恐，以抗衡态度共事，只能自己失分。因之，他必须把握分寸，把熊端过头顶，理性处好上下级关系，让旁人看了得体。

在外人眼里，赵公武很会做人，处事一向谦卑，从不显山漏水，高层人物觉得他诚实可靠，下级官兵认为他平易近人。其实他是个很善于洞察外心隐藏自己的人，信条是：“在权力场混事，小不忍则乱大谋，大不明则祸自身”。因此，在分配办公用房时，他首先提议把熊式辉安排在名声振聋发聩的大帅府中，表相是敬重，实则是把东北行辕包在闹市之间，便于总裁目控。对此安排，熊将军本来很不情愿，但就是找不到恰当理由予以拒绝，甚至连婉言谢绝的由头都无从提起。从南京到东北，无人不知“是赵公武为熊主任提前扫清了路障，安顿了家业，熊捡了个现成的过冬树洞，还嫌窄巴？”而且他也知道，赵公武在八年抗战期间，巧用手段，广泛建立了人际关系，包括与戴笠的私交。如自己和赵搞不好团结，有人必借题发挥，说熊老糊涂了，特别是上司，会认定熊“不以党国利益为重，辜负总裁重托，倚老卖老，闹个人义气，斤斤计较，不识抬举”。熊阅历坎坷见多识广，对赵公武的作为也有察觉。可想来想去，还是自勉为上，“老熊无力斗少虎，知趣方得暮年欣。”

因为各城防要员接的是紧急电话，不敢怠慢，都提前进了会议室，并一溜两排威武地坐到指定席位上，规规矩矩地等着赵司令的训话。秦泰的位置被安排在紧挨司令的左手边。右手是城西防区的钱指挥，赵司令亲手提拔的抗日猛将，军阶如秦泰一格。而后沿排的才是北区、中区指挥，都少将军衔。依资格排序，该三师在前一旅在后，秦泰不能近司令就座。但司令偏偏这样安排。立国坐在秦泰身后的靠背椅上，属重要随行参谋的位子。

给司令准备的座椅是能前后仰靠左右转动的，而且还比其它座椅高出了一个脑袋，曾是指挥全面侵华战争最高军阶大员的宝座。可那人只在这儿开业的日子坐过一次，等同日本人早早就给民国沈城城防司令准备了一个全新的座椅。

不一会儿，会议室门外的持枪卫士拉开了对开的大门，赵公武出现在大门中央。但他没如想象得那样目不旁视，或以威武的将军派头，皮靴“咔咔”地步入会议厅。却一进门就谦和地扯下白手套，并扬起胳膊同部下打着招呼，还点头说：“你们都很准时，这好，军人就该如此。看来咱们的卫戍任务很有希望。”

在快要挨近他的座椅时，赵突然停下了脚步。为他拿包和端茶杯的近身参谋，差点儿撞了司令的屁股。

赵公武没理会背后的荒乱，抬起头深情地望着墙上蒋公的微侧面巨照，用广东梅州的国语说了句：“还是戴白手套挎肩章的那张大半身的威武了？那能看出校长统帅的风范和真正的气质与威严？”

站在大门口的管理官听了司令近似批评的话，急忙上前解释：“司令，刚搬进来几天，千头万绪，时间紧急，就先挂了这个……”

“什么这个？是这幅吗？用词不当了？太缺尊敬，今后在提到校长时，要注意用词的敬重和礼仪嘛！”赵公武立正站在蒋总裁的像前，回头拿话打住了管理官的分辩，提醒的语意和语气是“教中带骂，语轻意重”。

秦泰马上意识到，赵这是借题在向所有的卫戍大员表明了自己的跟人立场。他知道，赵司令是黄埔军校出身，十分清楚李宗仁一直与蒋介石政见有差，公开批评蒋背离中山“新三民主义”，相互之间越来越面合心不合。当下，赵必须通过各种形式，借不同场合，向蒋总裁传达自己的忠诚。而军统也十分需要通过这些细节去判定各将军的忠诚度，蒋公前不久还说，“这关系到抗战胜利后的党国大业，即能否团结一致消灭共党”。

接着，司令双腿并拢地站到自己的座椅前。全体部下也同时笔直地挺立起来。“表个态吧！”司令出人意料地喊了一句。与会的人不知所措，在一阵鸦雀无声过后，突然齐声呐喊：“党国万岁！效忠蒋委员长！”

呼声过后，司令憨笑着拍手向部下表示感激。秦泰察觉到，他笑得异常开怀，看不出有半点虚假与做作的迹象。

赵公武在就座前先给下座敬了礼，然后才说：“请坐！各位不必回礼了，我们要通力合作，这是我对你们真诚的表示，希望不辱使命，为校长看好东北这个院子，让熊上将能专心考虑东北战场的布局，在他的统领下，齐心合力把共党占据的地面都夺回来，把流寇、土匪彻底剿灭，给东北乡亲一个安宁的交代。”

秦泰从司令的话里品出，当赵提到熊式辉在东北的作用时，语气里充满服从、坦诚和忠贞的意味，旁人根本察觉不出赵熊二位有何不睦。但各将心里都倍儿清，掌控战局的只老蒋一人，讨论时能让熊能插句话就很给面子了。因此，赵公武所言纯属凭空抬举。

司令坐到座位里先用两手摸摸暄软的靠手，又前后动了动才继续说：“我身后的这面墙原来挂的是日本天皇裕仁的像，军国主义狂人冈村宁次就是站在这里动员法西斯迅速占领中国的，发誓为天皇和大日本帝国效忠，他就是坐在这个位置上声嘶力竭地发出法西斯国家同盟必胜的叫嚣。如今，是蒋校长的像替代了日本天皇的位置，冈村宁次坐进了囚笼，而我，党国的沈城看门人，竟占据了冈村的交椅。我们该高呼党国万岁，总裁英明。同志们，真是天翻地覆啊！没想到啊！连总裁都说他没想到东北会这么快就重回祖国的怀抱啊！毛泽东还说要持久战呢！咱们中国人的运气是真的转了啊！

“但我们为此也付出了高昂的代价与巨大的民族牺牲……却很是值得的！是不是？难道不是吗？秦将军，就拿你来说，肩头上的这个豆豆，是你血的付出啊！有多少活生生的命死在日本鬼子的枪口下？我们只是侥幸活下来的嘛！所以我建议，今天会议的第一个日程就是向在抗日战场上牺牲了的勇士们默哀三分钟。”

司令的话音刚一落下，全体“唰”的一声全都立起脱帽，默默地低下了头。

三分钟后，司令动情地掏出手帕擦了擦眼眶，又端起杯子喝了口茶水，镇定了一下情绪，望望大家才继续说：“各位请坐！”

部下们按着司令的发话又齐刷刷地坐回到原位。

“可惜啊！咱以为从此华夏大地就可刀枪入库马放南山了。但人家共产党不干呐，毛泽东和朱德，还有我的那个同乡叶剑英不干呐。这不，从去年 8 月末到 10 月 10 日，经过 40 多天的艰苦谈判，咱蒋总裁和毛泽东在重庆签了建立联合政府的法律约定，美英苏三国都信以为真，表示赞同，但中共转过身就磨刀霍霍，到处抢地盘，陈云抢先进了沈城，刚被撵走。听说，为此咱熊上将和苏联代表都拍了桌子，斯大林得知后，勒令中共限期退出东北各大中城市。”

“苏联是与中华民国蒋委员长签立了中苏友好条约的，规定东北所有城市，特别是大城市，只能移交给党国。因此我才有机会来看看雪是什么颜色。可共党趁我不备，悄悄地带着 10 万土八路摸进了松辽黑，占据了许多城乡重镇，搞什么共产土改，四处招兵买马，名义上‘杀恶霸斗地主’，实则是要从根底挖掉党国的基础，企图在东北建独立政权，再搞个满洲国，让一统江山再次分裂，与党国长期对抗。”

他抬手拍了下桌子，气愤地喊了句：“娘的，我决不答应！”杯盖“哗啦”被震落到桌布上，茶水溅出了杯口。

“这我们能容许吗？据可靠情报……”说到这里，他从手提包中摸出个本子，翻开来读着：”从民国三十四年的八月末开始到现在，中共一直在不间断地向东北派遣高级官员，组建什么东北局，非法任命什么省长、市长、县长。先后有林彪、彭真、林枫、陈云、高岗等20多个什么中央委员北上，高层官员几乎倾巢而出。为什么？他们看到了东北的工业基础和军事战略地位。延安只留了毛泽东、周恩来、刘少奇、朱德和彭德怀等少数人守窝。这就是他们打内战的铁证。”

司令收起本子再次端起茶杯，但没往嘴边送，咳了一声又放了杯子，忽然笑了笑，继续说：“各位听了我前面的这段话是不是有些担心了？不怕，紧接着我就有喜讯转告各位。今天是几号？”他突然指着秦泰身后的立国问。

立国根本想不到司令会让无名小卒回答问题，惊讶地立正起身，急得一时语塞。

“不慌了？你坐下回答。”司令温和地扬手示意。

立国没敢坐，缓了口气回道：“报告司令，今日是民国三十五年三月十九日。”

“好，记住日月时光往复的一分一秒，这是军人的第一灵感，战争打的就是时间，胜利抢的更是时间，时间就是军旅的生命，不得模糊。小伙子？你叫什么名字？”

“俺姓赵，走肖赵，名立国，站立的立，党国的国。”

“好哇！小伙子的名字意义深远了。各位听到没有，要让中华民国永远挺立起来，作为军人可为之牺牲生命。咱都要忠于党国，忠于党国就是忠于领袖，忠于领袖就是忠于党国，两者是完全统一的，不能分割，也不可分割，领袖就是委座，他是中山大总统指定的接班人，是党国和军队的重要缔造者，是抗日救国的头功拥有者。”说到激动处，司令站起身，用眼光不停地环视着目下的各位。

“好，我不是问了大家今天是几日吗？今天我们在这里召开第一次沈城保卫会议，重点是让大家认清我们所面临的局势，提高警惕，加强兵练，严密布防，随时出战，打击必胜，确保江山寸土。各位，就在这会儿……”

司令抬起腕子看了下手表，接着说：“上月九号，到今天恰好40天，共产党的总头子斯大林向全世界发出警告，战争不可免。他什么意思？宣告二战反法西斯统一战线破裂，美、苏之战即将爆发，第三次世界大战迫在眉睫。果然，中共就朝委座开了第一枪。那正好，委座从来就不信毛泽东的承诺，已经筹划完毕，准备调集兵力，先在华北豫北，也就是鲁西及青化砭发起攻击，在共军的心脏上插一刀，进而拿下共军经过八年抗战建立起的根据地，为全面剿灭共军铺垫基础。然后中心开花，各个击破，三个月彻底歼灭关内共党，同时发兵东北。

“各位，国军有400多万，而共军只有120万，又何况国军几乎全是美式装备，而共军还背着日本的三八大盖，无论怎么对比，经过八年抗战考验的国军都占绝对优势，可说是胜券在握。这是委座巩固抗战成果的决胜战略，林彪即成瓮中之鳖，我们要用沈城防范的佳绩迎接明天的胜利。

“据情报，近来辽东半岛的一股共匪正把本溪鞍山连为一线，活动频繁，多次几进几出辽东各市县，妄图动摇民众对党国的信心。我们要随时掌握可靠情报，他们如敢接近我们的防区，必要时主动出击，至少要让他明白，沈城这里是共匪不得近身的地方。独立旅新兵多不怕，有西城钱指挥给秦将军做后盾，必要时钱将军还得冲到前面去。”

钱指挥立即起身敬礼，说：“是，坚决服从指挥，愿做秦将军的可靠臂膀！”

秦泰只好立正回礼，说："岂敢岂敢，钱将军过谦了，独立旅刚刚建立，还是个不懂事的娃娃，您我多多沟通，望指教！"

司令听后很是高兴，拍着手说："两员在南京挂名的抗日战将今日离我最近，你们要精诚团结，做沈城卫戍的表率，但愿半夜叫我的电话只报喜不报忧。"司令再次端起茶杯，大口喝了几下，他觉得有些口干。完后一边放杯子一边向秦泰望了一眼，问："秦将军的住处还有不适的地方吗？夫人觉得安逸吗？你新来乍到，旅里积蓄不多，如觉得有需改善的地方，不要不好意思。"

秦泰没想到司令会突然点到自己，"他不是正在说局势吗？怎么突然把题目转到我这儿了？"便赶忙机灵地回道："谢谢司令的关照，已经十分周全了。吃住的日子容易过，只是那几个独立营的装备和建制要尽快落实，还要训教拉练多时，光卡车司机的教练就得花些工夫。当前卫戍的任务这么重，形势这么紧，南京军政部既然有了设定，就该尽早兑现。"

赵司令听了秦泰的回答很是满意，觉得这位新识没因自己对他个人的关心而转移了会议的主题，证明这位旅长一是以党国利益为上不容质疑；二是说话中听，所提要求的分量分明很重，但不刺激，不伤害直接上级，特别是责任非常分明，即使是军政部的大员在场，督军在座，军统得知，也无可挑剔。

但作为独立旅的直接上司还得回答几句，不然会给在场的部下造成不负责任的印象，于是便回道："秦将军问得在理，而且确实紧迫。问题出在老美那里，听说他们内部正在争论对华政策，主张国共再次合作的意见正摆在杜鲁门的办公桌上，杜鲁门一时没了主见。总裁并不想打内战，挑事方不是我们，国军不得不反击。因此，老美还在协调国共双方，早先单方面答应的事项都拖下来了，南京也十分着急。这次豫北围剿的装备要不是委座解释得当，老美会继续拖着。我每时每刻都把独立旅的事挂在心上，因为这是我当独立旅全体官兵的面宣布的，又何况这本来就是我的装备，我要用这些装备卫护沈城，你说是不是秦将军？”

秦泰点头笑笑，客气着回答：“我是司令手里的一支枪，它必须得好用才能防身。”

赵司令听了哈哈大笑起来，挥着手对全体部下说：“你们听见了没有？什么叫水平？这才是一名合格的将军，他要求自己的标准是必须得好用。各位，这该是军人的最高也是唯一的高标准，校长就喜爱这样的儒将。好了，我高兴了，各位都说说，有什么建议也好嘛！说的不对都没关系了，我向来喜欢群儒发声，现在是需要十个百个诸葛亮出山的时候。”

部下一个个都表示现在暂时还提不出什么新的意见。但司令的兴头不减，指着立国问：“你说几句，参谋有参谋的角度，参谋的第一作用就是唱反调，不唱反调的参谋该上战场去送炸药包。”

立国慌忙回答：“在这里没有我说话的份儿，俺的级别和水平都很低。”

“这就不对了嘛，历史上有许多大策是出自小人物的建议的，再说了，哪个大人物不是从小人物做起的？谁叫你坐在我的近处了？你说说，我命令你，军人不就是靠命令活着吗？”部下们听了上司的话都轻松地笑了起来。

立国觉得司令把话都说到这份儿上了，不好再推辞了，便立起身回道：“尊敬的中将司令，是您逼我说的，我要提的问题看似和今天的主题无关，但实质上紧紧相扣。”

司令若有所思地“噢？”了一声，没插话，抬眼看着对方，显出很想听听到底怎么个“无关”和“紧密相扣”的。

立国整理了一下思绪，望了在座的长官们一眼，接着说：“东北是中国这个大公鸡不可分割的首级，国军来东北，目的仅是和共军争夺地盘不行，关键在争夺人心占稳脚跟，获得东北父老的信任，立足长远发展。因此，不因内战而重演‘九·一八’百姓望风而逃的局面。所以，应特别关注来东北主政的人是谁。现在看，张汉卿在东北人心中排头位。有人会问，为什么是这样？东北人有个毛病，一、最认窝里人；二、特爱叫真。东北人迫切需要他回老家将功赎罪，看看他曾说的‘以命补过’到底是真是假。

“东北人渴望民国成立后能立即废除《马关条约》，银子拿不回来，至少把霸占国土的那张破纸废了。但袁世凯和后任都让东北人失望了。一战爆发时，中国唯一的依靠——英美，无法制衡日本，国联是泥瓦匠，再加上民国贫弱，不堪一击，有心无能，只好一边高喊‘绝不做高丽第二’，一边签订了亡国灭种的《中日民四条约》，让日本人更加猖狂。在军阀混战的国情下，只张大帅一人顶着日本，例如拒绝日本修关东铁路，开煤矿铁矿，建兵工厂，向东北城乡移民等。东北父老并不喜欢蛮横霸道的张大帅，可他没让日本人在自己的眼皮底下膨胀起来，没让更多的东北老乡沦为亡国奴，坚守了中国人的骨气。因而也激怒了东洋，被东洋谋害致死。东北人都记着他的民族气节。”

“到张少帅，头功是顶着日本的压力，于民国十六年十二月二十九日降下了红黄蓝白黑的五色旗，挂起了青天白日满地红，实施东北易帜，帮蒋总裁击溃了各路军阀，统一了中国，结束了长期内乱，让日本‘关东独立’永远分裂中国的阴谋彻底破产。但张大公子也因此一跃而起，成了中国的第二号人物。但他面对日本的强势，并没如他老爹那样针锋相对，反做了不少苟且偷生的事，例如听信谗言，先后杀掉大帅的抗日干将杨宇霆、常荫槐和郑谦。后来的事实证明，投降日本的正是他信任重用的那些贴己。另外，他受‘若与日战，五日即可亡国’的悲观论毒害太深，‘九·一八’国耻之夜，竟沉迷在北平前门中和戏院的梅派唱腔中，接到急报后，电令是‘尊重国联和平宗旨，避免冲突’。因此使北大营万名将士被五百鬼子击垮，东北军与关东军之比十对一，却不战而溃，把200多架飞机、21艘军舰和日产130支步枪、年产41万发炮弹、300挺轻机枪、50挺重机枪、960门迫击炮和48万发炮弹，具备重炮加工能力的大型兵工厂拱手送给了日本，等同关东军一分钱没花就在中国建了个大型兵工厂，一夜由鸟变鹰，战力翻了10倍。而且大帅攒下的16万斤银行黄金和200万斤现大洋，俺东北人的血汗钱，过日子的家底，全部被小鬼子掠走，倭寇发了横财，大大鼓励了日本侵华的狂热激情。

“少帅当初曾幼稚地把日本的挑衅认定为局部小动作，不相信鬼子敢和兵强马壮的东北军过招。而事实是，就因他的政治偏见和堕落，及亡国论的泛滥，狗胆变鼠胆，不到五个月，致使东北全境沦陷，制造了百十个鬼子就能占领承德的国际笑柄。因此，国内群情激奋，国际对他也一片挞伐呼声。他这才认识到逃离东北的后果，承认自己与卖国没有分别，没脸再见东北乡亲，不得不引咎辞职，躲到境外，逃避国人的口诛笔伐。”

立国说到这里，本想言归正题，但却被司令突然扬起的手打断了，“‘九·一八’没过几天就有一首著名的诗传诵国内国外，我说前两句，你接后六句，并说出诗名和作者，你如回答对了，我才容你把没说的话说完，怎么样？”

不容立国回答，司令张嘴就说“赵四风流朱五狂，翩翩蝴蝶最当行。接！”

立国一听，毫不犹豫地接念：“温柔乡里英雄冢，哪管东师入沈阳。告急军书夜半来，开场弦管又相催。沈阳已陷休回顾，更抱阿娇舞几回。七言律，《哀沈阳》，作者，中国当代通才，政论家、文学家，马君武。但后来有人出来证明，当时张公子没和蝴蝶在一起。敬请司令指正。”

司令拿正眼看看眼前的年轻人，心想：“即便此诗天下共知，恐乡间也大多寡闻，看来这仔有些见识。”便笑着说：“你该回答的和不该回答的都回答对了，让我指正什么？还敬呢，有点言不由衷，虚伪。你如能克服虚伪的毛病，我允许你把没说完的说完。”

经过这番对白，立国真切地感受到这位司令的敏锐与才学，暗暗在心里琢磨了下对方“允许把没说完的说完”的潜意，安定了下心跳，不慌不忙地继续自己的待言。“一年后少帅被蒋总裁从国外招回，希望他能以西北剿共的成果弥补江西剿共的无能，及逃离东北的罪过，用实际行动证明自己与党国一心，不辜负总裁袒护。但人们从他归国后所有的言谈和作为看出，少帅成熟了老练了，眼界宽阔了，言谈的内容已不再是抽大烟打麻将和吃喝玩乐了，民族和国家的前途成了他意识的主导，像个政治家了。特别是他对不起东北父老的自责，和一再要求挥师东北，甘愿战死在抗日第一线，以告慰家乡父老的表白，让老乡深受感动，东北流亡学生代表探望他，亲见他痛哭流涕，欲言不能，相信他的情感是发自内心的。他后来的悲愤与忏悔，足以证明了他牵挂挣扎在日本法西斯铁蹄下的老乡的情怀。”

“俺东北人粗犷重义，秉性直来直去，在抗日大义上，民族气节不可丢，连那些拦路抢劫的胡子都把兽性改人性了，枪口一致对外。因此，家乡父老也就原谅了少帅，希望他再次出山，希望他一诺千金，用实际行动重新在东北树立起领袖的形象。”

“东北老乡很怪，给三句好话都能把肠子掏出来给你看看。他要不肯回来，党国手中不是还有个张学铭吗？我听说延安建议启用张学良。但党国把主政江西九年的熊将军派来了，他确实是老资格的功臣，我们相信熊将军一定会治理好东北。可东北人不熟悉他，了解还需要时间。现在是带兵作战和稳定人心两方面都要有所作为的时刻，时间紧迫，分秒必争。人家共产党已经启用张学思为辽宁省主席兼军区司令了，不管他能否到位，可这分明是在与党国争夺人心。我们说共产党不好，可他们的这一招却抢到前头了，你不得不承认人家是用了心计的，是从东北人的愿望出发的。”

“俺斗胆，可这是民意，不是一己私见。司令，上司您就全当俺是个站着说话不知腰疼的老百姓，如有不妥，赶出门去，留俺条命就行了，俺家里还有个年迈的老爹，俺这话一点也不虚伪。”

在立国说话时，秦泰一连几次暗示他不要再说下去了。可立国却越说越激动，根本没顾上看姐夫的眼色。

立国说完了，室内的空气顿时窒息般地沉闷下来，连各自喘气的声音都能听到，没一人敢斜视他。秦泰的双目一直在紧紧地注意司令的脸色，准备随时站起身帮内弟解困。其他官员包括司令的随从，一律低着脑袋，都在等司令部的卫兵会突然闯进门把这个不知天高地厚的乡巴佬逮走。

司令却仍坐在靠背椅里安静地眯着眼琢磨着什么，见立国不往下说了，又见部下们全都耷拉着脑袋不敢正眼看他，便在座椅里立了立腰杆，问："小赵，你的建议提完了？"

"报告，司令，我说完了！"他不再用"俺"字了。

"怎么又喊报告了？老百姓是不喊'报告'的。你现在又种完地了？怎么眨下眼的工夫就归队了？又不是老百姓了？你变得可真快！"

秦泰觉得司令话中的杀机已暴露无疑，两眼死死地盯着司令的表情。

可司令恰恰仍是一副不紧不慢不急不躁的面孔。

但众人却从司令的这席话里察觉到：这个赵姓的愣头青即刻就要祸从天降了。

这时，司令却不慌不忙地从座椅里站起身漫步走到秦泰面前，伸手抓住秦将军的腕子说："孔子说，己所不欲勿施于人。你能否把这个种地的让给我？交换条件是，尽快兑现我在火车站给独立旅的承诺。还有，凡是你的合理要求，包括个人要求，我一律尽力。另外，你只给这农民一个少尉？太小气，我给他个上尉参谋头衔，只跟我一人做事……"

"好了，我给秦将军10天的考虑时间，够不够？你要想好哟？切不要因为我比你多一个豆豆就有求必应，你不要不分真心假意，凡去你庙上讨药的都给，当好好撒药菩萨……"

又转而到立国面前小声问道："咱俩都姓赵，你能告诉我南京有你的眼线吗？不然你是怎么知道党国高层底细的？"接着他放大了声音，分明是让在座的都能受些触动，"亚圣孟子曰，知人论世。这四个字一可解释我要了解你，就应知道你这人的阅历；二可解释我想了解你，就要听听你对世事有无真知灼见，我现在急需后者。"

立国不知所措，一边摇头，一边荒乱地回答："我是个庄稼人出身，土气，直性，有话就说，不懂什么叫藏着掖着，望司令原谅，下次不敢了。”

“你如是下次真的不敢了，那秦将军就不必考虑10天了，现在我就可以告诉他，你赵立国不是真聪明，只是小聪明，成不了大事，仅是个小屁精。我看你是被这些长官刚刚制造的紧张空气熏着了……好了，跟我再历练历练吧！”说着，抬起手意味深长地拍了下立国的肩膀，说了声“散会，梅州人小气，本司令不设午宴，各位自便去。看来，今天只有本司令的收获最大。下次开会再见！”

全体与会者这才把筋骨放松下来，纷纷起立，目送司令走出了会议室的大门。

秦泰深深地缓了口气，转身抱住内弟的双臂，说：“走，你姐在家里给我们包饺子呢！”

各位长官和高参纷纷给独立旅这二位让路，把散场变成了夹道欢送。钱指挥还特意上前握了秦泰的手。刚才，他们只知道祸从天降，却不懂还有运从空来的时候，更不曾想过地狱与天堂仅片云之隔。

但仔细一琢磨，人家只不过是抢先说了自己心里早就藏着的话罢了，只是没人家那个胆儿，一念之差，天地之别，升官的夹道就被人抢先占了。

（二十二）

在返回的路上，秦泰一直用心在品味立国的那番不同凡响的言辞，“天下人都知道老蒋不会给少帅自由，更别说是重新起用他了，作为老蒋的嫡系，赵怎么能容忍立国当众夸夸其谈呢？他是什么用心？”

但立国却若无其事地冲着姐夫的耳朵扯着另个话题，“姐夫，说实在的，要不是陈子久恩师的开导，俺原来不知老蒋是干什么的，只对日本为什么要侵略中国这道题有兴趣。陈老师是大连人，父母去世后他弟弟投奔了延安，日本人三番五次让他说清弟弟的去向，他是为躲避鬼子才搬到乡下的，陈老见多识广，‘八·一五’光复后特意找到簸箕让我认真读读他的分析文章，对我的震动很大，越觉得日本侵华野心的膨胀与蒋公的抗日态度有极大的关联，相信历史总有一天会对老蒋的抗战表现作真实善述。”

“美国总统罗斯福早就对民国的抗战做了评价，他说，‘中国畏惧战争，闭关锁国。一个贪图安宁享乐的民族，在其他好战、爱冒险民族的进攻面前，肯定是要衰败的。’乍听起来有点刺耳，可你仔细想想，他恰好击中了老蒋的要害。”

“陈老师对老蒋的抗战提了七个疑问：一、张学良有19万东北军，都是经过军阀混战历练的，飞机大炮比侵华日军多出几倍，但为什么会败给补给严重不足的一万关东军呢？而且‘九·一八’的第二天，少帅还在梦里，‘九·一九’就把沈阳丢了，接着一个星期辽宁没了，三个月东北沦陷，创下世界丢疆弃土的奇迹。这是为什么？”

“二、宋哲元二十九军十几万军马抵挡不了日本八千四百兵，明知日本要把北平与华北分割开来，将东北和京津冀连为一体，巩固侵华阵脚。但南京就是不肯抵抗，步步退让，让倭寇看清了国民政府的胆怯和无能，仅一个月就占领了整个华北。是什么诱导弹丸日本敢如此胆大？”

“三、抗战期间有二百一十多万伪军帮日本打中国人，如包括城乡伪政权、伪警察、特务、商会、维持会、保甲长等各类汉奸，帮倭寇迫害国人的人数约千万以上，而这些人都是中国人用自己的血汗供养出来的，超出侵华日军和非军事人员总数的十几倍，对同胞甚至比鬼子还狠毒。更具讽刺意味的是，国民党的二号人物汪精卫，中宣部长周佛海以下20

多中央委员，近60个师旅长卖身投日，军队成建制哗变，最先当汉奸的曾在段祺瑞政府当过财政部长的王克敏，为争抢谁对日寇的贡献最大，竟与汪精卫狗咬狗内讧，可耻之极。请问这是民族的悲哀还是国民党的悲哀？这种让全世界耻笑的恶行为什么会发生在中国？我们的文化有没有问题？”

“四、日寇从‘九·一八’到大规模入侵，中间相隔十年零三个月，请问这十多年老蒋都干什么了？准备了10年还怕日本人，且不堪一击，请问他都准备了什么？罗斯福骂错了吗？”

“五、不讲东北，仅从‘七·七’事变算起，中国抗战都打了四年五个月了国民政府才正式对日宣战。宣战的背景是：1941年12月7日日本‘偷袭珍珠港’，第二天八日美国对日宣战，九日老蒋才跟着宣战。老蒋自以为高明，其实不仅是日本看不起咱中国人，连反法西斯同盟国都瞧不起咱。可见老蒋的抗日心态是多么复杂，和爱国大众宁死不屈的抗敌意志恰恰相反。”

“六、中国最富饶的土地已经沦陷，经济中心上海丢了，首都南京没了，出海口全被占领，包括战死的，全国已被屠杀了50多万人，国家都这样了，老蒋还心存侥幸，渴望日寇不再西进，别砸了他的交椅，口头慷慨激昂抗日，心里却另有打算，一边抵抗，一边妥协，一边寻找退路，至少三次派员与日本政府和谈，孔祥熙给日本外相宇恒一成的承诺是，‘满洲可以独立，同意内蒙设立特殊地区’，如没有老蒋点头，孔敢做这决定？为什么没谈成？因为日本坚持要老蒋下台，让汪精卫主政。肮脏之极，他现在敢把这黑暗公诸于世吗？他还抗日统帅吗？”

“七、据社会学界粗略统计，不算甲午战争和东北沦陷，仅八年抗战中国就伤亡了3500万人，按三七年汇率折算，直接经济损失达一千亿美元，间接经济损失五千亿美元，等于‘卢沟桥事变’那年国内生产总值的43.8倍。他为什么不肯把这公诸于世？怕国人找他算后账？怕污了他英雄抗日元首的面子？而英美在二战刚一结束就把战争损失告知了全世界。”

“张学良出卖东北唯一的历史性创举是张杨西安逼宫，不然老蒋会继续蒙蔽国人。当年，堂堂一个国内生产总值占世界三分之一的大国首都，竟被一万九千八国联军10天就占领了，慈禧还恭恭敬敬给火烧圆明园、抢劫紫禁城的强盗赔四亿五千万两白银，等于全体国民分文不留，白给外敌打了两年的苦工。老蒋的所作所为和慈禧有何区别？”

“是陈老师让我懂得，国民党总裁和国军统帅竟是个灵魂可出卖的绝大的投机政客。我时常想，历史总是喜欢拿平头百姓的命开玩笑，怎么能让人前冠冕堂皇，人后诈三谲四的山大王坐上皇位？一说这个，有人就装模作样出来解释，‘是特殊历史环境和条件的必然’，把平民百姓解释得目瞪口呆。我说不对，根子还在国人缺少现代文明素养，尤其那些自称头脑清楚的。”

“你陈老师这七个疑问太尖刻了，出乎常人所料，不研究学问根本想不到这些。六点疑问把蒋总裁在我心中还存留的那点印象彻底颠覆了，这也是我多次拒绝入党的根本原因，但我从来没这样透彻地思考过。给我点时间，让我好好回味一下你的话。”秦泰绷着脸继续问道：“如此说来，你对许多世事都有深入的见解了？那你对赵公武刚才鼓舞士气的言谈怎么看？”

“赵司令侃大发了，把想入非非也当例证脱口了。什么拿豫鲁开刀？我看是瞎子点灯白费蜡了，又要草菅人命，人命成了他们手里的政治石头，可随便撇。老蒋要剿灭共党的大决心大行动如加上这次，总共六次了，小动作已不计其数。你看——”立国掰着指头数着，“一、‘四·一二’国共彻底分裂，全国同时绞杀共党；二、湘赣五次围剿，逼迫红军北上；三、长征围追堵截，红军损失八成；四、是民国三十一年七月初胡宗南第一次进攻延安，总裁调集了40万军队统归胡指挥，欲以10倍于共军的兵力打闪击战，结果，情报泄露，延安立即向国际社会公布了老蒋破坏抗日统一战线的行为，让全世界都知道老蒋是打内战第一，抗击日寇第二。美国急了，逼老蒋撤销了凌晨军事行动。胡要不是老蒋的嫡系，他早就上军事法庭了。中共怎么能知道那么机密的策划？人说泄密者就在胡宗南的身边。据说胡当年在黄埔对周恩来十分敬重，交往颇深，他会不会把几十万军队当礼物送给周老师都难说。当然，不可否定，胡是一心抗日的猛将，为此连老婆都不找了，因此，总裁才更加包容他。”

“再就是头年9、10两月，重庆谈判还没完，老蒋为逼迫毛泽东接受他的谈判条件，在上党、绥远、邯郸发起三次试探性挑衅，但全打败了，这算第五次公开动作，总兵力十万以上，说小也不小。从《双十协定》达成后到现在，老蒋已秘密策划半年了，该出手了。这就是刚才赵司令传达的战略部署，第六次剿共。据外电揣测，这次规模很大，司令不敢细述，怕泄密。说老蒋很可能让刘峙领兵在河南围歼八路，胡宗南仍在西北，战场离他最近，外部策应少不了他。但结果怎样不容乐观。看近期报纸上的老蒋情绪，确实是满脸信心百倍的样子。要我看，国军欲一役拿下中原和鲁西，然后大踏步进攻东北的设想，肯定是空想……”

“还有，赵司令说人家共军打内战抢地盘。这不是事实，在毛泽东去重庆与老蒋谈判前，蒋就抢先策动阎锡山出动两万军队攻打山西长子和长治。但人家老毛没计较，还是接受了邀请。可老蒋不太仗义，刚和毛签了两党合作的字据，就在嫡系部属中散发《剿匪手册》，反说共产党不守协议，调派几十万军队攻打张家口。现在又要把剿共的中心移往豫北和山东。另外，苏联与老美一直有矛盾，苏共虽然看不起中共，但目前在中国还找不到一支力量代替中共，不得不在暗里和中共沟通，偷偷支持共军开往东北，说四省的中心城市都可移交给国军，只大连不可。这分明是用历史遗留作借口给中共留着备用，那可是东四省的海洋门户啊！如再把广大乡村让给共军，就像抗战的华北八路那样，如鱼得水，可充分发挥他们的长项，以乡下村镇围困城市，切断交通，让国军断粮断水，腹背挨打。姐夫，你可得留个心眼啊……”

立国说到这里，歪头看了眼秦泰，见姐夫正在仔细地听着，便继续说：“你研究了没有？毛泽东他们可比老蒋高明。老蒋年轻时就在上海大世界里转游，意识里只认城不认乡，只信帮不信众，离开城市和帮派就玩不转了。去日本留了趟学，还被吓着了，恐日症久治不愈。可人家老毛那些，除了周恩来几个人熟悉城市，其余的几乎是一群乡巴佬，最多住过几天省城，反正光脚不怕穿鞋的，笃定和小鬼子死缠硬打到底，如今已是经过生死考验的中共了，在政治上已把老蒋看透了。”

“老蒋还忘了一条，中国的城里人全加起来也不到一成，你就是只猛虎也架不住 10 条饿狼。再说了，粮食都在种地人手里，中国又十年六荒，断你个八月吃的，饿也把你饿死了，还用放枪吗？前几年小日本到咱簸箕里抢粮，把各户翻了个底冲天，愣是一粒米都没摸到，老百姓把粮食藏到海边悬崖的石洞里，狼狗都爬不上去，他不告诉你你上哪儿找去？可抗联一到全变了，二话不说，主动贡献。”

“要我看，老蒋斗不过老毛那帮子。何况人家已抱成了团团。而老蒋这边，人倒是不少，但七股八叉，搞什么督军、军统，你盯我我盯你，像抓贼，哪里是革命？互不信任，分而治之，逼人只能靠着老蒋取暖，不得不忠，山贼意识，能干什么大事？”

“参军才几天，你是从什么地方搞来这种不清不混的消息的？不能乱说，军统无孔不入，要掉脑袋的。你要是出点事，你姐能饶了我？”秦泰怕内弟放肆，用冷话刺激立国，但心里却是十分佩服立国的分析。

“你忘了，我不是会点儿日语吗？我一直拿旅部的无线电听日语电台，他们虽然战败了，可现在和以前不一样了，有些评论很客观，转报一些国际评论也还真实。对了，日本现在被老美占着，罗斯福曾建议老蒋也去占个地儿，蒋公只琢磨抗战后如何剿共，对日本没兴趣，怕分心费事，真的鼠目寸光，不配做政治家。现在日本的广播都替美国说话，我听了很多国际上对中国和朝鲜半岛形势的预见，觉得很有道理。还有，司令说得对，杜鲁门确实对老蒋不太感冒。我可不是那种乱说的人啊，有关信息你尽可参考，放心吧！”

“你在赵司令面前说的那番话，差点把我急死吓死。但谁都没想到，司令不仅认真听你胡说八道，反而还欣赏你，真是万幸。可见，赵公武的城府是多么深了。”

立国抹了下嘴巴说：“俺陈老师说，人生只有大起大落才有故事，今日大红明日大黑才有惊险，就像俺那口子，是大起大落的典型，把命都送人了，押错了宝，写本小说能引人入胜。可话又说回来，人想平安也容易，一辈子装傻，得过且过。我不愿听司令胡侃，想用真话提醒他要注重民意，我的那些看法都是民意，我不会公开反蒋，我的话反而对他们有益，用心是积极的，老蒋和张学良把东四省都能丢掉，凭什么连庄稼人的两句话都容不下？书里说有些高等级人物做事往往很不仗义，仗义的反而是平民。不过，据我初步观察，赵司令可能不是那种高级小人。”

“你不知‘若与日战五日即可亡国’这话是老蒋说的？你不是胆大包天是什么？你含沙射影讽刺老蒋，连我都听出来了。还有，谁不知道少帅被扣押是因华清池捉蒋？并与延安暗通？你暗赞张学良武力逼宫，把刀放在皇帝的脖子上是什么罪？反叛。所以，赵司令越是夸你，我就越心惊胆战。在他们眼里，你不就是连只蚂蚁都不如的臭虫吗？用不着抬脚就可把你踩死。”

“再说了，你是个贫贱出身的草民，怎么能对党国大事指手画脚？哪有你的份？要张大公子出山，那不等于拿刀子捅老蒋的心口？老蒋对西安兵谏一直耿耿于怀，它虽促成了全国包括中共和军阀一致承认的领袖地位，联合抗日，解除了蒋无法独揽大权指挥全国的心病，但因此也做大了中共，至今变成连美国都不敢忽视的唯一可与蒋抗衡的政治力量，尾大不掉了，他的心病更加严重了。你说，他能不恨张学良和杨虎城？我想，随着中共的日益壮大和他强势的逐渐消减，他会越加痛恨张杨。”

“我说句实在话，北平人不喜欢张，他重《亡国论》的毒太深，说明他缺乏战略家的判断力，临阵脱逃，‘七·七’卢沟桥事变虽发生在宋哲元的身边，但张学良也难辞其咎，是他把洪水放进了山海关，让北平和华北的人民早早就陷入倭寇的魔爪。他如抵抗，凭实力，肯定能打败关东军，那日本的主和派就会占据上风，就不会有日军兵临北平城下，和连我们反抗都措手不及的局面了，至少可把华北沦陷的时间向后延缓几年，让我们的抗击准备充裕些。老蒋之所以没砍张的脑袋，是因为第一夫人和陈诚等帮蒋权衡了杀与不杀的利弊，为收买人心和进一步巩固自己的统帅地位，他不得已而为之，并不是结拜义气和蒋的心胸多么宽阔，他根本就不是大量君子，他的大度是装出来的，是马屁们拍出来的，谁不知蒋是君子报仇三天不晚的主儿？”

“历史上连亲兄弟都为皇权争斗砍杀不止，又何况蒋张之间仅是互相利用的连接？所以，他和他的心腹能容忍你这种说辞到处传播？军统那些流氓能放你一马？他们连我和独芳行军结婚都一清二楚，戴笠摔死了马上就有第二个戴笠出来接替，甚至比前个戴笠还坏，多大的司令都怕他们，你惹那火烧自己的身子有意义吗？匹夫之勇不是真勇。”

“人生在世还是多几个心眼儿好，莫去做无益的牺牲，年轻义气不适合当下的政治环境，是险隘，如今不讲善德大道，是人心隔阂最深的时期，是相面术最掉价的时期，现在只讲宗派党羽利益。因此，他们越觉得政治危机就越加穷凶极恶，这是集权政治最后的挣扎。所以，你想要的大起大落经历还有意思吗？你不要，它会硬塞给你。你还是政治幼稚，图嘴皮子一时痛快而死，或下大狱，不但没人理解，甚而还会有人往你坟上撒尿，让你的尸骨都沾上臊臭，坟头会遍布屎渣，而那屎恰是不知所以的老百姓拉的。”

“姐夫，据外电报道，张杨兵谏能和平解决的这笔彩恐还得往斯大林身上抹。斯说张公子是小人，他要搞西北独立，让中国分裂。所以斯才急电中共务必和蒋结成抗日统一战线，不可助长张的反蒋气焰。当然，斯有让中国拖住日本的小算盘。但从对法西斯各个击破的角度看，斯的主张也是大战略的组成部分。什么老蒋大度，谁谁英明，都胡扯。赵司令今天只有一个表现让我不懂，他为什么用《哀沈阳》来考我？”

“他是在提醒你，东四省的沦陷责任不在老蒋，而在张大花花公子。你以为他在夸你的天赋？还有，你注意了没有？他根本没冲你直夸，而是转向我要你去他那里。这种夸是打破常人思维的，比当面叫几句好的分量重了百倍，你能不感动？但他越是这样，我越觉不安。当然，他可能是真的欣赏你，也可能是假戏真做。你再看看那些人，对咱低潮高潮的态度变化，全都跟着司令的情绪在起伏，什么是与非？统统是伪装，人性的暴露无一遗漏。”

“宋美龄不是一直在倡导言论自由吗？他们为什么说一套做一套？”

“天下最不讲诚信的就是政治，所以，你要介入政治就要学会善于说一套做一套，先把人心钓住，选票够数才叫合法化，至于是骗来的还是赢来的，谁给你裁判？至于合法以后怎么干，那就另回事了。他坐在金銮殿上你骂他，他肯定要用权力打压你，直到让你消声灭迹。你看看中国历史，哪朝哪代不是这样？袁崇焕功高压皇，皇便用最残忍的刑罚处置他，小人一片呼好。”秦泰长叹一声。

立国这才低头想想说：“是的，姐夫的见解很深刻，很贴切中国的现实，我涉世不深，以后听您的，凡事多提醒我点儿。不过，这个赵司令可是个有学识有脑子的主儿，他嘴上说得是否是他心里想的，很难预知。”

“怕是没有几个以后了，司令已经盯上你了，他给我10天思考时间。

你那么懂事，也知道你这同姓狡猾，应学会三顾而后步，多思而后言，自己保重自己，他要你当参谋，你该首先学他的政治术，今后凭战功提升官衔的日子怕是没了，竞争的条件只剩狡猾了。你不要让你姐为你担心，临走时老父亲把你委托给我俩，你自然不觉有压力，可我俩的责任大了。”

“姐夫，他答应的装备可是硬条件，10天内他能兑现吗？我有句话不知该说不该说？”立国突然改变了说话的语气。

秦泰感觉刚才的冷水泼得很有效果，他知道收敛了，便瞅瞅立国才说：“我看他10天内根本办不到，这期限对老美没用，咱装哑巴，不回应他……哎，你怎么变了个人？随意说呗？我也不能把你怎样？”

“嘿，刚刚跟你学的想好了再说，我有种感觉，赵公武一定是摸到了我俩的关系了，他是在用拴马拉车的手法圈拢亲信，他看重的并不是我，我仅是他钓鱼的钩子，他看重的是你那两千多兵。现在虽归他调遣，但还称不上嫡系。他正在为收复东北后的个人前途做铺垫，他利用了你，但你还得感激他。所以，即使他兑现了承诺，我也不想去他那里，总觉得他是搞政治伎俩的，奸诈野心藏得很深，有种说不出的为政治欲望而绞尽脑汁的劲头，我不喜欢。还有，我影影忽忽地觉得他同军统可能有某种不让人知的关联。”

“立国，我们对人总是以黑白辩是非。可人家赵司令是以利害处远近。你有可用价值，人家对你没看走眼，只能说司令高我们一筹，咱要学着点。在他的卵翼下你还能升迁，但要坚持把心机用到正处。记住，不管他用心如何，人生的历程就是一出精彩的戏剧，对咱来说，作为角色，想演出成功，你就要重视人生很特别的经历，而特别的经历必是特殊的磨炼，这种磨炼有时会使你痛苦不堪，但要忍耐、坚持。人的成熟是磨炼出来的，不是生来就有的，忍耐和坚持是种很闹心的磨炼与陶冶。我这说法似乎和你说的大起大落类同，但出发点不同。司令打了许多大仗硬仗和胜仗，他本该早就是三星了，可他决不让人看见自己的心里。这也是军中一种特别的软较量，他那里必定是个权与利的角斗场，你要细心观察这个老主角的表演。人生在世，有机会去玩玩也好，只要你是个有心者，学会并能熟练掌握保护自己的技巧，一定会有长进，起码是长了见识，开阔了人生的眼界，这同战场一样，保护自己就是为了打败对手，因此保护自己就成了胜利的第一要素，你不会保护自己，子弹和刺刀就会穿过你的胸膛。对此，张虎做得最好，在这一点上，他是我的老师。”

立国听了姐夫的这番极富哲理的告诫，敬重地瞅了瞅对方的眼睛，而后便陷入了沉思。

吉普车在不知不觉间就进了独立旅的营区，两人从狭窄的车窗玻璃往外看，都晌午了，各营仍按旅长的部署以连为战斗单位在抓紧训练新兵，有的在卧倒、爬起、冲锋，有的在面对面地突刺，或徒手较量……两人虽没说话，却同时在想：可怜的穷家孩子啊，你们正为一场不是你死就是我活的内战在做着准备呢，人家挣的是帝位，你们挣的是什么？是饭碗？是更好的活着？但愿在真的战场上你们能活着回家……

立国收回目光，心里琢磨：“姐夫让我当兵是出于好心，司令要提携我是给我机会。但形势可能不会按个人愿望发展……我该怎么应对呢？”

秦泰端坐回原来的姿势，轻声念道：“从现在起，我必须想个万全之策……”

立国说：“你的万全之策不是已经有了吗？”

秦泰说：“我还没认真往深里考虑呐！”

立国说：“旅长过谦了，那你在司令面前说独立旅是不懂事的娃娃干什么？”

这时，司机问：“咱们去旅部？”

秦泰想了想兴奋地回答：“咱回家吃饺子去，你也尝尝，评价一下你姐的厨艺！”

（二十三）

小虎被军管站勤排长提前送上了火车，车厢里空荡荡的，没半点人气，孤独清冷的气氛让他局促不安。而恰在这时，一股凉飕飕的阴风从车厢的北头冲入，再从破损的车窗挤出，“嘶嘶”的怪叫让小虎觉得头皮倏倏发紧，莫名的恐惧立时压迫了他的心胸。为驱赶惶恐，他故意把地板踏出声响，来回走了两趟想找个安全感强的地方坐下，可一连坐了几处都不觉踏实，索性又回到刚进门的角落里，有意缩着脑袋坐低一些，并回身拍拍背后竖立的木板靠壁，“子弹没法穿透”，这才缓了口气，“好了，还是这儿安全。旅长，阿姨，你们就放心吧，张叔叔是俺的贵人，俺一定给爷爷奶奶磕几个响头再回来……”

半个时辰过去了，静谧的站台突然嘈杂起来。小虎趴着窗角透过玻璃往外瞧，只见人们大包小袱拖老带女地挤过检票口，又蜂拥着向车厢冲来，有人腿脚不便，摔倒在水泥地上，后边的躲不及，或被绊倒，或踏着躺倒的人往前奔，有的不知东西南北的在站台上乱撞，呼叫和哭喊搅成了一团。站勤吹着哨子堵截，士兵横枪阻拦，但寡不敌众，很快就被人潮淹没了，如不开枪震慑，谁都没法制止无序的人群，有的士兵连人带枪被挤到车厢旁边，有的见势不妙赶紧躲到站台立柱或墙根后边。

人群很快互不相让地拥到车门口挤成一堆，这时，火车头却突然鸣响了汽笛，“呜呜”的吼叫更让人不知所措，有人干脆砸了车窗玻璃往车里爬，即使被碎玻璃划破了皮肉也不放弃。棉衣肥大的人被窗户掐住半截身子，便哭号叫外面的同行愣往车厢里塞，进了车的又在呼天抢地地寻找亲人或抢占座位。

小虎被眼前的情景惊得目瞪口呆，他从没想过人还会潮水样的撒野，势头比海边的冲浪还要猛烈，便把自身紧缩成球球，恨不得找个缝隙能钻进去。有人嘶叫着用力地在车外拍打着他身边的车窗，他搞不清那些人到底想要他干什么，吓得双手捂着腰间的包包，哈着身子看能不能把自己藏到座位底下。

这时，他头顶的车窗被刚刚挤进车厢的一个黑脸大个猛地抬起，一股凉风冲进车里。接着，车外的一条腿就从窗口伸了进来，而后一只重重的靰鞡便踏到他的背上，小虎本能地挺起腰杆，那人的脚还没来得及踩实，身子一晃，便跌进座椅之间的地板上。抬窗的黑脸大个像拎鸡似地迅速抓起那人，不由分说就把他按到小虎的身边。小虎以为那大汉和被摔倒的人会对他动粗，结果俩人坐定后都“嘻嘻”地对着他乐，还喃喃地说：“多亏你给俺占了个窝，俺们走了几天几夜，要是站着，那可就屁稀了，嘿嘿！”

小虎觉得莫名其妙，心想：“谁给你占座了？臭美！”他粗略地瞄了眼对方，“看来他俩不像是坏人。”接着又有几个破衣露棉的老人也挤到座位上，小虎只好让身子紧贴着车帮，心想：“不管你再怎么挤，反正我在最里边，这样反而还稳妥安全了。”他把手交插到袖口里压着裤腰带，开始回思旅长的告诫，“俺一定不说话，决不让身边的人摸到自己的来头。”

他终于有了仔细端详每个人脸的工夫了，但不敢直瞅，只能眯缝着眼睛扫视。他觉得眼前的每个面相都让人害怕，特别是身边踩过他后背的矮胖子，眉头上长个酱紫的疤瘌，让人不得不把他和行凶放火联系起来，外加一脸的灰土，手背上的污迹厚得能成张的揭掉，看样少说也有半年没沾过水了，喘气“呼呼”响，比猪的呼噜还粗，满嘴一股倒胃口熏脑子的烂肚子怪味。

小虎觉得很是倒运，自己担负着旅长的重托，怎么会与这么一些人坐在一处呢？“我的点儿不会那么背吧？”他把脸扭向车窗，有意躲开旁边人的眼睛。

火车逢站就停，“呼哧呼哧”的好像很累，也没人报站，每次停车人们都挤着把脑袋伸到窗外看是什么地儿，大半天过去了，给人的感觉好像仍刚刚离开沈城，而且只上人不下人，车厢的过道都水泄不通了，上车的人仍喊着号子往里挤，搞得火车一停就是几袋烟的时间，没法，只好“呼哧呼哧”喘着粗气慢慢启动，只有如此，年岁高的挤车人自然就靠不了近前，胆小的必然得退到站台上，胆大的在车门上挂久了，浑身疲软了，不得不放弃吊挂。为减少伤亡，站务人员用喇叭筒扯着嗓子不停地喊叫，“注意！别掉到站台下！死伤概不负责！自作自受！”就这样，刚刚提起速度的火车，在不知不觉中就到了下一站地。如此往复，没有重样。

黑大个坐在小虎的对面，独霸着狭小的茶桌闷着头呼呼大睡。那矮子困得东倒西歪，动不动就把头靠到小虎的肩膀上说梦话。小虎光顾着闹心了，没半点犯困的意思。“都是火车，这车怎么不像旅长拉我们的那趟，从那趟车的窗里往外看，路灯像贼星一样，一流火线就过去了。而这趟，比拉犁杖的老牛快不了多少。”他想找车厢服务员问问到底什么时候能到天津，可服务员只在沈城起动时露了一脸，就再也没冒过头儿，也不知他们还在不在车上。小虎唉声叹气地耐着性子熬时间，每逢停车就暗暗在心里骂那些车下的挤门人，“穷折腾，这冰天雪地的，没事四处蹿腾个屁，在家里待着多好！是叫钱给烧得吧？”可他瞅瞅身边的几位，不像叫花子就像躲债的。再望望别处，清一色的破衣烂衫，不洗不换，汗泥臭味塞满了车厢，相比之下，他反倒庆幸自己刚洗过热水澡。但想想马上又纳闷了，“他们都是和俺一样的穷人，不在家里准备春种都往外跑，是东北要出什么事变吧？不然怎么会这么没命地窜腾呢？穷人可是总拿‘儿不嫌母丑，狗不嫌家贫’这话指教孩子的。俺娘就老是把这话挂在嘴上！”他反复寻思着，但总也得不出个答案。索性把头靠在窗框上，两手按着腰包，闭着眼睛养起神来。

这时，黑大个因为一个呼噜没打顺溜被憋醒了，慌张地抬起头瞪大眼睛问："车到哪儿了？俺睡过站了吧？"见没人搭话，便伸手捅了下矮子，"俺问你呐，哑巴了？你？"矮子被捅醒了，擦了把嘴角上的哈喇子，慌里慌张地直了直腰，喊着："干什么？谁打俺了？"黑大个嘻着嘴回道："上车前还吹，没觉，最爱站岗放哨了，俺还以为是真的，你不是几天几夜不睡都精神吗？结果比谁都睡得死性，哈喇都淌地上了，怎么，梦着花姑娘啦？馋的冒汤啦？"

坐在一旁的老人听了嘿嘿地笑了起来。

小虎仍闭着眼一边听他们斗嘴一边琢磨："人还真是会穷乐，穷惯了，不找开心就得憋死。娘说的真对，穷人是天不怕地不怕，就怕没嘴说脏话。这几个的棉裤都破得快露屁股了，还有闲心逗闷子。"

他本想偷眼瞅瞅那俩人，可旅长的话又在他的耳边响起，"不管你遇到什么人，都要保持一定的距离。"他只好继续闭着眼睛想自己的事。

张虎的样子再次浮现到他的眼前，"张叔真的被调到南京去了吗？他怎么说走就走了呢？连个话都没给俺留下？俺娘把她刚攒下的两个鸡蛋都煮了，还跑了很远的路给送来，两个鸡蛋，大嘴两口就吞了，拿去换米能让妈妈吃两天饭……她嘱咐俺和张叔一人一个，俺想都留给张叔，可又找不见他，看来他是吃不到了。行军路上俺差点摸出来吃了，昨个想给阿姨他们尝尝，可一看人家那日子，甭掏出来丢人现眼了。那俺就捎给爷爷奶奶吧，替虎叔孝敬下老人。带在身上都好几天了，快坏了吧……"他把鸡蛋捆在肋下紧贴着热肉的地方。"这样不好，会坏得更快。"但当着眼前这些人又没法挪地儿，便无奈地动了动上身子，闭着眼继续想自己不愿中断的思绪。

他想起那天张虎领他去团部路上的情景。张虎拉着他的手，边走边捏着他的手指和手背，那种感觉是他从来也不曾体会到的，温暖、亲切，充满了爱抚，让人能享受到父母给儿女的那种亲情。可娘只能终日劳累，一到夜里，困乏得什么都顾不上了，醒来时，面对孩子总是一双泪眼。至于爹，从儿子降生那天起就没见过几面，孩子大了，知道想爹了，可爹已经永远回不了家了。尤其是兄弟俩做了长工以后，整日看得都是人家的白眼，自己尽管尽心尽意地干活，可在人家眼里，为找克扣工钱的理由，俺从来就没做对过一件事，没听过一句夸奖。但他们家家都摆着佛龛，天天烧香跪拜，口口声声念经行善，却总找茬闹俺的别扭。尤其是一到吃饭时，你刚端起饭碗，人家必定出现在你的面前拿眼角盯着，虽从不说你少吃点，可那神情，凡有脸面的，你怎么吃得下去？只好吃个半饱就放了筷子。但刚撂下碗他就分派你一大堆活儿。只有年根儿背着一年的工粮回家了才知道，尽管破屋再穷再冰，还是家好，只有在娘的面前，俺才知道自己是个有人疼爱的孩子。

想到这里，小虎只觉得心里疼痛，仿佛望见了娘那骨瘦如柴的背影，还有哥哥疼弟的表情。“说是哥哥，但他只比俺早见了一会儿人世，和俺是一样的身子骨，人都说一产双子该喜庆，可反把爹妈愁得直流泪，怕养不活辜负了天意。”

小虎想起张虎当时的话语，“你看你这小手黑的，本来就吃不饱，还把吃的都弄脏了，肚子里长了虫子，你吃下去的又都让虫子吃光了，所以你这么瘦，还肚子疼，你受不受罪？”小虎望着张虎的脸孔，心在琢磨，他不光能当兵当官，还能当看病的先生，他说对了，俺总肚子疼，有时疼得打滚，看不起病，可疼完了就忘了。他想把手抽回去，可张虎不肯放开，说，“不怕，等你入了伍，我帮你用热水多泡一会儿，退层皮就干净了。有虫子也不怕，咱有军医，吃药不花钱，新兵一入伍首先得打掉肚里的蛔虫，不然它闹腾起来，你连打日本的枪都放不响。俺泡手时他蹲在旁边看着笑，说当年他泡手时团长就这样瞅他……”

“日本不是投降了吗？”一直沉默的小虎忽然问了句。张虎笑笑，“你看，我真是的，还一门心事在打日本。你真聪明，提醒了我。”

“那俺当了国兵以后去打谁呢？”小虎又问。张虎觉得这孩子实在是不像个乡下人，他竟能提出这种出人意料的疑问，便回道，“当兵的要随时随地准备上战场，但也可能你当了一辈子兵，连个仗影都没看见，不打仗国家也得养兵，你没听说书打鼓的唱‘养兵千日用兵一时吗’？不急，等你进了兵营，这些道理慢慢都会懂的。”小虎羡慕地望了一眼牵手人。

“唉？你娘总喊你二蹬，多不好听。那你哥一准叫大蹬或一蹬是不是？”“俺哥叫大蹬。”“蹬，就是蹬腿，太不好了，你得有个真名啊！参军得登记你的真名实姓啊？还要按名给你发军饷啊？”张虎停下脚步看着二蹬，二蹬摇摇头，表示没有名字。张虎知道他不可能有名字，自己也是到会数数时才有的，父母顾不上给光腚的孩子起大名，起名离解决饿肚子难题还远着呐，不到非得要用的时候，大人想不起这个，有的人一个小名叫一辈子，到死也没个大名，二蹬也必然是这样。

他同情地拍拍二蹬，望着庄北的山林自语着，“这样好不好？我叫张虎，你就叫小虎，好记，前面再加个姓，余小虎，你看怎么样？咱到团部见了长官你总得有个真名大姓啊？”二蹬跳起来抱着张虎的脖子对着他的脸亲了一口。

“那这么说你同意了？那你娘呢？”张虎问。“俺娘巴不得有个贵人能给俺起个名，今儿个一回家就告诉她俺有名了，是张叔叔给起的，那她还不高兴死啦？”小虎又蹦又跳。“真有你的，小虎就跟我了，我走到哪儿就带你到哪儿，从此咱俩生死不离，再加上秦团长，他可是个好长官，我俩是生死之交，你参军后可要帮他多长个眼色，知道不？”张虎摸了一下小虎的后脑勺。

“秦团长什么摸样？吓人不？能和你一样对人好吗？”小虎疑问。“嘿嘿”张虎笑着，“他可比我好，高高大大的，有文采，有谋略，勇敢，外加两肋能够插刀。我能看书写字都是他把着手一个字一个字教的，可耐心了，那还是在打仗的时候呢，容易吗？我就记得他的一句话，没有文化就没有出息，也争不了祖宗的气。你可要努力哟？不然我比团长还要厉害，天天不饶你，记住啦？嘿嘿！”

小虎清楚地记得，张虎在说起旅长时，全身心都充满了感情。如今俺就在旅长的身边，感觉和张叔叔介绍的一样，他们俩都对穷人好，仗义，还讲交情……

小虎正沉浸在忘我的回忆之中，突然觉得下腿被谁踹了一下，他睁眼见是黑大个子正和矮子在啃棒面饼子。饼子很硬，能看到刚啃完的白色牙印，两人像受过训练似的，都一只手拿着饼子，另只手接着嘴角掉的细碎，很是节俭。“哥们，你不饿啊？都下半晌了，呐，你要不嫌乎就啃这块儿，一路逃的，靠得这么近，你连个声都不吭。”他从腿裆间摸出半个饼子递到小虎面前。

小虎没想到这人样子虽然粗拉，面相也不中细看，可心数还不错。便笑着推辞说：“俺不饿，你吃吧，那么硬，别伤了胃口，嚼烂点儿，不消食，夜里会窝心。”

黑大个听了收回饼子，小声嘟念着：“哼，小白脸，还挺娇气，看货色你不是和俺一路的。”

矮子没注意黑大个说了什么，接茬道：“这还是俺全家人的救命面呢，俺知道等把大个子的饼吃完了就该吃俺的了，俺也知道这硬家伙伤胃，俺这胃口本来就是个破袋子，没线缝，整天汤水地漏着，难受死了……你说这人要没有胃该多好，不知道饿是什么滋味，就不必满世界折腾自个儿了，为口吃的当人下人……”

黑大个用脚尖拨了下矮子，说：“净说屁话，没胃你不就死了？”

矮子嘟囔了一句：“这活着还不如死了，皮肉累筋骨累，心他妈的更累，整日天不天地不地的，饥荒不断，草都枯了，还他妈‘税的费的’，一会儿南满，一会儿民国，一会儿鬼子来了，一会儿共产来了，一会儿国军来了，走马灯似的，今天打明天闹，拿枪的都想当草头王，没见有这样屁大个工夫就改朝换代的，就他妈的老百姓不当东西，没个安生的时候。这不？俺刚把亡国奴那张皮脱了，本指望着拉家带口地好好种地吧，说又要打仗了。嗨，当个中国人可真难啊，俺爷爷活着的时候说，从他爷爷那会儿就开始过疯年，一直过到今日，快一百岁了，还在折腾……哎，天老爷诚心让俺落生到这个鸡巴地方，咱也不知人家外国是什么样？”矮子说着说着就像突然想起了什么似的，瞪着眼四处寻视。

“外国什么样？你隔壁就高丽，穷的比他娘个屄还屄，你没看见？”黑大个边啃边说。

自矮子从车窗爬车起小虎就打心眼里瞧不上他，可想不到他还会说些正经话，看来这矮子比黑大个懂事，不，黑大个说的也在理。“他俩是什么关系？还先吃他的后吃俺的……”

坐在黑大个身边的老头听了矮子的牢骚话，精神也振作起来，问：“你念过书吗？”矮子摇摇头。黑大个见老人睡醒了，又把那半拉饼子递向老头。老人摇头表示不吃，说：“我的牙口啃不了啦，眼馋你们这个岁数啊，我在你们这个年龄时，一张嘴连铁饼都能咬掉半拉。”

黑大个和矮子听了都笑起来，笑得手里的饼渣都撒落了。老人提醒说，你俩光顾开心了，把好不容易接起的金面渣都漏了。

小虎凭几日在旅长身旁的见识，一听老人张嘴的语音和语气，断定他不是辽南人，且别看他穿得破烂，背相肯定是个识字读书的，还可能当过教书先生。

因为老头的搭讪，引逗的矮子很想把心里的怨气一吐为快。他说，“俺是安东那边的，家住鸭绿江口，本来是个好地方……”并用脚碰了碰黑大个，“他是岫岩的，山区，出玉石，但他没福，连玉渣都没摸过。俺俩本来互不相认，但从家里跑出来后在鞍山一起被国军抓了丁，总共抓了一百来人，黑子趁站岗的打盹，凭力气扒开了破仓库的后墙板，俺跟在他后边跑，逃出也就半里来地吧，身后枪响了，不知是谁倒霉，肯定有死的，那子弹‘扑喽扑喽’地落到俺俩脚后，黑灯瞎火的，俺扭了脚脖子，黑子背着俺逃啊，他是俺的恩人，他娘给他带的是麦麸混合面饽饽，好吃，都吃完了，俺穷，没饽饽，只有苞米面实心饼子，冻得像石头。”

大黑子拿手扒拉了一下矮子，指责道：“你说这些干什么？咱是没票扒车的，你敢保证再没人抓你？”

矮子说：“这人挤人的，恨不得只留一片腚，查谁去？他们几个能抓咱？”他指了指小虎和老头。可话虽这么说，但矮子对黑大个的提醒还是很在意，挺着脖子向车厢里面瞭望了一阵，又缩回原座。

老人问：“你们为什么要逃难？”矮子叹了口气继续说：“小鬼子要缴枪，国军说不该交给抗联。你说，都是中国人，交给谁不都一个屌味？人家共产党给穷人分了粳地、农具、水稻。俺那的粳米出名啊，皇上起名叫贡米。可满洲国一粒也不让俺吃，都他妈给日本天皇了。鳖犊子肏的，他天皇也不是俺的天皇，叫俺进什么贡？但守着粳米你说能一粒不沾吗？说不馋那不瞎话吗？老人古语不是靠山吃山靠水喝水吗？可这下坏了，种粳子的都成了经济犯，地被小鬼子收了，叫什么社。他们押着俺们给他们种地，多方便？再也不用挨家挨户收粮了，地变成他们的了，俺反倒成了劳改犯了。”说到这里，矮子苦笑着解释道，“俺扯远了。”

但老人听得出了神，鼓励说：“你讲你讲！我愿意听。”

“那咱还回来说分到地了哈？”不知为什么，共产党刚分完地，一夜的工夫就悄悄地撤了，国军跟着屁股就进来了，组织了个什么民团。那个民团呐，不是二鬼子就是汉奸，一群恶狗，都是不务正业的杂种凑，俺不用看脸，瞅瞅他们的鸡巴就知道是谁。他们让原来的地主把地收了，还抓了土改的骨干，把领老百姓分地的村官捆了，民团的坏蛋每人上去戳一扎枪……还逼着让俺们看，谁不看就把谁捆起来拿皮鞭抽……那个惨呐，浑身全是血窟窿，肠子都淌出来了，几个月俺都没法睡觉吃饭，一闭眼就血淋淋的。国军怎么能用这些个王八蛋？你说说，这不和小日本一样吗？算什么中国人？他们是不是在替投降的日本主子报仇？俺看像。盼呐盼，结果盼来这么一群来反攻倒算的畜生，不是人，不是中国人！前些日子共产党和国军在俺北山打了一仗，民团逃了，临走呲牙瞪眼说还回来。如看眼目前儿，俺那儿倒是个三不管的地儿，可明个呢？民团要真的回来了呢？你就有地也没心种了是不？没一家不慌的，能逃的都逃了……大爷？你们那里怎样？”

老人没马上搭话，想了想才说：“大同小异，国共两党在很多地方拉锯对垒，老百姓一时还不知道谁能当东北王，最怕这战争没完没了地打，一个镇的邻居，他是国兵你是共军，见了面就往死里掐？下得去手吗？那就逃呗，躲呗。我老了，儿子在关内，他要接我，我怕孩子回关东的路上出意外，还是豁出这把老骨头和老伴一起走吧，走哪儿算哪儿，死了也不算少亡。可火车到沈城不走了，我俩在车站被挤散了，亏是我俩还提前有个约定，要一直坐到这趟火车头不跑了，下车在检票口等，不见不散。”

小虎听了他们的这番对话，终于领悟到为什么逃难的人会这么多，以及在日本投降后东北全境老百姓的现状。他想：“俺就是国军的兵，俺旅长还是国军的大官，俺们怎么不像那些个混蛋那样？旅长在俺村没抓一个丁，不是很快就把独立旅搞起来了吗？是啊，有人就图能给家里留那两块大洋才当的兵，可都是自愿的啊？为什么那些人那么压榨穷人？”他越想越觉胡涂，“这得回到沈城问问旅长、阿姨和赵参谋，他们一定能说清楚。”

从这时起，他不再敢多问一句话了，生怕旁边的人会揣摩到他就是个国兵崽子，自己出事是小，完不成旅长的重托见不到恩人的爹娘，那会永远悔恨的。

可黑大汉偏偏问他：“你是哪里人，白白净净个小脸，不躲在自己家里跑出来惹事？这兵荒马乱的，不怕？”“怎么回答他呢？”小虎正寻思着。老人接着说：“这孩子像个读书的，咱东北可能大学小学都开不了课了，没法读了，不是枪响就是炮炸，哪还有心事上课？日本鬼子耽误了咱半代人，自己再耽误半代，一代人就没了，这样下去怎么得了啊？打完外战再打内战，兄弟之间捅刀子，老百姓的日子全叫政治魔头毁了！”

小虎感激地对老人点点头，要不是老人的插话帮着解了围，自己又得撒谎，要编不周全，很可能把底儿说给了人家。矮子和老黑吃了国军的苦头，他们会饶了俺？那可就把麻烦招到自己头上了。

过了锦西站以后，挤门爬窗的人渐渐少了，火车基本能按正常速度行驶了，小虎这才觉得到达目的地有盼头了。矮子、大黑和老人想说想问的话也基本不多了，大家便又恢复到闭眼养神的状态。

小虎为能保持沉默气氛的到来暗暗自喜，他看看窗外，日头已经偏西，天空灰茫茫的，远处有成群的乌鸦在云底盘旋，光秃的杨树孤立在干涸的河边，褐黄的丘陵一座接着一座，虽已初春，可没一洼存有生气，一看就让人觉得这里缺水，土地贫瘠，人气不旺。

小虎正在揣摩这里的人如何生活，火车却突然“哐当”一声来了个急刹车，剧烈的晃动让人们慌乱起来。有人抢着把头从没玻璃的窗口探到外面观望，有的瞪大了眼睛惊恐地看着车外，有的衿起包袱准备逃离，也有人喊：“是大兵截了火车，他们是不是不让咱进关了？”还有人高声叫着：“胆子太大了，连火车都敢拦，也不怕压死！”

不一会儿，有人端着枪站在车厢的连接处向车里仔细地观望了一阵，没说话又下了车。这让人们更觉不安，不知又发生了什么大事，也不知会不会伤及自身。

这时，一位腰挎撸子的人从车厢联通门挤到中间，人们便纷纷把注意力转到这人身上。他一身干净的灰色棉衣，头上戴着灰布棉帽，右手一时不离地按着腰间的撸子。“乡亲们，你们别怕。”他刚说了这句话，觉得远一点的角落可能听不清，便对旁边座上的中年人说：“对不起，能让我站上去好吗？我喊完话就走，把座位还给你。”中年人觉得还没遇见过这样客气的兵，便起身靠到一旁。

那人站到车座上继续说：“我们是共产党的军队，日本鬼子已经投降了，没鬼子可打了，但我们还叫八路军，估计以后会改。”

有人听了呼喊起来：“我知道，我的亲戚就在延安，八路里都是穷人，他们的心和穷人是一个颜色！”小虎也想起娘曾对他说过，头年到虎山区的就是穿着这样一身灰军装的队伍，可守规矩了，大冷天也不入老百姓的户，硬在露天地儿里挤了一夜。是，没错。”

“乡亲们，火车紧急停车是因为坏人在铁路上埋了炸药，他们企图破坏运送逃难群众的火车，反过来嫁祸给共产党，说共产党撕毁了国共建立联合政府的协议，抢占东北，破坏统一。这一带的贫苦百姓较多，我们正在这里搞土地改革，他们想搞乱这里的秩序，把我们挤走。我们已经把炸药排除了，危险解除了。我保证，这一段路不会再出事，你们可随意经过，我们一定保证你们的安全。为了节省时间，像我这样的喊话，各个车厢正在同时进行。对不起，祝你们一路平安，谢谢！”

“当兵的，你说的‘他们’是谁啊？怎么这么混蛋呢？用对付小日本的法子对付自己人？王八蛋的！”

那八路只是笑笑，并想回答。车厢里的议论便开了锅，有人问：“放炸药的瘪犊子抓到了没有？”“是哪个兔崽子干的坏事？”有人说：“那还用问，老蒋呗，小日本进东北时就是他要张学良丢下我们不管的，咱这个亡国奴的帽子就是他硬给咱戴上的。”“唉，孙中山怎么选了这么个接班的，打日本时拉稀，打内战精神来了！”“他就个屁，孙子兵法的不懂。”

乱哄哄的七言八语让角落里的小虎长了见识，他理解不透国军为什么要炸毁铁路，心想：“这一列装了好几千人，要真出事，那还不得血流成河？俺回去一定要把这事告诉给旅长。”

喊话人挤出了人群，在走过小虎的座旁时，矮子毫不迟疑地站起来拦住了他，说：“八路？俺可得跟你走了，俺要参加了八路，说不准还有条活路，反正俺就个逃难的，不是饿死就是冻死，要不就让人打死，反正死活都不当国兵，你就行行好收了俺俩吧。”他一边央求一边伸手拽起大黑，“你快说话呀！求求八路。刚才里边的人不是喊了吗？八路是咱穷人的队伍吗？”

那人只好回答：“你俩要真不想往前走了，就跟我下车商量，在车上会耽误别人赶路的，行不行？”矮子赶紧回答：“行行，俺的灶王爷就贴在腿肚子上，你说去哪儿就去哪儿！”他回头喊着大黑，“快走哇？你，笨，赶紧下车呀？”又对小虎和老人说：“俺俩下了，你们走好，大爷，别急，奶奶一定会在车站口等你，啊？俺下了！”

老人隔着人头把手伸过去和两人搭了个指尖。小虎没想到，就在这一会儿，矮子的那股人情味会让他永记在心。“他俩恨国军，去投奔八路了，八路也曾到过俺那里，可俺现在恰恰就在国军里。这能怨自己吗？不过，你即使参加了八路，也不一定会遇上旅长这样的长官呐？”他起身与矮子和大黑招手告别后，坐下来反复寻思着。

火车重新起动了，夜色笼罩了一切，车厢里洒满了昏暗的灯光，冷风不停地从破窗灌进车里，人们纷纷躲开冰冷挤到较温和的座位处。小虎这边四个人的座位挤进了五、六个人，两座之间的空地又坐了两人。

“这个世道什么时候能安定下来呢？嗯？”老人痛苦地喃喃着。他的腿被别在座椅下动弹不得了，需要略微伸伸，好过过血脉。

小虎客气地要坐在地上的人给老人稍稍让点空间。那人察觉后反把老人的两腿抱到自己的胸前。老人不好意思，那人说：“没关系，我的老父亲就你这岁数。”

“他老人家还在吗？”

“他没有你老长寿，抗联时叫汉奸队绑去打死了。”

“咱东北，整个毁在汉奸手里，小日本两眼一抹黑，汉奸可是知根知底啊！但天色一变，许多汉奸也跟着变色了，有的还变成抗日的了，屠刀还没放就变佛了，这什么世道啊！咱到哪儿去说理去？老天不长眼呐！”老人气恨地叨咕着。

小虎觉得这位老人虽然没像矮子那样公开暴露自己是拥护八路的，但对世道的不满，足以说明他的心向着谁了，看样他本来就是个有学问的人，但却把自己打扮成叫花子摸样，是躲难的不是逃难的，俺不是也等于化了妆了吗？心中必定有难言之苦。

直到现在，小虎才体会到旅长教导他的话的确很有用处。他记得在去火车站的路上旅长一再叮嘱，从现在起你不要只用为了吃口饭的标准要求自己，要看比咱强的人是怎么做事怎么说话怎么对人的，还要细心观察琢磨各式各样人的心里。这些，你靠上学是学不来的，只能在社会里学，当个有心人，不要把没心没肝吃饱就睡当优点。你看你阿姨和立国叔，也生活在山沟里，可他们关心的想的说的，都不是只知种地的哪种类型，能让人看出潜在的素质和前途。当然，他们是读过书的。但你也不晚，别满足眼前，别懒惰，别贪玩，别不用心，你的脑子够用，如能读书看报，会长进得更快。

“旅长还拍了俺一巴掌。长官的这一巴掌，是要俺长记性，记住他那四个不，要俺刻苦努力。”小虎想到这里，美滋滋地偷着笑了笑，琢磨着：“我这回可知道长官的开导有多么重要了，身边的话，身边的事，个个都有琢磨不完的意思，当个有心人真好，是种满足，比吃肉有味道……”

“那娘怎么从来就不这样指教俺呢？俺听过旅长与阿姨说起要注意人心变化的过程，他们所说的就是俺今儿个遇见的……对了，娘只顾俺活命了。可人家长官不是，难怪他能当旅长，管那么多兵，人吃马喂，枪炮子弹，要是常人还不乱了套？可他不，还有张叔叔，都是有本事的人……”

灌进车里的风不再割脸了，温和的感觉在车厢里逐渐扩散，挤在一起抱暖的人渐渐回到原来的位置，火车发出有节奏的“突突”声，像在告诉人们，不会再有混乱拥挤的场面发生了。老人轻声自言自语：“天下总算安静了。”

小虎抬头看看老人，想起怀里的鸡蛋，赶紧按按裤腰，“还好，它俩还平安，只是不知还能不能吃了。”他想。四周的人都在打盹儿，只有老人若睁若闭地在晃着脑袋。小虎知道他并不困，因为他心事重重，同行的奶奶还没音信。他想掏出个鸡蛋给老人垫垫，可转念一想，“不行，那要是臭了呢？你本来是好心，但给人的感觉不就另样了？要是没坏呢？那目的地是两个老人，只一个鸡蛋，怎么分呢？”他挪开按鸡蛋的手，把头靠在角落里，继续设想下一步还会遇上什么怪事。

（二十四）

凌晨5点多了，初春的夜帷虽然迟迟不肯拉开，但东边天根初露的一线灰白，还是给疲惫不堪的逃难人预示了新的一天，人们透过车窗望着远处的光晕，心想，“别愁，天会大亮的”。

火车拖着刺耳的“嘶嘶”摩擦声停住了，还没等车厢连接环“咣当”碰撞的余音消停，所有的乘主就急着翻腾起来，有人在喊：“可到头儿了，天津卫子可到了，这把人折腾的，一路不死不活的，都变样了！”

直到这时，乘务员才不知从哪里又钻出来了，在车厢的连接处没鼻没脸地呼喊着：“赶紧下车！”小虎睁开眼朝外瞅瞅，见有人已经挤出了车门，“这人怎么都这样了，上车挤下车也挤，逃命也没这个逃法。”

但下了车的却全都被挡在站台上不准出站。小虎立身把车窗提了起来，把脑袋伸到窗外。只见，靠近车厢十步远的地方列着三排持枪的国军士兵正堵着下车人。

老人问小虎："外面怎么了？"小虎把看到的情景告诉了他。

老人说："咱不急，反正这车也到头了，就坐着，看看究竟再说，天塌不下来，就是塌下来也不光只砸咱俩，谁也好不了，孩子？不急，咱有的是工夫！"

小虎点着头，心想："他果然是俺琢磨的那种境遇的人。可他不急俺急，俺得赶紧下去看看呐，俺不是揣着旅长的令箭吗？什么都不怕。"

老人看出小虎着急的样子，伸手示意还是等等再说，不莽撞，要以不变应万变。小虎领会了，稳了稳屁股，继续趴窗观察外面的动态。

士兵们让男人与女人分开走，女人可直奔出站口，男人却被带到靠近站房的空场地上。

人们大声质问："你们还是不是爹妈养的了？要干什么？""为什么要强行把人家一家分开呢？天下有这么干的吗？"有的一家人被拆开了，孩子哭老婆叫，背的抱的光靠妇女力气不足，特别是年岁大的，没了帮手，干脆坐到地上不走了。人们愤怒之极，有人激烈反抗，并与国兵发生了冲撞，但国兵不敢开枪，双方你挤我推，相持不下，站台上一片嘈杂。

"爷爷，这是不是矮子说的抓丁啊？"小虎问。

老人叹着气在嗓子眼儿里挤出一句："这什么世道啊，烂透了，都稀溜了，抓不上手了，还继续打仗，天灾刚完，紧接着就是人祸，而且这人祸比天灾还要狠毒。唉，天无宁日，民不聊生，百姓本是有根无土有脑无心之辈，知表不知里，知逃不知反呐！唉，我老得没用了，到哪里都个是累赘！"

小虎觉得老人的话很有学问，证明他是个有知识有见解的人，暗暗在心里同情这位一路话语不多的长辈。

有拿枪的跳上车厢一个个查看没下车的人，不停地喊叫着："果不其然有躲在车盒子里面的，还多半是男的，这回咱的收获比前一趟可大多了，能向上司交差了。"

小虎拿斜眼瞄了下当兵的，心想："这小子要不当兵，说不定就是被驱赶的那个，为什么他换了张皮就变另一副脸孔了？这其中有什么蹊跷？俺也是国兵，你就是杀了俺俺也不会对穷人要野蛮。"

士兵厉声驱赶小虎和老人下车。老人刚站起来又呲着牙坐回原位用手掐着髋骨，并说："腿麻了！"

"老东西，这么笨！"一个孩子摸样的士兵狠狠地扯了老人一把。小虎一见火了："狗仗人势的东西，你没有爷爷吗？你是从驴腚里爬出来的？什么玩艺！"还不由地摸了把怀里的令箭，想："俺就是打他一耳光，他也不能把俺怎么着。"

小兵火了，"你敢骂我！"举起枪托对着小虎就打。

老人一见，立马起身横起胳膊肘挡了上去。这一档，只见那枪托反倒弹了回去，硬是砸在小兵自己的脸上，小兵嗷的一声歪倒了，老人趁机拉着小虎下了车。等那兵疼痛消了追到车外时，这一老一小已被带到男人堆里。

小虎惊喜地见识了老人的绝招，想不到老人还会武功。自他进了人堆没想别的，只想，"俺要是能拜他为师，或把他请到独立旅，那俺们可就如虎添翼了。可他能去吗，一路上都在恨国军，这不，刚才发生的更让他恨之入骨了。唉，不想了，还是准备怎么对付这些没长心的东西吧！"

这时，一个尖下巴窄脑壳的少尉来到他们眼前，先看看老头。老头一直弓着腰，小虎知道老人不愿再惹麻烦有意这样。他已经体会到，老人不仅是能将打他的枪托再打回去，而且抓他胳膊冲下车时的那股气，都能把一堵墙给冲开，力量大得出奇。

少尉围着老头转了一圈，问："老人多大年龄了？"

"80 多了。"

"这么大岁数不在家里安生还往外跑？"

"唉，家里不是没法过了嘛！要打仗了嘛！"

"正因为打仗才急等着用人呢，你在家里支持一下国军不也算是拥护蒋总裁吗？证件呢？怎么证明你不是特务？你是不是进关来给林彪摸底的？"

"嗨，一个种地的，不懂什么林彪林冲的。"

"种地的？种共党分给你的地吗？把手伸出来看看？"

老人伸出手。

"挨近点，伸直了！"

老人照着办了。少尉看了摇了摇头。

小虎看出，老人是强忍性子装着胆怯的。

"唉，六十种小地儿，四十种大田，乡下人都知道这理儿。"老人说。

"呵，你还挺会说啊？我的意思是你的打扮像种地的，可这双手不像，种小地？难怪手掌不硬。好了，算了，就你这牙口没大用处。我原想拉你去当个伙夫，看样一推就倒了。你可以出站了！"

老人听后却没挪地方。

"你不想走了？"少尉问。

"还有我这孙子呢？"老人用臂膀搂着小虎。

"他可不能走，我们正用得着呢，你爷俩就暂时分开一段吧，说不定还会给你抱个重孙子回去，你要拽着他，那连小地儿都不用种了。你就快走吧，我没工夫和你磨嘴，再不走我可要变卦啦？"少尉立目瞪眼地吼着。

小虎急得直跺脚，说："爷爷，你就快走吧，奶奶还等着你呐，我愿意当兵，等我立了功回家看你，你和奶奶一定等着……"小虎差点把辽南的"俺"字又说出来，赶紧改成了"我"。

"你俩是一家的吗？口音不对啊？"少尉弓着腰围着老人和小虎扫

视着

“嗨，老总你有所不知，这孩子从小就被送到辽南的亲戚家里，那不是日本的后方嘛，图个安生。这不，日本投降了，就把他接回老家了，口音也改不了了，老总，你就行行好，当回菩萨，成全我们这一老一小吧。”

“你孙子都表了态，他愿意当国兵，你捣什么乱呐？旁边去！”

小虎不顾一切地愣把爷爷推出了人堆。老人一步一回头地无奈去了。小虎这才故作欣然地回到少尉跟前。

少尉本以为他要逃，正拉着架势要带人追过去，不想，“这小子还自己回来了”，喜出望外，拍着小虎的肩膀说：“诚心，不错，机灵，你就跟我了，我一直要找个机灵鬼来侍候我，就你了。”

小虎想：“一个小屌少尉还想要人侍候？美死你，俺是跟旅长的，谁愿跟你这个马粪蛋大的滚屎球？”

“你来，跟着我！”少尉没想到抓丁还有这么顺溜的时候，要借此向上司表功，让小虎在那些反抗情绪激烈的人面前说说体会，但这必须先得到长官的同意才能办。

站台侧面的一栋平房里是抓丁临时指挥所，少尉一进门就立正报告，说有好事。

“还有好事？你抢到金豆子了？”坐在椅子里的军官没抬头，仍在翻弄表格，情绪低落地回道。

小虎进门时就注意到这人的军衔是少校。

“真有好事，长官您抬头看看？”

少校无精打采地抬了下上眼皮，说：“你领个孩子进这里干什么？”

“他是自愿来参军的，长官，您不是一直要我找个自愿者做表率吗？”

少校抬了抬眼皮，问：“就他？连枪都扛不起来的榜样？你要拿矬子唬孩子是吧？”

少尉忙回道：“长官，你就白给我个胆我都不敢糊弄您呐！您听听他怎么说不就信了？”

“他怎么说？”少校随嘴溜了一句。

“长官叫你说呐？你赶紧说？快回答？说真话？”少尉可得到上峰的允诺了，心里美滋滋的。

“俺确实是自个儿情愿要参军的。”

“你？你能干什么，比枪高不了多少。老百姓要是知道我把吃奶的孩子都拉去打内战，还不骂国军糟蹋人？哎？就你这口条怎么不在你辽南参军？大老远跑这儿干什么？”

少尉抢着回答：“哎，他是这样的，长官，您不知道……”

少校打断了少尉的话：“我要知道还用你来啰唆？”

“是的是的，我这说法有毛病，讨厌，歪彩多，总改不了，以后一定改，不，现在就改……”少尉瞅瞅少校的脸色，继续说：“我接着刚才被长官打断的话头往下说？行不？”并撩起眼皮朝上瞅瞅长官的脸色。

“你倒是说啊？你把对付老百姓的那个精神头弄哪儿去了？就你们这些个窝囊废还想打败共产党？打自己都找不到屁股，那些个军饷就是买糠喂猪，猪脑子都比你们的灵光！”

小虎心想：“这少校根本就没把这少尉当人看，有拿话杀人的本事。”

“是是，我接着说。他爷爷硬拽着他到关里避难，说家里让八路给糟蹋得没法过了。这不，赶上咱们在这儿招兵买马，他说可遇上机会了，愣把爷爷推出站台，自己主动跟我来见您。”

“是这样吗？”少校疑问着问。

小虎忙回道：“我爷爷没说老家被八路糟蹋得没法过了。不过，愿意当兵倒是我自己作的主。”

“你家是不是被糟蹋了和国军征兵无关，行吧，凑个数吧，把这表填填，认字不？”

小虎没马上接表格，却把手伸进贴心的棉衣里摸着撕开缝线，从中掏出一张宣纸，说：“对不起，长官，您先看看这个。”

“都准备好了？还随身带着表格？不用再填了？看来你的确是真心要当国兵啊！”少校仍在看他的资料，没接小虎递去的宣纸。

“让我说着了吧，他这个典型一定会给长官争光的！”少尉肉麻地接着茬。

小虎在心里发笑，这帮家伙，比俺独立旅的作风差了十万八千里。

少尉赶紧接过小虎手里的纸，恭维地转递到少校面前。

少校先是漫不经心地搭了一眼，可眼球刚要转开，又觉得有什么要紧在吸引着自己，便回过神来眯着眼睛反复阅读，接着，那张纸便颤抖了起来。

他抬起两眼，尊重地盯着小虎，谨慎地说：“哎呀，我可失礼了，不知道你竟是大名鼎鼎的抗日英雄秦泰的卫士，哎呀，稀客稀客。也算我有幸，能和英雄的卫士在这么个乱糟糟的地方见面。我知道，现在秦英雄已经是秦将军了，他在我们华北可是无兵无民不晓啊，怠慢怠慢了，小伙子，你有什么所求尽管说出来，我部一定满足你的需要。”

少校的这段话把小虎搞得不知所措，他根本没想到旅长的这张印着竖条的宣纸会有这大的功力，让个少校级的长官直点头。他原以为，这帮混蛋看完纸不找麻烦就算烧高香了，能放了他足够了。不曾想，还要满足他的全部要求。

“给你换身军装吧！”少校说完，转向正在一边发呆还没回过神来的少尉，“愣什么？你还不快去，告诉军需，说抗日英雄秦泰将军的卫士要套干部军服，美式的。”

少尉转身刚跑出几步，少校又喊住他，“哎！知道尺寸啦？越快越好。”

少尉慌乱地点着头，快步跑出房门，心里琢磨，我怎么能把抗日英雄的卫士当壮丁抓了呢？少校怎么连句夸奖我的话都舍不得呢？

“小弟，你坐，一会儿就成，不忙。你看，把你搞到那个人堆里去了，秦将军知道会不高兴的。”少校改变了对小虎的称呼。

“不知不怪嘛，俺也……我回去也不会给旅长摆这经过，好像要讨功。他也没工夫听这些琐事，只要结果。”

“真是强将手下无弱兵啊，听说将军文武双全，人才难得，连卫士都这么会说话会做事，佩服佩服。”

“我离他的要求很远，他很严格，尺度很高，他说，新兵进兵营的第一梦该是父母，第二梦该是如何当将军，将军不是凭空得来的，而是在为国为民的征战中洗礼出来的。第三梦是有媳妇的。没有媳妇的就好好睡觉，睡好了，拿出你全部的力气和智慧去创造当将军的条件。”

“将军说得太棒了，很有回味价值，那他可比巴顿将军说得透彻多了，而且还风趣。”

“是的，是的，”小虎边回答边琢磨，“旅长在教导俺的时候没说这话是哪个名人说的。看来名人名言对人的进步帮助很大，凡想做大事的，就该把名人名言记在心里，俺回去后一定多向赵参谋请教。”

“小弟，我有一事不明白，敢问你为什么要这副打扮？凭秦将军的卫士，就一身泥料也不为过啊？”

“少校，将军派我个特殊任务，为了安全不得不这样，这样就不会引逗人看你了。”

“明白了，想不到小弟重任在肩，差一点让我们的人坏了将军的大事，就差一点点呐，太危险了。这些混蛋，只不过是披了张虎皮，还真把自己当兽王了！”少校咬着牙根说完话，又想了想接着说：“看来我必须要负责到底了。”

“少校，你千万不要客气，将军要我去独立完成，也是锻炼我，看我是否灵光，就不劳驾您了。”

“不行，要不是发生这码事，你与我就没有干系了，除非你求我。现在你确实在我的防区里停留过，我们还见了面，我也知道你有重任，如不管，可非同一般的不管，真出了事，我如何说得清楚？怎么向英雄交代？他可是在我的家乡杀过鬼子的，连我祖宗八代都要永远记着的。你放心，咱按规矩办，我们不知道你要干啥，只关心你的安全，你出了天津防区，我就没有责任了。小弟，你也别谦让，在我这儿住一夜，明天派车送你。”

小虎想了想才把写着地址的纸条递给了少校，说：“将军要我今天下午就赶到这里，尽快回去交差。”

少校看完点点头笑道：“这地儿就在我的防区里，没多远，义不容辞了！”

但小虎并没因少校的诚心帮忙而感动，他想起了同车的老人，“爷爷他找到奶奶了吗？老人家不顾一切帮俺……”便不好意思地问：“少校，我那爷爷？”

“噢，你还真领了个爷爷来啊？看来那是个假爷爷，你提他干什么？”

“他一路照顾我，把我当自己孙子待，他现在可能正为我的去向着急呢？”

“小弟，你真是个难得的真情人，难怪将军会要你当卫士。走，咱出去看看，都这会儿了，估计他已出了站台了。混蛋们会不会要他加入战勤队？”

“不会的，是少尉放他走的。他还有个老伴儿呐，挤散了，约定在出站口等候。”

少校领着小虎赶到出站口，那里早已空荡荡了。转身又进了候车室，转了好几圈也没看到那老人。“他可能已经找到老伴了，走了。小弟，你已经尽心尽意了。这个年头，爹死娘嫁人各人顾个人，人情薄如纸，天底无真心。你能做到这个份儿上，也就够意思了，榜样，说明国人的优良品性还没完全丧尽，希望所在，够朋友，咱可以饮血拜把子了。”

小虎笑着回道：“少校，看你，夸得我都快要站不住了。”

“你从现在起，不要再喊我少校，我姓余，叫余爱国，多余的余，余大哥，行吗？”

“行，那咱就说定了，真是无巧不成书，我也姓余！”

“真的？一家子？”余爱国惊讶地问。

小虎从少校的眼里察觉到他发至内心的真诚和善意。他想：“刚才自己与那少尉之间的不愉快对话，如不因为我亲眼看见该军团的恶劣风气，就不会那么强硬。少尉的态度也是人心在特别环境下的一种变态。俺听见过旅长与阿姨曾说起，人生在世，要注意人心变化的现象，叫环境条件变态。”他上前捧住余爱国的手，亲切地喊了声“余大哥！”

少校推开小虎，端量了一阵子，说：“不亲切，好像还隔了层板子，把余字去掉！”

“还用我饮血吗？为寻找同车的老人，我看见了你刚才让我看不见的另一面。”小虎激动地抱了一下余爱国。

“兄弟够意思，咱只有一面，那就是爽快。我不想耽误你担负的重任，估计军装已经送来了，你是穿上走还是带着走？随便，你根据情况安排。刚下火车时要是有套行头，谁还敢向你动手动脚？”

“那我也就没了你这个哥哥了。”小虎笑着回答。

余爱国用力地握住小虎的双手，“咱说定了，不饮血也是亲兄弟。我看见了，将军的条子写得明明白白，余小虎。咱可说好了，那个条子是写给我看的，书法极好，我有权收藏，那是我俩相认的见证。我只从知道将军的英雄胆识以后，做梦都想看看他那把大片刀，它可比关公的月牙刀意义深远。什么‘三国’？不就三个军阀吗？内斗，为争皇位同胞自我残杀，把秦始皇好不容易统一的中国再次一分为三。所以关公也就个军阀的杀手，是砍同胞脑袋的，给他烧香干什么？越敬军阀越多。而将军是为中华民族劈倭寇，关羽和秦泰决不可同义而语。我发自内心地景仰崇拜将军。我得感谢小弟你，大概天下没有几个人能得到他的墨宝的。”

“好，归你了，再见面就不必把它拿出来做证了。”

“真有你的！”余爱国拍了下小虎伸给他的手掌。

（二十五）

两人出了候车室，小虎仍不放弃地四处张望了一阵。余爱国看看手表说：“小弟，别找了，咱站里站外都看了，快中午了，你可能连早饭都没吃吧，这个时候走，半路没有填肚子的地儿，也没处讨，华北正闹饥荒，你还以为是和平年景那会儿啊？现在人遇见要饭的就像躲灾似的。”

“我不饿，真的，光顾着急了。”

“就是你不吃，可我那司机？人家还能饿着吗？你说呢？咱现在就去吃点吧，人生第一要务就是让肚子踏实，别的都是次要的！”少校真心真意劝小虎吃点东西再走。

小虎点着头，最后一次望了眼出站口才跟着少校走近车站边的一个小饭店，但上前一看，门板上挂着个无限期停业的牌子。少校叹了口气，只好再找，结果一连走了几个地方都关门。小虎问：“这是怎么啦？天津卫子不至于像沈城那样乌七八糟吧，不开门他们到哪儿挣钱去？”

余爱国感叹着说：“小弟，我很久都没兴趣进餐馆了，你要不来，我还不知道四周是这种景况，老百姓就怕兵荒马乱，这么多难民，你开了门是卖给人吃还是让人抢吃？倒过来看，这不就是一种反抗吗？我不开门了，饿得你满大街去找吃的，连收税的都歇了，拿屁去打内战哪？可人家搞政治的就捂着眼装不见，只盯着紫禁城那把龙椅，根本就不知道满大街都是黄皮饥瘦的游民，即使知道也没疼痒。”

“不瞒小弟，我对打内战讨厌极了，他们非得像军阀那样拼出个你赢我输来？可抓来垫背的还不都是咱这些被拿着鞭子赶的？你以为给你身皮披着，嘴巴下面再给你粘两道杠杠一个豆豆，你就成宝贝啦？你就个挡枪子的。要真像农民起义那样把恶皇打倒了，换一个新人上来好两天半，咱掉个千八草民的脑袋也值了。可人家中山大总统已经改天换地了，搞三民主义，和林肯的三民主义比那也是硬邦邦的，不就差几个字吗？多合国人的意愿呐？多得人心呐？他们还挣个啥？把个民国都糟蹋成奶奶样了，还不算完，和满清有什么区别？在他们眼里，咱这头就个葫芦，既没分量又没价值。”

“行，你要对百姓有点作为咱也凑合着拥护你一下。可你瞅瞅他们有啥？有什么本钱？就一南瓜脑袋挂两嘴片子，张巴了一流四三招，流出来的全是没脑子的主义。”

小虎怔着耳朵安静地听着，心想：“这兄弟可够直的了，什么话都敢说，对我一点防备心都没有。不过，这天津人的挖苦话可是天底下头份尖刻。”

余爱国根本没顾及秦泰卫士对他是什么反映，继续说：“再说了，国共也不是合作一次了，兄弟之间到底有什么解不开的仇恨？我要脱了这身虎皮像你现在这身打扮，你说咱之间不认不识的有什么冤仇？非得把人干死才算赢？打完日本就不统一战线了？那几千万为抗日救国死去的同胞可成了冤魂了，你就说破大天我也不信那‘主义’要比亿万同胞的命还金贵。统一战线不就共和吗？不就换个说法吗？怎么就异端邪说了呢？”

“全国民众好不容易把小日本打趴下了，完了该赶紧医治战争创伤啊？但人家不忙着恢复国力，坐在屋里一天到晚琢磨争权夺利，忘了自己当年从东北华北拔腿就跑比驴还快那模样了，还起个名叫战略撤退，以空间换时间，鬼话，老鼠钻洞子叫战略撤退？那叫逃命！真能笑死人。”

“是那么回事吗？在民族危亡面前你战略撤退？是，你国军战略撤退了，但把养活他们的老百姓都扔火坑里了。现在又不顾一切国共分道扬镳，到底为啥？心里想的真是国家和百姓吗？我看他们盯得就是太和殿那把硌腚的木头凳子，做梦都想尝尝亿万人跪着磕头的滋味有多美，大概也就康熙能看透他们的心事，咱老百姓是狗屁不通，就知道叫唤饿。”

“我想建议他们能不能坐到黄帝陵前头当老祖宗的面儿谈谈，让炎黄看看他们的脸皮有多厚。说是抗日八年，你算算，把你们东北和我们华北老百姓的抗战都加起来，十四年还多。可咱的领袖干什么去了？是啊，后来不得不抗日了，再不抗只能把拉萨改陪都了。”

“可他抗得又怎样？吃了多少败仗？是咱的将领不行？是咱的战士怕死？不是。我看，都是以党代政，以军代政，个人独裁给闹的。说是国军，实际是蒋军，巧言花语掩人耳目，咱是国家的军队吗？所以大家都喊党国，党在前国在后。可中国人不懂这些，光知道饿了找吃的，整个民族的悲哀。国人让皇上一人要了好几千年，要人的要上瘾了，咱们也得了瘾病了，没人统治就浑身不舒服，心里发闹，真可乐……”

“都共和了，还让一个人要，许多有志之士提了民主建议，可满屋坐的都是捞不到干的拣汤喝的马屁精，情愿叫党魁说一不二。行，咱忍了，那你也得搞搞形式啊？连满洲国的假皇帝上任还走个过场蒙蒙老百姓。可咱这，连样子都不装，压根儿就没把老百姓当人看，我就这么干了，你能把我屌奈何？老百姓毫无办法。我看，中国最大的难处还不是穷，而是如何尽快开化一下四亿人的这里。”他拍了下自己的脑壳。

“唉，仔细想想，还是咱老百姓窝囊啊，你说非得要个强权的来管着才觉舒服。一个强权的去了，接着一个强权的来了，不然老百姓就觉得没了主心骨，没依靠，怕过不好，真贱骨头。人家共产党的国际歌有句词点出了咱中国人最要命的症结，‘不要神仙和皇帝，全靠咱们自己’。那哪成啊？神仙和皇帝这俩没谁咱都活不了啊？悠久、瑰宝、光辉的文化啊！惨了这么久了还不觉识，总是怨天怨地怨别人。嘿，你没问问秦将军？他怎么看？”

小虎笑着答：“老哥您是念过大书的人，满嘴道理。但其中还有点种地的味道，我愿意听。”

“嘿，行啦，你看我都扯哪去了，不着边际。回去可不能给秦将军说啊？我只觉得秦将军肯定不是位盲从的长官，都这位置了，还没入党，才敢在你眼前乱讲一气。”

“对不住了，咱就回我那金銮宝殿去吧，还有包槽子糕，咱哥俩喝着开水对付一顿吧！”他拍拍小虎的肩头，“走！”余爱国以为小虎能给秦泰将军做卫士，思想水平肯定也不会二般，他一定能理解自己这些被埋在心里的“邪说怪论”，即使他不全懂，也总算遇上知心的了，一吐为快。

小虎觉得他说得这些有很多都是自己不知道的，有些是不曾想过的，还有些是根本不懂的，比如林肯也有个三民主义，他是哪国人，皇上和总统有什么区别。“看来，要当一个少校就得学习这么多天文地理，光会背诵不行，还得会用，会思考，会表达。我可得努力了，外面的天不知要比俺那个洼子大多少，难怪旅长和阿姨那么关心我的学习。”小虎在随余爱国回办公处的路上，把全部心事都用在琢磨少校刚刚发表的高论上。

回屋后，余爱国拉开抽屉拿出个方方正正的黄纸包，说：“这是母亲托人捎来的，已经几天了，拿出看了几次都没舍得吃。我家离天津不远，撒个谎就可跑回去看看她老人家，来回儿顶多一天。可不知为什么，不知为谁忙……”说完他笑笑，笑里藏着隐痛。“母亲的心意，咱俩共享，很有意义，动手吧，小弟！”

两人没再有言语，房间里只有嚼东西的“吧唧”声，不一会就把一包槽子糕全吃光了，又各自喝了一茶缸子水，完后含泪相视而乐。“看来古人总结的民以食为天，乃一语中的呀，母亲的体会比咱深。”余爱国说完这句话，便冲屋外呼司机开吉普送小虎。

上路后，小虎为回沈城能给旅长详细描述沿途所见，本想好好看看四周的环境。可上了车屁股刚一着座，再加道路不平的摇车效应，眼皮根本就没法支起来了。

司机对天津郊区的路径很熟，一个钟点后就把车停到一个村子的东头。但小虎还在酣睡。司机理解人到极度困乏时的滋味，不想喊醒他。

快近一个时辰了，小虎才惊慌地睁开眼睛，问：“是不是到了？你看我，昨晚一夜没合眼，对不起。”司机笑着回答：“没关系，你多睡会儿才有精神做事，这就是你要找的庄子。余处长交代，不准我进去，不准我过问你的来历，只送你到这里，一切按你的吩咐办。”

小虎想了想说：“你这么客气，那好吧，过会儿日头剩半扎高的时候再来接我。”

司机笑笑，问：“不好意思啊，什么叫半拃高？你说几点钟就行了。”

小虎明白了，自己的乡下习惯不适合天津人的要求，特别是当兵的，在时间上“大起概儿”是根本不行的，要准时准分。他先眯起眼睛叉开手指对着西天量了一下，“真不好意思，我个乡下人，整年拿手指量日头熬光景，惯了。这叫一拃，这叫半拃。”并“嘿嘿”地笑了两声。

司机看后笑着点头说：“我明白了。”

但小虎又接着问：“你说这能有几点？”

司机琢磨了一会儿回答：“大概也就下午四点来钟吧。夏天可就不是这点儿了，估计要六点左右。”

“好，谢谢你，你四点多来接我，不见不散。”

眼前的庄子叫张店，基本都是同宗同族的张姓住户。可摆在小虎面前的却是条空无一人的街巷，连声狗叫都听不见。他记起余爱国头回儿在述说日本鬼子的暴行时曾讲，他们成立了专门的打狗队，一怕进村扫荡时狗叫报信，二要拖回去改善伙食，尤其是从朝鲜过来的那些凶狠的二鬼子，见狗就打，搞得方圆百里多年都见不到狗影。

小虎望望远处的黄土地，只那里还有人在堆粪整土，多半是女人和老人，几乎看不到几个壮劳力。

小虎背着余爱国给他的军装，仍穿着那身东北棉衣，脚底蹬着布棉靴，头上戴了顶狗皮帽子，谨慎地挨近了街头的一户人家，站在门外琢磨了多时才猛着胆子喊了声：“有人吗？”

他等了一会儿，没人应承，只好再喊一次。这一回他的胆儿虽然略许大了一点，可过了好久仍没人理睬。他明明已看见那家的房门似乎轻微地动弹了一下。

“有人！”他想。但接下来却又安静了。“他们怎么连腔都不答呢？这儿的人连起码的礼节都不懂？对人怎么这么怯生？没见过这样的。张叔叔对人怎么那么好？”他大着胆推开栅栏门走进院子。院里清冷得很，没鸡没鸭，更谈不上牛羊了。“那我干脆就直接去敲房门吧。”小虎琢磨着，“还只能轻轻地敲，用劲大了，说不定人家会出来赶你。”

又过了一阵子，里面终于有回话了：“谁啊？家里有病人，我们不认识你，别把病人吓着。”回话的是个女性。

“俺不进屋，是打听道的。”

“你都进村了还没看见道啊？那你是怎么进来的？”女人没好气地质问。

“这里的人怎么这么说话？呛着叉来，不通情理。”他心里虽这么嘀咕着，但还得忍耐。“俺找户人家，他家姓张，就一个儿子，叫张虎，早先当兵打日本去了，家里只留下老爹老娘。”

经他这么一说，屋里反倒没声了。“奇怪，这里的人怎么这么生烦，用棍也捅不出个屁来？日本人不是都投降了吗？还怕什么？”无奈，他只好出院再去打听。

小虎站在街边想了想，看来只能用笨法找了，“干脆挨着门地问是不是张虎家，除非这不是张店。余处长不是说了吗？离天津也就五、六十里地儿，四周围没第二个张店。”

他又进了第二家的院子，结局和第一户基本相同，只是回话不那么呛冲了，“谁知道你的……根底？谁敢告诉……你。”回答的气力不足，像看家的老头。

日头快要落了，还有十几户没问。可小虎突然想起与司机的约定，“司机可能已经来了多半时了。”他赶紧扭头跑回庄口。

司机见小虎向自己跑来，赶忙喊：“不急，你别跑！”

小虎气喘吁吁地跑到司机面前，说：“对不起，这里的人都不肯告诉我要找的那家，任务没完成，还得继续找，哪怕找到明天天亮也必须找下去。你明天早上8点再来接我吧，害得你要跑三趟。”

司机说：“你进庄那会儿就快四点了，我根本就没回去……要不我和你一起找？”

“就不麻烦你了，耽误你一下晌，余处长说不定要随时用车，没有几户了。”

司机知道余处长有言在先，怕自己介入深了不好，没再坚持。但仍把来时处长的叮嘱转达给了小虎，“处长说了，如事情办得不大顺，又不影响保密，他会帮你。你要不要我回去转告他什么？”

“谢谢他，就是要花点时间，你看，我这不是很好嘛？你也费心了，俺一定会办妥的。”小虎说完扭回头就向剩下的那几户人家跑去。

地里干活的人陆续收工了，小虎觉得机会来了，他敲着脑门突然想起自己在老家遇见要饭人的那种心情，便故意装成乞丐的样子，哼哼叽叽地坐到一家院门口。可低头一看靴子太新，索性脱了靴子，抓把土把脚弄脏，光着蹲在墙角下等人挨近。

村人三三俩俩从他脚前走过，只向他投来怜悯的眼光，没一个愿意和他搭腔的。他想：“光这样哼哼看来不行，最后这点机会可得把握住，干脆主动出击吧。”

这时，一个一瘸一拐半老不壮的人挨近了他，他觉得这人虽已被岁月熬成了土黑，可难掩善良的内心，便迎上前去说：“叔叔，你行行好吧，俺来这里投亲躲难，但找不到这家人了，快饿死了，你救救俺吧？”

那人只斜眼瞅瞅小虎，没回话，挨近院子要开门。可要饭的不饶，挡住了他的去路，并捧手鞠躬哀求。那人本不想搭腔，但见这孩子实在可怜兮兮的，只好问了句：“谁是你的亲戚？是张家的吗？别的姓我不管。”

那人虽只陡然的一句，却让小宝喜出望外，“这人话里有话，语气柔和，看来张叔家肯定和他家有瓜连，这回俺万万不能出错。”他收回手，不再讨要，换了个说法：“他家姓张，只一个儿子，不孝，逃了，撇下老两口，日子过得很苦，没有劳力，俺从东北过来，想陪他们到老。”

那人听了立即怔了一下，反问道：“他家东北有亲戚吗？怎么从来也没听说过？”

小虎一听，觉得坏事了，又出岔了，该怎么回答呢？可他判定，“这人知道张叔叔家里的情况，下面的回答必得让他感到真实，千万别再露馅了，那只能岔开他的思路，绕着说别的。”

“叔叔，你说，就他俩那身板，能种好地吗？不管是租地还是联伙，连个像样的劳力都没有，谁家愿意和他拉手？就是他家有地，也能出租，可就俩挪不了地儿的老人，顾得上管吗？自己都顾不了自己了。”小虎凭自己的长工体会，把叫不准的地方拿话两头堵了，外人要不好好吧嗒下滋味，还真挑不出他话里的语病。

那人果然接茬回道：“他家的情况你怎么这么清楚呢？是啊，难啊，我们这些本家子也不能总帮啊？我就半拉腿脚，谁家的工夫有富余？可本家本姓，又是邻居，瞅着让人着急、揪心。你说，就一个儿子，还不争气，不养护父母。近来听附近逃回的国兵说，他又到什么地方打共产党去了？你说老百姓不愿意的事，他非要去干，真是张家的孽种。这不，各家都离他们远远的。眼瞅着要下犁了，老两口还病倒了，糟心透了。年前国军把全庄的棒劳力都抓走了，说是开春放人。你看，都这个时候了，连个人影都没见着。你真胆大，半路上就没把你也抓去？”

“遇见过，俺急着来这儿，趁他们走神，逃了。你别看俺小，俺可是长工出身，什么农活都会，俺看你的腿脚也不太好，以后你吱声就得了！”小虎有意和他套近乎，同时也明白了，为什么一提到张虎村人就不愿意理他的原因了。

这下可真灵，那人一直把小虎送到张虎家的院外，转身时还叮嘱了一句：“他们不会出来给你开门的，你就跳帐子吧，可别说是我把你带来的啊？”

小虎穿上靴子爬过墙头，纵身跳进院子。他怕惊动了老人，本想轻点儿落地，不巧，脚尖刚一着地就踩倒了立在门边的铁锹，“哗啦”一声，响动振出老远，人也应声“扑通”一下跌倒在院墙底下。但他没立即爬起来，想听听屋里会是什么反映。可听了一阵子没有动静。“这么大的声音，爷爷奶奶都没听见？”他担心老人怕是病得很重了，便爬起来四处瞅瞅，院里冷清清的，只有个小小的苞米桔垛在凉风里发着“飒飒”的声响，和别人家一样，没猪没鸭。该整理菜地了，但过道两边的小园子还没松土。他把铁锹立到墙边，轻手轻脚地走到屋门口。门和东北的农家一样，向外开的是两扇风门，向里开的是两扇板门，昏暗中可见污迹斑斑的木门上贴着单色的门神，“爷爷奶奶已经连张套色门神都买不起了。”小虎心疼地自语着。

在乡间，连乞丐都知道，该不该上门去讨，看日子是否过得去，最能见证的就是过年贴的门神是单色还是套色。

板门虚掩着，小虎轻轻一碰门就自己开了，屋外的天色已经昏暗，一道灰茫的光线从敞开的门口泼进屋里，又反映到棚顶，给黑暗的堂间带来了迷蒙的光明，屋里屋外的亮度形成了强烈的反差。小虎木呆地站在锅台旁边，“俺家就让人下不了眼，可张叔叔的家比俺家还穷。”止不住的眼泪一滴滴跌落到坑凹的屋地上。

他蹲到灶坑前四处瞅着，只见，那屋顶挂满了蛛网，屋墙黑乎乎一片，像抹了干固的油迹，有楞的地方全是灰尘，水缸捆着铁丝抹着白灰，铁锅的上缘长遍锈斑，木锅盖的窟窿塞着玉米骨子，堂间没有桌子没有板凳，缺口破边的瓢碗凌乱地堆在锅台旁边，锅台脸的土坯早已没了模样，“这日子可怎么过啊，啊？”

想到这里，他放下背包，解了腰里的钱袋，掏出两个鸡蛋，转身出了屋子操起铁锨，跳进菜园就挖了起来。

（二十六）

日头已经被一望无际的地坪完全淹没了，小虎在黑暗里凭着自己干庄稼活的经验，一口气把一块方园翻开了，到最后一锹时，已累得上气不接下气了。他扶住锨把背靠院墙一边大口喘气一边仰望星空。天津这里不像他家乡那样山岭起伏连续不断，而是望到尽头仍是无遮无拦的一马平川，夜空就像只倒扣的铁锅，把世间的万物都扣在其中，星星就如锅底上密麻的锈洞，透着闪亮眨着眼睛，不停地给世人传递着神秘的眼神。“它是什么意思？是在告诉人间，俺给了你们那么多的土地，怎么还会受穷挨饿？就像余爱国说的，中国人刚刚泼灭了日本鬼子点起的战火，付出了那么大的民族牺牲，东西都被倭人抢光了，兄弟之间又要没完没了地折腾？让百姓继续过煎熬的日子？上天有灵怎么不出来管管？”他寻思着。

这时，一线残弱的油灯光亮从防寒窗被的破洞透到窗外，接着窗被又晃动了一下，传出一声无力的呼唤：“是——谁啊？”

“是爷爷在喊！”小虎振作了一下跳出土墙，并一头冲进了屋子，赶到老人的炕前。

奶奶蓬乱着头发依着炕墙，布满皱纹的脸颊在蜡黄的灯火里显得更加干瘪，正愣愣地瞪着一双枯陷的眼睛，恐惧地望着进屋的生人。爷爷用肘头拐着窗台蜷曲在窗被的下面，披着遍是补丁的袍子，敞着肋骨凸显的前胸，一起一伏地气喘不停，一看就知道他得的是乡间无法医治的“痨病”。

“爷爷——奶奶，俺来晚了，俺对不住你们呐！”小虎没加思索，张嘴就是一番如泣如诉的表白。

“你——是谁啊？怎么进来的？我——不认得你？”爷爷畏惧地缩了缩身子，并接连咳嗽起来。小虎赶紧爬上炕，一边给爷爷捶背一边回答：“是张叔叔要俺来看您俩的，俺是辽南人，在奉天的南边，靠海，有个旅顺您知道吗？俺家离它不远。俺姓余，叫余小虎！”

爷爷忍着咳嗽问：“张——叔叔？他是——谁？都——这——时候了，你是怎么——找到这儿的？”

“张虎，你的儿子？俺叫他叔叔！”

奶奶虽然耳背，但确实影影忽忽地听到了儿子名字的话音儿，便立刻往小虎的近处挪了挪身子，心急地小声问：“你说的是张虎？这冤家在哪儿？你不能告诉他爹，他要知道虎子在哪儿，能去劈了他……不过，现在劈不了了……喉喽气喘的，连端碗的力气都没了。”

由此，小虎便联想到瘸子本家在门外说张叔的那些没影的传言，理解了奶奶为什么会这样胆怯向自己问话。反而故意大声回答：“奶奶，我说的是你的好儿子，张虎！他现在在……”

爷爷突然又连声地咳嗽起来，打断了小虎的回答，虎子只好继续不停地给爷爷拍打后背。

“你停停，他死不了，你清楚点说说，虎子还活着？”奶奶顾不得了，显出焦急的表情。

小虎跪到老人面前，磕了头，把旅长教给他的话细述了一遍。

爷爷的咳嗽声不知不觉地中断了，满脸展现出渴望的神情。但听完了小虎的述说，又连续地咳嗽起来。小虎马上下地给爷爷扤水，说：“爷爷，压压，别干咳。”

爷爷艰难地吞了口水，缓了口气，自言自语：“虎子是好人？——他还活——着？他不是去打——穷人去了吗？我俩——老不死的，作孽啊，养了——这么个不争——气的，可惜了啊——我给他——起的名了，爹妈——因他吃点——苦倒不怕，就怕他去作践——穷人呐？”说着，老泪纵横不止，鼻涕淌到花白的胡须里。但两眼却充满了祈求和渴望。小虎顺手给爷爷擦了鼻涕。

“脏，孩子。”爷爷边说边抬手挡着小虎。

“不脏，爷爷，俺把叔叔的心意带来了，你和奶奶的病就好了。张叔叔是大英雄，是打日本的英雄，谁都知道，他和俺旅长一样出名，还去南京接受了勋章，这些你都不知道，别信那些人的瞎话，不对的。报纸还登过他的相片呢，您俩没看见？”

奶奶赶紧问：“什么？张虎是英雄？”枯竭的眼里瞬间充满了泪水。

“是的，一点没错！”小虎答应完才想起锦丝绒袋，跑到外屋去取，回来就挨近老人的脸说，“爷爷奶奶，你俩看看，这是他让俺送来的军饷，他一个子都舍不得花，留着孝敬您俩，够二老花到百年了。还有，这勋章，国家给他的荣誉，您俩看看？这是俺给二老留的鸡蛋，可惜就俩儿，解解馋吧！”

奶奶先把勋章拿到手，低头在灯下仔细看着。爷爷也耐不住了，挤到一边低头细瞧。这时的两人，似乎都忘记了病痛，边看边小声议论着什么。而后又一齐端坐了姿势，脸上洋溢出信任的微笑，“俺早就说过，虎子这名起得不会错，他没给张家祖宗丢脸，我这就去喊他们……”奶奶幸福地自语着。

爷爷用干巴的手扯住了正要移下炕沿的老伴，说：“狗肚子存不住……半两香油，顺着腚……就想淌，让他们……骂去，反正谁乐谁知道就行了。”他的最后一句连磕巴都没打，顺嘴顺意。

奶奶犹豫了一会儿，白了一眼老头子，重新坐正了身子。

小虎趁空剥了蛋皮，先闻了闻，“稍稍有点捂巴味儿，还能吃。”并跪着把白色的圆球分别递到老人的手里。奶奶激动的泪水从布满褶皱的脸颊上流淌下来，问：“孩子，你说的都是真的？”

“要不是真的，俺怎么能摸到您二老的家门呢？只有张叔叔才知道家在哪里。还有，这金闪闪的勋章，也就国家能造出来。这些银元，都是张叔叔拿命换来的。”

二老同时点头，表示没有任何疑问了，奶奶这才咬了口蛋白，说：“这是稀罕物啊，到乡下来，奶奶该炒蛋给你吃才正礼，种地的不养鸡，让人笑话。可养了也白养，小日本来抢，国军来抓，搭了米赔了工夫，还惹气上火受罪。唉，干脆什么都没有好，越穷越领静，他们就是进了院子也一场空，咱也免得受累了，只于这老命啊，要不要就那么回事了，活着只能多受罪！”

“你给孩子说——那干什么，没用的话。那虎子是——共军——还是国军呐？”爷爷急着问。

“都是打日本的军队。”小虎不想让爷爷奶奶在这上头太明白，只好含混着回答。

“那——打完日本他们不是——分家了吗？”

“没分，都好好的呢！”小虎想，爷爷连这也知道。

“我听别人来——可不像你说的，年前国军——到庄子里——要劳力，说是把炸掉的桥再支起来，还说是要去——打共产党呐！”

“他们打不了，俺也不去！”小虎不知为什么会突然顺嘴说了这么一句。他想了想，“真该死，顺嘴溜了。前一句是火车上的熏染，后一句是自己的潜意识，或者是受了余爱国的感染。但还是等同把张叔叔的底告诉了二老。嗨，至于他们是否听明白了，反正就这样了。旅长说，有些话不要给爷爷奶奶说得过于透亮。大概就是指的这个。”

他愣着等爷爷反问。还好，爷爷正忙着气喘，奶奶正在吧嗒着鸡蛋的滋味，都没完全听清他刚脱口的话，只听到“抗日的”仨字，正在微笑。小虎知道，二老现在很想知道儿子这些年是怎么过来的，现在在哪儿。可旅长要他说张虎被南京调去搞秘密事情去了。那不等于告诉二老，他们的儿子在国军里了吗？

“唉，他们要是继续问俺，俺就只提秘密俩字吧，别的不说了。”他故意引开老人的注意力：说：“俺明天就得走，现在去把剩下的那块园子给翻了，过些日子就能下种了。”

“孩子，你跑了那么远的路，该歇息了，等我能下地了自己翻。”奶奶扯住小虎的衣襟不肯松手。

小虎思量了一会儿，“是啊，就二老这模样怎么过日子？回去告诉了旅长他还不得急死？我也踏实不了，得彻底帮他们收拾收拾才行，看来明天走不了了，光有大洋有什么用？还得有个跑腿办事的。就这庄子，那些人可靠吗？还不给抢了？”他回过身子，说：“好，那俺明天就不走了，都这么晚了，你俩也该睡了，俺也累了，有话明天再说吧，哈？爷爷奶奶？该说的话多去了，明天咱接着唠！”说着也没脱衣裳就躺倒在爷爷的身边。

爷爷从老伴手里抓过勋章反复看着，再瞅瞅小虎，心想：“小虎说只有政府能做这玩艺，是南京发给儿子的，那还疑问什么？张虎一准儿在国军里，那他会不会去打共产党？小虎说了，他打不了。别人都在打，他为什么打不了？行吧，那我就信这孩子了。”老人几次想试着推醒小虎，再继续问点什么，但奶奶在一边制止说：“孩子累了，你个老东西，咳嗽起来鼻涕眼泪都粘一块儿了，别恶心着孩子，少啰唆点吧！”奶奶拿过勋章，并扯过老头的被子给小虎盖上，说：“咱俩盖一床被就行了。”

爷爷听了老伴的叨咕，一点儿脾气都没有，还微笑着低下头看着这只突然飞来的小鸟，轻轻地抚摸着像似熟悉但又陌生的脸蛋儿，泪珠不停地滚落到被头上。

在二老的爱抚中，因为过于疲乏，又正在长身体，小虎的头刚一着枕，就“呼呼”地进入了梦乡。爷爷的泪珠仍在一粒粒接连不断地滴着。但老人没有心痛，反而觉得他正在把挤压已久的辛酸一滴滴排泄出了心胸，从未感受到的快慰正在自己的心底慢慢滋长扩散。

（二十七）

小虎一直睡到第二天日头照窗楞了才懵里懵懂地忽地爬了起来，“对不起长官，我误点了！”他揉揉眼睛四处瞅瞅，“不对，俺这是在哪儿？”见爷爷正坐在自己跟前对他微笑，这才想起，自己已经在昨晚就来到张叔叔的家里了。

“呀，过点了，俺又晃了人家司机一下。”小虎穿上靴子就往外跑。

爷爷动不了地儿，只能坐着喊：“你急——什么？还没——吃点东西呐？”刚说完就不停地咳嗽起来。奶奶拄着棍在锅台边颤颤抖抖地侍弄着什么。小虎顾不得与奶奶打招呼，出了屋就朝庄口奔去。

司机见他跑得气喘吁吁的，知道他的事并没完全办妥。

“对不住啦，兄弟，昨晚太晚了，俺睡过了，你着急了吧？”小虎歉意地解释着。

“不急，司机就是拉人等人的，你可能还是不顺吧？有事别不好意思，余处长这人很讲义气，他反复叮嘱我，只跟你一个人，几天都没关系，有什么难处别憋着。”

“兄弟，看来我不得不和你实话实说了，这家是抗日英雄的父母，儿子是俺独立旅的副旅长，从抗日起就没回过家，家人从不知儿子的死活，他刚被秘密调往南京，回不了家，旅长要俺悄悄来安排好两个孤独老人的事。庄子里不知这户是抗日英雄，误传是土匪，老人被孤立了，重病在炕。还有，那个家已经不像家了，连件能凑合用的家什都没有，看不下眼儿，被褥烂的一塌糊涂，二老的病很重，下不了地，快饿死了。你赶紧回去给余哥说说，独立旅付账，请他帮俺把英雄的父母安排好，不然，俺没法丢开二老回东北了，只能麻烦你和余大哥了。”

“哎呀，原来是这样……”司机不等小虎说完就要走。

“你别急，还有，这里的人对国军有误解……”

“好了，你别说了，我明白，说有误解还是客气话。余处长很快就会赶到的，估计他得筹备一下，大概……”司机学他叉开手指的样子，对着东方比了两下，“大概 11 点吧，日头两拃时我准回来。”司机跳上吉普，一溜烟地远去了。

小虎返回院子立即操起铁锨跳进剩下的那块方地里。

爷爷奶奶坐在炕上正唠着，“这孩子不是说他今儿个不走吗？怎么爬起来就没影了呢？”

“你看看——他的包——还在不在了？”

“他没拿，我看他是空着手出去的。”

“嗨，这不是——还在炕梢——放的嘛！”爷爷转过头去看了下，对老伴说。

“那孩子要是忘了呢？”

“你以为——那是你啊，丢前——落后的，记性——没有忘性——快。”

“我还给孩子留了碗粥，他没喝就走了。”

“那叫——粥啊，水吧，孩子喝那——能顶事？你——对谁都小气，小气了一辈子——还没小气够，啊？下顿——我不——吃了，省给孩子！”爷爷生气了。

“你说啊，你骂了我一辈子，自己挣不来，我节省着还说我小气。好，我大方，你拿什么大方？借都没人肯借给你，你那些侄子都躲得远远的。”奶奶说着说着就委屈地抽泣起来。

“天下凡能吃食的，谁不想过好日子？可你有吗？儿子为什么讨饭丢了？还不是你当爹的没本事？啊？你个没良心的，老不死的，没钱就怨我，没粮也怨我，没铺没盖的还怨我。那好，我死了你就谁也怨不着了，一辈子你都没给过我好气，你说这日子过的，啊？早知道，爹妈生我干什么？还嫁给你这么个倒霉蛋儿，这一辈子，穷的，冤的！”

爷爷知道自己亏了理，见奶奶真的生气了，靠到窗台上不说话了。

为了过冬，奶奶把窗子贴了好几层捡来的报纸，破了糊，糊了破，把个用做透亮通气的窗户糊得严严实实的，又没玻璃镜子，爷爷根本看不见小虎正在院里翻地。等二老不吵了，屋里安静了，才听见外面有挖土的声音。“是不是——孩子在——翻地？他昨晚——说要翻的？”他要老伴出去看看。

奶奶挂记小虎，吃力地挪到炕沿边拿过木棍正要拄着往外走，不巧，小虎就抹着汗水进了里屋，说：“爷爷奶奶，院里的地俺都翻完了，也平了，能种了。”

“哎呀，孩子啊，你说你连碗稀米汤都没喝就干了这么些活，你叫我和老头子说什么好呢？对不住你啊！”

“爷爷奶奶，张叔叔是俺的救命恩人，俺报答都报答不过来呢，翻翻地有什么对不住的？”

“孩子，你把那碗稀米汤喝了垫垫肚子吧，干了那么多活，空了。”

“不啦，奶奶，俺去庄口望望，还有事呢！”小虎奔出院子朝庄子的东口跑去。

“庄子前后街之间的通道被各家的粪堆堵塞着，进不了卡车，张家离东口又远，人搬物件还是要花点时间的，余处长得受累了。”他边跑边想。

赶到庄口后小虎拿指头对着东天比划了一下，“差不多了，该来了。”他抬眼望着远处的杨树林，那边有股黄尘扬起，“对，是余处长，牛马车带不起那么多的黄土。”小虎兴奋了。直到这时他才觉得肚子真的空了，“俺还是昨天中午和余处长一块儿吃的槽子糕。”

又过了一会儿，吉普终于出现了，可那尘土离吉普却很远。“这是怎么回事？”小虎正在疑问，一辆卡车便追着吉普出了林子，他明白了，“余处长把大车都调来了，真不愧是军需行家。这哥们真够意思，俺回去得好好给旅长说说。”

吉普刚好停到小虎的跟前，余处长跳下车抓过他的手就说：“小弟辛苦了，别的客气话都不说了，快，你赶紧带医生给老人瞧病，后边的活我来安排，你带他们先走！”

小虎领着大夫一路小跑地进了爷爷的院子。爷爷正流着泪蹲在家门口不停地咳嗽着。老人觉得孩子已经走了，心里正难过着，便撑到屋门外想望望小虎远去的背影。

“爷爷，你怎么蹲在这里？医生，这就是爷爷。”小虎着急地介绍说。

医生蹲下看看老人咳在地上的白痰说：“老人现在正烧着，常言说，黑痰轻，白痰重，黄痰不止要送命。老头现在是白痰，但有血丝，还有救，但不能在这儿蹲着，咱赶紧把他抬屋去。快！”

小虎说："这儿不好抬，你俩帮俺把爷爷背起来。"说着他蹲下身子，医生和护士把老人的胳膊搭到小虎的肩上，没费劲就把爷爷背进屋里，"爷爷，你都快瘦成柴火杆了。"小虎心疼地喊着。

医生却说："真看不出来，小伙子的力气比个头大多了。"

小虎心想："爷爷都这样了，他还有心思开玩笑。"

小虎把爷爷平放到炕上，医生赶紧拿出听诊器，并摸摸老人的太阳穴，护士在一边量血压，测体温。而后打针、服药、挂上吊瓶。

"不是二老吗？"医生问。

奶奶一直靠着门框看人忙活，她不知这些人来家要干什么，想问又不知从哪问起。

护士把奶奶扶到炕上躺下，检查结果都是重感冒引起的肺炎，爷爷的病比奶奶重些。"还来得及，要再拖几天这二老可就难救了。"医生说完又补了句，"真可怜呐，儿子在前线为国打日本，还是英雄，可父母没人管。"

院子里有了动静，小虎想起只余处长和司机仨在外面搬东西，人手不够，便出屋帮忙。但余处长早先就准备了推车，只见地桌、炕桌、椅子、炕席，被褥、水缸、水桶、坛子、罐子，锅碗瓢盆，连老人坐着择菜的小凳都买了，一应俱全，摆了满满一地。"小弟，你说往哪放吧，我俩搬就是了，知道你没睡好觉。"

小虎激动地跑过去抱住余处长："余哥，俺代秦将军感谢您，俺替张副旅长感谢您，你救了英雄的父母。"

"小弟，别说了，你我的心情都一样。你在里屋时我已经看过这个家了，真让人难过呀！谁会知道这就是英雄出生的地方？连人家的牛棚都不如，你就瞅那炕席，还能睡觉吗？不铺褥子还不得扎死冰死？"说着，眼泪就从眼窝里滚落下来。

余处长擦了下眼睛，说："快，把那破缸扔了，把新的搬进来，赶紧担水，我小弟下午还要走，咱把老人的屋里屋外统统清扫干净。”

两位老人安静了，屋子整洁了，新锅安放了，碗柜立起了，新炕席铺上了，饭桌放好了……“小弟，你看，还有哪个地方没照顾到？”

“俺看行啦，爷爷像搬了个新家，都变财主了。”

“英雄为国为民出生入死，凭什么就不该当当财主？光是有权有势的发财？”余处长一边说一边和小虎屋里屋外地瞅着。

“哎？这什么窗户，黑咕隆咚的，今个没准备，咱明个办，把纸扒了，上玻璃。还有这锅台，拆了改红砖抹水泥的。”余处长又回身瞅瞅房门，“还有这儿，把门神也换了，檐下重新挂彩，屋墙掉土的地方重新抹灰，拿白浆好好刷刷。”

“余哥，不啦，年都过了。”小虎感激地说。

“这可是天津的辖区，英雄的父母根本就没过过年，当地有责任不？补上，喜庆一下，贴上大红福字和咱杨柳青的年画，让老人好好再过一次，让那些说三道四的把眼睁开，只有抗日英雄的父母才可享用这份荣耀。什么土匪胡子？他们对忠心报国的就这般报应？我有气！”

小虎觉得余处长看事长远，处事豁达，粗细兼得，虑事全面周到，让人不佩服都不行。

“小弟，你是客，我是主，没办法，等我去了你那一亩三分地儿再颠倒过来。今儿个你就走，老人的事就交给我了，让秦将军放心，你看看我这身行头就会明白，不是傅作义的灰布军，是老蒋的嫡系，不愁军需，因此，只要我在天津，保证管到底了，即使我调离了，也一定要有个安排。春种别发愁，秋收更放心，我让大兵来干。”

“现在已大晌了，伙食我带来了。一是给你送行，二是为二老急病得救庆祝。今晚吕护士留下来照顾二老，刘医生两天一来，他是个乐天的好大夫，你瞧他不正经，枪林弹雨一边笑着一边手术，是个多面手，还懂中医，军地两用。”

“你已经看见了，咱没动声色，一律百姓便装，家什是用推车推进来的，大车还在庄子外头。咱们所做的一切都是让这四邻去好好打听打听，为什么有人会这样照顾二老，而不是故意在这儿喧闹，他们根本就不知道咱是国军，只知是政府，这符合秦将军的要求吧？至于付款，他的是军费，我的也是军费，都是纳税人的钱，我看就不分你我了。好，摆桌子，开饭！”

吕护士和司机赶忙问：“在哪儿摆桌？”

“在炕上行不？让老人看看，不会影响他们的病情的，反而还有好处，让他们瞅着咱乐，精神愉快，咱再给他们夹几筷子。哎呀，老人不容易啊！我的老人也是日日夜夜在盼着儿子回家啊！你们知道老人最怕的是什么？是儿子拿着枪上了战场能不能回来不知道，揪心呐！那是仗打几天他们就心惊胆战几天呐！”余处长长叹着说。

刘医生说：“余处长的安排有道理，二老不仅仅需要安静，更重要的是心情，他们的病与想儿子有极大的关联，再加日子难过，精神压抑，心情不好。你们摆吧，没错！”

“给二老每人单准备一双筷子，喂菜时各用各的，防备交叉感染。”饭桌摆上以后，刘大夫说。

“咱们六个人，除了吕护士外，五个男的分两组，每组喂一个病号，别乱了套。”余处长笑着说。

“那不行，不能把我踢出来，我也得给英雄的父母尽尽心意，机会难得。再说了，你五个人怎么平分两组？”吕护士说。

“你最尽心了，今天夜里还得留下值班。”司机回道。

“那可不行，我家受过日寇‘三光’的害，对抗日英雄有种特别的敬重，一定要代表父母表达一下心意。”吕护士认真地说。

“那好吧，小吕你随意，参加哪组都行。”余处长说。

“还是余处长脑子转得快。”小虎说。

一个别具风格的饭局开始了，英雄的父母笑眯着品尝了他们一辈子都不知是什么滋味的天津大饭店的特菜，余处长耐心地把菜名一一介绍给二老。同时要小虎回去告诉将军，“我余爱国替他尽心尽意了，感谢他对我家乡子弟的培养与教导，让张家出了个抗日英雄。”

其实，余爱国还另有难以言吐的情感也包涵在其中。在他以这种方式表达自己对抗日英雄满怀敬仰的同时，也泄发了他对英雄父母的遭遇充满感叹的心里，更是以此表达了他对发动内战和血脉自戳的所谓“豪杰”的轻蔑。

“爷爷奶奶，我这是用人民的钱买来给人民的英雄父母品尝的，二老要细细地嚼、慢慢地咽。这是卫子烤鱼，这是香酥鸡翅，这是湾里大虾，这是星湖摊蛋，这是银须醋羹，这是五色炒饭，这是天津的耳朵眼儿炸糕……”余处长说一句，小虎就对着二老重复一句。

在筵席快要结束时，余爱国看看手表说：“多美的盛宴总有一散，小弟该起程了，我也该提前回返了，刘医生坐卡车回去，你们再留一会儿，别一下全走了让老人难过。二老的一切都安排好了，叫秦将军放心就是了。”

小虎整衣下炕，跪到地上给爷爷奶奶再次磕头告别。二老挣扎着要起身为孩子送行，但被吕护士和刘大夫制止了。

小虎和余少校跨出屋门，只见院墙外挤满了看热闹的人头，一个个交嘴接耳正在议论着，“这年景还真的怪了，竟有公开拍土匪马屁的！”“土匪老子怎么突然吃香了？”“不会吧，你看这阵势，大车小辆的，来头可不是一般人敢公开召唤的！”死气的庄子似乎一下子生动起来了。

小虎本想和村人特别是为他指门那位张姓本家说句关照下二老的话。可余爱国拽着他的腕子说：“快走，别搭理他们，让他们随便议论去。人就这怂样，东风硬随东，西风硬随西，可怜又可恨，还没被开化，这是咱民族的……”他摇摇头不想说了。

返回天津后，余爱国因上司已经约定有急事，不能给小虎送行，没到火车站就换有轨电车直接回了军营。他已给小虎提前购买了下午4点的车票，并嘱咐司机一定用吉普把小虎直接送进站台。

在站台上，总不肯多说话的司机终于笑着对小虎开了口：“我也称呼你小兄弟吧，你可能要比我小好几岁呢。我和余处长是一个庄子的，是他把我带出来的。他父亲曾是我家的长工，为人厚道勤恳。我父亲从小就觉得余处长天资聪颖，长大了该是国家的一根有用的材料，资助他读书，后来，是他自己的努力才成了燕京大学的高材生。他苦孩子出身，同情心很强，爱国，就如同他的名字，是学校抗日积极分子的小头头。他经常回家沟通我父亲给抗日捐款，父亲办了。父亲因仇恨日寇被下了大牢，我被赶出了校门，怕受连累，亲戚见我都赶紧躲开……”

说到这里，司机忍了忍内心的纠葛，继续着，“他爽直，没有废话，爱读书，爱想事，对不满的事用词尖刻，有时还很辛辣。所以上司不喜欢他，认定他是个丢不得也拔不得的材料。这不，他最不愿干啥非要他干啥，抓丁抓不到，上司说火车站台上有，抓多少就分多少大洋？你说丧不丧良心？你千万不要误会，他个人镚子儿没领，这次给爷爷奶奶的置办，花的都是这钱。可那些下流痞，眼红得都变成疯狗了，见人就咬，恨得他牙根痒痒。在火车站抓壮丁，缺了大德了，丧尽了天良，那根本就不是他分工的活儿，和军需扯不上半点关系。”

“我谢谢你，你总是给了他个发泄的机会，向真心抗日的英雄表达了他的心意。要不，我真担心他会不顾一切地疯起来。你不知道啊，他有时候被憋屈得偷着哭。我问他，你哭什么？你猜他说什么？他说，打日本的政治我从来不畏惧，可兄弟自残的政治可把我给折腾死了，这比抗日那政治凶残呐！”

“他还问我，你说这政治非得搞暴力吗？很文明的一个词，一到当下就变味了，怎么这么让人恶心？暴力不该是政治的一部分，暴力本不是政治，是有人强加给政治的，把暴力说成是政治，就是在美化和掩盖自己的强盗行为，是政治狂人企图用扭曲的逻辑搅乱人们理智的判断，是在愚弄民众。”

“政治是治理国家的大策，不是伎俩，各政治集团有分歧该坐下来谈，摆事实讲道理，一年谈不拢就两年，不要影响老百姓过正常日子，更不要杀人放火，要相信老百姓有鉴别真伪的能力。靠杀人放火取得政权或维持统治，那是野兽强权，不是文明诚信。一个人的主张在没有变成老百姓的共识前，只能叫见解，不是政治，构成政治的根本条件是集团意识，而且还不是小集团的意识，怎么能把小集团拜把子的誓咒当治国信条？”

“我很赞同他的这些看法，他明知对我说这些既不解渴又不解疼，没任何用处，可他还是要说。你说，他是不是憋得没地儿说了？”

小虎想起余处长昨个儿在车站的那番话，也如同对牛弹琴，可见，这世道在他眼里已没几人值得信赖了，好不容易逮着一个可信的哥们，也不问问能否听懂，便一个劲儿地大水漫灌，“唉，当今有知识有见解也是种苦恼。”他被司机的感叹感动了，扯过司机的手说：“哥哥，俺要走了，你这段话让俺的心隔一下子通了。俺知道秦将军的脸色为什么大多时间总是凝重的了。”

“你多保重，要告诉余大哥，咱就是胳膊再粗也扭不过大腿去，人心要是抱不起团儿来，还不如一盘散沙有用。俺娘说，散沙既堆不成高山也堵不住河水，俺在家拉网围鱼，只要一角儿松了，整网就空了。现在的形势就像只他一人扯着一角，其余三角都散了，连虾米都捞不着。他确实很有学问，可唯独怎么安慰自己这条他没学过，总和自己过不去，苦恼多了不好。俺是个穷孩子，穷人有穷人讨乐的方式，比如，饿极了不要只待着等死，想想小鸟是怎么求活的，它不会种庄稼，但能飞上蓝天，这么一想，心门就开了，就有办法了，这不就是咱的乐趣吗？不然一天你都活不了。他虽也过过苦日子，但估计，还没到俺娘上吊不想活的地步。”

司机惊讶地看着小虎，想不到一个似乎连牙都没长齐的孩子，竟能说出这么朴素而深刻的道理来，扑上前和小虎拥抱告别。小虎亲亲司机的脸颊，牵着手难舍难离地转身上了车。

当他坐到木板靠椅上时才突然想起，自己还不知司机姓什么叫什么，两天来光顾着忙爷爷奶奶的事了，连问都没问人一句，他遗憾地摇了摇头。

火车缓缓地离开了站台，他对着玻璃窗向外面的司机招手，并轻声呼着：“真是对不起，俺失礼了，回去该向旅长作深刻检讨。”

第五篇　迷茫阵的坚持

（二十八）

小虎走后，秦泰白天没法分心想他此行能否顺利，但一回到家里，心就不由自主地吊上了半空，食无滋味，夜不安眠，到第四天早上，更觉心神不定，“小虎还是个孩子，也没在乱世里经受过锻炼，我却把他当大人使唤，是不是太冒失了？”独芳看出了丈夫的心事，安慰说：“小虎虽和咱相处不足两天，但能看出，他是个胆大心细的孩子。”妻子虽没说小虎能否把事情办好，但这话已足以安稳丈夫的心了。

他赶到旅部后还没等屁股坐稳，赵司令就亲自打来电话，说美式装备已经装船，要秦泰抓紧按配备把各营的改编计划制定好。其实他从小虎走后的第二天就专心和刘参谋长、王副旅长按士兵登记表逐人分析研究，最终的结论让秦泰十分失望，新兵的最高学历没超过小学的，且真正学完高小功课的还不到百人，仅占全旅总兵员的百分之五。“搞什么机械化部队？能保住命就不错了！”刘参谋长已失去了耐心，不想继续研究了。

“老刘哇，咱得面对现实，这什么年月？能埋怨这些孩子吗？他们能在战乱中活下来就不错了，还谈什么学历？我看，咱就从识字班办起吧，咱轮流讲课，特别是几个参谋，要把扫除文盲当第一任务。”秦泰叹着气说。

刘、王几位嘴上不说，心里对打内战早就反感透了，憋了一肚子的火没处泄，只好借这题目发发，“旅座，我看上报的编制对付一下就算了，留点时间咱扯扯别的吧。”王副旅长建议。

“扯什么？赵司令还等着按编制给装备呢。”秦泰回答。

“他不是都有安排了吗？火车站宣布的不算数了？再说了，装备在哪儿？也就你信，反正我们几个不信。他们尽说大话，说共军不堪一击，可事实是什么？一连几个抗日英雄团都被人打垮了，奇了怪了，这倒是个很值得好好研究的题目，猛虎怎么能叫狼咬了？我看，一时半会儿装备不上，或许能坏事变好事……”刘参谋长嘻着嘴说。

“司令说装备快到了，没底他敢说这大话？你说的好事坏事是什么意思？”秦泰瞪着眼问。

“装备快到了？亲眼见了我才信以为真。我的意思是，凡蒋总裁的决策都是好事，没一件坏事行不？不过，即便总裁是英明的，我们几个仍想听听你对内战的国际国内条件和前途的看法，即使咱真成机械化旅了，那也不能盲目服从吧？打日本时咱不就是靠这个主见才成为英雄团的吗？”刘参谋长抢话。

“是啊，不把为什么要内战，和国际对中国内战的评估弄明白，我一头扎在装备上有何意义？可我心里一直在牵挂小虎此行的顺逆，连觉都睡不踏实，精力很难集中。还是先把立国叫到家中帮我条理一下再说吧，一来可让自己分分注意力，二来也为自己想了很久的问题寻求个旁证。”想到这里，秦泰抬眼瞅了瞅参谋长说：“咱想到一块儿了，但你得让我好好琢磨琢磨，严肃问题得严肃对待。”

旅的核心长官都是和秦泰一起从抗日战场上冲杀出来的，是血肉相连的兄弟，在上级向秦泰招呼组建独立旅时，他唯一的条件是，好战士升班长，班长升排长，排长升连长，连长升营长，以此类推，不得外派一人。上司见他态度认真坚定，只好答应他的要求。秦泰毫无顾虑地为战友争得了荣誉与地位，因此大家对他都很佩服敬重。在当前形势下，他们更想听听旅座到底想把队伍带向何方。

秦泰不想避讳几位要员，随口问道："立国，你说小虎他能完成我交办的任务吗？"

刘、王等明知张虎走得神秘，但仍不愿给旅座添难，逼他说出不情愿的话来。

"我看问题不大，他虽没文化，但不同于普通的乡下孩子，精灵得很，不属那种有热闹看不够，或呆头脑子不拐弯的草籽，他决不会主动惹事生非，只是寻找张家可能要费些时间。"

秦泰边听立国说话边和几位要员示意"回见"，并继续说："好啊，你这定心丸却有味道，咱俩回家好好议议更重要的大事，今天我的日程安排就是听你坐而论道了，如没有紧急情况雷打不动。这几天又有哪些消息可供参考？那天你说的已大半被验证了，看来你的消息小道得畅通起来，要不要再给你提供些方便？"

"那咱今天的讨论就到这里了，你俩回家去论证吧。但有一条，论证的结论一定得告诉我们。"刘参谋长说。

"放心吧，一定。立国是个书呆子，如果呆子的看法都能和咱一致起来，说明国人的看法肯定都是统一的。"秦泰扯着立国朝门外走，又回头笑笑说："我比你们还急，得抓紧点儿。"

上车后，立国急着问："怎么，你能搞到军统的手段？不必了，不要自造风险了。不过，接受机的功率还是大点好，杂音少，不费耳朵。"

"对旅级建制来说，你这要求不高，我很快就能办到。"秦泰痛快答应了立国的要求。

回到家后，两人没给独芳打招呼就躲进书房里开始议论。"姐夫，他们不研究司令下达的任务，却对内战该不该打感兴趣，这样做会不会弄出乱子？我今天是头一次参加编制调整讨论，结果你们草草就收了尾。前几天我连你个影都摸不着，打电话问我姐，姐说你姐夫不是天天在旅部吗？

我只好嗯嗯，不然她会猜你不知又到哪个墙角打牙祭去了。”

“你小子话里有话，我哪有那胆儿，你姐的私房菜就够我牙祭的了。刘、王都是我从战场上救下来的生死兄弟，不愿参加内战，自然对装备也没大兴趣，他们很想了解当前的政治趋势，在会议室那儿人多嘴杂，门缝外就是耳朵，也论不到正题上，还是回家坐着务虚踏实。”秦泰故意把两脚伸到写字台上。

“行，还是你有胆量，不但敢当着老蒋的面论是非，还要让总裁看你的脚，他要知道你对他这样尊重，明天就给你个中将军衔。”立国望了眼老蒋的画像调侃着。

“他如是个明白人，该让我和他称兄道弟才对，和他君臣关系，谁敢说真话？家里可不是政治舞台，只有政治狂人和野心家才把家当政治密窝，搞政治的在外面心是吊着的，只有回家才能放稳，连稳心的地方都不要了，他还能得安宁吗？估计老蒋就是个把家都改成策划政治阴谋的主儿。”秦泰看着立国说。

立国回答：“你这话新鲜，深刻，我得记着。不过你要是个被人盯梢的政治歧见者，在哪儿也没法安定。”

“我说的是高层人物，越是高层……”秦泰用手指了下画像，“坐着说话占总说话量的八成，只两成是走着说，在他们那里许多决策都是坐出来的。两成走也是走形式，什么督察、扇动，添彩和自我美化。我才不信老蒋的水平有多高，在战场上，司令被打掉了，军长就得立即接替，以此类推，你说原先他俩到底谁的水平高？不好说吧？”

“不过，你刚才的话在告诉我，你已经以最快的速度把庄稼佬的本色丢了。老爷子要是知道了会不高兴的，又要跟在身后骂你鳖羔子了。”秦泰笑着，他想起在赵家院里的那些情景。

“我以为你那时只忙着征兵，没想到你还有闲心研究俺们家的事，特别是研究俺姐。你别看她一个村姑，你知道她的心有多高？你行啊！”立国溜着眼儿瞅瞅秦泰，见姐夫好像在美滋滋地回忆着什么，便接着说，“那你就接着问吧，凡是我知道的，毫无保留，还会把自己的油盐酱醋加进去调调口味，但不影响你的单向思考。不过，军统如在这屋里捣鬼，那……”立国有意降低了调门儿。

“想不到你出息得神速啊，人说一日不见如隔三秋，我是三日不见你，连人都认不出来了。还是赵司令说得对，不能把你这种人窝在山沟里，那会一年四季刮台风的……放心吧，你有什么高见尽管发表，我都让人查了，这儿比旅部还安全。咱这儿肯定没问题，他那头就是有窃听也白搭。”

立国放心大胆地笑了起来，“哎，形势所迫啊，你不是教导俺得长记性吗？咱不是总想做个能说得过去的人不是？原来在簸箕里，你想关心国事都没门儿，在路上捡个纸片我能看半天。现在咱是净身一个，除了想家就没别的事了，再不努力怨谁啊？连自己都说不服自己。”

“是啊，咱不能稀里胡涂地熬日子，我感觉老蒋的这次决策有关民国的明天，更直接关系到每个人的前途和命运，甚至是咱的后大半辈子还能否继续得下去，”秦泰说话的神情十分认真，“现在比抗战那时更需了解局势的动向了，而且对国际国内政治经济都得心里有数才行，特别是真实的内情。你说得对，不能被沈城这点事儿缠住。不然必是孤陋寡闻盲目跟随，几千当兵的，脱了军装就个老百姓，人人都关联着家庭和亲人。”

立国点点头说：“你说得太对了，站得高才能看得远，自抗战以来，四万万中国人的第二个生死关头到了，老蒋从江西开始确立的戡乱政策和方针，到今天已登峰造极了，他把所有的国人都给抵押了。”

他没等秦泰回答就接着说，“这两天我集中精力研究了这方面的事，觉得事关重大，整个民族的前途都被老蒋绑架了，他是孤注一掷啊，把几百万兵命全赌上了，让全国的父母掏钱买刀杀自己的儿子。谁乱了？是他自己的脑子乱了，是他身边那些既得利益者鬼迷心窍了，是领袖自己把国家搞乱了，他该先戡戡自己的乱，把跟在他屁后的那些哈巴狗的睾丸统统骗了，免得他们嗷嗷地叫春！”

“你把内战的性质看得这么向恶？你的话比共党还共党。”秦泰故意反问道。

“是的。姐夫你想，现在中国总共有几个政治集团能决定国家与民族命运？不就俩吗？其他都是些零碎儿，翻不起大浪，顶多是个水泡儿。而一直不能同心同德的也正是这两个政治集团。我可是无党无派的主儿啊，虽身在曹营，但自认说话还不偏不倚。明眼人有谁不知，即使老蒋在决心抗日时，仍是戡乱第一，抗日第二。卢沟桥事变之前，如不是宋哲元应变，他差点儿屈从了日本的压力，搞出个华北自治的第二个满洲国来。什么内乱不戡无法一致对外？整个一屁话。他最终下决心一致抗日，那是党内权力争夺的结果，国人骂他，抗战派逼他，老美暗里挤他，宋美龄在床上推他，他很无奈，不然就得下野，甭想再鲤鱼翻身。”

“张、杨兵谏时，张闻天和周恩来认定，如把老蒋搞掉，中国的内乱将进一步升级，混乱更加剧烈，会给日本侵华制造可乘之机，那小日本就甭搞军事部署了，干脆在中国大地上阔步前进了。捉了蒋扎了手，是经中共的多方周旋才有后来的政治局面的。但老蒋不念好，仍千方百计消灭中共。还有，攘外必得安内和汪精卫的曲线救国有根本差异吗？不要因为老蒋追杀汪，就断定他俩是抗日政见不同。其实只不过一个是公开当汉奸，另一个是暗地与日本勾结。汪精卫辛亥革命的资格比蒋老，很受孙中山器重，老蒋从国民革命军第一军军长得势后，汪要与他平起平坐，二人从广州起就互相妒忌，宿怨难解，他俩狗咬狗一直咬到汪死在日本才完结。”

“国共的第二次合作，根本就不是两党可以共同治理国家的依据。孙中山倡导并亲手促成的两党联合，但还没等孙中山进棺材他就翻盖了。经过抗战，老蒋的威望空前提高，可这资本他没用于共和，而是继续剿共，这绝对是他的政治败笔，说明他的政治眼界比我高不了多少，连政客序列他都入不了流。通诈术不等于通政治，立山头不等于立国体。”

“如今的中国还能站出个像孙大总统那样有威望的人吗？环境与条件都不配合。甭说国共两派，就国民党自己分几派？互不服气，互相贬伐。他们从来也不问问老百姓关心什么需要什么。我看，这两大集团的胜负这次可要人心来决定了。在中国历史上，让人心决定民族前途的仅有一次，那就是辛亥革命，其他的大多是势力集团的利益赎买和权力的博弈与征讨。这次是什么革命？你就等着瞧吧！”

秦泰插话：“不可否定，从张、杨逼宫以后，老蒋的抗日决心的确是坚定了。给改编后的八路军、新四军每年最少也是30万大洋的军费，还有军需和物资。但到民国三十一年突然停了，只给了六年，他怀疑中共是借抗日的名义另搞一套。陈诚在支持中共上做了许多工作，他和周恩来在黄埔是师生关系，周经常要陈诚在国共之间协调一些难题，陈从未拒绝过。陈告知周，蒋发现共军由改编时的十来万人迅速发展到五十几万，蒋连何应钦为中共的劝言都不听了，连说‘上当了’，这说明老蒋恨中共超过恨日本，你可以对他这次戡乱的前途大胆做下假设。”

“你是党国的将领，可别把我的话当决策依据，仅供参考。当下一定要明白各集团所依靠的力量是谁，是实力还是虚力，是强力还是弱力。老蒋所依靠的是自己的帮派和财阀。可他那财阀还叫阀？也就比地主老财多几两银子，没有工业化哪来的财阀？白痴才信。只于什么金帮银帮，那根本就是一群花天酒地的窑子哥，哪个懂治国安邦？”

“人家西方搞了百年资本主义，咱中国呢？刚出了个会做买卖的黄嘴丫就资产阶级革命了？而且还没等宣布革命成功就动手你抢我夺，资产阶级就这水平？说他们吃吃喝喝的钱比咱多我信，说他们的钱能发动一场举国战争我不信，根本就构不成国力。老蒋只能盘剥百姓，拿百姓的钱买枪，再把枪口对着百姓。好，这次他可以依靠老美打内战了，请问，老美凭什么不计收益长期帮你？而且老美并不想全身心卷入中国内战。”

“咱再看看老蒋的人心。辛亥革命他确实有功，陪都重庆时期的抗日他也确实出力了，国人并不想忘记他。可他背离了大总统的‘三民主义’，背离了民心，坚信政治就是你输我赢，把争当皇帝当作他精神世界的全部，这是不可原谅的。日本人从1930年臭名昭著的‘中原大战’得出的结论是，‘中国人是一盘散沙’‘国民党无法核心’‘中国军队不堪一击’，这才下决心侵华，接着就丢弃了东四省，完后老蒋就淞沪败退，放弃南京，使30万国民生命涂炭，比八国联军进北京时的慈禧西逃还惨，国耻。”

“还有，他山大王意识极其顽固，根本搞不了政治共和，你见他与谁共过和？就一单干户。他的班底总是七股八叉。国难正当头时蒋汪分道扬镳，外加剿共，枪口朝里打，老百姓骂不绝声，但他还自以为是，不肯放弃错误主张。他安内安成了吗？越安国家越分崩离析。日本投降了，蒋李又矛盾了，至今还是中央军地方军，各打各的算盘，根本就尿不到一个壶里。说是齐心剿共，我看，还不知谁剿谁呢，真正的火烧连营大戏还没开幕呢。”

“你一提到老蒋的攘外必得安内，就让我想起父亲要我投身抗日那天晚上说的话。1933年前后，冯玉祥汲取中原大战惨败给老蒋的教训，召集老部下在北平重新组成了抗日同盟军，而老蒋仍视他为眼中钉，说他人品不好，决意要再次拔掉他，先要阴谋把冯玉祥挤走，后又以卑鄙手段孤立抓捕带兵的将领方振武、吉鸿昌，亲自指使两面派何应钦与日军勾结联合，绞杀了北平的万名抗日志士。这是老蒋出卖主权的铁证，即使后来的南口战役，也无法掩盖和洗刷他的耻辱。还有他下令逮捕全国各界救国联合会沈钧儒、章乃器、周韬奋、李公朴等‘七君子’，连宋庆龄都无法忍让了，公开发表抗议声明。”

“父亲一再嘱咐我，先翻过他的那一页，只要他能把抗日放在首位，咱就从新的一页看他，拯民族于水火，还北平予英烈，是当务之急。我当时非常气愤，想去找共党，可延安很远。说北平西山有条小白龙专揭鬼子天灵盖，但深山老林找不到。那时只讲义愤不懂道理，谁抗日，谁离得近，就跟谁走。父亲偶然得知国军十三军已迂回到燕北，便带着我和张虎绕道香山去投奔。”秦泰的语气里透着后悔的意味。

“他抗日前期的主张给后来的抗日造成了极大的被动，损失了太多的无辜生命和经济代价。这些罪过不仅没有清算，反被他一句‘坚决抗日’给掩藏起来了，连错误决策这句话都没人敢说了。”立国补充道。

“哎，原想抗日战争结束了，咱总是把沦陷的国土拿回来了，眼下他还是一国之主，该团结全国齐心合力恢复元气了。但没想到……”秦泰感叹着。

“是啊，目前国内国际都在呼吁，中国该从战争状态转向建设轨道了。连破产的德国都在总结历史教训。我听说冯玉祥在美国大声疾呼不要内战。”

“冯玉祥老早就是老蒋的眼中钉，他可得提防着点，说不定毛人凤哪天就冲他下手了。”秦泰说。

“老蒋惯使愚民手法，利用老百姓连年饥饿为讨口饭的心里，把人再次推入战火，就像小虎，明摆着出来当兵就为能保条活命，他哪里懂得杀自己弟兄还能登英雄榜是阴谋？各朝各代的皇上给帮他打江山的都赐了英雄，刘邦最典型。但他还没等英雄兴奋够，就把功臣一个个宰了。所以，英不英雄还得历史去结论，国人只认岳飞文天祥于谦郑成功林则徐，虎山人年年都纪念甲午海战在楼头海上与铁船共沉的邓世昌、林永升，他们就个管带级的官，舰长，不用皇上封，可总是活在老百姓的心里。”立国动情地说。

“那另一个集团呢？”

“你别说，我原以为国际上对中共了解不多。结果出乎意料，西方记者从陕北发出的报导还真不少。苏联的报导虽有些片面，但也可供参考，不应忽略。”

秦泰拉开抽屉拿出纸准备记下立国对中共的看法。

“你想想，从有关资料对比看，中共的军力为什么从一开始的十来万人，中间落到一两万，而后逐年增加，现在已 120 多万了。是坚决抗日的结果，是系民族的信念与希望于一身的结果。只因口号和做法都得人心，所以在消灭日寇的同时也壮大了自己。人家主张统一战线，搞联合政府，广纳有识之士。只于揭露腐败，揭露独裁，反对投降，反对内战，反对官僚，提倡民主，解救贫穷，土地改革，更叫百姓欢呼。可以说正因为日寇的侵华才使中共迅速壮大，客观条件铸就的，老蒋心里也明明白白的。所以真正的战略家应把矛头始终指向日本，而剿共先于抗日肯定要丧失人心，老蒋对此始终不肯理性。因此他尽管费尽了心机，但就是灭不了人家。人家反而把根扎在广阔的土地里。老蒋必然浮萍一叶。”

“老蒋只能整日的北伐精神黄埔脊梁。回头一看，就几个屁精跟他，嫡系心腹的话里都塞着私活，他们能代表四亿颗心吗？而且他们自己还矛盾重重，老蒋自顾不暇，只能把家事与国事都堆到一个堆里抓阄，抓啥办啥，把政坛变成了赌场。”

“你这挖苦可太有意思了，很形象，也很贴切。”秦泰笑得连嘴都合不拢了。

“咱从历史分析到现在，对国共双方的人心所向不就全明白了？好，再看眼下，老蒋的内战部署等同画饼充饥，他把着孤零零的大城市，人家就去了一眼望不到边的乡村，小日本就是掉进八路设下的这个陷阱里的，占地儿越多兵力就越分散，越分散就越没战斗力，看表象是胜利进军，其实是越陷越深越顾此失彼。外国记者的评论都在说，老蒋严重脱离中国实际，四亿人，八、九成是种地的，美英法是城人比乡人多，人家是‘工业化’，咱是‘农垦化’，电台里说咱西部现在还刀耕火种呢，比猿人就多个会说话。就这现状，谁的后勤人多？打起仗来没大米白面不怕，地瓜土豆也能饱人，不照样把日本鬼子撂倒啦？小日本围剿抗联时，在长白山里进去出不来，困死多少人？他有卡车枪炮，可肚子憋了，老百姓不照应你。算算吧，军民一色，不用飞机大炮，扎枪大刀就把它毁了。”

秦泰收腿起立，握着立国的手严肃地说：“我一贯重视参谋班子的建设，人说参谋不带长，放屁都不响。我看他是没选准得力的人。抗战的厮杀让我认识到，在战场上，士兵一分一秒都要打战术，而将军每分每秒都要打战略，官兵双方只有如此结合才能逢战必胜。而将军心中的战略定力，必须来自优秀参谋的头脑。你对内战的战略趋势分析有理有据，我现在已彻底想明白了，这场攸关中华民族命运的内战，必胜的一方只能在坚定的反内战一方，板上钉钉了。”

（二十九）

立国以为秦泰的一番表露已为两人的交谈作了结论，务虚该结束了，但无意中提到的“两化”却勾起了秦泰的特殊兴趣，他放开立国的手重新坐回原位继续提问：“立国，不要急着下课，你刚才说的工业化农垦化好像与战争的胜负关系极大，现在大多中国人对这些概念和含义都很陌生，我曾思考过，洋务运动之所以失败，除了以慈禧为代表的腐败保守势力主政，及外强的侵入破坏外，和大多国人把西方的现代化看成是‘长技’，而非现代文明的进步，有极大关联。不瞒你，从洋务运动开始至今已64年了，满清已经被推翻了，军阀混战也停止了，日本被打跑了，经济建设该是国家的第一要务了，可对我这将军来说，仍似懂非懂，你再给我讲讲吧，‘两化'的本质区别到底在哪？"

"旅座，你是带兵打仗的，关心这些芝麻谷子干什么？"立国故意反问。

"有用，本来抗战一结束就该有用，现在如能把芝麻谷子堆成高山那才是正道。抗战期间国军里盛行'机枪一响，黄金万两'，实际是越打越穷。日本人一开始也信这话，直到太平洋战争爆发它才明白'杀光烧光，大和遭殃'，事实证明，国家不是靠打仗富强的，还是坚持和平建设才正道。于是，我必须把什么是'两化'彻底搞明白。"秦泰在说这番话时一直盯着立国。

立国用赞叹的眼神回敬了姐夫，说："二战为什么能打起来，说穿了正是工业化闹的，工业国需要大量的物力人力资源，但国际社会没从工业文明高度总结一战的教训，没在工业文明秩序建立上花力气，反而原始武力抢劫意识倒继续成了工业化初期资源来源的主导。是啊，拦路强抢的成本最低，顶多死几条不值钱的人命。当然，农垦化时期也有战争，但那战争的规模和领域有限。工业化战争就另个模样了，集结迅速，势如闪电，杀伤力大，战争狂人能立即看到战争的成果。因此，工业化的吸引力就更大了。除了中国，西方各国都在追求，因为谁的工业化程度高，谁就是当然的世界霸主。"

"我小时的那个日本老师总给俺和姐说这词，那时俺听了摸不着后脑勺。现在才明白，这些知识比命还重要，抗战咱牺牲多少人？所以，不懂'两化'的差别，甭说你治国帅军，就是你种地都种不明白，爹只知道翻土下粪薅草，干点活儿呼天抢地的，经济学上叫'小农'。"

秦泰听了开心地笑了一下，想起老头的口头语"鳖羔子"，立国挨骂最多，老人家的嗓门不高，可眼睛能透心。

"嘿，你笑什么？俺从南山扯到北大砬子上去了，远了点儿……"

"不远，你说咱爹正在搞农垦化，'两化'的差别到底在哪儿，你一提到老头，我一下就透亮了。"

秦泰的话把立国逗得前俯后仰，“你是明白装胡涂，我不给你讲了，俺给姐帮厨去！”

“别别，我真的还要进一步向你讨教，正在兴头上，你没看我都记了好几行了吗？本人很重视这些课题，你教导说要抓紧补课，中国不能总打仗，这些知识对和平建设的用处太大了。”

“行，看来你是奔总统宝座去了。”

“不敢，中国就蒋委员长一人够格，谁敢取代他？簸箕人不是说‘打着灯笼捡粪找屎（死）吗？”

“你在簸箕里只待了那么几天就被农垦化了？人家工业化把粪叫肥，氮肥、钾肥，是工厂化的产品，用不着背个粪兜子满山转悠。可咱爹一大早就撵俺出去，光应了声不行，还要看见你动弹，要慢半步，他一天都叫你不舒服。漫山遍野就那几头牛，能拉多少屎？家家都在捡，我经常空筐回家挨骂，这老头，是中国愚昧劳动方式的代表，嘿！”

“他不得不农垦化，当权的愚昧，国政自然开明不了。但村人都说老头的地种得最好，这你怎么解释？”秦泰笑着问。

“金子一撒欢就到头了，地块比腚大点儿，种不好多寒碜？要对比就得和五百亩五千亩比，你整年侍弄一棵杏树能和侍弄一座山林比吗？”

“你想家了吧？思念就是回忆，回忆就是思念。当兵的尤其如此，这是战士生活的重要组成内容，在战壕里抱着枪思念，黑夜里靠着枕头思念，思绪根本没法割断。”秦泰深有感触地说。

“俺的确想爹。但深一琢磨，不能辜负了他老人家，他肯放我出来练练……哎，咱不说这个好吗？还是说说工业化和农垦化吧。”立国不愿让自己完全陷入思念之中。

“工业化和农垦化是两种不同的社会财富积累手段和方式。就工业化来说，它的财富积累是靠以科学技术为主导的机器化，有效时间内的规模、产能、质量、价值大大高于手工作坊，专业化，产业化，投入少、效率高、速度快、成本低、积累多。就是说，工业化能把一切能量，最根本的是人的能量，千方百计地转变为有价值的劳动。工业化最根本的推力是技术革命与技术革新，把人的脑力体力转化为机械力，电气力，用机器制造机器，那枪炮子弹就会大批量地制造出来。如靠手工，做个二踢脚都要半天。汉阳造是半机半手，打一仗损一半，前头正在打，后头说你停停，我供不上了，那这仗还能赢吗？能把小鬼子高兴死。”

秦泰听了把泪珠都笑落了。但立国却仍是一本正经着说：“书上说工业革命到目前总共才两次，第一次叫蒸汽机时期，第二次叫电气时期，说从21世纪元年起人类社会将步入第三个时期，叫信息时代，通讯传递手段要革命，地球表面的时空距离就个足球场那么长，文化、科学交流，及各类资源与物质的交流，百倍千倍提速，人的生活方式、劳动方式、交流方式都要发生改变。现在是过渡期。但因为战乱和政治纷乱，中国再次被工业文明抛弃了。”

听了立国的这段感慨，秦泰长叹了一声，抓起茶杯大口喝了一下。

“‘两化’最显著的差异在于，工业化条件下的农业是规模化、集约化、专业化、工厂化，养鸡场、养牛场、养马场、农场、林场，一群一群一片一片的。你再看看咱爹那几亩地？把全家人的腰都累直了。”

“我后悔从小把日本老师讲的都当神话故事听了，如老早开化，一定会出去留洋，工业国时兴半工半读，没钱不愁读不了大学，那多好。嗨，你说咱中国人，不是自己看不起自己，太封闭太愚钝了，离了家门就像走向坟墓，个个都斗鼠子，只会窝里反，可怜哪，思想境界太狭隘了！”

“听你这么一讲，我真是觉得眼前豁然开朗，有种建设强大国家的冲动。难怪那些去过西方的回来都像变了个人似的，大概中山先生的世界观就起源于那里。原先我不愿打内战的心里基础只是‘本是同根生，相煎何太急’，仅限于宗族人性。经你这么一启发，我现在已上升到时代、民族、国家的层次了，对内战不仅是意念上的反感，而是原则的反对和痛恨，觉得主战派十分愚蠢，是反文明、反人民、背叛祖宗。赵老师，从现在起，咱得把小舅子与教化师两个概念绝对分开了，你就是独立旅的教官了，别仅给我当参谋，要保证一个星期给连以上的军官上次课。”

“姐夫，你的这番感想非同一般，今天的交流值了。可惜啊，只你我空谈……你叫俺给全旅当官的讲，谁敢讲这个？那不是和老蒋对着干吗？爹还指望俺能囫囵无损地与他相见呐！”

“再说了，谁是你的老师？俺姐才是你的老师，她在你面前只是不肯多说话罢了。上学时，日本老师总夸她聪明，拿她当宝儿，夸我的时候并不多，超前的知识都先给她讲，说她的智力潜力超常，什么文艺复兴啊，哥德凯尔斯啊，俺是旁听来的，只是爹偏心我点儿，让俺比她多念了几年老古董，可姐没书念了并没闲着，我所有的书她都读过。”

秦泰边笑边要立国喝口水，并说：“别把话岔远了，你还是继续给我上知识课吧，有关内战的问题就分析到此，咱知道自己该怎么应对就可以了。下面我再问你，你说这农垦化和国共两党最终谁能独得天下有关联吗？”

立国被姐夫这意外的一问逗起了兴趣，赶紧回答：“有啊，关系太大啦，咱是世界上以农垦化基础战胜工业化强兵的唯一典范，绝笔啊！可见中国人面对工业化强敌不惧牺牲同仇敌忾的民族性是多么的独一无二。当然，这需要政治家的英明领导，和全民族勇于以生命去填补敌我军力差距的报国精神。如果咱也是工业化国体，还要什么持久抗战？早就把小日本打趴下了。正因抗战胜利来得过于惨烈，所以反内战才成为国人的共识。中共的确不想独得天下，真心主张共和。而老蒋是满脑子太和殿观念，天下独尊。老蒋能如愿吗？那咱就从中国的农垦化现状分析一下两党的人心所向，就明白了。”

“在农垦化的国体里，敌对双方的胜负根本取决于种地人的态度。只要老百姓向着你，你要兵有兵要粮有粮。比如说，八路从不和鬼子搞明晃晃的大兵团对垒，因此鬼子的集团化用兵就成了没目标的瞎子，且人生地不熟不敢分散作战，怕被各个击破。八路知道鬼子的弱点在哪儿，用非对称手段打击它，从不孤注一掷，把命牢牢地攥在自己的手里，趁鬼子不注意，跳出来就呜呼它一个，架不住处处呜呼整日呜呼，把鬼子呜呼得心惊胆颤精疲力竭，因而日本的所谓后防，便被八路开辟成了抗战根据地，连鬼子认为最安全的辽南，连俺老家都有中共地下党。老蒋说中共背信弃义暗中扩编，错了，而是国人为了解救自己，在战乱中认识了中共，信任中共，踊跃投身中共，挡都挡不住。八路创造了许多以弱胜强的极具说服力的战例，连老蒋都不得不颁布嘉奖令。孙子兵法本来就产生在古冷兵器时代，最适用农垦化用兵，在抗日的非对称战场上，中共将其灵活运用，创造了地道战、掏心战等等。

“而老蒋在西安事变之前总以敌我势力对比悬殊，打着保存势力的幌子，步步退让，每战必败，把军民同仇敌忾的爱国热情都快泯灭了，导致大片领土和资源丧失，让抗战陷入全面被动。后来虽坚决抗战了，但却是一边抗战一边剿共，分散了关注力，削弱了统一抗战力，变相支持了日寇，牺牲了更多的同胞，消耗了更多的国力，延迟了取胜的时间。

“那是不是说实力就没用了？不是的，在大兵团对垒的对称用兵条件下，实力还是起决定作用的。但小日本为什么输了呢？”

“它错在四个方面。一、日本在工业化中实力强了，而民族观念里潜在的狭隘妒忌没有清除，占有欲空前膨胀，不甘心小日本的称呼，要变大日本，‘夜郎自大’，自以为最优秀，但缺乏民族包容心，不能谦虚自抑，害了自己。上帝在捏泥人时不会偏袒谁，不会只让日本人聪明让中国人愚蠢，就一张图纸，只分公母，而且只捏了个‘人之初性本善’，晒干以后靠自己去修炼‘性相近习相远’，这叫先天造型后天造化。区别只在黑泥、黄泥、白泥。

“这二，咱们不是农垦化吗？七高八矮的路不让你胶皮轱辘痛快，再加咱土地广阔，且多半是丘陵高山。就俺海边砬子上的那些个窟窿，钻进去几个人，藏点东西，你找得到吗？抗联在俺那儿让老乡藏了，怀里揣个饼子，渴了舔舔雪，鬼子来了就如老虎遇上耗子，蹄子再大也踩不塌鼠洞，鼠在地下鬼在地上，耗死你。强弩有始必有末，再加骄横狂妄，看不起大刀土雷，一急就出错，弱实力慢慢就占了主动。

“这三，得单说，做人做官做事最忌什么？犯众怒。好好的工业化日子不过，刚攒了点鸡巴本钱就跳出来满处杀人放火，抢劫掠夺，欺负弱小，连穷日子都不让人过，政治极端化，国策军国化，外交暴力化，手段恶魔化，把自己跌落到反人类反文明的深渊。”

“这四，日本国总人口才七千一百多万，养九百万军队，是中国的两倍还多，收刮民财造枪造炮。中国是四亿人口，加东南亚和太平洋各国，将近五亿人口，而它占领的国土和海洋面积是它本土加海洋的一百多倍，它哪来那么多金钱物资养兵打仗？死人伤人的支出还得加倍，抢劫来的堵窟窿都不够。有人算过，除了老人孩子妇女，把所有青壮年全都动员起来，一个日本人至少得管二十几个被占领国的人，它管得了吗？但自以为聪明的日本人连这账都不会算。”

“总之，小日本错在不该过高估价自己的工业化势力，他仅是欧美的一个学徒，太平洋战争是工业化对工业化，岛国工业化资源匮乏，靠侵略掠夺，最后抢到美英头上了，找死，以为英国的日不落方式可用于日本。日本的主要对手只中国是农垦化，其他都是工业化。所以抗战的胜利，如没有工业化同盟国参入，中国的农垦化抗日还要打许多年。当然，正是中国的农垦化才让大日本渐渐瘦成了小日本，开战时罐头都吃腻了，后来呢？见了狗屎都抓起来闻闻。”

“日本法西斯的这四大劣性，也是反法西斯各国自己应引以为戒的。包括两党，不因反法西斯的胜利而昏了头脑。无论对外对内，对谁都是历史教训。你本来就农垦化，抗日抗得家底都空了，地下埋的，屋里存的，老祖宗攒的，好东西几乎都被小日本抢走了，连民族的精气神儿都受了损害，有胆有识能为国撑大梁的能人大多牺牲在战场上了，再继续折腾，恐连种地做工的都凑不齐了。更宝贵的是时间，好光阴都耽误了，虽把强盗打出去了，可元气大伤。咱得把国体国策国运转上正道才对啊？这才是民意。你看，南京在忙什么？背道而驰。”

“整个抗战，国军为什么败仗多于胜仗？根本是日本人所犯的错误老蒋都犯了，军队的政治目标狭隘歪斜了，把报效的对象搞错了，境界自然就矬子了。国军里盛行‘如何向老头子交代’‘活着是领袖的人，死了是领袖的鬼’，搞个人效忠，日本是报效天皇，就是不提如何向国民国家交代。历史经验证明，只有百姓第一、国家第一，才能集聚人心，形成合力。就拿你来说，你是抗日英雄，你为谁才那么拼命？你勇敢、奋不顾身，是爱国爱中华民族的忘我能动性调动了你。”

“老蒋很聪明，但却是个只会背诵孙子兵书而不会灵活运用的校长，一套一套的胡扯还行。人家朱德首创的游击战、麻雀战是真正的农垦化打法。而老蒋还看不起人家，说朱德就是只土豹子，只能蹿来蹿去咬腿。他倒好，拿农垦化的装备直面工业化的武装，人海战术，损失惨重。最后不得不偷学朱德的战法。”

“所以，老蒋也就蒙那些不懂的，功高功低自有人理智评论，用不着大嗓门儿自吹自擂。当然，人无头儿不走，雁无头儿不翔，那是族群物性共存的自然法则。其实高级与低级动物的差别只在族群有无共认，领头的如把自己的位置视作平等、亲和，义务、责任，而且只能往好里做，不凌驾于族群之上，不作威作福享用腐化，那肯定是高级动物。否则，就和争强好胜肆意践踏弱小的猴领没什么差别，老蒋连老虎都比不上，老虎不嗜同类，一夫一妻，同出同归，共育后代，有难同担，有福同享，”立国喝了口水说，“我的话有点太挖苦了。”

“你这比喻很形象，能加强听课的记忆，给官兵讲时就这样讲，大道理大白话，深入浅出，通俗易懂，没人睡觉，还说不定哪句就是警句。”秦泰说。

“你让我公开点老蒋的大名？”

“我可没那么说，你脑子转得那么快，还用我提示？”

“嘿嘿，这还行。不过，你今天根本不是向我请教，是要我练嘴唇子来了，东北人叫摆呩，反正我是一肚子话没处说，那你就让俺在日本投降留下的别墅里过把瘾吧。”

“前几天《中央日报》的文章说崇拜是种文明，肉麻之极。我看是别有用心，怎么能把不良崇拜也放进文明袋里？崇拜天尊、崇拜释迦摩尼、崇拜孔孟、崇拜老子，崇拜耶稣，那叫意识信仰崇拜。而自我崇拜是劣行，是下三烂作为。别人崇拜你那叫信服、敬重，知道信服敬重别人，那叫修性厚德。小人才以为别人傻瓜，搞自吹自擂。”

“但被信服敬重的人如因此而腾云驾雾，虚伪虚荣了，下场绝对可悲。你翻翻历史，搞自我崇拜的商纣王，还有你们老秦家的秦二世，都败家子，真实的历史会记下他们的污点，是制度和特殊的机遇让他们坐上了宝座，根本不是才干所得，更不是人品所获。”

“凡搞自我崇拜的，只能说他的脑子比其他动物发达一些。其实他们连狗都不如，你给金子伸俩手指头，它马上会汪汪两声，狗都能接受训练，而有些具悟性潜质的高级动物，如当面给他伸俩手指头，他能咬死你，恼怒你凭什么来教化我？”

秦泰一边擦着笑出的泪滴一边想：“我万万没有想到，小舅子绝对是个可造就的人才。看来赵公武很有眼力。他该成为一个什么家呢？政治家？军事家？自然学家？社会学家？杂家？讲演家？”

“一个族群如都想站到锅台上往锅里撒尿乱炝汤，那这个族群就将自灭。但总要权威管理才踏实的民族，也是没有自我自信的民族。”

“人的智商情商必有差异，这决定了人的优胜劣汰，和动物种群延续的原理一样。当然，动物的优胜劣汰要受自然环境制约。而人的优胜劣汰要受社会制度制约，个人的努力仅是重要条件之一，却不是唯一。”

“有人把人分成人上人，是因为有人在制造人上人，所以世界难以和谐。和谐只能追求，是个永远也追赶不到的和难以实现的愿景。因为造化有伪，人性难改。特别是那种以鼓动人的不良欲望的邪恶政治存世，人和人之间，族与族之间，国与国之间根本没法和谐，利益的对抗性是永恒的，和谐是短暂的。不过，这或许是另种动力。要真的和谐了，反而社会追求就失去了目标，欲望终止了，人类将不复存在。”

“至于人心，连老美的工业化都要在对日宣战前把利害关系给老百姓说清楚，听取民意，然后再下决心变为国策，各党派放弃分歧，齐心合力打赢战争。而我们呢？国人抗战累了，要休息，他却一个人就发令打内战，让国人爬起来接着跑，跟不上就淘汰你。这就是蒋介石的政治。”

“还有，共党里有针对国情专门研究战争的人才。而老蒋的那个军校却是个短训班，现学现用，你也算读了几天军校的，体会肯定很深。学什么？学如何忠于老蒋，那能培养出专门人才来？人才就老蒋一个，党国第一功勋，可千万别再多出一个来……听说人家共产党可不这样。”

“外电在讨论如共产党得了天下，头功该是周恩来的，但这人甘当配角，心胸不一般。”

“头功该是毛的吧，我听说西北的民歌都在唱他。”

“毛的确是个人才，比老蒋高明多了。可战争不是仅靠诸葛亮的神机妙算就成的，那是罗贯中编的故事，他个明朝文人，如不瞎编，怎么能写得出大他一千六百岁的事来？不就三国志那点记载吗？他把诸葛给神了。人世间的事都是要心眼搞伎俩，你就把诸葛夸到家，他顶多是比俺聪明点儿，会分析敢决断，临危不惊，指挥若定。你进屋时不是说了吗？坐着讨论。可讨论不能胡说啊？那得有根有据啊？我就不信孔明闭着眼能看见曹操在拉屎。而是探子先看见曹操蹲在茅坑里，回头才报告给他的。可是中国历来把探子看做下角，急需现探，京剧里那探子连下角都不是，握杆小旗儿，说‘探——’，举个小旗跑了，说‘报——’举个小旗来了，演场戏就给仨铜板，目的在抬举当官的高明。”

“姐夫，这可是个严重的误导啊，探子可是一字千兵一句万军呐，甚至关系到政权的存亡。怎会是一个微不足道的角色所能担负的？你最烦的戴笠是什么人？连老蒋都让他几分，他摔死了，老蒋肯定是又高兴又伤心，戴笠知道得太多，可臂膀又无可替代。”

“我已经明白你是什么意思了，很有启发。”秦泰夸道。

“周恩来打了六成天下。他从第一次国共合作起就以可信的人品在老蒋的四围布下了天罗地网，甚至把人直接安排到老蒋的身边，那能是小角探子？都是帅才将才之辈，点滴情报都不放过，在周那里，你就一条蝇腿是怎么断的都有价值，连小日本的特高课里都有他留学时结交的朋友，朋友的朋友也随之折服在他的魅力之下。周会多国语言，颇能沟通，所以不管侵华指挥官换了谁，他都会把你的策略目标弄到手，对日军在华北的布防调动不说一清二楚，也心知肚明，可以说，苏南华北的抗日，他情报的准确性，对毛战略战术的配合，天衣无缝。”

“老蒋当黄埔军校校长，周是他的政治部主任。蒋担任国民革命军一军军长，周是他的助手，他了解周的军事才能。周的长项是容人用人，凝聚力强。老蒋在挑拨周、毛关系上费尽心机，但无一得手。周很能包容、忍耐，甚至委曲求全，信念坚定不移。这是领袖的第一才华和能力，而不是一人包打天下。如中国抗日总指挥不是蒋而是周，小日本可能早就被农垦化给化成大粪汤了。”

“还有，周恩来多次遇险，但次次都虎口逃生大难不死，甚至绝境逢生安然无恙。你知道是为什么吗？周在南开中学学会了武功，授业恩师是与霍元甲齐名天下的天津韩慕侠。只是周为人涵养深厚，深藏不露。很可惜，在延安陪江青练习骑马摔伤了右臂。”

“难怪军统内传周会隐形术，说在上海重庆几次跟踪都没成功，一闪就不见了，中共特科中有不少干将被他训教得能飞檐走壁，老蒋动不动就拿特科挖苦军统无能。看来真有其事。”秦泰补充道，对立国的这一发现特感兴趣。

“是啊！戴笠怎么样？可为民国独一无二的特务总操了吧？他一刻不停地盯着周，而周却在背后紧盯着他，戴笠飞北平飞上海，专机还没起飞，周就知道他要干什么，螳螂扑蝉黄雀在后。抗战期间，日本造假法币要搞乱老蒋的金融秩序，戴笠拿到日本正在印制中的定型样品，老蒋看了无计可施。而周老早就获取了情报，事关联合抗日和民族危亡，便让重要卧底向老蒋建议，日本印制哪个品种你就提前几天废止那个品种，让小日本绝望之极。多简单的招数？老蒋身边缺少真正的金融高参。说实在的，老蒋如不同共党分道扬镳，周绝对是国家的栋梁。”

立国说完后喝了口茶，希望姐夫能谈谈自己的见解。但秦泰却沉默不语，只是叹气。立国催他，他才绕开说：“天下只两件事让你后悔莫及，一是人死后悔莫及，二是误国后悔莫及……”

秦泰转了一下沙发椅，继续哼了声说：“立国，我本性里不会装假。今个我真的是第一次上了西点军校，至少算上了你的黄埔短训班。不过，你刚离开簸箕才几天，怎么能知道这么多东西？你是神童？”

立国笑笑说：“天下有神童吗？都是形容和赞扬，我的个人私密只有姐知道，你问她吧。你研究过黄埔现象吗？今日国共双方军中的栋梁几乎都是国共第一次合作时期培养出来的，分裂后没出几个干将。为什么？主要是缺了我这门课程，但不合校长的口味，老蒋讲急用现学，要立马能杀共党的，对他来说，我讲的这些都属反叛。”但心却在想着另个题目，“爹想不到他准许我跟姐夫走的决定正确无比，我会抓住机会和用各种道理从不同角度开导他的女婿，让他尽快把老丈人不打八路的嘱托变为行动。”

（三十）

独芳在向秦泰推荐弟弟时曾介绍说，立国是兄弟姊妹中特立独行的一个，从小就喜欢和聪明伶俐的孩子一起玩耍，到半大孩子了，干脆把整个脑子都泡进书里，对庄稼活一点兴趣都没有，老爹怕他成家后养不了媳妇，总骂他“团娘给俺养了个啃纸的蛐蛐”。庄人的意识是，想后人做官，家中必有钱有势才成，而赵家不够格，都把立国的行为视作偷懒耍滑。但又见他在边边角角捡张有字的破纸都认真瞅上半日，觉得他个性古怪，猜测他是得了一种难治的癔病。为此，嘟噜没少求医，在孩子上学时曾担心学校拒收，不敢把他的怪癖透给校长。

可是，那日本老师和那位陈姓学究，却伯乐识马，把他看成是没底的灌书洞洞，教育他读书万卷广目辨星。因而他读完了老师所有的书，翻山越岭到家境好的同学那里借阅，不管离家多远，半路坐下一直看到日头落山。到十五六时，乡下书少，哥哥每次外出安东大连，都得到地摊上给他买旧书，多半是日本人看完扔掉的，看完还逼姐姐看，和姐姐一起讨论读后感。有次立春带回一本日文《国富论》，他几乎白黑看了十来天，爹喊干活他听不见，要打他，姐姐竟隔在中间替挨了一帚把。他却趁机抱着书跑到山顶躺在草坡上继续读，天黑了不敢回家，仍是姐姐偷着给他弄吃的，还说，“姐姐替俺挨打，谢谢你”。

独芳在说这番话时笑得合不拢嘴，“别人替他挨打，他说谢谢，该说对不起才对啊？脑筋都钻到书里去了，书痴至极，让庄人没法理解。”他愿意赶海不愿种地，说赶海顶多三俩钟点，种地要整日磨叽，偷着给爹起外号叫“笨作”。每次下地一坐到地头就偷着把书从怀里掏出来，爹瞅见了去夺，打他脑袋踢他屁股，每到这时，总是姐姐帮他解围。因此，姐弟俩便成了攻守同盟，一同和老爹玩起了“老鹰抓小鸡”的乡戏。

独芳说立国是绝顶聪明，记忆力惊人，说过目不忘并不过分。当时秦泰听了还有点儿怀疑，琢磨“一个披着麻袋取暖的乡下人，瓢子里能藏文章华国？”以为山沟里闭塞，不知能人头上还有能人，只比别人多认俩字就自认为是才华，可以理解。可这次，他算彻底被立国征服了。

秦泰想，看来洼子里不是只养山鸡野兔。“我问你，你还想去赵司令那儿吗？他那里的书多，全沈城的图书馆都归他管。”

“图书馆谁都能进去，用不着他开路条。我哪有工夫想要不要去他那里？书都看不过来了。去他那里不是您主张的吗？说能长见识，还教我怎么对付他。今天您要听我的真心话吗？我的回答是不愿去。我倒不是为留在您这儿多得多少照应，而是不想去那冠冕堂皇的地方整日瞅人脸子，天天当李莲英，基本功就是点头哈腰，会‘咋’就称职，小心翼翼哆哆嗦嗦做事说话，累得慌。咱这样随意唠唠多好，怪舒服的，还能加强记忆和理解。”

“那如何谢绝他呢？”秦泰真想从内弟嘴里获得启发。

“那是您的事了，兵对兵将对将，我何必去招那不识抬举的名声？”

“原来你是这想法，好吧，让我琢磨琢磨。这几天我心里很毛，不踏实，新兵蛋子就像一群鸭子，放出来只知道找食，哪里有防狐狸的脑筋？不论你怎么抓紧训练，神经就是绷不起来。我倒不是希望在关键时刻他们能应付几个共军，而是他们能尽快学会保护自己。要是张……哎，不说了……”

“唉？姐夫，虎子快回来了吧？几天不见，俺还真是怪想这个小老乡的！”立国知道秦泰的话里有几个当他面不好提的字儿，故意岔开。

“小虎此行的任务与你有些瓜葛，你要正确对待，人嘛，多为他人想想心就宽畅了，计较就减少许多。”秦泰觉得早晚都难以回避，便对立国涵蓄地点拨了一下。

“噢，我是小心眼儿那品种吗？您就放心吧。还用我表白吗？小虎此行是给张家老人送东西去了。张虎是抗日英雄，我真心敬重他。他一时冲动失足，必有难言之隐。不然，他和您关系那么铁，怎么会在您的眼皮底下干见不得人的事？他不是不知往赵家人脸上抹黑的结果是什么，我仔细想过，出来进去俺也与他碰过几次面，也交谈过，人虽然肤浅点儿，但会打仗会带兵，讲义气不怕死，给我的印象不算差，当个副旅长会称职的，您没白栽培他。”

“可话又说回来了，根子还在俺的那个东西不守本分，她太不懂事了，要不是爹拉扯的娃娃亲，硬把俺和她捆绑到一起，俺可不要她，大字不认半拉，心灵没法沟通，除了脸蛋，就一撒野的母鸡，妯娌间就她琐事多，好扯老婆舌，小气，难以训导，不管你怎么泡，油盐酱醋就是泡不进去。两个嫂子善良，替她多干了许多活儿，拿俺当亲弟弟，看我面子就原谅了她。可俺俩虽是强扭的苦瓜，但吃惯了也就顺口了。您别在意，我慢慢会放下的。”

“姐夫，我真佩服你的火速灵性，也下的去手，我不行，那天把俺吓傻了。事后想想却很长见识，您那天如不那样处置，全村乡亲根本就不会放过独立旅，您不仅走不了，新兵还得跑个净光，爹能暴跳如雷，您和姐也就成不了一家人了，虽然惨了点，可一举多得，给我的启发是终身的。我不认为您心狠，而是您为了军政大局用智慧对应了突发事件。从另个视角看，太精彩了，俺寡闻寡见，难以想象。张虎的归宿是永远的秘密，我会把他彻底烂在肚子里。只怕那几个卫兵和你身边的参谋……”

“放心吧，没事的，他们都是我从火线上背下来的。几年了，我经常暗暗帮助他们的父母，都知道远近。正因为他们知道张虎是我的亲信，才给了他方便，故作不见，不用问，一定是这样。可他们没想过，这会让我难堪。看出他们现在已经觉得对不住我了，我就不再追问了，问了也是这个结局。我没有多少积蓄，苦了你姐了，留给爹的光洋是我全部的家当，原想寄给父亲，但世道太乱，没有机会。此次北上祸福难料，干脆给爹留下吧，你们的父母也是我的父母，他们的分量在我心里都一样重。只于卫士们脱了军装以后怎样，那就难说了，愿说就让他们说去，无非是当故事讲呗？你姐也试探着问过我，‘三妹子不是也在沈城吗？立国怎么还独身一人？’我没作答，只笑着看她。独芳实在是聪明，再也不问了。”

“原来是这样，我知道了。至于她的父母，只要不知道女儿是横着死的，您把他们埋在哪儿，鬼都不知道，可能狗也扒不出来，保证一切安静，您就把心放肚里吧！”因为激动，立国一句“我”一句“俺”地轮着来，怎么得劲怎么说。

“你的心里堵不堵一直是我的一块心病。你的心宽阔了，想对了路子，我就放心了。可我还有他遗留的麻烦需要处理，等时机吧！”

两人正说着，独芳在外面高声地喊叫起来：“你俩快来看呐，小虎回来了，累死了，你说这孩子，这么快，我估计至少也得一个礼拜呢！”

“我怕长官着急，快去快回。”小虎一边答话一边搬只空花盆把捧回来的一棵草花栽到里面。然后拍拍手上的土，望着阿姨笑。

独芳走过去一看，原来是簸箕庄漫山遍野的二月兰。“你栽这么个小花干什么？每年一到这会儿咱老家不是到处都有吗？你喜欢养花就栽棵大的，花色好看的，不急，等我帮你去找一棵来！”

小虎又笑笑，回答：“俺……我这是从张虎叔叔院里挖的，留个念想，它只要能结籽儿，明年开春就成片了。”

因为小虎一路精心的看护，二月兰尖小的蓝紫色花瓣仍在闪动着朴实的光彩，淡绿的叶片正透着水灵灵的鲜亮，中间那几根纤细的花梗挺立得直溜溜的，四围陪衬的支支杈杈，生命力都很旺盛，豆粒般的花骨朵拥簇着正待开裂的花蕾，在层层蒲散的绿叶陪衬下，几乎遮挡了半个盆口。

独芳听了小虎的解释，联想到丈夫对张虎尽心尽意的作为，立时得出了结论，“这分明证实张已不再人世了，而且与三妹有直接关系……”她慢慢地蹲到花盆旁边仔细地端详着，仿佛从来也没像今儿个这样觉得：“在老家动不动就被爹当烂草铲掉，或被牛羊的蹄子随意踩蔫的野花，竟这么生动，会这么叫人入心，需要反复细致观察，才能懂得它的弱小和朴素无华并不是它的缺点和不足，恰恰是它要人注重、关怀、并有别于月季牡丹的显著特征。”

秦泰已听见小虎“结籽明年成片”的话，心想：“单纯的孩子，明年能否继续住这里只神仙知道。”他走到妻子跟前，见独芳的眼里含着泪珠，知道这盆让人看不起眼的草花必有情结。便问：“小虎，这草好养吗？能活吗？”他顾虑一旦养不活可惜了，会牵扯独芳心的心。但他却没想到，这是小虎从千里之外的张虎家里捧来的。

立国也挨到近前溜了一眼，“小虎喜欢养草花？这倒是种修性和涵养。你别说，草花虽不打眼，却耐看，越琢磨越有味道，小巧细致，如再有只蜜蜂，唉？那意境？你就撒着野地去琢磨吧！特别是二月兰，人还夹衣夹裤呢，它愣是应寒绽开……哎对了，俺可告诉你呀？刚栽上可不能晒着，放阴凉地方缓缓，水还不能多了，你没看它在咱那儿都长在缺水贫瘠的土里吗？”当立国将孩子般的心里充分表达完后才想起，自己为什么对棵小草花这么熟悉？他自问着，“哎，都是因为那个娃娃亲，山坡草地树林沙滩，打了无数个滚……嗨，不想了，刚刚对姐夫表了态……俺也太不男子汉了。”

独芳端起花盆，“放到哪里合适呢？”丈夫的话让这盆小花给了她压力，立国的话增加了她对这捧花的责任，“立国，你有经验，放哪儿合适？”

“立国真个怪人，不会种地却会养花。”秦泰在心里寻思，但没说话，只冲立国笑笑。

“阿姨，我会养，在家时我和哥哥年年都给娘养，养成了片，就像立国叔叔说的那样，风一吹紫糊糊的满地起浪，可好看了，能帮妈妈解忧。”边说边从阿姨手里接过花盆，进了自己的房间。

“好，放好后到书房来给我和张叔说说这趟事办的结果。”秦泰的心彻底踏实了，高兴地跟在小虎身后，回头又笑着对妻子说，“小虎可立了大功了，帮我缓了口大气。你也过来听听，别把自己真当家庭保姆了，立国对我都有看法了。”

独芳点头笑笑，说：“他管着吗？我愿意。”

“那可不行，你不是普通妇女，憋久了会生病的。”

“我就是个小渔村赶海种菜的女人，你别听他胡说八道，把他自在的，多嘴。”

“他从现在起可大忙人了，现在你可不如他了，他已不是你们念书时的那个小四子了，前会儿我已经拜他为师了。但他还不表态，这家伙，喘气声都粗了。”

独芳开心地笑着，知道姐夫小舅子俩这一上午肯定谈得不错，不然丈夫的脸色不会这么红润。

小虎觉得身子脏了，要换换衣服再汇报。秦泰说：“就这样，如能把张叔叔那儿的土腥味带来就更好了，让我们和你一样身临其境。”

他只好随旅长进了书房。但又怕坐脏了椅子便立到墙边。

“立国，喊你姐来？听小虎说完再忙活吃午饭的事！”秦泰催促着。

小虎要去喊阿姨。

“别，你累了，坐，让叔叔去叫。你还要赶紧想想怎么汇报呢？要有重点，不啰唆，要让人听了兴趣，真切，明白，印象深刻。对你来说，这也是学习提高，知道不？”

小虎稳了稳屁股，歪着头想长官刚说的话。

独芳来了，她还是第一次参与丈夫的事，但又觉得自己是多余的，便一会儿给这个倒水，一会儿给那个添茶。

秦泰没有立即劝阻她。他想起父亲的老话，“当面教子，背里校妻。”只好当小虎说完了时才兴奋地说：“你别忙活，小虎说得多精彩，他这次可是开了眼界了，没白辛苦，事情办得好，心得也很特别，他的所闻所见足以说明他这趟腿儿跑得感触很深，让我对立国上午的讲解，领会得更透彻了，民众纷纷逃难躲避战火的场面，在我送小虎时已经见识了。至于小虎说的矮子、黑子、武功老头，锦西下车投奔八路，爆炸火车头，天津巧遇余少校，张家老人的困苦，乡人对国军的看法，无名司机的感叹，等等，全是真人真事，是实实在在的国情民意。独芳也得好好琢磨一下，这就是我们当前所面对的国情，全家必须要统一认识。民国该不该内战，要不要奔工业化，想不想富国富民，民族得不得自强，咱虽说了不算，但不等于不许咱该有个新的思想境界。”

立国听了姐夫的感怀心里高兴，“看来这女婿对只会种地的老丈人‘不打八路’的教诲，终于在理性上有了足够的理解，这是反对内战的心里基础。”

（三十一）

赵司令从3月中旬召开首次紧急会议后，几乎每周都要把守备各部的一号长官集中起来围坐一两个小时，用以凝聚卫戍核心，这是他独道的统军方法，他认为，人在闲聊时，会不经意暴露其内心，你便可从旁洞察其毫秒，做到自心有底，对应有策。

因为只有他知道首次卫戍会议借以激发部下斗志的“总裁对共党实行豫鲁中心开花、切断共匪四向联通”的军事布署已以失败告终的真正原因，他“出手必胜”和信誓旦旦的豪言壮语，都等于放了空炮。从国军踏入东北，除1946年4月初到5月底的本溪、四平两次剿共得胜外，长春属林彪主动放弃，此后，孙立人在中长铁路一线便开辟了损兵折将的先例，并一发不可收拾，各将领互不服气公开拆台，尤其孙立人和杜聿明隔心共事，军力无法凝聚，致使内部纷争不断，战局不利的趋势日益显现，抗战时期的虎威锐减不停。所以，赵公武对内战的前途从没像今日这般焦虑不安。

其实，蒋介石的华北再次剿共决策刚刚议定，延安就获取了他的全盘计划，只等老蒋一有动作，便立即张开若干口袋引獾入囊分头围歼。但蒋总裁不知所以，如期用兵，浩荡进取，生怕声威震动不大。结果是兵马惨遭蛇断，枪炮一响，美式装备的傲兵便纷纷跪地投降，除少数死伤逃跑外，十几万兵马转脸就被改编成了八路。豫鲁围剿的失败，给南京政府和国军中的反战派提供了口实，迫使主战派的话语分量一再大跌。

精心策划的剿共战略和战术全被泡汤，老蒋气急败坏，破口大骂部下无能，点着白崇禧和陈诚的脑门喊，必须承担指挥失误的罪过。但他的剿共之志坚不可摧，根本不知自己已彻底背离了国人的反战意愿，自认是中国独一无二的军事天才，认定大策不成的根本原因只在党内军中恨共的心和剿共的力，都不如他凝实坚毅。在确定豫鲁围剿的军事会议上，他不愿听取下属的不同见解，一开场就急着拿起教鞭指对地图侃侃而谈，说自己如何夜不能寐，经反复思考才有此决案，望各位不要迟疑，全力铲除党国在华中华北的心腹大患。各参会要员深知总座的一贯作派，不敢计较他已忘记扬手让部下坐下的礼仪，一律站着纹丝不动地听完了总座冗长的训话。既然总裁的意向不可动摇，那还议论什么？于是，部属们连脑子都没动就齐声喊好，坐下后还得编排出为什么好的理由给总座添彩，让总裁更觉胜券在握。但老蒋并没觉得部下的叫好是不敢发表异见的表现，竟兴奋着大声高呼，“娘稀屁，趁朱毛还在做梦，打他个措手不及，什么八年抗战开辟的敌后根据地？老早就是我的眼中之钉，必须拔除，你们要好生领会我的意图，这次围剿贵在神速，出其不意，聚而歼之，这是抗战后考验你们到底谁堪造就的关键一役。”

陈诚心里明白，自己必是这一战役的主角。他清楚地记得，有人曾在国外看见1936年7月9日美国记者埃德加斯·诺采访周恩来的报道，当时他听了没摇头也没点头，内心里却十分赞同周的评价，知蒋者莫过于周和自己。斯诺问周，“你对蒋介石作为一个军人，看法如何？”周回答，“不怎么样，作为一个战术家，他是拙劣的外行，而作为一个战略家或许还好一点。”陈诚紧紧跟随总座近20年，许多实战让他进一步了解了老蒋的军事指挥才能，他想，“这还是周抗战前的评价，如果是现在呢？因为日寇的投降，老蒋已陷入了骄横狂妄之中。”但基于党国的大业及以往的教训，他深知对付共军比对付日寇要难上10倍，老蒋仅看重自我势态，而忽视了共军是斗智斗勇的一群，面对一支经历了长期内战和抗战历练、吃透了孙子兵法和置生死于度外的军马，决不可盲目乐观，出于职责，及自己和老蒋的个人交情，他还是大胆建议，“总裁，因为多年抗战，中共在华中华北的生存根基很难动摇，如一定要打，我觉得还是先选其薄弱环节穿插突破，然后再内外夹击。”怕刺激老蒋，他诚心省略了“不可轻敌”四字。

但陈诚的话刚一收音儿，老蒋顾虑有人会紧跟着发表异见，便迅速抬手制止说：“什么‘如一定要打’？是必须要打，要像打日本那样毫不留情地打，这叫纵观全局深谋远虑，为能集中精力恢复国力，我们必须尽早尽快彻底挖掉共党的基础，让他讨饭都没去处。如只打薄弱环节，还需我来定夺吗？你们制定个方案不就结了？不要视狼如虎。再说了，用我精锐之师去打共军的薄弱环节，那不是高射炮打蚊子吗？你们只知其一不知其二，东北我们只慢了一步就被共党抢了先，我们过于相信中苏友好条约，以为斯大林不会背信弃义，怎么都想不到他会偷偷允许中共抢先进入东北。好在我们有美国支持，让斯改弦更张，把共党撵出大中城市，但并不彻底。我们要接受这个教训，这次要来个彻底的。”老蒋对陈诚本来还有“你也说得出口”这句，但还是给陈诚留了面子。

陈诚只好点头表示接受，默坐一旁。部属们知道，这要是别人插话，老蒋连理睬一下都觉多余，只当你在放屁。因为是嫡系，也曾敬过他不少良言，他才给予了抬腕示意不要继续说下去的礼让。但不满的情绪仍要发泄，他会不指名道姓地一混汤说几句，提醒你不要犯上。有时他也会当众指桑骂槐，逼迫惹他的人为保全自己不得不立即把议事关系改为师生关系，虚心认错，恳求校长原谅指教。

陈诚之所以以静默回报总裁，是他觉得自己的见解还没到伤害总裁自尊的程度，老蒋也认为他仅是脱离实际目无总体的一孔之见。

就在豫鲁战局打响的那天傍晚，毛泽东却叼着烟卷，和朱德、任弼时在延河石滩上一边散步一边唠嗑，毛问，老总对老蒋了解得多些，他最爱好什么？

朱德说，还是恩来对他了解的多些，不过我也听过一些传言，老蒋的爱好很杂，堪称杂好，年轻时最喜好花花世界和花姑娘，喜欢舞棍弄枪，喜读兵法和《如何当皇帝》，渴望坐山为王，后来得了宋美龄，自由度低了，又喜欢上基督教了，现在改爱家乡水蜜桃了。人说现在你要寻他开心，见面的头一句就说溪口蜜桃天下第一，他的嘴角立马能裂到耳根下。老蒋是改邪归政的典范，政是政治的政。

毛泽东听了大口地吸了下烟，火红的烟头照亮了三人的脸堂。

任弼时开怀地哈哈大笑起来，连说："老总不愧是诗人，联想和发挥都很绝妙。"

毛泽东说："史书的确早有记载，溪口蜜桃曾是皇帝的最爱。"

三人转了一个钟点才返回窑洞。接着，豫鲁小捷的电报就不断传来，毛掂着手里的电文与几人围坐喝茶，说龙井谈猴魁，就是不议战势，直到半夜，警卫提着罐子送来小米稀粥，前方更大的胜果恰好在这档口陆续传报。任弼时一边喝着米汤一边给大家读电文。朱德听后说，"老蒋现在连蜜桃也顾不上了，喜欢骂人了。"任弼时说："今天这小米稀汤比哪天的都香。"

更让延安胸有成竹的是，此时的林彪，汲取鞍山、本溪、四平兵败的惨痛教训，除哈尔滨外，放弃所有的大城市，不再搞大兵团集结，化整为零，重新开展运动战，在中小城市和农村建立根据地，切割孤立热恋大城市的国军，让老蒋把大城市人吃马喂的包袱都背到自己的肩上，让其疲惫不堪顾此失彼。

此策果然奏效，仅仅三个多月，共军就在东北山区、林区、沿江，滨海，及大半松辽平原和辽西、辽南丘陵一带，基本把包围城市的后方基地建立起来了。可以说，东北的大部微型城镇和通向城市的铁路公路，甚至民间车道，都牢牢地控制在共产东北局的手里。

只于农村，几乎家家都会问，“小日本蹲在俺头顶拉屎时你们国军哪里去了？东北军为什么变西北军了？怎么只剩下抗联在玩命地护着俺？”这对老蒋来说，确实是他接收东北的死穴，根本指望不上布衣平民能变成他的依靠，东北老乡从来也没拿他当一之国君端量过。

因此，就连熊式辉派出的特遣流动骚扰小股部队，在广大东北乡村也没立锥之地，只要一露头，随时有乡人密报共军，使之不是被消灭、投降，就是仓惶逃隐，逼迫各路国军更加迷恋大中城市。南京得知后严令不得放弃交通要道，各部怕总裁惩处，只好阳奉阴违先师后报，电报说人在松江头，实际是身在吉林城，把蒋总裁和南京军政部都蒙到鼓里。如此这般，只要一部侥幸得逞，各部便纷纷效法，让大中城市的军需和大众供给难以为继，甚至连喝水都发生了困难，物价飞涨，盗贼流窜，土匪横生，学生罢课，工人罢工，再加流民蜂拥，各大城市一派混乱，市民怨声载道，骂不绝口，逆反效应日积月累，“国军到哪哪不安宁”的舆论便流传至整个东北大地，气得熊式辉直拍桌子呼喊。

林彪听说后哈哈大笑，越觉得胜券在握，报初进东北的一箭之仇已为期不远了。

如此，南京原集中兵力闪击西北攻占山东，而后分割包围东北共军的设计，都化为另张图景了，国军驻守的城市全成了汪洋大海中的个体礁石，只要波涛冲来，难却灭顶之灾。

赵司令自知不该过早地在那个会上拿些空谈给部下鼓劲，等于自己食言，并损害了总裁军事家的形象。军人都知道胜负乃兵家常事。可自己的那番言辞过于激扬顿挫，仿佛经过抗战历练的国军从此所向披靡。但结果却被大大地打了折扣，自觉身价跌落，脸面无光。

尤其让赵公武倍觉难堪的是，四月初，他受命亲帅嫡系五十二军二十五师首战本溪一侧，结果丢了一个整团，败阵逃窜，耽误了总裁进攻四平的时间，败将的名声直传南京。自此，赵司令一蹶不振。他是个很讲自尊的人，时势逼他不得不认真自检，私下哀叹，“今后要小心言语，总裁已很难掌控国家的政治趋势了。”

他怕自己对东北形势的估计过于悲观，便把已发生的大事在心里过了遍电影。“在东北剿共势不可挡的形势下，总裁视察辽吉，这本来是对国军官兵的极大鼓舞，白崇禧已当面向他建议，在拿下长春吉林之后，应乘胜追击，一举扫清松花江两岸和大小兴安岭以南的共军残余，必要时追到苏境，让林彪建立东北根据地的企图彻底破灭。并说如美国对我方的举动表示反对，或有人指责，就把罪过记到我姓白的头上。但是总裁漠视了小诸葛的建议，突然离开长春去了北平。而且一回到南京，就在美国建两党共和政权的压力下，与中共达成了从6月7日到21日停战15天的协议，而后，迫于美国压力，其实是有求于美国，又把停战时间延长到7月一日。就这25天，历史完全可忽略不计，但东北的战局竟发生了翻天覆地的改变。总裁关注的重点始终在黄河长江流域，根本没把东北二十几万国军将士放在心上，他是被一时的胜利冲昏了头脑。”赵司令进一步肯定了自己的预测，起身挥手说：“今天的座谈提前散了。”与会人对司令的举动感觉诧异，却谁都不想问句为什么，只能听见离席的桌椅在响。

人去了，屋里只留下司令一人，他感到自己已完全被从没有过的孤独彻底包围了。

在刚开完碰头会的回返路上，立国有意问秦泰：“今天你怎么没催问装备的事？南京到底还给不给了？怎么运了好几个月还没运到？船沉了？看司令在你面前的样子，好像你俩的领章换了个个。”

但秦泰却转而问立国，“你帮我分析一下，一说到南城的布防，司令总一带而过，但城南的共军游击队活动比其他方面都频繁，他是真的信任我吗？”

立国摘下军帽拍了一下才回答：“旅长是明知故问呐，用我们乡下人最难听的骂人话来说，他是哑巴婆娘让驴给肏了，有苦叫不出啊！他的本职是卫戍，可又扯他去战场，上头乱弹琴，他得毫无牢骚地去伴奏。现在东北国军的颓势明摆无掩，他不得不琢磨后路。从沈城卫戍看，赵现在可不是一军之长了，而是两个半军的兵力，他难道不懂共军现在进攻沈城是声东击西？周边只要没有千人以上的战事，他何必自寻烦恼？他对部属的表象是放手给你自由，实则关心的是减少自我耗损，往往仗打到最后，才懂得谁保存的势力最强谁就老大，国共双方都需要势力，所以，保存实力以备后用，乃良将之本也。”

“哈哈，你可以当军长了，我服了，看得如此透彻，就像钻到他心里似的。”秦泰放肆地搂了一下小舅子的肩膀。

“姐夫，赵司令现在很想当面问问老蒋，杜聿明、孙立人、陈明仁、廖耀湘这些不可一世的抗日名将，怎么在剿共的战场上都变薄卵蛋了？一碰即溃，你是怎么栽培的？几年前的精神头儿都躲哪儿去了？这等局面你让我拿什么去安定部署？”

“他现在是满腹怨气，但又没处发泄，只能独自一人在办公室里徘徊，他又不能当着部下的面表露失望，部下也不耳聋眼瞎，那么容易被糊弄，比如秦泰，独立思考的能力高人一头。他想来想去，只能当部署面装镇定，装临危不惧沉着冷静。因而，对部下的态度也一百八十度转变，客气地让人都没法接受了，不分级别，一律轻声细语，仔细过问各部的布防是否严密无隙，是否真正让共军无漏洞可钻，并始终把重点放在沈城的南线，而每次交谈却又把南线放在最后，且一再强调，只要有秦将军这位抗日英雄围护沈城的南大门，当司令的心就少操了许多，如过多担忧，那就是对秦旅的不放手，是对抗日英雄的大不敬。在你秦泰面前，赵已把中将的架势和威严全放下了，别人在旁看了都觉得奇怪。”

其实，司令每每这般言辞，都会让秦泰恶心半日。他看看立国说：“你小子钻我心里了？这种座谈会我真不想参加了，我觉得已彻底完了，没指望了，连赵司令这样的爽快人都变性了，看来悲观沉迷之风已经把抗日将领刚直不阿的品质荡涤了。”

“更耐人寻味的是，司令每次见到你都主动抬手拍拍肩膀，露出不舍的异样。可见他确实很想从你嘴里了解些对当前国事的见解，大有私下深入交谈的意愿，例如国军的内战表现为什么与抗日时判若两军？近来几乎逢战必败是何原因？局外人如何看法？以及各类不好公开议论的重要话题。可他欲吐又止……隐有难言之疖……”

“他正在闹心，就让他继续闹吧，我赵立国可治不了他的精神病！”立国笑着说。

借秦泰再次关心国共东北内战趋势的机会，立国为让姐夫能把老蒋看彻底些，他把知道的信息集拢起来，努力发挥着想象力，说“党国上下无人不晓，特别是抗战结束后，老蒋同李宗仁的矛盾日益公开，随之，总裁网络人心孤立对手的心计也越加露骨，突出表现是他的用人特点上，一、对关键岗位人事安排的谈话，在家里交谈，单个约见，并要夫人陪同，态度故作严肃，例如，他本想让陈诚任首届国防部长，但为了稳定李宗仁，亲荐白崇禧，并设席对谈，以表器重与信任；二、次之，在总裁办交谈话，分批召见，调侃与原则兼容，例如对胡宗南、薛岳等的整军再任，以表左右手不可缺一；三、再次，对比较有用的或以后必用的，不谈话，到任后电话关照，或要蒋经国前往祝贺，例如华北傅作义，西南王龙云，以表用人不疑的统帅胸怀；四、最次，对看不惯又拿不掉的，握着他们的短处，随时伺机“拉开抽屉”挑要害问题提醒几句，这一类多为没黄埔学历的中将以上军政官员。只于非嫡系的少将，根本就没资格被记入他的小本子。他自认这一套路对扩充可用党羽，吸引投靠者，挤对异己，防备反叛，就像装了瞄准器的狙击步枪，百发百中，他从不认为这与共和制的广纳贤士有什么背离，也无关个人品行，而是他自王道发展而来的独道统治艺术。此时，他一定会在枕边摆放供随时翻阅的《战国策》，其中的最爱是“亡羊补牢”。他以为，我虽不是楚襄王的奢靡而陷入今日境地，但身边寡有庄辛，以往因听信谗言而放纵了中共，铸成今日之祸害，我必须亡羊补牢。问题是就在他自以为得计的时候，外电已把他的伎俩公诸于世了。可想而知，一心剿共再也无法变成凝聚力了，众叛亲离的结面正在迎接老蒋归去。

“他对东北战略地位的轻视也由来已久。长江是他起家的资本，叫故土；黄河是华夏的发源，历代君主都视如命根。唯独东北离他遥远，更难进入他的精神世界。只因这种情节，东北在他这位“国王”的意识里始终是个形象和概念，当初他与张大公子烧香拜把子，并不出于他对东北的重视，而是他看好张作霖为对抗俄日侵略，宣布东北独立建国后所积下的丰厚家底，为了一己统治，不得不去安抚拉拢没爹的少帅，并慷慨给予名分，要少帅为他看好离日俄最近的门户。但就连这点主意也不是他的主动，而是夫人枕头吹风的结果。所以，他不顾国人的愤怒，抗战前就放弃了东北，抗战后淡漠东北。直到中共抢占了东北的大中城市，国际舆论骂他没有统帅的战略眼界，这才想起美国会牵制苏俄，帮他把东北从中共手里夺回来。”

“在小日本刚踏进东北时，他在一次聚会上曾公开耻笑说，你抢也得抢个好一点的地方啊？冰天雪地人迹罕到，有什么好玩的？我曾就读过东京振武学校，当年的同学不少是今天日本军界的核心人物，我对他们的追求了如指掌，仅凭这个，足以可见日本政治人的眼界和利益是多么短浅。

他语惊四座，权贵纷纷起立敬杯，赞扬中正见解独特。他认为小日本对东北只是历史遗留情结，或是地理位置比邻。在蒋看来，只要中国版图上还画着东北就行了，只于是名义上有还是实际上有，无关紧要。30多年了，民国从没实质控制过那片冰天雪地，青天白日旗只在那里飘扬了几个月。”

“在念私塾时，陈老师要俺看一本日文西洋人小册子。开始时他辅导我，后来让我自己读。俺记得那本书名叫《人生目标与人生历程起点的关系》，它说，你的每个第一次关键经历都会决定你以后生命的价值判断，太棒了，给我的影响很深。在还给老师时，我很希望他能就手送给俺。可他没有，说明这书对他也很珍贵。用这本书里的观点看老蒋，可基本判断，总裁一贯重城轻乡，重南轻北，重诡轻谋，重控轻导是有原因的。赵是广东人，熊是江西人，两者比较，一个是他发迹之所，留恋往返，一个是他剿共之处，咬牙切齿。在任命这二位时，他肯定先见赵公武后见熊式辉。”

“你要不信，我再举几个例子，他喜欢沾花惹草，上海大世界的花红柳绿让他第一次开眼，便一生热衷于罗裙政治拉帮结伙。因为刚结识李宗仁白崇禧就觉得那二位瞧不起他，便以一概全，把整个广西当作异地，从不入宁。那老蒋为什么会把东北提上议程？日本投降后苏联依据《开罗宣言》必须将满洲移交中国，民国是合法政府，是抗日同盟国，再不重视就是国际笑柄，古今中外还没见过有不喜欢扩疆拓土的君主。另还有中共已经先期进入。在接见赵公武前，是军内高层特别是陈诚对东北战略地位的强烈呼吁，还有美国人的提醒，才让他认识到日本用中国人在东北建立的工业基础，及沈城的东北中心，对其戡乱政策的实施和战略地位无可替代。而在接见赵司令时，他把这认识当新知灌输给了他，强心针打得过于猛烈，赵也一定夸下了海口。可是老天不肯兑现。”

“你为什么这么关注老蒋？你说的这些都是实情，但有什么用处？”秦泰问。

“国家和民族的命运至少现在都掌控在老蒋一人手里，皇上啊，不研究他你研究谁？只于赵，他虽谨小慎微，但总有露齿的时候，我是从他言谈的一句半句，加报刊电台相关知情者的评论综合出来的，我不是亲临人，但不怀疑自己的分析，很自信。”

“那你对他们越研究越悲观，咱的前途又捆绑在他们的战车上，后程如何走法？”

“正因为咱想活得好点，才必须把他们看透啊？”

秦泰乐不可支，把话题又转回到他关心的问题上，“外电对老蒋的东北情节有何评论？”

“外部世界十分关注中国抗战后的趋势，尤其是东北局势，因其对恢复国力的地位重要，必然是内战的争夺重点。评论说，当下在上海用10年功夫不如在东北下一年功夫。人家没有舆论管制，言论自由。我只关心他们对中国内战的看法，人家确实对中国了解很多，点到了问题的本质，我反复琢磨，人家说得对啊？从辽西开战起，老蒋只来过一次东北，连屁股都没热乎就尥了。

“你想，从东北问题看老蒋的思想水平，他也就个凡夫俗子，猫心鼠胸，哪里是政治家的标准？纯粹一个情绪化的偏执狂。孙中山伟大的一生，却被自己指定的接班人模糊了。先生也是个矛盾体，提倡民主，可又指定某人接班，西方觉得可笑，国人麻木不懂，以为只要不像皇帝那样叫儿子坐殿就行。的确，对比皇权，这在中国也该是伟大的进步了……

“可话又说回来，老蒋他如果真重视东北，就我这草木的脑子都能想到，他该来好好走访走访，专机专程，顶多半天就能把熊将军亲自送来沈城，让熊高高兴兴进林子，顺便和东北的权贵见见面，调动一下东北老乡刚刚回归祖国的积极性。”

“那老蒋就这样看着中共把东北拿走了？成了最大一块反对他的根据地？那他不等于认输了？就他那性格？”秦泰插话。

“是啊，我也这么想。所以，国共两党在东北决一死战的规模要超出东北历史上任何一次战争。那可把东北给毁了。14 年亡国奴的命运刚刚结束，俺那里在甲午战争第二年就被慈禧割让给日本了，是 40 多年的亡国奴啊！姐夫，俺东北人的命是真苦，好不容易有了盼头，连口气都没缓过来，这大规模的残杀又要……”

“立国，我想过，因我们旅的防卫任务决定，只要不是上峰强性施压，我们就应尽可能避免与东北民主联军面对面冲突，即使无法回避的遭遇也应尽量躲开。”

“人家现在改叫解放军了，说明共军的作战性质和任务彻底变了，解放谁？这不明摆着吗？解放东北和全国，与老蒋殊死雌雄，趋势已不可挽回了。”

“那照你这么说，独立旅一定得被搅进去了？”

“是啊！那能由得你的意志？你是军人，人家把枪交到你手里的目的是什么，打兔子玩？发军饷养着你遛鸟？看你长得俊？”

“是啊，从当兵那日起咱就身不由己了，父母都得靠边站。可是，随意指挥你的人实质是某种利益和权力的代表者。你不要忘了，意志还仍然属于自己，这是别人利益和外人权力所无法剥夺的，你该有怠慢、消沉、拒绝，甚至反抗的准备。”

“那不就招来不测了吗？引火烧身？还没等你准备好，军统的枪口就顶你太阳穴上了，你有保护别人的余地吗？”立国用既是疑虑又是启发的口气提问。

“既然志在自心，当然也就谋在自己了。考验个人应变能力的时候到了。”秦泰咬着牙说。

立国听了秦泰的这段表白，觉得临走时爹含泪的嘱咐，和通过多次对内战形势的分析，独立旅旅长对剿共的性质认识已经发生了根本改变。说明他不仅在考虑如何消极，而且正在思考如何反抗。凭几个月来自己对姐夫的观察和理解，他相信这位将军一定会拿出办法努力化险为夷的。

立国重新戴正了帽子，把手抄在胸前，侧脸向车窗外望去，心想："难怪他今天在司令面前不提装备的事了。"

秦泰没注意立国的表情，继续说："赵司令再也不提要你过他那边了。我估计他是因为大话迟迟无法承兑，交换条件可能要落空的原因。不过，这也好，面对眼前的形势，如尽快把自己武装到牙齿，无非是给自己创造尽快参战的条件。赵司令知道独立旅的新兵没有作战经历，如让他们上战场，估计上去多少得损失多少，打仗是为了取胜，既然打不了胜仗，如其让他们上去，还不如当势力存储着，报损还影响上司升官发财，说不定还影响他们与老蒋的关系。我看，独立旅就这模样了，管它真独立还是假独立，真有实力还是没有实力，我不虚荣，也不图那名声，条件是上峰创造的，不是我凭空能办到的，什么火炮营、摩托营的，去他奶奶的。立国，你注意提醒我，从今往后不再吱声了，装备的事半句都不提了，回报时咱也不催。"

"但有一条必须坚持，那就是练兵，王副旅的魔鬼练兵一定要继续下去，我一直很赞赏，甚至主张丢掉木棍真刀真枪对抗，他担心会伤着这些孩子，真刀真枪起码可以让对手恐惧，激起对手保命的愿望。但反对意见不少，给王副旅起外号叫魔鬼，说独立旅的练兵和别人不一样，当兵比在家担粪种地还苦，没见过让儿在没膝的雪垫子里爬一里多地的爹妈。他们不知魔鬼练兵的实际用途是多么重大，只有从战场上活下来的人才懂得，在刺刀见红时，常常就因为你还保留了最后的一点力气，死的就是对手。还有你们机关，当老爷兵可不成，在战场上对手可不分你会不会打仗，哥们，你还得练练，今日放你一马，有那门儿？其实弱者总是打击的重点。你们参谋要多到下面做这方面的讲解，减少和杜绝抵触情绪。"

"姐夫，你的话我记住了，放心吧！"立国对着秦泰翘了下大拇疙瘩。心想："他的这些招数实在高明，本是反抗，但又让你毫无察觉，找不到任何责怪的说辞，佩服。"

（三十二）

“唉？刚才散会时赵司令悄悄在我耳根子上说了一句，南京这几天要来人了，要我做好思想准备。中将上将一大堆，让我准备个啥？你估计可能是谁？会是老蒋？”

“老蒋只在捷报频传时来抖英明，熊式辉把仗都打成奶奶样了，他来承担责任还是来承认决策错误？他现在两眼正集中注目和他抢龙椅的，只拿余光扫视东北，看各位将军能不能给他长长脸。近来虽没大战，可百人的小战战战败兵，县城已大半陷落，架不住积少成多，有利战局已经转向了共军，老蒋已晕头转向了，当下的他，一、正急于寻求能让自己金蝉脱壳的说法，好堵住反战派的嘴；二、要想办法安抚那些支持他打内战的，以坚定剿共信念；三、要琢磨个如何收拾败局的新招数，保全他特级上将统帅的面子；四、要拿个给亲信开拓失败罪责的说法，捆绑起来好守住江淮防线。老蒋应该明白，如东北破局，那可就是他亲手把中共彻底做大了，他要结束亲手发动的内战，也用不着八年抗战了，顶多几个月。所以，他坐在南京仅靠谎言和假情报运筹帷幄，吹他的指挥如何若定，那不扯淡吗？眼下连傻瓜都知道该往东北跑几趟了，起码能了解真实。即使不愿来，也该派个亲信来晃晃，至少能给国军的冰心送点温暖来，不然可真要旗倒兵散了。”

“你要是在老头子身边就好了，现在的中国或许是另外一个样子。”

“用人之道的古训是知人善任。而历代统治者都把知人俩字改成了‘投靠’。老蒋的人品决定他不会用一个不肯投靠的人。俺如真在他的身边，就我这性格，能否活过今晚都不知道。”

吉普在旅部楼前停住了，秦泰下车后无意中发现中庭楼梯白色北墙当间是个镶着红色玻璃的圆窗，正对着楼外的平台，恰好迎在来人的对面。“立国，你来瞅瞅？那是什么？”秦泰扯过立国的胳膊。

立国定睛一看：“他妈的，我们整日上下楼都得面对日本国旗！”

“你赶紧去把那玻璃换成投降的白色！”秦泰发话。立国没半点犹豫，当即跑上二楼给后勤打了电话。

秦泰进屋后坐到沙发里问：“立国，我一看见日本国旗就想起鬼子烧杀抢掠的情景，从心底发恼。但刚才这个发现让我们不得不好好想想，你说大和民族的向心力为什么会那么强？而我们总是帮帮伙伙离心离德。就拿墙上这军事布防图来说，按你的看法，周恩来的屋里一定也有一张，这说明兄弟相斗被逼无奈，只能不折手段互挖墙脚了。咱中国人自古内斗就你死我活，死也不肯共存，根源在哪里？太耐人寻味了。能否从我们这代起给后人开个好头？兄弟姐妹和平共处？”

“你的问题很有深度，根子在文化，帮凶是愚昧，表现是外斗外行内斗内行，并且根深蹄固，我们这代是没改变的希望了，你本人就是现实的参与者，凭你一个人的智慧和力量能扭转乾坤？你对此最大的贡献是逃避。连老蒋自已想扭转都做不到，一群既得利益者还指望他带头剿共呢，又何况他本人就是个兄弟自残称帝的信徒。中国人的斗争哲学是‘大乱才能大治’，先把老百姓搞得民不聊生，然后再告诉老百姓‘你跟着我干才有饭吃’，于是就可把大治的人群集结起来。现代政治家已经从皇权政治那里尝到了甜头，怎肯熄灭试水一探的火欲？东北有山有水，有林有原，交通发达，有工业基础，农业赛江汉，如建立根据地，不知要比西北荒漠好多少倍。更重要的是东北人性格豪爽，讲义气，对中华民国没多少印象，对日本刻骨仇恨，苦难深重，反内战情绪高涨，这些都是建立新政权的重要社会条件。

中共对此心知肚明，既然你老蒋要杀我，那咱就好好利用一下这千载难逢的时机。要是我，也得这么干，反正共和早已无望了，何不当机立断？”

“按理说，抗战后的国军装备不知比抗战时好了多少倍，几十万国军开进东北的阵势像要鲸吞一切，军舰飞机，坦克大炮，浩浩荡荡，用你的话说，一派热兵器战争的派头，本溪、四平虽头战不顺，但二次进攻一鼓作气。但好景不长，没持续两日就霜打韭菜了，抗日名将的豪言壮语全被大风飚跑了。你说，国军的战斗风格为什么会一夜之间就突变了呢？而且变得如此不堪一击？”秦泰离开桌子在窗前的空地来回踏着步，“我思索了好久，这是个十分重要的政治问题，答案可能有十几个，但必须要找出最根本的一条来一语道破。”

“你要考我？我要答对了你给什么奖励？”

“你不是最愿意吃你姐包的饺子吗？薄皮儿，瘦肉、韭菜、大海米。”

“那能算你的奖励？我随时随地找姐要就是了。”

“怎么不是我的奖品？我不带你你进得去那院？”

“嘿嘿，那倒是。勉强算你的吧。”

“那你要说错了呢？”

“绝不会错。不是有大人物要见你吗？你问问他，让他评判一下。我估计赵司令近来那么蔫，可能也是被这问题给闹的。”

“我一直认为，国军在鞍山本溪四平获胜是侥幸获胜，毛泽东因为华北的几场胜仗轻视了国军主力的战斗力，尤其他没想到老蒋会把几支经过抗战陶冶的王牌部队和著名战将派往东北，以为共军该实行大兵团进攻和阻击的时机到了，求胜心切，给美国施压老蒋提供炮弹，放弃了以弱胜强、以小搏大的运动战传统，以屯兵城市抢占优势工业资源为主。而国军，大多都是刚从境外或南方抗日战场下来的，勇气正盛，杀气十足，又全副美式装备，再显威武再立新功的心情十分迫切。在他们还没弄清内战就是兄弟自残的情况下，正好碰了共军的软肋，如不打胜仗，那可丢尽了脸面，真成草包了，其实根本用不着小诸葛督战，就是让我督战都能胜任。”

“现在好了，中共重操旧业，用网路缠绕铁路公路，用乡镇包围城市，兵民和农民抱团，连挑担捡粪的都揣着枪，他的机械化立时就寸步难行变废铁了，国军用大炮打家雀，而共军，一颗手榴弹就能炸烂一堆肉，他不连连失败才怪哩！”

“道理浅显到连放牛小子都看明白了，用不着摆那么多理由，什么美国佬瞎干预啦，老蒋自负啦，党军腐败啦，宗派纷争啦，军纪松弛啦等等，那确实都是失败的因素，而最主要的还是，大多中下层军官和99%的士兵一到长春才明白，原来自己的刺刀正对着自家兄弟，昨日还一起杀鬼子，今天怎么就成冤家对头了？内战情绪立马消极了，没了正义战争的精神支撑，就像小虎遇见那老头说的，一个镇子的，低头不见抬头见，杀的都是亲戚邻居，你下得去手？少数反共人物无端绑架民意，击毁了国人要在抗战后好好过日子的愿景，人心相悖了，国军陷入了人民唾液的汪洋大海里了。”

秦泰停下脚步看着立国说：“你说得太对了，这才是政治家入木三分的洞察力。可惜呀，党国里有此见解的人太少了！”

“不见庐山真面目，只缘身在此山中。党外高人都会明白这是内战胜负的决定要素。”

“好吧，奖品你拿定了，可今天你吃不到，明天吧，最好是晚饭，时间充裕。你姐包饺子十分认真，要提前准备，还得我帮他捏，她说城里人的捏法又快又好看。说到底，我不动手，你是拿不到奖品的。”

立国笑着躺靠到沙发里。

快中午了，屋外突然乌云密布，狂风一阵强似一阵地刮了起来，扑得窗户的玻璃“哗哗”乱响。接着，干枝样的闪电便在眼前刮目一划，雷声便沉闷地从东南滚来，随后，暴雨就像泼水似的倾斜而落。

秦泰从桌子上抓起军情密报对立国说：“一群饭桶，没一个能拿出让人眼前一亮的观点来，这些纸片子全都似是而非，一点参考价值都没有，形式主义！”

尔后走到窗前望着远处的山丘，心中惦念着那些隐在低洼军房里的士兵。“他们的头头不知有思想准备没有，就这暴雨，你就把屋地垫到窗台高也白搭，午饭可能要站在水里吃了。我说要把房子搬到半坡处，可卫戍大员不干，还口口声声叫我放手做事，连这都不能提前预测，只关心存兵，却不爱兵，那谁还给你拼命？”说完叹了口气，回头见小舅子正抱着书歪着头咧着嘴在沙发里睡了。

“这小子，昨晚可能又一夜看到天亮。”他拿过书看看封面，不认得，全是洋文，又重新放回立国的怀里，并用脚轻轻地碰了碰小舅子的腿。立国忽地爬了起来，惊慌着问：“又要集合了？”但手仍紧紧地抱着那本书。

“行，就你这精神头，我看完全可以去参战部队见识见识了。但上了战场，脑袋挂在裤腰上，眼睛就看不了别的了。这好像是英文书，你不是只会日文吗？”秦泰不很在意地问了句。立国合了书，没搭话。

“你呀，就个书呆子。不过军中要是再多几个你这样的书呆子也好。为什么叫你军中书呆子？因为你还知道集合。唉？你这书名？”秦泰虽嘴上说着别的，可心里还是想把立国感兴趣的东西弄个明白。

立国把书夹到掖窝里，用两手搓搓脸，笑着说：“与军事无关，你用不上。是凯因斯主编的《经济学杂志》合订本，我是好奇，在大街地摊上突然发现的。大不敬了，犯困了，忍不住就迷瞪过去了。”

“有关呐！怎么无关呢？咱俩不是讨论过军事与经济的关系吗？唉？凯因斯是哪国人？”

“英国人，剑桥大学教授，刚去世没几天，电讯中说是国际经济学界的重大损失。”

窗外又一声雷响，吓得立国赶紧拿手指堵着耳眼儿，并走到窗前猫着腰往外瞅瞅，说“眼瞅着就快秋收了，不该下这么大的雨，爹说秋末水泡米，粮仓准见底，花猫咪咪叫，耗子不知道。”

“这话是什么意思？”

“看你这城里人，光知道吃饭，连农谚都不懂，意思是米都泡烂了，粮仓空了，老鼠没吃的饿死了，当然猫叫它听不见啦？笨死了，还将军。今年天气反常啦，东北人要饿肚子啦，再加战争，叫老百姓怎么活啊？俺很挂心，爹千辛万苦种的那块地儿是不是叫大水冲了？”

“他的那块地不是在高处吗？没事。”

“你别说，你当俺爹的女婿还真够格，连他那块小地在哪儿都注意了，比我强，难怪他总瞧不上我，说我笨笨卡卡的，一准得饿死。”

“他说你没出息，是因为你看了那么多书，却连他那个农垦化都不懂。我的兵营就扎在他地里，能不知道那五亩地在哪儿？”

“姐夫，俺没机会专门学英语，私塾陈老先生会说日本话，没想到他英语比日语还好。我的两位恩师有许多相同之处，只是风格和文化教养的差异大了点儿，水土不同嘛。他们对我的教育是互相补充，先是西式的，后是中式的，中间夹着日式的。俺也怪了，对异国语言特感兴趣，总想探讨各国对地瓜怎么叫，中国有好多叫法，什么白薯、红薯、葛薯、甘薯、凉薯。外国是不是也这样？他们就逮住我愿意学外语的兴趣，把我当麻袋踹，使劲往里装，我的外语是他俩硬踹出来的。我很想念他们，日本老师回国了，陈老先生高寿了，想恩师和想爹是两个劲儿，一个是给了俺肉体，有养育之恩，一个是心窍的开启和智力开发，恩师对我是教化之恩。我在想到先生对我的那些具体知识恩惠时，常常会偷偷流泪。真的，我一点不唬你，真心真意地尊敬爱戴他们。”立国说着说着，泪珠就出现在眼角里。

秦泰在一边静静地等着立国再往下说，不愿打断他的思绪。

“就我那国学陈老先生？整日把个绑着白线的老花镜架在鼻头上边，

一会儿在镜片里看书，一会儿从镜片上瞅你，从来不笑。一开始他只让我认字，背字典，逼你摇头晃脑地死记硬背，和日本老师的教法完全不一样，我哪儿接受得了啊？他却说，你要不摇头晃脑就记不住。我不信，坐得笔直，坐姿端正是日本老师教育的。他找爹告状，爹就打我，爷奶护着我，姐姐拽着我逃，现在回忆起来那叫个热闹。那时我从心里恨陈先生，你要不听他的，他就不让你回家吃饭，饿肚皮，小孩最怕饿，只好硬着头皮学。他的方法是你懂不懂也得先给我背出来，背的时候还要伸着手掌。因为怕挨打，就得往好里背。他高兴了才把古文翻译成白文，有时还用日语或英语和我对对话，帮我纠正语音，特别是日常用语。”

“果然很好，记忆力明显提高，理解力也得到加强。你别说，你不摇头晃脑还真就记不住。老先生要俺每日早课必须先对他说一遍‘书山有路勤为径，学海无涯苦作舟’。忘了他就打手掌……嘿嘿，俺给你解解闷儿，车到山前必有路，我理解旅长的心情。你不是已经有对策了？继续吧，不要回头瞅，瞅多了会动摇你的决心。”

秦泰笑笑，故意不接立国的话尾，岔着说：“我也进过两次城里的民国学校。北平沦陷后，父亲不让我到日本学校念书，只好在家里跟父亲学。我上学时的老师是一年换一个，十多年就换了十多个，都认识，但都不深刻。你们乡下师资少，从师几年不变，知根知底。特别是日本统治下的北平，不准聚会不准密切交往，走亲戚都得报告，到头来相处时间最长的老师原来是自己的父亲。同你相比，我虽学历长，可初学的感受短。”

“至于英语，多少也学过点，但属选学，不是考评科目，都以为没用，孩子们不肯多下功夫，老师也消极怠工点卯应付。对日语就更不用说了，全是对抗情绪，根本不学。现在看来，这是个严重的不足，连老蒋的急用现学都赶不上了。我着急，要你姐教我学日语，她不仅反对，还批评我三心二意分散精力，让我把ABC捡起来。可我到哪儿去找老师啊？没想到你还能直接读英文书，我看，这老师就是你了。”

“她既然要你把 ABC 捡起来，那你就找她啊？”

“她只会日语啊？”

“那你回去问问她，她是怎么认识 ABC 的？她的合理化建议怎么兑现？我这人缺少耐心，脾气也坏，别把旅长给领斜道上。”

“你说你姐俩，会点外文那么牛，哎，即在屋檐下，不能不低头啊！行吧，还扯什么？肚子咕噜了。”

“都这时候了，那我出去弄点来垫垫算了，晚上一块解决吧！”

“这大雨你到哪儿去弄啊？不行，咱得回家，吃完饭咱俩还得去兵营瞅瞅，士兵的被子垫子可能都泡汤了……”

“那你就让那些个副手去视察呗？要他们不就是管这些事的嘛？”

“他们是他们，我是我。”

“你真行，称职，难怪赵司令说你事必躬亲，我下辈子当兵还找你当旅长。快，走吧？我姐可能还在家等你呐？”

“你还别说，吃惯了她做的私房饭菜，连饭店我都不想了，那些小馆子我看都不看一眼。”

立国笑着看了姐夫一眼，操起电话喊司机。

巧了，还没等立国拨号，里面就有人问话了。

“您是秦将军的办公处吗？”

“是啊？您是哪里？”

“请将军亲自接听电话可以吗？”对方客气提出要求，立国想把话筒递给姐夫。

“问问是谁？”秦泰没接。立国按着话筒小声答：“找你，挺客气的，要你亲自接听，有来头。”秦泰接过话筒一听就“嗯，嗯”地应着，最后是“谢谢，我明白啦。”

“一听你接电话的音调就知道来头很大，是司令说的那个人吧？”

秦泰“嗯”了一声说：“咱回家吧，下午去不了兵营了。”便一手拎起挂架上的手提包一手扯着立国下了楼。

快近大门口了，秦泰又停住了脚，回头对立国说："你回楼上告诉魔鬼旅，趁士兵刚要午休，立即紧急集合，除了被子和换洗的衣服，及怕雨的东西外，其余的一样不落全都背上，以营为单位顶雨长途拉练，这比蹲在水里好多了。晚饭延后，把全旅所有掉队的和没参加拉练的，不分官兵都给我记下来，明天上午我要搞次集中特殊教练。"

"那我呢？"

"你今天就不参加了冒雨拉练了，陪我吃午饭，明儿个和那些掉队的一起训练。"

"这不公平，你还不知道我是不是真掉队啊？"

"公平，连旅长的小舅子都一并被特殊教练了，别人还有什么怨言？"

"噢，行啊，你拿我去给你压天平。"立国一边笑一边跑着上楼。

不一会儿立国就回到旅长跟前，秦泰问："魔鬼怎么说？"

"他什么都没说，只哈哈大笑着使劲握了一下我的手。"立国甩甩手腕，"就那么一下，我整个胳膊都被他握麻了。"

"体会到了吧？多亏你不是鬼子，你要是鬼子，我估计连膀子都保不住了。"

立国跟在秦泰的身后出了大门，一阵强风突然把雨水斜刮到雨打下面，地上便汪起一大片水雾。秦泰伸头瞅瞅天空，乌云还在搅动，没一点儿停歇的意思。

二人在家院的栅栏外下了车，独芳和小虎各举着一把伞在台阶上望着。见了二人推开院门，便一齐跑上去接。四个人你谦我让，徐司机也打着伞要送长官，大家挤作一团。立国心急，一个人冒雨跨上了石阶，在雨打底下回头喊着："何苦呢，反倒成了落汤鸡了。你说这民族有多虚伪，不适用，神经有病，还当优良传统继承和发扬，只改朝换代，就是不肯修理劣根。"

秦泰也跑到石阶上，回身一看，司机还站在门外，突然想起，“你下午就别来了，回去听王副旅长的安排，他可能让你跟机关参加拉练，明个再来接我！”

“你俩别进书房了，赶紧吃饭吧，小虎冒着大雨跑了好几个地方才买到只鸡。他已经吃过了，就剩咱仨人了。”独芳说。

“今儿是什么日子？把午饭搞得这么隆重？”秦泰问。

“今天是七月十五，中元节啊？正月十五为上元，十月十五为下元，中元和除夕、清明、重阳一样，都是中国人祭祖的大节，佛家叫盂兰盆节，供佛祖，敬父母。在簸箕，还要庆小秋，各家一早起来就忙活中午这顿饭。”独芳认认真真地回答。

“俺从离开老爹就把乡下的节日忘了，整日琢磨怎么剿共。”立国用玩笑话岔道。

“什么乡下节日？中华民族的节日，道家佛家都有律定，谁剿共？老百姓想消停，国共今天最好都安静安静，让老百姓过个舒心节。你俩还男子汉呐，丢三落四的！”独芳一边摆桌一边说。

“你三门不出四户，当然不知我们对国家大事有多操心了？你没有压力很正常。”立国见姐夫已经被姐姐噎在一旁了，想帮他解困，诚心和姐姐你一嘴我一句地逗着。

“古人都说国家国家，国就是家，家就是国，家国不分，骨头连筋，一个劲儿地打打杀杀，能对得起祖宗吗？都当代了，还没弄懂老祖宗的嘱咐啊？压力压力，你以为只压你们老爷们？”独芳故意埋怨着。

“行，行，俺输了，输了，俺以为你只愿意做饭，善长什么私房加工等等。谁知道你心里的榜样是武则天呐？”

“你该拿虞姬来比喻，我没武则天那大胸怀和本事。还是别贫了好不好？没记性，总俺的俺的，行，都归你了！”

秦泰虽没插话，但对夫人这几句即简又明的表达却是深受感动，站在一边刮目相望。而后就像想起了什么，起身从柜子里拿出总裁赠送的茅台，说："自愧不如啊！我确实不知中元是怎么个来头，既是中华民族的大节，立国，咱俩忘本了，罚酒，这是总裁的酒，安居时只喝了一次，今个咱接着喝，来，先敬夫人！"

独芳主动捧着酒杯让丈夫给自己筛酒，说："谢谢老爷们，女人需要理解，女人就是一杯茅台，只有会品酒的才能品出滋味来，你还得慢慢品评，慢慢体味，不然就不知它不光绵软，而且还意味悠长。"

立国在一旁眼见姐夫正傻傻地瞪着眼睛在欣赏自己的女人，便从秦泰的手里接过酒瓶开心地说了句："姐夫一摸这酒就激动，是啊，天下御酒几人可求？"接着给秦泰筛满后又给自己筛了一杯，"听说上次是用御酒庆祝你俩有了家家，这次该是什么？"

"这次自然是解放妇女安抚天下了？"秦泰沉迷的情感在小舅子的挑逗下得到了发挥。

"你俩的嘴都够贫的了。谢谢鼓励，我一定给为国事奔忙操心的人理好家事。"并抢先用嘴唇沾了下杯口，对着两个男人点头，"谢坐！"坐下后又示意，"请坐！"

独芳的言辞举止足以让丈夫懂得了夫人的内涵。两人刚亲密时，他只认为这村女的内心高雅，面相里隐藏着大气的美。"要不深入体会，谁都不会相信簸箕老人的家里还藏着位如此的……"这一闪念促使他决心要以自己的生命保证这姐弟俩的平安，便说："独芳，你不是虞姬，我不是项羽。但虞姬为项羽而死的大爱，我秦泰深深地刻在了心头。"

餐叙时秦泰问："该让老爹和哥嫂宽宽心了吧？"

独芳回答："我是闲人，我进院的第二天就写了信。"

立国接着说："俺……我进城的那天中午就给老头写了信。"他瞅瞅姐姐，缩了下脖子，"没记性，该打屁股！"

独芳抿嘴笑笑。

“你俩还乐呢？也不想想，已经报了平安了怎么连个回话都没有？”秦泰疑虑地质问着。

其实他已经想到，都是国共内战闹的，特别是辽南，国共拉锯特别频繁，让亲情都没法联系了。即使是国军控管在手的北平与沈城之间，也无法顺畅通邮。“自古兵战不阻信使。可如今颠覆了，就这局面，说不定半路还有劫杀的，扣下来好好看看信里有没有对手的线索。”他长长地吁了口气。“是啊，就这局面……一会儿就要高层会见了，我该说什么呢？”他琢磨着。

秦泰见姐弟俩都沉默不语了，知道自己不该明知故问，便解释说：“世乱阻隔，心可及但力所不及呀！没事的，簸箕庄偏僻，近山临海，离战场遥远，只要他们不饿肚皮就没有大碍。他们只是牵肠挂肚我们。那咱就天天写，总有一封会落到老杏树底下的。”

姐弟俩这才有了笑容。

下午3点了，一辆美制的黑色轿车在雷雨中停到秦家的屋前。秦泰没等小虎喊他，看看手表就起身离开了餐桌。但他走进客厅又返回来说了一句：“你们姐弟俩还有个任务，帮我找个英语老师。立国把这任务推给了姐姐……”

独芳没等丈夫说完就回答：“这不现成的吗？还不掏学费，管顿饭就行了，他还得规规矩矩给你服务？”

秦泰说：“我知道你说的是谁。人家推了，理由一大堆，什么脾气不好啦，没有耐心啦。”

立国在一旁抿嘴乐着说：“等我给你介绍一个白黑都能上课的吧。外加饿了还能给你包饺子炒私房菜。行了，你放心高层会见去吧！”

独芳觉得奇怪，丈夫是怎么知道立国懂英文的？

这时，小虎打着伞在窗前闪了一下，提醒旅长时间到了。秦泰这才兴奋地跟着小虎出了院子。

（三十三）

暴雨仍在倾喷，路无行人，轿车急奔，前轮不时地把街水冲向两边。秦泰担心车速过快会发生意外，提醒说：“还是安全第一。”上校看看秦泰笑着回道：“放心吧，司机是从南京跟来的，接你之前已查看过路况，不会出问题。长官很忙，时间有限，要和几个人交谈，明天下午就得回返。”

秦泰想：“我有那么重要吗？还提前查验路况。都这时候了，他怎么还不肯告诉我长官是谁？神秘过头了吧？”他点头回应上校，没再言语，只琢磨这位长官可能是谁，“是小诸葛白崇禧？他是首任国防部长，听说人很自负，难以听进别人的建议。是文武将军何应钦？不可能，听说他对东北不感兴趣。不管是谁，反正这么远还带着司机，只是车子不好带，如好带，说不定就一起带来了，上校级军官跟班，非一品大员没资格享受这待遇，见面时我说什么好呢？为了夫人、内弟及两千多乡仔，千万别引火烧身。”

半个小时后，轿车缓缓停靠到一座高墙大门的前面，墙里是幢双层欧式别墅，急促的落雨在红色的瓦顶溅起阵阵水花，阵风搅动，水花立时变成了白茫的水雾，把独立建筑淹进蒙胧之中。秦泰本想从建筑标准上再次猜测一下要接见自己的人到底是多高的层级，但他失望了，眼前彷如被幕布遮挡着，笼统一片。他只好瞅瞅一旁的上校，“都到门口了，还保密个啥？”但上校仍不肯露底。

高墙外戒备森然，岗兵步哨紧抱着自动步枪四处撒目，连眼都不肯眨一下。一个穿雨衣的人好像早早就候在坚实的铁门旁边，见轿车停稳了，赶忙跑上前去拉车门，秦泰刚迈下车，那人就赶紧举手敬礼。

这时，电闪突然从树梢之字型的直击而下，接着就“咔嚓”一声劈响，吓得那人不能自己地哈了下腰。但秦泰已大步跨进了院子。等那人返过神来时，秦将军已经站在别墅的雨打下了。

上校收了雨伞，把秦泰引上二楼的会客间，说请将军稍等，长官很快就到。秦泰趁机观察了一下室内的摆设，觉得眼前一片豁亮。蛋白的欧式单人沙发南北对称，翠绿的玻璃茶几放着透亮的果盘，客厅中央安放着齐腰高的金彩圆台，台心镂空，其中的瓷盆插满娟秀的手工昙花，在芍药、阔叶和金枝的陪衬下层叠争艳，顶棚的宝石吊灯闪烁照耀，四周的墙壁全是雕花木饰，巨大的落地窗户被乳黄色的刺绣薄纱遮挡着，空间虽然不大，但却发散着迷眼的光亮，让人目不暇接。秦泰从不曾见过这么华丽精致的装饰，“这是什么地方？太豪华了，这位长官的来头一定很大。”

他正在猜测，一位身着中山服的人已快步迈进了客室。“是陈部长！”秦泰在心里惊讶地喊了一声，赶忙迎上去立正敬礼。

“秦英雄来了，这么个天气还让你跑来跑去。”

“军人只服从命令，不服从气象。”

“你的回答很是特别，但却清晰明白。想问你的队伍还好吧？几乎全是新兵，又是同一个地方出生，没团团火火？带兵人辛苦了。”陈诚哈哈着边笑边问。

“他们正在冒雨搞急行军拉练，保证每个士兵都有战斗素养，全旅才有战斗力。”秦泰嘴虽这么回答，但心却在想，“他可真是细致，一语就点到要害处，可见他为官的信条了。”

“噢……”陈部长转身望望窗外刺眼的闪电和滂沱的雨水，回过头来安静地看着秦泰，想了想才说：“咱俩自南京一别快一年没见了吧？很是惦念。你按约定每季都给我写份心得体会，很好，有的见解已变成我在高层会议上的发言了，引起了重视……你坐，别客气，我光顾说话了。”陈诚边说边自然地扬手回礼，一开场就拉近了被接见人和自己的心里距离。

“是的，陈部长的嘱咐我可是一句都不敢忘。”秦泰毫无虚伪地响应着。

“是不敢忘才信守承诺？你不是那种人，我和你第一次见面前就对你做了深入了解，孔子的仁、义、礼、智、信，我再加个‘勇’，你基本都具备了，难得啊，党国特别需要你这样的文武人才。只是不该把你的大婚日期当军事秘密。”

秦泰听了慌忙解释：“部长高估我了，秦泰没那么完美，仅就智商来说，就不及……他人。”他想说不及妻子和内弟，但话到嘴边自觉不妥，便改为“他人”。“至于婚期……我压根就没预定过，也没和父亲商量，不敢独断。正在战时，独芳硬要跟着走，为照顾她的意愿和尊严，就把随军拉练当结婚仪式了，算特例吧，请部长谅解。”但心里却在想，“连这点儿事他都知道？”并补充道：“看来时局不允许我依个人意愿去行事……”他想到了军统。

“秦泰是个大气人，非同凡响，与时俱进，底润厚重啊！你也不必谦卑，都将军了，将军是国军的形象，是卫国武装的标志，已不是自己。”

陈诚的话让秦泰肃然起敬。他想：“我从不知，也从没想过将军的象征是什么。我一直认为那只是一种奖赏、资格、待遇、地位，或功绩及能力的肯定。看来，我的将军认识境界还不是低了一星半点。高人的一句点拨真胜过10年苦读啊！”

陈诚没再客气，先一步潇洒地坐到沙发里。坐定后，才对着旁边的座位示意，要秦泰和他面对面坐下。秦泰立即起身要把自己的座椅拉出放到部长的正面，但部长却制止了他，喊上校进屋侍弄。秦泰经历过不少礼仪场面，但从未见过上司会给下级这样的特别礼遇，自觉似乎无形中已被某种风格感染了，便不由自主地将魁伟的身材端坐到座位里，以轻松的姿态等待召见者问话。

陈诚轻拍着双手笑了，笑得秦泰不知所措。“这就是了，很好，平等交谈，没有拘束，这就是共和与民主的要素，只要不是老头子，就不要总老鼠见猫猫见老鼠的那种气氛嘛！”陈诚意在“你们不要以为凡老头子的亲信，都会沾染上神圣难近的习气”。

在南京首次相见时，陈诚给秦泰留下的印象是，这位上司没有官架，或走或立都很随意，耳语碰杯拍肩握手，从不事先给人预示，因欲动止，抓起手来就握，举起杯子就饮，不求你立即回答回报，点到即达。而现在呢？对面的陈部长还是南京的那位陈部长吗？陈诚以往的形象在秦泰心里一闪而过，他企图让自己对以前那部长的认识能再清晰些。可是，南京晚餐会上的那位上司还是渐渐在他的记忆里淡去，一位崭新的更真实的陈诚正坐在自己的面前。

他看到，年近50的部长，面色是苍白里透着润红，眼圈略略塌陷，劳累少眠的痕迹十分明显。但双眼反而明亮透彻，精神矍铄。只是消瘦的骨架不像想象中高官的富态高大，因此也多了些书生气，少了些官僚气。刚刚脱口的“老头子”称谓，特别是他那满口的浙江语音，分明是在向被召见者表明，自己与总裁是多么亲近，而且也是在暗示，自己虽是“老头子”的同乡和学生，但可不完全是附和“老头子”声音的那种部属。

秦泰已经从立国那里得知，外电早已把陈诚与老蒋的干女婿粘连告知了经常偷听英语新闻的国人。陈的夫人叫谭祥，是前清翰林谭延闿的女儿，谭在离世时把女儿托付给了贤弟介石。尔后，老蒋与夫人美龄因陈讨伐军阀意志坚决，亲自证婚，将干女儿嫁给了他。总裁夫妇明知陈诚家有贤妻，为拉近陈诚，逼他效法介石的离异方式。陈诚屈于威严，答应前妻不离陈家，直到养老送终，这才心安。但从此陈诚确实如鱼得水，飞黄腾达。所以人所共知，在陈诚面前，哪管你对老蒋有半个“不”字，也不可随意脱口。

“国共第二次较量的大势已不同于江西那次了，总裁的神经都快要绷断了，尤其是东北局势，已上升到攸关党国存亡的高度了，我奉命来这里考察，找些能说真话的人交谈交谈，为总裁下步决策提供可靠参考，你是我来这里必须要见的第一人。但你我之间不同他人，公见与私见的唯一差别是，私见无话不谈，公谈适可而止。”陈部长开门见山，毫无保留。这无意间使秦泰觉得自己不由自主就变为上司的嫡系了。随之，一种被驾驭且不可挣脱的感受就笼罩和侵占了他的整体，但他并没觉得压抑和别扭，反而是很自然的向对方点头示敬。

“当前局势已出乎老头子原来的意料，事与愿违。东四省不得不变为新战略的前沿与党国之首取了，在这里与中共你死我活已成定势。当然双方从去年就枪炮连续不断，但至今雌雄还难断定，还难说以弱胜强以少胜多会变成定势。对此，从你的角度如何推断？我很想听听箴言。”

秦泰想：“这么大的题目，谁敢信口开河？这大概就是部长为什么要私人交谈的原因？”但他知道自己不可推辞，只好问：“陈部长，我长话短说可以吗？”

陈诚抬腕瞅瞅手表，以微笑的方式反问着：“你还有另外的日程安排？”

秦泰赶忙回答：“没有。”

“噢！”陈诚只用一个字便告诉了秦泰，时间充足，你尽可把自己的所有见解表达清楚。

其实，这正是秦泰所希望的，他便把近来与立国讨论的，及自己关心的，除了指责和唾骂老蒋的那些事和话，站在党国的立场和利益上，一一如数向部长作了表达。

陈诚一直安静地侧着耳朵或看着部下的脸孔细细品味他的一字一句，没有半句插话。有时，秦泰很希望部长能对自己认为的某些重要问题表示下态度，从南京的角度说说看法。可部长虚心求教的表情，让他无法作较长时间的停顿，只能把话继续下去。

已经下午6点了，秦泰自觉占用的时间太多了，便以“这些都是我听取了各方的意见后归纳的，盼国共再次合作共同恢复国力，解救劳苦大众，这是民意，但可能与党国的大局和总裁的思路相违，我出于民族与国家的利益，即使是短见偏见，都该坦率直言。”

部长明白，秦泰已经用这段话给自己长达两个多小时的谈吐作了结语。可他仍没任何肯定或反驳的表示，只抬腕瞅瞅手表起身说：“咱俩该下楼吃点儿东西了，你饿了吧？”

陈诚说完没作谦让，拉起秦泰的左手就出了客室。显然，这是部长想给秦泰一点儿亲切感的表达，仿佛在告诉他，不要对自己刚才的任何一句过头话担心，即使错了，那也是有诱因的。

可秦泰反而觉得有些失望。

下了楼梯拐弯向右，经过两道拉门是个方形单间餐厅，里面坐北朝南是对单座牛皮沙发和梯式茶几，茶几高阶上是只双耳琉璃插花瓶，鲜嫩的转运竹正焕发着朝气，下阶放着和客厅一样的什锦果盘，西墙挂着副仿孙中山“世界潮流浩浩荡荡顺之者昌逆之者亡”的题字，餐厅正中是张蒙着绣花台布的圆桌，两把靠背软椅分放两旁，头顶和四周的灯光柔和而明快。看得出，这是给二人的专设。“不要拘束，请坐。”陈诚习惯性地谦让着。

两人刚刚坐定，白衣女伺便推来了餐车，在部长那边只放了碗紫菜清汤水饺和一杯热豆汁，在秦泰面前却放了熏鱼段、绿豌豆、摊蛋卷、牛肉丝共四个小碟，及西湖龙井醋鱼、金华火腿鲜笋两道热菜，旁边是一盘杭州炒饭。

“都是我的家乡菜，细嚼慢咽用心品尝，方知浙菜乃美味荟萃之绝……你要不要喝点什么？”部长问。

秦泰摇头笑笑，以做对部长这番心意的回报。

“还是喝一点吧，今天是大祭之日，该祭奠一下为抗战捐躯的英灵和那些冤死的生命吧，用国酒茅台祭奠他们才算尽心。但我的胃口不支，只能用苏打水祭奠，算尽意了。”

部长的话让秦泰心里一惊，因为他没说只祭奠国军将士，尤其冤死俩字，等于包罗了内战所有的牺牲者。秦泰慌忙从部长手里接过小巧的酒壶自斟了一杯，而后端杯起身，冲着中山的遗嘱鞠躬，并一饮而尽。

此后两人没再客套，边吃边谈。秦泰从部长嘴里得知，独立旅的装备本来前日已经运至营口，但又调归了胡宗南。如按原定的装备安排，还得重新与美国人交涉，讨价还价难度很大。美国人骂国军连手里的武器都抱不住，只与中共几次局部磨擦，就主动把美式装备送给了对手。

“的确是我们自己正在不间断地把共军武装起来了，而共军正在用我们的武器打击中央军，绝妙的讽刺啊！强大的对手恰是黄埔培养的林彪、粟裕，他们隔关呼应，已变成党国的心腹大患。为什么会这样？这是道即易解又难解的考试题吗？”陈诚一脸无奈地诉说着。“可老头子个性倔强，听不进劝告，更放不下校长的尊严。百万将士之折，常常是主帅一念之差，这和他身边的马屁主意太多有关，这话我只能对你一人说说，眼看着策策疏漏，并无法力阻，憋闷哪！”

“国军的兵员与装备日日在流失，粗略统计，可武装共军几个军团。那我们首战目标的调整，直到取胜的运筹，难度将进一步加大。李宗仁主张挂免战牌，把《双十协定》捡起来，与中共坐而论天下均分，老头子听了摔杯不语。决战在即，将帅不睦，兵法大忌，现在翻翻孙子论述，其中的警示，我们已违反了八成还多。”

陈诚端起杯子和秦泰碰了一下后，意味深长地说：“其实多碰杯才能拉近人与人之间的距离，进一步加深了解。我和周恩来就多次碰过杯，在重庆，他还随意把毛的《论持久战》扔给了我，隔了很久我才有时间翻翻，毛的论述确实比我深刻易懂，我又递给了总裁，总裁说他认真读了，很有启发。周知道我坚定反共，也知道我不愿兄弟之间互相残杀，我不认可杀无不胜的主张，历史证明，兄弟相残只能加深仇恨世代积怨，民族终不得安宁。国共之间还是要像共同抗日那样，在统一的目标下慢慢消除隔阂与分歧，天下事大都如此。主和主战只一字之差，这一字却攸关民族命运呐……

“我多次提议正式组建国防部，一个国家不设国防部成何国体？别的不说，仅和美国人谈判就名不正言不顺，美国人总在讥笑，把你仅视为一股夺权势力，而非合法政权，说美国政府怎么能堕落到肯与中国的某个政治派别建立外交关系的地步？甚至蔑视我们是一党独裁的短命政客。有人说，陈诚这意见不妥，得先有总统后有国防部，陈诚急着要当国防部长吧？我们的确没选国家元首，是中共攻击的话柄。其实我们多少年就以党代军，没有国法。好歹老头子经过再三思考，总算采纳了我的意见，六月一日终于把国防部成立起来了，武装力量总是有了政府部门了，两个月来给总裁提供了不少有参考价值的国情分析报告，老头子自己都认为组建晚了。我并没争当部长，都是为党国考虑。”部长说完这段话，不经意地望了秦泰一眼。

秦泰似乎觉得部长在提醒自己，“你的许多见解都和我类同，我都这样直白了，你也就不必为自己说了什么而忐忑了。更不要只是我一人说话，你可继续谈谈看法，不然我找你单独交流还有何益？”

秦泰想了想挺挺腰杆，笑道：“部长，听您刚才这席话，我才知道您并不赞同打内战。但我还是要大胆地问一句，如不妥，您就不予回答。”

“No！你错了，在这里没有妥不妥，只有说不说！”陈诚故意用了句英语否定，要秦泰开心提问。

“部长，外面都在说您是老头子训政时期的剿共主战派，特别是目前国共决战的方略大多都是您把老头子的主张具体化了。您怎么看待这些风言风语？”

“谢谢你对我的事这么注意、关心，在南京有新闻记者已向我提过这刁钻的问题，我满心牢骚但无言以对……在中国做官，皇帝脚下的直接臣子最难当，难在你要整日察言观色揣摩皇心，早朝只说三成话，留得七分护脑壳，而且你越是中意就越要加倍小心，因为不知哪日皇上会翻脸，并妒忌者成群结队挤在一旁等着看你趴下。只那些山高皇帝远的官员可以逍遥。”

“年初我的确在一个重要的军政会议上说过，就眼前的实力对比看，如战略战术部署得当，三个月的确可消灭共军……但说这话的第一嘴并不是我……”陈诚本想点出第一嘴是老蒋，但想想还是没有触及。“其实说这话也没什么不对，五月初九天拿下本溪，五月末六天占领四平街，速战速胜，紧接着就攻入长春，30 来天三次大捷，林彪首次遇上强敌，首次溃不成军，20 万共军丢盔卸甲，而国共参战兵力相差无几，从我方截获黄克诚的电文看，他已到胆战心惊的地步，说和日本鬼子打了那么多年，从没遇见炸弹炮弹铺天盖地的时候。当然，我军得益于制空权及毛泽东的过分自信。但不管怎样，它足以证明三个月灭共不是狂言，并起到了鼓舞士气增强全军剿共信心的目的。问题在，不到一年，这话竟成了笑柄，是与非的颠倒仅朝夕之间，国民党的脑筋脆弱之极，半点承受力都没有。我在重复这话时，是有前提的，一要全体党员大多一致，二要全国民众大多支持。看看墙上中山先生的题字？什么叫世界潮流浩浩荡荡？二战时全世界共同抗击法西斯，那叫浩浩荡荡。但目前，世界普遍不赞同中国内战，只少数人一厢情愿，没了世界潮流的支持，仅中国潮流浩浩荡荡行吗？”

“秦泰，你翻翻中国的历史，老美的民主议会在咱这里能行得通吗？毛泽东说历史是百姓写的，事实是那样吗？那是理想，是云雾画卷，只要皇帝拿扇子一扇，就什么都消散殆尽了。”

“你走遍五湖四海看看，古迹名胜都是谁的？皇帝的，连他的坟墓都是国宝。有人民吗？说人民的血泪包含在其中，你看见了吗？想象而已。都说万里长城是秦始皇修的，可他去搬过一块砖吗？但人民的骨头却永远与城砖垒在一起了，你见那位大人物去长城祭拜过人民？连长城的设计人都渺无痕迹了。”

“历史事件的主角是谁？皇帝。你见过列兵和百姓吗？

“所以，皇帝就是历史，历史就是皇帝，历史是皇帝踏步的计数器，其中根本就没有民意。民意就是为吃口饭跟着起哄。”

秦泰听了后悔自己不该提这问题，他明显感觉部长对某些人的移花接木反感透了，三个月早就过去了，共军不仅没被歼灭，反而势力日益强大，此时提这问题，等同以剑穿心。

陈诚的话里明显含蓄着，“有人已提早把内战失败的替死鬼指认了。”可他在这番表述里却没提老头子一个字。给秦泰留下的印象却是，他已把自己从内战主战派里彻底摘出去了。

他也是在告诉秦泰，自己之所以提出“两全两大”，目的是，在无法公开反对总裁内战主张的条件下，只能变相以策略否定决策。老头子如尊重这个前提，不去主观臆断，内战的主张必成历史所向，而不会变为历史事实。否则，你即使掏心挖肝去劝解他，都不会改变他对中共咬牙切齿的仇恨，反而还加祸于自身。

“许多人不理解老头子为什么对中共如此痛恨，‘宁肯错杀一千，决不放走一个’，连累无辜，口号空前绝后，在坚决剿共的高压下，仍有人骂他是杀人不眨眼的屠夫，是中山先生的叛徒，已到不可理喻的地步，说‘共党’俩字他都怕脏了舌头。但他却把儿子送去苏俄留学，矛盾不？有人说是苏俄把经国当人质扣留了，知情者都以耻笑回应。也有人对他行为的原因暗暗做过很多假设，而后又统统否定了。就拿它当历史之谜吧，留给后人去研究吧！”陈诚一脸严肃地补充道。

秦泰虽后悔提了不该提的问题，但却为能引出陈诚这些心语而暗暗自兴。人所共知，陈诚一向低调为官，谨慎言语，他自己在评语后又加了一句，“从不谄媚，这是我每日早朝的自我警示”。“但他为什么对我能如此襟怀坦白毫无禁忌呢？”秦泰立即开动脑筋，做了各样推断，最终的结论是：民国危在旦夕，高官都在提早寻找出路，尤其网络亲信以图自保以备后用最为上策，连陈诚这等正派人都在自我打算，何况我呢？如此，他已领会了部长的全部明示和暗觉，“老百姓的反内战愿望已无法实现了，大命运是皇帝掌控的，部长的中国式逻辑很值得部下深思。”想到这里，他不仅没鄙视陈诚的放肆，反而向部长投去了信服的眼神。

部长端起杯喝了口水说：“你问得直白，很好，不要有负担，只能证明你对我的真诚是发自内心的，到目前，除了好奇的记者，还没人敢当面问我这问题，他们一心要看我出丑，你的提问打开了你我心里沟通的钥匙，这疑问就像块历史巨石，能压得我永世无法争辩。雍正感叹当皇帝难，其实是在名利奸邪的包围中当明君难，而在昏君身边要当好贤臣更难。”但他并没说老蒋是昏君。

秦泰十分惊讶，“他这不是公然在影射老蒋吗？对我已信任到如此地步？”便正了正身子，不让部长看出自己正在琢磨什么，并继续问：“我还有一个疙瘩没解开。国共《双十协议》签订后四个多月又签订了《整军方案》，全军本以为战争从此就结束了。可是，只消停了一个月，国共的摩擦再起，双方都在明里整军暗里偷挖墙脚，悄悄扩编。尤其是国军的整军，不整倒好，整了添乱，各级将领都在自保，无心带兵，就这战斗力还能剿共吗？”

“ok！这才是将军的思维，你问到点子上了，你是向我提这问题的第一人。这得从历史说起。辛亥革命胜利了，可革出了一群真假军阀来。1927年我党打败了北洋军阀后，表面上国家统一了，但不如秦始皇彻底。实际上是一党领导下的老头子、冯玉祥、阎锡山和李宗仁等人的分治，直到抗战爆发才统归于老头子麾下。你看，国家的统一还得感谢侵略者，这不是天大的笑柄吗？可见中国痞疾之盘固。但他们之间面和心不合，甚至是面心都不合。这是党国的重症顽疾，政权根基一直陷在沼泽里，危害高于异党的存在，老头子的心里明明白白的。到现在，如坚持《双十协议》，各军阀都想说算，争权夺位。老头子说，《双十协议》是用来安抚天下的，如急办，国家四分五裂，如缓办，国人方得安宁。说咱得首先铲除共党，因共党是军阀的第一杀手。这话果然灵验，一呼百应，所以再次剿共就成为国民党宗派统一的唯一手段，若否，就分崩离析。为什么？这是深水黑暗，国共如真的三次合作，只能蒋毛站在前排，其他国之精英只能站二排，而军阀们连三排的位置都很难获取。所以，争牌位是内战的根本症结。其实即使如现在这样，共同剿共，他们的内心与行动仍各有企图。”

秦泰没想到陈诚会向他透露这等天机，坚信自己在部长的心里已经很有尺度了，同时也为军阀势力不死，并将继续祸国殃民而忧心，不禁皱了皱眉头。

他本想再提些问题探探底细，例如独立旅的布防为什么还要南京批准之类的。但考虑再三觉得不妥，那不光影响自己的筹划，而且个中的权力关系也很难理清，问得不当，还会引起部长的疑虑，便一声不吱地听着部长继续说话。

“这都是目前的国情、军情，知己知彼，百战不殆。你也该有个思想准备，有备无患嘛！”

秦泰这才说：“谢谢部长的关心。”

“唔！”陈诚抬腕摇了一下手，“独立旅的编制就这样了，只是装备如何兑现或尽快兑现的问题了。南京早就备忘了……你个人还有什么要求？说说？”

秦泰看得出，陈部长在问这话时眼里洋溢着慈祥和真诚。

“机会终于来了，该是解决自己心中那个最大难题的时候了！”但秦泰虽然这么认为，可真要他说出口时，却又感觉自己突然被畏缩难吐的阻力驾驭了。

陈诚看出秦泰眼里的忧郁，“说吧，你不是已经什么都说了吗？不在乎吗？还有比已经说过的更不好开口的吗？”

秦泰这才明白过来，部长是一语两用，即是对自己客室所言的评定，也是要他克服吞吞吐吐的阻碍，继续直言不惧。于是，他赶紧把张虎的事一一如实作了交代，交代时还大有领罪受罚的意思。

“就是出席南京抗日英雄晚餐会的那个张虎？你是这样处理的？”

秦泰点头说是，并对部长接连怀疑式的质问有了思想准备。他拿出留存的《中央日报》说：“部长，您看。”上面印着国军重要将领接见抗日英雄的合照，陈诚、何应钦、白崇禧坐在前排中间，陈诚的右边是秦泰，白崇禧的左边是张虎。

部长拍拍秦泰的肩膀，说：“很用心，这些都是验证部署能否担当重任的细节。我记得，你不肯坐前排，是我硬拉你坐下的，张虎是怎么坐到白的旁边的我没注意，可能是你把他拉到前排的吧？”

秦泰笑着点头。

“生死兄弟，什么好事都不忘他，是吗？桃园气节，好哇！总裁对我有认知提携之恩，我对总裁有忠义回报之心，但并不等同我不需理智和独立性。老头子是个矛盾体，喜欢有见解的人才，但又不喜欢人当面提异议，尤其不许身边有半个容共分子，张学良最典型，他俩是结义兄弟，可在他认定的原则下，刀斧照抡。老头子并不认为张的西安犯上是民族大义，而是不容许他与共党私通，若不是夫人参政，张必死无葬身之地。作为总裁，应博闻天下，我不赞成把君侧清得杂言无声，让耳朵变为单一通道……好啦，我扯远了。再想想，你在临机决断的整个过程中和后续的叙述里，还有没有遗漏？”部长用联系自己的方式，以严谨的口气再次反问。

这让秦泰很觉诧异，“部长怎么把他与总裁的关系拉进来当说明？他是再次提醒我不要把他和老蒋捆在一起？还是要我帮他去澄清是非？反正党国要夕阳西下了，连他这样的一品大员都在为后路培植嫡系，我怕什么？又何况他的言语中并没恶意？”

但秦泰很难对陈诚的用心作明确结论，心里的疑问难以立即消除，他想：“打死了抗日英雄，我上军事法庭倒不怕，只是别连累了独芳和立国……”

部长习惯地搓了下手掌，突然事件给了他突然的启迪和发现。他把目光转向窗外，那儿虽然视野宽阔，但狂风裹挟着密集的雨点儿冰雹般的喷泼到窗户上，玻璃发出机枪般的震响，接着电闪就耀亮了部长的脸颊，沉闷而又有力的雷声，隆隆滚过屋顶，仿佛是从远处传来的前沿爆破，枯枝败叶在狂风暴雨的间歇中纷纷落地。

“这是强有力的冲刷和震耳发聩的惊醒！”面对窗外的惨象，陈诚不仅没有感叹，反而还乐呵呵地作情感抒发。

秦泰在桌边呆痴地瞅着陈诚，屁股却如坐针毡，急速的心跳难以按耐。

这时，部长突然出人意料地转过身，跨前一步，紧紧地握住了秦泰的手，声音厚重地说：“两声枪响，果敢处置，党国胸怀，大将风范，否则后果不堪设想，我的策划将化为泡影。你的临机处置就是忠义加原则的理智，境界已高出大义灭亲，实在难得。那就一切都交由我去了结吧，张虎是抗日英雄，即使他对内战不理解也该原谅。就让他去南京好了……凡抗日英雄，即使他变成盗贼，也难以推倒他们在我心里的形象。惨无人道的日本法西斯几乎把我们逼入绝境，他们在糟蹋一个母亲时，竟歇斯底里地掐死了在一边啼哭的婴儿，中华民族要世世代代记住这惨痛的历史，此仇此恨将永世刻在我们的心头，日本鬼子根本不属人类。所以，当我得知你一刀把鬼子劈成两半时就想，一定要握握你这双能给国人报仇雪恨的手，勇士之手、雪耻之手、伟大之手！……

“至于你的报告，如何写法？”他突然放缓了语气“算了吧！熊式辉和赵公武那里以不说不告为上。张虎在独立旅的军饷户头只保留至年底，全数慰安他的父母，以解二老晚生之苦，我会要华北、天津军政前往慰劳，并照应他们。至于你提到的余爱国，品行难得，给党国添了色彩。你那忠诚的小卫兵，朴实聪慧。咱国军里就是缺少正气哇！军缺正气不在兵，只因缺少一身正气的带兵人。你一定要给我带出个充满正气的独立旅来，照顾好那些穷孩子，必有大用！”部长在说到最后四个字时加重了语气，并用力地握了秦泰的手，像在暗示着什么。

陈诚的一席话语让秦泰眼里噙满了泪水。他自参军起，面对横躺竖卧汩汩流血的抗日英烈，起初还哭不能禁，但到后来，只剩下了愤怒，甚至是脚踏着血水，双目圆瞪，连一滴眼泪都没有了，只一心想着为国人报仇雪恨。可面对眼前部长的慷慨和仗义时，他实在是憋不住内心的感激了。

“男儿有泪不轻弹，英雄有泪肚里咽，将军有泪泱明天，秦泰有泪化鹰胆。”陈诚扯过秦泰的手，特意在他的掌上拍了拍，“无可奈何，我回到南京即使说破了嘴也无法改变老头子的决心，内战怕是必定得继续下去了，你我都无力臂挡……人在屋檐下，岂能不低头？颠扑不破啊！放心吧，为防万一，我不会为了说服力把你们的字号都呈上。回吧，你福气呀，又漂亮又识文的媳妇还在家里等你呐！还是我南京送你的那句话，后会有期，记着。”

第六篇　虎山凹的奇遇

（三十四）

刚进冬月，头场雪就把个簸箕庄结结实实地捂在了下面，弄得家家户户只能跳窗铲雪开门。白毛风昼夜不停地围着庄子嘶嚎，刮得房草四处逃散，凛冽的寒风刀片般地割着村人裸露的脸皮，怕冻坏老人孩子，各家只好关门闭户，连鸡鸭鹅狗都挤进屋里求暖，轰都不走，鸟雀趴窝不出，庄人童叟不语，街无生气，万物全被陷在一片死气沉沉之中。

嘟噜歪着身子在炕角里反复掰着手指数数，眼前火盆里的炭在爆着金星，白色的灰屑不时地被弹起，再慢慢地飘落到他的脸上手上，或被他呼出的长气冲散。

他盘算着，女儿和三儿随秦泰已经走了十几个月了，音信渺无。“这些日子俺总觉得心里不踏实，右眼皮一个劲儿地跳。你说这老天爷收了那么多香火钱，可它还是不满足，总让你难过。”

滴水成冰寒彻入骨的1946年晚冬，对生灵的那种残酷考验，在簸箕人的记忆里是棒打不忘的。

“俺活了一辈子，从没遇见这样剔骨剥皮的冬月，那要是交了九，还不得把热尿冻成冰流子？晚秋暴雨，收成减半，这缺吃少烧的，穷人还能猫得过这个冬吗？从他们走后，国共两军前后脚进山两趟，好歹他们只一走一过，要是小日本和胡子，那可毁了。”嘟噜在炕头里窝着身子透过窗芯的玻璃呆直地望着那满山遍野的雪白，再瞭瞭没有边际混沌一片的冰封大海，自觉得一股股悲凉在不停地袭扰着胸口。

这年，赵家虽有战马帮耕，但仍抵不过谷雨大旱，盛夏水涝，秋雨连绵，早霜夜袭。嘟噜爷仨外加两个儿媳，跟头把势地累了一年，到秋的收成还是被天老爷克扣了大半。海龙王也不赏光，立春倒腾鲜货的生意只有往年的三成，立邦在海上东漂西游，一直把网撒到高丽岸，仍常常空船而归，从没捞回个实惠。哥俩的情绪都很低落，入冬了无事可做，门里门外总共三、四十步远，或走或坐都觉无聊，只好干巴巴地围着炕桌烤火盆，陪爹望脸，听爹重复老辈人的古话。

赵家祖宗不许世代儿孙抽烟酗酒，最早是舍不得从那五亩地里割下一块种烟叶子，祖训告诉后人，抽烟要是和吃饭争地，相比之下，烟瘾可比饿死的滋味舒服多了。祖上在山东老家早早就体会到，人被饿死的折腾就想一头撞死。于是，过了海峡便早早就留下遗训，养肥地垄多打粮食才是庄稼人的本分。所以，到嘟噜这代，仍没有抽烟的习惯。所以每到冬天，嘟噜就只能恋着火盆，顶多再烫壶烧酒，把身子整热乎了，任凭门外冰天雪地，而且越烤腿脚越懒，越不想走动。

赵家的火盆虽然和别家的一样，都是用挖来的黄泥自行烧制的，但生火的燃料却与别家不同。立春使船跑外，跟城里人学会用木炭取暖，这样，一来筋烧不费柴火，二来没烟熏火燎，屋里干净，人也不会鼻涕眼泪的，三来柞木漫山遍野，自家就能用地坑闷出好炭，不必花钱去买。村人见赵家的火盆不爆火苗子，屋里还暖了许多，问，烧的是什么？嘟噜诚心诚意教他们，可是许多家觉得费时费力不肯搬学。嘟噜生气说：“笨屌，天生的穷头，考炭火盆是乾隆爷的日子，连这都不懂，还比不上猪脑子。”

可嘟噜今冬改了习惯，只烤火不烫酒。立春觉得爹整日守着火盆一定枯燥无味，让爹烫一壶，再嚼个炒黄豆，好好猫个冬。可嘟噜不肯，说没心情，年景不好，舍不得额外破费，不想拿姑爷留下的银子买零碎咯牙。

哥俩找不到逗爹高兴的招数，生怕哪一句说错了不对老头的心事，惹他生气，只好闷头一言不发，大眼瞪小眼地围着炕桌只听他一人转车轱辘。尽管爹的叨念绕了一圈又一圈，耳朵眼都快被缠死了，还得装着爱听，时不时还要点下头表示赞同，哄老头宽心。

重复的遍数多了，连嘟噜自己都觉无聊，常把目光移向马圈。他特喜欢看马嚼草料的样子和打鼻突的怪相。马已变成嘟噜的心肝了，是他每天爬起炕唯一的念想。

今日和昨天不同，他看着看着，一丝蜜意便涌上心间。谷雨前，就是这匹战马把大兵踩实的土地一犁犁翻松了，累得它浑身上下汗珠子直淌。春旱时地头泉子的水量不足，它从五里开外的山谷驮回溪水，给嘟噜浇菜浇树浇庄稼。“马通人性，它也要度荒年”，嘟噜毫不吝啬地从女婿的彩礼袋中摸出两块大洋，置办了喂马的器具和豆饼，每日爬起炕的头件大事，就是把泡好的豆饼和铡细的谷草拌到一起，端进马槽后看着它一口口嚼着咽下。他站在一边微笑，给马的脑门耳根挠痒。那马也很灵感，一见嘟噜来了，定要刨刨前蹄仰仰脖子，或甩甩尾巴。这一年来，它可真是为赵家立了汗马功劳。

金子和战马也建立了友谊，出出进进总跟在屁后，每天嘟噜给马喂夜草时，它都跟出来摇着尾巴看景况，在马的身前身后闻味。开始时马烦它，它一靠近就转屁股，相处久了，俩畜生反倒形影不离了，马尿尿时金子都要近前瞅瞅，马也会低头看看金子，冲它甩甩尾巴。嘟噜看在眼里喜在心上，把这当着是赵家院里和谐的征兆。“俺这边的心事除了天灾没别的了，谁家都一样，只牵挂出门在外的那几块骨血……”

尤其让人感动的是，七月十五鬼节那天早上，嘟噜冒着大雨牵马到泉坑去饮水，山洪突然从山坡冲泻而下，眼看嘟噜的大半身都被淹进了泥浆，但战马一声嘶吼，跃起前身，硬把主人拖到了高处。“要不是它救了俺，俺肯定跟着泥浆走了。”就因为这，嘟噜再也不让它在夜里站露天地了，亲自动手从三间西厢分出两间改成了马房，剩下一间专放马的饲草饲料和清理马身的用具。那把扫帚也借光改变了永远立在院门旁边的祖规，进了马棚，有了固定的居所，结束了世世代代风吹雨打的日子。

嘟噜顺便还给金子在马房边搭了个窝，让它俩一起住。但金子不愿去，还是把主人的屋地和炕梢当成酣睡的第一选择。

“它是匹龙马啊，是会救人命的神马啊！俺宁肯亏了自己也不能亏了它啊！”嘟噜自言自语。嘴里叨咕着战马，心却又由马联想到女儿和儿子。“俺这里从前一直被日本人占着，不知道老蒋是谁，听女婿话里的意思，好像老蒋总跟八路过不去，非要什么‘安内’。八路不是也打日本吗？不也是中国人吗？女婿说，老蒋原来和八路的大头头都是反清的，还在一口锅里吃过饭，那肯定得一个茅坑拉屎吧，他们该是把兄弟才对啊？老蒋为什么非要朝兄弟捅刀子？立国他们捅了没有？唉，身不由己啊，谁养的兵就得听谁的话啊，那俺在他们临走时说的那些还有用吗？老蒋的军令一到，那俺的话不就等于放屁了？女婿他敢违抗？军法还不得处置他？立国这畜生的个性一定是有令必行的。唉，俺不该把八路的被子送他……要是让人瞧见了……俺女儿和立国媳妇不是军人，只是随军家属，家属不该随军打仗吧……”嘟噜不停地叹着气，眼眶里的泪滴总也不干，想着想着就低下了头，盯盯地瞅着炕席的纹路，把席纹瞅模糊了，人也陷入了久久的沉默。

金子把嘴巴靠在嘟噜的腿上，长拖拖地趴在一边，脑袋不动，只眼白不停地转动着。它在观察主人的表情，嘟噜不停地顺毛摸着它的头，这会让它感到亲切和舒服。金子的这个爱好是嘟噜惯出来的，“狗上炕”，方圆百里绝无仅有。为此，嘟噜还给金子缝了猪皮蹄套，出门穿着，上炕脱下。两个儿媳偷着议论，“咱爹可真有耐心和工夫，对狗比对咱还好”。在嘟噜看来，他这一辈子只俩稀罕物，一马一狗。庄人说马和狗才是嘟噜的亲儿子。其实只有他自己明白，这是思念的寄托。

立春立邦坐在一边冥思苦想能找几句安慰话和爹说说，但连话头儿在哪儿都找不到。

大风又骤然地刮了起来，将细碎的雪沫子翻扬到半空，把个院子搅动得白茫一团，并挤过院门的缝隙，像挤破嗓子似的不停地尖啸着。

这时，立春媳妇一溜小跑从门楼底钻进了院子，先望望东厢和马房，又匆匆地踏上了台阶，趴着正房东屋的窗户往里瞅瞅，“噢，爷仨都在。”便扭头进了门庭兴奋地喊着：“爹，姐姐和弟弟有信啦！”

屋里，爷仨正在沉思，没在意大媳妇的喊叫。因为自打那姐弟俩走后，就没见过他们半张纸片，谁也没指望独芳立国还能在战乱中给家里写信。

接着，媳妇又是一声高喊，屋里还是没有任何反应。“是他们犯困了？”媳妇拍拍老头的房门，再次喊，“爹，姐姐和弟弟有信了！”

金子爬起来从立春身后跳下炕扒门，这才提醒了里屋那爷仨。

“什么？信？谁的信？”立春听是媳妇在呼喊，下地拉开门栅。媳妇不由分说，进屋就把个黄皮信封放到公公的眼前，说：“爹，独芳和立国来信了，你快看看吧。”

立邦媳妇听说姐姐和弟弟有信了，也兴匆匆地紧跟着进了里间。

“立春，快打开看看！这大冷天的，没叫信使进屋暖暖身子再走？”嘟噜即紧张又兴奋。

“俺一听信使说是沈城来的，一准是独芳和立国的，光顾高兴了，忘了。”立春媳妇解释着。

“你看，真是的，不容易啊，哪碗饭都不是可着人心就能吃到嘴里的，家雀都飞不起来了，人家还把信送上门，对人客气点儿，估计这庄子也就咱家有信来，别家当兵的都不认字，下次他就记着咱了。”嘟噜没真生气，只提醒儿媳以后注意这些，“对人好就是对己好。”两个儿媳同时点头接受。

立春撕开信皮儿急忙抽出信瓤。他想象的信瓤能有一指厚，但却只有一页，字写的就同苞米粒那么大，没多少内容。

立邦在哥哥背后望着那张纸长吁口气，觉得有点失望，“盼了快一年了，只盼来一张纸，两句半，能说个啥？”

立春心细，他展开信瓤瞅瞅，又瞟瞟信皮儿上的字迹，心想，“是的，是三弟的笔迹。”

“你磨叽什么？快念呐？”爹着急了。两个媳妇都凑到立春跟前。

信里写道，“爹，哥，嫂，我代表姐姐和姐夫再次给你们写信。真是对不起，住营沈南，整日战勤动员、练兵，又暴雨洪水，部队给养阻隔，搞得我们头昏脑胀……”

嘟噜听到这里，赶忙打断立春。“什么再次写信？团见过上次信了吗？什么暴雨洪水？俺都快冻成冰砣了，他们那儿还发水？”立邦说，“是啊！不对劲儿啊，哥，你看看后面的日子？”

立春把目光移到最后一行字，“哎，这是今年八月十五写的，怎么才收到？”

“你看那信皮儿戳戳的，都快破了，压了几个月了？还信使进屋暖暖……”立邦觉得心里别扭。

“唉，你就往下念吧，管它是哪年哪月的，总比没信好。”立春媳妇着急要听下文。“哥，你就念吧，嫂子说的对，别听立邦乱插话。”立邦媳妇也急了。

“小心眼儿，什么叫乱插话？现在是乱世，片纸贵如金，俺没说不念呐？就是觉得这信都过时末节了，不解劲。”立邦不高兴媳妇不懂得他的心情。

“哎呀，团就别呛呛了好不好？俺听谁的？这兵荒马乱的，当信使的就那么容易？”嘟噜等不及了。

立春咳了一声，继续读道，“今日是八月十五，是合家中秋团圆的日子，我们十分想念你们，不能和你们一起过节，真是遗憾。此时此刻，最想奶奶当年给我们做的大黄米粘豆包，奶奶把手艺传给了两个嫂子，嫂子做得也很棒……”

嘟噜听到这里，很不高兴地再次截住了立春，“就这？扯东拉西的，他没话说了是不？粘豆包粘豆包，粘个狗屁，他们知不知道家里遭灾了？连西北风都喝不上了？”

立春明白爹的心思，他挂念的是儿女的安全，到底打内战了没有。立春趁爹发脾气的工夫抓紧瞅瞅仅剩的几行字。“可爹最想知道的，却一句都没有。”

“还有吗？”嘟噜虽觉得信的内容欠缺，但不肯死心，渴望后边总会写几句能让他满意的话。

立邦却仰躺着倒到一边，抢着回答，“俺知道爹想听啥，你就别指望了，后面会告诉你，不要挂念他们，他们会保重的。准是这。”

听立邦说完，立春把信放到桌上，不吭声了。

“没了？”嘟噜问。

“没了，后边的几句立邦不是都提前说了吗？”立春摊了下手回答。

爷仨全都眼直了。两个嫂子却被感动得热泪盈眶，并问道：“三妹子怎么样了？立国怎么一句也没提？”

立春想想又拿起信瓤看了一眼，忙说：“别介，立邦刚才没说全，还落了一段话，信里告诉爹，姐夫为河蟹的事差点跪下作检讨，说他真是不知蟹的来由，以为是部下去海里捞的。让爹原谅他的过错。”

“闲的，没话嘞嘞了，老母猪想起万年糠，提那事干嘛？诚心在贬他这个爹！”嘟噜生气地咳了一下，咳得炭灰都飞扬起来了。

立春赶紧说：“你别生气，爹，下面还有句重要的话，俺姐怀孕了。”

两个媳妇听了高兴地拍起手来。立邦也觉得整张纸只有这句最值钱。

可是，嘟噜并没因此而高兴，反而朝后靠向被子，更加深沉地喘了口长气。

立春看在眼里想在心中，“俺琢磨，爹是想到了另外一层心事，这是八月十五写的信，三个多月才收到，算算日子吧，如是年初怀的孕，姐是不是该准备生小外甥了？哎？这要是真的，那不是战乱添乱吗？给人又格外增加了一层忧虑和牵挂。”

嘟噜耷拉着脸转回身去，继续趴到窗台边向屋外张望那苍茫的山野和浩渺的天际。“信里没提独芳是哪个月怀的身孕，要是三月，现在已经出生了，要是四月，算日子也出不了这几天，不管是三月还是四月，反正他是个属猪的，这头小猪怎么能赶上这么个慌乱的年景呢？吃糠没糠吃菜没菜……唉，能再有封信来多好，哪管再晚点儿也行，总比什么消息都不知道强……”

金子重又跳上炕，凑到主人身边。嘟噜一边摸着牠一边轻声地叨咕着：“行啦，别去想啦，想也没用！”

立春接着补了一句：“爹，咱就是着急也帮不上忙啊？还是想想这个大年怎么过吧，还要不要置办点年货了？等到年根，今年又闹灾，东西可就尖贵了！”

嘟噜转回身子伸开手在火盆上烤了一下，然后说：“老人古语说的好，难过日子好过年呐，这肚子不怕瘪一会儿，就怕瘪10天呐！也好，趁大荒还没荒到来春，市面的筋头巴脑还能见点儿，赶快把你姐夫留的钱拿点儿出来，立春你算算，咱把减产的那部分补齐就行了，将就着过吧，七八分饱就足了，咱不趁荒去赚那亏心钱，天地良心不饶啊！你和立邦一起去办。今年的年也不比往常，省着点吧！”

“那姐夫给爹留了多少钱？够吗？”立邦问。立春用手捅捅弟弟，不让他问这个。

嘟噜没搭话，伸手在被空里摸着。过了一会儿，便把大洋一个个摆到炕桌上。立春用眼睛数着，总共10枚。“够不够？”嘟噜漫不经心地问。

“够了，用不了。”立春慌忙回答。

“如有富余就多买点盐酱，下了半年雨，盐也熬不了了，酱也做不成了，苦了两个媳妇了。至于鞭炮呐，初一子时咱就不放了，今年咱不听那响了，就咱一家噼里啪啦的？就咱家的猪比驴高？讨外人恨呐！香纸不断就行了，那是祖宗的念想。但正月十五给龙王爷的鞭炮红蜡一样也不能缺，别忘了，下一年是鼠年，田景不会差，可海景就难说了，要多求着点龙王爷。另外，再记得给家人都买双新袜子，老礼，干干净净走下一年的道，她俩要新鲜一点的，累了一年了，公公对不住她们。”嘟噜嘱托着儿子。立春立邦一一应着，“俺俩明个就办！”

两儿媳听了公公当面关怀的话语，感动得泪洗两腮。

（三十五）

大年三十的上午，是赵家一年里最欢天喜地的时刻，家人自主分工繁而不乱，女人忙做午饭，男人操办供祖。在嘟噜眼里，这两个活计的分量同样重，便里里外外一边走动一边挑毛病，且无论他挑得对不对，家人都一律应承，因为活计的分量再重，也重不过长辈的地位。

先说供祖，因传说前人的灵魂只在大年子时才回家与活着的后生共聚，且一年只这一次，总共三天，初三日落前就得送祖宗回墓地，相处时限苛刻，所以欢迎欢送的派场必须光艳多彩，让祖宗高兴而来满意而归。中堂是居家最尊贵的地方，乃人进人出的开目首眼，把祖宗席位设在这里当仁不让。因此，堂间的布置便是一家过年的中心，堂屋北墙要挂起丈高彩绘家谱，家谱背后要衬上六尺巨福，前边放张崭新铺红的长条供桌，桌脸系着龙凤呈祥的大红围裙，桌上要对称摆设一对红彩蜡台、红彩香筒，中间放个红彩香炉，靠后是五只干净的供碗，碗里立着白背黄叶的整棵白菜，菜顶码上五彩粉条，插上鲜艳的供花，桌子两端要摞起上供饽饽，和打了铜钱印记的烧纸。如此这般，待烛火燃起和香烟缭绕时，过年和敬祖的氛围便会洋溢满堂。

而中午饭，是赵家一年中祖辈延续的最重要的团圆饭，讲究不管质量怎样，都得八大碗齐备，如仅能筹办八碗菜汤，那也得全家老小齐聚，等辈分最高的说句“团圆了”，下辈人才能拿起筷子。

乡间人从不问人日子好过否，怕招多嘴的嫌疑。但借过年互相走蹬的机会，想问的都能一目了然，来人从每户的祖宗供品上就能断定这家日子过得怎样。特别是那对红色蜡烛、香筒和饽饽、供饭。蜡烛高耸，金字辉煌，饽饽又大又白，供饭是粳米，证明这家的日子富裕。更能表明富有的，要看供具是否是铜质、银质或镀金，铺供桌的装饰是否是红纸、布料、绸缎或锦绒。在富簸箕庄，就连赵家也只能铺张红纸和木制涂漆供具。

过年的供品是后人孝敬祖宗的真心表达，不能藏着掖着装穷，对前人必须真诚，有多大能耐就表现多大。而且传统规定，年是后人向祖宗表明自己没辜负前辈意愿的唯一祭日，也是后人借时求祖宗保佑太平和发家致富的祖制定日，万不能对祖宗扯谎，不然必遭报应。

等供祖的布置妥当了，再在桌前的屋地升上火盆。直到这会儿，嘟噜这才领着全家一齐跪在堂地中间冲家谱磕头。火盆爆起轰轰烈烈的火花，把刚刚燃烬的纸钱带上了棚顶，随着屋里的热气冲出敞开的堂门，并被屋外的寒风卷上了树梢。在嘟噜眼里，这证明孝敬显灵了，上天和祖宗已经收到儿孙的邀请了，大吉大利已迎在赵家的门口。这一瞬，他总是很觉开心。

祭拜完了，儿媳才往爹屋里的炕桌上侍弄饭菜。嘟噜特意嘱咐，今年只杀一只公鸡一只公鸭，母的留着下蛋和繁育后代，养的一头猪也没舍得宰，盼哪个当兵的如突然回来好添份隆重，尤其盼望能把小外甥送回来让全家瞅瞅。

爷仨围着炕桌坐定了，可老头不肯说那句过年的祖训。妯娌俩安静地靠着柜子站着等待吩咐，热菜虽冒着白气，可饭局上却没有一点过节的热烈。嘟噜转头望望窗外，回头时才觉自己的冷清和尴尬不是个时候，便招呼儿媳说："来吧，都一块过吧，门里门外全加起来就咱五口，还分什么前启后启的？过年了，不比往常，全家一块儿热热乎乎地吃顿饭吧！"儿媳没想到公公会招她俩共餐，感到意外，不敢打破平时先男后女的规矩，仍站着不动。

嘟噜这才拿起筷子在桌面上一扒，说："没听见呐？啊？"妯娌俩这才胆怯地一人把着一个桌角坐到炕沿边上。直到这时，老头才说："还差五口，团圆不了了。"老人的话，让一双儿媳心酸难忍，几乎同时把刚拿起的筷子重又放回到原处。

立春媳妇像想起了什么，赶紧离开炕沿，跑回堂屋取来四双筷子和一把羹匙，回桌放到公公的旁边，说："看俺这记性，立国走时嘱咐，过年别忘了给他们摆个象征，等于全家团圆了一样。今年还多了个小外甥，放只羹匙。"立春媳妇的这番话，把五口人过年的情绪总算调动起来了。公公的脸上有了笑样了，忙说："这下咱团圆了，吃吧。"立邦就劲添彩说："再拿三个酒盅来，不能光俺爷仨喝，姐要在家，猛猛劲儿也能干一口呐！"立邦媳妇手脚麻利，丈夫刚提了个醒儿，话音未落，就起身取来四个酒盅，说："三妹子也该尝尝。"

这一下才真的把老爹引逗乐了，嘟噜在桌上又扒了下筷子，说："咱好好过节，什么都不去想了！"儿、媳都明白爹这一扒，轻重含义同上次那一扒大不一样。立春赶忙从火盆里提起酒壶，把所有的酒盅都筛满了。又以长子的身份端起杯子，先敬老爹，后敬二弟三弟，再敬姐姐、姐夫和三弟妹，然后举着盅对妯娌俩说："你俩为这个家忙活了一年，手都裂了，俺对不住你俩，大过年的，俺顶个名声出外，可连件新衣裳都没给你们添。等今年的年成好了，俺一定给你俩补双份的。"

立春的这番话，感动得妯娌俩热泪盈眶，一齐下地跪到屋地中央给公公磕头，说："俺知道日子不好过了，不求别的，望爹快快乐乐的，儿媳就满足了。"

嘟噜慌忙要两个儿子下地扶媳妇，说："团都和和气气的俺高兴，古人说，家有贤妻男不遭横事，他哥俩该满意了。他俩要是欺负了囡，囡就立马告诉俺，俺给囡出气！"儿媳见公公开心，再次磕头才让丈夫扶起。

中饭一直吃到午时尾才结束，嘟噜有些醉意，立春安抚爹躺下歇息，临睡他叮嘱儿子，"金子已经和咱一起吃饱了，别忘了给马端盆温水喝喝。没别的忙了，俺躺躺就等插黑接祖宗回来过年了。"

收拾完午饭桌子，俩儿媳没一丝得闲，赶紧筹备请年饺子。公公嘱咐，落日时的请年饺子，是祖宗进门要闻的第一口传家福气，香味要浓，别惹祖宗不高兴，精心点做，人吃的，就不搞那么繁杂了，顶多四个小凉菜，半饱就行，不然子时就坏了胃口，过年的味道会大减。妯娌俩依着公公的教导一一操办。

日头偏西了，嘟噜爬起身领着金子在院里周游了几圈，摸摸杏树，端量端量石阶和大门，心想："祖宗的遗产又熬过了一年，俺也跟着日月渐渐老迈了，人到这年龄才知道，日子难过天天过，但并没因难过就放弃了奔头，反而倒想继续活下去，等着看看这改朝换代到底是怎么个改法。"他顺便关心下马房，重点看看留给儿女的猪，并自言自语："你得感谢他们呐，留了条命，有机会和俺一块儿过个年，沾沾大年的油水，大概天下的猪就你福大命大……"而后抬眼望望西山，回头喊了一声："咱该去茔地去请你爷奶和老祖宗了？"

立春立邦听了爹的召唤，赶忙同时应着，拿着已准备好的香纸凑到老爹跟前。金子好像知道家人要去哪儿，转身到前头引路，爷仨不紧不慢地跟到它的身后。

到了坟地，嘟噜先冲大海望望，又撒目了下四周的松林，而后跪到父母的墓前说："爹、妈，今年你孙女和三赖子没来，他俩野性，跟国军走了，想攀攀高枝，这不正合你俩的意吗？不过，他们不会打抗联，临走俺一再叮咛，要是打了八路，就甭想再进赵家的家门。二老跟儿回家过年吧，俩孙子也来请你们了，回去尝尝饺子还是不是娘包的那个味了，俺千方百计晾了几斤海米，山海的年成都不好，二老就原谅了吧……"

儿子在母亲墓前烧了香纸才到父亲身边陪伴，见老人埋头不语了，以为他在默念什么，不敢上前打扰。但过了一阵听到了抽泣声，才知老人因过度悲伤噎了心气。便赶紧搀起父亲，捶打后背。嘟噜缓了口长气，振作了一下，轻声道："俺没事，别怕，能走，咱该回返了。"金子听了立马就先一步朝回家的路跑去。嘟噜脱开儿子，扬手朝金子喊："你急什么？等等老爹！"金子便停住了，并回望着主人。

三口人刚进院就见上房敞开的房门正冒着腾腾的热气。儿媳知道公公喜欢请祖宗回来热火朝天的气氛，让老人一进门就能看见捞饺子的场面，特意把握时间叫公公赶巧。嘟噜见了便满心喜欢，忘记了伤感。立春媳妇见爹高兴，忙问："祖宗闻着香了吗？"立邦不知所以，反问："谁是祖宗？"立邦媳妇赶紧接茬："咱爹是咱赵家的活祖宗，过世的祖宗不会说话。"嘟噜坐到立春搬来的杌子上，伸手拿过一个饺子边吃边说："香，香，没挑，还真是俺娘保证的那个味道，俺爹该高兴了。"立春媳妇赶忙补充："别总是爷奶，还有爹的老伴呢？"嘟噜听了更是合不拢嘴了，不好意思着回答："就老大媳妇的脑瓜快，知道从哪里讨好最让人高兴。"

年请了，请年的晚餐吃完了，敬祖的供桌全都摆满了，嘟噜满意地在堂间走来走去，不时地端详着迎接子时到来的准备事项。

赵家把这个时辰看作是一年岁首头吉的时刻，是天意要后人和祖宗共聚共欢的时候，大年的子时是紫气东来万象更新的时刻，而且一年只这一次，不可慢待和枉费。前人告诉他们，子时的祭奠是紫相，所以叫"发纸"。嘟噜要儿子把炕桌搬到堂门外台阶上，再把供桌的祭品搬出摆上，抬头不声不响地仰望着星空，等到天象运转到子午北斗与他的头心一齐时，便喊声“发了！”立春立即点上蜡烛、高香和桌前架满干柴的新火盆，立邦点燃烧纸。往年立国在家，他分工点挂在杏树上的鞭炮。独芳和弟妹在堂间烧水煮迎大年的午夜饺子，屋里屋外一派沸腾，把过年的气氛推向了高潮。但今年没有鞭炮，嘟噜要两个儿子和自己一起燃起火串，不停地往火堆里添加烧纸，把个院子照得一片灿烂。说也怪了，偏偏在子时就要到来之前，天地间突然风平浪静，连那股干冷的劲头儿也退却到远处，让院子溢满了入冬以来从未有过的哄暖气息。

“纸”发完了，欢迎祖宗的重大仪式结束了，儿媳把午夜饺子端进了公公屋里。

自打立春与人合伙跑船贩鲜以来，这顿饺子都是用他千方百计搞来的白面包的，虽然一年里只这一顿，可在簸箕庄仍是独一无二。今年没有白面了，用的是荞麦面。而荞麦不好消化，公公一吃就涨肚冒酸水，两个媳妇为这急得心乱了好几天。立春媳妇叨叨咕咕地埋怨丈夫没用，说：“家里只有苞米面，苞米面饺子能蒸不能煮，你是诚心要爹生气啊！”立春只是苦笑不肯解释。他知道，“这年头遭灾不说，又加了个兵乱，商人都不敢出门，当地不产小麦，她要俺到哪里去弄？”

嘟噜不像别人那样喜欢喝酒或借酒浇愁，表达高兴的法子就是拼命地干活种地。只打女婿把战马留给他以来，包括金子，又多了份亲近，高兴了就一边和马说话一边给马清理鬃毛。他牢牢地记着老爹的话，“借酒浇愁愁更愁”，这也是他的亲身体会。在独芳妈刚刚离去时，孤独与思念让他无法解脱，便背着老爹喝酒，喝得没心种地，整日耷拉个脑袋。老爹骂他没出息，不是屌肏的，是从尿湿的石头缝里蹦出来的，说他把自己的心肝都叫酒泡化了，一气之下抄走了他的酒坛子，摔了他的酒盅。嘟噜这才渐渐地把心移回到五亩地里。

但老爹却告诉他，子时的酒是必喝的，喝酒前年龄最长的要亲手倒三盅摆到供桌上，否则就大不敬，只有逆子才敢让祖宗的酒盅干着而自己独斟独饮。嘟噜小心翼翼地把三个酒盅摆到家谱前面，立春递过酒壶，他接过来十分用心地往盅里倒酒，一滴也不外溅。而后领着儿子跪到地间向祖宗祈祷，“祖宗在上，年成不济，饽饽不白了，你们正看着俺呐，后人不会作假，望前人要保赵家能熬过猪年留下的灾难，鼠年五谷丰登。”两个儿子见爹表情虔诚，也在一旁低着头恭敬地听爹继续念着：“俺这一辈子，从生下来那天就听洋炮响，世道没一天太平过，祖上也都听到看到了，全天下都在打仗，咱中国人活得真是艰难。乡下人求的就是个安宁，哪怕日子过得苦点都不怕，俺只怕天灾人祸没完没了。百姓拜祖求神讨得只是个世道平和，世道平和了，人心才能领静。让俺的儿女和天下的儿女都太平吧！儿女都是爹养娘生，就别让当爹为娘的揪心挂肠了吧！”

两个儿媳跪在一边，听了泪滴不止。

嘟噜回到炕上，一改先前的松散姿势，盘腿端端正正地背靠窗台坐着，他想起爹在吃子时饺子时的做派。两个儿媳瞅着觉得奇怪，不敢拿正眼看他，担心是否因为荞麦饺子让老头那样严肃，大过年的，谁知他的嘴会嘟噜出什么难听话来？可嘟噜偏偏第一个拿起筷子在桌上纵了一下。立春领悟了，爹的这一纵是给儿的安慰，特别是给两个儿媳的安慰。

儿媳已经做好挨公公训斥的准备了。但公公这次却只是充满信念的一纵。这出乎儿媳的意料。公公纵筷子的动作，从来都是他情绪的表露。

妯娌俩紧绷的心一下松开了，并不约而同地偷偷朝公公望了一眼。只见公公夹起一个饺子左看右看了一番，笑着放进嘴里。但刚入口就“嗷”地叫起来。妯娌俩赶忙下地准备挨公公指责。可公公却“啪啦”一声把个铜钱吐到桌上，“康熙通宝。”

顿时，儿、媳一齐拍着巴掌欢叫起来，“咱爹有福，头一口就把唯一的一个康熙吃了！”

嘟噜乐得合不拢嘴，“俺哪敢吃康熙？只能吃通宝。嘿嘿！”端起酒盅一扬脖干了，然后兴奋地把酒盅戳到桌上，说："囝再吃就吃乾隆了。咱世世代代都没用白面包子时饺子，自从立春成事了，俺才知道天下还有白面饺子。可囝爷爷奶奶尝都没尝过一口，囝娘就更别提了，囝就放她嘴巴底下她也舍不得尝尝，说留给孩子，她天生的苦命啊！"

"今儿个又改成荞面了，俺就想起了他们。这子时，许多家还不知能不能包上荞面呢！咱还有点荞麦，很不错了，福啊，该给祖宗磕响头啊！快，拣三个给祖宗供上？"儿媳说已经供了，让祖宗先尝了。嘟噜高兴，用手掌抹了嘴巴，顺手捋着花白的须尖继续说，"这荞面饺子好味儿，用天雀肉包饺子还是俺老娘的手艺。俺小时候，一下雪你爷爷就在这院里扣天雀，一冬能扣半缸，摘毛开膛冻成肉疙瘩，从初一能吃到二月二，天天见肉。俺大了，和你爷爷俩把那五亩地种出了彩，每年都能杀头大猪，这才丢了扣鸟的老行伍。"

在赵家，子时饺子的馅必须是萝卜的，借"摞福"求吉，馅里必须有肉，谐音是"又摞福"了（庄人"肉""又"发音一样，大舌头），一锅饺子中有五个包铜钱的，五个包红枣的，五个包花生的，分别象征财富进门，鸿运早来和子孙满堂。

簸箕人的正月重心只在这个时辰。一家人整年盼得也是这个时辰。"谁家过年不吃顿饺子"的古话，指的就是这个时辰的饺子。家家户户常年省吃俭用，三百六十五个子时，那三百六十四个都可以忽略不计，只这个子时必须要清清楚楚铜绑铁牢，不可应付了事。发"纸"求祥云紫气笼罩全家，吃子时饺子要福星挂堂日富一日。所以，发"纸"前，大人孩子都必须洗头洗脚，擦净身子，有新的穿新的，没新的穿洗的，以干干净净焕然一新的精神面貌把家里的气氛烘托到红红火火的地步。而且从这一刻起，直到正月初三，饭菜要少做新的多吃剩的，图的是"富裕"，不洗衣不扫地，求的是"攒足"，不说泄气话，话里不带穷字脏字，不准打骂孩子，见人点头问好，要的是"安顺"。说也怪了，在这个氛围里，即使庄里最淘的孩子，嘴最臭的男女，都会老实多日，最穷的人家也在大家的帮衬下多多少少吃顿子时饺子。

多年来，赵家为这个时辰，没少接济别人。嘟噜说，祖上告诉他，平常帮人帮一时，子时帮人帮一年。而今年，赵家也捉襟见肘了，帮人的份头大减。没法，嘟噜只好把老父亲教他扣天雀的本事重新捡了起来。

年前，他趁着大雪，在院里清理出磨盘大的一块空地，把喂马的草筛子扣在那里，再用一拃高的竹棍支起筛子的一边，抓把高粱撒到张开的筛口，用根长长的细绳拴住竹棍，另一端扯到上房屋里，人藏在门里扯紧绳子，从门缝盯着院地，看有多少鸟儿不怕死肯钻进去。觉得够数了，便迅速拽下绳子，竹棍倒了，筛口关了，所有的鸟儿都被扣到里面了。因为大雪铺天盖地，所有的小鸟都饥饿难耐，忽然发现一处吃的，便争先恐后飞来啄吃，一只只跳进了有进无出的罗筐。然后放了益鸟山雀，留下繁殖力强大的家雀。只几天工夫，嘟噜就把瓦缸装满了。待到腊月二十七，八，他估计着各家的状况和人口，这家十只那家八只，挨家送上门去。特别让他如意的是，猪年的冬天大雪让海鸽也找不到吃的了，都来院里钻筛子。他还给村邻每家送了只冻鸽，嘱咐人家，望三十中午都能炖上一盆鸽汤。

他送完后回家坐到炭火盆边把两手和胸脯烤得热烘烘的，虽觉自己耗费了心血，但心口里压的那块石头却落了地，全村的子时饺子都有点肉了，用辛苦给自己换来个喘气的顺溜及心跳的均匀。

儿子和媳妇见爹自入冬以来从未有今夜的心情，劝爹再多吃几口多喝几盅。嘟噜摇摇头说："俺就这一盅酒一个饺子了，图得是一年风调雨顺，一家平平安安。俺要看着你们几个把咱这开年饭吃出味儿来喝出劲儿来，想看看你们到底谁能第一个把乾隆爷吃了。"

立春媳妇见公公高兴，接着说："爹，凡摆了筷子的都算人头，小外甥吃奶不算，你给俺姐、姐夫、弟弟、三妹的碗里各夹三个饺子，看看他们的运气。"大儿媳的建议很讨公公欢心，没搭话就拿起筷子习惯地纵了一下，随意夹了12个饺子分放到四个碗里，这才说：“但愿他们能平安无事，不图他们能升多大官发多大财。”

嘟噜放了筷子，两肘靠着桌头抿嘴微笑，等着看儿子和儿媳如何吃法。还提醒说：“咬饺子时轻点，别让铜钱硌坏了牙。”立邦媳妇笑着回应道：“俺每年都快把肚子撑破了，哪管是个花生的也好，可影也没有。还是爹和大哥有福，不是第一个就是第二个吃到钱，爹会种地管家，哥会做生意，立邦只知道出大力，俺就甭提了，没有福……”话音还没落，她立马觉得最后几个字说走了嘴，犯了老爷子的忌讳，想赶忙改口，但又找不到恰当词儿，憋得满脸涨红。

立邦忙抢过话来替媳妇解围，说：“有爹和哥当靠山，俺愿意受累。爹说了，今年求的是太平无事。爹已经给他们四个夹了饺子，咱把他们的饺子夹开看看？”立邦瞅着爹的脸孔，等父亲点头。

嘟噜知道二儿媳是个有嘴无心的人，好话不会好说，不想大年训斥家人，让全家的好心情受了破坏。但二儿的建议倒是乐子，便把独芳立国秦泰九个饺子分给儿子儿媳每人两个，剩下一个留给自己。立春媳妇问：“三妹那份要不要夹开？”公公说：“你看不看她都是个有福之人。”

立春立邦夫妇一齐夹开分到的饺子，结果，两个媳妇的饺子全包着铜钱，立春是红枣，立邦是花生。

屋里的气氛顿时热烈起来。特别是妯娌俩，手舞足蹈地直嚷嚷姐姐他们的运气来了，让俺把乾隆吃了，这下可真的沾到光了。

立春媳妇问：“爹的那个饺子还没咬开呢？”

嘟噜瞅瞅饺子重新拿起筷子兴奋地在桌上扒了一下，夹起来没加思索就放进嘴里。

立邦媳妇慌忙说：“爹，别硌了牙！”

立邦龇牙笑媳妇：“你真是个傻帽，也不想想，一共几个铜钱？你以为爹和你一样没数？”

立春问："爹，你吃进去的这个是枣还是花生？"

嘟噜咽下饺子放了筷子，抹了下嘴巴，说："俺只想一口吃了它，根本就没顾得琢磨它是什么馅儿！"老人家的话把全家逗得笑个不停。

可立春心里十分清楚，这必定是大灾里的新年，世道又多了份荒乱，爹虽然不识字，但他可不是只知道种地的那种脑子，老人家的心里像明镜一样敞亮，他只不过是变着法地要家人开心罢了。至于姐姐他们，运气到底是不是真的好，只有老天知道。他年前出去办计口粮和年货时曾四处打听国共两方的情况，一看到卖货人包东西的报纸，便千方百计要到手拿回家仔细阅读。那上面明明白白写着：以林彪为首的东北共匪，正在松花江以北和大小兴安岭之间的广阔地带，以及鸭绿江一线建立根据地，没收地主财产，抢占矿山林场，招兵买马，伺机攻取中小城市，并屡屡派潜小股共匪侵入辽西、辽东、辽南，袭扰国军防区，切断交通，破坏通讯供电设施……

"咱这不就是辽南吗？难怪这段不见国军的影子了。但也没见共军公开露过面啊！奇怪了！"可是立春每次读完这类报纸就立即偷偷烧掉，他怕立邦看见告诉给爹，也从不给媳妇吐露半个字，大年之夜，他只能把自己的担忧压在心底，一心一意要给老爹讨个舒坦。

（三十六）

每逢正月十五圆月初升的时刻，靠海吃饭或半耕半渔的人家，都要去楼头给龙王点灯。

楼头是紧临大海的一处山峰，它的南尖就像长缨枪似的把海岸刺了个凹口，两条侧刃是陡直的悬崖。龙王庙便矗立在离尖头百米的山巅之上，庙里长居着两个人，一个是会观天象的“天师”，号称龙王爷的使者，另个是看庙人，龙王庙的侍勤。每逢年节，看庙人都要在庙前的旗杆顶挂起锦旗彩幡，捕鱼季节，还要挂灯笼，红灯是告知乡人龙王今日不会刮大风翻大浪，可安心捕捞，踏实耕作；挂白灯，是预示龙王爷要领着虾兵蟹将出动了，海要翻腾，天要变脸，渔农得赶紧收网回线，拔犁收锄。经过岁月的验证，灯杆上的这种告示几乎就没有不准的时候，虎山方圆凡能瞅见它的，代代人心都被打上了“天师可信”的烙印。于是，龙王庙就成了人们万分敬仰的地方，天师和看庙人就成了人人敬重的贵仕。如此，根本不必家家摊租，也不必四处讨要，方圆几千条汉子，帮龙王爷养护俩人，就如同从自身拔了根毛发。

正月十五的灯节之夜，楼头自然是人山人海热闹非凡。每当皓洁的月亮从东海徐徐升起时，山峰顶便鞭炮齐鸣，香火巡天，一堆堆烧纸光焰冲起，林间的欢声沸腾一片。

1947 年的正月十五，尽管是大灾之后的灯节，可人们还是要省吃俭用地恭敬龙王，家家户户都抢在月宫刚刚矗立在东方边际的大吉时刻，成群结队地抢着给龙王献上头盘供品，反反复复在龙王的坐像前跪拜叩头。特别是那些家境穷苦的人，为表达诚信，还连连磕着响头，把脑门的皮都磕破了，血水沿着鼻梁下淌，仍不肯起身。

赵家兄弟必定是这人群中千里挑一的识文者，对龙王爷虽不如乡邻那样痴迷，但却信服天师的本事，更热衷于这灯节的气氛。哥俩不得不承认，要不是龙王爷的本事，谁都没法把这四周几十里的人集拢到一处，特别是那些腰无分文的贫困者，他要不信个五体投地，你打他都不肯来这儿。赵家兄弟也一年不落地给龙王送来厚礼，不仅是祖宗的意愿不可违抗，而且嘟噜更坚持认为，要是没有龙王爷的保佑，让台风躲着那五亩地走，赵家的日子就不会这么安生。所以，兄弟二人年前在筹备年货时，也必须把十五夜的祭品买全，鞭炮香纸，5只海鸽和30个冻雀，10个荞麦饽饽，立邦整整挑了一担，立春还提了两坛烧酒，这比往年减了大半。往年必有鸡、鸭、鱼和半拉猪头，还得另给龙王爷备份能光照三夜的红蜡烛。其实这些个都被“天师”和侍勤俩人享用了。

人们正在一门心事匍匐着向老龙王乞求时，突然，有人惶恐地高声喊叫起来：“不好啦，独眼龙睁眼啦！”大家随着惊恐的呼声转头向海上望去，只见，一道比月亮强烈百倍的光柱笔直地穿过了夜空，箭一样地射到龙王庙前，把数不清的人头都印到龇牙裂嘴的海神身上和墙头的树荫里，庙杆顶头的彩旗彩带在强光里似动非动地摇拂着，就像有只看不见的鬼手故意在戏弄着它。

随之，那光柱就在楼头顶上幽灵般地移来移去。本来楼头的南面就是墨黑无底的绝壁，被强光一照，更让人脚下没了根底，似乎马上就被摔到悬崖下粉身碎骨一般。

春天里，崖底本该是湛蓝的海水或汹涌的波涛，可今年却是越冻越厚犬牙交错的冰砣子，在海潮的推涌下，它们互挤互压，层层叠叠的积聚在怪石四周，游来游去，在幻幽的光影里魔窟般的沉沉浮浮，远远望去活像一片被翻烂的乱葬岗子。

离崖底约三里处有片群礁，其中有块上身矮粗的人形孤石，涨潮时只露个脑袋，退潮时便老人样地站在浪里望着楼头，它是渔人观察潮大潮小的标识，宛如永远长不高的侏儒老儿，渔人送他“老儿石”的尊称。但在这时，它却变成了光柱的发源地，身后还趴着个山样的黑乎乎的“巨兽”。

恐惧的气氛淹没了楼头，灯节的热烈场景一下就变得无声无息了，惊呆了的人群都直着眼睛盯着月下灰蒙的“老儿石”，不知所措。

突然，“快——跑啊！”一声呐喊打破了不安的寂静，瘆人的怪叫在峭崖间回来荡去，把哑静的笼罩撕开了一道无法缝合的口子，回声还未消逝，人们便纷纷仓皇而逃，有人跑掉了靰鞡，有人被树枝挂掉了帽子，有人被乱石绊倒在树丛里……楼头顶只剩下一片灯火和还没燃烬的纸堆，供果撒遍庙墙内外，翻滚的烟尘在松林间发散着勾人魂魄的霾霭。

立邦本想随人流逃蹿，但立春却伸手扯住了他，说："唉，这些力巴，真是啃泥佬，缺见识，哪有什么独眼龙？也好，他们不闹腾了，俺倒可清净地看个究竟了。那黑东西是一艘火轮船，很可能是对咱这儿的海况不熟悉，跑错了航线，抢滩触了'老儿石'，刺眼的光是探灯，他们想看看离岸还有多远，或查看一下四周礁石的分布。"

立邦知道哥哥长年跑大连湾和安东港见得多。便问："哥，俺光知道打渔，哪懂这些。那他们下一步怎么办？"立春这才拉起弟弟的手说："怕是没救了，咱待一会儿就回家吧，帮不上忙了。那船现在如果是漏了水，只能把窟窿堵上，要堵不住，就得弃船。估计是不成了，它要是艘货轮，该趁早抢救东西。不过，你看这海被冰封得严严实实的，不把冰破了，卸载的小船根本就蹚不开。俺看他们是抢不出来了，损失大了。它要是艘兵舰呐？那兵器泡了海水还能用吗？锈得更快，火药要泡了水不就成米汤了？"

人们心惊肉跳地逃回家中，一夜不睡，整宿议论，时时都在细听外面的动静。各村的狗虽然比往日多"汪汪"了几声，但虎山四周并没任何意外变故发生，五更过后，公鸡照样打鸣为各家各户报晓报太平。到天蒙蒙亮时，大人们便悄悄地爬上了高坡，看"独眼龙"是否还在老儿石那里待着。

立春立邦起炕后连早饭都没顾得吃，一口气跑了五里多地爬上了楼头。他们想从近处再好好瞅瞅那到底是艘货轮还是兵舰。出门时立邦不太情愿，怕是兵舰，搞不好会遇上麻烦。立春听了笑道："什么？船都快沉了，那上面不知乱成什么样了，可能人都完蛋了，哪还顾上开枪打老百姓？再说了，它离楼头也不是一步两步，什么枪能打几里地远？放心吧，连根头发都伤不着。"

兄弟俩赶到龙王庙前，见看庙人正在清扫鞭炮的碎屑和丢弃的杂物。

听见脚步声，猛一抬头，是赵家兄弟站在自己的面前，吓得他差点儿把扫帚扔了。他觉得这个时候绝不会有人敢到楼头来，除非疯子，立春兄弟俩的突然出现让他十分诧异。

“大叔，你可真是尽心啊，这漫山遍野乱糟糟的，都快清理完了，就你一个人干？天师他不伸伸手？”立春问。

看庙人放下手里的活回应道：“俺一大早就起身干，快扫干净了。噢，你们哥俩是过来看那怪物的吧？”他轻松地回手指了指，没有半点紧张的意味。立春抿嘴笑笑说：“他们没遇见过昨晚那景况，吓死了，估计没人敢来这里，你和天师的胆儿还真够大的，很平静。”

看庙人把扫帚靠到胸前拍了拍手上的灰土，叹口气继续说：“俺就是干这个的，平时没这么多杂物，就每年灯节时乱。但咱不怕乱，只怕失火，要不小心把这四周的林子点了，那这庙可就保不住了。这是早头儿远近两三千户乡亲出钱修的，你们簸箕也有份，你们家几代人出的份子都在账里记着，老账本都存了上百年了。远近都知道你们并不富裕，是靠力气吃饭的，会过日子，精打细算。这庙都传了多少代了，俺就怕那账册毁在俺这档口上。”

“庙份子还有账？”立邦带着怀疑的神情问。

“那可不，从大清前建庙起，直到张作霖当了东北王，再到小日本租借辽东，至今，庙份子一页不缺，一年一本，全用蜡纸封着。那是咱们的宝啊，是留给后人的，要让他们知道，祖宗是怎么爱惜这座龙王庙的，就日本鬼子那么坏，它也没敢动庙一指头。咱下辈人要好好管着，俺就这么个心事……”

一提到龙王庙，看庙人首先想到他的职责，好像根本没把昨晚老儿石发生的怪事挂在心上，似乎那怪物也没进过他的眼睛。

立春打断了他的话，问：“大叔，你看老儿石那好像是艘客货两用火轮，退潮了看得更清楚了，尾部悬空，船头翘得老高，看来它是拱到礁上了，前头撞漏了，没法堵了，潮水一退就被石岗架起来了，水可能都积到船后了……唉，怎么望不见他们的人影呢？”

“呵，不知道立春你还是行家？让你说对了。昨晚烧香的逃了以后，只剩下俺和天师在这望着。到半夜，他们的人才全部撤下沉船，黑股影子，俺也不知道有多少脑袋，反正不少，都穿着军服，你没看见他们那副狼狈相，在这连吵带嚷了好一阵子，到壬时头儿，官道那边开来一辆日本人的那种四个轱辘的车，说是要把他们接到县城去，天师也被他们拽走了。”

“他们把天师带走干什么？他们是怎么上岸的？”立春着急地问。看庙人没马上回答，引着哥俩走到悬崖边上。眼下是一条陡峭的木板阶梯，紧贴着崖壁从崖头蜿蜒着延到崖底。说建造时，为经住风吹雨打，阶梯木梁的一端都深深地装陷到崖石里，另一端安着护栏，护栏上拴着绳索，一棵棵龙爪盘根的古松紧紧地靠着护栏的外缘，天长地久，簇簇松冠就变成了阶梯的天然荫棚，渔人称这阶梯为“天梯”，年头与龙王庙一般，是为天师到崖底观察海水和判断潮情修的。就因为有了这条天梯，便大大地提升了龙王庙的威严和神秘，以及楼头的巍峨气势。

“看见没有，下面有只机器船，他们坐着它一边用锤子破冰一边往岸上靠拢，累惨了。他们从射灯里看见俺们站在楼头顶上，拿喇叭筒子冲庙喊话，要俺帮他指道。呼哧带喘爬上阶梯，进庙喝了俺半缸水，俺去山下担水好远好远，这群兔崽子，喝完了还扒皮瞪眼的，连句谢谢都不说，像俺该他什么似的！”

“昨晚，送灯人都兔子样地尥了，你俩怎么不跑？”立邦问。

看庙人听了笑道：“俺都看见了，正乱哄哄的时候你们哥俩不是也没慌神吗？跑的人全是他妈的乡巴佬，没一个见过大世面的。你哥出外见过那东西，你爹他没来，他要来了也不会像他们那样没出息，他和俺在甲午年就亲眼见过那玩艺，那时俺才八岁，不知道那是北洋水师正在和日本鬼子打仗，当热闹看。团爹 10 岁，他比俺懂事，知道是小日本要来抢咱这地方了……你没看那炮舰打的，火光冲了云彩，黑烟遮了大海，海水就像开了锅，一片水柱子。小日本凶着呐，往沉里打，往死里打，欺负人。眼瞅着林永升大人的战舰就在老儿石外面被鱼雷炸成了两截。老百姓敬仰林大人，在天后宫那里给他修了庙，把他和天后娘娘并排供着。可小日本这王八蛋来了就拆了，说甲午海战是北洋水师先挑起来的，中国是战败国，没有英雄。小日本真他妈的王八蛋，欺负上门了，咱在自己的家门口打咬人的豺狼，还打错了。”

“中国人也熊，他们要拆林大人的庙，自己不动手，用枪赶着咱的人去拆，你说窝囊不窝囊，咱就没一个敢不从的，自己动手把自己敬慕的英雄牌位砸了，日本鬼子在一旁看着拍手大笑，还跳起了舞。讽刺啊，难堪啊，那情景我死都不忘，那才叫耻辱……

“光知道不吭声憋闷气那顶啥用？是啊，老百姓手无寸铁，又怕死。可你政府干啥去了？窝囊透了。那要像现在这样，就在这楼头上架起几门大炮，能打死他，看他还敢不敢颠黑倒白了。还有，他不出钱，抓咱的人修楼头后面那条官道，从大连一直修到安东，再让咱从官道接茬修到楼头，20多里地啊，好远呐，要多少人力物力？鸡巴肏的，小日本镚子儿没掏。这不，‘七·七’事变后辽北被他巩固了，咱这儿的军事用途不大了，这官道就基本废了，咱白出了那么多力气，狗肏的小日本。”

一句要证实自己很早就见过兵舰的话，却引出看庙人一连串愤怒的控诉。立春本想打断他不肯停歇的叙述，可看庙人确实说了些立春不知道的事，而且还很有深度。

看庙这差事，可不像有人想象的那样简单，认为只是个把大门的侍卫。但广大渔人却认定他就是侍候海龙王的臣子，是龙王身边的工作人员，他要懂得祭祀的礼仪排场、程序，有管理公共设施的经验，有责任心，能勤勤恳恳做事，有文化，有见解，还得会两刷子书法，有群众根基，受人尊重，还要与天师投合，天师作出决策要看庙人去执行，不能有任何怠慢。因为大海无情，一有疏漏必是人命关天，白吃白喝人们的奉养对不住天地良心。看庙是个肥缺，是人人羡慕的位置。可这个人必须是所有渔人公推的，不是世袭的。看庙人要想世袭，必须在教育儿子如何接班上狠下一番功夫，要得到渔人们的公认。但据记载，世袭的成功率极低。当地人说，选看庙人比考状元还难。

“大叔，他们没说这艘火轮为什么会在咱这里触礁吗？他们是干什么的？都装了些什么货物？”立春借着庙人生气不语的间隙赶紧插话。

看庙人摇着头回答：“哎呀，你没看他们上岸时的那股子气，大得很，就像船是俺给碰坏了似的。听他们说，那火轮的名叫美龄号，本来要进渤海湾奔营口，可那湾口被冻死了，进不去了，想改进旅顺口，苏联人不干，只好奔东沟港。但刚跑到咱这儿，轮机不灵了，跑不起来了。好家伙，正月十五，咱这海边是一片灯火啊，他们从海图上知道孤山港就在附近，港口虽小，但可近海抛锚，用小机船与陆地联系。结果运气很坏，把楼头当港口了，又遇上满潮，老儿石只露个脑袋，看不清，刚一转头就撞了老儿石旁边的暗礁，亏得没把咱那老儿撞翻了。”

“他们拽天师跟他们走，是要俺在他们的上司面前作证。至于那船上装的什么，咱哪敢问呐？他们的脾气太坏了，埋怨咱这里的人胡来。咱过自己的灯节，咱敬自己的龙王，管你什么事？怎么胡来了？是你自己不认路，蛮不讲理，还不让咱解释。团没看见呐，他们那模样，就像刚从土里钻出来似的，那个军装上啊，一块黑油一块白粉，洋油味大极了。”

听了看庙人的回答，立春估计火轮上装的是军用面粉等成品粮，因抢救无效才最终决定放弃的，看来这船的确是没救了。在回家的路上，他把自己的看法告诉了弟弟。

立邦听了顿时有了想法，他要哥哥和他一起再找几个伙伴驾船去老儿石看看，或许有发财的机会。但立春摇头，不同意弟弟莽撞行事。

兄弟俩回到家，见爹正坐在炕上烤火盆。他刚刚才从西山头瞭望完回来的，见儿子进了屋便急着问：“俺就知道团俩一大早跑去看那东西去了，那是条火轮船，撞礁沉了。干什么大惊小怪的？俺看那上面没安大炮，是小武件，比甲午林大人那会儿的舰炮小多了。立春，团估计这船是干什么用的？”

立邦赶紧抢着把刚才见到听到和自己的打算原告实诉地说给了爹爹。嘟噜听完一声没吱，拿白眼看了立春一下。立邦立即意会到，爹不同意他的行动。嘟噜还埋怨立春，怎么和弟弟一样随帮长影的？立邦忙解释：“俺在回来的路上给哥说了，哥也不愿意俺去冒险，他说，得问问爹同不同意……”

嘟噜没等儿子辩解完，就抢过话厉声回道：“团做梦吧，咱老赵家的祖宗就没留下靠不义之财发富的规矩，咱自打登州府移来这里，祖祖辈辈都靠本分活着，好好做人，好好种地，守好林，打好渔，赶好海，日子细水长流，处事不张不扬，与亲与邻和睦。团怎么总想去当山贼？”

立邦见爹真的生气了，赶忙再次解释：“什么山贼？俺也就那么一琢磨，爹不愿意，俺也不敢。”

嘟噜立即挺了下脖子，拿挑火棒敲了下火盆沿，说：“团能琢磨出来这邪门，就说明团有那贼心数。团这叫不正道，明不明白？唵？别人怎么就没那想法？唵？团说说？”

立春捅了一下弟弟。立邦不敢再继续为自己辩解了。

说也奇怪，从正月十六这天开始，天气突然迅速回暖了，到十七下晌，海上的浮冰都解成稀稀拉拉的漂块儿了，人部海面又恢复成碧绿透彻的摸样。北风也收拢了许多，海面只有垄垄的起伏，海鸟成群结队地飞出了海崖，一群群集结到老儿石那里，银白的翅膀在海面上翻飞着。人们纷纷爬到高处观望老儿石那里的奇妙景象。

立邦凭经验感到那里一定有鱼吃的东西，鱼成群了，海鸟才会飞到那里叼鱼。“是鱼喂子？是虾？对了，只要有虾喜欢吃的米面，就有鱼赶去吃虾，鱼的身后便跟着海狗，海狗油是治疗疮恶毒的良药，能卖高价，咱可得去看个明白。”他蠢蠢欲动，但又惧于爹的阻拦，不敢言声。

就在立邦擦拳摸掌时，庄里几个胆大的人正在策划要第一个摇船去老儿石看看。

十八的早晨，嘟噜正和立春在院里帮立邦整理渔网，只听西山坡上有人喊：“美龄号火轮上有宝，都被人抢翻啦！快去啊！再不去就渣也捡不着啦！”立邦听了精神一振，但瞅瞅爹无动于衷的样子，只好把想法噎回嘴里。

嘟噜却有一搭没一搭地问了句：“什么美龄号？”

立春接话：“看庙的也说了这么一句，是不是指的宋美龄啊？俺听人说她是当今天子蒋介石的小老婆，是宋子文的妹妹。”

嘟噜听了觉得有故事，这才要搞个明白，急着问：“美龄号是什么意思？宋子文是干什么的？”

立春继续给爹解释：“俺听说宋子文当过中华民国财政部长、外交部长，是个金融家，是中国旺名财团‘四大家族’蒋宋孔陈中的第二号，他有个姐姐叫宋霭龄，嫁给了第三号的孔家，大妹妹宋庆龄嫁给了孙中山，小妹妹宋美龄嫁给了蒋介石，是皇上的国舅爷。可能这条火轮船是用他小妹的名字命名的，如果真是这样，那这火轮的来历可就不一般了。”

嘟噜兴趣大增，忙问：“宋家的姑娘可真福气，出了两个皇后，老大嫁的也是有钱人。咱姑太仅嫁个芝麻官就把山南海北给震了，人家还不把天宫都惊动了？金融家是干什么的？”

立春回答：“金融家就是……俺怎么说你才能懂呢？哎，对了，就等同于很会拿钱下崽儿，比方你养头好公马，不让他种地，粮食能卖几个钱？让它专门配种，那才能多赚钱。”

“噢，钱还能下崽儿，那不就天上掉馅饼了？张嘴躺炕接着不就行了？

咱乡下母猪母牛配种都随便来，哪有要钱配种的？也不是逛窑子。”嘟噜不解，用粗话讽刺那些他认定是行为不端的行当。

“是啊？财主把钱抬给你，到秋你得一元还两元，那不就等于用钱下崽儿吗？和把米借给人家，到秋一升还两升不一回事？”立春笑着回答。

“俺可不那样干，心肠不好，祖上从来都是靠力气吃饭，春借一升秋还一升，从来不沾亲邻那便宜。你俩也得记着，咱不去干那昧良心的事，让人在背后戳脊梁骨，躺到棺材里还觉后背疼。”

“俺只盼咱立国一定得好好奔济，团姐夫也得加把油，靠自己的本事发家，那些偷鸡摸鸭子的事离咱越远越好。可他们连个信都没有……”嘟噜知道自己分心了，打了个停接着又说：“这样吧，俺看团哥俩老不死心，去老儿石看热闹行，可不准动手，团就是抢回真金白银咱也当不了四大家族不是？不去惹事，立春不是说了吗？这条火轮有来头，躲还躲不及呢！”嘟噜拿眼角瞟了立邦一下。

立邦机灵，用好听话灌爹的耳朵：“你老就放心吧，爹，他们就是搬一座金山回来俺也不眼馋。从咱祖宗起就讲本分，五亩地是命根子，这俺懂！”

立春觉得弟弟是在拐着弯地挖苦老头。心想：“你再挖苦也没用，他就那脑筋，当儿的又不能强逼他开窍。”

嘟噜放下手里的网线拍拍棉裤腿，说：“这就对了，孩子，俺赵家的后辈要老老实实做人，本本分分过日子。团俩记住，省的钱财能看得见，省的力气看不见。”

立邦用让爹放心的吭应道：“不管他们怎样，俺抓紧把网具整理好，等海冰全化了，咱就第一个下网打冷水鱼去。上年的海情不好，等于休海养鱼一样，都养了一年了，到这会儿，那梭鱼该有一尺多长啦！”

嘟噜听了笑笑说：“唉，这就对了，立邦这见解还真有点道理。团说呢？立春？”

立春赶忙点头："立邦聪明，念书时他考到俺前面的时候多，有时差点就超过立国和姐姐，他只是一玩起来就把正事忘了。"

嘟噜见儿子的心踏实了，便放心地说："去瞅瞅海狗的来头吧，那东西得用网捕，它不吃钩。"

哥俩这才小跑着朝楼头奔去。

庄里那几个胆大汉子刚赶到楼头旁边的船坞，就急忙把停在沙滩上的小木船推下了海，一边摇着撸一边小心观望火轮上的动静慢慢靠近，在离老儿石一里的地方停了船，把事先准备好的"二踢脚"点着了，"听！——哐！"一低一高的两声爆响后，又赶紧猫到舱里露着半截脑袋一眼不眨地朝前望着。过了好一阵子，见老儿石那里一点动静都没有，这才跳了起来，直喊"火轮上没人！"他们终于松了口气，跳出船舱放心大胆地加速赶到沉船旁边。

从远处看，沉船好像没有多高，可到了船底下一瞧，船帮就像堵望不到顶的悬崖，连个抓手都没有，根本没法徒手攀登。他们原以为会有抛锚的绳索可供攀爬，结果摇着木船转了一圈也没见绳索的影子。几个人商议了一下，只能返回岸上备好绳梯再来。

就在这几个人第一次冒险试探的时候，别村的有心人已经在楼头的树下把他们的一举一动都看了个明白，不仅知道沉船没人值守，而且确定他们没能爬上沉船是没备好爬船的绳具。有心人有了底数，便赶紧备好一切，等簸箕的大胆人一靠岸，他们马上从藏身处起航，直接向沉船奔去。

有心人到了船下，选离水面最低的船尾抛上挂锚，猴子样地踏着软梯爬上了船顶。但等爬过船舷才明白，船上几乎没法站立，甲板已彻底倾斜，到处沾满油腻，滑得迈不开步子。而且一片狼藉，油污的工作服，纸箱，罐头盒，面袋子，凌乱的报纸和画报，散落的机修工具和几支没梭子的冲锋枪，横七竖八，前后甲板固定的两门机关炮都被卸去了发射把手。他们只好用破布捆了鞋底防滑，一步步艰难地爬到一个半开的舱口边。

“喂喂，快来看呐，这里装的全是白面袋子。”有人惊呼起来。几个人一齐爬过去撕开一袋，伸手抓起来就往嘴里按，不一会儿，一个个就变成了白花脸。他们边吃着生面边你看我我看你地笑。吃了一阵后才想起，“咱们是来讨宝的，宝在哪儿？”

有人又试着爬上瞭望塔，这里歪斜得就像要倒塌一样，不仅一无所有，而且低头朝下一看就让人眩晕，只好返回舱区在紧挨瞭望塔前的几个舱盖上打转。锁舱的铁链像孩子的手腕，显然宝贝就封在这里。他们找来撬杠和锤子，折腾了好一阵仍无法打开，没辙了只得罢手。“怎么办呢？就这么空手回去吗？”

有人提议，“灾年缺的不就是吃的吗？咱家里的大人孩子还没饭吃呢？宝能救命吗？快拿白面吧，让家人先把肚子鼓起来，剩下的再卖了，那不就是钱吗？”其它人听了一想，“对啊，没错，是这么个理儿，快动手吧，后面的人要是赶过来，你挤都挤不上来啦！”

几个人便动起手来，你搬我拽，把一袋袋面吊下甲板，木船都满载了还觉不足，直到伸手就能摸到海水才肯罢休。

他们吃力地拨开沉重的船身。刚要回返，忽然发现海水正在慢慢地淹没船帮。“不好！船要沉了！”有人惊呼起来。手快的赶忙往海里掀下几个袋子，等船恢复了平稳，这才小心翼翼地离开了火轮。

海鸟在他们的头顶飞来扑去，海面上漂浮着面包和饼干，还有破碎的口袋。鱼群在瓦蓝的水中打着旋儿，海狗时而把脑袋探出水面观望。多亏没刮北风，大海安稳得像床平铺的地毯，老儿石四周除了几块浮冰在阳光下闪闪发亮，再就是这只装满面粉的小船了。几个人确实是福大报大，不然大海少有波动，他们就得翻进浪里，不被淹死也得被冰死。

有心人的小船还没靠岸，簸箕那几个胆大的就急忙把船摇出了船坞。

如此，没出半天，一传十十传百，有白面大米吃了的消息很快就从楼头传到了四面八方。而且还传到远居海中的岛人那里，他们得知后，干脆驾着大型木船来抢。

楼头这里，虎山的千户人家本来正为拿多拿少在争吵不止，忽见有外人来了，便放下当地的分争，抱团一齐冲了上去，百船蜂拥，渔棍网叉扑头盖脑地打了起来，把个岛人打得不是落水就是驾船而逃，有艘木船不知被谁丢了火把，整整在海上烧了半日，黑烟滚滚，熏得海鸟都纷纷逃散了。

（三十七）

就在虎山人和岛人打乱架时，从楼头背后的官道那里突然开来十几辆卡车和一辆吉普，车队在“天师”的引领下，沿着一条赶海人必经的沟套岔路绕下了高地，停到一片开阔的沙滩上。

一行人刚下车就望见老儿石那里的混乱景象。他们万没想过，乡人会有疯抢军事用品的胆量，而且就在随时都会被淹死的海里抢，长棍短棒交相挥舞，情景类似原始海战，一行人不可思议地瞪大眼睛望着远处，急着盘问随行的天师，那些人到底在干什么，命都不要了。

天师想了想才回答，估计他们正为抢东西在打架。

来人的领头是个上校，听了天师的回答，不敢怠慢，要天师引着机枪手及下属从山后狭窄陡峭小路登上了楼头，并立即用望远镜看了下老儿石的现场，随口说了声：“已经有人被打得头破血流了，可能还有死的！”他要枪手对空鸣警。

“哒哒哒”。震耳的脆响划破了天空，也传到了老儿石那里。正在哄起的人群被突然的炸响惊住了，立马停止了厮打，一齐把脸转向楼头。他们远远望见，一支军人模样的队伍正站在龙王庙前的旗杆下，自觉这下可惹了大祸，肯定要挨枪子儿了，便你争我挤地把船划出了打架的水域，拼命将载着白面大米的木船划开，岛人也赶忙拿杆子捞起落水的人，各自向逃命的方向奔去。

“你们都把船划过来！”上校要部下拿电扩音喊话，可没一艘木船肯听招呼。

上校要枪手再次鸣响。“哒哒哒”，枪声震响起来。但那些木船更加快了逃命的速度。

“再警告一次！”上校狠狠地挥了下手。“哒哒哒”又是一连串的爆裂声。但没一人相信枪子不打脑壳的，纷纷把木船滑向了远方。

“你们这里的人怎么比胡子都厉害？天不怕地不怕的，也不问问那是谁的东西就敢集体哄抢，还打群架？”上校责问天师。

天师点头回道：“唉，长官，您有所不知，去年俺这里发生了从没见过的天灾，几乎颗粒无收，老实人都死光了，能活下来的都是疯子，连耕牛都杀光了，今年的地都没法种了，也就不怕死了。”天师特意夸大着说。

“噢，原来是这样，沈城那里也遭了灾。要真的不怕死，那就跟我当国兵吧，不愁吃不饱肚子。”上校说。

天师听了只点头笑笑，不想再多言语，怕哪句不中长官的意，引火烧了自己。

“那些粮食可能大半都泡了海水，就算报废了吧，剩点好的也不值得废汽油往回运了，估计差不多也被这群刁民抢光了，省得我费力倒腾了。只不知军械是否受了损失，那是沈城新编独立旅的装备，是总裁和国防部参谋总长特批的美式枪炮。弟兄们，听令，你们每辆车的指挥都跟我来，剩下的弟兄立即回去卸下车上的橡皮艇，打开步话机，随时接听我的指令！”

随行的一齐喊“是！”十几个分指挥出列立正，随上校从天梯下到海边登上几天前留在崖底的机艇。机艇划开海面，不一会儿就赶到了老儿石。

等上校到了沉船处，那些抢东西的大船小船都已划到很远的海上。上校无心追赶他们，只挂牵那几舱武器弹药，还想看看附近的海面是否留下了打群架的尸体。

“这些乡民还真有办法，挂了这么多绳索，这下倒坏事变好事了，我们带来的挂梯用不着了，省了不少时间，就算他们帮忙了。”上校乘机艇围着沉船转了一圈，没看到浮尸，但船舷上挂的一根根绳索和一架架绳梯，却让他觉得又是感慨又想发笑。

上校很想知道甲板上的情况，便第一个靠前身手矫健地踏上了软梯。

“哇！”他根本想不到会是这般景象。甲板全被白面铺盖了，到处是散落的面袋米袋和划破了箱子的面包、压缩饼干、罐头。他记得船长在给自己交代时说，甲板已粘遍了油腻，能把人滑进海里。可眼前的情况是跑步都不会摔跟头。上校顾不得看食品舱，由向导带着直奔军械舱。“真是上天关照啊，毫毛无损！”他看见那几条铁链仍然紧紧地扣着。“这些家伙，他们要是动了这个，搞不好，别说是百只船，你就是再翻几倍，只要里面有一颗炮弹炸了，这些强盗就全都无影无踪了。”

上校兴奋地对着步话机喊着：“立即行动！电报员向沈城急告，全部军械完好无损，食品无法运出，救济了当地的灾民，灾民万分感激总裁的恩德！”

南京方面在得知负有重要使命的美龄号轮船触礁后，曾立即电令熊式辉，要他千方百计保住船上的装备，并将船长迅速移送国防部军法处置。熊式辉不敢怠慢，一面亲派可靠下属前往扣压人犯，一面通知赵公武迅速组织人马抢运武器。他知道，美龄号的出动，等于是国防部给他发了一道皇帝令牌，足以表达总裁对沈城防务的重视。

赵公武情绪正消沉，只委托个军需上校来楼头专门处理沉船后事。上校很明白，如处理有误，自己的下场比美龄号船长好不了多少。

可是，因扣押船长的现场吵闹不止，那人拒绝上铐，把气氛搞得十分紧张，上校把交钥匙的关键环节忘了，开舱的要件全被船长带走了。都这时候了，那船长已被捆在前往南京的飞机上了，而上校到现在才想起这一环节，太晚了。他知道这是自己的严重疏忽，没法推脱。万幸的是，凭他多年管理装备的经验，事先准备了铁锯。“那只有费时把锁链锯断了，抓紧点。”他指挥道。

但因为要求严苛，士兵心里紧张，刚锯了两下，锯条便“咔”的一声断了。士兵赶紧又装上一根。一着急又断了。就这样，不一会儿就断了一堆。士兵满头大汗，脸色涨红，连抬眼看一下长官都不敢。

上校近前瞅瞅，满肚子的火气刚要爆发，但又压了下去，他想：“连一个舱都没打开，一箱子锯条只剩一半了，总共五、六个舱子，照这样下去，不但锯条不够用，上司给的三天期限也得超过。赵司令要他最晚不能晚过第四天一早，他要亲眼看见这批装备，说独立旅已经要弄了一年的棍棒，成了棒子队儿了，怎么打仗，等于白养两三千兵，你就养猪到年底也该有收获了，这倒好……而秦泰又十分体谅上司，从不催促，让上司越是觉得脸面无光。”

“这，我要出了差错如何交差？可还发不得脾气，你越催促这些没用的东西越紧张，几箱锯条都不够他断的。怎么办呢？”

上校在倾斜的甲板上焦虑地徘徊着，一不注意脚底滑了一下。他突然想起，“把润滑油滴到锯口上，锯起来不就快了吗？”他耐着性子蹲下给士兵做示范，还安慰说：“就这样锯，别急，把心气放平和，锯一下是一下，稳当点，别弄断锯条。”然后吩咐其他人立即照办。

在上校的亲自指挥下，第一条锁链终于断开了，他这才直起腰来伸着胳膊长长地吁了口气。赶紧指挥人打开舱盖。“还好，美国船的舱隔防水效果的确不错，那几舱也不会有问题了。”他心里有底了。

可是，犯怵的事又来了，面对满舱的巨大木箱，他只觉得两腿瘫软，就便蹲到舱边瞅着发呆，“这根本就不是人胳膊能搬得了的！”

站在一边的海员说，“最大这箱上标的是武器零件，只能用港吊搬运。”

“废话，到哪儿去弄港吊？司令的命令期限肯定得超时，你们都看见了，都是证人。”他要报务立即发报请示。

不一会儿，电文来了。上校看完摇着头说：“期限倒是放宽了，可装备少个螺钉都要我接受处分。行啦，自己想辙吧！”

上校盘算着，“就眼前这几个人手，累死也干不完，还有，皮艇根本就运不了大件，只能另想办法。”他不停地拍着自己的脑门，突然想起早前乡民抢粮的情景，不觉计从心发：饥民为口吃的都能把命押上，咱就来个以面换劳力，要沿岸渔民自带船只和搬运工具，每运一大箱或两小箱，就奖励五袋面或四袋米。

于是，他要随来的官兵一齐出动，挨村的贴布告，吆喝“帮工有奖”。

起先还没几个村民敢出来应承，怕是唬人骗人的勾当。但到下晌，头天第一拨驾船去看火轮的胆大人，抬着木杠摇着快橹直奔美龄号。他们眼馋火轮上满舱的救命米面，决心豁出去再试一把，大不了就白干，总不至于把命搭进去。

别村的人望见第一船的愣头青成功了，便耐不住挨饿的感觉了，招来人手，赶紧加入到搬运的行列中。

立邦在国军挨村喊号时就急着要蹿出大门去问个究竟，可嘟噜骂不连声，他只好眼看着别人把一袋袋米面搬回家，心里急得像着了火似的，埋怨爹的阻拦是犯了胡涂。嘟噜几次伸手要打二儿的耳光，都被大儿拦下了。立春扯着立邦不准他离屋，立邦大喊起来：“你不是都准许俺去看看海狗了吗？不算数啦？”

嘟噜狠狠地骂了一声：“怕是抢面的连自己脑袋都找不到了，还海狗。海狗也没长团那笨脑子！”

立邦不服气，继续争辩：“连村里最没脑子的都去了，不拿白不拿，就你不饿，你家里有座粮山是不是？”

立春怎么也没想到，兄弟俩磨叽了半天都没有效果的事，只老二这一嗓子，屋里的僵硬局面立速就溶开了。二儿的话提醒了嘟噜，“是啊？咱要是不去，那不就等于在告诉别人，嘟噜家的粮食吃不完吗？”

嘟噜背过脸哼了一声。兄弟俩一听，连哏都没打，弹簧蛋似的狂奔着出了院子。

兄弟俩拽了两个帮手赶到老儿石旁边，见村民们跳到舱里先用绳子捆住长箱两头，再爬到舱外到船下站在小船上扯绳喊号，小船漂悠不稳，一松劲儿箱子就往回落。没办法，只能咬牙坚持，或憋着劲歇息一会儿再拽，提一箱少说也得一个时辰，所有的人加在一起，一天最多能搬四、五箱，而且还得前拨腾出地方，后拨才能登舰，人多互相干扰。

上校望望挤在轮船四周互不相让的木船，抓耳挠腮地着急，“这些饿鬼，根本不听指挥，你抢我夺的，好不容易上来一个，还这么费力费时，要没点体力根本干不了。甲板上人多得连屁股都转不开，怎么办呢？”

立邦看了喊道：“真笨，让开，俺上去试试！”上校见有人自报奋勇，便轮着手枪大声呼喊给这俩兄弟让道。

兄弟俩爬上软梯，上校赶紧问：“你有办法？”立邦瞅着上校说：“你说话算数？俺要是帮了你，给什么奖赏？”上校领立邦看着粮舱回道：“奖品都在这里，就看你的招法如何了。”于是，立邦便按着渔民晒网的办法，用三根船桅支起一个吊架，再挂上蓬帆滑轮，每舱四个角，每角一吊，下面有人捆，上面有人拽，分工协作，体力省了大半，效率成倍提高。

上校高兴极了，拍拍立邦的肩膀，兴奋地说：“好小子，别人每运走一小箱，我都格外给你提成一袋，大箱加倍，要米要面任你挑选。”并回头喊道：“你们得感谢这个聪明人吧？本来你们应给人提成，可人家不要，这账就由我替你们付了。好了，你们加油干就是了，听我统一指挥，按先来后到排成长列，不守秩序的不准上船，我们的士兵在前后左右盯着，喊到你你才能上来搬。”可他心里琢磨，总共就这些米面，反正我也不要了，肉烂在锅里，你少得他多得，都一回事，但却把他们的积极性调动了。

立邦这招还真灵，本来是争先恐后你抢我夺的场面，一下子就变得井然有序起来。上校的心病被个乡下小子摘除了，他得意地拍拍立邦的肩膀，说：“你很聪明，愿不愿参加国军？我身边就缺少你这样有脑子的人。”

立邦笑笑回答：“俺姐姐和弟弟都跟国军走了，家里还有老爹要人照顾，不能都走。”

上校转头打量了下立春，笑笑，没再言语。

在上校的指挥下，人们不抢不挤各干各的，木箱被一个个顺利地搬上了甲板，又一箱箱安全地装进了木船，运上了沙滩。

到天将黑时，上校站到高处喊道：“乡亲们，党国感谢你们，我本人感谢你们，夜里搬运容易落水，明个一早再来。你们可以拿着自己的所得，回去让老人孩子吃顿饱饭了，别吃多涨坏了肚皮，好好睡一觉，明天更有力气。照这样，明后两天就干完了。我会向当地民国政府报告，你们这些人都是党国最忠诚的臣民！”

人们你瞅我我瞅你连续憨笑起来。“他前面的话是人话，俺土民还听得懂。这后面……什么党国啊？头一次听说，俺还有个党国政府？在哪儿？门朝哪开？谁知道？”“咱这有过政府吗？小日本都没正经建过政府。”“政府光收税，好不容易弄袋面还得交出半袋，还是没政府好，咱一样活着。”“这米面不就是人家民国政府的吗？正青黄不接的时候它来了。”“他是沉到这儿了，要沉到别处呢？”“唉，管他哪政哪府的，咱能塞饱肚子就中，明后还有活干，这下咱可捞了，搭进半条命都值得。”人们边议论边搓着血红的手掌，为了吃的，有人在拍打着疲惫的腿脚，有人在咬牙忍着浑身的疼痛，有人已经瘫坐到木船的舱板上了。

上校转身要报务立即向赵司令报告喜讯，并说，经过反复动员，当地民众对党国忠心不二，卸船任务进展顺利。

嘟噜领着金子老早就在山坡上望见了老儿石那里的繁忙景象，急溜地跑到山后江家把另匹马也牵了，带上绳子小跑着赶到楼头船坞。

收工的人们正集拢在沙滩上，各自守护着那份劳累所得，庆幸今天的偶遇，议论说，“就半天的工夫，收获竟比过去三年的价码还多。”“是啊，以后能一年遇上一回就美了。”“屁，那得沉多少船？你倒是发了，那民国可赔了。”“民国是头大象，咱就是象身上的一个虱子，它养活咱，连根毛都用不了，渗出个米粒大的血汁就够咱喝一辈子的了。”“说一千道一万，还不多亏赵家兄弟？要没赵老二的点子，你连一袋面都弄不到手，就你那身板，掉海里喂海狗都嫌咯牙，你知足吧！”

赵家兄弟见爹牵来两匹马，很是佩服爹的心术。立邦想：“爹就是犟点儿。可他要是真想通了，许多事都能给你准备到前头。”

人们把眼光都转向了嘟噜，盯着一匹正在刨蹄、一匹正在打吐噜的枣红大马嘬舌头。“你看人家嘟噜，比老财还神气，咱连头驴都养不起。”

上校是最后撤下沉船的，快艇靠岸后，精神抖擞着跳上了沙滩。其实在离岸百米处他就远远注意到两匹骏马，心想：“天师不是说他们连牛都杀光了吗？这兔子都不愿拉屎的地方，竟会有这样的高头大马，如用来拖箱子上岸装车，那可比人抬省去了许多时间。”他快步走到马前，左右端详了一阵，惊奇地问：“这谁家的？”

立邦赶紧接着回答：“俺家的。”

“你家的？你家是干什么的？俩参军的就能换回两匹军马？”上校用怀疑的眼光上下打量着立邦，把早晨对立邦的那股热情都忘光了。

立春扯了下弟弟，对上校解释道：“这是俺姐大留下的，他说这马抗过日，有功，不愿它再上战场，更不忍心按规定处置它，牙口还没老到嚼不动草的地步，要俺帮着照应一下。”

“噢，是这用心。那你姐夫是干什么的？他怎么可以随意把军产留在这种地方？”

嘟噜从上校的话里察觉到儿子有可能会受到伤害，便挡着回答：“俺女婿是个旅长，头年二月在这里招兵，走的时候他坐的是个蛤蟆……”

还没等嘟噜把话说完，上校就抢着说：“旅长？少将旅长是吧？独立旅是吗？你女婿姓秦？坐蛤蟆吉普？”

立春赶忙替爹点头：“是的，是的，正是。”

“噢，大水冲了龙王庙了，一家人不认一家人。我说嘛，屁股上打了火印的军马怎么会在这个地方出现，还001、002，正副团长的坐骑。”上校拍着手哈哈地大笑起来，“这么看来，你一家的贡献太大了。老人家，要不是你这个聪明的儿子，这一天，恐怕连五只箱子都运不上岸。我得感谢您老啊！”

嘟噜忽然从恐惧状态转为被人敬重的地位，一时还理不清由头，便慌乱地应付道：“俺乡下佬，不懂事，你长官多担待点儿。”

“老人家，你说远了，这些装备都是武装你女婿的，我们都是奉命来给他搬工的，你们爷仨等于给自己家干事，尽心是值得的，知道吗？”

“这箱子里都是什么？装备？装备是干什么用的？秦泰他要这么多木箱子干什么？他用得了吗？还有那些米面，他得吃多少年？那大家抢的都是俺女婿的东西是吗？”嘟噜不解地连续提了几个问题。

“哈哈，老人家真有意思，装备就是枪炮，总裁要他去打共军、共产党、八路土匪。米面不是只给他，有别人的份儿。你看现在不是都奖励给你们了吗？”上校耐心地解释给老人听。

“打八路？”嘟噜听了这仨字，不禁没有感动，而且还差点慌了手脚，再也不想拿正眼看上校了，转磨了好几个圈子才醒悟过来，催儿子赶快把袋子搬到马背上，他想抓紧时间回家和两个儿子一起细细说说当下的情况，甚至明天还来不来都两说着……

上校觉得老人的动作有点奇怪，但又不好深问，只能说：“老人家，你虽也是在给女婿做事，可我说话算数，奖品一袋都不会少的，你女婿可能还不知这里的灾情这么严重，我回去一定给他说说。”便招手叫来几个士兵帮着把袋子搬上马背。

嘟噜感到所闻所见都来得这么突然，似乎全是因为女婿的存在。临走时他强打着笑脸给上校点了点头。在回家的路上还想：“都怨俺多事，团说俺倒把马牵去干什么？哎？这不是添乱吗？还怪了，马腚上那个印子总也不肯长毛，是天生的？愣叫人家认出来了，嗨！”

除了两匹马驼的，立春立邦还各自扛了两袋。

儿媳一直站在大门楼下望着，见爷仨满载而归，提着的心才放了下来。

等儿子放下袋子，嘟噜要立邦把马和五袋米面一起给西山外的亲家送去。还说：“那老俩口怕也是连汤也没得喝了，眼看着别人家米的面的，心里能不难受？姑娘女婿都不着边了，快，趁日头还没落到底，让他们垫垫肚子再躺下！”

回到屋里后还没等嘟噜张嘴，立春就说：“俺知道爹听了那个当官的话心里不踏实。立国不胡涂，姐夫更是个明白人，还有姐姐，铜铃一样的脑子，你临走时的嘱咐他们不会忘记。那次来信不是提了一句吗？警备，警备就是看大门的，不上前线。”

“看大门怎么还用那么多兵器？”嘟噜不解。

爹的提问出乎立春的意料，他想了想才回答：“你没见俺姐夫招的兵一多半只有军装背包，没有枪吗？”

嘟噜歪着头想了一阵，没正面应承儿子的安抚，只冲着两个儿媳说：“囡俩耍耍手艺，咱可该解解馋了。立春，你出去抓只公鸡，炖了！”

立春知道爹的心里宽畅了，回答：“你忘了？俺下不去手，等立邦回来动刀吧！”

“吃的时候，团可下得去牙！”嘟噜没生气，瞅瞅外面的天色，正是鸡鸭吃完食回窝的时候，他出了门就奔鸡窝摸鸡去了，还捎带了一句，“你哪个愿当饱死鬼，俺就先摸你了，别记恨俺！”

立邦回来了，一进门就闻到了肉香，便问："怎么，过年了？"嫂子笑而不答。立邦媳妇回道："爹说你聪明，累了，要你把下一个大年提前过了。"

立邦饿了，要掀锅盖。媳妇挡着说："爹和哥还没尝呢，你就先动手，没老没小的，快去往炕上放桌子？"

立邦哼着"饱汉不知饿汉饥"的怪调搬桌子去了。妯娌俩把用鸡油摊好的大饼和炖鸡一并摆到桌上，阵阵香气勾引了全家饥肠辘辘的食欲。

到吃了多半饱了，立邦才想起："哎呀爹，俺差点忘了，俺回来时在大门外遇见那个长官派来的兵，说明个要借咱那两匹马使使，每天再多给咱五袋米面。"

嘟噜听了一愣，但没马上回答，只拿眼看了下立春。立春知道爹是要他拿主意。便思忖了一会儿说："人家已经知道咱的底了，再说也是得罪不起的主，还有姐夫那一头的关系，借就借吧！"

嘟噜拿起筷子扒了一下，补充道："多了不说，只借两天俺亲家就能多得十袋米面，加上今个这些，他们一年的口粮都用不了了，那俺能少操多少心呐？"说着，又撴了下筷子，说："借，但得俺跟着才行，别为几袋米把马累死。"妯娌俩抿嘴笑了，知道公公这会儿是真想明白了。

（三十八）

从沉船上抢运武器的活计整整干了三天，兵和民全都被累得快要趴下了，有人说，头天扛三袋面都还挺得住，今儿个，怕是连一袋都背不动了。上校听了怕搬工泄劲误了返程期限，在甲板上使劲呼喊："你就瘫巴了也得给我干，日落前必须搬完，不然一捧面你都别想拿走，当兵的都得给我蹲禁闭。”

“这哥们也够累的了，嗓子都哑了”“这主儿使人特狠，拿咱当驴赶”“你也不白干，咱图的不是肚子嘛”，乡民偷着议论。当兵的不敢说话，只能用白眼偷看长官。

在上校从早到晚声嘶力竭的呼号下，到日头快要跌进西山时，最后一箱装备终于被抬上了卡车。两匹马汗湿遍身，躺在沙滩上互相啃着肩背。上校见老人摸着马头心疼不语，为讨马主高兴，要人搬过一袋白面，撕个口子扔到马嘴旁边，而后又让士兵搬过一纸箱罐头。

民工们围拢过来看热闹，有人问：“纸箱里是什么？”士兵回答：“牛肉罐头。”“不是说那是炸弹吗？怎么又牛肉罐头了？罐头是什么？是牛肉炸弹吧，你们给人嘟噜一箱炸弹干什么？”上校挤过来轰民工，说：“去去，就是炸弹，炸响听的。”立春好奇，哈腰从中掏出一个看了看，笑了笑又扔回箱里。

上校轰完人，转身急忙要电报员赶紧发报向司令报告装载完毕的成果。但上司在回电里只表扬了他几句，没同意他去县城休整的要求，反而要他立即出发，最迟也不能迟过明日12点前就得赶到沈城。

上校按当日记账给搬工分完最后的米面，转身就站到高处把催返的电报读给下属听，读完还发了几句牢骚，意在暗示部下，不是我不通情理，而是军令不可违，并要随从吹响了紧急集合哨子，连晚饭都没来及吃的部下，只好忍着满肚委屈登上装载的卡车。

临走，上校向民众招手告别，喊“谢谢了！”还特意对嘟噜说，“我会向秦将军说说您老的贡献的，会替您向您女儿和儿子问好的！”而后便登上吉普抢到车队的前头带路去了。

嘟噜并没被上校的话语所感动，一边瞅着马嚼面的样子，一边继续摸着马头，怠答不理地冲上校的背影抬了下眼皮，意在，“俺实在是高兴不起来了，虎山人还是下贱，为口吃的，甘心帮人当杀手，俺前头告诉女婿不许打八路，这头又帮国军抢运兵器，俺不是帮凶是什么？好在这兵器是给女婿的，就人品看，估计他能把老丈人的话记在心上。”

一长溜卡车隆隆震响起来，拖着呛眼的黄泥烟爆，在已近黄昏的冷风中艰难地沿着沟道向北爬去。沟坎上一群群面黄肌瘦的看热闹老人、妇女和儿童，见国军车队朝自己驶来，纷纷退着让路，腿脚慢的被绊倒在地，后边的人便挤作一团。正在海滩上整理收获的搬工，怕自家人受了伤害，顾不得劳累，奔到坡顶去看究竟。卡车再次受阻，只好鸣响喇叭，把个沟套弄得嘈杂一片，上校不得不跳下车嚎着让人让路。

车队离去了，一直在老儿石外边观察动静的岛人和船只立即围到沉船的四周，渴望能捡点儿落货。躺在沙滩上歇息的虎山人望着远处，嘻笑着议论道，“岛驴子还赶不上嘟噜的马，干完累活还给袋干面嚼嚼。他们秃鹰样地站在外圈看了好几天，肚子都空了，这会儿只能去抢屎去，还是泡了汤的屎，拿回去省水省盐省火还省牙。”

嘟噜听了大声骂道：“没心没肝的东西，还真就下贱，日头还没落，就敢让天老爷看着缺德，他们也是人，都有儿有女，和你一样知道挨饿是什么滋味。”

“你不缺德，你把你家的面米送给岛驴子？”有人站起来反讥嘟噜。立邦要冲过去扇那人的耳光子，立春手快，扯住弟弟不让他和这号得了便宜还卖乖的小人费力气。

嘟噜也用眼神制止二儿，说“和不懂人味的人叫劲，等于在作贱自己。”他默默地守在马的身边，一边摸着马的脖子，一边抓着面喂给马吃，心疼地叨咕着：“他们沾了你俩的光，可连句好话都没有，可杀不可救的东西……这国军也是，用人特狠，把乖乖都累成这样了还不肯撒手，咱再歇一会儿就回家去，俺给你俩烧点温乎水喝喝，噢？”

金子趴在主人的一旁好奇地瞅着马嚼面的样子，像对朋友一样，眼睛里充满了同情。

大多人还是给马投来感谢的眼光，在嘟噜的骂声过后，原先那种妒忌的情绪似乎消除了八成，必定是马帮助他们减省了拖运的劳累，也多分了面米。

车队离开海滩快半个时辰了，嘟噜觉得人和马都歇息得差不多了，站起身要拍拍衣服上的沙子准备回家。不想远处却突然传来激烈的枪响，其中还夹杂了几声“轰轰”的爆炸。

搬工们惊恐地从沙滩上爬起来朝西望去，木呆了一会儿，不顾连日的疲乏，背着扛着各自的所得没命地往自家的所在逃去。站在半坡上看热闹的人，也连滚带爬地一哄而散。

金子发疯似地爬起来对着西天狂叫，赵家爷仨先是一愣，而后镇定了一下四处瞅瞅，见人们都纷纷逃了，沙滩上只剩他们一家了，嘟噜这才说：“看来是出大事了，不然金子不会这么疯。”立春怕马受惊，紧紧地拥抱着马的脖子。可是两马却对枪炮声没有半点惊慌，仍津津有味地咀嚼着面粉，而且还对主人的紧抱有些不耐烦的反应。

枪炮声停息了，立春松开抱马的双臂，瞪着眼问道：“立邦，是不是国军的武器走火了？”

立邦一直把心扣得紧紧的，听哥哥问话，才松了口气答道：“走火怎么会那么长时间？少说也有一锅烟的工夫，还不是一支枪在响。”

“那怎么回事？”立春紧张地往爹身边凑了凑，“俺看一定是谁和谁打起来了。”他用肯定的语气说，“那谁打谁呢？”接着又自问了一句。

这时，两匹马几乎同时从沙滩上跃起，前后腿轮番地刨着沙土，沙尘扬起后又哗哗落下，爷仨的眼睛都被眯了。紧接着俩马便陡立起前身，仰着头朝西天的黄霭嘶鸣了一声，嘶声把海崖都震得颤抖起来。

嘟噜从不知这两匹马还会做出这样的举动，只顾擦眼，手握的缰绳便松脱了。

没有牵扯了，001 首先咆哮着腾起四蹄，在沙滩上顺着浪线向西狂奔，002 不肯落后紧跟不舍。

爷仨惊魂未定，傻子样地望着远去的爱驹不得其解。金子不安地用前爪扒着沙子……

两匹马绕过一座陡立的峭壁，留下最后一声长啸，消失到西方远远的山岚深处。

嘟噜无奈地说："杀过日本鬼子的战马原来是这脾气，庄家人怎么能懂？"他低头看看花力气挣来的米面，叹了口气念着："人是铁，饭是钢，没有望有，少了望多，多了没法拿，丢了舍不得。"

立春安慰爹说："不怕，你在这看着，俺哥俩往回扛，到家再把它俩牵回来，怎么也用不到天亮吧！"

立邦说："只能这样了，快干吧，越瞅越愁越没招。"说完便领起一袋扛到肩上，"哥，你再给俺在上边摞一袋，得赶紧回去看看它俩到底干什么去了。"

兄弟俩扛起袋子撇下老爹走了。立春临走还回头嘱咐金子，"你好好跟老爹做伴啊？回头给你包白面饺子。"金子摇着尾巴看着兄弟俩离去。

夜色降临了，潮水冲着滩涂发出"呼呼"的声响，那声音循环往复没完没了。嘟噜第一次觉得有种异样的孤独在袭扰着自己。他蹒跚着心神不宁地围着余下的袋子绕了几圈，金子一步不离地跟在他的身后。但他总觉得心里难以踏实，"它俩听到枪声为什么一开始还不理乎，单等响完了跳起来就跑呢？还那个跑法？它们要干什么？"他越想越不明白，干脆靠着米袋坐下安神。金子也趴到他身边舔着主人的袖口，像在给他安慰。"饿了吧，你尝尝？"嘟噜从马丢下的袋里抓了把干面给金子。金子闻闻没兴趣，把头转到家的方向。"你着急了？不急，你俩哥哥和俩朋友一会儿就回来了。"嘟噜拍拍金子的脑盖。

潮水拍岸的劲头更大了，冲沙声仿佛催眠的韵律，在嘟噜的耳边反复磨响，他由不得自己了，便悄悄地合上了眼皮，不一会儿就迷迷瞪瞪地进入了梦境。

梦里，他看见一队全副武装的队伍正趴在那所日本小学西边的山林里，一条官道由东往西正从两夹的沟套中横过。那队武装要干什么？一溜车队从日本小学的房后向西开去，渐渐地进入了武装队的伏击圈子。突然“轰隆”一声巨响……嘟噜惊慌地睁开双眼。只见，一位手提盒子枪的人正蹲在他的面前，身后还跟着十几个端枪人。嘟噜紧张地要往后缩，可米袋子顶着了他的后腰。金子跳起来冲那些人狂叫不停……

“大爷，不要怕，我们是共产党领导的解放军，是老百姓的队伍。我们知道蒋匪军的美龄号沉在这里，过来看看情况。你都知道些什么？给我说说可以吗？如确实不知道那就算了，不逼你。”

嘟噜不敢抬头，“共产党不就是八路吗？怎么又变解放……照他说的，又多出个蒋匪军来？这国家怎么那么多军？不乱了套了吗？”

“大爷，你身后的这些袋子装的什么？是哪来的？这，你总该是知道的吧！”那人又问。

“瞎子都能瞅见这袋里装的是什么，马没吃完的不正敞着口吗？他明知故问！”嘟噜觉得这人不地道，心开始慌了，并忽地爬起身，连声说：“这不是俺的，都给团吧，俺不要了……”且撒开腿就往回家的路上跑去。金子一见主人跑了，便赶紧冲到前头带路……

“老乡！大爷？你的这些袋子……”当兵的接连喊了几嗓子。

但嘟噜头也不回地一口气跑进了回家的林中小道，直到跑得两腿发软了，才停下气喘嘘嘘地回头望望。身后原是一片灰暗，没有追他的脚步声跟来。金子回头寻他，他就便蹲到地上缓着气，心里记挂着儿子和马，怕他们闯回来找他时会遇上从天而降的拿枪人……“不行，俺得快走……”他咬着牙站起身继续前行，希望恰好能把儿子挡回去。

可是直到他挨近了庄子，也没见到儿子的身影。他纳闷了，找了个高坎朝院门口眺望。但庄里没有一点灯光，也没有狗叫。他知道庄里出事了，各家还是老一套，都把鸡鸭鹅狗塞在屋里不让出声。

嘟噜轻手轻脚地挨近了自家的大门，贴着耳朵听听。金子要站起来扒门，他止住了金子。“咱爹怎么还不回来？他哥俩回来扎了一头，又火烧腚似的奔西跑了，马也朝西跑，西边出什么事了？怪吓人的。”是立春媳妇的声音。

“看来家里到没出什么事，只是那一阵爆响的枪，还有他哥俩和马，干什么都朝西跑？”嘟噜边想边坐到大门楼边的石墩上叹气。但他没急着进院，盼儿子能快些回来弄个究竟。

（三十九）

001狂奔在前，002紧随其后。在抗战的战场上，或急行军时，双骑总是这样排进，已成习惯。但在战火中却是各忠其主，任由主人的缰引和号令指挥，尤其当张虎要替秦泰排除危难时，002会一马当先，冲锋陷阵。而这会儿，枪声已停，它俩自然要回归正常行进的排序。但枪响处的吸引力极大，那儿必是久别的主人正在等候自己的地方，也是它俩奋蹄疾奔的源本。

两匹马撒野地跑回了庄子，只在赵家大门楼前扬起前蹄长嘶了一声，尥了几个蹶子，接着就“嘚嘚嘚”地向西山奔跑。

等妯娌俩听到马叫推门出院时，它俩已经跃近到松山的林头。在那里，它们威严地转过身来对着庄子再次嘶鸣了一阵，而后才急匆地跳过沟坎，钻进了被暮色染成一片朦胧的松森之中。

而庄人早已被那阵炒豆般的枪声吓得魂不附体了，都慌乱地躲进自家的屋里。枪响过后约两袋烟的工夫，街上又传来战马撕裂样的呼啸，各家以为凶事这次可真要降临了，一个个心惊肉跳地趴着门缝朝外窥探，见是嘟噜的马跑回来了，“嘟噜的马不是帮国军干活去了吗？怎么会自己跑回来呢？是不是那枪响和他的马有什么瓜葛？”

又过了一阵子，各家男人都扛着挑着推着自己的所得纷纷奔回家门。自此，庄里关门闭户，街成空巷，蛇溪两畔鸦雀无声。

不久，只见赵家兄弟扛着袋子急匆匆地奔过街口，回到自家院外见大门紧闭，放下袋子，也不吭声就使劲地拍打起门板。妯娌俩应声赶忙出屋拉开大门，没让男人进院，凑上去说了几句，兄弟俩便立即火烧火燎地朝西山跑去。

正趴着门缝外瞧的人琢磨不透，“赵家出什么事了？枪响和他们又有了关联？像上次过兵那样？”

哥俩十分清楚，两匹高头大马等同于爹的命，爹宁肯自己不吃不喝也不愿亏了那俩畜牲，因惦记002，三天两头往江家跑，生怕亲家侍候不得法，让马受了委屈。“今儿个咱要找不回马来，在老头那里，你就别想再讨到好气，‘没用处’的帽子咱俩就得戴一辈子了，往后的日子也过不踏实。”立春边跑边说。

“说不定爹还会因为这码事病倒呢，那可糟了。”立邦想得更严重了。

两人原以为马会在江家歇脚，可路过江家时，翘着脚跟朝墙里望望，院里空荡荡的，只有一团微弱的黄色灯光在里屋忽闪着。“001绝不会跟002到江家来。哥，001今儿个的表现很蹊跷，俺观察过，它是被枪炮声训练出来的，你没注意吗？年节放鞭炮时，它在马圈里那兴奋样？就那精神头，一般的乡下马根本没有。而且002跟它在一起时，001总抢着走，002会紧紧地跟在它的屁股后头，一步不离。那上校不是说了吗？这是团里一、二把手的马。张团副的002从来不抢先，它还知道谁的官大，真是神了。”

“你还真细心，俺从没琢磨过这些。照你这么说，他俩是不是听了枪声才跑的？那很可能是奔枪响的地方去了？”立春问道。

“俺觉得是，那它俩很可能就在虎山后面的官道那里，枪声好像就是从那儿爆起来的。走！”立邦兴奋了。

虎山以北有七、八座树木密布的山丘，丘间地势凹陷，乱石夹溪，无田无村，一年四季除了鸠、狐的叫声，和一条七扭八歪的瀑水在趺趺撞撞地流淌，剩下的只有静寂。一道约三、四百米长的山脊横连着东西两座青石峭崖，修官道时没它途可选，只能在脊梁上通过，从虎山顶往下看，这条官道就如一堵高坝，将东西断壁连为一体，如有人趴在两头的崖下，沿着脊道往来的车辆和行人全都能看在眼里。

丘脊两边就是沟壑，常有阴气笼罩，人称鬼窨。早前的胡子专在这一带隐藏劫持收购海货的商人。小日本初来咋到时不知底细，以为修了官道便利了军旅，岂不知恰在这里被抗联陆续灭了一百多兵。后来，他们便在东西崖头各修了一座青石瞭望炮楼。当虎山这里渐渐变成关东军的后方时，岗楼就失去了监视的功能，变为野獾和蝙蝠出没的地方，再加传说鬼子的魂灵总在这里哭号，路人每当经过这段官道，特别是晚上，只要挨近楼子，都会浑身爆起鸡皮疙瘩，胆小的根本不敢在这夜行。

兄弟俩为了尽快赶到虎山背后，只好爬上虎山抄近直接奔枪响的脊岗。

在虎山顶上本来可以望见那条脊岗上所发生的一切，回头还可远望楼头和老儿石，以及赵家姐弟从小读书的那所日本小学。但天色已暗，并且厚重的夜云正在积聚，月色无法透向山野，炭色的幕布已把这片山地罩进了黑暗，远丘的轮廓和大海的边际已墨汁般的洇为了一体，只有远处山凹中星罗的村子偶而会闪出荧荧的灯光。

“怎么办呢？什么也看不清，马在哪儿？”立邦犯怵了，不停地嘟念着，

“不能犹豫了，咱得赶紧下山去，只有挨近官道才能看个明白。那阵枪能有一百多响，胡子哪舍得那样放？要上百发子弹，枪声一定和那些运武器的卡车有关。只是别把咱的马拐带进去。”

立春觉得弟弟说得对，拽起立邦的胳膊就往山下跑，但没出几步就摔了个仰巴，沿着斜坡滑出好远，多亏有密麻的油松树干拦着，才没摔伤腿脚。山后背阴，白日融化的雪坡表面被夜寒冻了一层硬硬的皮，坑洼处仍存有流淌的雪水，两人不仅站不直身子，而且连脚底是浅是深都弄不清，只能跌跌撞撞地往下溜。立邦叫苦：“这比上山可难多了。”

到了山下，两人顾不得瞅彼此的摸样，赶紧猫到官道的坎下瘫在泥坑里喘粗气。

两人喘息了一会儿，听远处有说话声传来，便摸着荆棘小心地靠向官道。

这时，马的嘶叫突然划破了夜幕，接着就是马蹄刨地的声响。“哥，是咱的马！”立邦正要跃起，却被立春死死地拖回坎下，并按住了他的脑袋。

“哥，你这是干什么？咱的马就在前面，你……”立春捂住立邦的嘴，贴着弟弟的耳朵小声说：“咱的马肯定被人逮了，情况不明，你要马还是要命？”

立邦只好缩回脖子，问：“那你准备怎么办？你听那叫声，分明是在呼喊咱去救它，它俩好像知道咱来了？”

“是什么人躲在下面，快出来，不出来就开枪啦？”零乱的脚步声直朝两人躲藏的沟坎跑来，紧接着就是“哗啦哗啦”拉枪栓的声音。

兄弟俩躲藏在离官道只有五、六步远的一蒲松团后面。端枪的猫着腰跑到他们面前不远处，并赶紧趴到官道边上，而后重复喊着刚喊过的话。其中一人举起胳膊用盒子炮朝天“啪”地打了一枪。震耳欲聋的脆响在虎山背后跌来撞去，一群刚刚以为安静了的老鸹再次“扑棱棱”地从松林里腾起，“呱呱”地绕向虎山的南坡。

接着，西崖那边又传来连续的长声马嘶，而且两匹马一齐在叫，并伴着拽缰绳的声音，缰绳好像被拴在什么铁件上，发出“吖吱吖吱”的断裂声。

立邦终于按耐不住了，趁哥哥按他的手刚一松动，便“噌”地一下跳上了官道，两脚刚刚落地就喊起来：“你们是不是小日本那狗肏的汉奸？那是俺的马，它都知道俺来找它了，你们还不放它俩，竟放枪来打俺，行，那你打吧！”他用力地拍了下自己的胸脯。

立春不顾一切地冲上官道抱住弟弟，嘴里喊着：“老总，俺弟他不懂事，你们抓俺就行了！”

喊话人仍在原地趴着没动，问：“你们是干什么的？”

“老总，俺当地人，只会抓鱼种地，不敢干坏事，没胆儿！”立春回答。

“那你们跑到这个地方来干什么？”对方又问。

“俺是来找马的，它们听到这边放枪，就没命地往这边跑！”立春刚解释完，对方就从路边爬起身凑到哥俩眼前，仔细地身前身后看了一遍，端盒子枪的问：“谁听了枪响就往这边跑？”

“俺的马！”立邦抢着回答。

“那马一准是疯了，要不就你们俩疯了，反正不是马疯就是人疯。走，跟我们走！过去见见我们首长！”端盒子枪的生气了，他不信马还能跟着枪声跑。

立春心里核计，“看样肯定不是汉奸队，首长？国军不是叫长官吗？这叫法有点儿耳熟？”

对方一人在前二人在后，把赵家哥俩夹在中间，沿着官道朝西走。快近西隘炮楼了，哥俩才看出正是他们帮着装箱的那拨卡车，连车上苫布的捆绑方式都没变样，而且一辆也没受到破坏。“那枪打的是谁呢？车轮一个也没瘪，这是怎么回事？”立春觉得奇怪。

快到岗楼了，立邦一眼就看到两匹马都被拴在头辆卡车的后挂钩上，见有人走来，它们骚动不安，用力地甩着尾巴，使劲地喷着鼻子，脖子一扬一扬的，前后蹄在不停地刨着路面，铁掌碰着石头，闪出晶亮的火星，嗓眼里在“叽叽”地呼喊。

“哥，它俩在这里，咱找到了，谢天谢地！”立邦兴奋地叫喊起来。

“是不是你的你说了不算，这不是你随意说话的地方，快往前走！”端盒子枪的说。

哥俩不解，只好继续跟着走。

马似乎认出自己的主人就在眼前，停止了骚动，“嘶嘶”地哼个不停，仰起头看着主人从旁边走过。在经过时，立邦回头望望马，正好端枪的用手电筒照了下马头，他觉得俩马向他投来的是解救的眼神，不禁一阵心酸，眼泪“扑簌簌”地顺着脸颊流淌下来。

岗楼被内三层外三层的兵包围着，立邦见了觉得心里有些慌乱。立春拿胳膊轻轻地碰了下弟弟，小声说：“不怕，他们是八路。”

岗楼四周是一排透着灯光的窗口，入口在背面，等他们被带到石拱门边时，卫兵冲门里指了一下，兄弟俩便犹豫着迈进了楼子。

别看他俩不止一次的从这条官道走过，可从没进岗楼里看看，原来只听人讲过这里的故事，这次是真的身临其境了。哥俩觉得里面不像外头传说的那样可怕，什么里面墨黑，进了门就有爪子从半空伸出来掐脖子。而是上下两层清清楚楚，有弧形阶梯供人登攀，底层地面铺着方砖，空间比较宽大，头顶挂着汽灯，把每个角落都照得通亮。兄弟俩四处撒目了一会儿，里面除了些陌生的带枪人外，墙角里还蹲着位垂头丧气的国军军官。立邦定睛一看，正是那位指挥卸船的上校，双臂朝后被捆绑得结结实实。他旁边就是那二十几位下级官兵，都被缴了械，抱着后脑面朝墙站着。

一位共军首长正在给他们训话，说：“这几年，蒋介石这个运输大队长给我们送了不少美式武器。但抗战那会儿，我们名义上被改编为国民革命军第八路军，可武器得豁出命从小鬼子手里夺。现在呢？我们成老蒋的敌人了，他反而来武装我们了，我们确实该感谢他，也感谢你们跑腿受力。原来估计你们会顽固抵抗一阵子。现在看，担心是不必要的，示警的枪声只响了一阵子，撇了几棵炸不死人的手榴弹，你们就乖乖认输了，个别人也有反抗的举动，但没有损失，看来在蒋匪军里反战也是主流。你们看见没有？我们没往你们身上打一颗子弹，你们见过有这样的仁义之师吗？特别值得表扬的是，上校先生的吉普是头车，只车棚穿了几个窟窿，基本完好，捆他是因为他的嘴巴不愿闲着，效忠老蒋的口号喊得太响，这会影响别人的情绪。我们要他闭上嘴好好想想，想明白了再松绑。过一会儿车队先出发，我们已经准备了司机，你们中有愿意给我们开车的可留下来，其余的跟我们一起步行。”

共军长官训完话才回头问，“前会儿东边的那声喊叫弄明白了吗？说说看！”背盒子枪的人立正回道：“是，首长，他们是找马的，说外面那两匹马是他们家的。”

“还有这事？那他们的身份背景就值得研究了。那是两匹军马，印记和我们解放军的不同，是日本留下的？那日本投降了应受降归公才是啊？是国民党的？国民党还没垮台，他怎么会随意把这样的好马交给乡下人呢？你俩说说！”首长把眼睛转向赵家兄弟。

“这马是俺姐……”立邦刚要照实叙述就被立春截住了。“这马是在俺这里招兵的国军留下的。”

“你俩是什么关系？住哪个庄子？”首长问。

“俺是弟兄俩，住南面簸箕庄。”立邦回答。

“是富簸箕庄？还是簸箕庄？回答要准确。”首长话里有话地问。

“俺少说个字，这山里海里都不愿叫俺富簸箕，说俺能不饿肚皮就不错了，还富簸箕。长官怎么知道俺那叫富簸箕？”立邦边解释边反问。

首长笑了笑，没给正面回答，却反问道：“国军凭什么要把马留给你们家？还留了两匹，真够大气的了。”

“俺也不清楚。可能当时马的状况不太好吧。对啦，俺想起来了。说是这两匹马是抗日的，有功，不该再上战场，更不能杀，那长官有吉普坐了，不用马了。”立春嘴在回答，心却在想：“他笑什么？这主儿去过簸箕？”

“不该上哪个战场？这马还打过日本？”首长明知故问。

“上哪个战场俺就说不清楚了，只说它俩抗过日，俺可是听得真真的，它俩是驮着抗日英雄冲锋陷阵的，日本鬼子的枪炮都没打死它们。”立春进一步解释。

“噢，它驮过哪个英雄？谁封的？怕是现在又把枪口对准共产党了吧？”首长蔑视一笑。

“俺也就那么听听而已，是哪个英雄，俺个种地的也不懂，也没见过国民党和共产党长什么样，俺这里一直是小日本占着。”立春虽接了话，可心里对这位的轻蔑态度很是不满。

“你是种地的？不像，怕是有来头吧？听你说话就知道你不仅识字，而且还能看报。你没见过国民党共产党？这不，都摆在你眼前啦？”首长指着蹲在墙角里的上校，“他就是国民党。”又拍拍自己，“我就是共产党。现在是你死我活的斗争了，他们说抗日时结成的统一战线不算数了，老蒋要独霸天下，想把抗日有功的共产党斩尽杀绝。这不，今天日头刚落，这几十个国民党就当了共产党的俘虏，外加十来卡车的武器装备。”

立春不敢再说话了，怕说漏了。觉得上校认识他，担心这些俘虏为自保会站出来把实情端了，那可就玩完了。

在立春与长官一问一答时，上校虽一直低着头，可他全都听进耳朵里了。他知道这马是国军沈城独立旅旅长秦泰的坐骑，这哥俩就是国军少将的小舅子，是国军的亲戚，这关系是怎么也割不断的。“那我要不要检举揭发立功赎罪呢？”他慢慢抬起头眯缝着眼睛看看在楼头那里就熟悉的两张脸孔。可是，进入他眼里的却是两个浑身沾满泥巴的人，脸上只剩下一双大眼在扑擦扑擦地瞪着，难说是在渴求着什么。他记起在海滩上手牵两匹骏马的那位老人，甘愿把马借他将一箱箱沉重的武器拖到岸上。还有立邦这聪明小子，是他出的好主意帮了自己的大忙。“这家人很善良，分米分面也不像那些人那么计较，很容人，也肯帮人，他们哪里懂得什么国民党共产党？但又不像是只会打渔种地的那种人家。现在两党如此对立，非要拼个好歹，我要说出他们的底细，这哥俩就别想回家了……嗨，随他去吧，是祸是福就看运气了。既然他们说我嘴硬，那我就硬到底算了！”上校重新把头低了回去，不想让赵家哥俩正面认出自己。

“关于你俩的情况，留待土改工作队进村时去核实吧。至于这马，你俩怕是牵不回去了。不管这马是怎么个来路，留在你家都是违反原则的。退一步说，即使它们就是你家的，两匹马，那也是土改被分的物件。它抗日英雄也好，土匪也罢，我们先把它带回去，需查清它们的来历。你俩就回吧，想开点，也等于为解放东北尽力了。”首长经过反复思考，还是做了这样的决定。

“人家上校把装备一个旅的武器都送给咱了，俩马算啥？”背盒子枪的人笑着说。

立邦一听火了，冲上去要拽那人的脖领子。立春眼疾手快，不等立邦扯上去就一把搬住他的臂膀，握紧他的腕子，把弟弟拖到岗楼门口。

立邦回头骂道：“那马是俺爹的命根子。强盗，抢人家的东西还要编套理由，混蛋，你以为你有枪俺就怕你？”

立春这次可急了，扬起手掌使劲地打了立邦一个耳光，并骂道：“你个没脑子的东西，只知道撒野，连个里外都不懂。等回到家后俺一定要爹拿家法惩罚你。”立春从来就不会打人，也不会骂人，今个的动作都是有意做给那位首长看的。他是真怕立邦惹祸，马牵不回去不说，如人也回不了家，就没法给爹交代了。但巴掌打得太重，立邦踉跄着蹲到门边。

首长见立春真对弟弟生气了，便上前扶起立邦，并劝说道：“这小弟可够血性的了，是块当兵的材料，你想不想当兵？如愿意，现在就可以跟我走！”

上校在一边偷着笑，心想：“这哥们也看上这愣头青了，他的确是个当兵的材料。”

立邦拿斜眼瞄了下那位首长，心想：“都他妈的要俺当兵，土匪，疯子才跟你们走呢？”

上校蹲在地上拿眼角瞅着，心想：“这立邦可是厉害，天不怕地不怕的。也是，这哥们抢走了秦泰的武器，没收了秦泰的坐骑，还要领走人家的小舅子，他怎么给秦泰干上了？可惜秦泰什么都不知道，他要知道了……”上校十分渴望秦泰这时能突然出现在这里。

“看来这伙计对解放军还不了解，也不懂什么叫‘原则’‘归公’，以后明白了他会后悔的。不要打人，也不要骂人，让他冷静一下。好了，你是哥哥吗？带弟弟回去吧，路上消消气。家里还有老父亲是吧？告诉老人，我们会好好对待这两匹马的。”首长说完，朝因立邦的吵闹而围过来的士兵挥了下手，士兵们立即让开一道通路。兄弟俩这才心情沉重地离开了岗楼。

上校偷偷地抬起头望了一眼，心想：“这小子，国军里如都是这样的汉子，共产党是不可能赢的。”

出了岗楼的石门，立春有意要避开那两匹马。可立邦却诚心要看马最后一眼，否则他会悔恨一辈子。他对马喊着：“你俩怨不着俺，谁叫你非要往火坑里跳来？俺不图你俩是劳动力，帮俺拉车种地，只求和你俩待在一起。可怜啊，俺没有能力救你们呐！俺只能这么走了……”立邦泣不成声了。

两匹烈马听到熟悉的呼喊，再次扬起前蹄嘶鸣起来。那嘶声在不停地撕扯着兄弟俩的心。

战马的嘶叫，让满脸丧气的上校不禁想起自己这次在离开沈城时上司留给他的话外音。“你们不得出半点差错，赶紧把武器运来沈城，如武装不了一个旅，哪管能武装半个也好，看他秦泰如何表现？上司话外有音。秦泰是个爱兵如子的将军，但对兵严格训练，他的名言是，让兵多会一招，就等于让战士多活过敌人一时，阵地就多存在一分，这是打败敌人夺取胜利的手段。不要说他的兵，你就看他把自己的坐骑训练的？”

“但他自扎寨沈南那日起，一直对装备不到位的问题不急。他是真的出于不愿逼迫上司赶紧兑现承诺？还是另有原因？他是不是借机消极内战？火药时代，再没头脑的指挥员也不能让士兵拿着棍棒上战场吧？”

“还有，共军的情报怎么这么准确？上司给我的情报是方圆几百里连共军的游击队都没有。可我刚转过那所学校，一进入这条岗子就……像天上掉下来的神兵。那又是谁把情报分秒不差地告诉给共军的呢？”

“问题出在沈城秦泰那里？不像，他不知撞船的准确时间和地点，没怀疑他的理由。那泄密的就在我身边这些人里？他是怎么和共军联络的？不可能。头会儿那长官还说，等去楼头的小分队回来后一起出发，好像我们的一举一动都被他们掌握着。我小看了那些乡民，告密的就掩藏在搬运装备的人中？就这么屁大个工夫，他们还派人去了趟楼头，蹊跷……”

“唉，我已这般下场了，还去想那些有什么用？无法挽回了，只一会儿的工夫，我国军上校的阶梯就坍塌了，成了低三下气的俘虏。这能怨谁？怨共产党无孔不入？怨国民党拢不住人心？我愿意打内战吗？我是头一次这样自问自己，看来得好好挖挖自己的心了，我沈城的家小肯定都不愿意打内战，对他们一点好处都没有，那我为什么要积极呢？这次离家时老婆还哭眼抹泪的，担心我出意外……还真叫夫人说中了……为了家人，我得活着，哪管是赖活着也行，总比死了好，孩子还小，早早就没爹了，太可怜了，我只有活着，他们才有盼头，不至于绝望……再说了，我就是个搞军需的，没亲手杀过人，他们该放我一马才对……”

（四十）

经历了这场惊吓和折腾，兄弟俩已没有力气再次翻过虎山了，只能深一脚浅一步地绕着虎山，从丘间狭路摸索着回返。俩人在离开岗楼时就已经夜半了，月亮已从黑云里露出了略缺的圆脸，淡灰的夜色合着四处残留的积雪，映得远近的山坡一片浊沌，幻影样的冷气从沟谷间晃悠着冒出，把兄弟俩裹挟在阴凉之中。

“立邦，总算到家了，咱爹可能急死了，你说他招谁惹谁了？这什么年头？就没件让人顺心的事，咱也没别的要求啊？就吃饱不饿这一件。如让咱去杀人放火，你就给座金山咱也不干，没那胆儿，那长官说土改，分马，什么意思？你懂吗？”

立邦抱着肘头打着冷战摇着脑袋没说话。

“那咱见了爹是实话实说还是藏着点？”立春问。

其实立邦一路都在琢磨怎么说才能把老头应付过去。他拍拍脑门儿叹了口气，回道：“哥，老三走了，姐嫁了，他们把老爷子托付给咱俩了，老头又犟得三头牛都拉不回来，他要有个好歹，咱俩这不孝的名声就算背上了。俺觉得你藏着没用，干脆就实说了，这瞎话你怎么编？反正马是回不来了。而老头呢？只要他看不到马，这病根就算落下了。俺在岗楼那儿为什么敢和那当官的急？为的就是这个。”

“可你想过没有？马回不来了，要是你也回不来呢？那老头可就马上躺下了……照你的意思，那咱就实话实说了？让爹死了心算了？是的，就不要让他盼望了。那俺要说不周全，你得根据情况机灵点儿作补充。她们俩还听吗？俺觉得让她俩知道一下好，可帮咱多安慰安慰老人。”立邦点头赞同立春的想法。

但当两人踏过了松山岗，月下的簸箕就在眼底时，两人却不由自主地停住了脚步，哥俩突然觉得自家的家门从来也没像现在这样难进。但两人只互递了下眼色，没再说话。

山岚里的风不大不小，一阵阵地从两人的身边擦过，眼前的树枝在不停地摇晃着，哥俩的下巴在“嘚嘚”地抖动着。因为连日搬运沉重的木箱，穿棉衣干活笨手笨脚，又怕浸了海水更难支撑，只好穿着夹衣拼命，昨晚着急找马，外加遇上那么多令人震惊的场面，两人早就忘记身上的单薄了。直到这时，兄弟二人才感觉到浑身的寒凉。

立邦抱紧自己的肘头，不停地跺着脚。立春走近前去把弟弟抱到怀里，拍着他的后背说：“立邦，这可能是赵家的一个关口，听爹讲，咱祖上自迁到虎山以来，除了天灾，从没人祸。咱祖训说得好，仁善为本，咱从没伤害过谁。如今是世道乱了，前几年乱在远处，这两年就乱在眼皮底下，咱一个蚂蚁……咳，不管风怎么硬，也得六爪抓地，决不能让风把咱刮到海里去，你说是不？咱都娶嫁带口了，就差孩子叫爹了，现在扛得可不光是自己的腿啊？”

立邦回道：“哥，俺知道，你就放心吧，这个关口咱得闯过去，赵家的脸可不能在咱这儿丢了！”说完，便挣脱了立春的两臂，径直朝山下跑去。

山下，嘟噜一直坐在门楼下等着，儿媳几次催公公回屋他都不肯挪地儿，也不让开门。没法，妯娌俩只好隔着门板和公公背对背坐着，每过一会儿便嘴对门缝问问爹冷不冷，累不累，困不困。

嘟噜总是一句话：“不冷，俺抱着金子呢！”他满心只有盼望，顾不得别的了。并告诉儿媳别为爹操心。还说：“囡姐夫走时一再嘱咐，那马是抗日的，有功啊！囡看，俺傻不傻，干什么一定要让它俩去驼袋子呢？

也不知是哪个屌肏的放的枪，把它俩吓唬跑了，都是贪心惹的祸，俺可怎么向囡姐和姐夫交代呢？俺没替他照顾好马啊！”

妯娌俩想继续找话劝解老头，让老人分分心思。这时，只听一阵急促的脚步声直冲大门楼子跑过来。“是他哥俩回来了！”俩人不约而同地叫了一声，并立即起身拉开大门。

大门“吱呀”地叫着，像在哭泣。等大门打开了，立邦已呼哧带喘地跪到老人的面前，立春见状也跟着跪到一边。

“俺明白了，团俩是空着手回来的，什么也不用说了……它俩能去哪呢？去找团姐夫去了？”嘟噜老泪纵横，剩下的话再一句也说不出来了。妯娌俩赶忙上手架起公公的胳膊要老人回屋。立春媳妇说：“咱爹在门外坐了大半夜了，他心情不好，可别受了风寒，这老胳膊老腿儿的，出个差错可不得了！”立春媳妇边说边要兄弟俩别跪了，“你俩有力气，帮把手，有话进屋说去。”立邦媳妇劝公公别流泪，别被冷风吹着，脸会裂口子。

两个儿子一人一只胳膊地扶起老头儿，嘟噜使了几次劲才勉强挺直身子。他坐得太久了，身子骨已麻木了。起身后没敢急着迈步，立住脚感觉了一下才试着往前蹭蹭。但正要跨过门坎时，身子突然一软，便瘫倒到门楼子下边。立春慌乱地喊着：“不好，爹晕了，快帮俺把爹背起来，快！”

嘟噜微闭着眼睛平躺在炕上，立春抓起爹的腕子反复寻找脉搏。“爹的脉很弱，又跳又不跳，很慌乱，咱得赶紧去找先生来，别耽误了。”

妯娌俩一听急了，说她们知道先生的家，要他兄弟俩在家里照看老人。立邦说大冷的夜，女人腿脚慢，路雪又滑，还是他一个人去请，留下哥哥，一旦需要搬弄，还要个有力气的在一边。立邦说完，没等哥哥表态，转身就跑了。

弟弟走后，立春让妯娌俩守着老人，一个人在台阶上徘徊，他明明知道请先生的路途很远，但仍渴望立邦最好能马上就回来。

楼头那边的天色已经泛白了，一头翘起的美龄号也远远地进入了早起人的眼帘，但立邦仍没把先生请回来。妯娌俩着急，跑到大门口去望，立邦媳妇埋怨丈夫没个紧慢。

嫂子却说："立邦能不急吗？请人来家看病，还不知先生愿不愿意呢，得拿好话打点人高兴了才是。"两人背靠着门板目不转睛地盯着老爷桥的路口。

"这几天，那个什么号都成了一景了，满村大人孩子连干活的心事都被它扯走了。咱爹这样子不也是那个号给弄的？灾星！"立邦媳妇生气地嘟念着。

"咱爹是心疼那两匹马，把米面给驮回来了，它俩却跑了。"立春媳妇帮着弟妹换个说法。

"也是。原先愁吃的，现在米面有了，可老爹又躺下了。"立邦媳妇拽过嫂子的手捂着。

房东桥头传来了咳嗽声，立邦终于出现了，他背着药箱在前头带路，先生拄着手杖一步一颠地过了老爷桥。妯娌俩赶忙迎上前去问先生好，并接了立邦递过的药箱抢先回屋去安慰公公。

进了院，立邦扶先生上了台阶。但先生并没急着进屋，回头望望院里的杏树，说："俺来过你家，还是老样子，那年团爷有病，那老头儿，痛快，可交。"先生的语意虽不连贯，但能听懂，

他非得说完了话才让立邦搀着进屋，立春迎上前托着先生的胳膊把他安坐到爹的身边，但他并不急着号脉，四处瞅瞅说："还是那么干净，舒坦。"而后又稳了稳屁股，这才打开箱子拿出老花镜架到鼻子上，让立春举着蜡烛，先贴近了看看病人的脸色，并扒开眼皮端量了一阵，还吹了吹，看病人眨眼痛不痛快，抬手招呼拿双筷子来撬开病人的嘴巴，扯肉似的将舌头细细地观察了一遍，然后闭着眼睛面朝半空号脉，半锅烟的工夫过了才说："他是急火攻心呐，多亏团让他平躺了，团还是懂事。别看他平时就像好人似的，可脉相不好，他病在心里。"先生用手拍拍自己的左胸，"他

这个人呐，全靠精神头撑着，心事太重，要强，现在团说什么他都听不见了，还昏迷着。”

“俺爹他有救吗？先生？”立春媳妇急切着问。

“救是有救，只怕是虽有口气，但做不了事了。”

“能有口气就行，俺只求爹活着。”立邦媳妇说。

“有囡俩这样孝顺的……俺还没闹明白，囡俩是老头的闺女？”

“都是儿媳妇。”立邦接着回答。

“难得难得，这老爷子有福啊，囡俩好好伺候着，慢慢恢复，不能急，要是伺候到他能拄着棍儿出去走走，那功劳可就大了。囡俩虽受了累，可也是积德啊！有福报啊！就俺这腿脚，是老伴的功劳啊，俺这是恢复后头一次出来给人脉诊。”先生捋捋花白的胡须嘿嘿地笑着。

立邦在一旁心想：“俺都快急死了，他还笑。”立春追着问：“先生，要抓药吧？”

“要的要的，不抓药这老东西怎么恢复？可这药一熬起来可就没时候了，到他能出这屋了，还得巩固仨俩月。囡俩有这耐性？”先生转头看看两个儿媳。

妯娌俩一齐点头。先生高兴地笑着说：“嘟噜要是能走，俩儿媳是第一功，可天南地北都知道是俺给治好的，不公平。外行根本不知，他这病，要三分治七分养。当然，治得对症。但养要尽心可不容易，久病无孝子啊！”

妯娌俩一齐表态，“请先生放心，俺要不孝，天打五雷轰。”

立邦怕先生扯着别的话题没完，着急地岔开他们的对话，问：“那药钱很贵吧？”

先生没急着回答，先给两个儿媳送了微笑，而后才慢条斯理地掀开箱盖从里面摸出一本线装的黄纸书翻弄着，这才说：“看团要好点的还是差点的？好的当然是药效高了？钱也多了？”

“好的要多少钱？差价是多少？”立邦又问。

先生捋了下胡子，摘下眼镜，笑笑回道："好的有红山参、野灵芝、犀牛角等一些开窍补心的名贵药材，先开十付，一天一付，要五块大洋，你开多了俺还没有那么多材料呢。差点的有银杏叶、黄芪、高丽参等草药，开窍的效用慢点，先开十付，一天一付，一块大洋就够了。"

立邦听了"噢"了一声，心想："好的是天价，差的也够俺全家吃半月了，那穷人要是得了爹的这种病，不就等死了吗？看吧，让长子拿主意吧。"

立春在屋地上踏着脚，他记起爹曾给他透露了一点"传家宝"的话，还有姐夫临走时给爹的那个袋子。心想："爹养儿图得是什么？姐姐把心意都留下了，俺就是花光了也不能看着老爹受罪。"他走到先生跟前，问："眼下怎么办？"

先生再次戴上花镜说："给他下针，这个不要钱，是打开他的心结，不能让心总是紧紧地包着，那他会憋死。"

"除了下针，那今儿个服不服药？"立春又问。

"好的差的俺各带一付，根据这小伙子所说的情形，俺没出门心里就有谱了，囝只要下了决心，现在就该熬药了，傍晚再熬一遍，熬开锅，但要凉温乎了再喝。"

"俺要好的，就是卖房子卖地也要救爹的命！"立春坚定地说。

先生摘下花镜，靠近了端详着立春的脸，问："孩子，你说什么？俺耳背，你再说一遍？"立春退后一步朝先生施礼，并再次把刚说完的话重复了一遍。

"好样的，孝子啊！治病不治便罢，治就得用好药，差的见效慢，工夫长，算总账是背着抱着一般沉。俺就等着囝这句话呢。就凭囝这孝心，俺给囝打八折，只要囝个跑腿钱和吃饭钱，俺还得养活家里那只老母鸡不是？她虽不会下蛋了，但还得好好养着，古话说'不养儿不知父母恩，人不老不知老伴亲'，她还是俺的救命恩人。俺就一个儿子还跟国军走了，当军医去了。俺不图什么，别辜负了医德，求枪子儿长眼别穿俺儿子的糖葫芦就行。”

立邦想：“那老先生的儿子一定在独立旅当军医。”他看看哥哥没动声色，只好把嘴边的话噎回肚里。

“先生，不在讨价还价，只在这治疗费用俺能坚持多久，望先生海涵小侄多嘴。日后，俺一定去家里替你儿子孝敬二老。”立春给先生鞠躬。

“看得出，团赵家人全是一片善良之心呐！俺敢保证，这老东西三两年决不会弃儿而去。”

先生叫过两个媳妇，耐心地教两人如何才能熬出好药，保证药效。而后才领起手杖告辞。

立春要弟弟扛袋面一直给先生送回家里，说：“您儿子不在，家里肯定没有这东西，别人都吃上面了，您老也该尝尝。”先生感激不尽，回敬道：“真是仁义人家，想得周到，俺庄子家家都抢到米面了，他妈说要是儿子在，咱也能尝尝宋美龄是什么味道了，俺说，你可没那口福，美龄是蒋先生的嘴边肉。这下好了，老伴就不眼馋别人了，谢谢了。记住，治老人心脑病是俺的祖传，老爷子的病俺包下了，团全家就放心吧，两年后他就能走路，能自已吃饭。”

妯娌俩听了连忙给先生下跪。先生丢了拐棍，弓腰用双手把儿媳扶起，而后擦着泪转身出了屋门。

第七篇　落晖时的别离

（四十一）

“正月十五元宵节的一早，赵司令就亲自往家里打电话，说是节日的问候，顺便通报下装备马上就到了，至少能武装大半个旅，另有10辆军卡，由负责后勤的李部长亲自送上。只是司机要一个不少地给他放回去，让我做好接收准备。他很兴奋，说一年了，总算兑现了一大半，都没脸见独立旅的官兵了。可眼看一个星期又过去了，昨天在碰头会上我还以为他能把这当头等大事宣扬一番，可是他连半个字都没提。司令的脸色比以前更难看了，只在说到总裁近期于西北会有个决定性的行动时，才勉强笑了笑。他说，西北一得手，百万大军立即挥师东北，一西一东，胡宗南与熊司令默契配合，对共军实行夹击，一举歼灭林彪的有生力量。不过，调门儿不像去年那样慷慨激昂了。”秦泰伏在写字台上，用两个手掌戳着下巴，眼睛盯着西墙上的布防图，心不在焉地给立国叙述着。

“又是西北王胡宗南要出手？我看老蒋吃一百个生豆子也不知豆腥味，他的西北天要是没胡先生就玩不转了。上次军情泄密的事还没查证，又让他搞什么决定性，老一套。要我看这次是‘十犹八九负薪归’。他要是‘决定’不下来呢？那不就让熊先生白盼了吗？那东北不就他孤军奋战啦？共军要是把住山海关，再把营口、葫芦岛、安东控制了，大连、旅顺是俄罗斯的，那，熊先生可就成瓮中之鳖了。”立国摇着头，“这不用翻兵书，连念私塾的都明白，老蒋太刚愎自用了，连吃过的亏是什么原因都不总结，就什么‘无都市即无政治基础，无交通就无政治命脉’，自觉高深，其实连放牛的都知道走大道不硌脚，听起来政治架势好大，可孙子军事的不通，农垦战术的更不明白。”

“还别说，你这狗头军师分析得还真有点儿道理。那共军是不是也能看出这步棋？”

“放心吧，这就是下象棋刚开始的那几步，调炮出马，谁都会，真功夫在后头。这几步用不着毛、朱、周去动脑子，他下面那些干将就拍定了。我告诉你，这局棋的关键点在：决不能让胡宗南在西北得手，拖死他，让那些美式机械装备陷进泥潭，共军的整盘棋就全活了。俺在地头拿小石头和草棍下方格憋死牛，用的就是这招。”

“你到底是国军独立旅的参谋还是共军的参谋？听你这话，你已经过去了？”

“俺这不是正话反说嘛？替那些笨蛋饭桶着急嘛？本来这仗就不该打。既然打了，那你得打个明白才是，知道输在哪儿，希望在哪儿。靠瞎猫撞死耗子，碰运气，白瞎老美那些热兵器了，反倒被个半冷兵器的打成了瘸腿螃蟹了，爬相丢人。”

“听陈部长上次来的话中话，国军里的人才还是不少，只是总裁这人自以为是，弄得下边不敢张嘴。打仗就是杀人，出车拱卒得眼观六路耳听八方，万万不可主观臆断，不然设参谋长和那么多参谋干什么？”秦泰坐直了说。

“蒋总裁心胸狭窄，一次记恨，千秋不忘，从与中共合办黄埔军校起积恨，到独掌大权时终于发动了上海‘4·12’，与共党彻底反目。而后利用苏共支持的中共总书记向忠发在中共1929“六大”上，为中东铁路事件而誓死保卫斯大林的做法，煽动全国和各路军阀掀起反共风暴，让国人痛恨中共背叛国家的行为。向忠发工人出身，只读过几天书，政治水平很低，是布哈林把他抬到总书记的位置上的，支持苏联侵华的人其实是躲在背后的李立三，向被捕后立即叛变，结果还是被熊式辉处了死刑。向和李以及他们的决策早就被中共否定了，但老蒋视而不见中共新领导人在抗战中的爱国表现和对国家、民族问题的合理意见，仍想彻底根除中共。结果怎么样？他除了几次侥幸获胜外，基本就没斗过人家。现在人家的人马可比井冈山时多出几十倍了，他也不好好总结一下为什么会变成这样。”

“他永远不会否定自己，失败是别人不听话，胜利是自己英明伟大。”

两人正议论在兴头上，只听楼下传来“隆隆”的汽车发动机声音，震得窗户玻璃都在抖动。

“怎么这么大的动静，是什么车？”秦泰警觉地走到窗前隔着玻璃往楼下看，“噢，是赵司令，后边还跟着一长串卡车，是重车，送装备来了，他说话还真的算数，我把他估计错了。”

立国赶紧跑到过道里喊着：“喂，弟兄们注意了，上方司令检查巡视来了，大家要坚守岗位，把屋子收拾好！”并通知参谋长和副旅一起下楼迎接。

待他们下到了一楼，司令已经进了大门。秦泰带着班子成员赶忙迎上去握手，检讨说：“真是无礼，司令都进楼了我们还不知道，这要在战时，就军法处置了。”秦泰提前把司令要说的话说了，以免被动。但司令却像没听见似的，反而说：“没等出师就到处通报，那能打胜仗吗？对你就得出其不意攻其不备。再说，我也没脸到独立旅来啊？大话说了一年了，到头来自食其言……”司令摇了摇头“唉，力不从心呐，也是没法子啊！”并移眼看了下立国。

“食言的不是司令，我们理解，但练兵却一天也不敢耽误，没真枪用木枪，没真炮有土炮……人家八路打日本不就靠这些烂家伙吗？用冷兵器对付热兵器，靠非对称战术，以勇猛和信念为本，一样打持久战。”秦泰指着部下，“他们这一年干得比真枪真炮还累。”

司令疑问了，转着头四处瞅瞅，心想：“他怎么能拿八路打比方？不过也确实是事实。另外，他们赤手空拳了一年，只能在纸上谈兵，怎么会更累呢？”

秦泰看出赵有疑问，便向参谋长使了个眼色。参谋长迅速返回楼上布置直属系统紧急集合。只一会儿工夫，楼里的内务一人一杆红缨枪，精神抖擞地集中到楼下。旅部楼外各部也扛着铁管背着铁盘列队楼前。只听参谋长一声号令：“预备——开始操练！”

“杀！杀！杀杀！”的吼叫便同时在旅部门前的小广场展开。

场面完全出乎司令的意料，看傻了眼，感动得不知自己的话头再从何处提起，只好拍拍秦泰的肩膀，扬了一下手，示意楼上说去。

秦泰把司令让进会议室，待坐定后才问：“请司令指教，刚才的操练仅是旅直属机关。如有必要，可让各作战团营再演练一次，请司令给予训导。”

“还训导什么？你秦将军已训导我啦，惭愧啊，对不住独立旅的将士们，你们才是党国真正的忠勇啊！”

“司令如此说，让我们这些部下如芒刺背。这是带兵的本分，不额外。咱办不起西点军校，办个东点军校还是可以的。”

“可惜呀，我们许多军旅都没有你这思想和作为。你总是这么谦虚谨慎，开会一字不露，平时山水不显。我赵某失职，你们就这样练了一年，我竟只是耳闻，没有实察。”

“司令，这很正常，你不必自责。你说咱在抗日之初有什么？不就是这些东西？我在京西北就一把刀片子，一半人拿扎枪头，好不容缴获支长枪，还拉不开大栓，咱不一样杀得小日本血肉横飞吗？”

“是的是的。但多流了血，多牺牲了生命，拖长了胜利的时间，胜利的代价太大……好吧，为了巩固东北的抗战成果，咱不得不与共军再次一决雌雄，没别的法子啊！所以，你们还得把扎枪铁筒放下，换上真刀真枪。”

“但是，因种种原因，对独立旅的原定装备计划再次落空了，经国防部参谋总长陈诚将军批准，我和熊司令一起，把苏联移交的沈城所有日寇军械库都打开了，挑最好的，迅速将独立旅装备起来，时间紧迫，咱等不得它那个美式装备了。我现在把南京的意愿送来了。同时也表达了我和熊司令的欠意。至于如何根据这些武器的类别编制你们的火力梯队，我就不再发表意见了，权力归秦泰将军。”

赵司令说完，秦泰领全体起立，敬礼，齐声喊道：“谢司令关照！”完后，分派官兵抓紧卸车。参谋长问：“那卡车怎么办？”秦泰笑道：“司令没说留下，那就连车带司机请回呗！”

“不，我忘记提一句了，这些卡车都给你们留下，司机还是照上次电话里说的办。战时紧呐，最缺的就是司机，还得是会修车的司机，宝贵啊！有时一个司机就能救走几十条人命啊！”接着，司令对身边的警卫耳语了几句。警卫转身下楼，不一会儿抬了个纸箱上来。

司令扯过秦泰的手说：“公事办完了，现在给你交代私事。”

秦泰愣了一下，心想：“我没求司令办什么私事啊！”

“你愣着干什么？这是夫人的心意。她知道你们添了贵子，都一岁多了吧？她求人从南京买来美国婴儿牛乳，说初乳成分很高，两岁左右用最好，有利于孩子的免疫力和智力发育。我从没听说过什么初乳末乳的，不懂。好在这东西是真空包装，用到明年也不会坏。这可不是我的，是母亲对母亲的。好了，我交代完了，该走了。”司令出了会议室，又转回身嘱咐着，“你看我这记性，夫人指示，这东西要放在阴凉的地方，但也别冻成冰块儿。”

秦泰难以推辞，只问了句：“司令这么关心部下，我如何答谢是好？”

司令边迈下楼梯边笑望着秦泰的脸孔回答：“守住沈城的南大门就行

了，别无它求。”

在一楼，司令再次遇见了立国。立国刚处理完参谋长交办的机关演练完结琐事，见司令下楼，便让到一边敬礼送行。但司令却停住了脚，从上到下打量了着赵参谋。立国不知所措，低头瞅瞅自己的军装，以为是哪里穿得不妥。

司令却笑了：“立国这名字我可是记在心里了，英俊潇洒，够派，能被女孩子追死。你可是好几次都没去参加例会了，是秦将军怕你多嘴不带你？我喜欢博闻卓见的人，能说出道理，属先见，不管对与不对都很难得。最近又有什么新思维？今天来不及了，改日咱得好好谈谈。我还得告诉你，只因为我的承诺兑不了现，所以我没有理由夺秦将军之爱。但是，你确实应该去战场看看，哪怕远远地望望，对你会有莫大的益处，那是人类最疯狂的地方，是争与夺的最高表现形式，比虎豹凶残的撕咬还要疯狂十倍。如你能亲眼看到许多脑袋是怎么炸开的，就懂得政治顶峰的风光为什么追无止境了，只有在那里，你才能看透战争驾驭者的内心，和生命价值的差异是多么天壤之别。那是人生难得的，也是最宝贵的履历。你如果能像秦将军一样，用战火再洗礼一下，那你的前途可就难以估量了。好吧，这就算是我给你的赠言吧！”说完，他再次用力地握了下立国的手。

司令在说这番嘱托时，并没介意在场的人会有什么猜忌和反感，仿佛像遇上知己似的一吐为快。这让立国对司令的看法又增加了一层评价，“多面人，眼光穿透，心地高远，本该是条智慧正义的汉子。”

“谢司令的抬爱和嘱咐！”立国再次立正敬礼，目送上司英武地跨出了旅部的大门。

赵公武走了，秦泰站在原地冥思了好久才返身上楼抓紧召开紧急会议，研究分门别类清点装备，按远、中、近的火力重新编制梯队，布置新装备学习培训计划。参谋长汇报：“移交清单是这样写的，除 20 辆军卡是美国造外，另 40 门火炮，100 门迫击炮，80 挺重机枪，120 挺轻机枪和 800 支自动步枪都是新式日造外，还有 1200 支崭新的三八大盖，装备独立旅足够了。但另有十几把日式军刀和 20 多把德国撸子，不知是给我们干什么用的，是作为奖赏给军官们把玩的吧？所有这些都涂了防锈油，并用蜡纸裹着，要是咱还在抗日，这堆家伙能把小日本那兔崽子打个屁滚尿流。但对比美式装备，差得就不是一成了。”

王副旅长插话：“还有 380 个瞄准镜，那可是好东西。就那防锈油？够咱全旅清理几天了。”

“正团以上每人一把军刀和防身撸子，多出来的撸子分给参谋，够不够？其余按今天会议决定的编制分配，原来的炮营升级为炮团，团长由王副旅长代理，炮团的分量很重，军官提拔要充分酝酿好了再定，卡车由旅部统一管理，刘参谋长总调配，但要和炮团联合训练，清理的防锈油不得到处乱扔，老百姓要骂娘的，集中存放，让后勤李处具体负责，明天分配装备，后天开始学使用，一周内学会零件装配，下一周开始演练，在全旅挑选汽车驾驶员，正规授课，10 日内学会驾驶，一个月学会简单修理，好，有什么遗漏请参谋长补充，没有就分头行动吧，总督导是刘参谋长，总检查是王副旅长，参谋们随时掌握进展情况，由立国负责汇总，随时报告给我。”

“看来我办公室西墙的那张布防就算废了，周恩来手里的那张也没用了。这样也好。挂了一年了，很难保得住密，为了士兵的生命应该调整一下了。上面也没说由谁负责重新布防。看来，新的梯队布防就由我先提个方案，集体讨论拍定后再上报司令部，最终还是司令点头才算嘛，他是大总管，军队是党国的，旅长只是个带兵的，我现在连个党员都不是，人家司令也就那么一客气，咱可别当真了，各位！”秦泰补充道。大家笑了起来。似乎很久都没这么开心了。当兵的就是这么个毛病，抱着木头枪爱打蔫，一有了真家伙就兴奋，尽管明知它能要别人的命，也能要自己的命，但仍是兴奋。

屋里一派热烈的气氛，只立国靠在旁边一声不响地在思忖着什么。

散会后秦泰留立国唠唠，问：“你怎么打蔫了呢？有什么心事？”

“俺是替你在想一件事。旅长，他们为什么只十来天就突然把说定的美式装备换成了日式了？是老美真不给了还是另有原因？如早知道为什么让一个加强旅要了一年的光棍？用小日本投降的装备不是举手之劳吗？如我们一进驻就用日本货练兵，等老美的来了再换过来不是一样吗？为什么但等这个时候改用日本的？而且看样子这日本货咱要一直用下去了，独立旅在沈城的分量他们也不是不知道，为什么会这样做决定？他们不会与儿童一般见识吧？让人更琢磨不透的是，老蒋对熊司令本溪的兵败不仅没责怪，反倒提升为二级上将。这一年来只去年四、五月的鞍山和二次本溪四平之战算是胜利，如不是林彪改变策略，还不知会怎样。其余的虽规模不大，可个个败阵。”

“把美式改日式，我还只当他们是没有办法的办法，真没往深里琢磨。鲁南、莱芜之战失利以后，华北的根基彻底动摇，而东北的主动局势越来越模糊，处在被林彪牵着走的态势。这让总裁的‘都市’战略成了跛脚。但共军是点面越来越结成一体，国军的点却被人家的面越包越紧，快要窒息了。关键时刻，老蒋一方面急于用兵，另一方面用官阶诱人卖命。所以必须把独立旅武装起来随时备用。看来，不排除我们有被拉上前线的可能了。”秦泰说话时虽表面平静，但心中的沮丧情绪难以掩饰。

“姐夫，你看得很对。但沈南总得有人来守护，调独立旅到一线那是万般无奈和孤注一掷。其实你在刚才的会议上都有所部署了，南京的那套守备方案本来就名不符实，这不正是你把自己的新意图塞进去的时机吗？光明正大，水到渠成，天助你也。”

“小子，越来越狡猾了。行啦，不说这个了。有件大事要听听你的意见。熊司令不知怎么知道你姐有日英两国语言的基础，他急着用人，要独芳到行辕情报处去，一进门就给少校军衔。我曾给你姐说过，不让她穿那身虎皮，她也说了，只在家守着，等打完了仗再说。我怎么回司令的话呢？”

立国从秦泰慌乱的踱步声里已觉察到他是真不想让夫人也卷入这场毫无意义的战争。而且还会紧紧地把他也捆扎起来，从此与战火寸步难离。

“上次你不是说陈诚也当面提到过姐姐吗？这都是你肩头上那个金豆闹的，怕是有来头吧，人家要加强控制，说不定还是军统的招法，你拿什么理由把人家顶回去？很难，还会给人烙下个不识抬举的印象，人家要雪里送炭，而你却甘心破房漏风，不肯接受，人家必然把你入另册。”

“等打完仗再说姐该不该出去做事，是顶好不过的了，就像我俩给小外甥起的乳名，盼盼，盼和平，盼国家强大起来，盼一家人平平安安。可这仗的结果谁能料得？打多久？谁能保证枪子儿只躲着咱飞？”

“是啊！我们本来是为民族国家而抗日，但你的愿望必须得通过一个政治途径才能实现，人家叫‘有政府有组织’。结果你的信念就被利用了，无意中就钻进了人家设置的政治圈套。”

“人只要钻进了名利场，生死就由不得自己了，甚至连名利场的场主也无法跳出这道规律战壕。有名有利，有人眼馋、羡慕、嫉妒、攀比、仇恨，接下来就是杀戮。可谁的心里苦谁知道。场主们都说是给国家做事，给老百姓服务，都找好听的说。本性却都是在给场主自己做事，为的是一己之名利。所以都不得不维护这个团伙，否则利益尽失。”

“而名利场就是个捆绑的团伙，所有成员都必须为共存去卖命，共存才有自己。日本军国主义分子就是个利益团伙，用大东亚共荣把大多国人铐起来，那也叫大多数。可他祸害了中华民族。因此，只要你把自己与利益集团扯起来，你和你全家的生死簿就全都把持在他们手里了。倘若发现你有异心，甚至都用不着场主点头或丢个眼色，其他利益者就会一齐来掐你的脖子，你不知不觉就消逝了。”

“什么叫政治？这就是政治。说政治有好有坏，你翻翻世界政治史，我看都一样，没有好坏的分别，只有多数或少数赞同的区分，有时你不赞同也得违心举手，为了政治利益的安全，都不得不经常挂羊头卖狗肉。什么正确与反动？谁坐山为王谁就正确，古人‘胜则王侯败则寇’一语，才是指破政治本质的经典表述。”

“政治只有文明和不文明之分。只要看他是用什么手段去实现政治目的。你死我活的政治手段就是反文明，大家共存，心平气和求同评异的政治，就是顺应文明。”

“至于政治价值观的正确与否，适用与否，就我这无党无派之人的短视，不要听政治家自己说，而要看实效，且不是短期实效。并且还不可一成不变，得顺时而进。赵司令刚才在楼下关于政治顶峰的谈吐，让我非常受益。他这人的头脑可不简单。”秦泰借机首次在立国面前暴露了他思考了许久、研究了许久的心得。

然后，他心事重重地走到窗前，望着远处白芒的山野。那里的春意正在抚摸着大地，但还不能让人感受到温柔的气息。他想：“党国是无可奈何花落去了。我怎能忍心把独芳也抵押给这团伙？还有我的盼盼？除非我不在这个世上了。”

立国站在秦泰一旁以敬佩的目光注视着姐夫的脸孔，心想：“孔子说，‘朝闻道，夕死可矣。’他的这番话透彻无比，发人深思。看来他已把目前的一切都看尽了。”便建议说：“我看目前东北战局的趋势是瞬息万变，今天的打算明天算不算谁都无法预测，连赵司令都悲观失望了。熊式辉自己的后天怎样，他敢预测吗？我建议，还是古人的招数管用，给他来个拖刀计，砍不砍不知道，什么时候砍也不知道，砍谁更不知道，反正他也不好追着将军问你拖刀是什么意思。但表面你还要感谢人家的抬举和栽培，说不定战时一紧，他根本就顾不上了。”

秦泰转回身看着立国说：“关羽的拖刀计？好，就这么办。那今天我还得嘉奖你一次，走，回去吃三鲜饺子。”

（四十二）

民国三十六年八月二十九日，是熊式辉和陈诚两人记录无法忘怀的一天。

熊曾因与苏联谈判、接收东北、处理对内对外著项繁杂矛盾有功，又是辛亥元老，于民国三十四年九月，被蒋总裁指任为东北行辕主任要职。第二年中，在国军从渤海北岸登陆，以威武之师大踏步北进，必胜趋势普遍看好的形势下，作为战略制定的重要参入者，被老蒋列入东北首战大捷的受表彰人员名单。特别是5月底总裁亲临东北前线，更得把林彪被赶出四平，逼其退守松花江以北，形成国共隔江对垒格局的战绩，当作弥补华北兵败的心理平衡砝码，为鼓舞全军将士忘我奋战，再次把熊式辉捧为功臣。但面对国军在华北的颓势，依总裁一贯的心里，即使此时对熊一肚子的不满，仍要大加赞扬。

老蒋在国军刚踏上渤海北海岸时，就指望熊能给他争气，迅速拿下锦州、鞍山、本溪和四平街，解除共军对沈城的环状包围，彻底扫清共军在辽东辽西辽南辽北的落脚地。目的在以东北的胜算压制反战派的气焰。可是两军首轮交战，国军就伤痕累累，甚至溃不成军。总裁要求，民国三十五年四月二日前必须拿下四平街，熊却建议说，本溪是沈城的南大门，10万共军集结在那里，在打四平之前，应先敲掉这股共匪，以防他们增援四平，并表态要亲自指挥。总裁破天荒给了熊面子，电令立即开战。结果，兵败如山倒，把赵公武五十二军二十五师的一个整团丢进本溪湖里，师长撤逃。赵暗里指责，熊老了，走不动了，脑子不灵了。而熊却埋怨，南京从没把东北当战略重点，瞎指挥，本来就军力不足，却分成辽东辽西两线，相隔遥远，没法互相支援。

老蒋本来就心在华北，急于速战速决，尽快了结东北战时，被逼无奈，只好调杜聿明为指挥。杜不负重托，一战攻克本溪。这让熊式辉丢尽了脸面，再也没法给自己辩解了。接着就是由杜聿明指挥，白崇禧督战的四平街胜战。

熊心知肚明，老蒋对自己的失策肯定耿耿于怀，四平街之战的胜利，自己仅是个挂名的跟班，之所以能被塞进受表彰的指挥名列，并不是老蒋的大度，而是他一箭多雕的需要。

他依据在江西当权和老早就和苏区共军打交道的经验，在东北实行点面共占的军事布防，却忘记了兵家对此有大忌提醒，即在旗开得胜的同时，也埋下了无可弥补的隐患。熊曾婉言拒绝过老蒋只重城防的兵策，说点面共占才有利行政管控，对军马未动粮草先行的基础建设，会更为有利。

但在行政管辖与军事争夺交叉的情况下，尤其在两军激烈攻防的条件下，再加兵力不足，政权不稳，有时这恰是一根自我套牢的绞索。老将听了，以鄙视的眼光看待老熊，说你还陷在老经验老套套里，没看见国军是经过抗战历练的威武之师，并是用美式兵器武装到牙齿的勇士。熊反驳，华北的被动又如何解释？蒋笑答，你只好好当自己的元老就行了，操那么多心干什么？把东北的事办好了，你才有资本品论其它。

林彪借老蒋把军事着眼点移向华北的时机，抓住熊式辉兵力豆撒城乡互不衔接的弱点，发起1946–1947年的冬春季攻势，以“声东击西，分割包抄，三下江南，四保临江”的攻防战略，仅四个多月就占领了辽东、辽南、长春以北的大片土地和城镇，控制了长春通向哈市的铁路公路干线，奠定了战略反攻的基础，逼迫国军不得不转攻为守，使之伺机北进的计划也一同化为了泡影。

满脑胜利念头的蒋总裁闻知后大怒，一改容忍的心态，骂道，“式辉倚老卖老，无能自赏，固执己见，不但自己损失，挫伤了士气，还壮大了共军，分散了中央华北围剿的心力。”一气之下，就撤销了熊所有的实职，把其变为“有空儿就问，没空儿不问”的顾问闲置挂起。本来陈诚在视察完东北后就向老蒋建议，既然东北战火无法熄灭，就不要四处点火了，集中精力军力拿下东北，先断了公鸡的脑袋，回头再包抄华北、西北，各个击破。但老蒋的心痛点仍是华北，不肯转移，并要陈诚亲临一线，搞得陈诚十分被动。

老蒋之所以对熊十分气恼，只因为军统已经向他报告，林彪要先以松花江以北的平原山地为基础，以既得大中城市为出击中心，发展经济，壮大实力，扩充兵员，伺机南下，争取在长春建立共军的指挥大本营，与辽东辽南根据地相呼应，形成南北合围的局面，同时把东北、华北、西北根据地连为一片，与蒋介石形成更新更复杂的割据对垒，让国军腹背受创，从而增加下轮国共谈判的砝码，同时也为美国促进老蒋尽快实施第三次国共合作增加助力。老蒋已经把这情况通报了熊，再次表达了急于消灭共军的愿望，指望熊能拿出对策，助他一臂之力，以解无可奈何之忧。可是，熊就如什么都不知道似的，仍按部就班在推行自己的一套。

老蒋认为，如中共以大半个东北的分量和他一争高下，他谈判的天平就再也恢复不到原来的样子了。所以，他十分渴望尽快扭转熊式辉所酿成的被动。“必得有大梁为我重新撑起这即将塌陷的东北天！”

所以，在撤销熊式辉职务的同日，就任命国防部参谋总长陈诚兼东北行辕主任，并要他立即赶赴沈城和熊办理移交，用东北的战绩洗刷华北的污迹。陈诚认为，老头子能给他机会立新功，说明自己有关东北的建议已被他大部接受了，只有他接替熊，才能把策划变为实际，同时也证明，东北之战在总裁心中的战略地位已一步登天。

其实对陈诚的使用，老蒋一直是按曾国藩“言谈举止积内涵，气质精神存外延，衣着风貌储干练，待人接物蓄风范”的识人秘诀要求的，可以说，从黄埔起他就跟踪观察这个学生，直到让其带兵作战和试探性地搁置到远处。陈诚“隐忍不发，可进可退”的特别修养，给了蒋极深的印象，“这才是合格部属最应具有的品质，辞修难得。”于是，他决心让陈诚做干女婿，并很快就委以重任，成了统帅的倚仗。

但，经抗战后与中共几个回合的较量，作为参谋总长，因纵观全局，他已积累了丰富的政治经验，深知中华民国大势已去，表面迎合而内心背叛者正日益增加，什么力量都无法扭转国军的颓废趋势了。作为曾秘察过沈城的他，更深知东北民心对内战的极度失望。他粗略计算，从民国三十五年1月始，到民国三十六年6月止，仅一年多，国军在东北围剿共军的大小战役约23次，4次险胜，19次都是败仗，陈明仁占领的四平，乃是林彪主动放弃的空城，他在四平街的对酒当歌，和3月初胡宗南占领延安的记者招待会一样，都是不得不虚张的声势，实质是失败的开端。至今，全国各战场已失去112万国军，其中少说也有100万带着美式装备加入了中共，和搁置《国共停战协议》前的估计完全相背，也失去了在美国人面前为内战辩解的心基。中共在美国人那里告状的宗旨是“逼上梁山”，致使美国对民国的军事援助越加苛刻。至此，这仗将越打越被动。

“但老头子一贯重视我的带兵风格，党国面临危局，临危受命者必定不会是他人，我不可拒绝，只能给他留言备忘，让老头子心中有数吧！”陈诚暗暗感叹。

陈刚到任的那天晚上就紧急召见了秦泰。一见面没有寒暄与礼让，单刀直入，把自己所有想问的问题，一股脑地抛了出来，可见心情之急迫。

“自去年见面以来，我们基本每月都有一次联络沟通，你给我提供了难得的新思维。这次我不得不接受老头子的任命，明知前路是陷阱也得往里跳，身为党国大员，岂能躲闪逃避？形势险恶，不容怠惰，你该无话不说才是。一、党国的前途在哪里？二、失败的根源是什么？三、我来这里的第一着眼点如何选择？四、辽北的四平是整个东北战略的重心，如何确保？五、我的履职能否顺利？主要是这五个问号，你简明扼要帮我梳理一下。”

秦泰听后感到震惊，认为总长这五个问号过于尖锐，简直等同在向一个过路人讨教“党国危局如何解救”。但他从陈诚严肃的态度看，总长一定很需要有价值的回答，便没加思索地回道：“党国的前途已不在大陆，更不在东北华北西北，长江以南也仅是过渡……战火将继续漫延，在烧共军的同时，也在点燃自己，灭火无水，填沟无土，只好拿人血去喷洒，用国人的躯体去平定沟壑，天下苍生必将万世诅咒……我斗胆放肆了……”

总长听了先是眼里一亮，之后便声色无动、表情冷峻了，但他的心里却在想：“这就是我第一个问题的答案，不谋而合。”

但秦泰没有犹豫，继续说：“失败的根源，一在国人都反对内战，连军队都以为不会内战了，先前向部长介绍的张虎就非常典型。赞成内战的只是极少数，大多是迫不得已，就拿我独立旅来说，两千多穷苦孩子，他们为什么踊跃参军？为饭而来，人死了还用吃饭吗？因违背了百姓的意愿，必然是谁主动开枪谁就失去了人心。自己说不是我开的第一枪。可天下有眼，天上有月，百姓不信。二在以为抗战结束了，军队几乎全都沉浸在歌舞升平之中，花天酒地，直至腐朽，为分赃而自残，丧失战斗力。三在根本不懂共产党，盲目机械概念化反共，连军统都无法知彼知己，只知怀疑一切无情追杀，对自己人的信念也是‘宁肯错杀一千，绝不放走一个’，并以此饶功，丧尽天良，万人痛恨。四在战争和灾荒接连不断，百姓疾苦没人关心，他们不会支持仅关心皇位的人，和少数狂富家族的政党，民心的凝聚力和抗战时正好相反。”

直到这时，总长才微微地点了点头。心想：“这就是我第二个问题的答案，这四条条条致命，必败无疑！”

“总长提到来东北的第一着眼点，确实存在，但为时已迟。”

“点在哪里？晚也要晚个明白！”总长出乎意料地抢问了这句。

“整军！”秦泰坚定地说，“但这个整军不是民国三十五年二月二十五日的《整军方案》，应是军中风气和官兵法纪。”

总长再次微微点头。

“至于四平，我军虽三战二捷，但现在看，它的战略地位无论多么重要都没意义了，仅是一座孤城，突围损兵折将，固守耗费辎重。眼下它只有一个作用，牵制共军的兵力和精力。共军也看到它目前的作用，让国军几十万人坐在那里吃喝，却动弹不得。等于彼此都在牵制。但攻、守、退的主动权却操在林彪手里，他本来唾手可得，但他汲取了前时兵败的教训，何必以命换城？围而不打最为上策。长春也如四平类同，制空权斗不过钻地虎，首尾无法接应。对我方来说，这两处目前只有一个作用，面子好看，给部下一个还没山穷水尽的感受，加上沈城，三大据点固若金汤，不至于旗倒兵散。”

这时，总长的两眼突然一瞪，并说：“还有最后一个问题，我要得是朋友之教诲！”

秦泰站起身握住陈诚的双手，感激地回答：“谢谢总长对我如此信任，说教诲不敢当，只能是南京核心决策的旁观者感叹。抗战后您对民族、国家的去向有许多精辟的见解，我该是见证人。你一世高风亮节身先士卒的表率操守无人不晓。我希望总长还是一切都要请示汇报安好，全盘照总裁部署去办。若否，历史不会记录你应对风险的真相。我这认识还是上次中元晚餐时听您教诲的长进。”

“有评书说，某人大逆不道，违了天规，玉帝下令追究，他便杀只羊进贡了事。这不是神话，也不是典故。而是人间的实存——替罪羊！”

“你看，有天下分治的可能吗？”总长解释这是他额外的提问。

秦泰想起立国对这问题的见解，便脱口说：“天下分治，等于国家分裂，一个中国变成两个中国，这得问问国人愿不愿意，而不是几个政客就可圈定的。而且，既然已经把脸皮撕下来了，那就一撕到底好了，毛泽东绝不甘心和总裁平起平坐，他必然以平定天下为口号，动员全体国人抗拒，国民党将陷入被动和孤立。”

总长脱开秦泰的手，反拥抱了自己的部下，说：“真是可惜呀，我无法去造就第二、第三若干个独立旅了，所言精炼透彻。请回吧，该是多想问题的时候了。明天我还要与熊司令谈谈，现在很需要多听听逆耳之言。”陈诚一直把秦泰送出外门，看着他坐进吉普才转回身来，站在门旁手扶门框沉思了好久。

第二天早上，陈诚如约前往同熊式辉见面。两人热烈握手后，熊先说：“您太客气了，您现在是一身二职，即放目全国，又劳顿局部，谁不知总长是代表统帅的？”

陈诚已听出熊话里的意味，望着高出自己一个脑袋、身材魁伟的熊将军说：“您是兄长，如弟记得不错，您大我五岁，且又是辛亥革命元老，讨袁功臣，我多走几步路难道还不应该吗？您过谦了！”

无疑，陈诚不想用过场和形式和前任接交军务、行政大事，他确实想听听熊的真实看法。另，蒋与熊只在坚决反共上态度一致，对许多治国和剿共的观点方法，却多有分歧。并熊对这次战场换帅情绪抵触，心藏芥蒂，只怕他对移交敷衍塞责，甩手走之。

但陈也知道，熊为人堂正、耿直、豪爽，卫国治军多有见解，绝非昏庸之辈。和蒋的矛盾也不像李宗仁、白崇禧那样针尖对麦芒，自己主动点或许能减少熊在情感上的抵触，以防相觑心远。

恰如陈诚所料，两人见面后，熊将军只略微迟疑了一下，便毫不隐晦地把自己的看法和盘托出，其中也有欲借总裁亲信发泄不满的意味。他说：“总长既认我作老哥，那我就推心置腹了。老弟，你现在和我先前一样，已置身于水火了，我理当真诚对你。东北戡乱陷入现境出人所料，理不该如此。错在轻看了林彪，判断失误，以为黄埔的学生都不如老师，更不如校长，谬误之深哪，起步就不是战略，而是战潮，表面上张牙舞爪，实际上内功差矣。具体：一是全国剿共战线过长，顾此失彼，无法全力抡锤。二是固守城池，丢掉大片乡镇，失去迂回余地。三是只治军不治政，放弃后方支持。你看无论是‘戡’字还是‘剿’字，不是仅靠刀枪剑戟就能成事的。四是对‘三国’研究不深，对孔明的‘两借’，借东风、借箭的哲理没弄明白。而中共，借力借势的运用灵活多变恰到好处。五是全局统筹缺乏境界，以情代法，以人划界，利益短浅，只顾虚荣。六是心胸狭窄，急于求成。七是不会利用二战胜利后国际社会的支持，只靠一棵大树，尤其是不能利用斯大林胃口大和极其自我的缺陷去达成自己的目的。八是两眼只盯着剿共，乱杀无辜，顾此失彼，把芝麻当西瓜，中共在抗战中也是功臣，何必那么着急宰杀胯下之驹呢？不得人心嘛！连我这老反共都不赞成，时间点选择更加错误。九是金口玉牙，一贯正确，不能集思广益。这九条，我面对过的，您正在面对，看来您只能违心地去面对了！”

熊的九点看法，特别是开头的总评价，一个字都没扯到“蒋介石”，可条条都在指责总裁。他本来还准备了“十是任人唯亲”，话到嘴边，碍于陈诚的面子，想想又咽了回去。

陈诚从未听到有人会当他面如此毫不留情地否定老头子，本想替老蒋做些解释，例如进军东北是违背马歇尔意愿的，不好再向北深入；总裁对党政腐败也心急如焚，但人际关系错综复杂，又面对战事，不可自乱阵脚，只能择机梳理等等。但经过一番斟酌，他想：“目前的事实让任何辩解都苍白无力，又何况我所面对的正是这些。”只好改问：“将军只这九个‘是’？该多些建议提供给小弟参考才对！”

“今日春光所以好，只因春风吹得早。兄似春风多料峭，弟如嫣红姹紫宵。”并解释最后一句用意说，“夜里开花，蜜蜂已经睡了。”然后笑笑。

熊惯用诗中的潜意抒发感慨，常常信口哼就。

“长兄明示，小弟愚钝。”陈诚知道熊的党政军三治经验丰富，曾在江西给中共布下重重麻烦，有意要熊进一步把心里话倾吐出来。

“大军从葫芦岛登岸时，各路抗日名将目空一切，气吞山河。但我和白崇禧除了‘冲过松江，把共军逼入俄境’的主张一致外，其余见解都不相同。我认为：一、骄兵必败，力竭狂妄，又何况你遇上的都不是强军劲旅？二、要真心治理东北，趁乱抢先改革土地，挖掉共产起家的根基，这该是上上策。中山总统主张耕者有其田，阶石就不办。

“我人微言轻，职同虚设。如首任是弟，局面必是别样。呜呼，误在南京，我乃替罪之首。这都是后话了，我如今是你赢我二两，你输我还是二两，当然是家乡的郎液了，总裁刚送我的晋级茅台必是宝贵纪念，可刚晋级就摘帽子，很有意境，哈哈！”

“请教兄长，危局可挽？”陈诚不想对熊的嘲讽和暗指作评价，更不想拿话安慰他。

熊式辉挤挤眉尖而后，又瞠了瞠眼角，这才笑着摇头回道：“还有用吗？没用了！你就是把孔明唤醒，也无计可施了！”

陈诚出于对总裁的尊重，不好当面对熊的九条和后边的感叹发议论，或连“我记着，和我听见了”这样似是而非的用语都无法表示，起身与熊默默地紧紧拥抱并握别，岔开话说：“铁路不通了，水路风急浪高，兄长离沈时，小弟一定亲送您登上飞机。”

熊回道：“愚兄言多有失，明知说了无用，但心在国家民族，忧国忧民，别无它意，望多包涵。从此我就是个捏紫砂壶看戏的了，我真的希望你们好好演，别把中山大总统好不容易创下的基业糟蹋了……”然后苦笑着谢别。

在回返的路上，陈诚用手帕暗暗地擦拭着遮眼的泪迹。他自知已无法力挽狂澜了，此次就职，胜过赴汤蹈火，“一老一少两位高人见解如此惊人的一致……”不觉心口有些隐隐作痛，只好用手紧紧地摁住……

“吾既来之，难道就任其颓势作伥，放任自流？”这是他在听了秦泰的看法之后思考了一夜的难题。而听了熊将军的一席话之后，内心的争斗愈发激烈起来。

（四十三）

陈诚带着老头子的重托和所有的疑虑正式介入了行辕的内务，就座第一天，他只去办公处瞅了一眼，便坚持自己的一贯作风，先去下属那里走访，甚至穿士兵装在饭堂或街头与战士交谈，妄图彻底拆解已形成的心里谜团。但事实不仅让他失望，还增加了悲观的意念。仅初步考察，国军高层军官对内战普遍缺乏必胜信心，而中下级兵头和士兵，抵触情绪已十分普遍。对此，陈诚夜不能寐，思考再三，“我如何面对危局，作为中山‘三民主义’的信徒，没任何不为国为党尽力而为的借口，有所贡献恐必是我唯一的选择了，否则对不起自我信仰，对不起党国，也辜负了老头子……”

国军中几乎无人不知，陈诚节俭诚志，勤奋化癖，国事为天，痛恨腐败，嫉恶如仇，尤其对日寇，即使抽骨拔筋都难解他心头之恨。他明知老蒋已无力回天了，却偏偏自揭国军的疮疤。在孤立无助的条件下，首先拿以抗日有功自居专横跋扈的将领开刀，罢黜四平街战役头功获得者陈明仁的官职，并惩治一批，闲职一批，调离一批。接着就打击假公济私，喝兵血、嫖娼、赌博、祸害百姓的中下级军官，枪毙与深山胡子强盗勾结的各级军政要员，清除编进国军队伍的日伪警察、汉奸、兵痞和投降的日本兵、二鬼子。大力纯洁国军队伍，企图以此博取民心，提高战斗力。

在蒋总裁对东北战局正感到无望的时候，尽管接到以杜聿明为首的许多诽谤陈诚的信和电报，却总在试想陈诚这招恰中要害，或许是一剂把死马医活的苦药良方，只好用沉默放手让他去奋力一搏。

陈诚了解老头子的癖好，汲取熊式辉的教训，放下乡镇，收拢力量，握紧拳头，把大中城市变成堡垒。他在拼命推行新战略的时候，夜里睡不着时常常哀叹，“我尽管不顾一切在挽救，可为时已晚，还是无能为力了，当下还有更好的办法吗？我搜肠刮肚，连苦胆都吐出来了……哎，也只能如此而已！”

陈诚给国军的诊断是“病在骨髓”，皮肉手术只能医治其表，要想把国军扶正，必须痛下狠心，撇开人情面子，抓紧整治要害部门，将溃不成军的顽疾彻底清除。其实，如在战前准备时动手，陈诚这招无疑是强兵之要，值得颂扬。但在共军兵临城下灼灼逼人的态势下，却等于是骨溃投刀，加快了死亡。还不如继续被皮囊包裹着，让那些为私利而战的多挣扎几日。临战砍将，伤众泄气，树敌设阻，必致使军心进一步涣散，五指虽在，但已握不成拳了。

对于整顿，陈诚作了两手准备，一手是“刮骨疗毒”，就此让国军重新翻云覆雨，勇往直前；另手是脓疱成痈，腐败不治，雨淋泥塌。如是后者，别说是在战场上与共军刀枪相见，就是自我整肃的压力也难以担承了，还谈什么国事军事？他将此见解私电总裁，总裁看了未加可否。他不指望老头子公开支持，只想有言在先，给皇上备忘一书，让总裁在寻找替死鬼时有所顾忌。

为应对林彪的夏季攻势，陈诚在做完那些让他特别讨厌的陈腐的就职拜见礼数后，便即刻到各个军团走访发动，仅二十几天，凡能到达的地方，一处不落地深入到位。

陈诚“领军必先知军，只有知军方能治军”的将帅风范始终如一，而且越是临战越要坚持。但是，连续的飞机摇晃，汽车颠簸，了解的越多难解的疙瘩也越多，压迫感积心成山，让他昼夜难眠，食水难咽，经常胃疼不止，吃药没用，随行医生只好跟着给他打针止痛。

陈诚不顾一切地整军，同时部署随时击破共军紧逼的阵势，渴望国军军威重振，出战必胜。但结果却与他的愿望相距甚远，到任的首战就丢失了沈北重镇彰武，让林彪进一步兵临城下。接着就是他亲自部署并寄予希望的公主屯战役，精锐的新五军全军覆灭，军长陈林达和两个师长同时成了林彪的俘虏，七千人毙命，一万三千人投降。他本来企图以此战打开四平、长春的地面通道，让分力重新结成合力，一举扭转香肠被切的局面。但人算不如天算，他的计设瞬间化为了泡影。陈诚万万不曾想过，堂堂的新五军竟如此不堪一击，“不到一天，就秋风扫落叶般地没了”。而更具讽刺意味的是，歼灭新五军的对手，正是共军俘虏的国军将士，他们以老蒋之枪还其老蒋之刀，这一结局，让他忍不住泪湿腮颊，在拍给南京的电文中他说，“当国军溃不成旅，做共军勇不可阻，如此这般，天知地知。”

公主屯战役后，共军在南北西东四满对国军进一步构建了夹击阵势，使蒋管区更加萎缩，万八人口的小城纷纷陷落，早先占据的近六千平方公里跨省地面，仅剩下宽约二百华里的中南满铁点状连带，以及断断续续的沈锦铁路沿线。陈诚站在沙盘前看着他难以完整的“入”字型管区，一边抱着热水袋暖胃，一边用右手中指关节敲击着桌面，“其势如形，其形如字，其字如阵，我能‘入’哪儿？”他苦笑着感慨着，一肚子的牢骚，只能意会不可口出。

“看来林彪的秋季攻势正在准备阶段，眼前虽大战不多，但他却充分利用了国军收缩的机会，寸断长蛇，撒豆沃野，以小战积大胜，看似平静，但我有生力量却时时被蚕食，林彪据广大乡镇为后防，占一处便政权巩固一处，民兵武装四布，让国军无立锥之地。熊将军说得很对，猛虎已被乱藤缠捆了，你即使有披荆斩棘之力，也是困兽一头。估计林彪一心要用冬季攻势与国军一决雌雄了，也该是给我结局的时候了，正如熊将军所言，呜呼，无可奈何了！”

陈诚把这一情势电告总裁，藉以让老头子运筹在握。但回电却是痛骂，“自我贬斥，胸无大志”。陈诚看罢啼笑皆非，他第一次有了熊式辉那样满腹憋屈的感受。

元月 10 日，老蒋突然飞来沈城，陈诚忍着病痛前往接机。老蒋一见面就催陈诚说实话，到底是什么原因让新五军遭此下场。陈诚只好说，不听指挥，拥兵自保，心无党国，见死不救是根本原因。老蒋又问，你把他们的名字都告诉给我。陈诚想想才说，我认真思考过了，都是我整军得罪了人，根子还在我这里。老蒋气哼地回道，那请问，个人受委屈和党国的存亡哪个重要？他们还担得起黄埔学子这名分吗？

在老蒋召集的战势分析会上，他进屋一开口就指责有人目无党国、自以为是、不顾大局。廖耀湘和李涛觉得总裁话里充满了军法处置的意味，不服陈诚，不承认曾接过救援指令，要陈诚自我承担指挥无能的责任，逼迫他向总裁请罪。

老蒋从没见过敢当他面蛮横无理的下属，本想就地免除二人的官职，但基于形势的严峻，正在用将的关键时刻，只能忍住骂人的习惯，以安抚为主，草草重复了一下前时的部署，就匆匆离沈返京。

陈诚失望之极，老蒋不来倒好，不仅没解决任何问题，还把暗里斗变成了公开斗，大敌当前，将领们如此争斗还怎么带兵？从此，他心力交瘁，一病不起，主持会议时口吐鲜血，不得不急送医院抢救。

老蒋离沈九天后，到元月 17 日，南京破了免除前任方能任命继任的先例，让躺倒在病床上的陈诚挂着头衔离岗。同时，重复任命刚从美国回来的卫立煌为行辕主任。

总裁故意制造的迷雾，意在压制那些不听招呼的功臣，告诉他们，陈诚仍然是你们的顶头上司，他的作为仍然有效，凡受过处罚的，甭想官复原职。同时也是在提醒卫立煌，如无所作为，有人会立即顶替你，那你就靠边站了，下场不会好过熊式辉。

老蒋深知，敢当他面公开大喊大叫的，一是觉得大势已去，总裁也没法扭转颓势，于是就大胆妄为，破罐子破摔；二是，他们都是远征军的功臣，目无他人，居功自傲，我就不认错你能把我怎样？三是，整军整到功臣的头上来了，老子死里逃生，即使真的违犯了军规，也不在惩处之列。因此，要治理这些不知天高地厚的家伙，还得资历和功劳都能压过他们的人来担当。所以，老蒋便想起刚刚来向自己报到，且帅过远征军的卫立煌。条件是，再从关内调派三、四个正规军由卫统一指挥；东北战势如何发展，胜了功劳归卫，败了卫没责任，因大趋势是前几任累计造成的，卫的任务仅是，如能延缓败局，拖住林彪没法入关，给扭转华北败局创造条件，让全军觉得收回失地有望，就要举国弘扬卫，四海尊崇卫。

卫立煌觉得老蒋的这个任职条件好像是专门给他设定的，东北的胜败对己都是半斤八两，正合胃口，立即欣然接受。

总裁万没想过，陈诚的病会严重到大口吐血的程度，消息很快就传到南京，他认为，陈是压力实在过大，伤了脏器，念陈诚左膀右臂的功绩，而且另有大用，特急电令卫立煌速送陈诚去上海治疗。

刚从昏迷中苏醒过来的陈诚，第一要紧是阅读老头子给他的个人急件，第二要紧便是单独招见秦泰。秦泰接到电话不敢耽误，立即赶往医院。

为表达器重之意，陈诚腕上插着输液管，后背半掖着床头，尽力以笑脸与爱将交谈。

“一切都被你言中了，我本想拼搏一番，至少求个危局的缓解，给我军一个喘息的机会。可就连这微小的目标都无法实现，天意啊！我思考再三，我来沈任职不足六个月，为什么会改写我领军的记录？一次胜仗都没有？耻辱啊！哎，不说这些了，还是说说我们自己吧，我需要你，望你不必推辞，也不需等待很久。”

陈诚此言是他读了老头子的信后，熟虑了良久才意定的。在往沈城履职的前夜，蒋总裁曾突然在官邸召见了他，问“刘备兵退巴蜀你有过思考吗？”

总裁出人意料的一问，让陈诚十分错愕，一时语塞，不知如何对答。

老蒋看出陈眼里的慌乱流露，便安抚说：“诸葛定巴蜀，方有三国鼎立。仅有短虑没有长谋是当不了军事家的，更搞不好政治。局势的发展在提示你我，对美国人不可全信全依。切记，不能把大厦的基座建在美国人的脊梁骨上，他一动我们就塌了。要预想到我们最不愿看见的后果该是什么样子，安排好退路，保存实力，以备东山再起。有人说最坏划江而治。实则中共不肯，我也不干。天下是我们打下来的，怎么能与制造暴乱破坏国统的匪徒一家一半？凭实力？凭民意？还是凭贡献？中共即没资格也没分量。我是正统，就俄国也不敢公开支持中共！”

陈听了总裁这番话后，心里这才稳定了一些，想：“原来他另有打算，并不是测我在关键时刻对他的忠诚度。”便大胆回道：“对国民政府是中国唯一合法政府这点，我是抱有信心的。如内战真不如意，台湾确实是我们的最佳选项。但台湾虽然回归了，可经济一塌糊涂，民不聊生，我们要国为一体，两岸分治，重新创业，经济第一，博蓄厚积，不急于国土收复，借国际趋势逼迫中共坐下来谈判。但台湾今年2月的‘二·二八’损害了我们的政治基础，陈仪夸大了情势，怀疑有共党介入，处置不妥，给当下的政治添乱，民众情绪对立，急需安抚，不然我们的政权环境必定尴尬难挨。”陈诚不想刺痛总裁，把责任全都推到下野变顾问的陈仪身上。

“不谋而合啊，难得知我者辞修。那好，此行慎对危局，全力以赴，不予强求。东北虽已被日、俄搜刮殆尽，但你也要留心。为了加强你的统领权威，不再设东北保安司令部，行辕主任是东北党军政的全权决策人，比式辉的担子重了……”

话不在多，总裁所虑已透亮彻底，陈诚自然牢记心中。但现在回想起来，他觉得自己和卫立煌来沈任职的相同之处在，总裁都提前开了支票，以表危难中敢于为其担当的报答。不同的是，陈诚连退路都心中有底了，而卫立煌却没有。

“熊式辉要启用独芳的动意因乱局而打扰，已成过去，你可以放心了，但我一定要让独芳发挥些作用，你不能埋没她，人生一世，父母之托……我和熊式辉都爱才人，事业有成，人才第一，千古不悖。我喜欢有见解有气度的才男才女。我仅是打个招呼。”

秦泰想插话。陈诚微抬右手，表示制止。

“独立旅上不了前线了啦！”

秦泰听了自觉眼前一亮。但没敢打断总长的述说，只身子往前凑了一下，渴望得到更具价值的指点。

“我离沈时你不必送行……就这些……”他吁了口气，自言自语，“还有什么话该留给你呢……”他闭上眼思考了一会儿，睁开后艰难地向爱将点点头，“我的生命还没到尽头，病助我也……算是不幸的万幸……更坏的局势怕是要别人担承了，东北国共军力对比，共军 70 多万，士气正盛，而国军名义上叫 60 万，其实不足 50 万，并分散在东西南北，间隔都在二百公里以上，长——沈、沈——锦铁路公路都被切断，且士气低落，战力悬殊，你就天兵天将也无用武之地……好吧，我又扯多了，你踏实回吧，去爱护你的兵吧，还有你的家人，特别是贵子！”陈诚眼里闪动着泪花……

秦泰万没想到，自己已几近公开反对内战的言谈能被将军理解，甚至是接受。而陈诚虽没有片言明确表示赞同，但因他的职任与处境，心界已不言而明了。而且彼此间的信任已达到无可怀疑的程度，自己再也不必为独立旅两千多穷人儿子忧心忡忡了。将军是一诺千金的人，他很想到床边握握这位亲如知己宛如父辈的手，更想吻吻他的面庞。可在进门时护士已提醒过他，只能小声说话，其他一律禁止。他只好站在总长的床前深深地鞠躬，并轻声说：“总长，后会有期。”

陈诚微微含笑并略略点头……

秦泰一声不响地退到门外……

他一回到旅部便急着要立国答疑。立国想想说："外面对陈诚一片叫骂声，特别是那些受过整治还没下台的，和陈还没来得及整肃的，口号是'枪毙陈诚''杀陈诚，谢天下'。这让我想起《晏子治阿》的故事，齐景公让晏子去治理东阿，三年刚过就被召回罢免。晏子说俺知道错在哪里了，让我再干三年，再干不好任由惩处。晏子又干了三年，这次掌声一片，景公要奖赏他，他不接受，景公诧异，晏子说我前三年奖勤罚懒惩治贪腐，你身边人骂声一片，后三年只当官不干事，你身边人一片赞扬，您为什么反来奖励我呢？在晏子的启发下，齐国从此国力大增。陈诚是被骂下台的，当然更是大势所趋，可惜老蒋不是齐景公。不过陈躺在医院里什么也听不到，也没人敢告诉他，这也好，耳不听心不烦。"

"但骂他的那些人连自己都不知哪天会变成替罪羊。陈诚也不会魔法，他能凭空呼风唤雨撒米成兵？全局的主动权已被中共掌控，你总裁裁谁去？最好先把自己裁了。老蒋一定是在思考退路，而且我敢肯定，他的退却路线已胸有成竹，只是天机不可泄露，怕旗倒兵散。像陈诚这样深谋远虑的高人，如要另起炉灶，他现在只能有两个作为，一是保住人才，二是留住财富。"

"另外，你琢磨了没有？在这样的危难情况下，陈诚躺在医院里考虑的不是个人是否被撤职查办，反而是'我要用你'，你不觉得这其中有篇大文章吗？心中没底能这样自信吗？"

"还有，他说从即刻起你的独立旅和全家都不必为后顾而忧了。姐夫，为此我替独立旅全体生命感激陈诚将军，谢谢他。你就等着吧……天机不可泄露。"立国说完后夹着书满脸闪动着笑容，兴致勃勃地出了旅长室。

陈诚飞走了，人们思前想后才开始实话实说，在陈诚到任时大家对前途还怀有一线希望，估计他有转危为安的本事，但结果却是败兵如山洪，将帅病膏肓。但卫司令仅到任二十来天，辽阳、鞍山、营口相继失守，损失三个整师，紧接着，四平又于3月13日被共军占领，几支强军同时被歼，比陈诚在任时垮得还惨。“看来，国军兵败已不是强将所能阻止的了。”直到这时，有人才明白陈诚为什么要坚持整军，喊好的声音又相继鹊起。

主战派失落之极，怒发冲冠，不分早晚继续把所有的失败都划归到陈诚头顶，不管是饭桌上还是开会前，张嘴就骂。可骂完了想想，“即使老蒋亲临也没旗开得胜过”，便又跳进另一个极端，陷入一片惶恐不安的沼泽里，无暇或根本就没精神去关注那许多任免的细节，“你别说是俩行辕主任，就再多几个也照样熊包一袋。”

卫将军来头更大，曾是中山大总统的警卫排长，当过远征军的统帅，老资格让所有的功臣都不得不退让七分。因固守城池已成定局，他不得不直接把手伸进卫戍体系，以加固城防为第一要务。强调说，重兵和装备部署一线，二线卫戍，三线是警察与地方武装，中间留出迂回地带，所有武装统由他来指挥，不得分治，违令者严惩。

从此，赵公武无精打采成了摆设，他已看见了明日，“兵败如山倒，什么卫戍，你就是用当兵的堆砌个城墙也阻止不住共军进城的迫切愿望。”他当着卫司令的面就这么公开呼喊。赵本来一向言语谨慎，从未放肆流露过自己的失望。如今却早早就把家眷悄悄打发回广东老家了，决心一人与沈城共存亡。同时，他也不再像以前那样一刻不停地督促下属随时准备迎击来犯之敌了。

因为赵司令那里少了许多长尾巴会议，秦泰把时间和精力全都用在独立旅的文化教育和体能技能训练上了。他规定，排为自学小组，讨论问题；连为小课堂，写字读书；营为大课堂，听报告讲形势；副营职以上搞特殊训教，学兵法讲治国。全旅每日早晚操练二小时，每周以营为单位两次练武竞技，一次以团为单位长途拉练，号召人人当多面手，学会开卡车，背枪的要学会放炮，熟练基本要领，掌握基础知识，做战场上的孙悟空。

他把小虎送到连队学本事，要立国在当好特殊课堂讲师的同时也要学习驾驶技术。因为陈诚亲口对他说独立旅不会去前线了。他想，这必有来头。因此也就不再担心小虎和立国的安全了，反而要为他们的后路做准备。

在前方败绩连连的情况下，唯独秦泰敢有此作为，让全旅军官都对旅长投以赞叹的眼光，领军意识更加坚毅。

秦泰是在为具体落实陈诚的留言做准备的，他想："独立旅要继承抗日英雄团的传统，在经济建设上也该是一支能打硬仗的队伍。"

直到5月，撤销陈诚东北行辕主任和国防部参谋总长的命令才同时下达。两职一次性撤销。使那些善于挑字眼儿的人无言以对，甚至还感觉痛快解恨。

但秦泰已明了了这其中的奥秘，"陈诚要有新的使命加身了。"

不久，陈诚就捎信给秦泰，说他在上海养病，已基本康复。离沈所言牢记，务必耐心等待。

（四十四）

民国三十七年9月初旬，林彪为进攻锦州调兵遣将。内线密报说共军异动，南进的可能极大。卫立煌觉得情报含糊，不足为凭，更不能用作布防参考，指令准确详探。但回电说，林彪对军事会议严密警卫，连作战参谋都不准参加最后决策过程，到底议论过什么很难获取。没法，卫只能派飞机高空侦察。可是，飞机只能白天出动，夜里派出的特侦大多有去无回，少数活命的也如无头苍蝇。而林彪这边对卫的一举一动却了如指掌，利用其弱点，白天给卫‘明修栈道’，夜里‘暗度陈仓’，以所控的西线锦齐铁路运送重型装备和兵员，并采用一切手段四处散布真假难辨的消息，搅得沈城人心惶惶，逃难高潮再次掀起，把南京大员搞得晕头转向。蒋介石骂手下无能，要毛人凤起用所有暗桩收集情报，亲自打电话要卫立煌不惜一切代价，务必掌握共军到底要干什么。

这时的蒋总裁，已按新宪法就任总统近半年了，很想力挽内战的颓势，做出些成绩，以安抚党内派系。到9月中上旬，当他从保密局和卫司令的报告中同时得知共军要攻打锦州后，赶紧召开军事会议，再次认识辽沈在全国戡乱中的地位和作用，统一思想，动员决胜。随后又亲率军事大员飞临沈城，精心研究部署反击对策，并乘军舰在葫芦岛海面考察如何打胜东北关键一战的绝佳途径，说如共军真要攻打锦州，绝无胜算，总部署分作两步，第一步，侯镜如部从葫芦岛东进，廖耀湘部从黑山西进，范汉杰固守锦州，形成一军牵制，二军包操的局面；第二步，傅作义和卫立煌分别在山海关、沈西做好后援准备，五军剿一军，如再无法如愿，乃奇耻大辱，各部按部署迅即到位加固工事，严密掌控共军的进攻路线，如察觉林彪有对锦州形成包围的意图，各国军主力必尊令出师，把林彪歼灭在锦州城下，决不许东北华北共军连成一体。他要全体将士坚定决一死战之信念，不分官兵，凡怯阵者一律就地正法。

秦泰参加了卫司令传达总统命令的紧急会议，并耐心听了主任牢骚满腹的讲话，觉得大战降临，统帅与一线指挥之间对兵力如何部署和采用什么战法，还南辕北辙。尤其是卫立煌毫无保留地将“固守沈城，以待事变”的己见公开至将官级，这该是临阵用兵的大忌。自抗战以来，老蒋为提防军阀三心二意，屡屡强调严惩有令不行的将领。可卫立煌却存心以“愚钝却又佼佼”的谈吐方式，强调决战双方军力对比敌众我寡，侯镜如忧弱，廖耀湘傲慢，范汉杰僵硬，傅作义自保，沈城各部如真去驰援，必成孤军深入之势，等同飞蛾投火，借分析战局，他婉转表达了对总统兵策的不满。

部下问他什么叫“以待事变”？“事变”指的是什么？他闭口不作解释，让人更是错愕不止。

“卫司令口口声声强调蒋总统亲临前线部署指挥，各部必须服从，只能打胜不能打败。说这是东北国军或存或亡的关键一战。但他又把自己的一套叙述了一遍，两者无法合一，他是什么用意呢？如此这般，不就等于临战决策未果吗？那这仗如何打法？卫司令是地头蛇，他的意见势必牵扯全盘，我看老蒋的孤注一掷是没法保全了。”秦泰想。

“我这只是军人的一种本能，他们是在拿几十万人命去赌个人输赢，同草菅人命没有区别。都这个时候了还挣个人高下，打意气仗，党国利益只是他们挂在嘴上的一块肉皮。”两年来，在立国的熏染下，秦泰也学会用挖苦的言语发泄自己的不满，自觉在痛心疾首时，如此表述，心里确实痛快。

他喊立国来帮他分析，立国听了秦泰的介绍，感到这回东北国军可真要大祸临头了。他说：“卫的主张是对的，老蒋的两步棋都是听着可行，但到实际运用怎么样？胡宗南进攻延安的策划不也头头是道吗？后来呢？毛刘朱周顺利把中共中央搬到了西柏坡。卫司令宁愿锦州被狂轰滥炸也不愿沈城被毁，沈城不仅人口稠密，且是东北经济中心交通枢纽，死守沈城坐着谈判最有分量。老蒋今年开春就任了民国总统，是名正言顺的国军统帅了，老谋深算的卫已看破了红尘，没啥顾忌了，这才敢和总统叫真。从官运看，老蒋是天赐良机太多，辛亥革命以来，官场鸿运几乎都让他一人占尽了，而孙中山磕磕碰碰羁绊再三。蒋死里逃生的记录没有几次，中国太上皇只他当得顺便，历史上不称职的皇上大臣及地方大员太多了，但在国事上死要面子，搞个性政治，意气用事，认定自己的地位和名义就是号召力，动员力，推行力，属极品独裁。读了《资治通鉴》你就会明白，凡把权力与威望划等号的，都是愚蠢政治，骂名必然传世。”

“他明知民国在东北大势已去，却非要狠赌一把。这无非是在借此给自己洗刷十多年前丢弃东北的卖国名声。岂不知这完全是性质迥异的两回事。那是外患，而这是内斗。另孤注一掷，人命、物力不知又要折损多少。”

“卫立煌是抗日的大功臣，是国军高级将领中亲共和主张与共产党共同治理国家的第一人，他和中共谈判，肯定是另番景象。而且他起家资本厚实，资格老迈，又老奸巨猾，敢和老蒋公开争辩者非他莫属。但他也有自知之明，东北统帅只有一个，他不愿承担恶果罪责，不如老早把自己的想法昭告天下，‘让你们跳火坑的不是我卫某，而是蒋某’，叫老蒋在扭战败者脖子时先照顾好自己的脖子……你也得学学这些伎俩，伎俩这东西有时就像巴豆，说是毒，可分寸拿捏准了，偶尔还良药。”

“你这小子就是言语刻薄。但思维超前广阔，很讲道理，让人不得不心服口服。可是如我和你姐走了，今后再说话一定要把握好时机，要区分场合地点。”

立国点头笑笑走了。但刚出门又回头撂了句，“我也嘱咐你一句，这就算俺对你的回报吧，为了俺姐和盼盼，你要赶紧想好对策和退路，再不下决心，恐时间来不及了。”

秦泰坐回座位拿起笔，正想就卫司令的报告结合独立旅的实际对是否继续坚持“学习加训练”的做法记下自己的意见，电话铃却突然响起来。

他拿起话筒。对方说，我是上海，总统要陈将军10月去台湾阳明山养病，需秦将军同行或随后跟进，请你携家属速飞沪，一切已周密安排，没有阻碍，万望做好准备，务必于XX日XX时XX分乘军机离沈，机场已妥善安排，食宿已定。卫、赵二公都已知晓，你不必前往辞行。对方几乎是一字一句在叙述，像在读稿，态度十分严谨。

“看来和立国分开是确定无疑了，太紧张了，只能和他再相处两天了。”秦少将想站起身，但又糊里糊涂地坐下了，一向镇静的秦泰忽然觉得失去了思维，脑子里一片空白，双手捧脸用力搓擦，强迫自己能清醒一下。

懵懂的邪劲儿终于消失了，他离开座椅在屋里无方无向地转悠着，这里拍拍那里摸摸，难舍和不得不舍这两种感受同时在心里混成了一团……

在内战的噩耗不断传来时，他一直把陈诚在医院里说的话当作安慰剂，服了可以在乱世纷纭中让自己比别人宽心镇定些。可从言谈变为必须的实际行动时，感觉却变成为一次突然袭击，他从未认真想过会领着妻儿远走高飞，也没撇下立国不管的思想准备，更没想到会如此无声无息地丢下年迈的父亲和姐姐……

他木讷了好一阵子终于想起，“十几年了，我连老父亲的面都没见到，还指望带独芳和盼盼回北平探望他老人家和终生未嫁的老姐姐，他们……”秦泰忍不住眼泪哗哗地流淌下来。

不曾想，在战场上敢于和日寇刺刀见红的铁骨硬汉，却被强烈的骨肉离别之情击中了……

他靠到沙发里连续地抽搐着，无声地抹着泪水……但忽然又想起了立国。“他怎么办？他们姐弟俩就这么分开了吗？我们还能再见面吗？立国自学成才，是我难得的亲人和老师，我身边不能没有他……今后再有问题，谁能像他那样和我推心置腹地商计？”

“立国！立国！”秦泰忽地站起来喊叫着。

卫士从未听过旅长这么急切地吆喊过部下，平时总是客气地指使他们，或是自己打电话约会。这会儿是不是发生什么紧急情况了？赵参谋不是刚刚才下楼吗？

卫士敲门。

“是立国吧，快进来！”秦泰离开座椅要去迎接立国。

进门的却是卫士，“旅长有急事叫赵参谋？”

秦泰这才明白过来，笑着说：“抱歉，惊动你们了。是的，我的确有事还要请一下赵参谋。”

卫士点头去了。

不一会儿，立国就慌里慌张地跑上三楼，推开门气喘着问："发生什么紧急情况了？卫士绊倒了，差点从楼梯滚下去？"

"卫士受伤了？"秦泰着急了，后悔自己缺乏冷静。

"只擦了点皮，我让他去医务室看看，没大碍。"立国回答。

"是我催急了。你坐，听我慢慢说。"秦泰给立国端了茶杯，补充道，"别烫着，刚冲的。"

立国觉得眼前的秦泰与刚才的姐夫怎么不一样了？这突来的客气实在是非同以往，让人难以揣摩，两眼直直地盯着对方，想看看对方的变量到底出在哪里。

"你不认识我呀？我也不是大姑娘。"秦泰故作惊讶。

"你有心事，是不是陈诚那边的事？要不就是卫司令要独立旅去新民设防？别的事不会把你搞得这般魂不守舍的。"

"你小子，孔明第二。我怕你听了会压不住自己的情绪，并且还会传染给你姐。我们必须保持在任何变势下都冷静沉着，不要自己把自己的阵脚搞乱了……"秦泰努力地克制着自己的情感。

"他怎么了？突然莫名其妙起来？"立国思量着，没再言语，端起杯慢慢地靠着嘴唇，一字一句地倾耳静听秦泰接下来的详细叙述，继续揣摩他担心顾虑的理由，以及他的无奈与遗憾……在他说到张虎、刘参谋长和王副旅这些枪林弹雨的兄弟时，秦泰不停地哽咽起来。立国只知姐夫是个坚毅中仍不失柔情的男人，却没见过他会当人面流泪。

秦泰觉得自己说了很长时间才把只用几句话就能说明白的事说完了。而立国的茶水几乎还是满杯。原来他只是在抿茶，把注意力全都沁在姐夫的字眼儿行间里了。

秦泰靠着桌面戳着下巴等待立国回馈。立国却放了茶杯，赶忙起身说："那我得赶紧回家去同姐姐和盼盼多待一会儿了，再见面可不那么容易了，也可能就此分手，永生不得相见……"

立国的举动出乎秦泰的意料。他希望立国能说说看法，或者预见一下此行的结局会怎样。尤其是立国自己下步该怎么迈……但立国偏偏不肯理论，站到门边等姐夫跟自己一同回家。

秦泰靠着背椅望了内弟好一阵子，只好顺着说："那好吧，咱马上回家去吧。"

立国拽拽压皱的衣裤，补充道："今天只咱家里人一起坐坐，明天一定得喊上小虎，这孩子给我们做事全心全意，各方面进步很大，很给你争脸。你也该对他有所交代，我怕时间紧，提醒你一下。"

"我知道了。但你也要帮我备忘，我现在的神志确实有些不清楚了。一会儿我还想听听你的一些见解。今天下午该召开旅部会议，同核心成员打打招呼，不然，就这么不言声地走了，他们会觉得太突然了，都没思想准备，我们几个不同一般的生死与共，我实在是放不下他们。还有那些新兵……都两年了，也该改口叫老兵了，表现都很好，实际上已完全可以拉上去作战了。但万万不可参入那自残的内战，当下的一枝独秀，必是万箭穿心。"

立国说："那我就不参加记录了。"打完要车的电话与秦泰一起下了楼。

徐司机准时等在楼前。立国却一反常态直奔左侧，拉开驾驶车门要小徐下车，司机瞪着他迟疑不解。他对司机边点头边跳上驾驶座立即起动了马达，这才说"委屈徐老师了，今天就让徒弟试试吧，你去休息，我想叫旅长看看我们落实他指示的成果如何。"

小徐这才恍然大悟，笑道："旅长，赵参谋这学生非常优秀，连简单的故障都会独立处理了。您就放心让他送你吧，我已经准他毕业了。"

路上，秦泰夸奖立国："你的确是聪明，学什么都比别人快，开车的架势和老司机差不了多少。"

"是徐老师严格教育的结果，他除了给大家上驾驶课外，只带我和小虎两个徒弟，考试倍儿严，小虎还挨过他的拳头。"

“我只让小徐当个好老师，没说他可以随便打人呐？”

“没法子，时间紧任务重，一开始小虎有点儿手脚忙活不开，小徐和我看着着急。”

“看来小徐比你读书时那俩老师还凶。”

“严师出高徒嘛，小虎也行，比那些乡下孩子学得都快，练完吉普又去开卡车。你的决策太英明了，甭提大家有多高兴了，把小伙子们都乐疯了，学有所用，很得人心呐。原来大家以为自己这辈子就是个开枪杀人的材料，回家只能杀猪。没想到竟比别人超前了许多，乡下人哪见过卡车吉普？就牛车也不是都能置办得起的，俺家的日子算是过得去的，爹想那俩轱辘想了快一辈子了，到现在也没敢比画，咱们如开上卡车回家，全村全乡谁都得高看咱几眼？”

“你不是教导我要工业化吗？我就是受你的那套理论启发才下决心的。”

“你可别吹我，那是人家经济学家的观点，咱也就领会一下，还不一定深刻。”

“陈诚只单独调我一个人走，不知他对独立旅是怎么考虑的，过一段咱如还能在一起最好了。”秦泰还是把话绕回自己的主题上了。

“对我来说，那就像愿景。这世道，如不是八九不离十，谁敢给自己的明天作保证？我对自己很悲观，一心渴求的可能都是无法实现的。就拿我学开车来说，以后能不能真当上司机都不敢想，现在过把精神瘾就成了，明天如何让天去定吧。”

“我很佩服你，对陈诚的意图理解很深，别人在前面流血，而你在后面搞经济大练兵，胆大妄为。可话又说回来了，一个旅有几千会开车的，国军里谁见过这阵势？如真搞建设，拉上去能以一顶十。”立国仍不肯接秦泰的主题。

秦泰听了笑笑回答：“乱世也有成人之路。独立旅的确应感谢陈将军的特别关爱，还有你给我的启发。”

“我就个鹦鹉学舌，无须赞扬。很奇怪，不知为什么，近来我突然对个人的前程发生了兴趣，便找来一些七言八语的文章读读，一篇王氏高人写的《谁是地球头脑的主宰》，地球还有头脑，新奇，论说也特别新颖，看完了以后，你就把自己连同这个社会都一起融入到其中了。王氏说，他把所有的巨人对地球的贡献按历史阶段排列起来，经过对比筛选发现，远古不说，只近三千年，人类文明一直被五位犹太大家的理论牵引着。

“第一是距今三千年的以色列人摩西，《十诫》和《犹太教》的创建者，是基督、伊斯兰各教公认的先知，倡导人世的一切都是律法，世无诫律不成方圆，成为西方文明的核心道德观，影响至今。

“第二是公元前两年出生于以色列，距今一千五百年的耶稣，《圣经》预言的救世主，倡导人世的一切都是苦难，不知世间苦难，就不懂关爱珍贵，不知自身罪恶，就不能真心忏悔，主张天底万物平等共处。”

“第三是距今百年的德国人马克思，倡导人世的一切都是资本，穷是资本，富是资本，物是资本，钱是资本，匠艺是资本，科技是资本，体力是资本，学识是资本，资本可虚拟，可积累，可创造。只有理解了资本，才能看穿人欲，看透世界，看破未来。”

“第四是距今 90 年的奥地利人佛洛依德，倡导人世的一切都是性欲，他的性欲指的是人性和欲望，有性才有欲，有欲才有力，只有懂得人类文明进步的动力来自于人的欲力、性力、心力，才能认清本我，改造自我，努力超我。他对人性和人欲的透视已深入到骨髓。”

“第五，便是刚 69 岁，因希特勒屠杀犹太人而被迫逃亡美国的德国人爱因斯坦，原子弹的发明者，倡导宇宙间的一切都是相对的，他把人的境界拔离了地球，其理论不仅是科学自然辩证法，而且是人类文明的最新哲学观、世界观，认知观、价值观和方法论，是人与自然相处的最高原则和境界，能把人的包容心扩展到装得下寰宇。”

“姐夫，都到这份儿上了，我说这些并不是为显摆自己，或胡扯海菜，我的目的性很强。你想，用这五位犹太大家的创见来对照中国，咱哪一点做到了？或是做完美了？如做到了，还会有八国联军、甲午耻辱吗？还会有‘九·一八’和南京大屠杀吗？还会有‘四·一二’和今日的国共内战吗？即使做了也是似是而非，挂一漏万，只挑对自己有利的唱。从摩西到爱因斯坦，是人类文明三千年的渐进与深化，是文明进步的组合引导。归纳起来其实就这么几句，尊重人的价值，约束人的行为，提升人的素养，提高生命生存质量，不仅仅只是人的生命质量，而是一切生命。”

“有人说，这些都包括在儒家道家的思想里。那我就要问了，有几个平民知道中国还有个孔子和老子？他们的思想是什么？老百姓只知道拜佛免灾，但两千多年了，灾孽却始终紧紧地扯着他们的裤腰带不肯松手。老蒋大喊三民主义，提倡共和，可实际上他是怎么做的？所以啊，中国人即可怜又可恨。我要认真研究这几个犹太人的文明发现，把自己做人的基点设定到白云之巅，然后再俯视大地上的中国人行为。我想，我一定在那传说中的神仙境界里，肯定十分美妙。这就是我和你、姐姐、盼盼，如不能重逢的自我安排。”

立国一口气把话说完了，眼睛里含着泪珠，但一滴也没流淌出来。

因此，秦泰对内弟的认识又进了一步，他不仅是学识广博，内涵深刻，而且骨头坚硬，内心刚强。本想说，能不能把这篇文章借我看看。但鉴于立国既悲痛又严肃的心境，只好压抑了自己的欲求。

吉普稳妥地停到院门前边，立国故意按响喇叭，想招呼姐姐出来瞧瞧弟弟的本事。可他按了几次也不见人影。秦泰扯扯立国要他别急着下车，说：“她娘俩可能出去了。立国，我要走了，在社会和经济方面还有许多疑问需要解答，很遗憾，我们不能同行。”

“我也不是专家，只能给你个笼统的解释，要想彻底弄懂，一得下功夫读书，二得结合实际去思考。所以，你还得注意广泛收集信息。你肯定能成，让我姐帮你梳理。例如……”

“例如资本怎么还能虚拟出来？太深奥了，没法理解，我去哪儿收集资料？”秦泰摇着头接话。

立国拉过姐夫的手回道：“刚才那通烂话你还真往心里去了。马克思说的虚拟资本不是无法无天空手套白狼，而是一种价值量的转移，是种资本运作方式，当然，它必须得有摩西倡导的律法作保证，不能胡乱转移，骗人不行。这问题很复杂，一两句解释不完。”

秦泰叹着气自语：“是啊，一切都来不及了。”他不舍地跟着内弟下了车，在院门口，立国顺手把车钥匙递给了姐夫，说：“你自己开车回去吧，我要同姐姐和盼盼多待一会儿。”

“今天刮得是什么风，这么早就把你俩吹回来了？”独芳正引着儿子在沙发间爬上爬下，见姐夫小舅同时进屋，便笑着问。

“我们还以为你和盼盼不在家呢，按了几次喇叭叫门都没人搭理。”立国抱起盼盼。

“我没听见，只顾和盼盼玩了，”独芳笑笑，“不就是你学会开车了吗？想要盼盼瞧瞧舅舅有多能耐？”

“小舅不算啥，我盼盼可是个神童，刚两岁多就什么话都会说了，天底少见，长大可不仅是开汽车的料，要开飞机，当爱因斯坦那样的科学家，你说是不是小东西？你说你说？”立国把外甥举过头顶，盼盼高兴得“嘎嘎”地笑着，要舅舅趴到沙发上在舅舅的背上跳弹簧。

秦泰知道立国此时心里难过，示意不准孩子作践舅舅。

但立国却赶紧趴到沙发上鼓励说：“盼盼，你跳你跳，快点！”他主张对孩子的幼教要放手，说人家西方文化很重视幼儿在这个阶段的智力开发和心界的扩展，不像中国人那样一切都按大人的标准往死里约束，使幼小心灵发小就拘谨保守，长大必是成群的僵硬胆怯，天天只记得给皇上磕头。要让孩子随意，原则是别摔坏胳膊腿儿，别磕了脑袋，这不仅能锻炼孩子的胆识，还能让他受到做事有底的训练。

独芳很在意弟弟的建议，进而发展到即使孩子摔倒了，她也要盼盼自己爬起来，还得学说“我不小心，摔了”。

“盼盼要走了，你就让他好好玩玩吧。盼盼走远了，可要把舅舅想死了！”

“你胡说什么？盼盼能去哪儿？只能去姥爷家爷爷家？”独芳以为弟弟在信口开河，单手扶着正在舅舅背上跳高的盼盼回道。

秦泰本想把这个题目拖延到晚饭后再说。但立国已经露了，只好把事情的原委说给妻子听。

独芳刚听了几句就把盼盼从立国的背上抱下来无声地啜泣起来。

盼盼见妈妈哭了，便偎进独芳的怀里，用小手摸着妈妈的脸庞。

盼盼十分聪颖，尤其近半年，开窍特别快，在母亲和舅舅耐心的指教下，能背诵唐诗宋词，会察言观色，会表达自己的内心，成为全家的宝宠。因此，秦泰越想让父亲早点儿看到孙子。

他抱起儿子，告诉说：“妈妈流泪是想念姥爷了。”

“去看看姥爷妈妈就笑了。”盼盼摇晃着爸爸的胳膊央求着。

“是的，是的，咱一定会去看姥爷的，还要看大舅、二舅。但现在还不成……”秦泰不想对孩子说谎，可又不得不说……多亏孩子的意识简单，没再逼问。

独芳默默拭去泪水下厨去了，她一边操办一边琢磨，“也奇了，上午刚去园区供应站买了鱼、肉，打算晚饭改善一下，本想把立国和小虎都喊来，他们白天黑夜地学车一定很累。结果这二位倒提早回来了。立国对这突然的变化一定难以接受，甚至会感觉失望，晚饭时得好好安慰安慰弟弟。”她想把自己的意思告诉丈夫，便连声招呼秦泰。

立国隔着厨门告诉姐姐，秦泰自己开车回旅部了，他有很多事要交代。

秦泰是特意借此让姐弟俩好好说说即将离别的话的，“是的，立国说得对，姐弟俩自小就相依为命，手足情深，再见面不知要何年何月了。”

但姐弟俩却一肚子的话不知从何说起，谁都不肯首先开口，两人偶一对视，即将离别的难言之情就涌上心头，又怕影响盼盼的情绪，独芳只好躲到厨间细细地准备晚饭的用料，立国却把全部心事都用到盼盼的身上，告诉外甥要牢牢地把苏轼的《水调歌头》记在心上，并一句句教读，不厌其烦地打着各样比方讲解描述词中的意境，错把盼盼当成了知世的大男孩儿。盼盼也充满兴趣地一遍遍背诵着。

明月几时有？把酒问青天。不知天上宫阙，今夕是何年。我欲乘风归去，又恐琼楼玉宇，高处不胜寒。起舞弄清影，何似在人间？

转朱阁，低绮户，照无眠。不应有恨，何事长向别时圆？人有悲欢离合，月有阴晴圆缺，此事古难全。但愿人长久，千里共婵娟。

在立国的意念里，这词是子久老先生在教授的所有古诗词中下功夫最多的一首，他依先生当年教育自己的方法教外甥。回想起先生，他觉得一幕幕就发生在昨天，“苏东坡人生道路崎岖，对生命和人间的感怀颇深。可以说他把自己对人世情感的全部认知都浸润在这首词里。明月皎皎洒彻天上人间，天宇孤寒一片，人世相思无眠。欢乐与悲苦交融于皓月之下，一幅天人相依的美妙画卷，成万世绝唱”，恩师的声音在他耳边再次重现。

先生对词意的解释仿佛是朗朗上口的散语，立国曾一字不落地背诵给姐姐听，姐姐边听边情不自禁地联想到与妈妈和亲人的别离，随着词意而流泪不止。

为了完成这首词的讲学，先生特意把立国一人留到月圆初升的时刻。那日，他牵着学生的手走到窗前，亲自支起纸窗的上扇，说：“现在俺就是苏轼，望着月亮升起的地方自问自答。明月什么时候才能出来呢？俺端着酒杯问青天，不知现在天上的神仙在宫阙里是什么年代了，俺想乘着神风重返天庭，又怕用玉石砌就的美妙绝伦的月宫在高天里经受不住凛冽的冰寒。俺仿佛乘云御风置身天上，哪里像在人间！

转过朱红楼阁，月光低洒在绮窗前，照到床上惆怅无眠。

明天不该有什么怨恨，却为什么总在亲人离别时月亮才圆呢？

人有悲欢离合的变迁，月有阴晴圆缺的转换，这种事自古以来就难以周全如愿。

但愿离人能永远平安康健，远隔千里共享同一个月亮的明媚与皎然。”

立国自那时起就感觉到，恩师的讲解用心不仅仅在词意，而是在教诲学生如何提高做人的品味和境界，如何修养人性和体现人存的价值。

就在那年的中秋之夜，姐弟俩带上供果和香烛，背着爷奶和父亲，悄悄地去祖坟坐在妈妈的墓旁，在皓月当空的时候，焚起袅袅香烟，摆上石榴香梨，与妈妈一起欣赏银洁的月色与波光无极的大海……

前年，自己和姐姐一块儿离开了老爹和哥嫂，图的是姐弟俩的追求，也是老人的希望。虽说骨肉难舍难割，可人间凡是愿后人立志攀登者，都得经受这亲情寸断的时刻。但姐弟俩总有份渴求和盼头，希望有朝一日能荣转兴归。

可这次，自己和姐姐的分离，是战时战势所迫，生死所逼，是种无形的强求和有形的无奈。否则很难双双都能得到保全。如谈荣华回乡，那简直是痴人说梦。

好歹有陈诚的安排，他们三人终可逃出这朝不保夕的是非之地了，也算是天意。当此，唯有苏轼的《水调歌头》能充分表达自己的心境。从此生离死别，天各一方。让盼盼把这首词记在心里，就算是舅舅的自我安慰和对亲人的祝愿吧。

盼盼学得很快，小嘴灵巧得让人溺爱。立国高兴地表扬他长大一定比爱因斯坦有出息。

盼盼问“什么叫有出息？”立国告诉他，“你长大做大事，舅舅只能做小事，你就比舅舅有出息。”

盼盼问，“什么是大事？”立国犹豫了，怎么讲才能给孩子一个准确的解答呢？吃饭穿衣干农活是小事？抗日是大事？打共产党是大事？这肯定不对。只好装着夸奖说：“盼盼问得真好，大事就是很多人都做不了，只有盼盼能做到的。”

立国刚解释完，盼盼就紧接着追问，“为什么就我能做到？”

立国想想说，“你遇上好时候了，舅舅遇不着了。”

盼盼继续问，“什么叫好时候？”这回可把立国难住了，是啊？孩子问得对啊？但要回答准确，却要持久的生命体会才能做到。

盼盼还是不肯放弃地问着为什么。立国只好装着认输的样子说，“盼盼的提问把老师都难住了。你让舅舅好好想想再告诉你可以吗？”

盼盼点头答应，“可以，老师也有不会的时候。我的‘为什么’太多了！”

立国说:“盼盼真乖，你会把舅舅想死的。”他抱起盼盼在客厅里转着圈，盼盼发出阵阵欢笑。但立国的心里却正在经受着难忍的割裂和疼痛。

他暗暗为盼盼祈祷：“孩子，舅舅渴望你此行是好运的开端，你是赵家的血脉延续，一定要出类拔萃，也等于给赵家增了光彩……”

同时他又想到了自己，“爷爷和老爹渴望儿能成才，我为此坚持不懈地努力。岂不知人生之路竟如此坎坷。姐夫姐姐走了，没了关照，我一介草民，如要出人头地，需比他人付出更多的艰辛。古人说，山人之子欲出老林，三代备斧，四代方能海阔天空。有人解释说，备斧就是第一代得有出山的愿望，二代积累财富，把斧子磨得锋利无比，三代苦读圣贤书，知世并砍开出山的通道，学会靠诗礼传家，四代才天日广阔。前人的总结不无道理，要一代代见识积累及成功与失败的反思，品味必须由低到高，中间不得断档，方能造就出光宗耀祖的后人。盼盼的基础好，用不了三代四代……”

秦泰回来了，一进屋就察颜观色，见一切都还平常，才问：“怎么一股辣椒味？”

立国回答：“俺姐给你做川菜，五味之首。”

秦泰边脱外衣边回道：“噢，光给我做不给你做？盼盼也有份，舅舅说要学着吃辣，有性格，还刺激大脑发育，舅舅的歪理太多了。”

“这说法可是新鲜，我头回儿听到。你俩别逗嘴了，我都摆好桌了。”独芳推门伸着脑袋招呼着。

“我老爹也是这么教育我的。我从小吃饭怕辣，他拿眼瞪我，说没出息。所以长大了上战场也没忘记揣包辣椒面，冬夜舔点儿浑身发热。现在有了盼盼，盼他成才，爷爷的经验就得继承……”秦泰不由自主地就联想到父亲，但他还得硬装着内心平静的样子。

“你俩来瞅瞅，我试着做的，色香味如何？要离开这里了，刺激刺激头脑会加强对这里的记忆。两冷四热，夫妻肺片、香辣笋丝，东坡肘子、麻婆豆腐、干煸芸豆、花椒鱼段。”

“川菜做得好不好你闻味就行了，再瞅瞅辣椒下色了没有。我当兵临走那顿饭也是川菜，就像今天这样，妈妈爸爸说要给我留个想头儿……”秦泰还要往下说，但却突然又打住了。他想：“不能破坏这顿饭的气氛。”屁股刚着椅子反又起身，岔开话问：“御赐茅台还有吗？我记得咱没喝几次？今儿个拿出来喝光它！”

立国取来瓷瓶取下木塞，一股浓郁的酒香便在餐厅里漫散开来，笑着说：“这酒太经喝了，从东北内战开张那日开盖，直到今日才见分晓，也只在这时才能喝出味来。总统只会拉拢有用人，而且想得还很细致。可惜不会拉拢民心，因为民众的利益与政治集团的利益总是矛盾着。他缺乏民心对政权的重要性理解，以为把持着军队就把持了政权，结果是民怨沸腾，天塌下来没人心支撑，只能用枪支着，那这政权还有前途吗？如认真实行宪法，他一准得下台。盼盼就用不着这么小受折腾了……”

“立国，咱只管喝他给的酒，管他前景在哪里。盼盼折腾折腾也好，只要不逼他上战场，这过程会让他长见识的，人生履历过于平坦不是好事……”秦泰说。

“舅舅，它为什么叫茅台？”盼盼突然发问。

独芳本来心里沉重了一下午不得缓解，但经丈夫这么一说，儿子又奇怪地一问，心门反倒敞开了一些。她告诉盼盼，这问题很简单，用不着舅舅回答，妈妈就能说清楚，因为它出产在一个名叫茅台的地方，所以叫茅台酒。

“噢，他要出产在舅舅家，就叫簸箕酒。”盼盼的回答很认真。

立国拍拍盼盼的屁股，夸外甥太聪明了。秦泰、独芳笑得嘴都合不拢了。

气氛把盼盼感染高兴了，他说：“舅舅又教给我一首词，叫水调歌头，我背诵给妈妈爸爸听听。”说完还有模有样地站到椅子上咳咳嗓子，一字一句地朗诵着……

独芳的泪水随着儿子抑扬顿挫的诵读越积越多，到终便伴着盼盼上片最后一句的结音滚落而下。

“下片让妈妈背诵给你听吧，你看对不对。”独芳忍着眼泪说。

盼盼点头，应着回道：“妈妈也会？”

独芳点头：“我和你舅舅在少年时就把这首词牢牢记在心里，还坐在姥姥的墓前朗诵过。你不仅要会背，还要理解词的意思。但现在你还不懂，等长大了一定要弄懂，知道吗？”

盼盼望着妈妈的脸回答：“记住了，我要听妈妈背诵下片。”

当独芳背诵到：“不应有恨，何事长向别时圆？人有悲欢离合，月有阴晴圆缺，此事古难全。但愿人长久，千里共婵娟”时，她强忍着哽咽，赶紧转移话题说：“真巧，妈妈就为盼盼的这段背诵专门做了东坡肘子。”

盼盼拿起叉子叉了块香气浓郁的金黄肉枣放进嘴里，仍闲不住地问：“妈妈，什么叫婵娟，是不是花朵？好美啊！”

独芳贴贴儿子的圆脸回答：“舅舅没告诉你吗？”

盼盼想想说：“舅舅说了，是八月十五的月亮，他说，圆盘样的月亮挂在天空，她望着天下人，姥爷大舅二舅他们虽然离咱们很远，但也能和咱一起看同一个月亮。好美啊！可我总觉得婵娟是朵很大很大的花。”

“我的盼盼想得很对，月亮就像一朵很大的花，还有银色的光辉，把八月十五的夜照得通亮。你要记住，舅舅为什么一定要在今日才教你背诵这首词？”独芳用双臂搂住儿子。

“为什么？”盼盼的求知欲望远超同龄孩子。

“等你长大了再过八月十五时，站在月亮下就会想起舅舅的用心了……”独芳说完背过脸擦拭着忍不住的泪水。

秦泰和立国都不想说话了。但二人却在默念着同一个心结，“苏轼的水调歌头，是我们今日所处环境和心情的最恰当的揭示，再也找不到更准确的意境表达了。”

（四十五）

秦泰一家出发的时间到了。他们没有大包小包的行李，只有随带的换洗衣物和盼盼难舍难离的小人书。立国不要外甥全都带着，帮他挑拣，告诉他这书怪沉的，随处都能买到，并顺手丢了《三气周瑜》。

可盼盼不肯丢，一本本又都捡了回来，立国只好依他。

“你不是只喜欢赵云吗？”舅舅问。

“他俩我现在都喜欢。”盼盼看着舅舅的眼睛认真回答。

立国一把把外甥紧紧地抱到怀里。

出门时，立国牵着外甥的小手有意走在最后，催促姐姐快些离开院子，免得张来望去恋恋不舍，破坏了此行的心情。这时，屋里的电话铃却突然急促地响了起来。秦泰听了略微犹豫了一下，他想，“这个时候的电话基本上都是找我的。”只好返回去接。

“能是谁呢？”他寻思着。铃声不肯停止，刚拿起话筒，里边立刻就传来赵司令爽朗的笑声，接着便是问候：“你该马上出发了吧？愿秦将军全家顺风顺水一路平安！”

“谢谢司令的关照，本该前往辞行，但……”

“我知道你身不由己，肩负特别使命，不必客气。”

“司令能理解我我万分感激。现在只司令独身一人了，恐有许多不便，如需要，可让独立旅派人帮助照顾，我深望司令多多保重自己。”

“都要高就了还挂念着我，谢谢秦将军。不过你放心，我绝不会要我的卫戍部队去参加野战，大不了共军打进来都举手投降罢了，我看透了。”

赵司令的话完全出乎秦泰的意料，“他这内战死硬分子怎么也这么说呢？他可是老蒋的嫡系啊？”秦泰想想才回道：“司令不要悲观，我相信总统的指挥若定。不过，司令对部下的一片爱心的确是令人敬佩，我会转告给刘参谋长和王副旅长他们，一定服从司令的指挥，绝不辜负司令的期望。”他说完这几句话后总觉得心里别扭，“是什么原因逼得我学会口是心非了呢？”他摇摇头，心里泛起自己蔑视自己的滋味。

“都什么时候了？秦将军还和我打官腔，外加哑谜？我理解你。平时不显山漏水，谁都没想到你与陈诚总长那么深交，含而不露，古人叫什么来？噢，叫真人不露相。我很佩服你老弟，把所有的后事都安排好了，可能也包括你的众多下属吧，不愧金蚕脱壳之计的高手。渴望咱弟兄有幸再见并共事。”

“你赵哥我没坏心眼儿，只有赞叹，真的，哥哥不难为你，不必解释。指望小弟在陈总长那里多给哥哥说点好话，现在我才看出，总长虽什么头衔都没有了，但只在一人之下，没官衔比有官衔还厉害，连卫司令这老资格也不得不有呼必应。哥哥祝你全家平安！”说到这处，赵司令把对秦泰的官称立即改作了兄弟。

秦泰刚要说回谢，对方就把电话放了。他想：“赵司令真是只老狐狸，什么也别想躲过他的眼睛。但事已至此，他就是想插一杠子也无能为力了，又何况是陈诚所为呢？他与我已不再是上下级了，早早埋下个兄弟情分以备后用，也算明智。说实话，司令从没过分刁难过我，顶多是不为嫡系，他不得不时时提防，不愧是高人呐，刚说完就立即放了电话，是怕我对他这番探底的问话窘态，没法替自己辩解，也没时间辩护。不过他已一反常态，对内战的前途悲观至极，这点倒是比某些头脑先知先觉。”

参谋长和副旅长的吉普被警卫挡在将军大院的门外。小虎上前解释再三也没用处，只好独自驾驶旅长的吉普进院接恩人一家，他一定要伴旅长和阿姨最后一程才能让自心获得安慰。

秦泰本来要上车，可又犹豫着再次返身回院。“我这是怎么了？感觉是诀别，一家三口可能再也回不到这里了——盼盼出生的地方，和独芳真正结成一体的恩爱所在。”转身见小虎站在车前难舍难离的样子，只好装沉稳问：“小徐呢？”小虎回道：“我让他开车拉参谋长和副旅长了，他很理解，我俩就换了位置。”

“你要和小徐好好处朋友，他是我的小老乡，和你一样，也是个苦孩子。他是在抗战后期随父母逃难时参的军，人靠得住，讲生死之交。”秦泰上车后嘱咐小虎。

“我知道，天下苦孩一家亲。旅长，我想我大概这是最后一次帮你做事了，我想用实际成果向你和阿姨回报，你俩两年前要求我必须做到的，我觉得基本上可以向恩人交代了。一、徐老师把着手教会我开车了，小车大车都行，有了一技之长；二、也给妈妈哥哥写了信，但没有回信，阿姨说先不要寄钱，怕他们收不到，所以军饷就一直攒着；三、能看些报纸了，但需要查字典帮自己理解……”

"听说你学车还挨过老师的拳头。"旅长笑着问。

"谁告的状？我笨，该打，打得越疼记得越快，印象越深。要不就没法完成旅长限定的时间。再说了，我妈早就告诉说，师傅打徒弟就像爹妈打儿子一样，打是亲，骂是爱，不打不骂是祸害。"小虎充满感激地回答。

"小徐敢使劲儿打你？就他那身板？等我下车揍他一拳，替你报仇。"秦泰要用这种交谈分散下自己难舍的压力。

"他也是恨不得一锤子就把俺打成快刀，你交给他当师傅的任务如不能按时完成，他怕你揢他。"虎子笑着。

"那他打你就成我的责任了？我可没让他当暴力师傅。不过你很争气，要求的基本技能都会了，连查字典也会了，这可不容易……世道正乱，家里就是回信你也接不到。你娘和哥哥都不会有事的，虎山那里不会像城市这样混乱不堪，军饷就好好放着吧，有机会再说。我和阿姨走了，你要多和赵参谋联系，参谋长为人厚道，关心士兵，你好好跟着他。你也要注意保重自己……"说到这里，秦泰有些语塞。

"阿姨和赵参谋是我的老师，他们不嫌弃我，特别耐心，两年多费了不少心血，让我受益很大，开了眼界，学了知识，终身感激！"

"帮你是应该的，你照顾盼盼那么用心，等他长大后，我和阿姨会告诉他，盼盼还有个小虎哥哥。"

小虎流泪了。但他是第一次给旅长开车，两手不敢离开方向盘，只能任泪水随意流淌……

立国抱着盼盼坐在小虎旁边，满肚的话却不知从何说起，只好一言不出。他听了小虎与旅长的对话，心想："我很可能也是最后一次送姐姐了……但我不该是沮丧的情绪，至少姐夫用不着参入东北的决战了，姐姐和盼盼的靠山是靠得住的，我该为他们一家庆幸才是，说不定连关内的战争都不会介入了，老家的爹爹就可放心了，他没朝八路放过枪，老人家的嘱托他做到了，我为什么不替他们高兴呢？……”

独芳自坐进车里就沉默不语，两眼一直瞅着窗外。

机场到了，小虎按响了喇叭。但通行的门不肯打开。两辆吉普都被挡在铁丝网前。

等在岗楼里的机场勤务见有车来，连忙跑到车前，问：“哪三位是秦将军一家？我们要看看事先交给你们的特别身份证明。”

秦泰上前出示，勤务一一对照证明上的相片对验，而后客气地点头，接着说：“对不起，这是南京派来的专机，防务严密，车和送行的人都不能入内，我们是随机来专接秦将军一家的，行李由我们搬运，不必劳驾送行人，放心吧，不会出错，机上没有别人。陈诚将军特别叮嘱，迎接秦将军不得出丝毫差错。”

参谋长、副旅长、立国、小虎和小徐只好在铁丝网前与秦旅长、独芳和盼盼拥抱告别。战友情、官兵情、骨肉情交织在一起，一个个无可言语，默默地泪如雨落，久久不想分开。

“陈将军本来已没有任何职务了，老蒋让他专心养病，他却仍能用这种阵势来接走我的一家，而且还这么急切，的确让人意外。这只能说明更大规模的战争就要开始了，我必须赶紧离开沈城才能达成他下一步的安排，或老蒋又派给将军更重要的任务了，他急需要我参入。估计我这次离开的不仅仅是沈城，很可能会更远。难道老蒋已经做好了后事安排的传说是千真万确的？我还能再次踏回这片土地吗？怕是要永别了。”

“还有北平城的亲人。那里是我向日寇开第一枪的地方。但在我第一次见识战场时，万不知被父母视同宝贝的儿女，连根枯枝都不如，随意的一颗子弹就能折损你，生命一分钱都不值。我惊恐万状，无处藏身，不是你死就是我活的孤注一掷的感受刻骨铭心，只能豁出一切，一次次地打退鬼子的冲锋，否则，鬼子的刺刀就要捅进我的胸膛。最提不得的是我那第一枪，连打到哪里都不知道。在枪炮声停止以后，我眼前的许多枯枝还在山风里不停地颤抖，而一直把我拖在身边的老班长和许多战友都躺倒在血泊里了，他们大多是河南人，却把生命献给了我的家乡，我反倒活着退到八达岭背后和延庆镇。我本想等打完日寇就去当年的阵地祭拜他们的英灵。可终没如愿。如今，我所有的个人打算都不得不放弃了，只能服从大势的安排了。也是我为让独立旅不被卷入东北枪林弹雨的唯一选择，那是几千条活生生的人命啊，他们，还有他们的家人，都在看着我……”

秦泰想起陈诚在医院召见自己时的那番语重心长的评价，反复琢磨自己与妻儿此行最终归宿的谜底。

陈诚说，你一定会觉得奇怪，我为什么会如此关注你？你想知道吗？秦泰点头。

“因为自我了解到你是1937年8月初北平抗战史上最大的那场战争——南口抗战的幸存者时，让我心头不禁一惊。国军十三军二十一师一二一团打得最为英勇，全团三分之二的官兵都牺牲了。而你恰是这个团最不怕死的新兵之一。十三军以六万兵力和极其破旧的步枪、加手榴弹、土滚雷等武器，忍饥挨饿达20多天，顽强打击受过武士道训练的七万日本士兵，抵挡了飞机大炮，还有毒气弹的攻击。以我损失近三万三千七百人的代价毙死日寇一万五千多人，敌我阵亡比较虽是一对二点二，但这却是日本自侵华以来第一次大批量的损兵折将，据情报获知，战后他们已认识到终于遇上了敢死的对手，领教了中国人抗击日寇的决心与意志，彻底打消了日本要三个月占领中国的梦想。是你们创造了中国抗战史的第一个奇迹，虽败犹荣。”

“南京在分析这次战役时认为，北平南口是国军的第一次大规模阵地对抗战，如不是日军使用毒气弹，战局肯定就是另外一个结果，日寇必定要退出北平，不敢再轻举妄动。那国际反法西斯统一阵线对中国的认可就是另个评价了。”

“南口战役让南京认识到连板垣征四郎的精锐也不过如此。从而增强了全国军民抗战的信心。对民族精神的振奋和人心的凝聚起了极大的作用。我十分看重你们每一个官兵。而后你又参加了忻口、台儿庄、徐州会战，这都是让日寇吃尽苦头和必须记入民国抗战史册的著名战役，是大多抗战官兵少有的经历，而你又屡屡战功赫赫。如没有胆略、没有果敢、没有智慧、没有忠诚，性命何存之有？且还是黄浦军官陆军兰州分校第十六期学员。不愧为爱国英雄。”

“通过结识，我觉得你的内涵很深，潜力很大。不仅仅表现在军事能力上，而且在治国理政上的作为也不可低估。民国就是缺少你这样经过生死考验而仍然生气蓬勃的人……”

秦泰从这短暂的回忆，联想到面前的生死战友，泪水汩汩而流，再次紧紧地握住了参谋长和副旅长的手。“只有经受战火彻底陶炼过的人，才能真正体会到战友之间血肉相连的挚情。”秦泰心想。

秦泰又转向立国，立国把怀抱的盼盼放到地上，笔挺着身体给旅座敬礼。秦泰被内弟这意外的举动所感染，强忍着心痛轻轻地问了句：“你要送我的话该说了吧？”

立国抬起的手一直没有放下，一字一句掷地有声地回答说：“这些天您一直在和自己的选择在争斗，内心的纠结让您消瘦了许多，大情大爱是大义的母亲，您本来可以婉言谢绝上司的安排，但最终您还是选择了上司的意向，我代表独立旅两千多苦孩子和他们的父母家人为您送行，并向您致最崇高的敬礼！”

此时的立国已活脱脱地将自己置身于亲属之外了，“这分明是虎山的父老乡亲在向旅长倾吐肺腑之言。”立国离别的晚语让秦泰感怀无尽，他自觉内心的颤抖难以抑制，只能紧咬着牙关，果断地挣脱了参谋长和副旅长的双手，一手抱起儿子一手拽着夫人，转身朝网门里走去……

王、刘两位生死战友几乎同时在喊：“保家卫国的英雄，您保重！”

这时，已进入网门的独芳突然回头招呼着：“立国！你要保重自己！

告诉爹，俺想念他，俺一定会回去看望他的，回家别忘了去墓地把俺的心事告诉给娘……”

“姐！你走好！娘正在为你祝福！弟弟为你庆幸！不要牵挂俺，一定要带好盼盼，要他读大学……”

姐姐亲切的乡语直戳弟弟的心窝。直到这时，立国才按捺不住心里的痛惜，泣不成声了。

盼盼呼喊着舅舅，要舅舅一块儿走。立国抬起泪眼，高声回应着：“盼盼，你无论走到那里都要记着舅舅，舅舅永远想念你，你要快些长大……”

连立国自己都不明白，他为什么会以“永别”的意味回报姐姐和外甥的召唤。

秦泰和独芳在勤务的拥簇下一步步登上了航梯，到舱门口忍不住再次回头瞭望……

舱门被无情地关合了，只有圆圆的轩窗在发散着蜡黄的灯光。

巨大的螺旋桨急速地转动起来……飞机开始滑行……在跑道的尽头转身迎风停住……而后奔跑……并再次挨近了送行的人，宛如回归，但却一闪而过……

飞机越跑越远、越小……在远处的桦林尽处化作一只风筝腾空而起……从东山顶上转向正南……天色已晚……风筝渐渐从送行人的视野中消逝……远空传来“隆隆”的轰响……乌云阻挡了轰响……立国耳廓里的震颤越来越弱……天地间又恢复了原有的静谧……他举目远眺……残月冷漠的面颊仍如往日那样高悬在黑暗的苍穹里……只有一条永远不见永远不断的思线在连接着天心地情……

秦泰一家已被风筝带往茫茫的灰暗里了……

参谋长、副旅长、立国、小虎和小徐仍傻傻地站在铁丝网外……

目不转睛地仰望着灰茫的天际……

双眼的朝向没一丝偏移，一直延展到深邃的明日……

（四十六）

“战事正紧，军务缠身，赵司令不能亲来宣布东北行辕卫立煌主任对你们的任命令了，希望理解。”卫戍司令部少将副司令童一真站立着扫视了一下在座的副团职以上军官和旅机关中尉以上军干，“我闲话少说，就直接宣读陆军中将卫主任的任命令吧，刘世胜任沈城卫戍区独立旅代理旅长，民国三十七年十月五日，宣读完毕。”

能参加这次会议的军官是上级预定的，但旅部要立国也参加，他不知为什么只对他一人特别，不敢怠慢，便老早就在会议室后面找了个不显眼的座位坐等。

自从姐姐一家三口走后，立国完全被孤独所包围，整日沉默无语，只能借书消磨时间。但每天他都没忘记对时局的关切，国共锦州决战难以避免的信息日日紧迫清晰，他强忍着内心的焦虑，渴望姐夫的自我牺牲能换来陈诚尽快兑现独立旅不上前线的承诺。

与会者陆续从他的身边走过，他瞅着所有人的官阶都比自己高，“为什么只让我一个少尉旁听呢？”但他没心去多想，只注意今日之童副司令与前月在座谈会上看到的那位仿如两人，一改原有的英武气质，总是洋溢着甜蜜的那面脸堂，被愁云满满笼罩，肤色如连续熬夜样的铁青，脖筋突得特别醒目，嘴角总是沉重的样子，像得了场大病的疲惫。立国想，他本来是个存不住心的主儿，打胜不打败，看今天这气色，局势已让他彻底失去了信心。

"下面是赵司令的话，我只能传达，无权解释。司令说，凡校级任命都由国防部办理，再以行辕主任名义发布。两年多来，校级以上军官奇缺，原因大家共知。秦将军调任一个多月，旅长位置空缺至今，前时指定刘参谋长临时负责，今日算正式代理，并继续兼任参谋长职位，虽不合常理，但只能如此。国防部和行辕对此设置十分慎重，不是故意拖延。依据目前战况，今后还可能随时有变，望大家以党国利益为上，团结一致，守住沈城的南大门，司令要我代他拜托各位了！"

副司令说完话后，如是往日，下面会热烈鼓掌。可这次，会议室里鸦雀无声。要不是王副旅长尴尬地起立带头拍手，很可能没人会对童一真的宣布表示接受。

童副司令在等待中获得了体面的回报，被动地抬手向在座的行完礼，便匆匆离开了独立旅的驻地。

他刚出门，身后就议论起来，"就那么两行字不到，惊动咱这么多人来凑热闹。""等了一个多月，参谋长由口头代理改成正式批文代理，两个代理有区别吗？也没提个格，还兴师动众听宣读。""说明党国办事认真，嘴巴说过的，心里还记着，没忘。"屋里一片讥笑挖苦，搞得刘参谋长坐立不安。

其实军官们并不是对刘参谋长的代理职位不满。而是认为从独立旅担任沈南防卫以来，赵司令只嘴上说秦旅如何重要，可实际上从没拿独立旅当回事，西城、北城，甚至城中兼东城指挥，个个都是赵的嫡系。以军需为例，独立旅的供给每月都比别家晚到几天。且每次都是秦旅长不厌其烦地跟着追讨。若不是秦将军凭威信和本事把全旅的人心捆在一起，这支队伍早就涣散了。

军官们心里一清二楚，先放下松花江以南和辽北仅仅两年就损失近35万军队不提，仅从民国37年9月初开始，决定党国在东北命运的锦州、塔山，从没报过一条能让人高兴的消息，西出的陆路通道已被共军卡死，沈城将被彻底孤立。为堵住共军东进的势头，挽回败局，老蒋虽亲临指挥，但因卫立煌与其主旨不同，蒋只好要廖耀湘出马，把坚守沈城的精锐倾巢带出，卫主任的后院几乎被掏空，赵就如同个光杆司令。因此，固守沈城的担子更加沉重，独立旅的命运将和沈城一样，最晚不过11月初，必定大祸临头。旅团级长官为稳住军心，封锁所有不利消息，对下属官兵守口如瓶。可哪有不透风的墙？全旅人心烦躁浮动，每天都在四处打探共军又攻占了哪里，以往因历练本领激发的热情，已被冷水浇了个透心凉。

善于收听各方电讯信息的立国，早就心里有数了，他不想逃跑让人戳脊梁，也没想投共被人说叛逆。因四处战乱遍野糊涂，“你现在就主动去摸共军的门，也辨不清东南西北了。”有人问他，“如共军打进来怎么办？”他只摇头装着苦闷。其实，他一直在琢磨，“我才不会为老蒋去杀身成仁呢，太不值了。再说，姐姐姐夫和盼盼都走了，我还有什么可担忧牵挂的？俺何苦去讨那充满欺骗的光荣？人不耻笑，神在耻笑。枪一响，只要子弹它没直奔俺的脑壳，到时看情况临时处置好了……”

刘参谋长曾找他交谈，他回答：“你怎样，俺就跟你怎样。”刘拍拍他笑笑不语。

童副司令走后，刘世胜没让大家退场，继续宣读团以下军官的最新任命。这是昨天赵司令和他提前谈话时他提的条件，否则绝不接受代理职务。他不是计较“代理”俩字，而是国军在东北彻底失败的命运已无法挽救，官阶高责任大。于是他想：“在当前形势下，拢住人心，让各级军官抱团是最主要的。经过抗战洗礼，下级军官和老兵都是英雄，就是死也得让他们背着荣誉感走，哪管是空口支票，也比什么都没有好。为防止内乱，尤其对内战的看法和观念不同，最容易出纷争，把老兵的待遇都提个格，对安抚官兵有益。”

赵司令拗不过他，心想：“反正也大势已去了，就送个顺水人情吧，眼下你就全旅都是尉官，也用不着我去找银子。”

在一长串名单里，立国被越级提升为上尉参谋，小虎小徐都被提为少尉卫官。

所有的提拔名号都宣读完了，大家却没一个有兴奋感的，更没有鼓掌祝贺的。有人说：“感谢旅首长的栽培，死后的碑上终于有了能让祖宗看了高兴的头衔了，总算寒冬腊月暖了下心。”另有人反问：“那你要死到尸首堆里可就麻烦了，一块儿被推到冰窟里了，谁还有心事看看你官多大？”“连个肩章都没有，谁认你老几？”“……”军官们七嘴八舌。刘代旅长说：“肩章有，现在发来不及了，明天都能戴上。”

王副旅长说：“你们别那么丧气好不好？我想，秦旅长一定会挂记咱们的，他和咱们是出生入死的兄弟，他可不是政客过客。现在他在南京，不在锦西，能不想着咱吗？”他没敢说旅长已飞到上海，说首都对安抚人心会更好一些。还有，他之所以这么说，是因为送秦将军去机场时，在铁网前他曾问过秦泰：“共军的胃口这么大，将军可别忘了兄弟们，那些穷孩子都是投奔咱来的，咱已经为他们的生命费了不少心血了，你走了，别半途而废啊！”

秦泰眼里噙着泪花，只更加用力地握了他的手，什么也没说就难舍难离地转身走了。

王副旅长却从将军的握力里感觉到，秦将军无论走到哪里，都将永远是当年砍杀日寇那支旅团的中坚一员。

“是吗？将军还能和咱在一起？吃一口锅里的饭？睡同一个板铺？”一些军官齐声问道。

直到这个节骨眼上，立国才明白，让他列席这个会议不仅是听口头宣布为上尉，也是要发挥他人无法替代的作用，他必须得站出来加以肯定。否则，很难预料会发生什么难以遏制的混乱。他想：“如是一个个都悄悄地逃了也就罢了，那要是因为不同立场发生内部械斗呢？上面一定会来镇压……好吧，我明知自己在说谎，但也不得不说了，就算是出于爱心吧！”

“同志们！王副旅长的话是千真万确的，大家都知道我和将军是亲属关系，他说过，就是死也要和他亲爱的战友死在一处的！”立国站到椅子上朝众人点头，他知道自己的每个字都是一颗定心丸。“大家要理解参谋长的用心，很不容易为抗日勇士们争取来的荣誉，要珍惜，这是光荣，他必定是一支正规国家军队的授予。而且不仅仅是待遇和安慰，懂了吗？”

大家热烈鼓掌，并齐声呼着：“知道，咱死是独立旅的鬼，活是独立旅的人！”

口头提拔的宣布刚刚结束，官兵还沉浸在兴奋的场面之中，新任命的官章还没来得及佩戴。门外就送来了急电。立国接过电报瞅了一眼就递给了刘代旅长。电文说，“奉国防部命，独立旅接此电即刻轻装调防，封存所有辎重，轻装乘列，自苏家达官屯，经高家堡到田庄台东沟沿，密码联络接应后，急行至营口港。共军主力已于昨日撤离营口。辽南共军仍在大石桥周边活动，为防不测，你部只能绕行，避开石桥与营口之间的铁路公路，迅速进港乘船撤离。火急！”

王副旅长挤过来抢看一眼，拍手叫着：“太及时了，这下全旅可真的跳出火海了，我说嘛，秦旅不会忘记咱的！”

立国也为自己的谎言变真而庆幸。心想：“这封电报再次证明姐夫这人非常厚诚，从不说大话，也不随意承诺，心里有数，我和姐姐盼盼终于能再见面了。”

刘代旅长借机发出号令：“大家都听见啦？至少东北战场用不着咱了，你们还闹情绪吗？不让你去送死还不赶紧烧根高香？散会后各团立即按旅的统一部署行动，现在回去做好动员准备，全旅什么时候走，怎么走，留专人守电话，随时听令出发。后勤李处任务较重，要封存辎重，清点车辆和重武器，你们三个团各出十人帮忙，怎么样？李处？人手够不？”

李处高兴地回答：“够了，谢谢，只要不让咱打内战，怎么都行。”

王副旅长大声呼喊了一声：“散会！”参会全体“哄”的一下挤到台前，把刘代旅长、王副旅长和立国抬起来抛向空中，并齐声呼叫：“我们不打内战了，你们三个去打吧！”

在走出会议室时，立国一边摸着衣服是否被刚才的折腾扯破了，一边琢磨，“田庄台？这地名如雷贯耳。”他拍着脑门回忆，“噢，想起来了，辽人一直口传先有田庄台，后有营口城。它从康乾年间就是商贾辐辏之地，记载说，八百里辽河帆樯林立，往来如梭，到咸丰八年，正式辟为东北的海陆水运码头。中日甲午战争除海战外，另有八次陆战，但都以清军的彻底失败告终，1895 年 3 月 9 日，规模最大最惨烈的一次中日陆战就在田庄台，两万倭寇屠城纵火，砍杀抢掠，横尸遍地，血染辽水。此后不久，满清就乖乖与日本签订了《马关条约》，成了载入史册的国耻。”

“而三十六年后，仍是田庄台，东北第一支自发抗日农民武装与日寇在这里展开复仇激战。带头人是台安的张天海，当过胡子，绰号老北风。1931 年 9 月 11 日，蒋介石命令张学良不要和日本人对抗，9 月 23 日，仅隔 12 天，蒋就迫不及待地颁布了《告全国民众书》，严令全国全军对日军避免冲突。特别是‘对于国民亦一致告诫，务必维持严肃镇静之态度’一行字，使极其痛恨日寇的老北风义愤填膺，他拍着桌子大骂老蒋强逼东北军抛弃东四省是卖国投降的汉奸行为。问问老蒋和张大公子，东北人还是不是中国人了？为什么把俺抛弃了？这什么鸡巴民国？并立即联络盘山盖凌香，绰号盖中华，沙岭项忠义，绰号项青山，海城蔡金义，绰号蔡宝山，共 400 多山人，凭着火砂枪、杀猪刀、扎枪头、绳索、棍棒和石头，打了日寇自侵华以来从未遇到的第一个下马威。随后老北风就接连打了几个胜仗，用夺来的日本武器武装了自己，搅得日寇日夜不宁。

“堂堂大清和国民政府都没做到的，而平民百姓做到了。这让撤离的东北军在大众心中一文不值。老北风的抗日之举，证明日寇绝非战无不胜，战场就在地图上没名的乡间——田庄台。后来老北风又把队伍改组成抗日义勇军，立足深山老林，从背后袭击敌人，名垂北国的抗战青史。”

立国陷入沉思，刘代旅长问他，你又在动什么脑筋？立国拉回思绪，简要说了田庄台名气的来由，并补充，对国军来说，田庄台是耻辱的坐标，连刁民都知道国土沦陷的民族之痛。但对我们独立旅来说会是什么呢？

旅长说，我们当不了老北风，日寇已投降了，即使老北风还活着，我想他也绝不会朝自家兄弟开枪，听说他当胡子时打贼不害民。但愿共军对独立旅开恩，那田庄台就是独立旅的再生之地。别人问我，沈城的西、东、北三面都有小规模袭扰，唯独南城的袭扰离苏家远，这是为什么？我回答，是啊，咱自组建以来，从没主动找过共军的麻烦，他们该给咱兄弟放条生路才是。

他又碰碰立国小声道：“其实你不知，这两年他们没少从咱的地面上进城，只要他不向咱插刀，那咱就睁只眼闭只眼，甚至装不知道……都是一块儿抗日的哥们，狠心自杀，外国人怎么看我们？……”

立国急着问：“国共已是你死我活的仇人了，电报里为什么还说防止不测？什么意思？那秦旅他知道有这安排吗？这种电报怎么会是国防部发出来的？”

刘旅笑笑回答：“这我就不清楚了。行了，都什么时候了？还有心去琢磨那些事？咱赶紧下令拔寨吧，逃命要紧，分秒必争！”

军训的效果得到了充分的体现，天刚插黑，全旅的开拔准备就一切就绪。刘旅长下令三个整团及旅部官干分乘三列、间隔20分钟开往石桥。

命令“下车不得停留，不等后部，按既定路线各自行进，立即赶往沟沿集结。”

为掩人耳目，事先安排在营口的接应船只不能调用大船，每船只能容下一团。为保证安全和提高士气，旅部长官分头随队，刘代旅长自然是第一批出发，小虎和旅电报员理所当然要跟在旅长身边，途中要关闭收发报，只准在到达沟沿时才能开机，离开沟沿又得关闭。上司要求不得一人落伍。

立国和旅部其他 30 多人都被安排在三团之后，属扫尾直属队。

（四十七）

等三团到达石桥，已近子时头。上司要求最后一艘船务必于凌晨 5 点准时离开海港。如此，最后一批官兵在六个多点内就得赶到营口。王副旅长下令急速行军，并冲到最前面亲自领跑。

两个钟点过去了，旅部官干一个个累得气喘吁吁。多亏大多文件都已事先烧了，否则，你就拿鞭子抽打，他们也一步都挪不动了。立国的行李最重。但他一直咬牙坚持。

旅干们渐渐被三团甩到了后边，一开始还偶尔能听见前面队伍有人咳嗽，到后来就什么也听不见了，官干们有些慌神。而立国没想别的，全部心事都在自己的背包里，“精神宝贝，一本都不能丢失，特别是那本《谁是地球头脑的主宰》。”

“机关平时也参加军训，但急行军的训练几乎就没搞过，总以为日常不出门，出门必有车。结果到临关紧要时，弱项就充分暴露了。”一位新提的上尉对立国说。而立国从离开营地起就没把这次调防当战场对待，只淡淡地回答，“俺在家时爹管得紧，天天干活，还能坚持得住。”

二人正在小声议论著。突然离他们百米的前头接连火光爆开，“轰轰”地爆炸了几棵手榴弹。接着是一阵机枪的“突突”声。立国赶忙喊：“快趴下！”

官干们不顾一切地跳进路边的土沟里，有的还被枯硬的楂根刮破了棉衣和手。“有伤着的吗？”立国问。上尉四处瞅瞅回道：“看样没有，要有，就这帮人，早就叫唤起来了。”立国想想也是，他明白了，手榴弹是在滩地里炸响的，机枪是朝空中放的，“他们是自己人还是共军？什么意思？难道这就是王副旅长的关照？”

抗战后的东北天，不但没跟随日本的投降转暖，反而一年比一年冷，去年的冬头儿比前年提早了半月，今年的寒潮又比去年早来了十几天，还没到十月中就北风起雪花飘，冷得透骨、冻得手木，特别是每日的天亮前，往地上撒泡尿，不一会儿就变成了冰盘。眼下多亏沟里的水已经冻实了，不然官干们就被泡进膝盖深的冷水里了。

立国是头一次经历炸弹在眼前爆开的场面，冲击波还真让人心惊肉跳，两手紧紧抓着捆在胸前的包带，心想：“爹还不知道俺会遭这难呐！”

接着火药味和烟尘很快就从他们的头顶瓢过，呛得一个个拼命地咳嗽起来。但又怕咳声暴露自己，纷纷用手死死地捂着嘴巴。

“你就捂到天亮也没用，快投降吧，不然过一会儿还有更难闻的呢，你们已经没路走了，逃不了啦，把枪交了吧，你们的先头大队不会来救你们了，这边枪炮一响，他们跑得比兔子都快！”共军的劝降声近在咫尺。

“旅长不是说他们会关照我们吗？明知咱掉队了，也不留人接应……”立国觉得有点不对劲，王副旅从来说一不二，“他是跟最后出发的三团走的，该知道我们就在他身后。”

这时，共军在上风头点着了茅草，烟尘贴着地皮把官干队淹没了，沟里传出一片咳嗽声。有人撑不住了，喊叫着：“你们谁官大？赶紧做主吧！”

经过昨天上午的军衔提升宣布，旅部官干最小的职级都是少尉，撤离时校级军官都随旅首长到连里带队去了，剩下的旅部官干最高军衔是“口头”上尉，因调防命令紧急，旅长“第二天早上挂带领章”的承诺无法兑现，出发时也没来得及指定谁负责，等于官干队一路都没头头，只默默跟在三团后边，现在被共军拦阻了，是投是战谁出面应酬？谁敢做主？哪管有个敢站出来与共军交涉的也好。

立国用肘头碰碰旁边的“口头”上尉，陈上尉知道立国是要他去对付共军，但他却缩着脖子小声说：“旅长就那么一说，我连升官的感觉都没找到就被撵上了火车。”

“胆小鬼，你们不想露头了？怕子弹揭了天灵盖是不是？还抗日英雄团，狗屁！”共军在喊。

“你听见没有？看来他们老早就摸到咱的底了。还真他妈的挖苦。我怀疑，咱是不是被大部队当礼物送共军了？”立国再次碰碰上尉。

“屁，还礼物，你的肝能做熘肝尖？只能喂狗。”陈上尉冷笑着说。

“你还有心说风凉话？看来你心里有底了。”立国小声说。

“我有什么底？你没听他们那臭嘴？根本就没把咱看在眼里，咱从来还没受过这个挖苦，打日本咱什么时候龟孙子过？忒悚了，这要是秦旅在，嗷一声跳起来就崩了他！”陈上尉有点蠢蠢欲动的意思，但抻抻脖子却又退回沟底。

“秦旅不是没在嘛，现在全靠你啦，该琢磨琢磨死得值不值，为谁死，是义气死仗义死，还是为抵御外患死，现在如你决心死，就跳起来灭他几个，讨回点本儿。但那不等于咱哥俩对杀一样吗？我姓赵你姓陈，要不是当兵，咱俩谁认识谁？国军和八路昨个还一起杀鬼子，今儿个哥俩就打起来了，外国人会笑咱素质太低……”立国进一步拐着弯开导他。

“你们想好了没有？英雄团到什么时候都是英雄才对，老蒋的内战是打不赢了，锦州的大门已被我们关死了，廖耀湘肯定这两天就得葬身在黑山，眼下也就营口一条水路。要不是情报耽误了，我们只要把营口港的大门锁死，你英雄团就全改编成解放军了，我们相信秦将军是希望国家统一安定的。可惜他为了家眷和独立旅的安全，出于义气，被强逼着去了上海。”

“他们是干什么的？怎么什么都知道？是专门来堵截独立旅的？那怎么只堵咱三十几个人？难道真是情报耽误了？”立国很是惊讶，再次想起参谋长临上火车前的一段话，判断独立旅里一定有共军的卧底。

“好，有话就冲俺说吧！”立国背着背包突然站起身，因包裹沉重差点摔倒。

“你站稳了，别东倒西歪的，容易误判。行，总有明白人，这兄弟还像条汉子。你把这几个东西打开，别怕，那不是手雷。”说着，对方把几个包着棉花的东西“扑通扑通”地扔到立国脚底。

立国哈腰小心地抓起一个摸摸，是手电筒。“看来他们早有准备，堵截经验还真是丰富。”立国边想边首先打开一个只装灯泡照不了远光的电筒，四周霎间便通亮起来。

“你这人到像英雄团的，沟里的那几个有点孬种，胆小如鼠。好，你把电筒立在地上，像点蜡烛那样，别倒了，再把你身上的武器扔过来，一个个接受检查，不得同时过来！”

四个电筒都打开了，眼前顿时白闪一片。立国偷眼望望周围，原是一望无际的碱滩，布满密麻枯萎的碱蓬草，冻崩了的土地沟横交错，裂隙中一鼎鼎冰凌就像血盆大口里的尖牙锐齿……“就这地面，你往哪儿逃去？老老实实把手举起来吧。”他冲沟里的人说。

立国第一个按对方的要求办了，胆怯地往前挪着步子。陈上尉在沟边抻着脑袋呼叫说："立国！你别傻，不要听他们糊弄！"

此时的立国也觉得有些后悔，怕对方是诱骗，"这要'突'地一枪，可打个正着。"

"你大胆地往前走吧，解放军说话算数，我们把烟都灭了，不再呛你们了，特别是对抗日英雄团的官兵，咱是兄弟。我们要打早就开枪了，你不就三十几个人吗？一梭子子弹足够了，即使不够也没关系，拿手枪补几个。"

"这小子说得这么轻松，早有底数，是专程来逮俺三十几个兄弟的，他们图什么？"立国琢磨。

"那你们怎么还打国军？国军都是从抗日战场上下来的！"陈上尉趴在沟里喊着。

"兄弟，你错了，是共产党开的第一枪吗？日本投降后蒋介石就频频开枪打我们，1946年6月国共签了《停战协议》，可老蒋趁马歇尔回国休假的机会撕毁了协议，在华北对八路军展开大兵团围剿，然后才有东北一系列战事。我方要继续巩固国共抗日的第二次合作。结果却相反，老蒋要我们死，我们家里都有爹妈和老婆孩子，凭什么非要我们死？而他不死？你们也成了他的炮灰，还想不想回家看看了？明白了吧？我们是被迫把枪口瞄向国军弟兄的。但对英雄团不同，刚才的爆炸是下唬你们的。"

水沟里没声了，说明旅部官干都琢磨过味来了。立国担心他们冲动引发意外的顾虑解除了，猛了猛胆子大步朝前走去。快挨到共军近旁了，他才发现，共军的拦截小队只五、六个人，"他们想包围谁？就这么几个人围得住30多个人？"立国耻笑自己，兄弟也好父子也好，只要两军对垒，被俘总是难堪的。是，机关官干的确没有战斗力，可在敌寡我众悬殊的态势下，总不至于当俘虏吧？这大黑天的，俺30多个人，五个掐他一个总可以吧？我们怕死吗？可除了我，他们基本都刚刚经历了抗战的烽火，还英雄团，不会比老鼠的胆儿还小吧？人家只放了几个屁，这一大帮人就全掉沟里了。看来还是内战不得人心啊，还是那句话，死也得死个明白，知道为谁死的，死得值不值……

"你傻等什么？把背包放下解开？"对方命令着。

"俺这里边没有武器，都是书，"他拍拍腰间，"就这把手枪，新发的德国货，还没上子弹。"说着，便不由自主地举起了双手。

对方等他下到自己这边的沟底，两个人同时从立国的咯吱窝往下摸，摸到痒处时，立国才知道自己正高高地举着两臂。心想："真丢死人了，还总想学书里的岳飞和于谦。不过，他们是对付入侵者，俺就当弟弟被哥哥逮了……"

"你好像又犯傻了，是琢磨什么事还是害怕？我们不会打你，你就个书呆子，逃命还背些这个，我们当是金条呢？好了，你就蹲一边踏实吧。"

那人继续向对面的沟边招呼，"再过来一个！"

陈上尉瞅瞅其他人，见一个个都在哆嗦，便第二个爬出了冰沟，还没挨近手电筒就主动举起了胳膊。

"你不犟嘴啦？你说你要像刚才那位老老实实出来缴枪有多好？非得叫完劲再爬出来？你腰里也是德国撸子？"

陈上尉举着两臂低头不语。立国蹲累了索性坐到地上，没事人似的就着电筒的光亮瞅着姓陈的投降的样子，他个子高，弓腰站着像只大虾米，立国心想："刚才他还英雄得了不得，一转脸就变这摸样了，真可乐。"

"你别慌里慌张地把电筒碰倒了，我们不会打你！"一个解放军战士喊着。

上尉不仅缴枪，干脆连皮带和枪套一块儿扔给了共军，小心地迈过了土路的中线。

“照着他学，下一个，看见没有？他俩连毛儿都没掉一根儿！”领头的解放军喊。

已经能望见东方天边那些模模糊糊的山影了，最后一个投降的才蹲进检查完的人堆里。最早接受检查的已经把腿蹲麻了，可又不敢站起来放松，只好学立国坐到冰冷的地上。

“沟里有没有被吓死的？”检查人跳到路上向那边的沟底望了一眼。

手电筒的光亮早就微弱了，那人用脚把电筒一个个踢到沟里，灯泡与冰凌相碰，发出清脆的爆裂声，并耻笑着说：“这都是老蒋白给我们的，给你们照完亮了，它的任务完成了，就像英雄团的兄弟前会儿那样，去沟里好好歇息一会儿吧！”

几个共军听后都开心地笑了。而立国他们也觉得他这话可乐，却没一个敢笑出声的。

领头的问：“有什么可笑的？”部下回答：“你把我们当手电筒都踢进国军兄弟蹲过的沟里，阶级阵线有点模糊，干嘛我们也得钻沟里歇息？”共军士兵嘲笑官干。

“糊涂，他们都投降了，咱不就都一个阶级了吗？投诚的诚字怎么写？诚信诚实，让他们调转枪口打国民党反动派，他肯定得打，我说错了吗？”领头的一边回答一边用手点着部下，“你，你，快把他们枪里的子弹都卸了，再把空枪还给他们，正儿八经地挎到腰上，走路的做派要标准，像真投降的样子。”

“投降还有像不像，该是真不真。共军的水平也不过如此。但人家就能打胜仗，怪了。”立国捅捅陈上尉，两人立即起身照办。因为他们坐得太久了，腰以下都快凉透了，老早就想站着歇息。

其他人见俩头都站起来了，便纷纷响应，并赶紧接过空枪，捆紧皮带，整齐划一地站成了两排。

领头的看了竖了下大拇指，说：“佩服，秦将军带出的部下就是不一样。好，立正——”他故意拖着长音，又说，“我看向前看齐就不必了，已经很齐了，那就——”他又拖了下长音，喊，“向左转，齐步走！”

路上，投降者的前后左右仍是荷枪实弹的押解者，走了一里多地后，立国实在忍不住了，问领头的，“唉？看样你是做主的，请问，咱都一个阶级了，你怎么还押着俺？枪都空了，折腾了一宿，肚子都空了，既打不了架也跑不动路，你怕什么？”

领头的想想才回答：“也是啊！你们都是挎撸子的，像干部队的，得给点面子哈？那这样吧，按规定，在没履行正式投降手续前，对你们还不能放手，倘若跳出个愣头青怎么办？往下我们就不用枪逼你们了，咱一块儿走，但你们在中间，集中些。怎么样？”

“行，可以理解，就这么办。”陈上尉抢着回答。

领头的笑道：“干部队就是不同一般士兵，觉悟高，你们都什么级别？”

怕对方是在探底，没人敢回应。立国心想：“废话，你瞧瞧这些人的领章不就知道了？”

“嘴不承认，实物作证。今儿个大丰收了，一把就薅住30多个当官的。我们根本就没想拿绳子捆你们，这没边没沿的盐碱滩，我赶你跑你都不敢跑，到处是狼窝，狼是饥饿成群的，闻见肉腥味就咬，能把骨头嚼成沫沫，常言说，好虎架不住一群狼，你们知道不？”走在领头人旁边的一个扛机枪的说。

立国想起爹早头也这么讲过，“他老人家描绘得比这人说得更血糊，说狼专爱啃没断气人的嘴和鼻子，外加脑瓜皮。你要让俺在被狼咬死还是被枪子打死这两种死法里选一个的话，我肯定选枪子……看来这位共军他也知道自己人少，只好拿狼来吓唬我们30多个人。”

立国注意到，扛机枪的狼话还真管用，刚刚还哭着说自己走不动了的，腿脚立马就轻快了。“看来人就没一个不怕死的。说战场上不怕死，那是没法子，谁不往死里拼谁就得先死。眼下俺已经是人家的人了，那就活命第一吧！”

路上，有士兵向领头的报告上级指示。立国这才从他们的对话中知道，一直在向他们喊话的这位原来是个营级长官。“难怪他能说出一些普通士兵所不知的内情。如不是这营长，俺还真以为独立旅的这次转移是神不知鬼不晓的。人家共军也收到和独立旅同样的电文。国军一举一动都被人家掌握在手中。行啦，那我就好好尝尝投降的滋味吧！姐夫，你不是说经历是宝吗？这经历也算宝？丢死人了，这经历为什么总离别人远远的，非得让我经历一下？还真成全。不对，不光我经历，后边还跟着30多位呐！”

（四十八）

天麻麻亮了，队伍来到一个宽阔的河边。“这是大辽河吧？沟沿可能已过了吧。”立国一边疑问一边说：“长官，这是去哪儿？电报要俺到沟沿集结。”

“你还没忘你那集结啊？人家都不要你们了，跟我过河去田庄台吧。”营长回答。

“怎么过？有船吗？”立国问。

“今年封河早，你们扯着我，别抬腿，滑着脚底走，要觉脚底软就赶紧躺下，我保证你们一个也死不了，解放军也舍不得让你们死，都是文化人，宝。看着，就这样走。”营长做了演示。

河西岸是个很大的镇子，到镇口处，营长要投诚的停下来听他说话。“看起来拷问程序就可省去了，咱们通过一路上的交谈，我已经知道你们都是独立旅旅部少尉以上的干部了，国军叫官干。你们的到来，比我们俘虏一个团还有价值。”

立国听了觉得刺耳，心想：“闹了半天，俺还是俘虏。”

“你们都是识文嚼字的，特别是那位……”他指着立国，“开明，敢第一个站出来代表你们说话，他很不简单哟？需要勇气和不怕死的精神哟？而我们的队伍，特别需要他这样的文化人。独立旅给你什么军衔？”他问立国。

立国想，“俺说哪个头衔好呢？是俺嘴巴下领章上的这个算数？还是昨个儿上午长官拿嘴巴公布的那个算数？”

“他是上尉，我也是上尉，还有一个上尉，我们仨和你差不了半级，是昨个儿出发前才公布的，领章上这个是前天的头衔，没来得及换，过期了！”陈上尉抢着大胆地暴露了自己，心里想的是，你营长别那么神气，官并不比我大多少。

立国不知这弟兄是何居心，用肘碰碰他，示意不要继续往下说了。可上尉却小声回道：“别让他拿咱不当干粮，动不动就讽刺挖苦，往沟里踢个鸡巴手电筒也捎带着贬斥咱几句。打日本咱不比他差。”

“不客气，营长，请问你是抗日英雄吗？你们旅长被蒋总统接见过吗？吃过总统摆的宴席吗？”陈上尉以话当枪，直指营长。

立国怕上尉惹是非，要替他解释几句。不想那营长却说：“上尉先生问得好。可惜我们八路军在老蒋眼里连干儿子都不如，能得到他一句表扬话，或开个空头支票，拿张纸嘉奖一句，就很不简单了，他不奖励我们个人就不必计较了，可能不能给八路军发几挺机关枪？这可是真抗日假抗战的态度问题。不客气说，我们哪个不是英雄？你看！”营长解开衣扣敞开胸膛……

三十几个人一看就傻眼了。只见营长胸腹上横竖的刀口不下四五处，青紫的伤疤已完全遮蔽了母亲给他的皮肉本色。

“这就是日本鬼子给我和我所有的战友留下的英雄标记，上尉先生你有吗？请你也把自己的胸膛敞开？……”

陈上尉知道自己也有，可比营长小多了，不敢比量，无话可说了，便低下了头。

立国赶紧赔礼说：“对不起，我们只以为国军在抗日，只有我们旅长是砍杀日寇的英雄，我等寡陋无知，请英雄谅解，我们深感羞愧！”

“这兄弟会说话。英不英雄无所谓，只要把小日本赶出中国，咱都是英雄……可话又说回来了。你们不要顾虑安全问题，可以说从这时起，这田庄台一带就是共产党的解放区了，直到昨晚我还不敢这样保证。我们前几天还在这里占脚。但为了截断沈城国军主力增援锦州，大部队开拔了。只留我们特务营负责接待你们。你们不要以为我们只五个人，这里家家是兵，一声号令，几千队伍就集合了。我们按命令拆卸了沿途所有的地雷和暗器，收了民兵伏击线，放过了你们的大部队。但尾巴的干部队不能放过，有用。”

“这里的老百姓很苦，从甲午最后一次陆战起就天灾人祸不断，历史的繁荣早就被彻底湮灭了，解放军不能抢老百姓的东西。你们秦旅长也从不抢老百姓的东西。所以，这里没粮供我们这么多人坐着吃。灾荒年，你就有钱也很难买到米。怎么办呢？还老规矩，愿意留下来和我们一道建设新中国的，跟我归队，要回家的，发两块大洋做盘缠和路上填肚子，足够了。但你们现在不要急着表态，无论留与不留，等吃了早饭再说。愿留下的，坐在饭桌边不动，不留的就往门外走。但我规劝你们，卫立煌是我们八路的老朋友，抗战时他背着老蒋帮过我们，为此，他和老蒋的隔阂很深。独立旅算老蒋半个嫡系，在卫的眼里没有位置，他信不过你们。独立旅的大部队可能已经在海上了，你们现在变鱼都追不上了，还回去吗？想明白了就登记填报，我先带大家找地儿吃饭去，你们也边走边慎重琢磨琢磨我的话。就这样，跟我来！”

吃早饭的地方好像是事先做了准备的，四十多人一进屋就马上有了座位。不一会儿就有人给每人端来一条切好的苞米面贴饼子和一大碗苞米面疙瘩汤，桌子中间是一大盘盐萝卜切丝。饥饿了一整夜的肚子正在稀里哗啦作响，官干们头不抬眼不睁地不一会就把东西划拉光了。

“不管饱，只能垫垫底，投降和抓投降的都一样待遇，平等，营长也不例外。但从吃完这顿早饭起，在座的就不再是投降的了，彻底解除阶级对立关系，你们该做选择了。咱有话在先，没人逼你，自愿。也没有歧视，或留或走都是兄弟。”营长再次说明。

营长说完，屋里先安静了一会儿。而后有几个少尉站起身提着包不好意思地领了大洋朝门外走去，但又回头解释说，舍不得一起抗战的同志，自己从参加国军就没回过家，不知爹妈还是否活着，先回去看看，说不定还要来找营长，营长为人仁义，值得交往。

营长把所属部队的番号和自己的名字写给他们，并告诉说，这到东北全境解放也不会变，离开东北就不好说了，想归队就抓紧点儿。

立国看看再没人要走了，才起身把背包搬到桌子上解开捆带，说：“该走的都走了，俺才起来说两句……”他拿起那床军被抖开给营长看，“这是俺爹给俺的纪念，要俺千万不要打八路，不参加内战。营长你一定能认识这是谁的被子，八路的，是一位八路的长官在冰天雪地里用它救了俺爹的命，俺从参加国军那天起，就一直没让它离开过我。俺今天再次看到你们确实是仁义之师，现在的感觉和前会儿又不同了，给你们当回俘虏不是没脸见人的遭遇，反而有所收获，见识了别人见识不到的遭遇。”立国没提秦旅是自己姐夫。

营长捧起军被仔细地看看，然后说：“是的，没错，前两年我们干部在华北盖得就是这样的薄被，进军东北时还随身带着。你老弟怎么敢把它带进国军里呢？还决心不打八路，太难得了，太有意义了。我得给上级首长好好说说你这典型的价值。”

官干们简直不敢相信自己的耳朵和眼睛，万没想到，立国竟是个埋藏很深的反内战国军参谋，并头次见识了立国珍藏的八路军被。因此更联想到秦旅长，“他是否也反内战呢？如果他也反，那他为什么会去南京呢？不对，这营长说他去了上海，还把家眷一起带上了。这到底是怎么回事？共军怎么能知道他去了上海？”一个个你瞅我我瞅你，但只能把疑问埋在心里。

“留下的三十来人基本是决心要参加解放军的了，情绪也该是稳定的了。俺不想带头走，所以等要走的走完了，再向营长说说自己的心事。我是实在想爹，俺妈走得早，他老人家很不容易。俺几乎一个礼拜给他写一封信，可全都石沉大海了，这都是战乱给闹的，我没法安心，就像营长说的，俺想回去看看，放心了立刻回返。俺家就在黄海边上，从田庄台一直往东南走，离这里不是很远，用腿走顶多六、七天的路。”

“我还以为你一准能留下来。既然这样，不勉强，心情可以理解。你也带上这张纸条，想回来时就拿它找我。”营长给立国两块大洋。立国不肯接受。

“外面很乱，当兵的基本不了解世情，思想准备不够，你路上会遇到各样的难题，还是带着好，以防万一。顺利了咱或许还有再见的机会。那要不顺利呢……你也得给我们这些人一个踏实不是吗？你是上尉，手头比当兵的宽裕一些，可这是共产党给你的，意义不同，就算探家的盘缠吧！”营长硬把钱塞到立国手里。

立国心想：“俺连少尉的军饷都没法按时领，还上尉呢，这个月更什么也领不着了。”

“立国，你一定得回来，我们几个都会等你！”陈上尉一边帮着捆行李一边说，眼里湿了，话语有些颤抖。留下的三十多个人都一齐围拢了过来。

“营长，立国可是我们旅的人才，会两门外语，政治、经济都通，刻苦好学，经常给全旅长官上课，对古文也很精通，书法也是全旅一流的。立国必须得回来！”有人揭了立国的底。

“同志们，我一定回来。要回不来，那就是我在路上死了！”立国深受感动，他怎么也没想到，旅干们会这样看重一个潜藏在身边的反战分子。

“那好，立国就算临时请假回家探望老父亲去了，我准了。但咱俩得换换衣裳，你那套在路上会有麻烦的，我这是四兜干部棉衣，你如遇到解放军就更方便了。你在这名册上登个记，就等于入伍了，我们都是你参加解放军的证人。共产党有政策，只要不是罪大恶极，在国军里是什么级别过来还什么级别。只是我这衣料不如国军的质量好，可老百姓见了亲切，快穿上，快去快回，我们运动的速度你没法想象，今天在这儿，可能一夜又百里之外了。”营长见立国的同事都异口同声地肯定了自己的同伴，想来这位的为人一定不赖，“如此人才，我们的队伍里还实在是奇缺，上级要知道我们抓了这样一个有水平的俘虏，不知要怎么高兴呢，一定会千方百计做工作留下他。”他转身喊：“小孙，你包一包饼子来，给立国带上，再带点咸菜。”回头说：“你把水壶灌满，路上渴了方便喝。”

立国换了军衣和军帽，给营长立正敬礼，并问：“俺是解放军上尉啦？不是做梦吧？”

营长拍拍他的肩膀回答：“你还怀疑？你都签字了，我和他们都给你作证，现在我们是同一个战壕的战友了，首长对我有授权，等你回来，上级一定会充分发挥你的长处！”

立国转身给留下的战友敬礼，依依不舍地离开了日夜共事近三年的同志。心想：“我答应他们还回来，我能如愿吗？我已经是解放军了，必须回来，这或许是命运的安排，那我看看爹就立即归队。”他回头招手，喊着：“我一定回来！咱和营长也算是生死之交了！”

同事们齐声回道：“我们等你！祝你一路平安！”

立国离开庄子后，在河边的一处高坎上回头瞭望刚刚登记为解放军的那个屋子。“俺是在让侵华日寇首次兵败的田庄台参加的八路，是我生命历程中最难忘的地方，即使是再回来找营长，也不可能是这里了，我要记住它。”

坎上是齐腰高的枯黄茅草，在冰冷的晨风里一垄垄伏下，又一片片弹起。他感觉自己似乎已沉入一望无际的大海，从未有过的孤独与挣扎在不停地袭扰着内心，他内里的情愫已不是刚刚离开战友时的那种激动。“人只要脱离了集体，立时就变为一片漂流的枯叶，无寄无托。”

他觉得眼圈里在发涩，远看有些模糊，便用手背擦擦再望。只见，刚吃过早饭的那栋房子已被许多错落的屋顶遮挡了，同伴的身影早已不见了，只有沿街一排排光秃的白杨树梢在寒风里摇晃着，像似在和立国招手告别；残缺不全和古老荒僻的围镇坯墙在眼底蜿蜒着，就像往昔的炮火与厮杀留给后人的特别抗御纪念；萧条冷落的十字街巷，时时都在向路人倾诉着战争的险恶与残酷。“是的，我发现了，这庄子本身就是个田字，所以叫田庄……可台子在哪里呢？”他左顾右盼，“原来台子就在自己的脚下。”诺大的一个台子，茅草起伏如潮。传说当年倭寇就是在这里被乡民点成了火人……“这就是那名气极大的田庄台？俺曾经是那么渴望它，很想亲眼看看它是怎么把日本鬼子杀得人仰马翻的。今天终于站立在这里了。可它却和俺簸箕庄一样，貌相平平。但它却让小日本世代刻骨铭心……更是我人生命运的分水台……

镇里的狗儿在接连不断地呼喊着，声声都仿佛是送给立国远行的祝愿……立国在营区里已很久没有听见狗叫了，而此时再次听到，便立刻勾起他对家乡的思念与迷恋，他觉得那不是狗的怒吠，却是庄子向自己的一声声召唤，宛如金鸡报晓一般的亲切。

他转回身，背着书提着营长送的饼子，沿着茅草间的小道往东南走，那是他的归乡之途。

“姐姐、姐夫和盼盼，你们现在在哪里？一个电话就把我们彻底分开了，人间亲情的连结怎么这样脆弱？我现在又变成解放军了，和姐夫成了对头，世变跟不上人变，你们能理解吗？小虎，你现在怎样了？上船了吗？开往哪里？想家吗？想娘吗？俺会替你去看看你那苦命的母亲和哥哥的，我绝不会告诉他们你成了蒋匪军……”这是立国在归乡路上反复叨咕不止的心里记挂……

第八篇　来无形的伤害

（四十九）

回家的路途绝不像立国想象得那么平坦，意外的波折接连不断。黑夜有狼群和强盗出没，他生来胆小，在独立旅练了那么长时间也没长进，不敢独行，总觉得野兽比强盗还可怕，它听不懂人语，一心要吃生肉，强盗还能用人语搪塞，拖延时间。白日在路上，镇口村头的关卡一个接着一个，连孩子都有权喊你“站住，把身转过去”，盘查拷问搜身，甚至连棉鞋都得脱了验验，一耽误就是半天，营长给的饼子都吃完了，只好一边乞讨一边赶路。穿行树林山地更得加倍小心，说不定从哪个石缝跳出个满脸污垢的人来，能把你吓成偏瘫。

如此，经过近半个月的奔波，他终于远远望见了熟悉的虎山背影。“这回可真的快到家了，俺马上就能看见老爹和哥哥嫂子了！”他不禁忘记了疲劳，并加快了步子。

可当他爬过虎山前头的柏岭，在快到筐篓屯时，却突然停止了脚步。心想：“江家门前是我的必经之路，千万别叫她的爹妈瞧见，早先跟人说是媳妇随国军走了，而今却只俺一个人回来了，他们要是问起，我怎么解释？”

这时，一阵锣鼓的敲响突然灌入了他的耳朵，随之便是众人的呼喊，他觉得奇怪，笸箩人怎么会这样？便慢慢地挪进了村子，见村南的一片空地上挤满了人头，头顶的五色三角纸旗在不停地晃动着，仿佛掀起了斑斓的波浪，口号声正从那里一阵阵爆发。"这可是俺尽快躲开江家门口的机会。"他顾不得细听那口号喊的是什么，急匆匆地奔上了对面的松山，一口气小跑到能望见富簸箕庄时，才垫着背包坐下歇息。"这里也时兴凑热闹喊口号了，学得倒快，共产党的土改都弄这阵势，有意思，能把人哄起来。"他一路已经遇到若干类似的场面了，有时因为好奇，还停下脚瞧瞧听听。但他对那些乡人拳打脚踢行为和拿刀逼着地主老财脖子叫喊的做法，内心不忍。他想："俺怎么和他们的情绪不一样呢？是受父母仁善质朴的影响，心肠不会坚硬了？是从小就没遭受过压榨，缺少同情和义愤？是因为五大犹太巨人的感化和启迪，人生观发生了改变？但我对日本鬼子却是恨之入骨的，对老蒋打内战是从心厌恶的……"

"算啦，我已经是解放军的营级官干了，回来要见的是亲人，和老爹亲乎亲乎就得赶紧返回，想别的没用……"他望着久别的大海，回味着过往赶海的热闹场面，想象二哥挥撸劈浪的情景，不禁觉得口里有些干渴，"家乡的大海一望无际，条件反射，我已一天没喝水了。"便伸手从路旁的雪堆里掏出干净的雪用力握成冰疙瘩放进嘴里含着。这是他军训时的必修课程，一路已用过多次了，凉簌簌的滋味能让自己把浑身的疲劳全都忘掉。

"俺到家了，爹啊，儿是死里逃生千辛万苦往回赶呐，全是为了您老人家啊，我已是共军营长级别了，您怎么样？看样子共产党已经进来了，咱这儿也在搞土改吧？"立国想到这里，心头不禁一绷，"那两匹国军的军马会不会给两家招惹麻烦？"

这时，簸箕这边的人声突然在山下哄叫起来，其中还夹杂着狗的怒嚎。立国抻着脖子朝村里扫视，只见自家的院里院外全是人头，有的还站在台阶上指手画脚。

立国本想就便到墓地坐坐，告诉母亲和爷奶，立国回来看你们来了。但庄里的混乱迫使他赶紧背起军包朝山下跑去，他担心家里会发生不测。不想脚底冰雪打滑，几次摔倒重又爬起，等赶到大门口了，他的裤脚袖口都被扯了口子露出了棉花，脸颊也碰得多处青肿。

立国顾不得疼痛，挤到堵在门楼下那些人的背后，刨院子的声响和搬箱搬柜的动静传到门外，金子在拼命地叫着，它好像被关在什么地方。

立国急忙把背包靠到外墙根上，不顾一切地扒开堵门人的后背。

刚挤进院子，眼前的情景就把他惊呆了，他不敢相信，世代忠厚胆小的簸箕人会突然疯狂起来，记忆里整齐干净的院子已一片狼藉，西厢被彻底掀翻，到处扬散着苇草和梁檩，大口泥缸被砸成了碎片，农具船具东倒西歪，上房窗户的楞格和玻璃七零八落。最不该的是，赵家几代人精心照料的老杏树，已被连根挖起歪倒在一边，枝杈全被砍断，院中还留下个齐腰深的大坑……

“杏花艳芳，蜂飞蝶舞，金黄累枝，果香满院”的情景在立国的眼前一闪而去。“他们这样糟蹋俺，爹怎么能承受得住？”他四处找爹，可爹不在院里，也不见哥嫂的影子。只有金子在东厢房里拼命地嘶叫。他估计亲人都被关在里面，便掀翻挡他的民兵，拼命往东厢门前闯去。

“他是什么人，敢这么大胆？”一个身穿浅黄四兜上衣，腰捆皮带并挎着手枪的人在大声问道。立国看出他是解放军的官干，刚要问他为什么要这样，站在台阶上指挥搬东西的人抢着回答：“曾队长，他就是赵嘟噜当国兵的那个老三，他姐夫是国军的什么团……旅长，这小子还敢回来，胆儿可真豹……豹子了，咱要防止国民党破坏咱的土地改革运动，该不该把他也抓……抓起来？”

立国抬头一看，喊话人原是自己初小的同学贾厅安，便冷笑着问：“你出息了你！敢领人到俺家来折腾，你……”从小就不会骂人的立国，也不知自己是从哪里来的灵感，没思索就冲贾骂了起来，“天气怎么了？簸箕人怎么了？怎么能让地痞做庄主？世世代代安分守己的乡人怎么突然就不安分了呢？是谁挑斗的？”

“张嘴就骂人，民兵，赶紧把他捆了！”曾队长被赵家老三激怒了。立国本来要冲上台阶扇姓贾的耳光子，不想几个民兵一齐上身把他按倒在地。

“拖出去，让他在场园南边站着，站高点，等会儿让他看看咱穷人是怎么批斗富农的。”曾队长再次大声呼喊了一声。

民兵赶紧架起赵老三往大门外拖。立国回头喊道：“爹，你在哪儿？”民兵拼命用拳头顶着他的后背，不让他有转身的机会。

立国的呼喊渐渐远了，心绪有些慌乱的贾厅安这才略觉踏实了一些。

“曾队长，您看这些个……个东西怎么处……处理，还有那些粮……粮食。”贾厅安笑眯眯地瞅着抄家所得，语调比平常多了不少沟沟坎坎，“您看，曾……曾队长，这灾……灾荒年，穷人都快饿……饿死了，可他……他们家还藏了这么多……吃的。”

“统统搬到场园去，搞现场教育，现身说法。”曾队长用力甩了下腕子发出指令。

围观的庄人见立国突然从天而降，个个慌乱不安，交头接耳议论纷纷。

“是是，现身说……说法。”贾厅安重复着曾队长的话，心里琢磨，“这姓曾的尽说咱不懂的词儿。”并扬起头对几个站在一边的民兵喊，“你们还……还傻站着干……干什么？没听见怎的？曾队长要你们把这院……院里所有的东西都……都搬到场园的台子上，搞现……现身说……说法，快！”

等院子里的人都撤完了，两个民兵才打开东厢的屋门。金子抢先从民兵的腿间一头冲出屋子，转过身摇着尾巴迎着一家亲人。嘟噜患中风病刚好转不长时间，腿脚还不太听使唤，迈步有些困难，民兵就强迫立春立邦搀扶着老人走，他们跟在后面督促。

庄东南蛇溪边的场园地里早已筑起了高台，为开大会方便，还用船板在溪上搭了临时木桥，刚从嘟噜院里撤出的人，挤过临时木桥拥进场院。木桥是曾队长听了贾厅安“咱不走老爷桥，那是赵家祖宗勾结腐朽满清的见证，你听那名？还老爷，别脏了咱劳苦大众的嘴和脚”的话，立即喊民兵铺就的，船板不够长，现差人到山里砍树。因为搭建费时费力，大冷天要赤腿下水，又是义务劳作，庄人都不情愿参入，偷着叨咕，“听爷爷说，庄人没摊过建桥钱，只摊过维修钱，每次赵家都主动摊大头，咱都走了上百年了，没见谁嘴谁脚脏过”，有人听了把这话传进贾的耳朵，贾愣是惩罚那些人在庄边站着冻了半宿。从此，庄人即使有任何不满，也不敢说三道四了。

立国被押在场园南边的坡顶，眼前是一片各样帽头和各色头巾，并在冷风里杂乱地蹭动着，人们怕冻，不停在摇头晃脑搓手跺脚。贾厅安坐在台顶的长凳上跟随着呼喊“打倒地主富农”的口号。因为北风太凉，台下人怕挨呛咳嗽，不愿张嘴，喊声七零八落。

这时，两个民兵把嘟噜一家从场外推到台上。立国清清楚楚地望见，爹在被人推上批斗台时，几次跌倒在台下，民兵硬是把老人拖上台面，要他靠前站，让儿、媳陪在两边，老人站不稳，民兵就用靰鞡踹他的腿，立国心疼，要呼叫，可控制他的人死死地捂着他的嘴。

领号人见赵家一家已站到台上，再次举拳高喊口号，贾和曾也带头起立呼叫。台下不敢抬头，但呼声似乎有了加强，“打倒富农，分田分船”“穷人翻身，拥护土改”。立国细看台上，领号的原来是与自家一墙之隔的西邻男人。“俺爹没少帮他们呐？他怎么能这样无情无义呢？”

金子躲在场外的树丛里，伴着忽起忽落的口号在愤怒咬叫。

“我叫你赶紧把那条狗打死，你为什么不打？诚心要捣乱对抗土改是吧？”贾厅安走到台前怒气冲冲地问嘟噜。

有人跳到台上，一边用力地按着嘟噜的头一边喊：“问你呐？你聋啊？

你就是不和俺穷人一心，连你家的狗也看不起俺。”

“这人是俺一路之隔的南邻儿子，忘本的东西，他生天花没死多亏谁？俺……”立国挣脱了民兵的手气急地骂着，民兵只好死死地扭着他的胳膊，让他只顾疼痛没法喊叫。

立春怕民兵继续折腾父亲，主动回道：“俺爹病得这么重，站都站不起来了，哪有力气打狗。你们有气就冲俺来好了。”

“呵，到底是儿子啊？主动为老子担罪来了。曾队长说了，你们儿女不是罪责的主角，你以为就这么站着当陪衬？已经站了几次了？受到教育了没？”贾厅安围着立春转了一圈，问话一句磕巴也没打。

立国终于看见二嫂的肚子已经很大了，肥大的棉袄也难掩身孕的体态，“二嫂怀着赵家的希望，但却被推上了斗争台，切莫发生意外，那是老爹的全部寄托。”立国的眼里噙满了泪水。

“那你爹有病回答俺的提问费劲，做长子的总该知道你家的这些赃物的来历吧？俺问你，这四个黑不溜秋的疙瘩是什么？还死沉死沉的？肯定不是铅坨子吧？”贾厅安问。

“俺爷爷活着的时候说，那是大清俺姑太给留下的，让俺辈辈传宗，没别的用处，只让俺代代对祖宗都有个念想，扔到山顶你都当它是块石头，没人看得起。”立春有意把爹撇开。心想，“俺爷死了，你们去批斗他吧，反正你这笨蛋也认不出银子，能糊弄就糊弄，决不能给爹招灾。”

“石头？怎么会呢？用这传家？稀奇！”曾队长拿起一个在手里颠了颠，“这模样也太脏了，看样子洗都洗不干净。”他把银锭“咕咚”一声扔回原处，拍拍手灰说：“分量倒有，用它压邪吧？”

立春想，“这也是个装模作样没见识的假正经。”

贾厅安看曾队长对“石头”没兴趣，便接着问：“那你们为什么把石头狮子埋到杏树底下？人家都放在大门两边，你家怎么就和别人不一样？有讲究吗？怪了，到你家，连四个破石头都成了传家宝，蹊跷！”

“那你先告诉俺你是怎么知道俺家杏树底下有石狮子？连俺爹都不知道。”立邦抢白着。

“唉？你话里有话，不但没好好回答俺贫雇农的问题，还一推六二五，反来问俺。你家有祖传就不许别人有口传？俺告诉你，你家的反动故事多着呐，咱村的斗争会可有了内容了！”贾厅安冷笑着。

“怎么就搬俩小狮子来？影响大会气氛？你怎么搞的！”曾队长质问贾厅安。

“真对不起队……队长，光忙乎别……别的去了，忘了告……告诉你了，那大的太……太重，四个大……大小伙子就愣没抬……抬起来，还在那坑里。”贾厅安点头哈腰地检讨。

曾队长头没抬眼地拍了一下凳子。但劲拍大了，有点疼，忍不住地龇了下牙。

“好好，您……您别生气，俺接着往下审几个重点问……问题。”贾厅安见曾队长有些不耐烦，赶忙点头解释。完后重新直起腰问立春“你家的房子在簸箕庄是矬子里面拔大个，特别显摆，不亚于地主老财，你老老实实交代，这是为什么！”

“什么不亚于？他就是地主老财！”领着喊口号的纠正说。

“对，你就是地主老财，赶快交代！”贾厅安抬手要打立春，但想想又放下了。

立春没理会他，故意拖延，不愿给他痛快。西邻的男人立着眼睛上前喝道，“快说，你也不是哑巴。”

立春拿眼瞅瞅那人，“咱两家是百年邻居了，听说你家祖辈还帮过忙呢，最清楚这房子的来历，你能不知道？你该是知情证人，房子是前八辈祖宗盖的，拿到现在扯巴什么？俺祖宗也没去抢，人家县太爷愿意花钱给俺改造，是亲戚之间的事，和剥削能挂上边吗？你没见那院子早头多大现在还多大吗？占过你家一寸土吗？多少年了，俺因为地界和你们吵过嘴吗？你说说看？俺欺负过庄里哪个人了？俺姑太家给庄里修的桥全村人都方便，你家走的次数最多，你怎么就不问问你家该摊多少钱才合情合理？还脏了贫雇农的脚，什么德性！”立春把最后一句甩到台下，靠前的人都低了头，不敢看立春，不敢正视赵家人。

曾队长见贾厅安根本不会主持审判，这样搞下去不仅搞不出结果，而且还会让部分村民同情赵家，只好亲自上阵。他把贾推到一边，问立春："你家有过两匹军马吗？你要如实坦白。”

立春思忖了一下回道："有，俺姐夫不用马了，临走留给俺了。他说那马抗日时冲过锋陷过阵，是功臣，要好好照顾。俺必须借这机会告诉全村，俺姐夫反对国军打内战，他临走告诉俺爹，绝不会向共产党开枪，他希望中国人在日本投降后好好建设国家。再说了，那军马不是已被解放军牵走了吗？俺该担什么罪？不懂！”

“这仅仅是你一个人的说辞，谁来证明？”曾队长提出疑问。

“俺全家都知道姐夫临走时发的誓，马去哪了你去问你们部队，你该知道啊？你不一直是军人吗？”立邦抢过话要泄泄怒气。

“让自家人给自家作证，笑话！”曾队长觉得这题目会让自己被动，故意绕开军马的质疑。

“马的去向就该你出来当庄人面说清楚，扣留时俺见过你，你就在旁边站着。俺姐夫是有名的抗日英雄，国军独立旅旅长，现在在沈城，他打没打解放军你们上级肯定清楚，你现在要拿这个来定俺的罪，那是栽赃。”立春严词反击。

“国民党从来就不是真心抗日，而且节节败退，哪来的英雄？可笑。看来你们是要抗拒到底了！”曾队长不敢直面立春，诚心把话题扯远。

“俺姐夫是为抗日才参加国军的，还参加过台儿庄战役，台儿庄大捷你不该不知道吧？是谁告诉你国民党不抗日的？那不是谎言吗？什么节节败退？你没打过败仗？连俺这草民都知道国军在长沙保卫战和滇缅会战中的战绩。俺姐夫也不是国民党员，他只是个抗日国军的团长，而且他打了许多胜仗，连鬼子都知道他的大名。他在虎山扩编时还给庄里许多人讲过打鬼子的故事，不信你问问下面的人，还有个叫张虎的团副，也是抗日英雄，浑身都是枪眼儿。他还敞开衣裳让村人看过。你问问，俺有一句瞎话吗？”

立春的这番回答让曾队长张口结舌，一时语塞，脸色红涨，只好立即严词反问：“你辩解来辩解去，有一个事实你恐无法回答。”他指着几草包苞米说，“这是怎么回事？全村的人都揭不开锅了，唯独你家还存这许多粮食，你再编几个故事给大家听听？”

立邦早就听不入耳了，急着强辩道：“俺家过日子一贯细水长流，是祖传的家风。全庄人都知道俺那五亩地旱涝保收，俺哥贩鲜，多少有点现钱，姐夫临走又给俺爹留了看病钱，爹舍不得抓药，买点粮食备荒。可俺没吃过独食，俺爹对家里揭不开锅的老实人都悄悄接济过，包括领着喊口号这邻居，你问问他的心长在中间吗？需要俺一家家点名吗？就这两三草包苞米，总共300来斤，就富农了？那你这标准能把许多家都划成批斗对象，不信你挨家抄抄？看是不是就俺家有苞米？贾厅安家里有没有？现在就去他家翻翻？要翻出来怎么处置？你要是把全庄都变成敌人，那你的麻烦可就大了。”

曾队长被立邦噎得火冒三丈，拿眼扫视着人群，问：“李老蔫呐？来了吗？你不是要揭发他们吗？机会来了，快上来！”

李老蔫慢腾腾地走上台面，没精打采地朝曾队长和贾厅安点点头，小声问：“团叫俺揭什么？”

曾队长一听愣住了，用眼盯着贾。贾浑身哆嗦了一下，立即质问老蔫：“是你自己说……说要揭发赵家的，装什么糊……糊涂？还团……团的，狗屁！”

老蔫不敢惹恼他们，只好一声不吱地侧脸站着，心想：“就你那屌样，给俺当孙子俺都嫌乎。也就那姓曾的不知好歹，给共产党丢人。”

老蔫是簸箕庄贫穷户之一，家住蛇溪东岸，土改工作队一直要拿他当贫穷典型，要他登台声讨嘟噜是怎么剥削他的。可李老蔫连什么叫剥削都不懂。

曾队长以为贾已做好工作了，想借题摆脱自己被动的窘态，硬是把老蔫提溜到台上。但老蔫不知所措，贾只好再次提示他，说剥削就是赵家白用你这个劳动力，巧使你家的人，你以前不是和俺提过有这事吗？

老蔫急了，大声回道：“团满嘴瞎话，俺什么时候和团说过？就团这坏种，发了芽也是劣巴，不知是什么尿把你浇活了，俺就有话也不和团这满嘴吐屁屁的东西说，全庄谁不知道团是什么人性？躲都躲不及。人家嘟噜从来没支使过俺，俺主动去帮他他都不干，过年过节还送东西给俺，俺家里的病了，人家立邦还爬山越岭去给抓药，人可不能把自个儿的心挖出来扔猪圈里沤粪，团叫俺撒谎俺可不会。”庄里都知道，老蔫是因为穷，才总觉在人前矮半截。可你真把他惹急了，连天老爷的裤子都敢扯。

台下听了一片哄笑。还有人喊，“老蔫！够哥们！”

这情景把曾队长尴尬得恨不能钻到地底下，后悔自己不该提名贾厅安当土改小组组长。一股急火便冲着贾厅安烧去。“贾组长，这可是你村的土改斗争会，一切都是你安排好的，开砸了你得负全责！”

贾厅安一听慌了，跑上前去对着嘟噜的后腰就是一脚。嘟噜“哎哟”一声跌倒在地上。

立国远远望见爹的遭遇，由不得民兵的阻拦，一股烈火忽地从心里窜起，他大声呼喊着“爹，俺回来了！”便一头闯入人群，暴怒地直奔高台冲去。

人们正把眼神集中到嘟噜倒地的台角，不想背后又突然传来一声呐喊，一个个被惊得纷纷转过头去。

只见一个和曾队长穿一样衣裳的军人疯了似地朝人堆横奔过去，躲闪不及的便被撞翻在地，会场顿时乱作一团。

“有冲击会场的啦！”“老乡，上去截住他！”“不要怕，不要乱！”“赶紧去把那条狗逮住，打死牠！”曾队长和另一位叫曲永的军代表惊慌地轮番大声呼喊起来。

金子终于按耐不住了，跃起身子咆哮着扑到台上，对着阻拦的民兵狂吠，民兵用脚踹牠，它咬住那人的裤腿把他拖下台子，转头就要去护自己的主人。

曾队长眼疾手快，迅速拔出腰间的手枪，对着就要扑向老人的金子“呯，呯”两响。

忠诚的金子便一下滚落到台底，凄惨地呻吟了几声，伸了伸腿，抬了抬头，就再也不会动弹了，殷红的血水不停地从它前胸白毛当心儿汩汩流淌出来。

本来就爬不起炕的嘟噜，更经受不起这突如其来的冲击，他挣扎着用拐头靠起身子，颤抖地伸出胳膊张开右手，喊着：“金子！金子！……”老人的声音越来越细微，连气喘都觉困难难耐了。

在头次斗争会时，金子见主人被人折磨，就一直趴在嘟噜身边盯着那些民兵，一见有人按主人的脑袋，就愤怒地瞪起眼睛“汪汪”狂叫，搅得斗争会没法继续。

贾厅安要民兵拿扎枪攆牠，还打断了金子的一条后腿。嘟噜回家心疼得一天都没吃饭，要立邦出去买了接骨药给金子包扎。后来的斗争会，金子就瘸着腿藏到场外的树棵里，随时准备营救主人。

而眼前，嘟噜眼睁睁地看着金子滚到台下就再也没有爬起来，知道金子已经送命了。

多少年来，金子就像嘟噜的“爱子”，特别是自女儿和三儿走后，和两匹马跑丢了，他更加宠爱金子，定期给它洗水澡，理皮毛，擦耳窝，宁肯自己不吃也不愿爱犬受屈。金子也跟腚虫似的和嘟噜寸步不离，相互依靠。

立国没被枪声吓住，再次脱开阻拦的民兵，甩掉脱了扣的捆绳，急步跨到台上，紧紧地抱住父亲。“爹，俺是立国，俺回来啦！”

正不知所措的哥嫂见状，惊喜交加，全家拥作一团，痛哭不止。

“民兵队长，你们还看什么，赶紧把赵家老三捆了带走，区里正在研究他的去向和被他煽动加入国军的那些人，听说这方圆几十里有一千五六百人跟赵家女婿跑了，光咱们庄就近上百了，凡和国民党有瓜扯的都给俺听着，必须和赵家划清界限，不然同样罪恶滔天，赵立国这是自投罗网，逮住他！”贾厅安板着脸孔命令着。

几个民兵冲到台上，把立国的胳膊扭到身后捆了好几道绳子。立国反问道：“你们有什么权力随便绑架解放军营长？你们太无法无天了！”

“你真胆大包天，还敢冒充解放军营长，这是什么罪你知道吗？俺都翻身当主人了，你说俺还有什么不敢干的？是共产党给俺的权力，专门对付你这样的假解放军真国民党，说不定还是个特务密探，正愁找不到你呐，你倒自己送上门来了！”贾厅安得意地踱着脚。

打死金子的枪声把所有的庄人都镇住了。那年赵家院里的两声枪响只是耳闻，而这次的两声，却是亲眼所见，实在可怕，众人不敢溜号，一齐把眼睛朝向站在台中的军代表。

“老乡，你们受惊了，不怕，刚才只不过死了条狗，革命嘛，哪能一帆风顺？今个儿不就是例证吗？我们在这里正动员土地改革，人家国军就冒充解放军营长冲杀进来了，企图搅乱咱的会场，推翻咱的政权。”贾队长杨着手说。

“俺不是国军，你没看见俺穿的是解放军的棉衣吗？俺是请假回来看爹的，过两天就归队！”立国反驳着。

“还解放军的棉衣，都开花了，谁知道你是从哪儿抢来的？归队，归哪个队？谁给你作证？大家瞅瞅他那模样，是不是刚从地沟里逃出来的？像解放军吗？”曲永军代表讥笑着问，不准立国说话，抢着继续演讲，“打恶霸斗地富，穷人有冤诉冤有苦诉苦，让穷人的腰杆硬起来。你们有了土地和渔船就能过上好日子。但咱得提高觉悟啊，对阶级敌人得有识别力，对反动派要咬牙切齿。不要怕，有共产党给穷人撑腰，咱就是无法无天嘛！天老爷也拿咱没办法，小日本和国民党那么横行霸道，咱不一下就让他们全都玩完了吗？”

“前日在沈家区的斗争大会上，广大群众义愤填膺，把一个狗仗人势靠给地主当高参享清福的杂种于国源用刀割了，割耳朵割舌头，割他的老二，凡是有仇的往刀上喷口酒，每人上去割一块，手都不抖，那杂种还看着你割，不服输，群众更加恨他，直到把这个反革命割到只剩个骨架。沈家区的穷人那才叫革命精神呢！说明贫下中农真被发动起来了。革命就是这样，要斩草除根，刺刀见红，不是他死就是我死。”

当曲永军代表底气十足地给庄人介绍沈家区用刀宰人的情景时，台下一大半人不敢拿正眼往台上瞅，他们已听到了这出让人毛骨悚然的传闻，而曲永又活灵活现地重述了一遍，许多妇女都不由自主地拿手挡了眼睛。

“你们赵家赶紧把这老家伙抬回去！可你赵立国不行，得跟我们走一趟。我看今天的斗争大会就开到这里算了，贾主持？你看呢？你这个土改小组长要负起责任，赶紧把贫下中农的思想统一起来，尽快拿出个分配方案，总共多少地，多少网，几条船，还有牛马、山林，抓紧报给我们工作队审查，别分出矛盾来。斗争大会也不能天天开，但开一次就要当一次，要有成果，成果就是提高群众的土改认识和革命觉悟，对阶级敌人要恨起来，别一想起他哪年哪月给了点小恩小惠就心软麻痹了，那不行。好了，下次什么时候开再另行通知。”

“好了，曲永军代表的话大家都听见了吧？回去好好想想，你对赵家就没冤没仇？下次可不能像李老蔫今天这样，一上台就吭哧瘪肚子的，踢三脚也放不出个屁来，他赵嘟噜以前拉拢过你怎的？你们给俺记住了，都得上来诉诉。散会！”贾厅安转身拿脚踢了立国一下，“你滚一边去，让他们把老嘟噜弄回去看看身子，他这回要是死了，下回的斗争大会就没法开了。俺就拿你们全家算账！”

“唉？贾组长？李老蔫是个老实人，他是贫下中农，穷人，要尊重他，这是个阶级感情问题，他发不好言要慢慢启发，不能挖苦！”曾队长有意把这话说给庄人听。

“曾队长您……您批评的是，俺毛……毛糙了，以后改……改就是了。”贾厅安连连点头。

几个手持扎枪的民兵把立国从台上拖到台下，看看捆绑得还结实，便推搡着把他带走了。

“爹，哥，嫂子……你们多保重……我没事，不要怕……咱对得起天地良心。二嫂，你要保住咱赵家的后人……立邦，别忘了把俺……丢在大门口的背包拿回家，还有，把金子……”立国泣不成声了，“把金子埋了，不让他们拖走”的话还没出口，就再次被民兵堵了嘴巴，他已悲愤到极点，万没想到爹和全家会遭受这般没人性的折磨，一步一回头地朝向家人竭力挣扎。民兵却棍棒交加驱赶他快走。

贾厅安朝民兵招了下手：“慢点，等等，俺还有事！”，他赶到立国跟前鬼笑着说：“赵立国，现在知道啦？小时候俺说你不信，书念得好没用，还不如大葱抹大酱，俺的书念得不如你，回家总挨骂，那个日本鬼子老师也不稀罕俺，骂俺不往好里出息。你看见了，今儿个俺出息了没有？要你怎样你就得怎样，还用背‘人之初，性本善’吗？”说话间还抬手拍拍立国的肩头，“还爹保重妈保重的，你能好好保重自己就不错了。不送了，你走好，去区政府的道还远着呐，刚来连家门都没进，路上有雪，长途奔波，小心点，再划几道口子，你那军装就更没人看了。看在老同学的份儿上，俺照顾照顾你，先落实下政策。”转身让民兵把塞嘴的破布扯了，“怎么样？还是老同学对你好吧？”

立国趁机用力地冲他吐了口吐沫，看都没看他一眼，心想：“蠢货，土改工作队瞎了眼，怎么能用这种地痞当头人？把共产党的形象全糟蹋了。”

贾厅安是庄里有名的“驴大不说骡子”的主儿，庄人送他绰号“吹巴”，全庄大人孩子都一齐这么呼叫，他不好不答应，真名就不再有人提起了。“吹巴”生性好赌，掷骰子成宿半夜，输了就回家打老婆，骂爹娘。不管什么事总把“咱打个赌好不好”挂在嘴上，不愿干船上的活，说一眼望不到边的浪，栽进去就没命了，还是种田安全，可地里的草总比庄稼高，秋后半年就把一年的粮吃光了，还得意地四处嚷嚷：“俺什么都可委屈，就是不能委屈了肚皮，饿了没劲儿，干老婆浑身骨节都酥，没意思。”两年前招兵的动员他当国兵，他头一句先问人，俺要参了军只能当做饭的大师傅，还问，国军多长时间能让俺回趟家，想老婆了怎么办？军队里让不让抓骰子。招兵的摇头。他站起来丢了句“那没意思”，临走想想又回头问，不是报名就给两块大洋吗？招兵的回答，你穿上军装办了手续才给。“吹巴”骂道“那更没意思！”头也不回地走了。

前月听说土改工作队进村了，他第一个找上门介绍村里情况，说自家是缸没底碗没边的贫雇农，并一再表示愿当土地改革的积极分子，坚决革命到底。给工作队的印象是，他很能张罗，跑腿勤快，有革命热情，要想尽快打开土改的新局面，必得让这样的骨干狠踢头一脚，便点名要他当了富簸箕庄土改小组的代理组长。贾为显示自己有能耐，做样子给军代表看，第一次斗争会就把嘟噜一家哄上了批判台，差点被金子撕破了裤子，因此对金子恨之入骨，还骂道：“连他们家的狗对咱贫雇农都那么凶狠，俺已彻底翻身了，该好好出出这口气了。”

（五十）

仅靠两腿走完千里雪程的立国，刚赶回家，连进屋跟亲人说句话的机会都没有，特别是连姐姐一家的情况和外甥是男是女，以及近三年是怎么过来的，自己为什么会参加解放军等等，都没机会给爹和兄嫂说说，就被往日摸肩擦腿的乡亲不明不白地捆了，满怀的探乡炽热情感被突如其来的一盆冰水从头浇到了脚底。“我怎么都不会想到，迎接自己疲惫归来的竟是这样一个恐怖的场面。”立国边走边想。

“庄人不是很善良很朴实吗？是什么邪气能把他们一个不落地聚拢到一起撒野？小日本用的是刺刀，胡子用的是恐吓，曾队长用的是什么？那只能是利益和强迫。强迫来自权力，可这利益又从哪里来呢？仅靠分我赵家？你就十个二十个赵家也富不起全庄的人呐？有的贫户即使你给了土地他也不好好耕作，例如‘吹巴’，那些只管这顿不管下顿，吊儿郎当得过且过的主儿，你就天天救济他也翻不了身。当然，中国确有恶霸和吸血鬼，但簸箕庄没有啊？历来的政府都只想收刮农民，从没在农民教育上下过功夫，难道共产党也这样？

“大多农民确实希望有更多的土地，砸烂封建的革命，确实该让耕者有其田。但你应采取和平方式，循序渐进进行，或用赎买和政策引导慢慢去达成啊？革命不能仅是穷人的革命，应是所有人的革命，割除小农意识，建设工业文明，革命更不仅仅是肉体的革命，应是民族整体的意识革命，革命不能强制，应依靠积极诱导和自醒，应让所有的人都能从革命中获取文明的收益，而不能一头挑子……这是马克思《共产党宣言》的主旨啊？

“战争夺权手段在获取政权后，就不该再使用了，至少在新政策的推行上不能用暴力。对此，马克思的观点非常明确，因此土改不可一夜求成，不可强迫威吓，偶然伤及点皮肉还可谅解，但普遍了，就走向了反面，如再伤及了心灵，那就是对文明的伤害，仅恶势土改的名声就要遗臭万年，并还要遭到失去民意支持的报应。有见地的政治家绝不会热衷于鼓动乡人狭隘的自发性、报复性、破坏性。尤其是那些心地不纯好逸恶劳的混混，他们是沙基，根本不可依靠。一旦让他们得势，或让平分社会资源的意识泛滥，那这社会就失去了进步的动力。致死不改的奸懒馋滑者，仅是众生中的特例，却不是普度的对象，要把流氓无产者改造成真正的革命者，那得花许多时间和学费。

“马克思在《共产党宣言》里说得再清楚不过了。流氓无产者是社会下层消极腐化的好勇斗狠者。他们更甘心于被人收买，去干反动的勾当……日本侵华时的那些汉奸就是这种败类。

“比马克思早出生470多年的王阳明，早就对天下人心做过解剖。唉，俺估计眼前的当权者大多都不知王阳明是谁，更谈不上读过他的精神遗产。因忙于战争夺权，不知《传习录》对今日有刮骨疗毒挽救灵魂之功效，也可谅解。但总该懂得社会也需化瘀活血去腐生肌吧？都怨阳明的见地‘功高而见忌，学远人不识’啊。治国者不应以歧见为壑，该博取天下所长，具洞彻世事人心的火眼金睛，系天下人愿，方能成辉煌大业。”

“就今天这场面，虽不是战场，但疯狂人性已展示了另种社会阴暗，粗野蛮横几近丧心病狂，共产党怎么能用这种办法搞土改？这是政策吗？连狗都不放过？这种方式或许点滴好处都捞不到，在民众之间使用暴力，必给政权的巩固埋下祸根。这明明是在教唆人，你要追求的好处，只能用暴力去获取，革命就是砍人脑袋，而不是以理服人。久而久之，这能把天下人心收拢吗？”

“中共在三几年和四几年就公开发表过社论、评论和声明，包括延安的《解放日报》，都说一定要建立一个民主、自由、独立的新中国。直到这次内战爆发前，中共仍是这个提法，不少文章还出自大手笔，毛泽东、朱德、刘少奇也向全国民众作过承诺。中共的这一政治主张，矛头直捣蒋介石独裁政权的要害，因此才感召了全国的有志之士。”

“可眼前的斗争大会又是什么呢？”立国一边跟行一边疑虑这些人的作为。“这哪是文明政党啊？把战争逻辑搬用到平民中间，政党也不能油盐酱醋不进、不讲人伦吧？怎么能对一个不能行走的老人拳打脚踢？连胡子土匪都不如，这可是攸关政治伦理的政治大节啊！”

“就庄人的表现看，人性中的善良与正义感在不分是非和青红皂白的权力面前，怎么显得那么无能为力和渺小？”

“权力无论大小，哪管是针头大的权力，最终都得通过利益分配去体现。无论你通过管人去控制物，或是通过管物去控制人，权力的归宿只能是利益分配。所以，服从权力就成了人们活命的第一需要。如此，拜权主义就会滋长，权力就会恶性膨胀，滥用权力和腐败权力就会普遍滋生，权力就将进一步忘乎所以。而且权要压死人，可颠倒一切。因此人性中的权力欲才会那么强烈并持久，吸引力才那么巨大，连‘吹巴’这种下三烂都知道权力是宝，要千方百计攫取。”

“老蒋溃不成军，节节败退，根源就在这里，可自今他还不觉得。陈诚曾决心治理，但最终却是自己去医院治理自己去了。中共能老早认知这其中的道理吗？照场院斗争会这方式看，如继续下去，对国人的伤害是不可想象的。”

“权力本身从来不会鉴别由谁掌握自己最好，只以利益的可靠继承为连接。中国历史上有有作为的皇帝不多？国人能偶然遇上一个就烧高香了，搭上八辈祖宗都甘心。大权不说，就拿簸箕的‘吹巴’打比方，你瞧他那趾高气扬的样子，并没因自己的能力与权力不搭配而感到羞耻，半点都没有。反而还觉得没他不成席了。”

“看来我临时回家的决策的确是个无法挽回的错误，没听营长和战友的劝告，固执的孝敬理念酿成错误的选择。那张联络纸条和这身军装的使命很可能到此就完结了。命啊！终生遗憾呐！”立国被推搡着朝西走去，路上他没想别的，只想把学过的那些知识同现实做个对照。

“吹巴”刚一宣布斗争会解散，人们就像躲瘟疫似的绕开了台上正抱在一起的赵家人，没一个像往常那样主动伸手帮帮的。李老蔫有意走在最后，可他还是不敢近前问问需要帮手不，都到村头了，还站在那里犹豫不定地回望了几次。最后还是决定赶紧回家去踏实。

也有人边撤边议论，“赵老三早不回来晚不回来，单等这个时候回来，这不找死吗？你说这老天是怎么安排的？”“他不是国军吗？怎么又解放军了？还营长？变戏法吧？”“看来嘟噜不行了，他都好久没下地了，一直躺在炕上，刚能迈步走走又赶上这时候，都批斗好几回了，看来他是顶不下来了，祸不单行啊！”“立邦家的都快要生了，这可是赵家的第一胎，工作队却要她陪斗，一站就好几个钟点，那媳妇也抻得住劲，不简单。”

人们的议论是对赵家的同情？是对工作队的埋怨？是觉得“吹巴”做过头了？像是却又不是。只没一人敢站出来质问，凭什么要斗争赵家？为什么对人下死手？人家哪点做得对不住庄人？更没人敢说批斗赵家是冤枉了好人。

立春立邦在俩媳妇的帮衬下，好不容易把父亲抬回家中。但上房被翻烂了，正屋地被刨得乱八七糟，窗户也破了，快要交九的天气，能把人冻僵。只好把爹临时安排到东厢房。

直到这时，立邦才想起弟弟的托付，赶忙跑到大门外，“万幸，背包还靠在墙边，村人顾不上注意它了。”立邦吃力地把背包搬回厢房。立春问，什么东西那么重？立邦用手捏捏说：“不知道，好像是书，他也舍得力气，少说也有50斤，拿书当饭，自小就个呆子，回来一趟还赶上了这个，也不知他现在怎样了？”立邦说着说着就止不住泪水了，怕爹看见了难过，只好把脸转向一边。

立春心情沉重地摇摇头，他不愿爹听见兄弟俩正在说立国的事，拍拍立邦，要他不要当爹面再提三弟了。

嘟噜躺在炕上伸手往空里抓，立春一看慌神了，靠近爹的耳朵问想要什么，老人却扯住两个儿子的手气喘着问：“是不是立国回来了？听动静是他……他哪儿去了？别忘了……他愿吃黄米……年糕，柜子里……还有一点儿，够全家……吃一顿了。”

立春心想：“家里什么吃的都没有了，全被他们抄走了。”只好唬爹说：“俺知道爹心里挂记着立国，他确实是回来看你来了，可急着去给你抓药去了。等他回来就给他做糕，放心吧！”

爹的话让立春感觉异常难过，吃的都被抄走了，老人家却不知道，仍记得他留给儿子的心意还没实现。

“不对吧，俺听见什么人说……要把他捆起来。”

“爹，你听错了，不是捆他。”

“噢，这就对了，立国不是惹事的孩子，连脏话都不会说，他是个……书呆子，倔、犟，……不要叫劲，鸡蛋碰不过石头。金子呐？俺听见它叫了，它怎么……没跟进来？牠又伤了哪了？去把它唤进屋里上药？”

兄弟俩只能不作声地流泪。立春媳妇怕弟媳的身子受伤害，安顿完公公就扶着她回到边屋躺下歇息。

天色黑下来了，立邦先去会场找金子的遗体，边角旮旯都转遍了也没找见，只好赶紧按哥哥的要求翻山越岭去请郎中。

立春急等二弟回来，一直注意门外是否有立邦的脚步声。

嘟噜觉得早先喘气没像现在这样费劲，琢磨“是不是寿数到了！”便紧握着立春的手，好像有许多话要说给儿子听。“立春……爹本想也照团爷爷那样……把扫帚交给团把持着。可世道变了，没法传了，这人都六亲不认了……看来祖制轮到俺这儿……就断捻儿了……罪过啊！”老人剧烈地咳嗽起来。立春赶紧伸手接住爹嘴里流出的黏液，见里面有血，怕爹看到，便赶紧收拢了。

“团快去把外间的门板摘了……铺到堂里，把俺搬下炕吧，再把预备的送老寿衣……给俺穿上，可别死到……炕上，谁敢躺死人窝？不吉利啊！”

立春不肯，不相信爹会离开家人。

虎山这里送临终人的讲究是，无论大人孩子，都得躺在自家堂间两扇平铺的木门上咽气，这是最理想的归去，步入阴曹地府后就再也没有难关了，即使过巴狗山，也不必为群狗的阻拦而担忧了，特别是生前对狗好的，狗王会亲自带逝者闯过各种抢劫、讨伐，及牢狱刑罚，鬼门关隘。最次是死在外面，但也必须抬回家的当院放到铺好的门板上，搭上棚子，通常是白布棚，穷人没那么多白布，只能搭草棚，要每日早中晚定时烧香烧纸，接连三日，目的在招回野魂，撒去灾气，不然，在阴间就会第二次丧命，那次就不再是人命了，而是灵魂将被彻底化解，消散无存，永远失去再次托生的机会。嘟噜很在意传统，牢记着已传承了无数年的规矩和风俗，还微笑着自语：“金子会领俺过巴狗山的……”

“听爹的话，孝心点儿，听到没有？俺在那……躺着，心里就宽畅啦，团爷爷就是……躺在那儿给俺……说了临终的话的。”

立春拗不过爹的要求，心想：“或许冲冲灾气会有回生的希望。”只好照办，去堂屋铺好门板，转身背起父亲一步步走进堂庭，再轻轻地把老人放下，给父亲垫好褥子放好枕头。

嘟噜不愿让儿子抱他躺下，慢慢挪着身子自己安卧了，这才招儿子近前说话。

“俺烧点热水，给你擦擦身子吧！”立春似问非问。

老人艰难地摇了下头，说：“咱抓紧……说说话吧，等咽了气……你再擦吧！”老人的神态十分平静祥和。

立春抽泣着帮爹盖好了被子，守在一旁轻轻地拍着爹的心脯，每拍一下都仿佛是在向老爹告别。

老人显出安逸的表情，轻声说道：“俺值啦，养了你们这……一帮，祖宗都是……一辈一子，单传，不兴旺，这眼看着……立邦也快有后了。记住，还是咱赵家的……规矩，男女都一样，要二媳妇保养好……身子，你细心，管着点儿……立邦……怎么立邦和立国还没……回来？

“别怕，你胆小，记住，大风大浪……都能过去，他们再狠……也没小日本狠，鬼子拿砍人头当踢球儿，连眼都不眨……再说了，咱世世代代……没做过亏心事，老天它……都看见了。”

“俺有口气……他们就冲俺好了，俺不在了……姓贾的会拿团煞气……团熬得住吗？二媳妇还有了，可别出个……三长两短的，后悔就来不及了。”

“团是哥哥，兄弟仨……不要离心。有机会告诉团姐……姐夫，别牵挂……俺，只要他们……好好的……还有小外甥……俺就这么个心事，是男是女？等立邦家的生了，去坟上给俺一块儿说说，唉，团看俺这姥爷当的，连……外甥的名都不知道。是啊，乱世……兵荒马乱，谁知道自己……还能活过几时？”

“俺呐，就想团妈，她早早就走了，这回……好了，俺能看见她了，俺会告诉她……孩子都成家了，马上就……添个孙子，外孙也有了，她该高兴了。”

“咱的坟茔地……风水好，后人没有……大灾。小灾……不好避免，一旦遇上了，要心里……宽敞些，平和些。”

“俺一辈子……像团爷爷一样，喜欢热闹。年节的……别忘了……常去茔上烧烧香纸，带挂鞭炮……放放，给俺和团妈……团爷团奶……听个响，喜庆喜庆。”

立春一边点头一边抹着泪水。

老人没心事看儿子，只顾把该说的话赶紧说完，直到说累了，才合了眼睛歇了。

有人敲响了锣鼓，从庄东走到庄西，然后诚心在蛇溪的木桥两边往返，站在桥上使劲吆喝，故意让赵家人听见，还不停地呼喊“穷人翻身，拥护土改”“打倒富农，分田分船”“赵嘟噜要老实接受批判”。

老人忽然睁开眼睛，问：“立春，团说……这富农是干什么用的？是不是家存万贯……就叫富农？唉，他们高抬咱了，咱哪够格啊，要真是富农……还好了呢，见了团爷团奶和老祖宗……俺就有的吹的了。可惜呀，俺不争气，咱也就是……紧紧巴巴……没叫肚皮受屈。团这爹……不如团爷，叫团吃苦了。”

立春觉得父亲已把富农的贱称当成了荣誉，并因自己一生的劳作都没能实现富农的愿望而发出遗憾的临终感叹，难过得抱起爹的手紧紧地贴着自己的脸。

“俺怎么回答父亲呢？是肯定还是否定？”他想想只好应着说：“他们却硬给咱戴富农帽子。”

老人吃力地笑笑，要立春再挨近点坐，艰难地重复着，“那是……看得起咱，那是……”老人的气息不够用了，声音越来越微弱。

立春觉得没法再贴近爹的脸了，再近就压了爹的肩膀。但他还是理解到父亲这时特别需要亲近的感受，就往老人近前靠了靠。老人已经无力再抬头了，也无力动弹自己的身子了，只眯了下眼角，嘴唇微微地动了动，脸上现出甜甜的笑意。

“哎，立邦和立国怎么……还不回来……俺怕是等不了了……独芳……囡在哪儿呐？爹想……看看……”老人艰难地把自己的牵挂表达出来。

街上的锣鼓喧闹还在继续，一阵阵纷乱的骚扰在不停地纠缠着老人的心。

老人瞪着眼望着黑洞洞的棚顶，浑身痉挛了一下，想张嘴呼叫，却发不出一点声音，随之喉声越来越细弱，气息也越来越迟缓。

立春赶紧抓过父亲的手腕按着脉搏。

豆样的跳动越来越远去，并渐渐在隐退，紧张急迫的感觉已从老人的周身缓缓离散，胡须不再抖动，整个身心慢慢地沉稳至安静。

此时，立春觉得平躺在面前的父亲似乎个头比生前高大了许多，老人家在庄人的批斗声里，在民兵的扎枪杆下，总是强忍着病痛，硬咬着牙关支撑着自己的脊梁。每当有人举拳要打儿女时，他都奋力阻挡，要人把力气用到他的身上。尤其是对二媳的身子，老人已将其视作自己的生命。

不知什么原因，毫无气息的老人就是不肯闭上双眼。他似乎想要看清什么，或正在盼望着什么。立春捧着老人的脸连声地呼叫着“爹！”

儿子贴着父亲的脸颊，用手心轻轻地帮老人合闭了眼帘。父亲身上那特有的泥土和庄稼的气味熏染了立春的心灵，他贪婪地吸着鼻子。儿子从未深切地感悟到自己会对父亲身上的气息如此依恋。

那五亩地浸透了父亲毕生的血汗，肥沃的土香已包容了老人的整个身心，仿佛无论父亲走到哪里，从他骨子里渗出的土汁都会告诉人家，嘟噜是用毕生的力气勤奋地耕耘着那五亩田。那田卧在石头窝里，原本很是薄瘠，养不了更多的儿女。但经嘟噜一家世代的调教，它流油了。还有经他精心照料的那口一年四季长流不断清澈见底的泉井……

但今日之灾，也是那五亩流油的土地引来的，也可能是它帮赵家养家糊口的责任已告完结的预兆。

立春趴到父亲的身上，无声地恸哭起来。他不愿让哭声惊吓了即将分娩的弟妹。

就在这时，立邦突然拉开风门闯进屋里，眼见父亲已躺倒在屋地中间，便惊恐地问道：“哥，咱爹他……”不用问了，哥哥悲痛欲绝的样子已经回答了他，“爹走了，在屈辱中走了……”

立邦狠狠地摔落了手里的药罐，药罐爆开了，药汤四溅。立邦为了保证药效，特意在郎中家里把药熬好。

可眼前……他转身就奔上了街头，见鼓就踹，遇锣就踢，并连声嘶哑地狂喊：“你们这群没有心肝的王八蛋，俺宰了你们，你们竟侮辱一个重病老人，不得好死，俺爹给你们的恩你们想报都报不完，还来斫害俺们。老天呐，你哪儿去了？你还长眼吗？这什么世景啊！”

立邦朝大海奔去，海边是一望无际犬牙交错的冰窟，在惨白的月色下发散着阴冷的寒气。

立春知道二弟无法抑制自己的冲动，撇下父亲赶紧追出院门。可村人已惊吓四散而去，弟弟早已无影无踪了。他想起老爹临终的话，自觉立邦要闯大祸，又不想拖累两个媳妇，独自一人爬上了松山。

北风嘶嘶地从他身边刮过，他大声呼着：“立邦，你在哪儿？听爹的话，别去闯祸，爹要俺照顾你！”回声在海崖边迭来荡去。他只能在松山顶上呼喊，只这里的呼声才能传得更远。

海风扑上松岭，山林发出“呼呼”的哀鸣，起伏不停的黑色树冠一片片在低头，又一片片在仰起，像在给大地默哀鞠躬。立春喊哑了嗓子，冷风呛得他弓腰咳嗽不止。

海冰在崖底崩塌，立春的呼喊被冷风卷进了夜空，立邦仍没一声回应。

（五十一）

夜，伸手不见五指，除非立邦能和哥哥巧遇，否则，找人比大海捞针还难。立春孤零地站在松山顶上渴望二弟能侥幸露面。他想，孩子就要出世了，立邦该懂得当爹的责任了，不会不顾及家人去闯祸。但是都到丑时尾了仍不见二弟的踪影，他心里正牵挂着已经咽了气的老爹，顾此必然失彼，怎么办呢？立春再次凑到崖边四处查看，崖底除了海冰互相挤压的声响外，什么也看不见，沮丧的情绪占据了他的心胸，欲哭无泪，只好失望地沿着坡路回返。

可刚挨近大门，就见媳妇已早早等在门里，“俺一直在等你，知道你找二弟去了，怕你着急，就到桥南那几家打听，老李家说，前半夜狗叫，出来远远瞅见一个黑影大步流星往海边跑了，哭声和背影都像立邦。”媳妇紧握着立春的腕子，神色慌张地说。立春理解媳妇这时的心情，心爱的金子被打死了，刚回庄的三弟被抓走了，老爹被推下台子背回家就撒手了，现在立邦又不知了去向，弟媳正等着分娩，祸事和难题都挤到一块儿了，别说是纤弱的夫人，就连男子汉也不知所措了。

“咱还是去找活人吧，人家说有哭声，都半夜了，又大冷的天儿，谁能在外面哭？！”媳妇拽过立春就朝海边走，迎着海浪大声呼喊，一直找到天蒙蒙亮了，连早起的庄人是谁都能老远辨识了，却就是不见立邦的影子。

如此，夫妇俩连续寻了多日，几乎走遍了远近所有的庄子、海崖和滩头，查看了所有的大块冰空和岩洞，连弟弟的脚印都没见到。两口子还爬到楼头龙王庙那里想找看庙人和大师查查弟弟的下落。但庙里狼藉一片，连庙门和旗杆都被人拆走了。立春明白了，大师和看庙人那么富有，插翅难逃，龙王爷也得就此寿终正寝了。

“看来立邦是没救了，咱放弃吧。爹刚刚把弟弟交待给俺……结果……连个尸首都找不到了。”立春坐在松山的石砬子顶望着冰封的大海，噙着泪不停地叹息着。“你也累了，赶紧回去看看弟妹吧，她要再有个三长两短的，咱这家就没法过了。”

媳妇起身掏出怀巾给丈夫擦擦塌陷的眼圈，说：“谁能想到会是这样？你就是愁死也没用，面对吧，还是早点让爹入土为安吧，咱也了份心事，总不能让这心七上八下的，一点踏实都没有。哎，这世道谁敢帮咱？求人不就等于拖人跳火坑吗？人家躲都躲不及。估计三个姑姑她们也不会好过，不必去报丧了，苦上加苦。你别愁，俺帮你，俺有力气。”

“还有，咱也不能总蒙着弟妹呀？你说，爹都走了好几天了，咱还说爹怕立邦惹事让他出去躲着去了，她能信吗？她昨个儿还问俺，‘爹哪天出殡，立邦知道爹走了吗？’俺糊弄她，说立邦就是知道也不能回来，这是爹临走前一再叮嘱的。立春想再等些天看看工作队的态度再叫他回来。”

立春一心要等弟弟回家，“怎么也得让他见爹最后一面再入土，骨血连心。”为此，他花了整整两个夜晚把民兵捣乱了的上房清理了，又把爹的遗体移进正房的堂间，点上白蜡烛，挂了白彩，他想让爹在自己的老房子里正南正北地睡着，不愿弟弟看见爹还躺在偏房里，亘古老礼，老人家辛苦了一辈子，死了连他迷恋的祖辈正房都不容他，立邦会伤心的。

立春牵过媳妇的手轻轻握着，“俺谢谢你，人说‘夫妻本是同林鸟，灾难临头各自飞’。可你却在帮俺过难关。以后可不要再在俺面前提不能生育的事了，都是老天的安排，不管弟妹生儿生女，就当是俺俩生的，你没亏欠赵家什么，整日劳累，这双手都成搓板了，人家大家的儿媳都有人侍候，咱哪够富农啊？还有，那点苞米被抄了，再过几天就没得吃了，弟妹又要生了，鸡鸭都被那些野兽吓得没蛋了，怎么办呢？真是苦了你这个做饭的了。”

媳妇被丈夫这番话感动得眼泪直流。她知道立春的心肠总是暖乎的。可当自己媳妇的面还从来没这般表达过。媳妇留了句“那俺就先回去了，这儿风大。”转身掩着面朝山下走去。

媳妇刚走出不远，他又喊媳妇回来，满脸挂笑地说：“家里的，咱有救了，你不用愁没米了……”

在簸箕庄，凡养了孩子的老婆，不管进门前叫什么名，男人都呼“孩他妈”，不养孩子的，都一律称“家里的”。活着没有名字，死了就在家谱的空格里先写丈夫的姓，后写娘家的姓，跟着再添个“氏”字，千篇一律，女人便一生终结了。于是，家谱里许多女人都一个名，要不是有上格下格的区分，后人看了连辈份都没法辨别。

媳妇惊讶不止，又信又不信地问：“刚一转脸你就有了？大白天的你做什么梦？”

“俺正为弟妹的月子揪心，咱俩饿了弄点干菜熬碗汤也就对付了，可弟妹的身子怎么过得去？俺忽然想起那天立邦给爹抓药临走塞给俺个纸条，刚掏出来一看……他说，自‘吹巴’当土改组长那天起，他就觉得这小人肯定要找岔，老早就同爹商量好了，在咱躲鬼子的洞里藏了米，爹还把他不肯买药省下的那点儿大洋也都一起藏了。你说这立邦，让俺怎么能不为他难过……

“咱爹最看不起懒人，说守着地撂荒，饿死都没人可怜，‘吹巴’到咱家借粮，爹曾当面奚落过他，说现成的地团不好好种，还有脸到处要。团个鸡巴小子，不种就把地租俺，到秋团四俺六。他不干，说爹太贪了。其实爹就是故意将他的军，不让他撂荒。他却记恨在心。”

“你说这立邦……他就是不知道爹那四个祖传银锭藏在哪里，要知道，一定一块儿都藏了，咱就不会有这场祸了……”说着说着就泣不成声了。

媳妇听了劝解说：“你别难过，二弟粗中有细，这下弟妹就有救了，老天还是在保佑咱们呐。你还坐这干甚？快回去吧，弟妹好着急了，走！”媳妇果断地拽起立春，拉着丈夫的手一起往回家的路上赶。

两人刚进家门就听见立邦媳妇在内屋“哎哟哎哟”地叫。“你别进屋，快去找守生婆来！俺估计……”

立春急忙回身朝街上跑去。

立春媳妇上炕用胳膊托起弟妹的后背以减轻身子的拉伸，让肚子放松些。

“姐，俺……可能是难产了……肚子抽得……厉害，俺妈告诉过俺……孩子落地前……就怕娘的肚子抽筋……哎哟，疼死俺了……”

“不怕，不怕，好妹妹，有俺呐，你是紧张的，俺给你轻轻揉揉，忍着点，别往疼上想，越想越疼，把骨节都松开……”只见弟妹紧咬牙关大汗淋漓，不一会儿就把裹身的被头洇湿了。

弟妹忍不住剧烈的疼痛要翻滚。嫂子怕弟妹破了血，只好不顾一切地按着她。

“俺不行了，姐，立邦呢？这死鬼，自己出去躲难，撂下……俺受活罪，孩子要……保不住……看他怎么……给爹交待！”

半个时辰过去了，立春媳妇盼丈夫赶快把守生婆接来帮弟妹解除痛苦，她想出门呼唤，但又不敢离开，心急地骂道：“这急煞人的慢性子，根本不懂女人生养是什么滋味！老天干嘛不让俺和他颠倒个个？”

外屋的门终于响了，只听立春一进屋就垂头丧气地嘟囔：“俺怎么说好听的人家也不肯来，就差给他们下跪了，她儿子把腿叉在门口不让他妈出来。他妈说人命关天。可他儿子说要和地富划清界限，说他哥当国兵就是赵家女婿促呼的，旧账没算，还要接生？不管……急死俺了，怎么办呢？妹子还能坚持一会儿吗？俺再去笸箩那边找找。”

“来不及了，俺上手吧，这些天打五雷轰的，丧良心的，富农就不许养孩子了？立春，你赶紧烧水，快！”立春媳妇抹着泪嘟念着。“妹妹，你忍着点，赵家就指望你给留条根了，俺是废了，俺豁出命也保你母子平安，你别嫌乎姐笨，啊？咱俩自进了赵家门就是姊妹，没红过脸，比亲姐妹还亲。”立春媳妇一边真心真意地安抚着弟妹，一边做着接产的准备。

她只在婚前听妈说过女人生养的过程，从来也没实际动过手。为了不出大问题，她把妈妈说的一一在脑子里过了几遍，直到踏实了为止。

立春蹲在外屋一边烧水一边不放心地问：“家里的，你行吗？”媳妇在里屋应着：“不行也得行，这是逼鸭子上架，咱赵家的希望全在妹子身上了，俺就想让那些混蛋瞧瞧，要不是他们添乱，咱赵家除了不会摘星捞月，什么都比他们强，气死他们！”

“你积德了，等弟妹产了俺给你磕头！”立春充满感激地在外间回道。

立春以为媳妇能继续和他对话，不想里屋一下安静了下来。他觉得心里很不踏实，起身要去看个究竟。结果媳妇突然喊道：“妹子，憋住气，用力，再用力……”立春赶紧止住了脚步。

就在这时，只听“哇”的一声啼哭，媳妇兴奋地喊叫起来，“立春，你有侄子啦！爹有孙子啦！立邦有儿子啦！你把开水扤盆里等俺去端！”

“久旱逢甘露，悲苦终有尽。老天的确不该总让俺沉痛不堪！”立春兴奋万分，扤完水一边念叨一边着急要进屋看看。

媳妇忙喊，“不行，你大伯子不许进来，俺还没忙完呢，真烧高香了，俺这么笨还能接出个大小子。哎呀，可美死俺了！”说着，赶紧出来把开水盆端进里屋又关了门。

立春心急火燎地在外屋踱着步。媳妇这才说：“行了，你可以进来看看侄儿了，圆乎乎的脸，大眼睛，绒嘟嘟的黑发毛，眼梢还有点翘，多处随弟妹，就脑壳子随立邦。”

立春媳妇把侄子包裹整齐放在炕头里，给弟妹的脑门蒙了毛巾盖好了被子，正坐在弟妹旁边仔细地看着婴儿。

立春进门不好意思地瞅瞅弟妹，赶紧两臂撑着炕，面对侄子一眼不眨地瞅着，心里泛起幸福的暖流，忘记了一冬天所遭受的烦恼和委屈。他想抱小侄去上房在爹的旁边坐坐，告诉爹“你有孙子了，你的托付俺和你大儿媳都做到了。”

可媳妇制止了他说：“爹会知道的，外面这么冷，倘若有个闪失怎么对得起全家老少？祖宗能依你？行啦，让爹知道你的孝心就行啦！”

人生总是有喜有悲。小侄的出生虽给立春带来了无比的欢乐，可立邦的去向怎么给弟媳一个圆满的回答呢？再说了，也不能让老爹就这么等在家里？如何安葬呢？照老规矩操办？

他认真想了一阵后，连自己都摇头了，一、眼下这祸害恰在劲头上，正找岔弄你；二、家都被抄了，还敢雇吹手喜殇？三、没人敢来帮忙，想办都办不成。

“行吧，多亏爹事先已给自己做好了棺材，只需安装、入殓、盖盖、封顶、培土就是了。”他给自己作了个计划，今晚无论如何也得把墓穴挖好，明晚把棺材板扛到墓地装配完，如天还没亮就和媳妇一起把爹抬到坟上……反正一不求人，二不声扬，免得惹祸。

等他赶到祖坟拿起镐刨土时，刚刨了几下就感到骨头发麻。这才想起，地已冰冻三尺了。他常年跑船，没使过大力气，缺少历练，扶着镐把大口地喘着气。“没想到会这么难，这得哪年哪月能挖完呐？”立春心里犯怵了。

就在这时，他忽然听到远处有踏雪的声音传来，脚步就在来茔地的小道那边，而且越来越近。他蹲到地上，借着雪亮朝坡上望着。

“立春，团在哪儿？俺们来帮团呐！”

是李老蔫的声音。立春一心一意要自己挖，仍蹲着不肯出声。

“俺看见他往这儿走了，可能就在坎下。”是老蔫的亲家在说话。

“在这要命的节骨眼上还有人肯来帮俺，真是大义啊！”立春被感动了，他立起身回道：“老蔫叔，俺在这儿，你怎么来了？”

说话间老蔫已经走到立春的眼前，老蔫和亲家的身后是他女婿，来了三个人。

“什么也别说了，快挖吧，好叫嘟噜哥早早安心呐！唉，嘟噜好人呐，真是好心不得好报啊！”老蔫叹着气拿起镐头，并对立春说：“位置就在这儿？团爷爷的正下方？”

立春点着头回道：“老蔫叔，俺爹知道你会来帮他的……”

“披人皮就得有良心，团看，连金子都有良心，它那么护着嘟噜，看了谁不动情？可那些王八蛋，会一散，就把金子拖回家煮吃了，真连畜生都不如。团也别难过，庄里有心的还有几个？都怕树叶落下砸了头，害怕那个姓曾姓曲的什么鸡巴队长。团没看姓曾的向金子放枪时的样子，活像门上的钟馗，脸都青了，就差没长胡子了！”

老蔫和亲家很会刨冰土，先刨出四条缝，再把四方形土块整体挖起，底下就是软土。如此，到鸡叫头遍就把坑挖妥了。“俺明白你的心事，想不声不响地让嘟噜哥入土。也好，谁叫他赶上这号光景了？下一步干什么？趁天还没亮俺帮你都干了，神不知鬼不觉的。”

接着，四个人一口气把棺材板都扛到茔地铺好。等安装完了，把嘟噜的遗体入了殓，钉了盖，埋完土，东边冰海那里才刚刚冒红。

立春要老蔫他们先一步回村，一人留下来清理了墓丘四周的渣土，搬石板磊了茔门，把准备好的香纸点了，给爹磕了头，转身朝东，闭着眼迎着朝霞，两手抱在胸前小声念着：“爹，你活着的时候帮人，人家在俺最困难的时候来帮俺，这都是你积德的回报，只是现在没法放鞭给你听了，别惊动了那些杂种。”

“立邦，俺等不了你了，让爹入土吧，你孝敬老人，你看哥都代你帮爹料理好了。你有儿子了，你的功劳最大，哥感激你……”

在回家的路上，立春想，眼下的心事只剩两桩了，一是自民兵把立国抓走至今还没个信儿，可怜三弟还不知道爹和立邦都已经走了；二是弟妹虽生了儿子可心情很坏。只于土改工作队是否还继续折腾俺……管它呢，该死该活屌冲上，它愿咋样就咋样，反正小胳膊也拗不过大腿去。

立春回院就去上房安装木门，清理爹的遗物。媳妇满肚心事地扯过他说："立春，夜里弟妹忽然拽着俺的手说，她看见立邦跟爹一块儿走了，说不要再糊弄她了，可怜儿子降生后连他爹的面都没看到。弟妹哭得很伤心。俺劝她，月子里不能哭，为了孩子，该好好保重自己。你说这可怎么办？日子长了可要毁身子的！"

"她是在猜测吧，拿话套你。你给她什么怎么说的？"

"俺不能应她，估计她还是模模糊糊的。不过她的心事越来越重了。"

"那就让她继续胡涂吧，反正不能叫她有准信儿！"立春说。

但弟妹的精神状态并没如立春希望的那样好转。自公公去世的"头七"过后，她就拒绝吃饭，立春媳妇跑遍临近的各屯，好不容易弄来十几个鸡蛋，她却一口都不肯吃，说自己没有奶水苦了儿子了，刚降生就挨饿，整日哇哇哭，揪心，当娘的是废人，没用，死了算了，活着多张吃饭的嘴，不如把鸡蛋省了喂孩子。

一日，又是夜里，她上气不接下气地央求嫂子给她包毒药，她要去看立邦，说立邦正和老爹老妈在那边一起有说有笑的，还有爷爷奶奶，可高兴了。还说，你看他们那儿有多欢气，干嘛让咱活着受死罪？你和哥哥受了那么多累，眼瞅着都瘦成皮包骨了……可孩子怎么办呢？俺就托付给哥嫂啦，让他没病没灾的，俺就放心了……

自此，立邦家的就再没说过一句话，没喝一口水。六天后，又是在夜里，屋外正大雪纷飞，她突然抓过嫂子的手紧握不放。立春媳妇用另只胳膊紧紧地搂着她，可她的手渐渐松弛了。立春家的千呼万唤，到了还是彻底放弃了，弟妹停止了呼吸。

"囡说啊？她硬是把自己给饿死了……你这不是诚心在折磨嫂子吗？

弟妹呀，你叫俺以后怎么给孩子说啊……”立春媳妇紧紧地抱着妹妹不肯撒手……

媳妇的号啕大哭惊动了立春，他推门进屋要帮一下媳妇，但见弟妹已经不省人事，便一屁股坐到地上，冲空里喊着：“怎么会这样啊？这灾难怎么会一个连着一个啊？天呐！怎么就是不肯放过俺赵家啊？”

自此，夫妻俩便真的变成了刚刚出生不足八天的侄儿的父母了。

（五十二）

这日，天刚过午，两个骑着高头大马的军人沿着松山的车道朝簸箕走来，当两马能从山顶望见山底的庄子时，突然一齐把前腿高高抬起，嘶鸣一声后又重重落下，溅起的团团雪沫被贴着地面的北风旋转着卷到远处，接着便是一阵长嘶，让四周的空气都跟着颤抖起来。多亏骑马人有经验，老早就扯紧了缰绳，不然必定栽到马下。“它俩这是怎么了？从来没见它们还有这种脾气，差点把人掀下鞍子。”两个骑手都觉奇怪。

“对了，它俩在这里待过，等于回家了。那年它们就是从这里跑到虎山后面的。当时还有段精彩的故事呐！”瘦高个的思忖着说。

“什么故事？”年轻点的问。

“故事多了，以后再讲给你听吧。”瘦高个似有所忆地回道。

庄里的狗听有陌生的动静传来，冲着山头“汪汪”地给人报信。庄子已平静了20多天了，开头几天还觉得平安难得，后来又觉这平静不很正常，现在庄狗忽然狂叫起来，都预感必是曾队长和姓曲的又回来了，便纷纷趴着门缝观望。

土改工作队从走就没了信息，贾厅安有些坐卧不安，不安当中还夹杂着不祥的感觉，“曾和曲这两位军代表怎么突然不见影了？你不来不要紧，这么重要的事也该捎个信儿给俺呐？俺上报的土改方案一直不见回音，上面到底是什么态度啊？俺去乡里打探，说他俩被县里叫走了。他俩去县里干什么？还来不来了？土改不搞了？”听见狗的叫声不同以往，他干脆出门站在前街口四处张望，希望曾曲二人能突然出现在自己的面前。

其实只赵家连丧三条人命后，庄人的议论一下就把簸箕装满了，一致把矛头指向了“吹巴”。“吹巴”怕围攻，更怕有胆大的站出来为赵家出气，轻易不敢在街面露头。

孩子们一见他露脸了，都跟在屁后嚷嚷，他便没好气地吓唬说：“一群狗崽子，没教养的东西，俺都能当团爹了，连老少都不分。”

实际上，无论“吹巴”担当了什么官职，孩子们对他仍是原先的印象，“庄里有名的不务正业加懒蛋”，家家户户都拿他当反面例子指教孩子，“再不听话，长大就是‘吹巴’”。如今“吹巴”当了土改组长，大人虽不敢再拿他说事了，可在孩子们心中，他反面教员的印迹已没法抹去。所以，“吹巴”最怕孩子们缠他，尤其是围着他起哄。

这天，他再次出门望西山，见孩子正在南街口玩耍，只好向北绕着老爷桥朝西畔跑，结果又被几条狗挡了去路，便抓块石头朝狗扔去，狗不但没躲，反而叫得更厉害了。没法，他只能退回到自家门口打着遮手朝山顶望，松山顶的日头有些晃眼，看不清是否有人过来。恰好这时，马在嘶叫，“吹巴”便不顾一切地朝西山跑去。来人快到近前了，穿的是军装，不必疑虑了，“吹巴”喜出望外，心想：“呵，好家伙，可来了，个月不见，派头这么大，一人一匹枣红大马，脚都不用着地了，当官的就是威风。”并毫不犹豫地踏过雪坡迎了上去。

两马被人挡了路，同时停到来人的面前，“吹巴”抬头一看，“不对，不像他俩。”只好慌乱后退。

“老乡，你别慌，正好想问问你，这是富簸箕庄吧。”“是是。”“您认识一位叫贾厅安的人吗？”“噢？巧了，在下就……就是，人都喊俺贾……贾组长，个别也有喊俺贾……贾主持的。”“确实是巧，踏破铁鞋无觅处，得来全不费工夫。你当住持怎么还能当土改组长呢？”两人中的一位故意调侃着。

“俺是当了组长他们才叫俺主……主持的？”贾厅安解释着，其实他不懂住持该待在庙里。

“噢，懂了，因为你是村里的土改组长，主持土改工作，所以群众就叫你主持，是吧？”那位军人又说。

“是是，完全正……正确，一个小组长，芝麻粒大个……个小官……不，人说七品县太爷才……才叫芝麻官，俺比那还差好几……几辈呢，嘿嘿！”贾厅安觉得心里没底了。

“你倒挺谦虚，还知道县官是芝麻官。但我们共产党的官不管大小，都是为人民服务的。”

“是是，高……高见高见，咱进庄吧！”贾厅安一边点头一边带路。

一直没说话的那位军人拿手捅捅同行，同行明白了，问：“有方便说话的地方吗？我们主要是想找你交谈一下，最好把你们土改小组的全体成员叫齐，再添三四个有代表性的穷苦百姓，咱一起好好商量商量。目的就是一定不能让土改再出偏差，让分到地的和土地被分的渔农户都服气，公道合理，不要把政权的群众基础搞坏了。”

“噢，俺……俺明白了。不过俺开会都到场园那里，那儿有个窝……窝棚。土改的事去谁家研究都……都不方便，亲了疏了远了近了，林子的鸟……鸟杂，叫唤的调不一样。不过这大冷天的……”

“噢？想不到你考虑问题还很用脑子。冷点没关系，能说话就行，就照你说的办。不到老乡家里好，一少麻烦人，二确实对开展工作不方便，三要想走访就得一户不落地走。好吧，那你就抓紧安排吧，今晚我们还得赶回区里。”

贾厅安很想问问曾队长他俩怎么没来。但话到嗓眼儿转了好几个来回也没敢出口。可他已看出这二位不像曾、曲对他那样热情，并注意到这两匹军马正是嘟噜丢失的那俩，不由得心里一阵紧张。“这马在村里只要一露脸，家家都知道老赵家的马又回来了，原来是被解放军骑走的，立春没撒谎啊？有关马的疑问不就解啦？赵家的这根辫子不就抓不成啦？而且赵家不就和工作队扯上关系啦？俺的日子会不会不好过？”在带路时，他觉得自己的腿有点软。

“就是这儿，门梁矮，进门别……别碰了头，曾队长他俩在……在这儿被撞了好几回，脑盖还被撞了个大……大包，他有点儿脾气，都急了，十来天才消……消肿。怨他自己那……那个头儿太……太高，人粗马大的。”

“我看你这里能有个场园和窝棚就不错了，别的地方还不如你们呐。刚解放，刚翻身，穷了好几辈子，有什么可挑挑拣拣的？你快去找人吧！”矮个军人催着。

贾厅安应声走了，但总觉心里塞了块石头，又硬又堵，他提曾组长的目的是想从这二位的嘴里引出点相关情况，不想二位连句口风都不肯露。

参加交谈的村民陆续到了，来人都关注到棚外的两匹马，一个个转着圈上下左右地看个没完，甚至还说，这不就嘟噜那两匹吗？自从马丢了，嘟噜的魂儿也丢了，一病不起，可他人刚死马又回来了，这老天怎么专门和嘟噜过不去？

一直没说话的那位军人听了村人的议论，不禁心里一惊，“那老人不在了？”

“好，各位乡亲，先给你们报告个好消息，整个东北都解放了，咱这里划归辽东省管，省会在安东，我们没跟大军进关，留下来帮你们搞土地改革，咱是军民一家，从今天起就摸爬滚打在一起了，估计要一整年吧，还得帮你们建立个好政权，希望你们支持我们的工作。下面先自我介绍一下，这位姓唐，叫唐忠，他是吉林人，我的助手，话多，但没有废话。我姓于，叫于德，南方人，北方话说得不地道，望凑合着听，要费点耳朵。我俩是县里下派到虎山区协助土改工作的。全区有十几个大村，小村就更多了，地面很大，我俩都得去跑跑，所以县里给我俩配了马。但县里指定簸箕庄做土改典型，我们必须亲自来重点关照，希望你们配合。”

“本来中央已发过土改政策电报，之前，毛主席还把习仲勋西北极左土改损失的调查批转了所有的解放区。但有些人就是喜欢拳打脚踢，把劲头用在抓人和批斗大会上，把土改当成你死我活的战场。前日中央又发了紧急通知，有关注意事项非常细致，和过去的粗线条规定差别很大，以前某些做法属极左，搞过了头，群众很反感，尤其是把一些暗里支持过抗战和抗联的开明人士都当阶级敌人关押了，沈家乡凌迟了一个人，还当功劳上报，结果情报部门一看，这是我党长期埋伏在辽南的一个重要人物，作用等于几个旅的兵力，美龄号触礁的前前后后，都是他报告的情况，缴获了两个团的美式装备，贡献极大。但人却在土改中没了，损失无法补救。据说，只因上级为便于工作，现在不公开党员身份，这人明知是老百姓要杀他，可他理解群众的义愤，不肯暴露自己。在那种近似疯狂的环境下，你就是暴露了他们也不信，反说你是欺骗。有人别有用心，煽动不明真相的群众乱打乱砍。我们承认确实是有人苦大仇深，很易被煽动起来。但政策才是生命，搞不好就走向反面，破坏共产党在人民群众中的信誉。”

“我打断一下首长的话，你们懂得什么叫凌迟吗？”唐忠问。

李老蔫抢先回答，俺不懂凌迟是什么，不过前月曲军代表还拿刀割人肉这事动员俺们，也是沈家乡的，大家听了都快吓死了。

“你我说的是同一个人，给党造成重大损失，对家属都没法交代。曾、曲给你们说是革命行动是吧？这是一种十分残忍的刑罚，历史上封建皇帝都不用了，我们共产党怎么能拣起来用呢？没有人性，伤害了许多善良的心，打击了群众的土改积极性，必须彻底根绝。为此，原负责本区土改的工作队成员全部撤出，到干校重新学习，负责沈家土改的工作组属严重错误或触犯法律，要给予纪律处分，甚至法办。”于德说话的语气充满了义愤。

“根据你们上报的资料看，富簸箕庄没有富农，甚至连上中农都没有，你们的土地比较平均，估计这与移民垦荒有关，至于木船，大多都是入伙，几家合有。所以，你们的情况很特殊，县里认为很有典型意义。希望你们在此基础上稍加调整，尽快恢复生产，多打粮食多捕鱼，支持前线，江南还有大片国土正等着解放，我的家乡还在蒋管区里，几百万大军要南下，吃的穿的都得靠我们供给。”

听了于德的话，贾厅安觉得心里很不是滋味，他想，俺这下可完了，全都错了，俺这组长是很难保住了。他急于插话给自己辩解，可又没法张嘴。

土改小组成员韩四问，俺怎么做才叫稍加调整呢？

“你们不是上报了基础数据了吗？如全都符合实际，就按现有人口平均一下地亩，不足的适当补充，土地来源不能从已有的家庭里切一块，而要发挥集体作用，大家动手另开一块，我看你们这里荒山很多。这还要看有人愿种有人懒得种。我只提个参考，你们按实际操作。但船只不像土地，造船需要资金，早先人家省吃俭用投资修船，你没投资，不好平均，凡没超出政府规定的地富财产限额的，又有海上作业经验的，不要大平均，要鼓励多劳多得。”

“庄里已经有了损失的家庭怎么给人补偿？”李老蔫问。

“你们的方案刚刚上报，土地还没正式丈量，怎么就有损失了？”唐忠不解地问。

贾厅安自觉机会来了，赶忙插嘴要把李老蔫的话拦住，说：“老蔫，就你事儿多，哪家有经济损失了？不就是轮流给工作队供了几顿饭吗？标准都一样啊？你给人家好的吃了吗？再说了，去谁家吃过，村里都记着账呐，到时补上不就是了？那你也不能叫人家工作队饿着吧？你这不是给新来的两位添麻烦不是？叫你上台说一句你都说不出来，下了台呱呱个没完。”

李老蔫一听急了，“团得瑟不了几天了，骂俺时一点也不磕巴，一见当官的话就说不成流了。那会儿团是叫俺上台去说瞎话，俺不会，俺老人没教过俺。俺想说真话团不让，还吓唬说分地不给足数，只给山梁地，叫俺好几天都翻来覆去睡不了觉。”

贾厅安怕老蔫接着再说些什么难听的，便甩着脸子拿话挡他，“谁吓唬谁？你看你看……”

于德抬手止住了贾的话。很明显，他虽与姓贾仅是短暂的接触，但已在心里留了不好的印象。他想，凭经验，这人很可能是故意装着颟顸，其实在背里为一己私利，尽是僭越勾当，千万不能让这种人混进共产党的基层政权里。“好了好了，不争论了，今天就到此为止吧。但还没结束，原因是，你们回家后都需要好好消化一下中央有关土改的新指示，对照一下前段的做法，都想想下一步怎么走好，一并把已经发生的问题和你们的意见都摆出来。过几天我们还来，多住几日，住，就这窝棚，我看很好，吃，一户一顿，轮饭，老规矩，你们吃啥我们吃啥，鸡、肉、蛋、鱼、虾，大米、白面一律不沾。”

一帮人送走了于德和唐忠，李老蔫转头正要往家去，贾厅安一把扯住了他的衣袖，“俺以为你连屁都放不出来，才叫你来见识见识的。结果你在斗争会上是故意装傻。人家曾队长对你多好，你家穷，想借土改帮帮你，把赵家那箱柜搬几件回去，你反倒狗咬吕洞宾不认好赖人？”

李老蔫拿眼恨恨地瞪了贾一下，拽回胳膊“哼”了一声就走了。其他人都趁贾李俩人扯吧的时候悄悄地溜了。他们揣测，瞧于德这来头和高头大马的阵势，以及说话那口气，明显强于曾队长，可能官职也要比曾高。

还有，人家于德说得句句在理。可曾队长就听“吹巴”一人的，做起事来有点胡搅蛮缠的劲头。赵家把人命都搭进去了，这可严重了，要真像于德说得属“扩大化”，那姓曾姓曲的，外加“吹巴”，吃不了也得兜着走，快离贾远点吧。再说了，村里人也不是不知道啊？“吹巴”哪是正经人呐，懒得连自己的腚都恨不得剁扔了，他怎么会主持公平正义呢？

日头躲到松山后边去了，庄子被罩在一片阴影里。窝棚会议的精神也迅速传到了各家。有人特意站到嘟噜家的大门前念声，俺就知道赵家不够富农的分量，可“吹巴”硬说人家够。

也有人瞅着门缝放话，你看把人家好好一个院子给作践的，都什么样了？那还能住吗？

庄人屡屡行行你来我去地打量着赵家的门楼。

可赵家的门总是紧紧地关着，立春夫妇也不肯露面，更不知外面的变化……

“他们又在琢磨什么熊招了，大冷天的，一个个贼头贼脑地想干什么？”几天过去了，立春媳妇听街上总是乱哄哄的，便隔着门听动静。

不想庄人说得却是另一套话，她半信半疑地回到屋里，想告诉丈夫但又怕是“吹巴”耍的鬼点子，寻思了好一会儿也没敢开口。

立春已被连续的噩耗折磨得半死了。自从挖了第二个冻土坑，把立邦和弟媳的后事办完就卧炕不起了，整日呼呼大睡，醒了就浑身酸疼。特别是对二弟，人不在了连尸首都找不见了，穴里只能埋衣物，他觉得这是奇耻大辱，比挖祖坟还难容忍。媳妇心疼丈夫，悄悄地摸到海崖的暗洞里每次不敢多拿，只扤回一瓢小米煮粥喂立春。而她自己吃的都是干萝卜缨子、菜帮子。立春正在稀里胡涂之中，不知是米是面，还不少喝，哪顿都得两三碗。第二天媳妇还得再次偷偷去崖洞里拿。

在媳妇的精心调养下，四、五日后，立春终于站起来了。媳妇欢喜得不得了，上前搀扶他。立春有点笑面了，说：“俺还没老，不用媳妇搀。”

媳妇说："可吓死俺了，你躺了好几天，俺还以为要当守寡了呢。"

"是吗？俺怎么不知道？"立春还是笑，一点也没觉得奇怪。"家里的，俺做了个梦，梦见爹、大姐、立邦、立国，咱一大家子过年，你没看那个鞭炮放的，从子时一直到天亮，你没看发纸那大火啊，把天都烤红了，小侄子会跑了，爷爷一直领着他门里门外地转，连立邦两口都不准靠前……"

"你这梦是大吉啊，有鸿运呐！唉？对啦，俺听见他们在议论，说咱村的土改搞错了，不知是真是假，没敢给你露。"

"是吗？有这事？那俺可得出去看看，管他真的假的，问下也不要钱。"立春说着就匆匆推门走了。

立春刚走出大门，第一个迎过来的就是"吹巴"。立春想回返避开，但已来不及了，手已被他扯住了。

"大哥，知道你厌烦俺，可俺也是没……没法子，人家土改工作队……队长硬……硬让俺那么办。这……这不，搞……搞砸了，你们受……受苦了。哥，俺……俺错了，你就罚俺吧，你打一顿出……出气俺……俺都情愿。"

立春从"吹巴"掌中挣脱了被握成了麻木的手，只冷笑了一声，根本就没想与他搭讪。

一个姓陈的土改小组成员也凑过来没话找话，说人家于德队长的政策是家里存金条才能划地主。于德领着人满天绕岭地调查，给团家的结论是，房子是早年头的事了，赵家没帮满清和国民党干过坏事，就一幢院落五亩地，另有五份占一份的船帮子，一没出租，二没倒卖，凭力气吃饭，找不到你家有任何剥削的道道，划富农与上头政策不符。

"吹巴"弄不清姓陈的是从哪里听来的结论，也不敢盲目否定，只能随风跟着说"是啊是啊，俺小组根据新……新的规定都做了考……考虑了，你就……就把心放肚里吧，没事的。估计俺立国老…老同学也该……该回来了，俺俩得……得坐一块儿好好唠唠，别弄得那么生烦。"

立春仍是一声不吭，心想：“你娘的，俺搭了四条命，三条人命一条通人性的金命，这是打一顿解解恨的事吗？混蛋！”

他不想再听他俩的絮叨了，“黑心的东西，早干什么啦？”转回身进了院子并关紧了大门，把那两位干在街上。

围观的庄人到了也没能看见往下的热闹，白等了一会儿，冲着贾陈俩哄了一阵，便散去了。

从头次土改斗争会开始，庄人就感觉确实是开阔了眼界增长了见识。前八辈祖宗总说“人命关天”，可今日根本就不那么回事。捉人打人比拍拍衣裳的灰土还简单，甚至对人可像摔打老鼠那样死劲折腾。看来人命并不那么“关天”，随意拖过来就可让他跪下，并拳打脚踢，还可在脖子上挂些乱七八糟的擦屎布。有人在唠嗑时就明着问，你说那只狗金子和赵嘟噜他俩谁的命分量重？回答者说，这就得问问姓曾的了，人家是政策人。

庄人恍然大悟，原来受祖宗的规制，胆子太小了，一听嘟噜在坡上喊“鬼子来了”，家家都把门关得踹都踹不开。现在可不那样傻了，对什么都感兴趣，哪管听狗“汪”了一声或当街咬架都觉得有热闹好瞧，人挤人、里三层外三层地翘脚围着，风都刮不透，不看出个输赢绝不退却，咬得越惨越有意思，最好是狗脖子上能耷拉下一块血淋糊啦的肉皮，夹着尾巴惨叫着逃离战场，才叫有看头。

也有人说，“吹巴”那二流子能得势，还真不知这风会朝哪边歪，他把地撂着长草，甘愿到处要饭，说种地绑人，不如要饭能四处溜达，平均起来他的地不算少，却硬说自己是穷人，分明是懒鬼，可工作队就说他是真的农民，还让他那号的管俺，到底哪种人吃香？看起来当官用不着进京赶考，把曾队长弄明白就成了，你说这日头到底该从哪方出来才对？天下怪事年年有，从来没有今年多，俺看哪，别叫孩子起早贪黑去念那破书了，不如省几个子儿买壶酒坐在热炕头里抿抿。

（五十三）

再说那日批斗大会散场后，民兵按贾厅安的要求，把立国像捆麻包那样从肩到胸捆了个结实，直到他觉得肺泡都快被压扁了为止。但他仍左右瞅瞅自言自语道："书上说，这叫五花大绑，犯死罪的人才有资格享受这待遇。说真的，你们还是不太懂行，想知道吗？"

押送的民兵回问："俺怎么不懂行？你都死到临头了，还有闲心扯这没味的。"

立国笑笑回答："俺告诉你吧，这脖后还差个砍头牌，明白了吧？"

押解人想想也笑了，并说："你都这德行了，还要贫嘴，心够宽的了。"

"兄弟，你俩是受派押我，我对你们不反感，但你得当个明白人，咱前后街处邻居少说也有一百年吧？说你不知道赵家的为人？所以，五花大绑的该是'吹巴'和那姓曾姓曲的，他们坏了共产党的大事了。你想想，我犯的是死罪吗？俺日子过好一点就死罪？找不到地主就矬子里头拔大个儿？那这天下的勤快人不就死光了吗？只留'吹巴'这种耍流氓的管理国家了？这国你还敢待下去吗？……"

另个民兵说："俺爹不让俺参加民兵，'吹巴'硬拉俺，他说参不参加是立场问题，是化成分的条件。"

立国回道："嗷，俺明白了。"在后来的路程中，他反复思量世道为什么会变得这样不可理喻，"俺从小就听说'横不讲理'，可一直也没遇到过，这回可真是见识了，还不是一个两个人，并且平时讲理的也跟着不讲理了，因为讲理的要倒霉了。行吧，走一步看一步吧，只别把俺打成残废就行，残废了，就什么都干不成了，还得让老爹和哥哥养着，整天瞅着心里揪巴，还不如照头一棒打死了干净。”

日头都要落山了，他才被带进一个四周垒着高墙的院子，院里空旷瘆人，除了一堆堆积雪和散乱的苞米秸秆子外，挡眼的只有一座顶盖发黑的大板房，板檐挂着一排长剑般的冰溜子，时有断落的跌下，爆出稀里哗啦的声响。

簸箕的民兵把立国移交给看门的民兵，回头瞅了眼被押人，像要说什么，但犹豫了一下就转身走了。接手的民兵连推带搡地把立国押到房门外解了绳子，说：“簸箕人真有力气，捆得太紧了，你小子够野性了，没半路趴下。你可记住，进这里的都是破坏土改的坏蛋，进去吧，等着提审！你们都臭到一块儿了，让马粪把你的脑瓜子好好熏熏，要是还开不了窍，那你可就等着挨揍了，你得想准确了，别蒙混过关，这里有不少让你外伤看不见内伤不知道的招法，就看你的皮肉能不能经得住考验了！”

立国刚经历了枪弹场面，根本没把民兵吓唬的话当真，光顾着心里窝囊了。“不知是哪来的一股邪劲儿缠了我，人家那么真心留俺都留不住，非要回来看看。这回可好，看吧？好好的一身军装，全变叫花子了，一大家子只姐一个人算是逃了……”

“你的魂儿被鬼领跑了怎的？装什么傻？”民兵狠狠地推了他一跟头，立国踉跄着进了屋子，还没等他觉察什么，身后的板门就“哗啦”一声上了锁链。“你们这些给阎王领魂的小鬼，一群猪脑子的家伙，还几道铁锁，俺犯什么罪了？连门都不准出去！”立国在心里骂道。

他没急着朝里走，先四处撒目了一下，不停地甩动着麻木的双臂，“这一路把俺捆的，绑猪都用不着下这大力气，俺当解放军的俘虏时都没人捆俺，妈的，多亏俺鼓着肚子让他们捆，不然连喘气的余地都没了，这帮家伙敢勒死人，下手真狠。”他又往里面走了几步，嗅了嗅鼻子，“这里怎么又骚又臭！”

屋里很暗，只有板墙的缝和窟窿才有斜长的光线透进，且照着里边坑洼不平的地面，板房中间有个土包，包口透着火光，四周坐着躺着好些人，“他们也是被捆来的？还有做伴的？我还以为只我一个呢。看样这大房里是可以随意走动的。”如此，立国的心才踏实了一点儿，他很怕孤独和彻底失去自由。

这院子原是大车店的一部分，大板房是住店车老板存车喂马的地方。土改工作队进点后，将开店老板定为地主，没收了他的全部财产，归区里所有。各村土改被抓的人中分为两类，一类是有严重犯罪嫌疑的，一类是被认定诚心与土改作对的。前类直送县城监狱，后类都关押在这里。因为后类人数多，没合适的地儿，民兵就将大房里的马粪和马槽子清理了，改做临时囚子。但因马尿马粪常年积沤，臭味难以消散，刚进来的人不适应，脑子都觉疼痛，而且板墙四处漏风，怕冻死人，就在当中安了土炉子，地上铺了稻草，罪人们便连吃带睡全在这里边了。

立国刚朝土包迈了几步，就有人迎面走来，他不愿直视那人，正要躲开，可一只腕子就被那人捉了。“兄弟，你犯了哪一条？”

“不知道。”

“唉？咱俩差不多，土改政策里对俺没有规定，懵里懵懂地就被民兵绑进来了。”那人皮笑肉不笑地放开了他的手，继续说：“兄弟，看你脸蛋儿……不像干庄稼活的，是财主？公子少爷？人家去你家里搬东西你不愿意？你马上就被捆了？还不服？只好来这儿受服，对不对？”

“不对。这么黑你还能看清我？”立国回道，并想：“你自己都到这步天地了还有闲心问别人，而且不着边际，他要干什么？”

“你听说过夜猫子眼吗？俺就是。你怎么会进这里？……”那人拍拍脑袋，“啊，俺明白了，那你一准是反对共产党。不对……这里只圈下三烂的，反党的待遇是去县城住单间。”

“更不是。”

“你这哥们可有意思，什么都不是，可人家非要捆你，你还乖乖让捆，还老老实实让人推你捅你朝前走，那你就是球棉花，可随意让人搓揉。”那人朝立国投来蔑视的眼神，并接着说，“天儿冷，谁进来早谁靠炉子睡，你最晚，只能离炉子远点，吃饭也是，进来早的前头打，你最后打，一人一碗，全是稀的。灾年嘛，就这，好多进不来的还眼馋，进板房有粥喝，想情愿当无赖混这待遇。但经土改队考察说资格不够，吃不到。可有一条俺得告诉你，要轮到你盛饭时桶子如见底了，那你就得饿着。只能怨挑饭的偷懒，或是他也饿，偷吃了。”

几个好事的都跑过来把立国围在中间，帮那人助威。

“你要真吃不上，俺告诉你个法子，提审你时第一句就告诉那当官的，俺饿得说不了话了，好几顿都没轮上盛饭。好，就你这一句，当官的一准尽快给你落实政策，喝粥政策，不是放人政策，你甭想美了。下顿挑桶的来了，第一个就喊你，你就从老末一下变第一了，别人还都得让着你。是民兵要你先打饭的？谁敢反对啊？不过睡觉这事还是俺说了算，和原来一样，不能让所有的好都叫你占了。这里总共就俩好，第一先盛饭，第二贴炉子睡。”

“很公平，你是第几个进来的？”

“这哥们，俺还以为你说话就仨俩字儿。刚刚这句多了几个？——八个字儿！”那人故意掰着手指数，众人大笑。“没错吧？俺语文不好，算数还行。告诉你吧，俺不是吹，第一个进来的，马尿味比今天重，脑子疼了好几天。”那人还把大拇指翘了一下。

“前些日子总有人抢先打饭，发泼撒野打群架，本来这里就没有人味，结果再打得乱七八糟的，把饭桶掀了，人家挑饭的不管，稀粥和了马粪你捧都捧不起来，反正是你们自己挨饿，人家瞅着你乐，还骂你是些物件。都想靠炉子睡，争地方把炉子挤倒，大家受冻，这回民兵该管了，当官的要他们重垒一个，大冬天的和泥，冻爪子啊？就拿扎枪杆揍这群地痞。俺就想出这法子，把他们全镇了，服了，老实了，俺还受到民兵和提审的夸奖。不过，那夸奖没油水，还喝稀饭。结果俺就成这群罪犯的总头了。嘿嘿！有意思吧？”那人开心地乐着。

立国也笑了，郁闷的胸脯里似乎被这位心胸已宽到没心没肝程度的人给点上了灯火，亮堂了一点。问：“您贵姓啊？”

“哥们，俺还以为你一生下来就板着脸，没想到你还会笑，弟兄们过来好好看看这小白脸，笑的时候多好看？能迷糊不少姑娘媳妇。”

“不过俺得告诉你，今后喊俺时可别贵的贱的，俺就一挑大粪的，浑身腥臭，人家土改队见俺就恶心，你还拿俺当人看？你这人面善，放心吧，俺一准护着你，不然你斗不过早进来这帮屌，他们在家全是摸鸡偷鸭子的高手，一见软柿子就捏，习惯。”

“俺瞅你都进这里边了怎么还当没事人似的，你没把自己当犯罪的看？”立国问。

“咱本来就没罪，只当来歇息几天，还有粥喝，离炉子又近，晚上把稻草扒个洞钻进去，别让炉子把自己引着烧死就行，整天不洗脸不脱衣，过过野兽的生活，这大冬天的那野猪在山里去哪儿找栋大房子躺躺？多美？你说是不？不过人家野狼狐狸是可以漫山遍野逛的，自由。咱就差出不了门，比野兽多了个提审，有时民兵还会砸巴你几下，你还不能回头咬他。”

“但你可记住了，任他怎么砸巴，一句也别胡诌，死也别诌，只要你说了一，他们就苍蝇似的叮着你的二，没完没了审你折腾你，那你可就赔了，一准得被这里的马粪尿骚熏死。”

“说来说去你还是愿意出去的，在这儿并不自在。”立国故意挑逗他。

那人笑笑，“人要学会自乐，到哪步说哪步话……对了，俺还没回答你的问题呐，俺姓王，叫王长锁，爹的独苗，刚娶了媳妇，小两口连肚皮还没贴热乎，就被这帮人从被窝里提溜出来了。说俺帮富农藏了东西，敌我界限不清，觉悟太低，和穷人对着干。”

“可那富农就俺亲大爷（伯父），他没儿子，一个姑娘还嫁到安东那边了，不得济。他想以后让俺传家，供俺念了五年书，花钱给俺说了媳妇。有良心的你说说，俺不帮他帮谁？他那家业早晚还不都是侄子的吗？顺理成章啊？怎么就错了呢？他能在路上见个穷人说可怜团，俺把几辈子攒的家业都送你，他疯子啊？你工作队革命那么坚决，怎么不把你家的东西给人呐？光屁股彻底革命才能让人信服！”

“俺爹好耍钱，弄俩镚子儿心就痒痒，他没钱大耍，今天一件褂子，明天一条裤子，架不住年年赌，蚂蚁搬家，那还有好？不穷才怪了。大爷恨铁不成钢，撵他单过，要他反思。”

“他才不反思呢，没人管了，反倒自由了，瘾头更大了，穷得叮当响，差点把俺妈输给别人，要不是大爷出面，亲爹没死俺就得多出几个后爹来。你看，就俺爹这样，一不务家业，二不教亲子，也算贫雇农，还革命依靠对象，亲儿子都不敢依靠他，你敢？疯子吧，还没等你靠上，他先倒了。这回他倒精神起来了，当众揭发哥哥打他，愣把他哥的脑袋弄耷拉了。”

“这下可好，大爷家的产业没了，俺接他什么班？只能接他那顶富农帽子，那不等于拿屎盆子往自己头上扣吗？想来想去还是接爹那顶破帽子安稳。以前最怕穷，从古到今人都奔富，真邪了门了，谁知道现在是越穷越吃香，那这天下不就都清一色的穷鬼了吗？闹头大了，皇上没人养活了，军队喝西北风去了，热闹吧？俺没事时就琢磨，这哪个王八蛋想出划成分这馊招，缺老德了，把人按穷富分成三六九等，让你去乱打乱闹，心数忒坏了！”

立国觉得长锁的话越说越实在了，既风趣又有道理，便主动伸出手让他握着。因为长锁一直在试着要握立国的手，但立国总缩手缩脚的。

长锁的手劲很大，捏住就不放，好像有种求之不得的喜欢。

两人一块儿往炉子边上走，其他人感到奇怪，“怎么长锁变得这么快？不一会儿就由冷发烧了，还亲密无间了？”纷纷给他们让地儿。

“你文化不浅呐，念书比我多。”立国试探着问。

“大爷心高，以为俺能当状元。人说有其父必有其子，这话真对，他哪里知道，俺中了爹的毒害，煞不下心，虽不愿赌但贪玩，一直在留级那坎上磨蹭，早就把书当大葱蘸酱吃了。可俺一见你就知道，你念书肯定比俺好，话不多，但话里面有学问，其中有股子气，俺能感觉得出来，和那帮人绝不是一溜人。”长锁用手指着立国的前胸，又回头瞅瞅那些哥们。

“俺也就小脸比你白点。不过，咱俩还是有缘，没想到这马粪尿还能熏出真哥们来。”立国笑谈。

长锁乐了，点着头说：“你一进门俺就想给你个下马威，结果你根本没拿俺当个鸡巴屌事。俺马上就觉得你这主不一般，不愿巴结人，顺嘴溜的都比那帮屌文绉。俺比你差远了。唉？俺想起来了，你姓甚名谁还没告诉俺呢？”

“对不起，俺姓赵，赵匡胤那个赵，名立国，想把国家给立起来，结果进这里了，有点不自量力。”

“看看，你这名多厉害，尽往高里攀，不是皇上就是社稷。而俺，什么长锁，一听就个放驴的，想混个富农什么的都混不上，结果混一坏分子，想比人多种点地多淌点汗都不成。俺大爷天天夜里掰着指头算计那几个铜板，就是有银子也不是整块儿，全碎的。忙乎了好几辈子，到俺这辈儿还赶上了土改，土篮子打水一场空了。”

立国不喜欢愚笨，但也不惧怕奸诈。他听了长锁的这段话，觉得此人虽身材短粗，手掌肥厚，可面容若佛，肝肠绵软，还兼有匪气，内藏心机。“他伯父没白培养他，是个值得来往的主儿。”

于是拍拍长锁的手说：“名起得好没用，还不是稀里胡涂被捆？自我讽刺。簸箕与王庄也就十来里路，出去以后咱多走动走动。”

长锁一听乐了，“干大事的都得跌几个跟头，那皇上得杀多少人才能坐稳金銮殿呐？你会有出息的。真的，你真看上俺了？可别捉弄人。”

“大丈夫一言既出驷马难追！”立国扬起手掌与长锁对拍了一下。拍的劲头很大，旁边那些人瞪眼瞅着，“他俩捏合得也太快了，放个屁的工夫就拜把子了！”

“好，咱就这么定了，天阴天晴都挡不住咱哥们心里的光亮，”长锁坐到炉子边上，“唉？坐着烤烤火。俺还没问你，咱俩谁大？”

没等立国回答，他又拍拍脑门，说：“管那干什么，你就是哥了，诸葛亮当家不论岁数。你这人呐，往人前一站就让人有琢磨头儿，你说你哈？一句话里不是‘俺’就是‘我’，听着乱，可琢磨琢磨还挺好，该俺就俺该我就我，挺准。你是养成习惯了吧？在大地方见识过的？”

“今儿个咱不扯这个，以后有的是工夫。小弟，你是这马房的后勤总管，晚上俺睡哪儿？”

“你们都听着，这才是哥，哥自然是挨着俺呐？那帮屌都乐意，不信你问问他们？他们要敢说个不字……俺……让他贴着板墙拿一宿大顶。”

围着瞧热闹的一片哄笑。

“不过，他们有的夜里会喊娘，你可不许烦啊！”

“他们喊娘干什么？喊了娘娘也来不了，没用。”立国回道。

“唉，你不知道啊，这些民兵就说他们不老实，往死里打。就那小三子？”长锁用下巴指了指，“也就趁工作队没注意，把人家撸子的皮套拿去装泥玩，以为泥干了就是把撸子。但他们硬说他是受指使有意偷枪。三子不承认，就往死里打，打得他一到黑灯瞎火的就疼，你说疼得忍不住了不喊娘喊谁？孩子不就娘亲吗？”

立国动心地点点头，捎眼看看那孩子瘦小的身子骨。

自此立国没再说过闲话，在这个特别的世界里与另种脾气秉性的人共存了40多天，经历帮他打开了另个眼界，让他学会另种保命求存的生活方式。

在这里，他亲眼看到社会人中还有这样一个阶层，而且每日都能活出让正常人无法相信的味道来。喝粥没有筷子，剩碗底用手指头抹来抹去，而后放进嘴里咽净，或是拿舌头翻舔正舔，舔相如猫似狗，让饥饿人眼馋流口水。墙边刷碗桶里的水从不替换，可饭后都自觉把碗放进去过一下，求心里干净，说滴水成冰，只要刷碗水不臭，就能继续使用。因为外面太冷，除了拉屎必得去露天的茅坑里蹲着外，尿一律从木板缝朝外撒，若是有屎憋不住了，干脆就往墙角里便，大棚子即是吃住的地方，也是公共茅房。有人最希望别人能为屁大个事动手动脚打起来，全当演节目，否则整天枯燥无味……

40天里，立国总共被提审了六次。六次只问两个问题。一、关于个人。立国回答俺在国军某独立旅当过三年兵，该旅只负责卫戍，没参加过战争，旅部在城南郊，也没去城里抓过人，上头说要把独立旅撤往营口调到江南，结果被解放军在田庄台北盐滩那儿打了埋伏，俺成了俘虏，简单训话后就参加了八路，军衔上尉。因为想爹，发两块大洋请假回家探亲，俺这套四兜的军衣就是证明，还有营长要俺归队的联络地址，放在背包里。身上这套棉衣是解放军营长给的，俺那身料子让营长穿走了，说搞侦查时用。可俺刚到家就遇上土改斗争大会，他们不分青红皂白就捆俺。二、虎山区参加独立旅的总共七八百人，其他都是外乡的。解放军营长告诉我说，全旅基本上全都坐轮船跑了，他们是受命专门抓我们干部队三十几人的，俺是那三十几人之一，所以我不知道虎山其余人的去向。”

“你不老实，你不知道？人家的爹妈找你要人，你说你没看见？人家信吗？”提审人斜睨着眼睛看立国，不相信的神情显露无疑。

“他们找俺干什么？参军是他们自己志愿的，也没人强迫，我也不是招兵的。再说了，那时没人知道要打内战，还以为小日本投降了全国就和平了呢。独立旅那么多连队，我哪知道他们回不回来？反正到现在还没回来那就只有三条道，不是去了江南就是参加了解放军，要不就是在回来的路上出了意外。俺回来的路上就几次差点儿丢了性命。”

“就没有第四条路？回家怎么还会有意外？你这是在变相表示对土改政策不满吧？”提审人领会不了立国的意思。

“我没有恶意，只想告诉你不可能有第四条路。人家解放军在俘虏我们时，好像知道独立旅新兵太多，枪往天上打，还有喊话，让放下武器加入解放军队伍。后来他们告诉我，跑的那些不够意思，早知道他们一定要跑，就真朝脑袋上打了。这说明确实没有第四条路。我所说的回家会有意外，是指爬山越岭会遇上野兽、胡子、拦路打杠子的，或者受冻挨饿，夜里蹲墙角很容易被冻死，将近一千里地，要没点骨气和信念，你真可能半途就废了。俺有时瘫倒在路上，还真有点后悔当时没马上跟解放军走。”

“你废话倒不少，绕来绕去没句真的。那我问你，你的信念是什么？你为什么不跟解放军走？”

“俺确实是参加解放军了，当场填的表，你可去查证。你要看联络地址我可以回家给你拿去。可当时想的是无论如何也要先回家看看老爹，不然心里很难踏实。”

“那叫信念？是撒谎还是狭隘？你只听你爹的话，不听党的话，诚心不支持正义的战争，不愿去解放被剥削的劳苦大众？”

“俺没想那么多，更没那觉悟，俺只知道在国军里仅反对内战这一条就已经等于把脖子放到铡刀上了。”立国强辩着。

“好啊，这么说你不仅没有历史问题，反而还得嘉奖你是不是？”

“你压根就不想信俺，所以咱再扯上一百次也白搭，那俺就没法子了，反正俺说得全过程一字没假。”

提审人恼怒地沉默着。立国还以为自己已把土改工作队所有的疑问都解答完了。

提审期间，立国只被打过两个耳光，头次打得他捂着腮帮子“哎哟”了好一阵子。

他小的时候只挨过私塾陈先生打手板的惩罚，不知怎么区分两种打法的轻重。这一耳光是提审人突然提了个新问题，“你媳妇也跟你走了，她为什么没回来？”这出乎立国的意料，他只犹豫了一下，对方就扬手“啪”地给了响亮一掌。立国这才回答，俺媳妇在沈城得病死了，俺还没来得及给丈人说就被你们捆了。

提审的大声问，谁能给你作证？立国回答，俺姐。那人说，放屁，你把你姐叫来？

立国刚一摇头，接着就是第二个耳光。这次比前次重，他这才知道打耳光和打手板是有差别的。

那人说“滚”，立国便捂着脸没命地逃出了提审室。逃跑时他还在想，俺只在媳妇这问题上撒了谎，可这谎不撒不行啊，能如实交代她和奸夫的事吗？太丢人了，说不出口啊！

自第六次提审后，立国就一天三碗稀粥，入夜便挨着长锁一躺，白天给大家讲《西游记》，每日留个尾巴叫“下回分解”，把众人听得入了迷，尤其是孙猴子的“七十二变”为什么要比杨二郎的“七十三变”少一变，总在激发着囚人的想象，梦里渴望自己也能变只小鸟钻出屋顶飞回家去，或者变只扒粪的屎壳郎钻进打人的民兵肚里，搅它个天昏地暗，让那些王八犊子死去活来……

从此大板房里就不再有人打架了，人们把打架当节目看变成一齐呼立国为说书先生，并只允他一人可在大房角垫着稻草拉屎，然后背着民兵再把屎从房檐的空洞扔出檐外。这让立国很是感激，不然露天地拉屎冻屁股的滋味实在难过，好在因吃不饱肚子不是每天都有屎……

立国又熬了 30 来天，才有另外的人找他说，对不起，上次提审你的人都撤了，我向你传达我们这个工作队的意见。

“你们到底有多少个工作队？”立国觉得不好理解，问：“又换了一拨，还得从头折腾，你们到底谁说话算数？”

提审人对立国的提问很敏感，说：“我们都是共产党的土改工作队，你有疑问可以提出来。”

立国摇头表示，你的回答很难理解。

那人便继续说，富簸箕庄上报的资料我们已研究过，你们赵家不够富农标准，按家庭人口平均土地指标看，连上中农都不够。所以，斗争老人家是错误的，属扩大化，必须纠正，应向老人赔礼道歉。

还不知道家里已出了人命的立国，听了提审人话，并没觉得有多么震动，反而平静地回道，谁去道歉？既然这样，那你们前些时候干什么去了？不知道那不得人心吗？抢俺的东西，拆俺的房子，挖俺的院子，弄得家都没法过了，一句道歉就结了？

谈话人回答：“还有没弄清事实就开批判会这事？怎么会呢？要真像你说得那样，那问题就严重了，我们要立即调查。”

“你们的工作队还把俺全家推到台上，强迫俺给全庄认罪，还开枪打死了俺爹的爱犬，把老人家掀到台下，摔得满脸是血，现在是死是活俺都不知道。”

“怎么会这样？怎么没人汇报？这问题就更严重了，你放心，我们一定会严肃处理。但话又说回来了，偏差已经造成了，你要正确对待，不要因此伤了自己的身体……好，这个情况我知道了，我想重点和你谈谈下个问题……你交代的个人问题和江家女儿的去向，仅是你一个人的说法，没个证明，还得当‘历史问题’记下，挂着。但根据上级颁布最新的土改政策，你可以先回家去。以后有事再找你。”

“‘挂着’是什么意思？”立国确实不明白。

“‘挂着’就是这历史问题没法准确结论，但还定不了反革命的性，只能说你这段履历有说不清的事，画个问号先放在那儿。”

“噢，还有这一说，那俺只能等证人出来说话了？”

“是的，你自己抓紧点，拖久了不利。”新的提审人和气多了。

“对谁不利？对我？你们的势力大，有电报电话，有车有人，可按我说的线索去调查嘛，怎么能叫俺自己去找啊？再说了，个人找回来的证据你信吗？你就别让俺提心吊胆过日子了，行吗？”立国有点发急，几乎是在央求。

那人淡淡地笑了笑，回道：“你要是当领导就好了，发个令，我就去办。而眼前的你，不就是个平头百姓吗？谁给你下那么大功夫？路费钱从哪来？在咱这儿，瞪着眼找钱你找不到，但闭着眼摸人一摸就一屋子，需要弄清的问题太多了，因此要调动各方面的积极性，包括你自己，组织上连大事都忙不过来了，哪有闲工夫去查你那破事？”

立国苦笑着点点头，心想：“他终于说了大实话了，原来是这样，关了一屋子人命还是‘破事’。是啊，天下到手了，说话的腔调，走路的姿势，做事的风格也该变样了。”

就这样，立国悬着心，与长锁和同房的难友依依不舍地分了手。

而长锁是真给伯父藏了东西，虽然东西被抄走了，但没法解除人家对他立场的怀疑。因政策上对给人藏多少东西算犯罪，主动藏或被迫藏怎么定性，都没统一说法，只能作为“现行问题”背着回家听信儿。

立国出了大房子，抬头望望天空，天空湛蓝无尽，白云飘渺，他贪婪地深吸了一口长气，感觉虽凉，但却清新无比。他抖抖自田庄台开始至今一直也没得换洗的衣服，汗臭、泥土加大房子的马粪马尿熏染，就像掉进猪圈刚从粪水里逃出来的，急需立即跳到水塘里扑腾一下。可是，远近一片冰雪。

“先生，孙悟空你还没讲完？俺还没听够，以后俺们大家都去找你！”同伴们见立国远去了，难舍难离地追在后边喊。

“弟兄们，俺永远记着你们的好，以后随时都可去簸箕找我！”立国边走边大声回应。

此时，他的心里只有一个念头，“赶紧回家，自己已经人不人鬼不鬼了。是谁把自己逼到这份儿上的？难道都是我的错？工作队还分拨，那拨坏这拨好，赶上前拨活该倒霉，赶上后拨你就赚了，权力能这么使用吗？”

路上，他回想起同最后一个提审人对话的过程。那人的态度虽和缓，但仍没把大板房里的人当人看，似乎比他低了好几个等级，他的话有肉没骨，没把政权公务人员的形象支起来，其中仍隐藏着杀敌的影子，总以正义化身的语气要受害人正确对待头次土改的恶性，而对恶性所造成的伤害却一语带过，把那么多人像猪一样圈在栅栏里，却一句检讨的意思都没有，对前个工作队恶劣行为的气愤摸样，似乎是装给人看的，那几句严厉的话，全是浮皮潦草的官腔。比如说，什么叫正确对待？怎么才是正确对待？既空洞又玄虚，是让受害者告状打官司还是忍气吞声？作为政府官员，对刑事责任怎么能似是而非？攸关侵犯人权的大原则，怎么能浮云掠影？可见中国人受政权贵过人权、皇命重过民命的毒害实在深重啊！

拘于面子，或是不让谈话的气氛陷入尴尬，立国还是当那人面自我回答：“几千年来，土地一直是民生的根本，尤其是在农垦经济的国体里，作为开明政府，确实应该首先解决这一历史难题。头次土改缺少经验，没有法律依据，极端做法只是局部和个别执行者的个人行为，应予原谅。但我自己的事不该一误再误，自家也不再是斗争对象了，该履行对营长归队的承诺了，待我回家看看爹，再和哥嫂聚聚，三五天就立即返程。”立国的意思是，你就别把我“挂起来”啦，再找我就去部队找吧。

但那人对立国的表态只勉强笑了笑，没作任何表示。这让立国感到十分失望，“他读了几年书？是不懂、麻木？还是官态？我真多此一举，和他说这些干什么？他能代表新政府？对民众的真诚没疼没痒，对平民无缘无故的惩处就如他走路不小心绊了下脚，这不该是责任政府的作为，而是用个人行为代替政府行为，这可是严重违背宪法的……啊，对了，新政权还没建立，要不要继承或修改民国宪法还不知道。”

回想到这里，立国深深地叹了口气，望着远处虎山的峰顶，心想：“爹还在家里等俺，他老人家一定急死了，明明看见儿回来了，可连句话都说不成。还有我背了上千里地的书，不会丢吧？营长的纸条也在里边，那是八路看中俺要俺加入他们队伍的证据。”他不禁加快了赶路的脚步。

（五十四）

“赵老三回来了！”有人喊叫起来。庄人听了便呼呼啦啦很快就涌上了街口。

从松山下坡到庄里有条绕弯的车道，前年秦泰旅兵行就是从那里走的。另，还有条省步的人走小路，是庄人西出东进的快捷途径，人们以为赵老三会走便道，一齐堵到快捷路口上观望。

立国一到山顶就望见了门前的人头，以为又是上次回家那景象，便停下仔细观察，“不像，提审人不是说搞错了吗？”但对这种起哄式的集会仍觉厌恶，故意绕宽道下山。

人们的视线被半坡的一片松林挡住了，瞧不见立国的身影了，便一会儿转脸向西一会儿调头朝东，很想快点问问立国你本来跟国兵走的，怎么又穿身共军衣裳回来了；回来干什么；你已经看见庄子在开你家的批斗会，为什么不躲起来，却要和曾、曲对着干，吃眼前亏；民兵把你抓去哪儿了，挨打了没有；打手是不是也和批斗会一样凶狠，等等。家家都有一连串的疑问想要赵老三回答。

立国大步流星地朝山脚走来，庄里的狗一齐把头转对立国下山的方向，人们便跟着狗头纷纷把眼睛移向大路。

立国走到庄人眼前，但他没心打招呼，直接奔向自家的大门。

“吹巴”见立国快闪过自己了，踌躇了一下便赶紧挤上前去，以拥抱的姿势拦住了立国的去路。立国见他一改上月盛气凌人的模样，耷拉个脸腮，满眼哀求的样子，不禁心里一愣，“他怎么突然又变这摸样了？”

立国扒开他的手，“吹巴”却又拽住了他的衣襟，并张了几次嘴才说出“老同学”仨字。

斗争会的情景在立国眼前重现，他压住了心里刚要萌发的恻隐，连珠炮般地质问起来，把“吹巴”噎得目瞪口呆，“区土改工作队已同我谈了话，你们犯了严重错误，采取先斩后奏的手法抄家，上级根本不知道，这和明抢没有区别。你快把搬走的东西搬回来，把拆的房子恢复了，把打烂的东西赔偿了，把挖掉的杏树给栽上，把破坏的门窗给修好，还有把打死的金子给复活了。不然我就和你没完！”此时，立国还不知道父亲二哥二嫂已不在人世了。

姓贾的在立国声色俱厉面前躲都躲不及，慌乱地在地上打着圈摸着脑袋找魂儿。围观的人哄嚷个不停，甚至还有人高喊快帮老三把贾主持捆起来。

最后，立国丢了句，“你也不称称自己是半斤还是八两。”看都不看他一眼地“哼”了一声，把贾推到一边，疾步进了大门。

“吹巴”这才想起来，“他凭什么要俺给狗偿命？那金子也不是俺打死的……”

从离开田庄台算起，立国经过50来天的奔波和周折，终于才真实地迈进了自家的院门。进院后他没多思索就直奔台阶上的正房，急想看看老爹康复了没有。但推开门却是一片黑暗，静心听听，只有蛐蛐在叫，东西屋空空荡荡，只好转头返回他熟知的东厢，这里的南房曾是他结婚的住处，秦泰团进驻时，爸爸和姐姐住在北房，他以为爹不在正房必在这里。但推开北房门后，见只大哥大嫂正抱着襁褓中的小儿在不停地淌着泪水。

立春先是一惊，振作之后见是弟弟回来了，似哭似笑地一把扯过立国的手，宛如破碎的家又多了个依靠，久久不肯放弃。立国见哥哥和自己仅一月没见，就眼眶塌陷颧骨凸起，猜想这期间一定又发生了更大的不幸。

立春告诉弟弟，爹在他被抓走的当夜就去世了，二哥也在那晚投了冰海，二嫂生下侄儿七天就走了，包括金子，一门四命，即使株连九族也不过如此。

这噩耗对立国的打击异常深重，他没法接受这飞来的横祸，一屁股瘫坐到地上，呼喊"为什么这些全都要落进咱赵家啊！"

他再次回想起大板房的遭遇和那些无聊的提审与对话，进而使他认识到，作为国策，执政党的行为尽管略微有点偏差，但仍会给平民带来极大的伤害。所以无论是局部还是官员个人的谬误，都是不可原谅的。他越加急于归队，想寻条途径，争取有日能把自己的见解直接呈报天庭。他从姐夫与陈诚的来往中悟出：平民的意愿，在专制体制下，如没有途径，根本就没法与天日相见。

就在立国不顾哥嫂的劝阻要立即出发的时候，于德和助手来家了解对前期土改的意见。立国偶然从军代表随带的报纸上看见，"东北已全境解放，省、市、县级政权已经建立，东北 63 万解放大军已于 11 月 30 日南下"。他想起离开田庄台时营长的交代，"是啊，俺耽误的太久了，再赶回去，一切都来不及了，他们一定认为俺半路死了……"报上的新闻给了他迎头一棒，将他跃跃欲试的愿望一下化为了泡影。"当时姓曾的要不抓我，俺马上逃了，就是累死我也能找到部队。可现在……大哥说对了，俺就凭一张纸去大海里捞针？大军南下到何方何地？我如像没头的苍蝇到处乱撞，那得何年何月……真乃一念之差，贻误终生啊！阴差阳错，当兵的愿望就彻底破灭了……”

于德见立国闷闷不乐，以为是遭受的不幸伤害太大，便安抚说：“毛主席说得太对了，政策与策略是党的生命，各级负责同志务必注意，万万不可粗心大意。我理解你全家的心情，相信政府，这些严重失误一定会得到纠正。尤其逼死人命的大事，要从严处理。”而后他又把上级对二次土改的最新指示特意给赵家传达了一遍，说东北全境除个别偏远山区还没建立政权外，已建立政权的，必须让广大贫下中农过个好年，无论土改的难度有多大，都要力争在小年前把句号画定，并希望赵家不要沉在悲哀中，给全村的土改带个好头。

立国强忍着悲痛点头称是，他想，眼下帮助工作队把正确的土改政策落实到底，确实是根本。他表态说：“于队长，您就放心吧，我和哥嫂都不会消极，事已至此，活人还得继续生活，赵家也不是那种不明事理的人家。只是，对赵家来说，头次土改的过失让我们付出的代价太大，人命都没了，别的东西还有价值吗？你为什么革命？还不就是为大众过好日子吗？用这口号发动群众，正和民众的心理。人死了，别说是好日子，连穷日子都过不成了，这积极性还怎么发挥？请给点时间，让我们再好好恢复一下。”

于德听了感到惊讶，“立国这人的心怀很不一般，思想境界和政治水平不可小觑。”当面保证在二次土改结束后，一定把赵家的冤屈提到日程上研究。

尽管富簸箕庄的土地和其他资产关系都较简单，于德也真拿这里当典型蹲着，费尽了心血，连会说话的孩子都一一去融通，努力让家家都能理解土改政策，但只因头次土改所制造的人心创伤，直到春节前五天才勉强把二次土改收了场，比上级规定的时间晚了，名次在全区排位最末。

别看簸箕没有地、富，可土改的难度比有地、富的地方还大，逼得县里硬是放弃了这个典型。县委徐书记不点名地批评了于德，甚至把头次土改的劣迹也笼统算到他的头上，让于德觉得十分委屈。

究其原因，一是贾厅安拉了几个人一起搅局，把村土改小组的改选拖迟了一个月才按原设想达成。二是贾厅安咸鱼翻身的梦想破灭，干脆赤裸上阵，公开和于德过不去，增加了土改小组的工作阻力。三是从赵家搬走的东西不知去向，特别是那几个黑不溜秋的“石头”，到底被谁拿走了，一问三不知，得到实惠的不肯交，知道底细的不敢揭，因纪律约束，又不能挨家搜查。因此，于德明知遗留问题如解决不好，全庄对二次土改就没信心，会怀疑土改政策和工作队的能力，更担心“吹巴”借机煽动不明真相的人抬他重新当组长，全庄的人心将乱上加乱。

按政策规定，贾厅安是贫雇农，是基层政权建设的依靠对象。所以，他便站在大街上呼喊自己是革命力量，弄得连批评他一句都说是打击穷人，于德只随口说了句“革命不许把流氓无产者的习气带进我们的队伍”，不知是谁告诉了贾，他拽着于德的马缰不放，问解放军怎么还抢老百姓的马？一来他拿这事与赵家缓和关系，二来把这当脏水往工作组身上泼。但于德就是找不到恰当依据和理由惩治他。

关键时刻，还是立国站出来给于德解了围，不然县委要求的句号根本就画不成。立国在改选土改小组的会上说，一、不要几家推选代表再让代表去推选组长，这很容易产生小团体代表，把简单的普选复杂化，要全村一次性一人一票选出自己信得过的人。二、俺家的损失怕是无头案，会拖延全村的土改进度，请有人不要拿俺家的事当挡箭牌，俺和哥嫂都商量了，你们要是有良心，就把拿走的东西送回来，俺也不会把你的名捅出去，没良心的就算了。但你得明白，那是你来俺家抢的，俺不是地、富，那东西是赵家用一滴滴汗水换来的，要不还，你一辈子都不会安心。可俺爹俺二哥二嫂是怎么死的，这没完，事关人命，土改后政府得给个说法。三，那马不管是国军的还是共军的，反正都是国家的，俺姐夫当初留下来也只说要爹照顾好，帮爹干点活计，它们是从抗日战场上下来的，功劳比某些人还大，不能杀了吃肉，只能让它慢慢老死。俺回来听哥说，它俩一听虎山后边枪响，拉腿就朝响枪的地方跑，这叫归队。

立国的话让那些心怀不轨的人没法反驳了。于德听了很受感动。不然他可真成了工作落后的典型了。通过簸箕庄的土改，他对立国有了深一步的了解，觉得共产党应该把这样的年轻人拉进自己的阵营，以后会有大用处，想在工作队没撤退之前就把立国的历史遗留包袱做个了结，让赵家踏踏实实地过日子。为此他给上级打了专题报告。

土改后赵家的土地一亩没增，立春继续贩鲜，立国和嫂子种地赶海，一家人默默地重新整理了院子和被砸坏的上房，和村人一样，拼命地干了一年，到秋还不错，因政府推行减租减息，搞民兵助农助工，家家都不再怕人知道自家的收成，明晃晃地把苞米穗子高粱捆子晾出去风干，开过斗争会的场园也忙得不可开交，一家一户接连着打场。“吹巴”见上面没掐着他的错误整他，赵家也没再公开提偿命的事，再加政府根本不准要饭、赌钱，他那点“本事”没了用场，在村人的影响下，也心不在焉地搞了春种和秋收，院里破天荒地搭起了粮仓。村人都说，“吹巴”这回可该使劲地吹吹自己了。

新政府新政策给农家渔家垫了底，对富簸箕庄来说，虽没有地主富农，大多人家的田亩基本还是祖宗留下的，但一些愿意种地却又无力开荒的人家，确实在政策的关照下获得了耕地支持。所以，1949 年的春节氛围是建庄以来少有的热烈，从正月初四开始，县乡干部领着高跷队、喇叭锣鼓地各村去扭，驻军屯屯给乡人拜年，一直拜到正月十五，直到闹正月结束了，庄人仍沉浸在过大年的气氛里。

这年正月，于德随县拜年团回到簸箕庄，借机特意到赵家说话，再次明确他一定会督促上面对赵家的事给个说法，说立国的事根本就不是什么了不起的历史问题，不该留个尾巴，说在两军对决时期，这种事太多了，别说是国军投诚，连杀人的土匪立地成佛你都得给个认可，这要追究起来，全国都得乱套，也不该把立国的经历当严重问题去看待。就是这次，于德才道出自己当年救嘟噜和缴获国军武器、巧遇战马的过程，说那次，老人如不是体格有老本，早就被冻成冰棍了，当把他搬到大门底下时，老人基本不会动了，必须让他把热气缓过来才有救。可部队奉命急着撤离，没时间了，只能简单处理。

“无巧不成书，你把自己的军被留给俺爹取暖，真是难得，老人家一直盼望能见救命恩人一面，可……”立国啜泣着向于德表达谢意。

“我头次过来就听说老人过世了，却没想到是这样过世的。悲哀，太过分了，以为自己就是政权的化身了。可惜呀！无法挽回了。”于德遗憾地说。

“于队长，你是救命恩人呐！俺光认识你骑的马不知道你就是恩人，真对不住你。俺爹一直把八路挂在嘴上，不准俺和姐夫朝八路开枪，他反对内战，想过安定日子。我跟姐夫走时，爹把这床军被当宝贝送给儿子，让俺一看见它就能想起老爹的嘱咐，不打内战。所以俺必须随身带着。姐夫身为旅长，在军令不可违的条件下，为实现爹的愿望，他只好拿新兵多当借口整日练兵，千方百计躲避战场，上司最后都怀疑他的内战态度了。在俺被俘前，他和姐姐抱着孩子被飞机接到上海，至今渺无音讯，也不知是祸是福。”立国说到这里，转身到自己屋里抱出个包袱急忙解开，“队长你看，是不是这个？”

“是的，就是它。真没想到，老人家还会把它保存起来。”于德两眼盯着自己缝的那两块一黑一蓝的大针脚补丁，不停地抚摸着。

“我走了上千里路，一直背着它，还跟俺一块儿当了俘虏，千辛万苦又一起回了家。可爹他却不声不响地走了，俺没能见爹最后一面。但老人所期望的，俺和姐夫都照办了。”

“你们太让我感动了，我仅仅做了件部队规定的小事，只一床薄薄的被子。但落到你家它却在战争中让一个加强旅按兵不动，它保全了多少人的生命啊！无法想象。你们一家是难得的爱国表率。怎么能被当作富农打击呢？即使是地主那也是开明绅士啊？这在全县全省都是难得的榜样啊？”于德挺起身子，郑重地给立春立国敬礼，并说，“我谢谢你们，这床被子该放到博物馆里，让所有的人都受受热爱新中国的教育。一位朴实的老人，世世代代种地的老人，自食其力的老人……好吧，我一定把你们的情况报告给上级，等我的消息吧！”

于德在回县城的路上还琢磨，难怪上次报告没有回音，其中就缺少这生动感人的过程。这次我一定要说得详细些。

第九篇 天云里的飞剑

（五十五）

时光如梭，人生易老，转眼间就到了1950年的春尾，于德原想有关赵家的报告早就该给个答复了，但一年都过了也没个说法……“多么好的一家人，我代表县委答应的事怎好失信？再说这也不属私情啊？三条人命的起因不管是直接还是间接，都是头次土改造成的这天，常委们都很清楚啊？再说了，上级不是总要求汼意在农村基层多发现有培养前途的年轻人吗？立国能帮助党做更多更大的事，人才难得……徐书记他到底是什么意思呢？”于德实在沉不住气了，想直接找顶头上司交谈。可刚到门口只见等待召见的已排成了长队，只好退却。

如此，他在书记办公室外徘徊了无数次，领导总是很忙，在县委会议上又不能脱离议事主题提其他问题，在院里碰见也只能互相点点头，不好停下来细说。一直拖到下半年秋末，他才下定决心，只好等哪天晚上书记加班时硬闯。

这日，都晚上9点多了，书记还在看文件，并看一段就起身来回徘徊一阵，像似在思考难题。于德不想等了，没敲门就进屋。徐书记先是一惊，而后便坐回座位上笑着说：“我好几次都看出来了，你一直想问你亲笔给我写得那个报告该作什么批示？可你忍了，但现在忍不住了。

你头次写的我确实没接到，这次这个看了确实很感人，像写了个故事，如恰当表达，该是篇小说，不愧是宣传部长，枪杆子笔杆子，你两杆子都占了。”

“我仔细地琢磨了一番，还是和你面谈为好，我如批示，那各领导与主管部门都得传阅，那会对你这个县委宣传部长不利。我说到这儿，你可能也闻出点味儿来……”

“这一，你报告的内容属最基层的事，越了村、区两级，直接到县委，不妥；这二，其中关系到你，会给人宣传自己的印象，影响你的进步；这三，内部消息，志愿军已经集结待命，立即就要开赴朝鲜战场，新中国刚刚立脚，百废待兴，中央指示一切都要围着抗美援朝转，小事一律放下，等有工夫了再说。”书记拍了下桌子上的文件，又补了一句，“这才是我们当前工作的中心。”

于德听了无言以对。但还不肯放弃，便恳切着问：“徐书记，您这三点意见千真万确。可这关系到一个人的命运呐，还有他的权力和全家人以后的政治前途啊！”

“这就看你怎么比了。如果美帝国主义打过鸭绿江，那我们的国家还在吗？就像小日本占领东北，东北老乡的命运是什么？权力和前途又在哪里？还政治前途，恐怕连个人前途都不存在了！我说于德同志，你的宣传中心要按照省委指示办，立即转向动员一切力量支持朝鲜前线。你我都是带过兵打过仗的人，前线要有牺牲，需要补充兵员，需要子弹，需要粮食，需要药品，需要救护，需要担架，需要大批人力去做后勤补给。高岗书记发了狠，谁不理解就当绊脚石踢开。注意了没有？用词是踢开，不是搬开，你想当绊脚石吗？所有的后勤都要我们地方去做，本县现在已不是大后方了，而是频临战场百十公里的前沿。”

“今天我也等于找你谈了下一步宣传中心的问题，你要马上从宣传土改歌颂土改，鼓舞农民种地打粮的轨道转向朝鲜战场！好了，去吧！尽快给县委拿个宣传提纲出来，经常委会通过后在全县各区镇立即掀起动员高潮！”

于德慌忙说“是”。但刚转过身去的书记又喊，“把这档拿去好好理解一下再起草提纲。”于德接了书记递来的文件退出门外。

出门后，他遗憾地摇摇头，“要把某项任务变为群众潮流，不是领导一句话就成的，而是要每个人都能理解并自觉参人，支持抗美援朝也一样，必须把为什么要抗美援朝与每个人的利害结合起来，让百姓认识到这是生死攸关的大原则，特别是普通百姓，只要他们的积极性有了，一个人就会影响一个村，一个村就会影响一个区。给赵立国正名与动员支持抗美援朝并不矛盾，有促进意义，书记为什么非要把这两件事对立起来呢？对不住了，望赵老人家在天有灵就多多理解吧，我已尽了最大的努力了。只可惜立国这人才了，窝在一个山洼里不得出头。”

簸箕人虽然知道朝鲜打仗了，也多次听过支持前线的动员报告，可总觉得离自己还远，以为1951年的春节也会像1949和1950年那样热闹，家家户户都老早做了许多准备。结果刚过小年，区里就要簸箕立即组成百人和百付担架参加集训，先拉练10天，而后正月十五前就赶赴朝鲜。上头像催命，一天四五个电话问怎么样了。下头需一户户落实，不敢差错。如此，把个簸箕人弄得个心惊肉跳，反而过了个最闹心的春节。

动员会要求，除地富子女外，凡家里是哥弟俩的，满18–50岁，体力好，都必须得参加一个，兄弟四个以上的，不管分没分家，都得报两个名额。区里原来担心有人怕死或父母反对，报名的人数可能不多，采取下硬指标的办法强推。簸箕庄宋村长接到指标后估算了一下，全庄够条件的至少有150多人，绰绰有余。困难是一百付担架到哪儿弄去，“那东西是什么模样都没见过，更甭说是做了，还得结实耐用，便于携带。这是什么标准？拿什么衡量？”

区长批评宋村长笨，村长回家光草纸画了一堆，琢磨了一夜也没跳出“井”字的拘束，只好去咨询当过兵的立国。立国想想说，“井”字型多出两根木头的分量，其实顺长两根就行，最好用竹子做，轻快，可咱没有竹子，只能用干洋槐，花钱少，重量轻，再把咱不用的网衣剪了，铺双层，折起来扛着就走，那多方便？

村长赶忙出去找来木杆和网衣，在立国的帮助下不一会儿就把样品做好了。村长又叫个大个子躺在上面，两人抬着在院里走了几圈，“成了，俺可交差了，一点儿也不复杂，还是当兵的有见识。”村长立即向区长回报。区长说，这才叫雷厉风行。村长把任务分派到各家，然后又拽着立国一家家检查是否合格。

担架有了，紧接着就是报名动员。村人听说马上要去前线，凑备年货、包过年饺子的心情丁点都没了，不停地议论，“这是不是要俺去送死啊？”“抬担架的也不和美国鬼子拼刺刀，离死还远点吧？”“听说那飞机专门扔炸弹炸抬担架的！”“去朝鲜那不就是出国吗？咱去瞅瞅朝鲜什么样？”“人家出国是溜达，你出国是拼命……”“志愿军都不怕，咱怕什么？”“那些受伤的总得有人把他们背下来呀？不能眼看着他们把血流干了啊？”“抗美援朝，保家卫国，人家孩子连命都不要了，咱还计较……丢不丢人！”庄人七言八语，各说不齐……

自立国帮村长解决了担架的难题后，一下又成了庄人打听该不该参加担架队的主心骨。立国本想避开这种问话，但人们紧追不舍。没办法，他只好说，你们报不报名俺不管，但朝鲜这仗和国共两党打架的性质不同，国共内战就等同哥俩争家产打起来了。而抗美援朝是外战，类似于抗日。不同的是抗日在咱的国土上打，把咱过日子的家什全都打烂了。抗美是在朝鲜打，咱只付出人力和财力，对咱家的坛坛罐罐没有破坏，家人可照常种地做饭睡觉。美国人要是过了鸭绿江，那就不好打了，东北的地面太大，朝鲜就那一窄条子，两边都是海，大军压过去就等于把鸭子往海里赶。”立国想尽量说得通俗些，便于文化低的邻里好理解。

“咱的军队不是叫解放军吗？怎么又出来个志愿军？”年轻人好奇。

“解放自己光明正大，你到外国打仗解放谁去？名不正言不顺，人家用你去解放吗？美国借金日成要解放南朝鲜的机会想霸占整个朝鲜半岛，斯大林不干，中国也不干，需派兵支援，当然是中国人自愿去参战这名义最合情理啦？”立国耐心解释。

“要照你这说法，抗美这一仗肯定能赢？”大多庄人关心这个。

立国听了觉得还不能小看他们，这问题也是他深思了好久的大事。便不再考虑乡邻的理解能力，只当他们都是有文化和理解力的，便把多日憋在肚里的见解一股脑地抖搂了出来。

“我看，志愿军早晚会赢，中国人太多，苏联的工业势力大，两方结合起来地球都得颤抖。即使中国打得艰难，那斯大林也得出来兜底，不然他没法向社会主义阵营交代。还有，共产党一贯的打法是穿插偷袭，埋伏包抄，声东击西，背后突袭，该全面反击了，就人海战术，遍地狼烟，再加打小日本和打内战的教训，解放战争又积累了打大仗的经验，志愿军也不是没和美式装备较量过。而美国他也不是不知道中共的战路，但他学不了农民打法，他那套大工业韬略机动灵活不起来，很难改变，尤其花钱买命打仗，美国人的命比咱贵重，死个人不亚于天塌了，当兵打仗怕死这一条最要命。但，志愿军对付的不光是美国，而是美英法共16个国家组成的联合国军，装备是一流的，所以，这场战争不可能速战速决，但必胜是确定无疑的。”

“据说上头对出兵朝鲜也有顾虑，抗战已把咱的家底都折腾得差不多了，日本把东北都抢光了，苏联进来又刮了一遍，接着就是内战，底子太薄。斯大林说美国人要过江，你中国该怎么办？咱的命门被人按住了，中华儿孙还得继续繁衍啊！刚撵走日本鬼子，再来个美国鬼子，你说咱还是中国人吗？再说，美国人要真的过了江，再加蒋介石在台湾那边从背后打枪，那咱可就腹背受敌了，咱这里挨朝鲜这么近，老百姓第一个先受苦。”

“俺是坚决要报名参加担架队的，我的目标是争取当志愿军，去给国家争气。抬担架不就半年吗？6个月就回来了。人活着可不能完全为自己。担架队在战场上就是救命的，佛家不是说了吗？救人一命胜造七级浮屠，你就是遇到没咽气的美国鬼子也得抬，不能就地打死。这是国际红十字会的规定，全世界都得遵守。你把印着红色十字的白布一举，再狠的敌人也不敢朝你开枪，美国人很看重这个。他要敢冲你开枪，那他就违反了国际法。”

“美国明知要打败仗，那他还打个什么球？”村人又问。

“两国交战是没利益就没瘾，下棋是赢不赢都有瘾，打仗和下棋一样的地方是双方都想赢，但打仗和下棋不一样的地方在，一看打不赢了可以商量打平手，这是战争政治和利益的需要，有时平局比赢了还好。下棋就没有商量平局一说，棋局的设定就是一输一赢。停战谈判的目的在势力范围划分，重新调整博弈格局。金日成和李承晚不管谁统一了朝鲜，对美国和苏联来说都是零博弈。所以，他们就得把眼前利益与长远利益兼容考虑。当然，中国在其中的利益到底多大，俺还说不准，咱太穷了，没钱。不过如按斯大林的国际主义要求，你中国还真不好拒绝。依我看，斯大林把中国推上朝鲜战场，可能还有自己的算计，进一步削弱中国，要中国完全依附于他。不过，毛泽东是什么人？民族脊梁硬得很，深谋远虑，一百个蒋介石都没用，他绝不会屈从斯大林。但问题是，抗美援朝和解放台湾的关系怎么处理？恐怕咱国土的分裂局面要拖下去了。打仗得花钱呐，一颗枪子足够俺吃一天饭了，那噼里啪啦的，几年的饭盆子都没了。中国如继续分裂，就得总有求于他们。抗美援朝斯大林不想掏腰包，特别是不愿出人命，让金日成赖在北京缠着不走，斯大林在后面用美国会进入东北来吓唬咱，逼中国出命，他只出炮，炮还不白给，最低得给个成本吧？那咱的命丢了谁赔？他说为国际主义舍命最崇高。谁叫咱挨朝鲜最近边界最长来？反正你记住，美国是决不能让朝鲜半岛都听斯大林的，那他二战后在东北亚的立足点就只剩日本了……”

“立国，你真不简单，都一样种地的，你是从哪儿弄到这些消息的？前头说的那些俺还明白一点，后边这个好像是毛主席和朱总司令关心的事。”一个以前常和“吹巴”掷筛子的人问他。

这句问话反而提醒了立国，他浑身激冷了一下，想起蹲马棚时第三次提审的问话，你偷听过敌台吗？立国心里一惊，“谁告的密？不会，是背包被他们翻了？姐夫给的那台美国通用晶体管收音机被他们发现啦？”但他还是冷静着回答，“我连家门都没进去就被捆了，一个时辰后又被推进了马棚。”他不想过多解释，不愿把想象的余地留给提审者。那人果然回道：“我是在提醒你，偷听敌台是违犯公安禁令的，以后注意些，不要将错就错。”立国的心这才踏实下来。

而面对跟“吹巴”走得很近的人，该如何回答他呢？想到这里，他只觉有股冷气从脚底直窜头顶。“我把他们关心的话题扯到天上去了，根本不知道自己已经是山沟里一只孤独的獾子了，在雪没山野时，怎么找食求生才是根本，干嘛热衷于论政议政呢？这习惯本不是哑巴动物所应有的，更不应该把这习惯当作生存的必备。”

他拍拍那人的肩膀，笑着回答：“你忘了我出去过几年？跟城里人学的，一天不看报就少了什么似的，咱这没报，但我可以找着看哪？不过，你别当真，报上的消息也不一定准确，我也就看看而已。”

但无论如何，经立国的答疑，庄人虽没完全弄懂其中所有的大道理，甚至连国际红十字会是什么鸟都不知道，但“美国飞机不会往抬担架的头顶扔炸弹”这句，却个个都听得真亮的，并深深地灌进了自己的耳朵，让庄人的心稳定了大半。

因此，在宋村长再次动员村民报名时，他觉得自村没像别村那么费劲，还自夸，咱簸箕人就是比别村的懂事。

找立国求教的人中只少了贾厅安。一、从二次土改后他就不愿看见立国，即使迎头遇上，也赶紧找地儿躲起来；二、村人把立国的话一传十十传百地传开，他都记在心里，虽觉安逸，但满心妒忌；三、贾上头有个哥哥正养着爹妈，要报名只能“吹巴”报，可他还是怕炸弹万一落到头顶怎么办？便希望全庄都不报名，那就不会只突出他一人落后了。为此他还是偷偷地吹了不少冷风，说别听赵立国瞎掰，他是国民党，白黑都想反攻大陆。

拉练开始了，临近三个村的担架队都集中到虎山后边的炮楼那里，再从那里沿着官道跑到楼头，到了楼头不准歇息，回头继续跑，上午两趟下午两趟，来回一趟约十几里路。

在起跑之前，宋村长要立国给大家说说拉练该注意什么。立国认真地告诉庄人，拉练不是比赛，不要猛跑，有劲要悠着使，喘气均匀，腿要轻松，脚尖先着地，感觉累了别马上停下，以不掉队为原则，可用慢跑替代休息，这样，你就有使不完的劲儿，不信大家试试，实际体会一下，目的就是保护自己跟上队伍，前后要互相照顾，不要把后面的人丢了，跑在后面的如着急上火，那就更没劲儿了。

结果头一天拉练就见了分晓，富簸箕庄不仅总是第一，而且队伍整齐，没一个掉队的。两付担架四根杆子，一个人扛着都不觉沉重，一百付一人只扛一付，很是轻松。而那两村的担架一村一个模样，两人抬两付笨拙，一人扛一付只一个来回就跑不动了。陈区长急了，要他们都学簸箕的样子。有人问，带一付不就行了？干嘛一定要两付？区长骂道，狗脑子都比你灵，你要不备用一付到时不就抓瞎了吗？你看人家簸箕，学着点儿好不好？

陈区长夸宋村长，村长不好意思，说：“区长你要表扬就表扬赵立国，他当过国兵，对这玩艺内行。”

村长的话让区长听了一愣，问：“什么？他当过国兵？赵立国在咱担架队里？”

村长一边点头一边反问：“怎么了？他不该受表扬吗？这小伙子可是个人物啊？俺得老济了。”

“都什么节气了，还人才人才的，你以为是乡试，有教无类？现在是阶级立场压倒一切，懂吗？开了那么多换脑筋的会，你都白听了！”区长批评村长。

“俺还是转不过弯来，自古江山人才第一，怎么又改立场第一了？就俺庄那‘吹巴’，他立场再第一，不也废物吗？”村长摇头。

区长赶紧凑到村长身边小声说：“不管你们怎么不喜欢‘吹巴’，他的本质还是贫雇农，和党一心变不了。但对和国民党有瓜葛的，你可要小心，这是我亲耳听来的，对赵立国不但不能表扬，而且连担架队都不能参加，你赶紧换人吧，告诉他明天就不要来了。”

“为什么？俺得靠他一起带队伍，小赵可是骨干呐，你问问乡亲，他帮俺出了不少好点子。”村长仍是不解。

“你就别问为什么了好不好？没有原因只有不行，他越积极就越不行。”区长说完扬长而去。

在返回簸箕的路上，村长张了几次嘴才把区长的话传给了立国。

立国默默地把担架交给村长后呆住了，村长只好说：“俺可没拿你当什么立场不可靠分子看，也不知上头是怎么想的。咱就是个种地的，谁的地种得好就好家伙，什么立场？能站在粮囤子顶上才是立场，就他那立场能让庄稼自己长出来？扯鸡巴蛋，你别在意！”

“是，俺可以不在意，但预想通过参加担架队达到参加志愿军的目的，被彻底堵死了。”立国的心里再次被悲凉所充塞。

（五十六）

一起拉练的村人早已翻过了柏岭，立国却仍满脑空白地木立在虎山脚下，冰冷的旋风在他的眼前打着旋地把路边的雪沫卷走了，随之便露出光滑的冰面，散落的雪粒钻进了他的衣领和袖口，迫使他用力地打了个寒战，他抱紧胳膊抬眼看看四周，这才意识到自己已被队伍甩开了。

“连去朝鲜抬担架都不让参加，那当志愿军就更不可能了，你想贡献生命，人家嫌你的命太贱，我何苦如此诚实？俺为人不可靠？抬担架比动员俘虏直接上战场的标准还高？俺报效国家的愿望没有掺假，他们连这机会都不给。看来第三个提审人的谈话并没了结，仅仅一个‘挂着’就这么纠缠，那要是定性了？今后还会怎么样？簸箕会不会彻底抛弃俺？”

他耷拉着脑袋不知不觉地就进了笸篓屯，还不由自主地停到了江家的院门外头。

院里传来吆喝鸡鸭的声音，“娘的，没一样叫俺顺心。”他听出是老丈人在粗声粗气地呼叫，接着就是鸡飞鸭叫一阵混乱。

“老丈人的心情又不顺了，看什么都顶眼，拿家禽煞气。”他想，“唉，也是没法子，俺没能尽早来看看二老，他女儿虽不地道，但老人没错，这门亲事对两家的关联并没结束，在道义上俺确实没尽到责任和礼数。要是爹活着，他早就把俺撵来了。俺的运气已背到悬崖底了，想参加担架队帮自己分分心压，借机向政府表示下自己的诚意，可被人家拒绝了。俺真的是怕牵连江家二老啊……”

立国走到江家的院门前，门已不再是原先那高大整齐的模样了，变得歪歪斜斜窟窿眼睛的，在院里就能看见门外来人的脑袋。“大叔，俺是立国！来晚了！”他本想多解释几句为什么姗姗迟来的原因，但琢磨丈人是个从来不问为什么的犟眼子，只好简单表达。

自结婚那日起，立国对岳丈岳母就如婚前一样，总叫大叔大婶，爹多次训斥他也不肯改正。特别是江家对立国在结婚那天躲婚，把独生女晾在婚礼上那档子事一直耿耿于怀，再加不认江家二老为父母，“女婿和俺隔层肚皮，但嫁出去的闺女泼出去的水，甭想收回来了。”江老头的心里一直压着块石头。新婚媳妇曾私下指着立国的鼻子骂不懂道理。他也知道自己有悖老礼，但一张嘴就觉别扭，只好回答媳妇，“在心里叫爹叫妈比嘴皮子叫更真诚”。为此，媳妇多次掐过他的屁股。

江老汉扶着铁锨站在院中，听有人喊，扭头瞅瞅。眼花，看不清来人的面目，却觉得这音调很是耳熟，便一边问“你谁啊”，一边往院门处走。

“俺是立国，来看看大叔大婶。俺对不住您，从回来就步步倒运，很怕扯到……”

“你个丧门星，还敢来？你不是蹲监去了吗？小子你的胆子可真不小，俺正找你呐！”老汉满脸怒气地抢过话头提着铁锨就朝院门前紧逼。

“俺来晚了。”立国见丈人不高兴，再次表达歉意。

俩人隔着门面对面站着，江老汉终于看清了女婿的脸，“赵老三比先前消瘦了，脸色白里带青。”怜悯的念头虽在脑里闪现了一下，但仍满心愤怒着说：“人家工作队都告诉俺了，你把俺闺女领出去不到一年就病死了，她娘连个尸首都没看见。俺还以为她能跟你享福呢？马也跑了，团爹也走了，你怎么不死？还有脸找上门来！”

“俺要不看在团爹的面子上，绝不会把闺女嫁给你这么个无情无义的东西。你从来也没正经叫俺一声爹，早就知道这亲事长不了，到今儿老了还受你牵扯，你有说不清的问题和俺有嘛关系？”

“你看你，家被抄了，一连死了三口子，听说还把金子搭进去了，囝爹每次过来它都跟着，有时它自己还跑来看看俺，比你强，在囝爹眼里，金子的命和他一边重，你知道吗？这不都是你造的孽？你不如狗！”

“你不回来天下太平，你一回来两家遭殃。你快给俺滚，再也不要叫俺看见你，要再看见，俺就打断你的腿……”说着，老人就举起铁锹瞅着立国的头狠狠地砸了过来。

只听“噔啷”一声，铁锹砸到门框的顶上。立国赶紧缩了脖子，并转身就往路边跑。“看来老人是真把俺当成灾星了，气急了，诚心要劈俺灾头，下了死手，要不是门挡着，俺这脑盖肯定裂了。老人一来心疼女儿，二来也是受了冤屈没处诉说。”

“是二老的日子不好过吗？姐夫几乎把张虎一半的银元留给了他们……是的，二老孤苦伶仃，即使有钱也要人跑腿啊？”

立国沮丧地转身朝松山爬去，身后传来丈人不断声的叫骂。

“这老头，一辈子就这脾气，得理不让人，俺真想帮他干点什么，可他是往绝交那方弄，看来，往后没法再过这边来了。爹不在了，他的依靠没了，是失望到极点了才这么恨我的……”

立国满腹冤屈地爬上松山后，没加思索就悻悻地朝坡下的祖坟走去。自他从大房子被放回至今，每觉有心坎迈不过，就到父亲墓前坐坐，每次都有没完没了的话要倾吐出来。今日受了双重刺激，他很想趴到爹的坟头上大哭一场，但等真的坐到土堆旁边时，似乎听见老爹在问他，“哭有屁用？没骨气，原指望囝能有点儿出息，没想到囝比立春还软弱，立邦莽撞任性，义气用事，囝不该学他们的缺点，该记着他们的长处，立春量事踏实周到，立邦骨头比铁坚硬，你姐应变保全能力过人。囝记着，人生吃的就是血汗拌菜，吃不了就甭托生为人……”立国还想听。但老人不肯继续说了。

立国跪到爹的坟前把头挨到冰冷的黄土上，用手拍着墓门的石头嘶哑地喊着："爹，儿的心里太苦啦，活着还有什么意思啊！"

"囝是来向俺诉苦还是真心来看俺？一个是世道，阴晴无常；一个是人道，贫贱不移……"

"这是爹在和俺说话吗？他一辈子知理，但却不知文呐？爹是另个世界的人了，他用天意示儿，立国你不该自私，对侄儿负有责任，这是他老人家对我的托付吗？"

立国擦干泪水，吸了口冷气，在二哥二嫂的墓前磕了头。大哥已经告诉了他，二哥和二嫂的合葬墓里，只有二嫂的遗体，二哥的棺材里是立邦的衣物，他喜欢的螺壳和他捡来的怪石。

磕完了头，他抬眼望着远处的浮云和海浪，心想，是的，这是冥冥世界在给我教诲，"尝尽世间五珍味，信将血肉化清风。"

他爬起身，蹒跚地穿过松林，富簸箕庄再次幽落到他的眼底，他出生长大的山洼乡村……

立国回到自家，大哥问他，"人家都早回来了，天都快黑了，俺还问了他们，都说没看见，你嫂子还担心你出什么事了。"

"不会有事的。只是俺从明天起就不再去担架队了。"

"那为什么？"

"不为什么，咱就学爹老老实实种自己的地吧。至于国家、庄里的事，找到头上就干，不找就算，也不打听，不再剃头挑子一头热了，干嘛上杆子找难堪？人家不信你，你越积极越讨嫌，不明不白地被人奚落。人活一张脸树活一层皮，爹从小就教育咱做人要有骨气。"

"你怎么变了个人呢？"立春觉得弟弟的情绪不大对头，但又不好深问，便补充道，"记着咱爹的话，能管好自己就够费劲的了，闲心少点不添乱，过太平日子吧！快吃饭，一直等着你呐！"

1951 年这年，因为成年男劳力都把大半时间用在支持抗美援朝上了，山里海里的活计少了棒劳力，许多土地要撂荒。但上级需要粮食和捐款支持战争，政府就采取换工互助的方式解决土地闲置和旱船干裂的难题。

立国由此联想到几个与自己熟悉的当兵同乡，他想挨家看看都有什么困难，也算是替姐夫安慰一下他们的家人。

他第一个就想到了小虎。小虎是洼子村的，在虎山区的最西边，入伍前互不认识，因与这孩子朝夕相处了近三年，建立了很深的友谊。特别是自独芳生下盼盼后，小虎就像对亲弟弟一样整日伺候着，煮牛奶，洗衣服，孩子会走了他日日领着遛腿……仿佛是个受过培训的保姆，帮姐姐减轻了大半的负担。可这些完全是小虎的份外事。“小虎为人不卑不亢，只要你给他一个好，他就会以十个好回报你。人聪明伶俐，求知好学，知情知义。”立国在心里念叨。

一天傍晚，立国给哥打了招呼后悄悄地出了庄子。他估计，即使小步跑也要亥时才能赶到洼子。立国帮互助家往田里担了一天的粪肥，肩头都磨肿了，担架队发给他的软底棉鞋也收回了，只能穿笨重的靰鞡，他已三年多没穿过这东西了，感觉很不习惯，跑路也不跟脚。天亮前他必须返回庄里，要不，村干部给他拍定的帮工户就会着急，保不定快嘴人还会说些什么难听的出来。

洼子比簸箕的人口多，地面也较平坦，有点动静能传出老远。立国怕惊动村狗，按小虎唠家常留下的印象直奔“最后一排的最东头，再往东就没人家了，全村只俺家有院没门，房顶露雨，压了许多山草和树棍”。

“小虎说的是土改前，土改后还那样吗？估计最后一排的最东头不会变。”立国想。

在刚刚升起的残月的照耀下，他轻手轻脚地走近了村头，定睛细看，“没变，和小虎说的差不多少。”

他迈进残缺洞开的院墙，凑到房门口先听听屋里的动静，“都睡了！”便轻轻敲门，三次都没有回应。只能再大点劲敲。这一下惊动了村狗，满村“汪汪”的乱叫接续起来了。

屋里终于有了问话，“谁啊？都半夜了还不让人消停？”是个男人的声音，语气里显然透着不满。

“是俺，小……团兄弟的朋友，一起当兵的。”立国本来要喊小虎，但立马记起小虎参军时没名，这名是张虎给起的，便改了口，并尽量用乡语让屋里人相信自己。

“什么？俺弟？他回来了？怎么可能呢？不是说他早就被乱枪打死了吗？”屋里人回道。

“团是二蹬的哥哥大蹬吧？俺找对门了。”立国感觉意外幸运。

门开了，一股烂酸菜的气味冲进了立国的鼻子，他要握握小虎哥哥的手表示下心情，可对方警觉地关了门拉着他就往里面走。屋间没有隔断，自然也不会有门坎。

“俺弟在哪儿？你快告诉俺！”

“团弟参军后改名叫小虎……”立国把小虎自参军那天起一直到学会开车读书写字和撤退的过程详细地叙述了一遍。

大蹬听了激动得眼泪直流，一再点头说：“他就是比俺强，娘偏心他。俺不图别的，他能留条命俺就满足了……他可不能回来，村里已经折腾俺好几个月了，说俺是反动军属，硬叫俺交代二蹬的情况，俺哪里知道啊？也没个信儿。俺说二蹬参加国军就是图吃顿饱饭，没别的指项，根本就没想过去打谁，什么有没有革命觉悟，高看俺了，俺不懂。他们不信，就把俺和树捆到一起对着北风硬吹，骨节都冻碎了，头次土改一亩地也不给俺，二次给俺两亩，比别人少一亩，说俺的问题没完。这不，想去朝鲜抬担架人家都信不着……”

“老大，那老人家呢？”立国觉得“蹬”字过于贬义，便依当地出生排序的叫法称呼小虎哥。

“别提啦，俺弟刚参军一年，村里就传说国共在北边打得稀里哗啦，说二蹬不在了。俺娘听后哭瞎了双眼，瘦成了麻秸。俺劝她不要听传言。

她心事重重，最后连水都喝不下去了，不久就病死了……临死握着俺的手，以为是二蹬，不住声地喊二子，俺只好替弟弟答应……娘走了，撇下俺一个人，别提有多惨了……”

这时，街上传来凌乱的脚步声。接着就有人在院里向屋里喊，“大蹬，都半夜了，是谁到你家啦？”

老大知道他们必定会进屋看看。怎么办呢？屋子几乎就是个棚子，没处可躲。

立国看出老大为难的样子，便说：“不怕，咱也没做见不得人的事，我应付他们。”并赶紧把准备好的两块大洋塞到老大手里，“这是小虎让我带来的，等日子太平了，找当铺兑换成现钱。握住，不能让他们看到。”

大蹬跑去开门，见是村干部，忙点头道：“这不刚过正月吗？俺的一个朋友白天没空儿，晚上来看看俺，坐坐就走。”

“是生人，难怪狗咬得那么凶。你家还有朋友？怎么从来没听说过？新奇，那可得好好瞧瞧。”

立国闻声主动迎上前去。屋里很黑，只能感觉眼前有几个人影。

对方说：“你搞什么名堂，黑里咕咚的，你朋友长什么眼？他来看你？看鬼吧？”

“俺从来没买过点灯的洋油，没钱，都习惯了，你看不见，俺能看见。”

“那好吧，让你朋友说说他姓氏名谁？黑灯瞎火的来这儿干什么？可别是美国特务啊！现在正抗美援朝呐！”

“特务有这样进村的吗？”立国边笑边向对方报了姓名。

对方一听就惊讶地大声反问着，“你就是簸箕庄的赵立国？你在区里可是挂号的，人家分析全区谁不能去抬担架时第一个就点到你，洼子也有几个小子还和你一块儿蹲过大板房是吧？他们回来提过你。大蹬的弟弟不是也参加了你那个反动军队吗？你是来他家搞秘密串联的吧？蒋介石和美国鬼子可是穿的一条裤子，你俩凑一块儿绝没好事。”

立国从回到家乡那天起就纳闷，这人都怎么了？一个个都精神兮兮的，似乎是连原有的本性都改了？特别是在大板房挨的那两记耳光，让他的记性到死都不会消忘。因此在面对异村干部的一连串很不得体的质问时，他没想动气，只当再长长见识，便淡淡地回道："我只想看看小虎的老娘，向她报个平安，小虎还活着，他没上过战场，他瘦小没力气，杀鸡都杀不动，个头和枪一边高，这你们一个村住着都知道。可让我没想到的是，老人家已经去世一年了。"

"小虎是谁？就你们老二吧……他不叫二蹬吗？他没死？村里还准备要大蹬控诉反动派是怎么拿二蹬当打内战的炮灰呢？这可好，二蹬没死。那他去哪儿了？"村干部先问大蹬，后又反问立国。

立国想想才说："咱实事求是，独立旅撤离营区后被解放军分割包围，他在前队，没和我一起走，有可能当俘虏参加了解放军，也可能在营口港坐船去了南方，俺不敢肯定。"

"照你这么一说那大蹬的背景就更复杂了，他不是革命家属就是反革命家属。可谁来证明呢？你这朋友可倒好，一句话管两头，等于放了个跐溜屁，连味儿都闻不着。"

"人家就把当时的情况给俺说说，两方都没动枪炮，二蹬没死是肯定的，只于他跟了哪一方，人家没看见也不能瞎说，是不？人家就是不来告诉俺，不也是正理吗？何必大老远跑夜路来扯这谎呢？也不图啥。咱用不着和人家过不去，嘴不干不净的，说些难听的多丢份子。"小虎哥只能恼在心里笑在面地应酬。

大蹬是村里出名的有一句不说半句的实在人，村干部想想也的确如此，人家又不是你的提审对象，没必要编筐瞎掰，也就无话可问了，只好警告道："上级要村政府注意对敌特的破坏，朝鲜正打得紧，加强巡逻，晚上出门或有来客，都得主动给村里报告一声。你们俩是不是还说了别的，俺就不问了，问也问不出来。但赵立国三更半夜大老远跑俺们村这事，必须得向区上说清楚，不然，真要发生个三长两短的，俺就不好交差了。”

“那你们就去说清楚吧，不要让上级怀疑你们的阶级立场，需要我去证明不？”立国嘴上这么说，但心里一直在耻笑，“看来，精神不正常的还不止几个人。”

村干部说“你的证言上级信不过，就不麻烦你了。”临走了再次问立国，“你看你再坐一会儿还是和俺一块儿走？俺村的狗还会叫，村人一听狗叫就心里犯嘀咕。”

立国没理会他们的问话，只拍拍大蹬，留了句，“多保重吧！”起身出了屋门。

干部们一直跟他到村口，看着他离开了洼子又返回大蹬家，问，“俺可告诉你，赵立国在区里都上了黑名单了，你本来就有说不清的问题，和他搅和什么？你看他那样，你俩刚才除了说二蹬的事外确实没再说别的？”

“你们怎么又回来了，没完没了，正月都闹完了还想闹二月？俺家都这样了，哪还有心事去扯些不搭嘎的，俺是干坏事的人吗？不就俺妈怕弟饿死撵他去当兵吗？当时你们不是也去问过人家要不要半大老爷门吗？当初咱哪知道民国的兵和共产党不是一回事啊？别说俺，就你们干部那会儿不也烂茄子一个吗？要懂为什么不出来拦着？是诚心看俺弟去跳火坑怎的？那你们的心数可太坏了，你们当时像现在这么革命吗？一转脸就革命得了不得了，谁信哪？不就跟大帮闹乎吗？别弄到今儿个来胡扯，错了你们也有份，满洲国没兵只有警察，咱只知道日本兵坏，胡子坏。谁知道还有个国军呐？那共产党八路咱就更不认得了？你们都犯精神病了是不是？就咱这兔子不拉屎的地儿，人穷志短，狗叫两声就把特务喊来了？那特务也忒笨了，撒一网能逮一筐，真乐子，就俺这脑子都觉得不是那回子事！”

村干部自觉惹了不快，但又没法反驳这老实人的呛冲，便憋气拔腿而去。

立国在路上边走边想，看来替姐夫挨家看看的打算只能到此为止了，洼子之行，说不定又会惹出什么麻烦来。过去，村人都一齐把劲儿用到伪保长伪甲长身上，现在怎么尽往自己人身上抹屎呢？

（五十七）

到 1953 年年中，上级没再给富簸箕庄分派抗美援朝的任务，但庄里又领受了新的说是有关“社会主义方向”的政治试点工作，组织比互助组更进步的高级合作社。为表示这项新事物的方向性，还把土改时的区党委建制一律改成乡党委，把行政村改叫村委会，撤销村的政府职权，村长改为村主任，同时也是合作社的社长，以社带村，一身二职，归乡党委统一领导。但村干部的农民身份不变，没有工资和津贴，而且要求只能把这项中心工作搞好，谁要是出了差错，那就是对政治方向和社会主义道路的政治犯罪。

老百姓只知道抢劫犯罪、杀人犯罪、强奸犯罪，从没听说还有个“政治犯罪”，有些摸不着头脑，偷着问立国。而立国汲取了以前的教训，摇头不语。庄人便议论“政治是什么？和拦路打杠子的劫匪一样？或是能当饭吃？说得那么邪乎，它比饿肚子还重要”。在庄人的心目中，天下没有比挨饿更难过的关口了，他们以为，除此之外，你就烧起天火都可火后重生。祖上曾告诉他们，地狱什么鬼都收，唯独不收饿死鬼，饿死鬼大都是奸懒馋滑变化的，下地狱也本性不改，而且吃一顿顶别的鬼十顿，阎王爷没那么多粮食，因此，饿鬼在地狱只能到处乞讨，破坏地下治安。所以，当乡干部说“政治第一”时，他们觉得这干部把老祖宗的告诫忘了，还是“吃饭第一”。干部没法，只好解释“高级合作就是让土地高产，让你锅满盆满。”庄人不信，说上五百年下五百年代代折腾，除非那地冒傻气，合作就能高产？互助顶多是没撂荒，没见亩量高出多少啊？合作会那么神？

但立国却对挨饿体会不很深刻，他只知道爹的嘱咐，“富日子要当穷日子过，顿顿八分饱，日子错不了”。

在富簸箕庄的合作化动员大会上，因亲自带队支持抗美援朝有功，和刚从副区长职位提拔上来的乡党委陈书记，把互助组分为两个阶段，一叫初级互助，三、五户自愿组成互助组，土地和农具私有，只劳力互帮；二叫高级互助，十几户自愿组成，土地农具私有，但共享，劳力统一调派。把合作社也分为两个阶段，一叫初级合作，至少十几户组成一个合作社，土地私有，但种什么统一支派，产量按地亩份额平均分配，农具共有共享，生产资料统一分户作价，只记账不兑现钱，劳力统一调配；二叫高级合作，全庄组成一个合作社，土地农具共有，生产资料以初级合作阶段为基础不变，劳力统一管理，年终按出勤计分分配。还说富簸箕庄在互助阶段一年一步，是全乡的表率，在合作阶段更要一步跨两个阶段，越过初级，直奔高级，为社会主义试好点，更是方向试点政治试点，全省只搞这一个试点，这是庄人的光荣，是上级对簸箕广大贫下中农的高度信任，切切不要在政治上辜负了党，如走到反面就等同犯罪。

陈书记的动员报告作完了，庄民的议论也跟着达到了高潮，觉得就种地这么个破事，干嘛吹得那么邪乎？要遇上年头不济了天老爷犯罪，他哪儿找去？你想多打粮，还不如说向嘟噜学习，就五亩地，却养护了八代子孙，年年粮仓爆满，这多简单？干嘛啰里啰唆的？什么互助两段，合作两级，到咱这又出来个一步跨，跨哪儿？能跨出嘟噜的那个产量吗？

陈书记已经听到了庄人的议论，临走拉宋主任个别交谈，说上头很明确，搞两三年试点，给省里拿出整套经验，而后全省推广。要他多开几次群众讨论会，务必做到认识统一，不得出任何偏差，要一人不落伍。特别是情绪不得对抗，尤其是群发性对抗。如有发生立即报告，从严管教，个别的要按敌对分子看待。

宋主任问："上面有这政策吗？整人这事可不是哪个人一句话就成的，得给俺个红头的。"

陈书记很不耐烦地白了一眼，回道："新事物，个别问题个别处理，文件是管一大片，上级不会单独给你个小簸箕下红头，我说了就算，我是一级党委的头，虎山乡的事由我做主。"

"是啊，党的确比法大，前人说国法家法，现在是没法，全靠文件办事。"宋主任想想也是，无话可说了，只能点头应承，并掏出记事小本。陈书记斜眼看了一下，问："你要记小账？出了事有推处？就这么大点责任心？"他用拇指甲冲宋比划了一下。宋主任只好赶紧收了本子。陈书记这才平和着说："责任心这东西不是靠嘴说的，你得让上级领导认可才行。"

为了减少推行新事物的阻力，制止庄人的议论，宋主任只能回头把陈书记的原话传达给庄民，庄人这才明白，"噢，政治原来是干这个用的，是当官手里的一根看不见的狼牙棒，难怪政治数第一。"

讨论会以原有高级互助为小组进行。头次讨论时，庄人没等主持人开口就议论不休，多数人说听不懂陈书记说了些什么，于是大家都把目光集中到立国身上，希望他能给大家破解破解。立国躲避着人们的眼睛，故意装打瞌睡，其实他是在想自己的心事，"难道我就甘愿蹲在这山沟里一辈子？姐夫不是一再说，世人有权选择最适合自己的生存方式吗？"

人们见立国不肯抬头，只好把焦点转移到立春身上，"你有文化，给俺解释解释，那书记到底说了些啥玩艺，什么记账记分的，咱祖宗没说种地还那么些繁琐，越听越胡涂。土改一阵风过去了，刚两年就互助组，现在只书记一句话就把咱高级了，私有土地没了算高级？原来说的可是革命目标是耕者有其田呐！不算数了？等于放屁啦！”

立春觉得人们过于大胆，谁放屁？这不是在骂乡党委吗？但又躲不过人们的七嘴八舌，只好把书记的话变成自己的话给大家重复了一遍。并解释，耕者有其田是说凡种地的肯定有地种，没说土地给你个人。“立春？你糊涂了？那土改改的是什么？不就是土地私有吗？要不然能有那么多人撒野？照你这说法，给人当长工还当对了。”立春的解释反而让庄人更加激烈起来。

但没让立春想到的是，正因为庄人听明白了，会场便立时砸了锅了，“当年把土地改革说得让人白黑睡不着，可说来说去只让俺有滋有味的种了两年，再就没影了。1950年末动员打仗，1951年全力以赴支持朝鲜，搞初级互助，1952年继续打仗，还没明白过来又逼着搞高级互助，这刚刚没支持朝鲜的任务了，想踏踏实实种地了，又把刚分到手的地给拿走了，这政策变得也忒快了，撒野跑都跟不上趟，那当初还搞什么鸡巴土改？还鸡巴搞了两次，搞得鸡飞狗跳的。再说那土地作价不就是蒙人吗？拿不到钱作价有屁用？”“那没劳力的怎么合作？还不如互助有人情味。”“没劳力就没工分，那年底全家喝西北风啊？”“俺看团就别操那闲心了，人家上面会有办法的，咱一老百姓，你只当自个是条驴算了，人家骑你不嫌你骨头硌腚就不错了，还想怎么的？”“反正共产党不能饿死人，新中国新社会，他叫你怎么干你就怎么干吧。”“地是共产党分给你的，人家要拿回去也在理。”“那可不对，地是俺祖宗留下的，早先几亩现在还几亩，凭什么充俺的公？”

列席旁听的宋主任坐不住了，“这不就是书记说得群发性对抗吗？俺怎么办呢？”他看看一言不发的立国，便凑到跟前用肘子碰碰说：“就你有见识，成立担架队你有功，不叫你去朝鲜也好，那是战场啊，说是美国鬼子不打红十字会，可子弹不长眼呐，它可分不清谁红字谁白字，你少吃了多少苦？别计较，你引导一下，这个组要这样继续乱糟糟的，那问题就严重了。”

立国睁开眼看看主任，问：“能严重到哪儿去？不就你传达的那几句话吗？”

主任躲闪着，吞吞吐吐道：“嘿，俺也不晓得。”他故意用了句文辞，不敢把陈书记私下的交代全都公开出来。

这时，乡抓点小组的卞组长进到屋里，先对主任点点头客气地坐到一旁问：“大家讨论得怎么样了？”

主任就像遇上救星似的赶紧说：“你们快把刚才的那些议论再给组长说说，或许咱这个试点的条件还不成熟。”他希望通过这个暗示，能把人们的议论公开到卞组长面前，或许能迫使上级放弃这个试点，自己也可脱个清净。

卞组长听了觉得奇怪，“还不成熟？”这位主任怎么会是这个腔调？“什么叫成熟？我叫你成熟你就得成熟！”但他却没动声色地另言道：“试点是上头指定的，不可能动摇，也不可能再换别的地方。不过，大家有什么想法还是要敞开来说说，别怕，共产党讲民主集中制，你说一千道一万，最终还是要统一到既定方针上来。”

“既然最终还是要统一到既定方针上去，那你这民主不就成形式和过场了吗？”立国暗想。

还没等卞组长的话音落定，人们就有长有短地议论开了，“那还讨论什么？你一句话‘干’不就成了？干错了你是工资干部，吃喝不愁，俺簸箕人可就惨了，你可得琢磨透了。”

卞组长听了觉得很不入耳，渐渐把微笑的脸耷拉了下来。

宋主任一看卞的脸色变了，赶忙再碰立国的胳膊。立国怕宋以为他不给面子，只好干咳了一声，直了直腰板，私塾陈老先生“走有走相，坐有坐相，说有说相”的教育和两年军风纪的训练，已化为他的习惯，尤其姐夫给他灌输的老美西点军校那套法则，当将军的基础训练和愿望在他心里难以泯灭。所以，每当要正经发言时，他总是保持做派端庄。

但他这做派却让卞组长觉得反感，“这主儿有点盛气凌人！”

他瞅瞅卞组长，心里盘算着如何才能说服面前这位顽固坚持高级合作的官员。立国根本不知，搞不搞高级合作化，卞组长也说了不算，他就是个执行者，他执行得好职务便升迁得快，试点的成功决定卞的仕途是否广阔。立国却以为卞是簸箕庄合作化的决策者。而卞的欲望是要在村民中建立起一语定乾坤的权力感，以便使往后的工作更少些阻力，让区委书记感觉他是个很有能力的人，值得培养。

十分明显，立国和卞两人的追求南辕北辙。但立国并不知道自己的此番发言将要招来终生遗憾。

立国在装睡时想的是，这个搞法不仅不合民意，而且条件也不具备，人家老美是农场，苏联是农庄，有工业化的基础，农业实现了机械化，大面积大规模专业化耕作。欧洲人正在搞真正的合作，发挥各自的种植、加工、管理所长，专业服务上门，合同订购。而中国是小农，连地富都逃不出小农意识，乐于个体忙活，需要了才互助，不需要了就自力更生，工业基础薄弱，起码得有电力吧？现在家家户户还火油灯，开什么玩笑，搞什么高级合作，实在是严重脱离中国人际关系的实际和生产力水平的实际，蛙跳式发展，政府计划统购统销，离市场经济学原理太远，破坏了目前适合生产力水平的生产关系。其实土改的成果至少应保持10年，把基础打好以后再考虑生产关系怎么引导。而目前的做法是头脑发烧。

“但我绝不能把这话说出来。俺抬个担架都不可靠，又何况这是政治课题？别引火烧身。但这位宋主任非要俺讲，他是否有关口要过？非得俺出头帮忙？”立国从自家的遭遇悟出政治的无形杀手功能，决心小心谨慎开口。

卞组长看看立国说：“赵立国，你别闷着不吱声啊？宋主任都用手捅你好几回啦？别给人不识抬举的印象好不好？”其实卞已经听说赵立国不是个糠萝卜，也知道区里不让他参加担架队的过程，希望在合作化问题上他能有自知之明，甭往枪口上撞，帮着做些促进工作，给自己创造解决历史问题的条件。

立国见组长都催自己了，沉默了一会儿才说："卞组长，您是有学识的人。"其实他根本不知道卞有无学识，经过许多波折后，他悟出，这些从没摸过权力的官员，一旦有了权力，最怕人说他没水平，急需奉承，尽管奉承不是夸赞，但也比批评受用。立国违心张嘴："我如说得不对，您就只当耳旁风一过。说心里话，我是赞成俺宋主任的意见的，是否把高级合作化的进程再往后拖拖。刚才大家的看法您都听见了，现在条件确实不太成熟，起码让庄民主动参入这条，就需要头脑转弯时间。我多多少少读过几页经济学，哪管为俺村的事能用上一页也行。书上讲经济基础，农民刚分到土地，正浑身是劲儿，这叫生产力的积极性，说明群众在当下这个生产关系里，增产的潜力还没挖完。朝鲜打了几年仗，我们学苏联，国家刚颁布了第一个五年计划的任务目标，急于解决底子薄的问题，要大力发展工业，但农业跟不上就会拖后腿。我看，目前对农民的生产积极性只能促进不可促退。实践证明，互助组是很有意义的经济组织，帮贫帮弱，共同富裕，培养了凝聚力，照顾了个人要求，大家的情绪很高，应再把互助的基础夯实一些，等群众有了生产组织进步的要求了，再搞高级合作也不迟。"

宋主任一听立国的话傻了，"这小子不但把他自己送进去了，临死还拽着俺"。

但大家却拍手叫好。有人说："立国的什么经济学咱不管，但再搞几年互助合作打打基础，让俺把力气好好使使，一听就对路子，这话对心思，说得太好了，咱不搞那高级的，还是从低级做起吧！"

卞组长却拧着脸一言不发，起身跺了几下脚，一甩胳膊就离开了。

宋主任一见慌了，赶忙跟了出去。卞组长头也不回地继续朝前走。主任在后面连声喊着“卞组长”，卞这才停住脚气哼哼地回头问道：“这家伙存心作对，蹬鼻子上脸。什么经济学？我这是政治学，他懂吗？还趾高气扬目中无人，跑我这儿卖弄什么？不怀好意，纯属煽动，借机发表破坏性言论。”“他只是在提建议，没攻击的意思。”宋主任急着解释。“这话要你说是建议，到他嘴里就变原则立场了，你负责调查一下，赵立国敢打着理论的幌子与中央决策对着干，起码是个敌对分子。”卞组长故意对着屋门大声喊，意在让屋里的人都能听见。

“组长，你别生气，他的发言也超出了俺的意料，俺的意思和他不完全相同，俺只想探探这试点有没商量的余地，你要说没有，那咱干脆就别再讨论了，一声令下干就是了。老百姓不就一群鸭子吗？腿齐翅不齐，他懂什么？赶下水也淹不死，一群斗大个字不认一筐的盲子，不走就拿鞭子赶呗！但他们念共产党好这一条你不要怀疑，一致的，俺敢保证。立国的话也不是全都错了，愿望还是好……”

“给你一个任务，明天悄悄找七、八个人给这小子凑凑材料，这项试点要想迅速推开，县委指示，首先是抓两头，一头是先进积极分子带头，一头是破坏典型低头，这是我们党把工作推开的法宝。眼下你这里没有先进，只有破坏，那咱就和他比试比试，不要忘了，无产阶级的权力在我们手里，想怎么用就怎么用，看他还能蹦跶几天？书记不是已经暗示过你吗？你还怕什么？”卞组长不等宋主任说完就抢着作指示。

“是是，领导放心，俺一定滴水不漏地办好。可谁能给赵立国凑材料呐？俺还得摸摸。”在村主任的眼里，乡里哪管是个看大门的都是上级领导，何况这位姓卞的又是乡党委书记指定的蹲点组长。但主任并不认为立国是故意反对高级合作，只是年轻，嫩点，哪壶不开提哪壶，或打铁把裤裆烤糊了，火候掌握不当。“再说了，人家不肯发言，是咱硬逼人家发的。结果，还叫组长抓住了，你这，以后谁还敢说话啊！”主任觉得心里不忍，暗暗决定，自己不参加明天给立国凑材料的小会。

“你从二次土改就是一村之长，谁和谁的关系怎样你还不知道？”卞组长也斜着眼睛问。

“是是，应该应该。”他嘴上说着心里却在嘀咕，“那要是把立国搞个好歹，再传出去，俺就没法见人了。可这上级又得罪不起……”他有点儿闹心，望着卞组长远去了，自己还在原地磨叽着拍脑门。“看来想两全齐美是不可能了。这事俺就找‘吹巴’一人，其余的让他去找，或许跑冒滴漏的嘴巴还能少点儿。”

卞组长出门的模样引起了屋里人的反感，“他哪像共产党的干部，架子也忒大了。”“不是他叫咱随便说的吗？还告诉咱不要怕。”“人家立国说得都是正经话呀？一句难听的也没有啊？宋主任不是也主张能推推最好吗？”“他拉架子甩脸子给谁看呢？咱也不欠他什么？”

立春立国两人一直没插话，哥俩对视了一下起身出了会场。所谓会场，实际就是召集人家的外屋。在路上，立春说：“立国，咱得做最坏的打算了，你说得就是再在理，因不对人家口味，照样吐你。俺看透了，有点禁言的苗头，别说公开反对，你就和人家说不到一块儿去，就成敌对了，闹不好还会给自己招个罪名。”

“俺真没想过共产党会这样办事，连合理化建议都不愿听，那毛主席在延安、在西柏坡、在怀仁堂第一届政治协商会上说的可不是这样搞法。他得了天下怎么能用皇帝的法子治理共和？陈诚对老蒋这点也是想不通的。反正咱三条人命都搭进去了，大不了把我也搭进去。咱说得都是庄人的心里话，他们怎么就不愿听呢？说一套做一套……哥，俺已经祸从口出了，你可得保重啊！为了咱平安这条根，今后你就当个哑巴吧，才刚刚共和三年，俺怎么总觉得这世道有点儿不对劲儿呢？”

人们见赵家兄弟不辞而别，宋主任也没再回来，不等召集人说散，就陆续走开了。

所谓多次讨论统一认识，其实只这一次仅一个小组就把庄民的心全伤了。

三日后，天刚刚亮，蛇溪边大槐树拐脖上挂的铁管子就“当当”地响了。铁管子是1950年末为抗美援朝防空，由区里统一安装的。村人一听这动静就发懵，“怎么美国飞机又来了？连早饭都不让吃？”接着有人就吆喝全庄赶快到场园开大会。

立国有些预感，他让立春先去场园，并叮嘱哥哥，发生任何情况你都不要惊慌，大不了再把我捆了，或送监狱囚着，说一千道一万，咱只把心放在平安身上就结了。

立春眼圈红红地走了，他估计几天都没开讨论会了，一定是另有原因。嫂子不知又要发生什么不测，抱着平安一直把丈夫送出门外，在烟雾般的细雨里站着望了好久，直到抬头看孩子脑袋已挂满了水珠才返回屋里。

立春到了会场，还是坐北朝南的那个台子，前些日子陈书记就是在这里开的高级合作化动员大会。几日不见，已把临时捆绑的木架台改成了夯土台，看来要经常使用这台子了。从前除了小日本进村把人哄进场园外，这里只秋收才能派上用场。立春疑问，“夯台子俺怎么连个声都没听到？也不叫出义工？是有意躲着俺吧？”

卞组长站在被雨雾洇湿的土台上亲自主持大会。以前不管谁讲话都是宋主任主持，但这次他却站在台下。立春看了觉得纳闷。

台下人在乱哄哄地埋怨着，很不情愿在这个天儿里弄脏衣裤，回家还得换洗，有人本来就一身单衣滚到秋，换都没个接替的。

“我是个急脾气，有事存不住，有活闲不住，一大早就从乡里赶过来，如有得罪，望乡亲谅解。今天阴雨，不该让大家出门，但有紧急告示要公布，听完了你们就可回家吃早饭了。传达很简单，我是黑龙江人，口齿还清楚，也就十来分钟的事，革命嘛，坚持一会儿。我曾经是东北解放军的一个连长，没能南下，留下来充实地方工作。我曾要求去朝鲜参战，但没被批准，说后防工作也很重要。我在1945年末曾来过你们庄，只过了一夜，天还没大亮就走了，还救了个老头，但他昏迷不醒，所以没人认识我。这好，没有筋骨连扯亲疏远近，只讲公道和党性。我一贯对人民爱，对敌人恨，我家苦大仇深，爷爷和父亲都被日本鬼子杀了，家也被战火毁了，举目无亲了，只好参军……”

台下安静了，人们一直瞅着卞组长的嘴巴小声议论着，“原来他是个苦孩子出身……”“也救过嘟噜？还有那个于德，那他怎么没马骑呐？”“人家于德是县里的官，他是乡里的官，差了层次了。”

立春却几乎要听到自己心跳的动静了，“他就是爹说的那个背盒子枪的大个子八路连长？他是于德当年的同事？和头次土改的曾组长是一拨的？那他该认识俺呐？于德说那两匹马他们是每人一匹啊？怎么被唐忠骑走了？伏击国军车队他如也在场，那他就是故意装着不认识俺，那他又给全庄说他来过这里干什么？……”心里的问号接连不断。

“一、我宣布，从今日起，凡铁管子一响就是开大会的钟声，或有紧急事情要传达。美国的飞机不会再来了，大家不要怕。二、乡党委鉴于宋福来对合作化部署理解不深，工作不力，决定免去他的富簸箕庄村主任职务，当然也不可能再担任即将诞生的高级合作社社长了。三、乡党委决定任命贾厅安任富簸箕庄代理村主任，并兼任高级合作社代理社长职务，即日上任，以后补选。四、赵立国来了没有？……”

台下的人头四处张望起来。卞组长要贾代主任去找找。贾转了一圈儿回说没来。

卞组长大声喊：“这就是他态度不端正的表现，连村民大会都不参加。经乡党委认真调查核实，认为赵立国犯有历史反革命罪行，参加过国民党军队，少尉军衔，与人民为敌，现行问题是攻击社会主义阵营元首斯大林以及苏联老大哥，攻击我党领导的抗日战争，歪曲抗美援朝的国际义务，反对中央的农村政策，破坏合作化进程。而且屡教不改，狂妄自大，拒绝交代和认识所犯严重历史和现行罪行。特定为历史反革命分子，接受群众管制。自宣布之日起生效。望其深刻反省，低头认罪，尽快悔过自新。
1953年6月28日中共虎山乡委员会

“好了，从今天起你们的合作化运动的最大障碍就被彻底扫除了，咱们要急起直追，努力完成上级交办的试点任务。大会到此结束，大家回去吃饭吧，认字的可看看墙上的布告。”

“等等，我还有话要说！”人们抬头一看竟是立国，“说曹操曹操就来了，他也太傻了！”庄人小声议论着。

立国本来不想来场园。但他忽然感觉庄人基本不识字，即使有几个识字的也不一定能理解卞组长的话。那他就失去了当众给自己洗白的机会了。如背上黑锅再行解释有口难辩，自己会永远憋屈窝囊。于是，他便悄悄地赶到场园旁边，仔细地听了卞的每一句话。

“首先声明，我不是共产党员，共产党的党委无权给我结论。还有，布告所列罪行全是无稽之谈，从座谈会到今日还不到四天，既没调查也没找本人核实，更没让我签字，这种定性只能是迫害，我拒绝接受。”

卞组长怔住了。台下一片哗然。他知道此刻如不把赵立国的气焰压下去，组长的使命也就到此完结了。“我绝不能让你个国民党的少尉打趴下，于德的进步已经超过我了，我出生入死熬到今天这模样并不服气，不能再出错。”他边想边厉声问：“那你就是国民党员了？”

“乡亲们有所不知，我给你们说说，不然这疙瘩就成死结了。国民党在对待共产党的态度上分两派，一派是孙中山派，主张国共合作，共同建立共和国，例如中山夫人宋庆龄、何香凝等等，现在的中央人民政府副主席里就有好几个国民党员。另一派就是反共派，以蒋介石为代表主张打内战的。所以，不要一提国民党就咬牙切齿，恨不得吃了它。其实即使反共派也不是铁板一块，有很多起义的，和平解放北平立了大功的傅作义就是证明，甚至是在四平战役杀过无数共产党的陈明仁，起义后仍是解放军的高级将领。政治上没有永远的朋友，也没有永远的敌人，就像处邻里一样，今儿个用着你了就好，明儿个伤着你了就掰，道理很简单……”

“至于卞组长说我是国民党员，他又猜错了，搞政治不是猜谜语或凭空想象，很不严肃，政治是要命的，关系到百姓的向心力。我虽参加了国军，可和我姐夫一样都无党无派，并反对内战。1948 年 10 月我确实是当了解放军的俘虏，可我当场就被认定为解放军的营职，给我两块大洋准假回来看爹，到家后的事你们都亲眼看见了，我回不了部队了，接着就东北解放了。这是事实。让‘吹巴’代理村主任我不同意，他头次土改的罪行还没清算，全庄人人皆知，他有什么资格？你卞组长一人就包办了？”

卞组长觉得自己更加被动了，心想：“没想到这山沟里还有这样的人，我只当他是个吃糠咽菜的，小看他了，不该惹他。但事已至此，下台阶已不可能了，回去没法向陈书记解释，要解释那就得承认自己又干砸了一件大事……”便提高嗓门回道，“那你就是刑事犯罪。”

“我提醒你，不要再犯头次土改那样的原则错误，报纸社论强调，互助和合作首先是群众自觉参加，不搞强迫或一刀切。我犯了那一条？请你白纸黑字明示？找出证人当面对质？否则你就是栽赃陷害！再说了，刑事犯罪就更不是你党委的事了，该移交法院审判，你怎么以党代法呢？学老蒋那一套？你真是共产党嘛？我怀疑。”

“现在是无产阶级专政，人民当家做主，七、八个人都说你有罪，你就有罪。这天下是老子拿命打下来的，我就无法无天，你敢把老子怎样？你再不老实小心罪上加罪。”

“人民当家作主不是你一个人做主，在簸箕是全庄居民做主，谁要你来代替了？你只是乡里下派的工作干部，不服咱一起去县里找明白人评评理去？”立国反驳。

贾厅安见卞组长在话里扯巴到自己，又见立国那气势，赶忙缩了脖子。

“想不到人民政权里还有你这样的人，治理国家不能靠撒野、发泼、蛮不讲理、胡搅蛮缠。你冲旧社会开枪，不就是因为你恨它这个吗？怎么你掌权了，又把你反对的那套捡回来啦？那你还打什么天下？在战场上可以撒野，治天下要讲法典，3000年前以色列人摩西早就说了，治世靠律法，但你无知。中国古人说，打天下容易治天下难。要都像你这样，这天下长不了。又何况这天下不是仅你一个人就能打下来的，我们富簸箕庄就支援过东北抗联，有过贡献，怎么只是你打的？不害臊！”

卞组长怒不可遏，“这场园变成你散布反动言论的阵地了，混蛋！派出所的？过来，把他给我铐了，牵着他在这前后街上遛遛，让全村人都受受教育，这就是反对合作化的可悲下场。这里今天要是战场的话，我一枪就崩了你！”

“你哪像个共产党人，我见过的共产党个个都比你有水平，别的不说，就你这张嘴，粪粪草草的，太不卫生。还可惜这里不是战场，你今天要对我撒野就是滥杀无辜草菅人命。但权力被你掌控了，你可以采取强制手段，却不符合民主法治原则。第一届全国政治协商会议的精神你根本不懂，共产党怎么能启用你这样只顾报私仇的土匪？你一准要把共产党的事情搞砸。我只能保留控告你的权利！”

两个穿警察服的给立国戴了手铐。卞组长事先就是这么打算的，在征得陈书记同意的前提下，他又进一步作了发挥，杀一儆百，不然村民的对抗情绪就会迅速扩大。

村人惊恐万状，不顾一切，四散而去。

立国带着手铐被手持扎枪的民兵一前一后地看着，中午不许回家，在前后两条街上和蛇溪两畔白黑游走了三个整天，每次踏过姑太建的老爷桥时，他都要停住体味一下它的现代意义是什么。可走了无数遍，始终也没得出个结论……

大人们不敢露面，扒着门缝往外瞅，瞧这人是哪来的胆子敢和乡领导对着干？孩子们无知，只当遇上个难见的蹊跷怪事，一群群跟在立国的身后或挤到左右围观，大人喊也不回，一个劲儿地朝游街人丢泥巴、吐吐沫，叽哩哇啦乱叫、起哄寻乐，有的还呼狗过来往立国身上扑……

撕心裂肺的人格凌辱，对人自尊的肆意践踏，这是立国最无法容忍的……

陈老先生曾因为他对“士可杀不可辱”一词领会不深打他的手板，问他还能不能长点记性，你长大了怎么做人？气得老花镜都掉地上了，弓着腰到处乱摸……

立国想起了恩师，童年私塾受教的一幕幕从眼前流过，但他没有左顾右盼，一直缓慢地迈着步子。“被押上刑场时难道也会是这样？我为什么没一点被吓瘫的感觉呢？”愤怒的苦水一股股涌进了他的心胸，他想冲天空喷吐出去，但却一滴也倾倒不出。

他反复走过每一户乡邻的门前，“世世代代在簸箕里过日子的人中，只有我这样不厌其烦地从各家的门前走过，但我仍不知他们的院墙是什么样，我也算簸箕的奇迹了，孩子们觉得开眼并不奇怪，要是我，可能比他们还要恶作剧。”立国想象着，这想象给他的心注入了丝丝悦意，总觉得庄人不会狠心抛弃自己，立国仍是这滨海山村最懂人情的一员，对生养自己的这块土地更没有怨恨。其中也包括同自己一块长大的贾厅安，他觉得这人很可怜。

至此，他终于从精神的摧残中深切地感悟到，“是世态和利益以莫名的力量在逼迫他必须丢弃奢想，应把自己迅速改造成为一个永远的傻子和哑巴。”

哥嫂不敢外出，怕碰见游街的弟弟，蹲在屋里焦急万分，为弟弟的遭遇痛心不已，几如万刃剖腹，三天米粒没沾，泪如长流。立春知道弟弟那日没说一句错话，只能埋怨他“怎么那样没有心机，明知自己只是个鸡蛋，却愣要往石头上碰，在强制面前，装哑巴最安全。唉，他就那性格，天生的。俺老师说性格决定命运，看来还是有一定道理的。”

奔走了一天，只有在落日后才可归家的立国已饥饿难耐，哥嫂守在近旁看着他狼吞虎咽的样子，立国抬头瞅瞅哥嫂，瞅着瞅着自己却眯缝着眼笑了。这让嫂子无法忍受内心的悲沧，捂着脸躲开了，只留下哥哥在亲近地看弟弟正香甜咀嚼糠饼子的摸样。

平安用手紧紧地搂着小叔的肩膀，小狗儿似的不停地嗅着叔叔身上的味道。立国放了筷子抱过侄子安慰哥嫂："你俩不要难过，好好照料孩子，爹走了，二哥二嫂走了，和我亲近的金子也走了，院落空了，昔日的光景不在了……我该见的和不该见的世面都见了，死不足惜。如天要咱继续活着，只能说明还有新的苦难正等着俺去领会，所以，往后的难处咱是推不掉了，命里定数，不可逃脱。"

日日跟小叔学背三字经的平安，整夜趴在立国的身旁抽泣不止，他曾偷偷溜出去远远地看见叔叔游街的样子，痛恨那几个推搡叔叔的民兵和那些不懂事的小朋友。

"孩子，咱赵家就你这一条根了，懂吗？爷爷说咱赵家世代单传，只叔叔这辈密传，可苦难也太多，到你这辈又是单传，就像小树一样，只一个根，不会再有第二个根了。第二个根还有一个，那就是盼盼，可人家姓秦不姓赵。你要好好学习识字读书，小叔以后除了去干活挣工分外，会有很多工夫教你，当你的老师，你是学生，咱师生俩要把天下的书统统翻烂它，你说行吗？"平安抹着泪点头。

"你要为咱赵家争气，学好本领，长大做大事做好事。不要和那些孩子一样骂脏话，恶作戏，干坏事。恶作戏就是淘气淘得能把房盖揭了，干坏事就是干让大人讨厌的事……"立国想起自己小时接受日本老师开导的情景，童心无忌，心里一片清凉……那时，只怕考试不好挨老师批评，只怕看爸爸不高兴的脸色，只怕去妈妈的墓前跪着，因为怎么想也记不起妈妈的模样了，心胸悲痛得几乎要裂开……唯有爷爷奶奶的怀抱最温暖，特别是冬天……但爷爷的怀里有股土味儿汗味儿，而奶奶的怀里全是绵软……"多么难忘的时光啊……"疲惫不堪的他，眼角挂着泪珠，渐渐地沉入了梦乡……天地真的安静了……

在立国三天游街过后的第四天，贾代组长通知立春，你全家立即从正屋搬回东厢，腾出正屋给合作社做办公用房。

立春回道：“这是俺的房子，私人财产，你凭什么说占就占？”

贾代组长冷笑着答复：“你一个历史反革命的大哥，没要你两口子陪着一起游斗已经便宜了，竟敢质问共产党？你说，这天底下还有哪样不是共产党的？别说你那几间破房子。怎么，还想叫你弟再出去多走几天？”

立春已体会到卞组长的冷血与专横，不愿弟弟再受皮肉之苦，劝说立国就忍气吞声吧，走一步看一步吧，别再吃眼前亏了。

立国起先不肯答应，坐在台阶上用后背依着门，他想：“屋子早就被他们抢空了，就几床破被和做饭的家什，有什么可搬的？我就是坐到死也不许他们进来脏了祖宗的遗产。”

没法，立春只好暗示媳妇上前把弟弟拽走。嫂子上手了，立国不好再犟，想想为了平安的平安，还是放弃吧，临下台阶他还回头骂道：“这些王八蛋，癞蛤蟆跳到俺脚背上了，是谁派他们来专门祸害咱的？”

（五十八）

在富簸箕庄高级合作社成立大会的前一天，贾厅安向卞组长提出，“咱是省级试点，可第一个高级合作社的社长还是个代理的，这好像对政治任务不认真，起码是不严肃。”“吹巴”的话很扎卞组长的心，他思考了一下说：“你很有政治头脑，对我是个原则的提醒。”便立即拍板说，“你去敲钟，在场园召开全庄村民紧急大会。”

吹巴兴奋地跑到树下亲自敲响了铁管子。庄人闻听后不敢怠慢，一路小跑着紧急集合。

贾厅安神采奕奕地站到台上，一开口就问赵立国来了没有。下面有人回答没看见。他听了很是得意，扬扬脖子继续说，赵立国你要在台下就请立即滚回去，按上级规定，历史反革命没有选举权和被选举权，并还特意补充了一句，政府这规定太好了，赵立国连乱都捣不成了。

接着是卞组长讲话。说是为明天就要光荣诞生的高级合作社社长正名，取消“代”字，乡党委要求选举，咱已经有了后备人，那大家举手表示赞同就行，不投票了，只数拳头，过半就算当选。

卞的话音一落，台下便乱哄起来。有人说，“上次乡党委不是已经宣布过‘吹巴’代理了吗？那不等于合作社已经成立了吗？怎么明天还成立一次？搞什么名堂？”“那可不行，候选人得俺庄民说了算，怎么就‘吹巴’一个呐？就不许多几个比比？”“那意思不是明摆着嘛，你选也得选，不选也得选，走个过场唬人呗。那你干脆就直接任命算了，何必让‘吹巴’代理这七八天？让他的心七上八下的。”“卞组长要数拳头，那就数数有多少拳头要砸他！”“举手不行，俺不要候选人，让俺自己找计票的，再找个旁监的，俺都排一长队，你想选谁就给监票的说个名，计票的帮俺写上，最后谁名头多谁就是社长。”“对，俺都不认字，这样好，公平合理。”大多人齐声赞同后一个意见。

卞组长怎么也没预想到庄人会变得么不懂事理，也拿不出任何办法安抚民众的激烈情绪，“不选吧？自己的抓点任务不完满；选吧？贾厅安如落选怎么办？那不就打了自己的耳光了？”于是硬着头皮再问，“还有更好的办法吗？”

“没有了，就这办法了。当然，能投票最好，可惜俺差不多都不会写字。”“对，就这么办了！”场里再次骚动起来。又有人喊，“你卞组长能长期在俺这落户吗？你要下决心不要工资挣工分，俺就指定你了！”“你明儿个走了，俺后个儿就得依靠自己选出的人领着干活，让头号懒蛋领俺，那不把俺领沟里才怪了！”全场齐声说“对，这关系到全村人能不能吃饱饭的大问题”。

庄人这阵发泄和呼喊，给了卞很大的压力，“这要闹到乡里让陈书记知道……”他想。

“吹巴”出于报复的目的，仅代理几天就把大半的簸箕人伤了，头天上任就大喊大叫，“我要讨回头次土改的失落”，把丢组长名分的原因归咎于和李老蔫一样的不识抬举的人家，说他不愿和那些世辈受穷的住蛇溪东畔，整日和瞎子瘸子搅在一起，俺是有身份有地位的人家，一定要搬到西畔。而西畔人一听他要与自己为邻，都拿白眼看他，一见他就纷纷躲避。“吹巴”既自私又虚荣，头次土改就想把赵家从西畔轰到东畔，独占赵家的院子，彻底挤进所谓的富人区。可二次土改的赵家已不是斗争对象了，他要搬到西畔只能重新盖房，但又没钱，只能瞎咋呼，过嘴巴瘾。

卞组长想，好不容易把赵立国压下去了，不然区委书记交办的政治任务根本没法完成，不管怎样，总算把试点的高级合作社筹建完了，主要目标已经实现了，就剩谁当头这一撺了，谁当也跳不出我如来佛的手心。算了，不惹他们了，如为这事再抓个反面典型，树敌多了对自己不利，而且还让赵立国多了个伙伴，还是让赵老三继续孤立无助好，干脆就顺水推舟吧。“行，就按你们的意思办，不过每户只能出一人，你们尽快找俩识字的出来计票监票。”

有人问，那一家兄弟三个四个的怎么个出法？

卞组长说，凡分家另居的各投各的，没分家的不管兄弟几个，只一票。

“那哥俩意见不一样怎么办？”又有人喊。

“算了，你们随便吧！”卞组长摇着脑袋回答，心想：“这庄人的觉悟太低了，上头怎么能选这么个地方当试点。”

庄人推选出四个识字的在台下与村人面对面地站着。大家排着长队，尝试着行使自己权利的感觉是什么滋味。

卞组长很不耐烦地在台上挪动着两脚。“吹巴”自知大势已去，躲在一边瞅着村人一个个从眼前走过。卞见他没去排队，生气地说：“你什么脑袋你？还不赶紧去投自己一票？凑凑数？”“吹巴”愣了一下，便赶紧往队里挤，人们都不肯谦让他，他只好排到最后。

将近半个钟点过去了，该“吹巴”张嘴了。但他试了几次都口齿不清。计票的只好问他：“俺听不见你说的谁，你要嘴没毛病就大点声好不好！”

“吹巴”偷眼瞅瞅卞。卞故意躲开不看他。

“你还选不选了？不选就说俺弃权，瞎耽误工夫，磨磨叽叽的，平时那精神头哪去了？”监票的催他。

“吹巴”只好说：“李老蔫！”

“你选谁？”计票的不相信自己的耳朵。

“李——老——蔫！”“吹巴”这回确实是把声音提高了好几度。

四周的人听见了，几乎同时都“哈哈”大笑起来。有人喊，“老蔫，人家‘吹巴’提你当社长了！你还不给人送瓶酒去？”

“他那是诚心来寒碜俺，我尿泡尿给他喝吧！”李老蔫急了。

卞队长挥着手气愤地喊着：“这是很严肃的事，你们想干什么？得寸进尺！”但心里却在想：“贾厅安的群众关系怎么这么差，没人拿他当领导，都拿他当猴耍。哎，看来我……”

计票的不想让到手的结果再次被卞否定，急着问，“卞组长，结果出来了，请你宣读吧！”

卞歪头想想回答，“你们就包办了吧，我还是避避嫌好，这是你们民众的权力。”

计票的把宣读权交给了监票人。头名是宋福来，二名是赵立国，三名是赵立春。还有推选嘟噜的。只因贾厅安连自己投自己一票都不敢，所以卞组长提名的候选人，零票。

宣读还没完，“吹巴”就悄悄地溜了。

卞组长的鼻子都快要气歪了。他知道是村人公然与自己过不去，不仅把死人嘟噜挂了名，还大胆地公推了反革命。心想：“这簸箕人的阶级观念十分淡薄，纯属泄私愤，就这思想基础怎么担当先进试点的担子？还政治任务，一群石头脑子，没法开化。我一定要向陈书记汇报，这简直就是在打乡党委的脸。给他们点权利和自主，竟连自己姓什么都忘了。这怎么行？看来就得压力管制，捆起来牵着走。”

他越想越气，本想大声指责这是胡闹，根本不是正经参选，拿政治斗争当儿戏。但他又很怕孤立无援，在几百人的包围之中，自己会十分难堪。再说，如向书记回报是否是自讨苦吃？只能证明自己无能。他回头要找“吹巴”出气，可“吹巴”早就没影了。卞在心里骂着，这个王八蛋，真不是东西，这结局全是他一手造成的。

卞只能硬着头皮说：“上级尊重村民的选举意愿，宋福来高票当选，撤回上次免职的通告，请宋主任上台讲话。”

宋福来不愿登台，村人戳着他的屁股不肯歇手。

卞只好向村人显示出另种姿态，伸手把宋拉上台面。

“唉，上次给俺的处分就别收回了，那是俺活该，留着当个路标。今天大家又逼鸭子上架，就算免职后重新当选吧。大家这么信任俺，俺觉得心里有愧。庄人都知道俺是天上落个树叶都怕砸了头的主，原则性差……不过今天这海选也给了俺不少教育，人心就是一杆秤。俺相信今儿个大家是认真的。也不是你们选了俺就认真，不选俺就不认真。俺就听你们那个吵吵劲儿，很刺耳，但乱乎里面有道理，不是瞎嚷嚷。”

“好了，合作化是没法阻拦了，什么高级低级？细一琢磨费那脑子干甚？为此还把立国搭进去了，俺心里不忍。好吧，那咱就往好里整吧，搞不好只能烂在咱自己这簸箕里，你找谁去赔偿？人家卞组长是铁饭碗，走了，咱不是还得过自己个儿的日子吗？还能缠着人家？咱是种地的，饱了饿了就靠咱那三亩六分地儿。所以啊，大家要像嘟噜种他那五亩地那样精心。人都有良心，全村谁不知道那五亩地下面都是石头？可在嘟噜祖祖辈辈手里，连指甲大的石头都找不到，说心里话，你佩不佩服嘟噜那劲头？那精神？今后咱都得像嘟噜那样干集体的才叫本事，还有他那心数，善人嘟噜，大家都学着点儿。有人投票嘟噜是想念他，纪念他。卞组长也别生气，大家投嘟噜的票不是故意和谁作对，而是他一直埋在庄人的心里。”

宋福来有意不提大家为什么会提名立国。让你姓卞的自己琢磨去。

“咱不要内乱，一把筷子捆起来不好断。俺文化不高，上了几年学都拌高粱米吃了。大家的事就大家一块儿出主意吧，就像今儿个这样，一哄嚷点子就有了。俺过年时给大家磕头去，千万别叫俺寒碜了，就是丢人咱也别丢到外村，别叫人笑话咱簸箕里没样正经东西。”

他给台下鞠了躬退到一边。

卞组长听出宋的话里有话，想替赵立国翻案，单夸了嘟噜。而且觉得宋的讲话水平比以前忽然高出不少，虽是普通白话，但却能感动人心，符合眼下工作的需要，这儿也不是挑他毛病的地方，只好符合着说了声“好”，便立即宣布散会。

台下一片巴掌声，还搅和着“吱哇”的呼叫。几个年轻的爬到台顶一齐把宋福来抬起往空里扔，吓得宋直着嗓子告饶。

立春本来想选宋福来，但宋在立国遭受打击时不敢站出来说句公道话，人性软弱，恐斗不了“吹巴”，在经过监票人面前时说俺弃权，谁当选都成，没想到选举的结果竟是这样。他想，庄人这是没法子了，被压抑得喘不过气了，不得不宣泄一下。尽管大家对宋福来不完全合意，但从庄人的福祸攸关来说，总比卞指定的“吹巴”好了千倍，就像头次土改，你装了半天老好人，最终受害的还是自己。也可能正是那次才提醒了村人，如选就必定选个自己信得过的，至少是不要给村子添乱的。所以，对村人来说，路的弯弯大点儿总能让人多看光景，汲取教训，快捷方式有时并不快捷。

回到家，他把场园选举的意外结果说给立国听。立国摇头笑笑。立春问你什么意思？立国说：“我想到了，一定是这个结论，你准要被提名，因为哥比宋福来正义、公平，又有文化。只是不知咱哥俩都被提了名，还把爹也抬上去了。我都反革命了，还排第二。是他们喜欢咱吗？也可能是他们的心恻隐了。你说得对，庄人心里别着劲儿，要报复。”

“海选，选谁用嘴说，不用笔，没字没据，想查都没办法，所以把咱爹也选进去了，多亏不是第一号，要是一号还麻烦了，社员在地上干活，主任在阴曹地府办公。你说他们敢冒天下之大不韪把我推举上去？我不信，就咱村这些人，绝对没那胆儿。”

“反正你也不知俺提了谁的名，这其中大多是报复成分，卞和‘吹巴’太伤众了，万人恨。你只惹一两户起不了哄，就像头次土改，只伤害咱一家，邻里顶多给咱个同情。天下事最怕犯众怒，这个高级合作把全庄人都崴进去了，那还不捅了马蜂窝？咱爹为什么那么注重邻里关系？怕得就是眼红妒忌，一两家心里恨你不怕，要都恨你你的日子就难过了。头次土改是有人画了张大饼，‘你跟着我就能吃到’，把人忽悠起来了。人都不愿找自己的毛病，不愉快了，第一就想是谁惹了自己，而不想自己哪点错了，要不那头回儿撤宋时你怎么不出来反对？而后看看不成了，上当的是自己，于是就你能撤了宋，俺偏把宋再推上去，你说赵立国是敌人，我偏把他弄进被选名单里。反正你也不敢把全庄人都打成反革命，在弄不垮对方时，这是最好的反抗方式。”

“这其中还有人们对合作化政策不满的成分，自家的物件白白归了集体，那没物件的呢？空着手张着嘴就加入合作社的呢？白用别人的生产资料？这不变相杀富济贫吗？就像咱这上房，你凭什么一句话就把房主撵出去了？白住？那是你盖的吗？包括上级那些官员，叫他拍着心问问自己，你自己的觉悟到那份儿上了吗？你自己都没做到，凭什么非要逼老百姓去做？老百姓还饿着肚子呐，严重脱离实际，这最可怕。”

“还比如，不准雇工，雇了就叫剥削阶级，只准换工，换叫互通有无。这不就把人的生产力流动搞死了吗？把打工挣钱的路子堵了吗？那以后靠打工养家糊口的怎么办？石匠、瓦匠、木匠，凭手艺吃饭的还怎么活？死在地垄上？那只有一个办法，消灭私有，都给共产打工。别的不说，你那贩鲜算完了，再也搞不成了，不准你雇伙计你还干什么？”

“你别看庄人没文化，到关系自家直接利益时都会动脑子，那几户会种地的，季节忙了要不要雇个帮手？那就成地主阶级啦？这下可好，路全都堵死了，打渔的更完蛋了，船主一年四季要雇人，我就叫你干不成，所以你的船不交集体也得交，谁敢背个剥削阶级的名声？像我似的，游大街，后人怎么翻身？这比公开株连九族还歹毒……”

立春觉得弟弟分析得很有道理，急切地问：“那咱怎么办？”

“哥，现在之所以会弄成这样，关键在两头对合作化的认识拧了，上头认定是给老百姓指了条光明大道，而下头却认为这条道肯定走不通。上头说你不知好歹，下头说你强拉硬拽。我注意观察了，这些官员都没经过培训，怎么当官都不会，你问问大清于成龙是谁？他们大多不知其人。就卞组长的表现看，问题全出在当官员的身上，但人家不承认，说自己很有水平。他们为什么整俺？搬拦路石，找替死鬼，转移矛盾，吓唬群众。”

“我呀，就这样了，只怕拖累了哥嫂和平安。你呀，现在就主动去找那个卞二百五，把咱的船份交给他，赚个好印象，至于别人交不交咱不管，其实不交是傻瓜。一、你不交也保不住；二、你越拖越被动。咱一切都是为给平安混个好环境。以后，他们如继续贩鲜还得用你，你懂行。俺估计是贩不成了，你贩给谁？没私人买卖了，政府定价直接收购，谁敢不卖？你呀，只能在合作社里混了，甭担心，没料吃的驴不光咱一头，上千个嘴巴张着要吃的时候，有人肯定比咱着急。”

立春沉默不语了，赶紧去翻他收集的旧报纸，希望从中能找到有利自己的官方说法。

“哥，你费那劲干什么？别找了，你没看他们那劲头？你要不参加合作化，恨不得一脚把你踢进去，嘴说靠自觉，积极引导。要真靠自觉，一多半人不参加，你见他们引导过谁？根本不讲理，一直在强迫，谁不服就赵立国这下场。哥，你听我的，大势所趋，插翅难逃，全村人都变绵羊了，就你骆驼反而讨人恨，你千万可别学我，骨气壮实的不是时候，也不看看乱泥塘子有多深，愣往里跳，到了，淹死的是自己。”

（五十九）

富簸箕庄的高级合作社刚成立没几天，就有人提了个谁都没想到的问题，“前半年是高级互助，秋粮按各户地亩分配，后半年是高级合作，报酬按工分分配，两个高级政策互不衔接，秋后的收成到底按哪个高级办法分？”

宋社长觉得这问题十分现实棘手，已超出了他的权限，赶紧摇电话请示卞组长，卞也觉得当初只想一心完成政治任务，忽略了这些细节，便请示陈书记，书记听了沉思良久，觉得这事太大，必须请示县委徐书记。隔日后县委办公室主任亲自通知虎山乡，“你们所反映的问题关系重大，只能等省委统一指示部署。”

一个月过去了，仍没回音，村民着急一再质问社长，说这事如不给个明确答复，种地的积极性就没了。社长只好一天一个电话催问卞组长，弄得卞在电话里直发脾气，“你看你这个海选的社长，就这么代表社员？我已经帮你把合作社都建起来了，鸡毛蒜皮的事还要我表态，我不管了！”

“唉？那可不对啊？乡党委告诉俺，你还是组长啊？怎么说不管就不管了？你上次还说这事是原则大事，怎么又鸡毛蒜皮了？”宋社长经历过撤职体验后，的确长了不少见识，至少说话比原先硬气多了。

“你别误解，我是说你们村那些人实在是……”他知道往下的话不能给宋说了，便换个说法，“你给大家多解释解释，省委都重视了，说不定还会捅到中央去，那你们村可出名了，给全国提了个大问题，不愧是典型，一个村的屁事能给全国制定政策提供参考，你们的贡献太大了。对，这我可得向陈书记说说它的意义了。”

“俺可不听你那些没影的话，什么出名啊意义啊？你倒出名了，可群众干了一年没法分配了，这是攸关饭碗的大事，是村民的切身利益，他们对俺没及时回答不依不饶，你要继续拖着没个准信，该知道是什么后果。”

“什么后果？天能塌了？你们的政治觉悟太低了，革命是填饱肚子才革的吗？吃得太饱很容易养尊处优，应该是肚皮越瘪革命精神越强。你们那点破事要放在国家的盘子里灰尘一粒，再说了，要你在基层干什么？摆着看的？烧香供着？不是还没到秋天吗？火要烧你屁股啦？”

“组长，你怎么能这样说话呢？你那是什么政治？不对劲儿啊？离开老百姓的利益那还叫政治？这事本来是上级老早就该想到的，怎么能说群众不对？那坡地和平地的亩产能一样吗？还有会种和不会种的差别，你要是大平均了，那就乡领导来搞分配吧，俺是分不成了。现在已经影响到如何巩固刚刚建立的合作社的问题了，群众的积极性没了，你那典型经验怎么总结？”

“好啦好啦，你就别再啰唆了，给我上什么政治课啊？我催办就是了。但我可告诉你，初级社马上也要铺开了，形势的发展要比你想象的快，作为领导，如跟不上形势的要求，就会被淘汰，你可别把消极的东西散布到东西邻村去，听懂啦？”“咔嚓”卞组长把电话撂了。但他仍觉得宋福来“典型经验没法总结”的话，对他是个严重的警示。

“什么东西，太官僚了，他也配抓农村工作，不就打了几天仗吗？稻谷不分，人味不懂，还形势，狗屁，脱离实际的形势，你淘汰谁？再淘汰俺也是个种地的！”宋社长骂道，气哼哼地坐到木椅上，“俺接手这小官干什么？闹心。俺说把‘吹巴’抢占的房子退给人家立春，卞坚决不同意，说个体服从集体，说俺阶级阵线不清，那帽子逮谁就往谁的头上扣，勤劳真诚和奸懒馋滑都叫革命群众，对‘吹巴’这号人怎么就没个章法管管？”

外面有人敲门，宋社长只抬眼看看，急着要继续操电话把牢骚发给卞组长听听。

但卞拿起话筒抢着说了句，“你等着吧，上面还没回话呢？俺比你还急呐？”就放了电话。

“大社长有什么急事不让俺进门？怕打扰？”来人不等开门就进了屋。

“是你啊？俺还以为又是村里那些鸡头掰脸的来质问俺呢。”

“庄里人怎么敢和你鸡头掰脸？你不是大家海选的吗？听说簸箕人在选举时敢和上头较劲，全乡出名。”来人龇着牙说。

“俺较什么劲啦？是谁告诉你的？你这稀客就为学习较劲跑来的？”宋社长记着卞刚才在电话里“不准扩散消极”的警告。

“老哥，乡里卞组长刚给俺摇了电话，要笸篓立即组织群众讨论初级合作社的组建问题。你是高级的，一定有不少经验，俺来取取经，咱就隔个松树岗子，要没这岗子咱就笸篓加簸箕，一个村了。”

“废话，那你去把那岗子挖了吧？上边不是叫你学《愚公移山》吗？挖平了村长都是你的了，用不着到处取经操心了。你别绕来绕去的，具体点儿，别跟那些官僚学，不是摆架子就是说空话，今儿原则明儿路线的，老百姓越听越胡涂。再说了，俺这社才成立两天半，有什么经验？有神经炎还差不多。”宋社长很不耐烦地回道。

“卞组长要俺找你聊聊，第一先把赵立国借俺用用……”

还没等对方说出第二个要求，宋就急了，“什么？那是条驴啊？说借就借？那是个大活人呐，开玩笑也没这开法的。谁答应你就找谁借去，俺可没法张嘴，那不是个器物，你可随意搬来搬去。你长脑子没有？俺借你过来拉磨你干吗？还叫俺哥，你叫得再甜也没用。俺簸箕什么都可以借，就是不能借活人，把死人借给你你敢抱回去吗？糟蹋魂灵，鬼都不饶你！”

来人是管篓屯的村主任，也姓宋。当卞组长得知管篓江家老头是立国的丈人后就想，岗西合作化的阻力典型就选这户，他是历史反革命的岳父，还接受过国民党军队的马，要通过杀江家的气焰教育群众。便给管篓的宋主任出了主意，让赵老三站在他们的动员会上当反面靶子，自然就把江老头带出来了。这会让村民感到压力，减少合作化的阻力。

来人见宋社长不肯松口，故意坐着不走，说乡领导的指示要是落实不了，他回去没法交代。

宋社长一听火了，说：“天下无奇不有，还有喝尿醉不醒的，随便抓人当反面典型还上瘾了，你可别拿什么乡领导压俺，俺还不知道你？咱同姓不假，可脾气秉性是两路。那俺给你提个交换条件，如俺办不到就小人，你可随处去反映，如你能办到，我亲自找立国谈，估计他一定会深明大义。你要不答应，包括给你出主意的人，都是混蛋，耍活人玩呢，太馊了。就江家那老两口？都抬着走了，还气焰，别人瞎了眼，你也跟着眼瞎？”

“好好，老哥，你就说吧，俺听着。”

“你光听不行，还得同意，你要不同意这交易就白扯，你赶紧回去学愚公，领人把岗子扒了，都归俺领导算了，用不着借人搞什么初级了，一步就高级了，估计卞组长还乐不得的，他的政绩厚实了。”

“老哥……你，你说正经的吧，俺办就是了。”

“你听仔细了，你先把你借给立春家，磨够一年吃的粮食，你能一天推完更好，这叫一换一，平等吧？人家立国的政治身份虽是历史反革命，可人格没变，这对吧？上级没说把历史反革命扔大粪坑里沤粪？你推完他家的磨回去再帮俺借10个民兵，多几个也行，把俺全庄的磨都推了，不多，够一个月吃的就行，俺派专人记账。你如同意，俺现在就出去到东厢房找立国商量，他就住这台下，你干不干？”

“老哥，你这……叫什么事啊？”管篓主任万没曾想，宋本家子会出这招。

“怎么？你觉得不自在啦？就你是人？人家立国不是人？不就随便给人戴了顶帽子吗？怎么那帽子上写了他是牲口啦？可随意骑着走？你们也想得出来？这是人招吗？”

“老哥，你别说，还真有可能，你让俺回去想想，只一夜，明个儿给你回话。”来人觉得没法和本家哥哥继续拗下去了，低头盘算了一会儿。

“俺不急，也不是俺主动提出要把人借给你的。”宋社长说完，扭头啐了口吐沫。

来人被宋社长噎得说不出话来，长喘了好几口气才招呼：“老哥，那就这样，等信儿，俺走了。”

“不送，慢走，想仔细了。你记住，老江头俺不借，死俺这儿没钱发送，俺只借你和民兵。听见啦？”宋社长明白，管篓本家耍心眼儿，他回去头件事就是向姓卞的告状，“行，看你俩到底寒碜谁？立国他一定会赞成俺这出戏，俺俩就一唱一和演给你看看，出出这口恶气。说不定还能给立国正正名份。也算俺补补对不住立国的那些不仗义的过错。”

“俺后悔啊，立国，你是个难得的好孩子啊，只是小胳膊掰扯不了粗腿。嘟噜哥，俺对不住你啊，你没少帮衬过俺家渡灾，俺爹是庄里有名的宋老落，干什么都撵不上趟。他告诉俺，立春娶亲那会儿俺被抓了劳工在抚顺挖煤，家里没棒劳力，年成也不好，没有拿得出手的东西，只提了两升带皮的稗子，可嘟噜当众宣布的是稗米。可轮到俺娶亲了，老哥又是鸡又是鸭，外加一百文铜板，还告诉俺爹，让孩子心里好过点儿……俺反倒恩将仇报，找人给立国凑……作孽啊！”宋社长自说自听，眼睛里湿了……

第二天一大早，笸篓主任就堵到家里找宋社长谈借人的事。

“你可真积极啊，就差钻被窝了。”宋社长尥了筷子，用手掌抹了下嘴巴。老伴拿眼瞪他，要他好好和本家弟兄说话。宋福来只好改口说：“小弟，屋里暗，咱门外站着说吧。”经过昨儿个下晌的交道，他从心不愿和这本家子近乎。

簸箕宋与笸篓宋都是大清年间从胶东向辽东移民的同宗，虽一岗之隔，但祖辈来往一直不断。伪满时期怕“暴民”串联，不许来往了，日久天长，彼此便生疏了。可他们间还是知根知底的。宋福来早就听笸篓那边在传，这位隔代叔弟是个官迷，伪满时没人愿当只管几户人家的治安甲长，还得受顶头上司保长的气，可他当伪乡长的面举手自荐，没几天就因馋嘴，吃了求他办事邻家的几个鸡蛋和一碗大米饭，被人揭发了，犯了经济错，被日本人撸了，土改他又积极上了，人品虽比“吹巴”强一些，知道把地种好，但官迷心窍这点两人雷同。这人小聪明，能说会道，嘴口甜，脸皮厚，为达目的，你就刺哒他他也没脾气，属没煮烂的猪头皮那种性格，就因有点沟通作用，两次土改都是村小组的主要成员。卞组长到簸箕庄搞合作化，他知道了便主动翻过山找卞回报，也要搞高级试点，在卞的心里打了烙印。于是，当卞得知省里的新精神后，第一个就告诉给他，“不要等，抓主动，乡党委一定会支持你表扬你，如搞得好，我介绍你入党。”

“上面同意你的建议了。”宋社长故意勾他把实情说出来。

“哪个上面？你做主不就行了？还用请示回报吗？”笸篓主任眯着眼反问。

“你装糊涂吧？你说哪个上面？就你恨不得一天两三趟过来回报的那个上面，他不给你定心丸吃，你敢一大早就蹿俺家来？”宋福来皮笑肉不笑地说。

“俺想来再和你商量商量借人的条件，你太那个了……俺怕冒了包，给上面惹事。”

“你看，这不就随嘴溜达出来了？藏不住了？卞大组长给你出什么坏主意了？你得说实话，否则，这借人的事就没得商量。”

“人家卞组长没二话，同意。只说你可是一村之首，不要故意在革命路上下绊子，叫你注意点儿政治影响。”

“上纲上线才是卞组长的真本事，丢共产党人他是首犯。你张嘴哥哥闭嘴老哥的，也没帮俺说几句好话？真想看俺往政治粪坑里跳？”宋社长抬眼瞧他。

“俺能不帮你说好话吗？县官不如现管，一笔写不出两宋来，倒数五辈儿咱都一个祖爷。”

“那你再告诉下卞组长，希望他高升，多多提携咱点，要能把这工分干部改成工资干部，叫他祖宗俺都愿意。”宋社长笑着。

“人家卞组长大方，不像你这么小气，他说，问问宋先生簸箕还有什么新点子？把笸箩的民兵连全拉过去够不够？你说要十来个就行，人家说的可是比你多多了。”

“你是咱老宋家最滑头的一个，故意反话倒说。你也想拿尚方宝剑在俺眼目前比划啊？吓唬你哥？咱按上边的政策走，换工，文件里白纸黑字写着，可以换工，不可雇工，这不是上边划分剥削和被剥削的政策杠杠吗？这政治坑里没水吧？你就跳进去也淹不死你，更合乎卞的意愿，你也甭给俺借人，俺也不给你借驴，人和驴不能画等号。这样，你也好向村民交代，根本不用上面点头。”

这是宋社长昨晚找立国商量时得到的启发，他觉得这会让卞组长哑巴吃黄连，有苦说不出。

“可以啊！这还好听点儿，那就一个换一个呗？”

“你想占俺的便宜是吧？俺那立国是什么价码？你拿他一个去动员好几百口子，赚大发了，你五十个也不顶他一个呀！你们村有历史反革命吗？

没有，正因为没有你才来求俺，对吧？是卞组长给俺的宝贝，你说卞组长的宝贝价码多高？说多高就多高。”宋福来边说边想，“这些人都怎么了？脑子都进水了，根本不讲人性，只要官运亨通就行。”

“他可是历史反革命啊！只能当反面教材。”

“是啊？他既然是反面教材那你还借他干什么？把你那几百口子都变历史反革命了，你担当得起吗？是，有起正面作用的历史反革命吗？另外，俺也没说他革命啊？咱换的是劳动力，哪有换反革命的？但他这劳力是贴着反革命商标的，缺货，很难得，所以才值钱，俺说理不？你拿俺一个反革命教育全村人，这不是一个顶你全村吗？怎么就一个换一个了呢？”

“我天的，还叫你拐进去了，俺服了，斗不过你。但卞组长说了，时间不能拖长，影响合作化进度。”

“那就是你的事啦？你的活要干得快，就没影响，干慢了怨俺呐？你还讲不讲理了？那咱就不换了，帮了你俺还落身不是。”宋社长拍了下手里的报纸。

“俺没法和你掰扯，你说吧，要多少民兵？外加俺一个。”

“你是大主任，给你留点面子，算了，昨个儿是逗你……让俺算算啊？”宋社长把户数给了笸篓主任，又说，咱再减你点负担，给每户磨10天的成品粮就行了，也就一天的活儿。同意咱就成交。不过你得把活干完俺才能让立国过岗子。你让全村受教育，可民兵还在俺这干活，你不是把骨干都甩一边去了？达不到教育效果啊？”

宋福来心里想，你可别拿那个大鸡巴吓唬小孩子，那东西戳不死人。俺这招比卞还馊，要不然怎么才能把这口气吐出去？你姓卞的凭什么一声不吱就当全村的面把俺撤了？头次土改搞出那么一大堆矛盾，人都快和共产党分心了，俺要不出面配合于德，再加立国帮忙，他能解决得那么快？从二次土改到俺亲自领担架队去朝鲜，动员全村妇女做鞋，做衬衣，缝棉手巴掌，哪次都全区第一，俺就一点功都没有？说宰就宰？连点面子都不给，只让人当跟班，不许人有想法，更不许有见解，真让人寒心，拿人不当人，大不了俺还种地，拗不过大腿，咱也得咬你一口，不然没法自我安慰。

管篓的合作化动员大会不像簸箕人都站着，各家都自带一条板凳左右前后排开坐着。

天过午了，村民就缕缕行行的到齐了，一律仰头望着台上，等着宣布开会看民兵押立国进场的情景。

因为同时有好几个村都在开同样的动员大会，乡里派不出那么多干部到场，管篓又远离乡政府，干部不肯来，管篓主任只好连唱带打全包。但这让他很失落，开会的热情减了大半，他一人坐在台上，用两只肘头支着桌子，两手作揖样地戳着下巴，面无表情。

台下在开会前总是一片"嗡嗡"的议论，张三李四家长里短，就像从来没见过面似的唠叨个没完。

但只听一声咳嗽，议论突然静没了。几个民兵慌忙跑到台上报告，宋社长不让俺牵着赵立国走，把俺们撵回来了。

"他怎么能这样不讲信用？工也换了，活儿也干了，他却把拉出来的屎又坐回去了？俺得给卞组长打电话告他……"

"动不动就拉大旗作虎皮，这可不是地道人的品行……"管篓主任一回头，只见宋社长领着立国已经占到他的旁边，只好尴尬地起身点头。

"你的手下拿条绳子进庄就捆人，还要当驴牵着走，这是你的主意吧？你怎么也得和俺商量了再动手啊？怎么拿簸箕当管篓了？你全管了是吧？你没学愚公啊？也不问问，簸箕人欢迎下钦点的主任吗？效果不好。他们向你谎报军情，你也不训斥他们，俺记得管篓人很讲理，知错就改，俺可是说话算数的，你看，这大活人不是给你带来了吗？现身说法，教育大家，你问问卞组长，他还有什么紧跟形势的要求？"

"好好，那现在开会，下面都坐不住了，咱抓紧点，快开快结束。"

“对，咱老宋家人办事从不拖泥带水，利落。你就宣布吧，把俺介绍给全村，也好多来往。”

笸篓主任不得不接受，并高声喊着：“乡亲们，大家安静了。今天是咱村初级合作化动员大会。人家宋社长亲自光临，向咱们介绍他们一步到高级合作社的经验，近水楼台先得月，这是咱的光荣，别村请他不到。咱热烈鼓掌！”

掌声一停，宋福来马上抢到前头讲话，把本家老弟要拿立国当反面典型的话压住了。宋社长早就摸透了他这本家兄弟的心路，一切都在他的意料之中。

其实在他俩出发前，立国就对宋社长说：“孔子曰‘君子和而不同，小人同而不和’，我们该分析分析，你是为我才这样煞费苦心的，把岗西的民兵撵了，他会失望发怒的。但你宋社长却出乎意料地大驾亲临，他肯定诚惶诚恐，一定要先介绍你。只要他一介绍，就等于把会议的主持权让给你了。就看你怎么导演了，俺会好好配合的。”

“小侄，放心吧，好人不是不会捣鬼，而是不愿捣鬼，一旦捣鬼，能把魔给捣死。”

两人有说有笑地登上了笸篓的宣讲台，情况果然正如他俩分析的一样。

“岗西的乡亲们，俺先抢在你们领导前头说几句。第一，因为立国是俺簸箕人，俺当社长的又是村当家的，所以应替他首先向江老爷子赔礼道歉，立国不懂事，年轻，没照应好岳丈岳母，该打，怨俺没指教好，你老消消气，好好参加合作化运动，咱不挡道，挡你也挡不住，何苦？有困难找俺，找立国没用，一他背了个历史反革命的名声，帮不了忙，反而添乱，你就谅解了。立国说了，只要您二老在世一天，他都不会找第二个媳妇，这是他当俺面保证的，您老放心啦？你也别再拿铁锨砸他的头啦，你别看他是反革命，砸死照样还得偿命，您还受累生气……立国，赶紧当这么多乡亲给丈人低头认错。”

立国照办了。台下顿时由惊讶转为一片掌声。江老头只一人拿了把木杌子坐在后边，被宋的一番话感动了，也解除了所有的忧虑。“这回好了，你岗西再和俺别扭，俺有簸箕帮俺。”老人颤颤巍巍地起身给全村点头。

管篓主任刚要接话，却又被宋社长给打断了。“本家子主任？怎么样？卞组长的头一个严重顾虑解决了吧？江老爷子没有火焰，站都站不稳，哪来放火的劲头儿？是不是乡亲们？”

台下一片呼应，“是！”

“天下事不都像卞想象得那样下作、恶劣，非要弄个反面典型出来不可，伤害人心。只要用真诚去沟通，‘没有过不去的火焰山’，这话才是正理。”宋福来毫无顾忌地大声冲管篓主任说。

“是是，俺感谢你……”管篓主任慌忙点头。台下又是一片“好好”的呼应。

“岗西乡亲都听见啦？你们宋主任代表你们感谢俺。这份夸奖是你们宋主任有意塞给俺的。”

管篓主任不好否认，只能起立再次点头。

“还有这二，立国没反对合作化，更没反对抗美援朝，抬担架比赛簸箕第一，就是他出的好主意。俺近视眼，看不长远，都是他开导俺，还开导了簸箕人，连陈书记都说，抗美援朝簸箕出人最多，而且都活着回来了。为什么？这是立国的功劳。给他戴历史反革命帽子，就因为他当了两年国兵，但他回家前已参加了解放军，还当了营级军官，但工作队不信。他姐夫是国军的旅长，少将，抗日英雄，没朝解放军放过一枪。上头让立国自己去找证人，本来该政府去找，路费报销。他哪里去找？连路费都没有。又何况，和他一起的，死的死了跑的跑了，当共军俘虏的也没回来。反正反革命也没多长张嘴出来，不费粮食，人家也不给你摘帽，那就戴着呗？当然，精神负担大点，一个鬼影总跟在身后……俺劝立国，想开点，愁坏自己把本都搭进去了。”

台下一片笑声。

管篓主任又要插话，但宋没给空隙，抓紧说："俺说了，岗东的事离不开立国，你们如要向俺学习，别忘了，俺的功劳中就有立国的贡献，等于向他学习一样。人吗，不是石头，总有苦恼的时候，那他就和俺唠唠，互相启发启发，把心放松了好给大家做事。立国今天过来就是帮你们做事来了，他话不多，但没一句不管用的。立国，你说说？"

管篓主任要抢着说了。宋社长立即伸手挡住了他。

"乡亲们，还有俺的老丈人，天下事就怕人心不齐，人心齐泰山移。合作化的道路上肯定会有许多困难和不如意的地方。比如你多俺少，你活重俺活轻，干了湿了的，大家不要斤斤计较，往长里想，都一个村住着，低头不见抬头见，向善里看，宽容体贴，不拆台，都补台，有福同享有难同当。估计上级就是这个琢磨才叫咱搞合作化的。俺宋社长说得特别好，一把筷子捆起来才不容易折断。俺稀里胡涂地变成了历史反革命，这帽子虽没法摘，可这帽子下面的脑子可以变，你们有困难找俺宋社长，俺能帮忙的也不会看笑话。"

立国本来想从游街那次起就永远就不再说话了。可宋社长一定要他出场，说估计从这次开始，下就不会再拿你当反面教员了，是他给咱们提供了说明自己的机会，可一箭双雕。

结果场下的反应的确像宋社长说的一样，他心里暗暗佩服爹的这位老友的老辣。"人都说他胆小怕事。可这段时间，他的确变了……"

立国正在寻思，宋社长又说："岗西的乡亲们，俺这位历史反革命的脑子还跟得上革命形势吧？他说得在理吧？没毛病吧？对你们搞合作化有帮助吧？好了，俺该回去了，这工就算换完了，以后有事言语一声。"他拉起立国的手，头也不抬地走下了台子。

管篓主任只好起身送行。

宋社长借机说："本家子，以后长点脑子，老哥不会给你下绊子。立国已经是个火人了，你还往他身上泼油？烧死你高兴？你怎么能听信他们的那套害人的馊主意？搞什么急风暴雨残酷斗争，把每个岗位都当战场，纯属狗屁，只能把人心搞散，搞出怨恨，而且还难缠难解，一个村子的人，世代怨恨，你说你在这村还能待得下去吗？各处都这么搞，那全国不都成怨海啦？那叫什么国体？和谐个屌屁！”

“你自己掂量，今天这效果怎么样？还用把老江头当坏典型拉到台上站着吗？他那么大岁数了？群众心里会怎么诅咒你？群众骂你你能听见吗？你听不见就当没有？就当又一伟大胜利？”

“咱一个人也没伤害，把该说的话都说明白了，大家有了共识，再摸索着往前走呗？俺一个钟点多就帮你动员完了，剩下的时间都是你的，你要说砸了可没俺的责任，你台下那黑压压的人头都可作证。”

（六十）

“人总是对新事物充满好奇，特别是在被驱赶的路上，当原先的疑问渐渐被淡忘了，追求的希望就会变成新的推力。”立国在私下和哥哥唠扯庄人对高级社的积极性时说。当时立春还认为弟弟看事的眼光不对，一直被悲观情绪主导着，在家里说话，用词也斟酌再三，例如用“推力”不用“动力”。并回道：“哥理解你，反革命帽子的压力压迫了你积极向上的一面。”

“不信你等着瞧吧，我没消极，只想有备无患，为平安多考虑一些。”立国觉得自己的前途无望了，不该给立春施加影响，应让哥哥好好表现，有利于改善侄子的生存环境。

结果，立国的预言在第二年就应验了，集体牲畜开始减员，牛马不断患病，耕具破损率提高，劳动力缺工逃工，小偷小摸集体东西，隔村隔乡私下交易，等等有损集体利益的现象屡禁不止，甚至敲山震虎都没人害怕，许多队长撂挑不干了，急得宋福来跑上跑下，天天敲铁管子开会。

到 1955 年秋末，负责合作化典型引路工作的卞组长升任为虎山乡党委副书记，他到任后首先不是总结簸箕高级合作的经验教训，反而是“全面普及高级合作社，改造落后村”，在全乡动员会上他强调，“有人把芝麻当西瓜，小题大做，迫切希望合作化烟消云散。因此，改造落后抢救落后就成了乡党委的第一要务。所谓落后村改造，本质就是反右倾，肃清邓子恢阻挡合作化运动的恶劣影响，改造思想认识落后的村干部，惊起那些躺在土改有功大炕上睡不醒的人和陷在土地私有里不可改变的人。经济建设落后一点不可怕，可怕的是政治观念落后，你如具有革命的思想和先进的阶级斗争思想，瘦鲤鱼也能跳龙门。如革命意志懈怠或丧失了，即使目前你是条龙，也会变狗熊，眼前的经济火火，只是表面热烈，因为本质是黑暗的，可能一夜之间就会跨到底，甚至倒退到万恶的旧社会！”

在座谈讨论会上有人提出，“如用毛主席实事求是的标准去鉴别，整年把革命口号喊得震天价响的，基本都是玩虚的和生产建设搞得不好的，没见到他们迎头赶上什么，群众意见很大，内部矛盾也最多。这该怎么解释？”

卞副书记回答，“你提这问题本身就是在给革命闹别扭，该好好反省。我坚信，只要他革命意志坚定，总有一天会把经济搞上去的。至于步子慢点儿那绝不是立场问题，而是方法问题。这次，乡党委下决心要解救立场有问题的基层干部，甚至是建国前的地下党和建国时在土改中有功的老同志，思想必须要紧紧跟上时代的脚步，千万不要政治思想落伍，政治上落伍，必定人头落地。”

在卞副书记的主导下，虎山中学的音乐教学都被停止了，腾出音乐教室，把乡党委认定的改造对象集中封闭办“脱产反省班”，凡卞副书记认为问题较大的村干部，除拉屎尿尿外，不准出屋，选问题轻的用水桶去食堂担饭，一日三顿，只有担饭的可沿路看看外面的情景，被禁闭的与世隔绝久了，憋得难受，只好偷着从挑饭的那里打听院外的情况，甚至连家属一月一次探望时包东西的报纸都要被收走。家里人病重，需回去探望的，要派两个民兵带枪跟随，而且只能看一眼就得离开，不能留宿，不准写信接信，只能每日坐着写检查写心得，要么开会作检讨发言。几十人集中睡在现搭的地板铺上，去屋外茅坑接手要报告，被看守的民兵准了才可出屋，蹲时间长了，回来还得解释蹲坑久的原因。

外面群众在疯传，许多村干部都是罪犯，戴手铐蹲黑屋子，好几个月不准回家。有人问，怎么能这样对待那些最基层的农村干部？审查组回答，他们都是邓子恢的小爪牙，小右倾崽子。到争执最尖锐的时候，簸箕宋福来被口头宣布为头号反社会主义分子，老父亲病故都不准他回家处理后事，说他的问题已严重到怕出去搞反革命串联的地步。卞副书记还让人给宋传话，“这是政治关怀，比什么关怀都珍贵，如你要回趟家回来惹上说不清的问题，例如和那个赵立国搞搞串联，那你就浑身是嘴都说不明白了。这样多好，俺没回去过，连你亲爹也没有党组织对你的关怀多啊？”

有人建议，落不落后是否让群众说话，上级党委应广泛听取贫下中农的意见，不要包办代替，主观臆断，硬给定性。还有，他们都是工分干部，光整日坐着检讨，到年底全家喝西北风去？除非蹲班房也算出工。

卞副书记厉声批评，难道想怀疑一级党委不能代表广大群众的利益和呼声吗？吃饭重要还是世界观改造重要？敢和党委唱反调，这性质就更加严重了，属公然站在敌对立场上搞对抗。你们是不是也想进去蹲蹲？

因此，在卞副书记的压力下，直到全乡所有的干部都变成了哑巴，他才正式宣布，这回咱终于统一了认识，“脱产反省班”该踏踏实实坐上半年或一年，好好解决一下政治方向问题了，不然他们很可能是打着社会主义的红旗，走的是资本主义道路。性质区分就在，你明知是犯罪却硬走，或是糊里胡涂跟着走。举办这个班是个政治创举，可总结出政治价值很高的经验来，给全县乃至全省和全国树立反右倾的政治榜样。

其实，在他宣讲这番话时，监狱般的“脱产反省班”已办了三个整月了，关押了20多人，占全乡各级党政一把手总数的三分之二。其中原乡党委孙副书记是最显眼的一位，他从进了反省班就一言不发，也不与人交流，总靠着粳皮枕头闭眼养神。卞现在的职位就是孙原先的担当。只因他说“合作化搞早了，搞法也不合农村实际，老百姓的觉悟还没到位，农业经济组织就提前到位，出偏差是必然的”，县委知道后，就将他定为“革命意志衰退分子”，免职进了学习班，和基层村干部一起接受再教育。卞副书记拿他没办法，在这些人中资格又最老，参加过地下党领导的武工队。在“脱产反省班”里，他等于给其他人做榜样，因此，大半人都学他的风格，以沉默对抗卞的再教育。

只有宋福来不甘寂寞，公开问孙，你是工资官员，又是党委副书记，俺总是不理解，这卞明明是在胡来，为什么上面就不出来制止他？

孙拿眼瞅瞅宋，脸肉向上抽搐了一下，“哼”地笑了笑，低头捡起个草棍在地上写了七个字加一逗号，“逆人心，有人喜欢”，便赶紧用脚抹了。这是孙在反省班里唯一的一次表态，还是在地上写的，写完就抹，仅是孙宋两人的私下沟通。

卞要当副书记的风声几乎提前半年就在各村不停地刮着。宋福来一开始还以为组织原则不是个人意志，上级一定会根据实际表现提拔，不该提拔的绝不提拔。但事实却让宋很感灰心丧气，他觉得这事业干得顶没意思了，一个工分干部，还不停地受折腾，本来上面政策中的漏洞与不足都是他用自己的心血去充实补平的，该属基层最能创造性工作的黄土干部。但上头的某些靠“假、大、空”起家的领导，就是看不惯他，总视他为异己。

“俺没什么可反省的，即使在困难的时候，全村没一户揭不开锅的，偶尔也出现一半个，全庄都肯出手帮忙，渔民的捕捞积极性都很高，城市老爷的海产品供应，俺年年都超额完成任务，山林保护也没出过问题，牧业和柞蚕业在扩大，你们问问供销社，它收过俺的不合格产品吗？没有。的确，村民的劳动积极性不如头一年了，除了打人骂人，俺什么手段都试过了，看来问题不在簸箕，而是政策出了问题，头一年的年终分配，上面到了也没给个答复，还说已经反映到省里了，逼得俺只能分段分配，力求公平，就这馊主意还是人家立国帮着想出来的。农业的果实大多都是秋天才结，怎么分段？群众有意见，积极性受到伤害。但只有这招才能把脏屁股揩了，揩不净是必然的，没有更好的招法。难道这不是政策马虎造成的吗？你卞书记心里明明白白的，对此，你做过贡献吗？”

“俺没有给自己摆成绩的爱好，你们逼俺往虚里说，俺不会……你乡里还要什么成绩？不就把这些个工作做好了就称职吗？现在说俺落后、右倾，俺是第一个搞高级合作的试点，你卞副书记亲自指导，右倾怎么能当试点？比谁都先进怎么成反面典型了？天大的讽刺，讽刺的是你卞副书记自己，因为试点从头到尾都是你抓的，抓试点的升官，搞试点的蹲了监狱，讽刺意味太浓了。”

“什么左倾？俺自知把地种好才不能饿死人。怎么？现在是要俺命的时候吗？俺要不是为了全村乡亲的日子，早就不干了。完了，俺的检讨就这些了，上纲上线的权力归你们。”在检讨会上宋社长板着脸没有好气地发了一通心火。

卞副书记满心怒气，但顾虑自己的身份，宋又扯了他的短项，觉得立即反驳一个工分干部有失价码，只勉强说了一句：“毛主席教育我，有则改之无则加勉，你可继续发表意见。”

前任孙副书记闭着眼睛在听宋的发言，不停地吧嗒着嘴，吞咽着吐沫，他在用心品味，动作说明他很欣赏宋的发言。检讨会后端碗排队领饭时，他总愿跟在宋的身后。宋也察觉到孙的用意，悄悄用拐头碰碰他，表示志趣相投并友好。在反省班里，“政治思想落后”的人们，只能用这种方式互相传递彼此的心里感应……

在后来的阶段总结会上，卞副书记满脸怒气地告诫着宋：“别的不说，就凭你这张不干不净的嘴，就该好好用开水冲冲。现在就是为解决你的这种思想认识才办反省班的，要知道，这是为你好，你和那个历史反革命始终划不清界限。群众反映你把他当高参了，有这事吗？党的事业怎么能依靠自己的敌人出谋划策？你的阶级立场大有问题。可你压根就没觉悟到，该迅速站到人民大众这边来了，越快越好，不然就会彻底走向反面。现在仅是乡党委对你的口头警告。你非要红头文件给你定性吗？”

“俺的立场要有问题，那老百姓的日子还能好过吗？这什么逻辑？还马列主义呢。那立场不是要与成果统一吗？那历史上反革命并不等于现在还反革命吧？毛主席不是说世界观可以改造吗？人家明明在自我改造，你非说他改造不了，就你嘴大，说啥是啥。立国说许多国军的被俘高级将领都做了新中国的部级和副国级高官，而咱乡连平民都不许人家当，就是不肯放过他，为什么？你办这反省班该好好反省下这个问题，斗争面忒大了，惹众怒。他现在如还反革命和人民为敌，那老百姓不是早就把他砸死啦？还用你发话？再说了，即便是历史反革命你也得治病救人不是？发挥他的经济建设积极性是吧？俺并没发挥他政治上的积极性啊？让他做好事不做坏事，这不是毛主席在延安整风时说过的吗？现在怎么不算数啦？俺一个乡巴佬，连党员都不是，还积极参加党的活动，你们要觉得俺不行就早告诉俺，为什么非要拖到现在整人呢？”

孙在一边听了故意挺了下腰杆，并用手抹了一下嘴巴。

卞已注意到孙的动作，知道他这是在向自己示威，气急败坏地抓起笔记本摔了桌子，说：“反天了你！还治不了你一个毛毛虫？敢到这里煽风点火，居心叵测！”他含沙射影在谩骂孙。

而孙只把脸肉向上抽动了一下，从嘴角向外吐了块儿用舌头剔掉的牙屎。

宋福来没能通过考核关卡，成为反省班不肯深刻检讨的反面典型。在最后一次“深挖思想根源”的检讨会上，卞副书记派民兵把立国带到乡里，要他说清如何在政治上腐蚀拉拢基层干部下水，为什么要和党对着干的根子。

立国看看台下的人，觉得卞又给了他一次更好洗刷自己的机会，便故意把字吐得清清楚楚，说：“俺给宋社长送过楹联，但不是我写的。大清康熙十九年浙江嘉兴举人高以永去河南内乡县上任，见县民拖儿带女沿街乞讨，目不忍睹，便写下一副对联贴到三省堂两边的门柱上，三省堂就是县政府办公的地方，以鞭策自己。一边是‘得一官不荣，失一官不辱，勿道一官无用，地方全靠一官’，另一边是‘穿百姓之衣，吃百姓之饭，莫以百姓可欺，自己也是百姓’。听明白了没有？如没听明白，给我笔，再写给你看看，好好品品其中的味道。俺曾下过决心，如果某日能一官半职，这副对子就是俺的信条。俺还给宋社长讲西汉武帝的曾孙宣帝提拔选用官员，‘贤良亲民’是第一标准，以及‘治吏不治民’的故事，《汉书·循吏传》中有记载，不是俺编的，毛主席看了赞不绝口。俺拉干部下什么水了？俺和谁对着干了？俺还觉得自己做的不够呢。”

卞副书记听了大发雷霆，说：“你真是胆大妄为，竟敢借古讽今，还在这里卖弄，也不看看这是什么地方，对封建帝王知县大加赞赏，还野心勃勃，要当县长。这不是拉干部下水是什么？你都有实际行动和想法了。我们是为人民服务的，你竟敢怀疑，本性不改，反动透顶。”并要民兵把立国按到地上跪着，让他当众消毒，承认传播了反动言论。

立国这才兑现了自己的决心，一言不发。有人用脚踢他，他也一声不出。宋福来在旁边看着泪流满面。他想：“孩子，咱爷俩还是没法逃出他们的掌心。但俺可以对嘟噜老哥交代了。这就是他们对咱这种人的报答！”

孙从旁亲眼目睹了传说中的立国的表现，在心口里硬挺着大拇指，心想：“这才是我心目中的乡党委书记的材料。我还能有出头的日子吗？如能出头，我会拼死保举你的。”

（六十一）

随着时光的延续，立国越来越得到各次政治运动领导者的重视，活靶子和现身说法的作用越来越重要，以致被四处调用，还真像宋福来所说，“变成个可随时借用的物件”了。虽然立国从不承认自己有什么罪过，但在各种会上由别人代为宣读的有关他历史和现行的资料，却越来越丰富多彩，为了吸引群众，甚至提出“另有所爱，谋害亲妇”的疑问要立国回答，在不明真相人的脑子里打了“赵老三的确罪大恶极”的印象。因此，他在每次政治运动中的利用价值被步步提升，而且还都被结合运用得天衣无缝，多次跨乡当活教材，使之名扬全县。

早已靠边站的于德听说后，觉得都是自己的罪过，难受得夜不能寐，到处奔波帮着解释。但因自己官微，起不到任何扭转乾坤的作用。

1957年反右，虎山乡每揪出一个右派，都要拉立国出面陪斗，说他是右派分子的帮凶，有人还拿立国在土改和合作化时期的正当建议与右派言论对照，结论是，所有言论都比右派有过之而无不及，给他命名“虎山的小胡风”“胡风在虎山的孝子贤孙”。

他听了心中暗笑，真敢抬举，连俺自己都不敢想，人家胡风是什么人？别说俺，哪管下辈有个能与人家相比的，也算是赵家的坟地冒了青烟了。

在批判大会上，主持人要他承认右派罪行，他故意质问：“右派和反革命有啥区别？我到底是反革命还是右派？你们批判右派为什么还拉反革命垫背？耽误俺挣工分，到秋的口粮眼瞅着又拿不回来了。是啊，俺这号人饿死的越多越好，死光了阶级斗争的烈火就熄灭了，天下就太平无事了，那你们干脆就给点毒药算了，别这样精神折磨……”

主持者说，都一个性质，反对共产党。

立国笑了，说：“这一，俺不反共产党，曾经还被认定是解放军的上尉，归队的纸条至今俺还保留着，我曾想参加志愿军，希望为国际主义捐躯，但你们不要；这二，既然性质一样，干嘛弄那么多名称？老百姓记不住，还得费嘴解释。”

主持者说，你这是在奚落共产党。

立国问：“你能代表共产党？就你这水平？连脚掌子都没不过的水？”

主持者气愤地领着高呼口号，打到赵立国！

立国就坐到台上休息喘气。

后来，他在回忆这段情节时感到后怕，“那时还不许打人，要是允许打，就俺那犟劲，可能早就没命了。”

1958年虎山乡成立了人民公社，富簸箕庄改名叫生产大队，再往下分生产小队，搞“三级所有队为基础”，砸烂了各家的锅灶，拆毁了个体的粮仓，搬走了自家的石磨，除村人睡觉的窝窝和媳妇的擦脸抹粉用品外，其余劳动工具几乎全部归公，创办公共大食堂，居户的饭桌也归了集体，不准家庭养鸡养猪，猫狗没得吃的，纷纷逃离家园，或被宰杀，小学住校化，老师军事化，全民大炼钢铁，全民深翻土地，山顶有喇叭，山下有广播，不分白黑，一个劲儿地在吆喝“人有多大的胆，地有多高的产”“亩产万斤粮，炉炼万吨钢”“贪大黑，起大早，跟着月亮跑”“不怕做不到，就怕想不到”，十里八乡整日敲锣打鼓，秧歌高跷蹦到田间地头，“三面红旗”到处挥舞，“建设社会主义总路线、大跃进和人民公社万岁”的口号此起彼伏，虎山方圆一派纷纷扬扬，四处彩旗招展，呼喊惊天动地。

宋福来悄悄问立国，“这什么阵势？是人疯啦还是世道疯啦？”立国摇头答，“都疯啦，大轰大嗡搞建设，着急了，就俺爹那块地，肥得都流油了，当初一亩也打不了千斤呐？看来经济学缺内容。”

大跃进的潮流很快就涌进了簸箕，赵家一家四口被强行轰出了院子，改成为全庄集中吃饭的地方。院子容不下全部庄人，干脆把西院也改了。因此，赵家的西邻从此也开始受害了，体会到家破的滋味了，一遇见赵家人就悄悄躲开。立春和立国兄弟俩不得不分家另住，各自去讨块安身的地方。

大队领导要立国把做饭的风匣拿去做炼钢的风机，说风一停，里面的铁水就凝固了，等同是破坏大跃进，让他白黑地推拉着木杆，连睡觉吃饭的时间都不准，累得大汗淋漓，几次虚脱，一个星期烧了几百斤焦炭，最后只把破锅渣烧成了红片片，没化出一滴铁水。监督他的助手问：“赵立国，我怕你饿死，才接替你拉风匣，可你就愣是一个铁疙瘩都没炼出来，怪了，你这铁怎么干烧不化呢？是你诚心不好好炼吧？”

立国说：“你可是在旁边亲眼看的，俺没偷一点懒。这和阶级立场没关系。”

监督人点头回答：“俺是证人，你的确没偷懒。”

立国实在憋不住了，从衣兜里摸出本书扔给他说，你不是认字吗？看看就知道了。

那人捡起来只看了眼书里的图示就惊叫起来：“好家伙，光那炼铁塔都有虎山高了，他们怎么能叫咱拿个木箱子吹气呢？”

立国只随嘴说了句：“俺觉得还是反革命在政治上挂不了帅的原因，

这土炉是政治的化身，它不会喜欢我，咱俩换个工，保不准你一拉那铁水就流出来了。”

监督人大笑不止。立国接着又说：“你别笑，我有个问题需向你请教，你说这碎铁片是不是铁？”监督人回道：“笑话，连傻子都知道。”立国点点头继续问：“嗷，俺明白了。不过……它已经是铁了，那为什么还用它炼铁呢？把各家的铁锅收集起来不就成堆了吗？可以充数啦？”监督人不打嗝地立即回道：“吃饱了撑的！”

后来，监督人拿这当笑话到处讲，传出去后就变成赵立国公然反对毛主席在南宁会议上提出的“政治挂帅”，拿本破书就想否定“三面红旗”，打击人民群众的创造性，公开与中央对着干，诋毁大炼钢铁，说“三级所有谁都没有，共产风把土地刮成了光板子，只剩石头和沙子，种什么都长不起来，深翻土地是生土埋熟土，把老祖宗几千年的血汗全压地狱里了，领导根本不懂科学，说马克思的共产主义就如同岗东‘吹巴’的那张嘴，没边没影。”把群众的不满议论全都加到立国一人头上，让他打着白旗去各大队游走，派民兵跟着监视，一走就是半月二十天的，让全公社的男女老少围观，当景物看，鞋走破了就光脚走，衣裳烂了就露着肉。

一次他半路遇上长锁，长锁心疼地抱住他，向围观的人群喊，“他是好人，是咱虎山的人才！”不顾一切地给他换了新衣穿了新鞋。面对长锁的温情与关怀，立国却一滴泪都流不出来。因双手被捆，他只能紧紧用脸贴着长锁，把满心的感激化为无言的亲吻……

长锁泪流满面，说，俺要找几个兄弟悄悄跟着你，保护你。立国瞪瞪眼睛，意在千万不可，那结果会更加糟糕，说不定会死无葬身之地。

1959年反右倾机会主义。立国又马上变成“彭德怀、黄克诚、张闻天、周小舟反党集团”一伙的底层走狗，再次被拉到台上接受批判。

他对这套做法早已习惯了，似乎都变成他活着的精神支撑了，是不可或缺的生存内容了。他不仅没有愤怒，而且还在心里偷着乐：“俺十八竿子都搭不到彭元帅那里，他们愣把小虾米往鲸鱼群里推。连开国功臣都这下场，拍俺个苍蝇，那不就一忽闪的念头吗？俺一草人，随意丢个火星儿就烧了，你又能怎样？俺可别死，这几千人在台下喊你的名字多显赫？多壮观？还与彭、黄、张、周齐名，彭的大名如雷贯耳，百团大战、保卫延安、抗美援朝，十大元帅第二。黄克诚是大将，当过解放军总参谋长，无论是抗日还是后来的解放战争，都战功赫赫。张闻天那可是当过共产党总书记的人，当年的地位比毛泽东还高，在东北局也是见解超群功不可没的人物，他第一个反对极左土改政策，对新政权的建立有一整套论述。周小舟是湖南省委第一书记，毛主席当年的秘书，大笔杆子。我能和他们搅在一起，值了。只要团别打死俺，随意批斗好了，反正这脸早就不是人脸了……”自这次起，立国有话全在心里自己同自己说。站在人前的只是一具会喘气的肉躯。

1966年文化大革命一开始，虎山公社就组成了“杀杀杀”造反总部，卞副书记摇身一变又成了“继续革命”的好干部，坐上了造反总部总顾问的交椅。立国第一个被缝上了“三反分子”的白胸章，“反对毛主席，反对共产党，反对社会主义”，脖子吊个十来斤重的石棉板，双手冲前被“红卫兵”像牵只牲口一样四处“游斗”，午间不给饭吃，不准休息，让他读五百遍“下定决心，不怕牺牲，排除万难，去争取胜利”。上班时造反派问他读后有何体会。他说：“饿得直吐酸水。”

红卫兵说他污蔑主席语录，不肯低头认罪。立国回答：“俺不敢，你们都有饭吃，还能午睡。俺的胃口有病，又困又乏，饿了肯定要冒酸水。”

红卫兵说：“我们问你对伟大领袖的这段语录有什么体会！”他赶紧回答：“噢，你们原来问这个？明白了。前三句俺都能做到，可后一句不适合俺，俺只能失败不可胜利。”

红卫兵本想借此狠狠地批判斗争他，说他否定伟大领袖的话是放之四海而皆准的。可后来反复琢磨“这家伙说得也有道理”，没法继续和他叫真，只好放弃。

再后来，因“杀杀杀”总部从档案里看到立国也就是原来那些罪行，没有新材料，又是历次运动的老面孔，“死狗”一条，批斗起来吸引不了群众的眼球，只让他当了一年的批斗主角，就沦为场场不落的陪斗分子。

陪斗的人日日增多，上台时立国从不抢先表现积极，总故意站到后排，趁人不注意还能抓紧偷偷懒。因为一哈腰就连续几个小时，如两脚并排正规站着，实在坚持不了。他暗暗琢磨，把两脚前后错开站着，造反派只顾疯狂，注意力都集中在被批人身上，没精力查看每个陪斗人的姿势。如此，十年“文革”，从1966年8月开始一直到1972年的“批林批孔”，虎山地区六年多的大小批斗批判会，他场场没落。宋福来当年坚持的借物件不借活人的操守，被“文革”彻底打破了，连小学生批判旧教育制度和老师的小场面，也不忘借立国上台低头认罪。

让立国最感愤慨的不是自己受了多少难以承受的体罚和侮辱，而是哥哥嫂子的悲惨遭遇。

哥嫂本是一对从不惹事安分守己只靠劳动过活的夫妇。但却被莫名地推上了批判台。罪名是“长期与反革命分子同吃同住，精心体贴照顾敌对阶级，与坏人同流合污”。批斗大会一场接一场，甚至要立春夫妇赤脚去踩牛刚拉出来的热粪，用双手去握马刚便出的屎球，一不服从就拳打脚踢，把立春媳妇剪成光头，给立春剃成黑白分明的鬼头。夫妇俩实在经不起这非人的侮辱，一天夜里，给弟弟和平安留下遗书，悄悄地躲开亲人，在松山顶唯一的一棵没被“共产风”刮倒的松树上，面对爹妈的坟头，双双吊颈而去。

死后，夫妇俩的魂灵仍不得安宁，被暴尸荒山不说，“杀杀杀”造反团还召开专门批斗大会，扎俩稻草人，套上纸衣，在前胸写上名字，罪行是“三反分子家属自绝于人民和党”，动员群众认清阶级斗争的新形势，识破阶级敌人的新阴谋，不许盲目同情，不能和敌人坐同一条船。在批斗会上逼立国喊稻草人“哥哥嫂子”，立国打也不从。“杀杀杀”就逼着平安叫伯伯伯母。平安见叔叔不肯，他也不肯。会议主持就让人把平安从台上摔到台下。立国跳下台子抱起侄子……

众人看不下眼，纷纷悄声退场……

回家后，平安颤抖着把伯伯的遗书放到叔叔的手里。立国急于要看，但又不敢睁眼。靠着墙根抱着侄儿痛哭不止，“我是赵家的罪人呐，把一家人都害死了，老丈人说俺是把扫帚星，他是对的，天不该生俺，兄弟三人，为什么只让俺还活着？难道非要让我把人间所有的罪孽都看尽了才罢手吗？”

“历史怎么会这般邪恶？英国的埃德蒙·柏克曾说：‘邪恶盛行的唯一条件是善良者的沉默。’如今已大大超出了沉默，而是无知地起哄与暴乱，连沉默都不许存在，孩子也被强制表态喊‘文化大革命万岁’，已达人性极恶之限，群砍群杀，胜过内战，唯恐四海不乱，直到自我摧残殆尽为止，‘以天下大乱达天下大治’荒谬绝伦，竟有人为此而疯狂癫痫，已远远超出了18世纪西方政治思想家的想象，柏克仅对沉默就无法容忍了，如果他看见今日之中国……”立国把脑门趴到摊开的书页上，泪水洇湿了他酷爱的《法国大革命的沉思录》那黄褐的纸张。

自哥嫂走后，立国便成了地道的无家之魂，每到夜晚，梦游四空。平安便变为彻底的孤儿了，紧紧地依偎在叔叔的怀里，生怕有人突然闯来抓他。

再到后来，本来已经停课闹革命早已“放了羊”的高中，“杀杀杀”却特意开会开除平安的学籍。撵回家后，只因他逢人就说“俺叔是好人，造反是欧洲的安那琪主义”，就被挂上了坏分子的胸章。平安也不是故意把叔叔的话说给别人听的，而是他根本就不懂这会遭来杀身之祸，觉得叔叔说得是对的，才报以善愿，希望人们能放过他和叔叔，但事与愿违。

赵家一家曾是七八口人的温馨之门，只因世事之变，人心之颓，最终仅留下叔侄俩，而爷俩又都被视作革命的敌人。

立春夫妇不在了，撇下平安一人无依无靠，借房的邻家不愿麻烦，更不想整日看着背个坏分子名声的孤儿出出进进，便以收回房子为名要孩子离开。立国只好要侄儿搬来与自己一起同住。

在外人看来，立国这安排合情合理。岂不知人们的眼睛和嘴就如同吃人的魔窟，“一对反革命”“爷俩坏分子”“尿和屎搅在一起”“鲶鱼找鲶鱼，鲨鱼找鲨鱼，毒鱼找死鱼……”，造反派和革命群众全都把焦点集中到立国的草棚里。平安一出门就有大人孩子围观，丢泥土，嘲笑谩骂。甚至有威胁说，不定哪天点把火把你爷俩给烧死，好为党除害，为保卫毛主席再立新功……

赵家的院子被充公时，立春夫妇在后街找到一户好心人曹家收留，每年偷偷给人塞十块八块的，在遍野都是震耳欲聋的“公而忘私”的情势下，曹家把这看成是大钱，两家严守秘密，把土改时的驴圈加了篱笆抹了黄泥做墙，算是有了定居。

立国不肯与人合住，他要白黑读书，便在爹开发的泉子旁边搭了草棚，惬意地铺了爸爸留下的被褥，搬来姐姐留下的箱子，自己命名为“鳏夫亭”。“本来是鳏夫棚，但老爹给俺留了潭子，所以还是称亭才对得起爹给俺开辟的水面，及老人家的一番苦心与教养……”立国自己对自己如此说法时，不觉悲从心发，泪流满面，忍不住只好把头浸到泉里，让冰冷再次将心血凝固起来。不然，难说又会招来什么不测。

搭棚那天他没找庄里人，而是长锁带了两三个把兄弟一起用力，当天就完了工。看长锁短粗的长相，以为他笨手笨脚。岂不知他心灵手巧，将棚里全都抹了掺麻的白灰，外面披了他带来的苇子，风雨不透。还安了木门，挂了毯子。立国越看越高兴，忘记了自己是革命的敌对，感到独立过活的自由与惬意。

“看来这回你那革命是没法反了……”长锁笑着说。

“为什么？”立国问。

“地方太窄，扑拉不开，连做饭的地方都没有，你别急，等有工夫俺过来给你盖个大一点儿的棚子，起码能练练书法什么的……”

“这就够好的了，比我想象的好出10倍。你也不想想外面是什么天气，还练书法，书都得偷着看。人家把字帖都算‘四旧’给点火了，《红楼梦》变禁书了，《水浒传》不许卖了，《西游记》属胡编乱造了，《三国演义》是为封、资、修招魂的。你把‘老三篇’倒背如流就足够一辈子用的了……”

“俺听外面说你已经哑巴了、傻子了。俺不信，俺琢磨你就拿线缝了他的嘴也白搭。他的核在心里。不过你现在既然装了傻那就得装到底了，只咱哥们知道你不哑巴就行了，俺来你这儿可不许装啊？俺可是愿意听你侃山流水的。”

立国问：“你们那儿没批斗你？”

长锁回道：“俺那儿的痞子都和俺一样，讲理，听我的，反不起来。俺是贫农，随爹，沾了便宜。那要随大爷可能还不如你呐，他可真富农噢！”

立国拿出炒黄豆招待朋友。

长锁说：“这要再有那‘二两’就美死了。”

小三子说：“你别资产阶级修正主义了，弄不好那二锅头也是四旧。”

弟兄几个一边“嘎嘣”着炒豆，一边喝着老爹的泉子，瞅着自己的劳动成果欢喜。立国觉得自1948年冬回到家，心情从没有今日的轻松和愉快。他端起水说：“俺都胡子邋遢了才有乔迁之喜，穷得连火柴都数着用，只能以水代酒，望兄弟谅解了。就这俺还得感激上天之恩，所以一敬爷奶爹妈，二敬姐姐哥嫂，三敬知心朋友，天知地知你知我知，后会有期了！”

长锁眼含泪水起身举碗一饮而尽，而后转身“啪”地把破了边的碗摔了，随手解开带来的背包，说：“立国，这是大爷留下的古董，是大清是民国俺不知道，老人家说挺有价码的，土改时俺埋在菜地里，老人家去年经不起批斗自杀了，他曾告诉俺，好好保存着，王家就剩长锁和这几只碗了，给侄子留个纪念，临来前俺悄悄挖出来了，咱哥俩一分为二，算咱结拜的信物。你现在就用，用一天得一天……俺疼你。”

立国跪地，接受长锁的赠予，并咬破中指，滴血到姐夫留给他的白宣纸上，溅开如花，要长锁贴心保存……然后说：“危难真情，天地可鉴！”

长锁久跪不起，泪如雨下……立国只好把他从地上扶起，说：“眼泪这东西是不说话的肺腑之言，胜于珍珠，让它渗进俺这地下，就同长锁和立国永不分离一样。”

长锁扯过立国的衣襟擦自己的泪水。立国说：“这才是人间大爱！”

立国讲究整洁干净，怕熏黑墙上新抹的白灰，不愿在棚里生火。没风时在棚外架锅，有风时找地坎做饭，他自己觉得这很随便。可在村人眼里，他便成了比讨饭还难堪的污面地鬼。

一次，立国借水沟边的土坎烧火做粥，他只顾趴着往锅底吹火。不觉头上却突然有细水洒下。抬头看时，却见几个孩子一同站在坎上依着树棵正往他的锅里撒尿。

立国望着锅里翻开的水，心室里腾起滚烫的血，他铁青着脸色蹲在坎下沉默了许久许久……直到那些孩子一个个尿完了为止……他认真地看着每个孩子的举动和表情，把他们的每句话都听进了耳朵……对孩子们的下作行为，他没有厉声制止，也没怒气冲天，反而让自己的思绪返回到童年，我那时如看见活得寒酸的老人，会怎么想？会怎么做？现今的孩子这么做的起因是什么？目的是什么？难道仅是恶作剧？他想起多次被牵着游街的感受……

尔后，强忍着怒火冲孩子们笑笑，拿瓢攉了点儿水对嘴吹吹，喝了一小口才嘻嘻着说：“爷爷老早就告诉过俺，童子尿，可入药。嘿嘿！”

孩子们见了更加疯狂起来，高声呼喊，“他喝尿！快来看呐！”都不想就此完结，凑在他的身后跳着脚拍着手不依不饶地齐声喊着，“反革命，坏分子，猪不理，狗不齿，人人喊他不生仔，看你能活到几时？”“噢，傻子哟，哑巴哟！”这是“杀杀杀”造反团专为立国爷俩编的儿歌，已传遍虎山各个角落，连立国自己都会信口哼诵……

立国呆样地回头望了望那些孩子，再次冲他们笑笑。孩子们觉得好玩极了，哄闹着不肯离去。

这时，立国的左心室却在琢磨：“如今我是否就像掉进米缸的一只老鼠？似乎是逮了个不愁活的地界？岂不知随着米的日益减少和自我粪便的增多，生的绝望越加临近。表面看，我装聋作哑是保护自己不死的唯一招法，因为世间只有傻子对政治课题没有任何兴趣和判断力，对权力人构不成任何威胁，顶多费点粮食和让环境烂眼。”

但他的右心室却在说：“国政的第一要务是人的善性启迪，善性存则天下归一，不可愚民，不可驱民；确定政策的第一目的是民生，民安生则天下太平，不能官宦至上；权位至上；执政者的第一艺术技巧是民主，民做主则天下力强，不得专制独裁；不得奢侈腐化；世上第一狠毒手段是焚书坑儒，民盲从则瞎马夜行，国之前途无望！”

然后他悄悄地搬起铁锅，用滚开的水浇灭了冲腾的火，一手提着锅耳朵，一手提着棒渣袋子，另找地处熬粥去了……

第十篇 去无踵的醒觉

（六十二）

到“文革“的后几年，立国的反面教材作用已不再被人看重，甚至还让人产生了逆反心理，“杀杀杀”怕众人不满，再加中央要求大联合，同情者见机出来建议，“就不要让赵立国蹲在沟沿做饭了，让外人怎么看了以为咱连个孤身老人都容不得，狗还得有个吃饭的钵子呢。”

“他为什么不在他那什么风波亭还是状元亭里做饭？”江主任问。

“就不要和个老傻子计较了，别人不笑话他还笑话咱呐，咱堂堂一级革委会，连个要死的人都容不下？”有人如此提议。

“那他能干什么呢？”江主任问。

于是，经村革委会专题讨论，认为这个历史反革命没有现行问题，决定让立国在限制措施上按个手印，当生产队饲养员。

从此，赵立国才搬出了“鳏夫亭”，住进了有围墙的宽敞大院。尽管院里驴粪马尿白黑不断，但他已经历过头次土改的大板房熏染和多次批斗会的污物糟蹋，早已习以为常了。

搬家时，平安趁叔叔不注意把棚子掀了，他要绝了叔叔的痛苦回忆。立国在一边看后，坐到棚旁的石板上，沉默了一下午才返回饲养院。但叔叔并没怪罪侄儿，他知道平安不愿叔叔三心二意，有意要断绝他的退路。

1978年只剩下最后几天了，从来没把元旦当节过的簸箕人一改常态，家家都在为1979年元旦之夜的醽觥忙得不可开交。

庄人节日的忙乱对立国并没触动，用他自己的话说，“俺腿肚子上贴着灶王爷，站哪儿哪是家，睡牛棚马圈，那牛家马家就是赵老三的住处”。

自他回到簸箕起，30年来，根本就没指望过节能给自己带来什么欢乐，反而越是过节越觉孤苦。今儿个，他仍像往常一样，在日头卡山时就把畜料煮好，拌了谷草，让牛马热热乎乎地吃下肚子，并说：“今晚是元旦之夜，俺给你们多加了豆饼，吃完了舒舒坦坦地等着新年的到来，他们放炮时你们可不要害怕。”

伺候完牛马，他急着从兜里掏出张破损的报纸，借着灶火仔细阅读起来。

“你在看什么玩艺？眼珠子都快掉出来了？”治保李主任两手抄着裤兜，大模大样地迈进了饲养员的窝棚。但立国一点也没察觉到来人已经站在了背后。

“喂？俺问你呐？”来人用靴子尖碰了碰立国的屁股。

“你吓俺一跳。嘿，俺没看什么，拣张破报纸，戳戳得都没模样了，看不清了。”立国见大队革委会治保主任进来了，慌忙把报纸塞到腿裆里夹着，抬头望了眼来人。心想：“他是掌控‘五类分子’的领导，可别抓了俺的把柄。”

“看就看呗，也不反动，是人民日报吧，《两报一刊》，前几年神圣得很，是专门传达伟大领袖和中央文革声音的，绝对权威，直到今儿个还是报王，连逗号都是真理，每句话都代表中央。

“你看你这人，总是小心谨慎的，见人要么是哑巴，要么就骨头节嘚嗦，你怕什么？何必呢？你还真把自个儿当坏人啦？论辈分俺该叫你三哥，照俺爹留下的话，簸箕有良心的人不多，冤枉赵家的人都瞎了眼。”李主任初中毕业，算是庄里的秀才了。

"你……"立国不敢相信刚从耳边溜过的话是真的，太出乎意料了，治保主任怎敢这么说？那不是阶级斗争熄灭吗？

李主任僵着脸孔接着问："你瞪个眼睛看什么？刚才的话是俺爹说的，他不在了，要说没有阶级立场也是他没有，总而言之他不代表俺，就像江青代表不了毛主席一样。可惜啊，爹就一草民，还是刚解放那会儿的话，不顶用，也就表示下老实人的心境吧。可俺总记着不忘，爹说的，儿怎么能当耳旁风呢？"

立国想："专管治安的主任都敢这么当俺面说这话，看来其中必有原因。既然他开口了，我何必躲躲藏藏呢？"便大胆接了他的话尾："你爹说得对，俺赵家确实没罪。再说了，上八代骂街的话，总不该硬往孙子的头上安吧？可俺是上八代都没骂过街，也不知是哪来的精神，全村起哄，昧着良心硬说俺有罪，俺就长一百个嘴也说不过人家，反正我这辈子是不清不混了，还连累了平安侄子，俺死了，谁去为他旁证？白骨也不会说话，俺姐夫姐姐去哪儿也没个信。"

"俺被俘时共产党着急扩军，有的国兵刚被俘虏还穿着国军的衣裳，就把枪口调过去打自己脸熟的，没见谁被六门到底审查过，前头正打着呢？你去外调三年？再说了，证人都在国军那边，你哪儿找去？所以，头都不摇就解放军了。俺怎么都没想到，回来当个老百姓反而比当解放军的上尉还难，查八辈祖宗。行，你倒是去查啊？不去，让俺自己去。真乐子，天下还有这样办事的？"

"如今看，俺确实是没出息，人不认命不行啊，一南一北两条路，俺走反了，耗子往米缸里跳，当福坑了。人家回家是亲朋好友好酒好菜，俺回家连炕沿都没挨上就五花大绑，别人都翻身了，俺一辈子也没翻过身来，王八壳子晒肚皮，甭想翻了。"

立国已把这段遗憾经历刻到心头上了，30年非人的磨难都是自己那一闪念的大错，悔恨终身，难以忘怀。所以，不论白黑还是走坐，这话早已变为他自己与自己交流的第一心语了。

“俺睡不着觉的时候自找宽心，仔细想想也不算窝囊，俺给革命群众当了一辈子活靶子，‘文革’叫口诛笔伐。也好，你动员人家革命总得有个看得见摸得着的活目标吧？没有反动目标，你就鼓不起别人的劲儿来，没靶子不就成了放空炮了吗？都对俺万箭穿心，那也是种做人的价值啊，说不定木靶子的祖宗就是棵参天大树。嘿嘿，俺比鲁迅写的那个阿Q强了百倍，自杀叫自绝于人民，太难听了，活着给全大队全公社，甚至全县人当反面教材，要不俺活着更没意义了，上头还真给俺安排了个适合的工作岗位，别人还真没资格担待这重任，一来他没俺这经历，二来他遭不起这罪。俺是榆木脑子，铁铸骨架，橡胶皮肉，韧藤筋条。”

“哇，听起来你的姿态可比从前高多了。但是话里有话，你不傻啊？所有的明白人捆一起也不顶你一个啊？以前人家按你的头让你说‘俺是反革命’你不吱声，打你耳光子，你能咬破舌头往人脸上喷血。哎？很奇怪，一张破报纸就给你撑了那么大的胆？你怎么就像变了个人似的？那张破报纸的神通怎么那么大？来，俺看看，那上面到底都写了些什么？能让你脱胎换骨可不容易。”主任伸手要夺报纸。

立国火急地将报纸塞进灶洞的火团里“呼啦”点了，并说：“俺可不是反扑，是为激发革命群众的义愤。”

“哼，你是在拿俺寻开心是吧？烧了俺也知道。不就是什么十一届几中全会的公报吗？前几天公社还开大会传达来着，要各级讨论。俺本来还带来一份想问问你怎么理解，结果你还躲着俺。”主任从腰里摸出一张崭新的，“你看？是不是这个？”

立国斜眼瞅瞅，低头不语了。

“你还真行，抢早就看了，把报纸的模样都看没了，俺就知道准是它给你撑了腰，是不是？俺说嘛，你怎么会这么大胆，连讽刺带挖苦，还捎着含沙射影歌颂自己，句句都是反动言论。俺共产党员要看看你拣的报纸，阶级敌人竟敢当面拒绝，往火里扔。”

“主任，你就饶了俺吧，我识不得几个字，瞎看，你可别冤枉好人呐，你就借个胆俺都不敢得罪你呀。你早先不是传达过吗？不许五类分子看报听广播，只能听领导训话，收了工不许走街串门，必须待在屋里，年节假日不得走亲访友，犯了算私通，去供销社买东西要请假，回来得报告。俺是反革命啊，每时每刻都要受贫下中农的监督啊！”

“你装，继续装，你以为俺什么都不知道是不是？你认不得几个字？就你刚刚那番反动言论？没文化能说得出来？俺爹说你上过伪满的国高，一到过年全庄的对子都找你写，还夸你不要任何报答，俺上学时总考不到前几名，他就拿你比俺，骂俺不争气，说俺笨，不用心，说全庄就数你有学文，说你还会说日本话。”

“哎呀，団爹那是想要俺的命啊！俺哪懂日本话啊？俺上过日伪小学不假，可那时候也没有中国学校啊？日伪是初小四年高小两年，俺只念了个初小，屁也不顶，哪是什么国高？高抬俺了。而你赶上好时候啦！是新中国真正的初中生，九年的文化，还共产党的治保主任，大清那会儿叫父母官。俺算什么？历史反革命，五类分子——地、富、反、坏、右，俺排老三，是你的敌人呐，咱俩一个天上一个地下，斗胆敢比。俺比你大十好几岁呢，新旧社会两重天，俺念的都是‘四旧’，还不如高粱米饭有味儿，丢了这么多年了，都忘了。”立国有意把话岔得远点，他知道，只因为人们逐渐觉得他确实越老越胡涂了以后，少受了许多折腾，文革那会儿还真有人要给他再加个特务的名号，只是找不到借口，如真让人知道他懂外语，那脑袋早就搬家了，平安就没人照顾了。

“俺是故意逗逗你，你看你装得真像，上海演电影的那个赵丹都不如你。中央把文革否了，大快人心，你还怕什么？其实这么些年俺总在琢磨你，你要么一声不吭，好不容易逼你吭了一声，可你总是让人觉得牛粪里藏了碗大米饭，糟蹋东西。你绝对说不出‘鹅毛大雨，倾盆大雪’那半瓶醋的话来，肚里有虫藏不住，总是要疼的。你看，今儿个你看了张破报纸就忍不下了是不是？话匣子不用打自己开了，心里憋屈得实在忍耐不住了是不？要俺，俺还比不上你，你还能忍下这口气，俺一定砍他几个以后自己再去死。”

“哎呀，你这后一句话俺没听见。俺就半拉坷圾的一物件，一瓶不满半瓶咣当，躲不过治保主任的火眼金睛，你是专抓阶级敌人的，俺接受监督就是了。”立国的脸上现出苦涩的一笑。

“你看你看，越扯越远，谁监督你了？俺推荐你把持集体的牛马饲养大权，你要是在饲料里放个砒霜巴豆什么的，那满圈牛马不都全玩完了？集体不就毁啦？你如和平安住在一起，总得听村人的烂舌头，受他们的窝囊气，这才提议要你和侄子分住，少些麻烦。平安都汉子了，单过对他是个磨炼，你爷俩分开后人家还讨了媳妇，学了手艺，还给你添了孙子，这不都是独自历练的成果吗？你也不用为那‘鳏夫草棚’操心了，对不对？”

“俺心里明明白白的，为感谢李主任的信任，总是小心翼翼生怕出错，好给你留脸，也好堵堵那些爱说闲话人的嘴，俺哪管是一星半点儿的纰漏都不敢出。俺知道，纰漏要出在革命群众身上那叫失误，而出在俺这儿就是罪恶，属阶级敌人本性暴露，阶级报复，向革命群众反攻倒算。那俺连这牛棚也没资格住了，肯定得进去。那不就让你为难啦？”

“你看，咱村除了你家平安以外，还有几个人懂得‘纰漏’这词的？”主任笑着拍了下立国的肩头，接着又问：“哎？刚才你说进哪儿了？”

立国抹了下嘴巴，笑道：“主任你装胡涂，那还有哪儿啊？”

“你想得可真美，那里面有铺有盖的，还白吃白喝，省得你自己烧火了是不是？你可没资格，进不去，只要俺管治安，你就享不着那福。要换了别人还真难说。”

“咱虽不同姓，可几代都一个庄住着，你说不开膛就知道谁的心肝是什么色那是吹牛，但说知根知底这条，恐不算瞎话吧？俺接手治保时人家第一个就把你这个反革命当重点交代给俺了。你是知道的，历史反革命是永远不能平反的，即使能平反，可权力也不会下放到俺这一层。”

主任的这句话实在是让立国感到意外。主任在前旬还因为耗子啃了舀马料的木勺，骂立国不长脑子，不经心，说集体的东西受了损坏不心疼，整日的装哑巴装老实，心里盼着集体快垮台才好。当时立国低头不语，心里想：“耗子也不听俺指挥，告诉它不许乱啃牠就不啃了？守着料仓，有吃的，连瞎耗子都知道往这儿爬，俺说了几次能不能买几个耗夹子，可他们干部……”

“你要说俺望集体垮台，那就更不贴谱了，要没这饲养院，俺连个住的地方都没有，到哪儿去找不要钱的住处？这些来年，俺只当这院子就是自家了，是寒是暖都依靠它。搞合作化、人民公社、搞大食堂别人不高兴，可俺这鳏夫高兴，给俺解了许多麻烦，俺感激都没感激完，怎么能望它垮台呢？”

“希望集体垮台的正是革命群众，而不是俺这样没家的反革命。他们可是真正出工不出力的主，把偷集体的东西叫拿，连仓库的窗都敢砸，1959年后三年灾害那时，他们连豆种都往家兜，愣是把集体的春种给歇了，等于绝了下一年的口粮。可俺不敢，俺宁愿饿死也不能让人当阶级对头被打死。俺明明看见他们破门破窗地抢东西，公安来问，俺只能装不知道。但干部们明明知道可就是没办法惩治，因为他们的手脚也不干净。说来说去全庄只俺一人干净。但却最不干净……”立国一边回想一边发木地拿眼看着主任。

主任问：“你怎么了？”立国站起身拍拍手里的灰土回道：“你刚才这话让俺感动。咱庄是杂姓，基本都是早先从山东河北移民过来的，互相没个血源，自村结亲的也很少，都是关起门过自己的日子。俺爹活着的时候曾说，在早你家劳力不济，你爹是出名的老末，日子过得最不如心，你娘还常年有病。俺爹偷着没少贴济你们，半夜里躲着别人的眼给你家送点苞米什么的。咱两家没有冤仇。俺哥说，在俺家遭难的时候团爹也悄悄帮过他，那可是最见人心的时候。”

“嘿嘿，俺不该提这个，你就当是风在耳旁刮了一下。俺也不是翻旧账拉拢你，就碎嘴子吧，瞎嘚嘚，漏出来的都是包不住的烂渣儿，那老黄历早就翻页了。”

主任没说话，蹲下拿火棍帮着把烧到外边的柴草往灶里填了填，起身笑笑，故意丢下他带来的报纸转身走了。

治保主任的这一微笑，给立国打下了到死也难以忘怀的印记。

“自从我回到簸箕，特别是被戴了反革命帽子后，除宋社长外，其余村人从来不敢对俺笑着说句话，迎面碰见都怕沾上腥味。30 年来，当面主动来和我亲近的除了长锁他们，干部中他还是头一份。看来，这都是十一届三中全会带来的希望，总是有人拿俺当人看了。”他赶紧抓起报纸，就着灶火的光亮，如饥似渴地阅读起来。

只见，那全会是 1978 年 12 月 18 日召开的，其中有关停止使用阶级斗争为纲的字眼最入立国的心。他不禁想起自己对秦孝公起用商鞅改革变法的“我见”，商鞅确实奠定了秦国富强的基础。可他采纳李悝《法经》施行“连坐”的法律，后患无穷，历来的学人都在大声赞扬商鞅变法的成果，却很少批驳分析他法律中最贻害后人的成分。因此历代统治者都把“连坐”捧为至宝，视其为可让天下安定的最有力的定海神针，直到满清，祸害达两千多年。

“民国说不再‘连坐’了，其实余毒未消，明不连暗连。而阶级斗争更把‘连坐’理论化了，变成了阶级斗争学说，说阶级永远是对立的，无可调和的，无法共存的，只有你死我活，并还要指导全世界，把商鞅的‘连坐’发扬光大了。”

“这种治国理念出自独裁和专制，应该彻底扫荡。但愿邓小平能将其连根拔除。”

立国很是兴奋，放下报纸出门到马槽前摸摸马的脑门，告诉马，你累了一天了，今晚是元旦之夜，该好好歇息一下迎接新的一年了。

当他再次回到棚里后，弯下腰火急地抓起报纸，站在油灯前，学生样地出声朗诵起来。当他读到“要把工作重点转移到社会主义现代化建设上来”“审查和解决党的历史上一批重大冤假错案”时，有点不相信自己的眼睛，反复阅读，一直读到声音越来越微，最后把气声噎到嗓子里，眼泪却一滴滴地沿着脸颊流淌下来。

“这才是领袖的作为，该好好总结30年来治国的教训，特别是‘文革’这样的举国疯狂，要知道百姓心里想什么、爱什么、恨什么、要什么，才能聚拢民意，天下才能稳固。”他自然自语，觉得心里异常的开阔和轻松，起身拿舀子扤了勺水，沾了手巾擹到脸上。

清凉的感觉帮他抛却了岁月的哀痛，他深深地吸了口气，又长长地吹了出去。“有盼头了，平安你知道吗？”他用力地拍了下手，拍疼了，直到这时他才意识到：“噢，俺真笨，人家主任是特意拿报纸给俺送信儿来的，你看，人家这人情送的，政治分量和情感分量都很沉重，时机也好。”

“那俺对人家有什么用处呢？”立国反复揣摩着，“没用，人家是来报答老爹对他家的恩情的，也是可怜我这么多年受的磨难……”

他上炕掀开草帘打开木箱的锁头，把脑袋伸进箱里摸出一本书来边读边自解：“老子说，贵以贱为本，高以下为基。老子早就告诉那些当权的，普通百姓是官爵的根本，高层权人必须靠下层平民做基础，愚民、伤民、吓民、害民就是自毁基础。”

“刚进城时他们还记得，可为什么一转身就忘了呢？墨子告诫人首，江河不恶小谷之满已也，故能大。而当权者处处都要显摆自己是超人，这大河必枯也。还有，管子说，政之所兴，在顺民心；政之所废，在逆民心。这话连孩子都懂，可翻烂了资治通鉴的最高人物为什么不记得呢？让亿万人匍匐在黄汤之中而不觉察，反倒更自以为是呢？”

“此乃深彻之命题啊！”立国仿佛又返龄到那个倾心思虑国事的春华年纪了。

门外“咔嚓咔嚓”踏雪的声响越来越近，立国意识到又有人来了。他赶忙放好书下了炕，但还不放心地又回头瞅瞅草帘是否把木箱盖严实了，才回身把脸转向门外。

来人却是自己的侄子平安，立国估计到侄子的来意了。要是往常，平安必得事先与小叔约了，并得到同意，估计到前半夜十来点钟不会再有人来牛棚了，爷俩才能凑在一起说说心里话。而今儿个，平安事前没做任何暗示就径直进了棚子。

“小叔，你知道有个什么公报吗？人家说咱的冤屈快要出头了！”

“嗨，国乱还没整理完呢，人家哪有工夫管咱这虾米的事？人家说得是党内大案，估计是刘少奇、彭德怀、张闻天、陶铸那些个，那明明是冤案嘛，是排斥异己的争权斗争嘛，却非要安上个冠冕堂皇的理论，叫路线、阶级。连俺这草民都看得出来。”

“咱不光是党外人，而且还是五类分子，你还真把自己当狗头金了？咱在人家眼里连驱邪小鬼儿的名单都上不去。人家也就那么一说，即使他们有闲工夫，你能不能排上号还两说道，也就让你暂时宽宽心罢了。当然，在这个气候下，那些靠整人过活的，也该收敛一下了。如真不让咱揪着心过日子，也算烧高香了，在人前，咱总归是把半拉人皮披上了。”立国之所以这么说，是告诉侄子，不要着急，耐心忍一忍，不要让人看出咱好像已经出头了，那些小人会再使坏招的。

“嗯，俺过来就是问问这个。叔这么一说俺心里有数了。”平安已养成了习惯，说两句就走。立国曾告诉他，为了赵家的后人，千万不要让人知道“咱爷俩来往频繁，不要挂念这个只能给你添累赘的小叔，小叔也不会轻生，为你，爷爷不许俺死，俺就好死不如赖活着吧，又何况如今也没有咱好死的份儿了？俺只想留口气，看看他们明日到底怎样治理这个国家。”

平安刚出饲养棚，村里就“噼里啪啦”地响起了爆竹声。村人开始庆祝元旦之夜了。

立国闻声跑到院外站在高处看村人的喜庆劲头。除了鞭炮，有些家还买了礼花，挂了红灯。他想起1949年的春节，除了赵家丧事不断没心过节外，别人家也是这么热闹，中间隔了整整30年，那次热闹的原因是农家有了土地，吃饭有了保障，乡人不再为肚子发愁了，心里高兴。而今年元旦的欢乐是取消大锅饭，取消阶级斗争，国家不再内乱，分田到户仅是个社会传说就把人兴奋得忘了自己姓啥了。农家这两次喜庆的根子都在土地，只有土地才是种田人的命脉。

可是簸箕庄的主要头头却不懂村民的热情来由，对中央的精神只传达不贯彻，慢得不是半拍，而是无动于衷。

（六十三）

1979年春节前的一天上午，治保李主任敲响了铁管子，招全村男女社员到场园上开大会，要求“五类分子”也必须参加。主任在台上一家家点名，最后才点到立国和平安。点名时，别人都回答“来了”，只有赵家爷俩比别人多俩字，“报告，来了”。这句回应，对立国来说是刻骨铭心的，就比别人多俩字，却半生被人踩在脚下，不得拿正眼瞧人，瞧了属不甘心，妄图与贫下中农平起平坐，因此，在人前，只能瞅地皮。如望了天，就叫阶级敌人盼着变天……凡此种种，说不定一不留神就触犯了“天条”。他已经喊了30多年“报告，来了”，习惯变自然，今天虽是“天恩”让他爷俩能并站在庄民里，允许“五类分子”和贫下中农一起开会，但他听主任喊自己名字时，一脱口仍是那四个字。庄人听了“哈哈”大笑起来，他对这充满取乐和讥讽的笑声也习惯变自然了，对立国来说，这笑声和大批判的呼喊没什么区分，几十年来一直如此。因此，他反倒觉得不笑是不正常的。

可今日，等他爷俩刚喊完，主任却说：“你们爷俩就报告这一次了，下次和别人一样，前边那俩字不要了。”

李主任的话尾刚一收，人群里就哄嚷起来。

“你们安静点好不好？俺再重复一遍，赵立国和赵平安听着，以后开会报到就只要后面那俩字了，和别人一样！”

“他什么意思？治保主任不是管阶级斗争的吗？谁给他的胆子？”有人觉得不正常了。

这时，大队革委会江主任才从凳子上站起来伸手做了个往下压的动作。人们渐渐平静了。

江主任是几朝元老了，自 1959 年宋福来因犯了右倾机会主义错误被贬后，他就接手了社长职务，一直到现在仍在当权。簸箕村的班子曾换过几茬，可他总是一把手。副手和其他成员越换越年轻，像治保李主任，几乎是江主任的隔代人。因此，江主任便被全庄共认为脑袋瓜最活泛的人物，文革期间，还没等群众的脑子转过弯来，他首先参加了“杀杀杀”战斗队，自己造自己的反，上纲上线说自己是走资派，当众痛哭流涕，“噼里啪啦”打自己的脸，坚决和革命群众绑在一起，接着就把早已回家数地垄的老社长宋福来当真走资派推上了前台，因而立国和老社长再次结成了敌我不分的关联，一个被批，一个陪批。到“革命大联合”了，江第一个站出来和对立派握手言好，批判自己受宗派主义毒害太深，感化了解放军宣传队，争得了首任大队革委会主任。如今，又成为否定文化大革命的积极分子。

“文革”被否定后，许多人希望江对自己能有个恰当的评价，可他总说“毛主席说文化大革命就是好，你们谁敢说不好？连邓小平给毛主席的检查都说文革好，俺说好算什么？你敢反对毛主席？”弄得别人没法反驳，并一改常态，有空时一家一户走访，虽解决不了问题，但赚了个亲乎，让人说不出他有不良企图。但班子里的年轻人却对他的为人很不服气，“哪管你当众检讨几句，给老社长赔个礼道个歉，也总算有个态度。”但江总软磨硬泡，用时间去耗损那些对他不依不饶的斗志。

江主任瞭望了一下台下吁着白气的脑袋，干咳了一声，说：“天儿冷了点，大家坚持一会儿，好事不怕冷。十一届三中全会公报刚发表，接着就好事连续起来了，听说以后就喜讯接茬跟着不断了。俺长话短说，今儿个就有份出人意料的红头文件，你们猜，会是什么好事？”

人们交头接耳，有人议论“卖什么鸡巴关子，俺个爬草皮的，谁知树上那几只鸟哪公哪母？关俺什么好坏？你有屁快放吧！”

是“文革”让人门瞧不起江的，更是“文革”让平民学会了蛮横粗口，对什么都满脑袋问号，不再迷信崇拜谁了，甚至连自己也信不过。“俺把楼头的海龙王都砸了，逼得天师和看庙的跳了崖，也没见神仙出来给谁治罪。以后可甭扯那鸡巴蛋了，‘领导、权威’，咱谁都不在乎。”这就是经历了“文革”的庄人的普遍心理。

江主任对台下的哄嚷早就见怪不怪了，故作姿态地拍了下桌面，说：“中央决定，自这个月起，中国就再也没有地主和富农分子了，大家都是一样的人民公社社员，平等了，他们戴的那个白布黑字胸章，回家点火烧了吧，他们的子女就更不用说了，老子都社员了，那崽子肯定也得是。还有，给国民党起义、投降的人员落实政策，蹲笆垒子的都统统放回家和老婆睡一个被窝儿。这是不是好事啊？”

人们哄笑着骚动起来，有人说“那不就变天了？”也有人说“明君都搞大赦，说明天下太平了！”还有人说“戴白胸章的要是多了，共产党的冤家对头就多了，冤家对头多了可不是好事！”大多人都认为“整天你争我斗的，让老百姓提着心过日子，不得安生。”另也有人高声问：“那赵立国到底是起义的还是投降的？”

“好啦好啦，大冷天的，咱就不再讨论和提高认识了，你们的议论俺都听见了，也就那样，一致拥护，坚决照办。但俺还得说一下，咱村没给地主富农划过成分，也没有起义投降的，更没有蹲笆垒子的。当初上级组织要求每个村都得有个阶级敌人，不然，阶级教育就没法开展。赵立国本来是投降的，但后来上头给戴了顶历史反革命帽子，给他侄子挂了个坏分子的胸章。可是这两类在这档里没规定，所以，经请示，目前还没法摘牌，估计也戴不了几天了，前两类剥削分子都平反了，后三类连民愤都没有，还能总戴着吗？囝爷俩就再委屈几天吧，大家心里明白就行了。俺也不主张树那么多对立面。是，你有权，人家不敢怎的你，但心里和你作对也不是好事嘛。”

江主任说完坐回原处。治保主任上前宣布“散会！”这时有人却喊了一声，“那他们爷俩的白胸章到底还戴不戴了？”

江主任刚要起身回答“先带几天吧”，李主任就抢先大声回道：“扯了，现在就扯了！”

平安赶紧跑到立国跟前，一把撕下那个让人没法挺直腰杆的白布，接着又拽了自己的那个，抱住叔叔哭道：“叔，咱现在就去趟爷爷的坟茔地吧，告诉他们别再牵挂咱了。”

立国抚摸着侄子的头，回道：“不急，白章没了，可那名号还在。孩子，等等吧，等彻底了，咱再去给爷奶、你爸妈和伯伯他们报报平安……”

天儿冷，人们顾不得看赵家爷俩的反应，跺着脚四散而去。有的年轻人在路过赵家爷俩身边时还要着鬼脸逗乐子。也有年龄大的留话说：“不急，安逸些，谁会拿他们那玩艺当令箭？”这些话对赵家爷俩来说，都是以往求之不得的暖心举动。

宋社长的儿子富贵近前告诉立国，父亲已躺倒在炕上好多天了，他让俺告诉你，国情变了，好好活着，望你保重。还说让你戴了这么多年的帽子，他有责任，是一辈子都觉窝心的事，没能照顾好你，对不住嘟噜哥哥。

立国拉着富贵的手要他转告，不要遗憾，那不是他一个人能阻止的政治风潮，文盲太多，人们多半无知，只知活着就为吃饭，而不知吃饭为了什么，有奶就是娘，没奶乱嚷嚷，跟着起哄不奇怪。俺还没摘帽，不许串门的规定没废，不能去家里看他，要他用中药调养，放宽心，不要把过去的事窝在心里，人生只有命是自己的，其他全都白扯。

富贵点头走了。立国回到窝棚后心想："老社长还不是'五类分子'，一生勤勤恳恳，也窝囊了大半辈子，他那苦是说不出道不明的，而我是明摆着的，顶多没有自由和什么选举权，如往深水里瞅瞅，江主任他真有自由吗？鬼都不知道，比我还难受，一直被形式操弄，上三烂的发令，下三烂的当奴，送礼请客，瞅着主子的脸色说话，还不如我。不管怎的，如今我总是又往前挪了一步，还是值得庆幸的。"他把擦净的铁锨放到火里，抓了几把黄豆在上边烤着。

幽幽的豆香弥漫开来，他吸着鼻子，一粒粒慢慢地咀嚼着。在漫长的冬日里，每当他觉得心情愉快时，总是这样边嚼边琢磨明日会怎样，或是回忆自己那一幕幕过往的经历。他找出搜集的香烟纸盒，专挑中华牌的一个个整理好。

从此，立国就在烟盒的白面上用铅笔一一记下他关注的大事。重点部分还用笔尖沾了吐沫加重了笔迹。

1. 宽大释放在押国民党县团以下党、政、军、特人员;（注: 国共是兄弟，不该再仇恨了。但文革揭发我是阶级斗争熄灭伦）

2. 恢复小商、小贩、小手工业者劳动者身份;（注: 投机倒把不是罪了，那为什么还不给平安摘帽）

3．落实知识分子政策；（注：念书人有用了，国家就有希望了。可惜我的岁月不多了，许多想研究的问题都力不从心了）

4．1979年3月30日中央召开理论工作务虚会，确认经济比例严重失调，着重解决经济体制问题；（注：这才是民生的根本）

5．1979年4月中央工作会议确定用三年时间对国民经济“调整、改革、整顿、提高”；（注：文革已把国家的家底败光了，经济链条断毁了，政权不稳，民心不安。此乃十万火急）

6．1979年9月十一届四中全会通过《关于加快农业发展若干问题的决定》，一些省市学习安徽凤阳小岗村和四川的“包产到户、包干到人”的大包干责任制。（注：种地的有了积极性，国人才有饭吃）

7．1980年9月中央下发《关于进一步加强和完善农业生产责任制的几个问题》，要求全国因地制宜地放宽农村政策，完善生产责任制。（注：让农民吃大锅饭，越吃德性越差，损人不利己的坏事就会泛滥成灾，越吃人越懒，越懒就越穷，越穷社会就越不安定）

“真有你的，这国家的事都一笔笔记下了，你想干什么？”治保主任从立国的铺毡底下摸到了烟盒。

“又是谁告的密，你一来就奔这土炕？”立国不想让主任靠近自己的炕沿，但来不及了。

“人家不是告密，是夸你进步。说别看没给人家摘帽，可学习中央精神，全村没一个能比得过赵立国的。说也不知你从哪里捡了那么些中华烟盒，在烟纸的白面上记笔记，不仅艰苦朴素，而且热爱中华，政治上进。”

“这烟盒大多是江头儿扔的，他当了几十年村官，差不多一天一盒，俺就跟着拣了好几十年，还有你们干部开完会的会场，不是也要俺打扫吗？”

“他们这夸法让俺害怕，还没听说允许反革命热爱祖国，大多人都认为反革命是没有祖国的。主任，你可千万别夸俺，枪打出头鸟，可别再搞‘现身说法’了，让人藏不得躲不及。俺只是脑子不好使了，用来备个忘。这人眼真毒，总盯着俺有什么用处？一个快去坟茔地放躺的人。”

“好事你躲啥？等俺给你个本子，在烟盒上写多别扭？而且还单拣中华牌的，让人多心，以为你对政府有意见。”

“俺可没别的意思，别的烟盒不禁揉搓，中华盒结实，扔也扔了，翻过来用一样。唉，也就记这么一段吧，说不定哪天就丢了。”

“哎？你还没告诉俺你是什么时候认识这么多字的，你都这把年纪了，学得还这么快？给俺传传经好不好？还有，你记这些事干什么用？一个种地的，只要知道有那么回事不足够啦？还备的什么忘？你就全忘光了又能怎样？”

“主任拿俺寻开心不是？不怕你笑话，俺是鸡抱鸭子操不该操的心。俺怕政策多变，从头次土改起，总是不能一贯到底，今天看是对的，明天又说错了，把老百姓变怕了。俺记它主要是想看看上面是一时心血来潮？还是持久不懈，是步步深入？还是浅尝辄止。”

“就拿‘五类分子’的帽子来说，一句话戴上，一句话摘了，是戴错了还是摘对了？错对都该有个说法对吧？错了追责任，这不是儿戏，事关人的一辈子，关系到全国几千万人的生存权利。你单个看某个政策看不出以后的究竟，兴奋一阵儿就完了，可你连续起来看就能看出门道，看到长远。咱不是被折腾怕了嘛？管不了别人，自己个儿也得有个小九九不是？”

“还有，俺想看看平安的帽子有没有可能摘了，得估摸个大概的时间，好让孩子安生些。俺对不住孩子啊，更对不起哥嫂。”

“那你自己呢？”

“俺说了你不信。一个经历得多了的人，把世道都看透了，无所谓了，古人说六十不死该活埋，眼见俺都被埋到心口窝了，蜡油快焐干了，灯捻不高了，点不了几天了。只希望平安他能平平安安。古话说，平安是福，过年要写成横批贴到堂门框顶，平民平民，你没看古人造字的意思？那平字平得是升斗米谷，那民字是持戈护法的活尸，人不怕穷，只要地里长草就饿不死，就怕不得安宁，鸟都知道不愿惊恐，又何况活人？”

“这人心呐，不怕被真刀真枪去戳，一下戳死就什么都不知道了，痛快。只怕看不见的暗箭来穿，在精神上折磨你，要你死不了活不成，那才是人世间最狠毒的整人手段，比车裂还残忍。”

“你终于说了常人不懂的道理，难得啊！不过，你不要悲观，俺会向上面说的，只要俺还当这个治保主任。还有，人家全国都分田到户了，咱这儿还能拖多久？你看呢？”李主任急迫着问。

“俺不知道公社和县里是怎么想的，落实政策总喜欢留个尾巴。是为扯着方便？还是怕车轮倒转？反正咱簸箕是拖不得了，潮流在那摆着，这大锅饭是越吃越穷，人懒地瘦网破，整个民族都无精打采了，连喊爱国口号都懒得张嘴，那这国家还有什么希望？”

“你呀，要是我，就按人家安徽小岗村那魄力去办，十八户人家七户房子没门，十一户的门是高粱秸上抹牛粪做的，十八岁大姑娘没裤子穿，只能盖块破布坐在炕上。你还没穷够吗？人家老毛不是说‘穷则思变’吗？咱都穷了几十年了，怎么就不思变呢？说搞阶级斗争就是思变，都搞了三十来年了，变了吗？越搞越穷，把人心搞得七零八碎。”

“我建议你大胆干一场，签生死状，你不要等姓江的，他是既得利益者。文革本来该批斗他，可他把不关事的宋社长拉出来垫背，落井下石，江决不是个好鸟。俺大哥大嫂的死，平安的那个帽子，都和他有关系……”立国突然硬挺起来。

治保主任也不知这个“反革命分子”今个儿是从哪里来的劲头和骨气，

一时间转不过神来，木瞪瞪地望着对方的脸。

棚子里安静了好一阵子，立国见主任没立即回答他，怀疑自己是不是看错人了。“俺虽然不再挂白布‘幌子’了，但仍然是个历史反革命，还关心那么多事，人家会不会说俺是别有用心呐？领袖不是早就说了吗？‘凡是敌人拥护的我们就要反对，凡是敌人反对的我们就要拥护’。一个反革命公开表示拥护十一届三中全会的决议，这会让人为难吧，到底谁对？该怎么挽回？”

他想了想又接着说：“主任，俺不知山高水深，想了不该想的事，说了不该说的话。你就担待着点儿吧。俺有个心里包袱一直抖不开，俺是你们的敌人，你说十一届三中全会俺是拥护好？还是反对好？很为难，不表态上边说不行，逼你表态，那俺怎么表？要照领袖说的那个‘反对、赞成’，俺怎么表都不对。”

主任抬眼瞅瞅立国，说：“是的，你说的确实在理。不明白的还以为你是在瞎咧咧泄私愤呢。”

主任的表态鼓舞了立国，“主任，你想想，什么都不要绝对化，绝对化就会走向反面。‘文革’批斗俺，革命群众每次都高喊领袖的‘反对和赞成’语录，要我哈腰反省。可我没想别的，就琢磨这语录是不是‘放之四海而皆准’的。我和宋社长俩低着头冲地议论，不信你也琢磨琢磨，林彪的这句赞扬有问题，经不起推敲，不可到处搬用。说‘文化大革命就是好，好得很’，谁唱反调谁就是反革命，死无藏身之地。结果呢？中央下档把自己做的事彻底否定了。那到底谁是反革命？谁下地狱？绝对了，把自己的退路给堵了。”

“我给你说这个的意思是，世上有许多事的好坏评判不能绝对以阶级标准去定性。十一届三中全会说不搞阶级斗争，一心一意抓经济，这谁都得喊好，你就是让美国鬼子表态，他也没有二话。这说明共产党和国民党可以就某件事同时都说好。比如全国一心抗击日寇，那不好吗？即使国民党说了，你共产党也得说好啊？要不好，哪会有第二次国共合作？把个人神化了，咳嗽一声都真理，金口玉牙说一不二，那还共个什么和？大宋包青天和仁宗辩论，把吐沫都崩皇帝脸上了，宋仁宗仍委他以重任，这不是故事，是历史记载。如今的官员怎么还比不上古人呐？”

李主任觉得立国肯在他面前这样直爽地表达自己的内心的确不易，几十年的哑巴终于说了心里话，而且说得全是道理，没有敌意。他抓过立国的双手，眼含深情地说：“三哥，俺知道你心里苦，今儿个你在俺跟前发什么牢骚俺都理解，俺也算是满肚牢骚没处发的主儿。求你了，三中全会都开过两年了，可县里光传达没行动。眼看着人家外地轰轰烈烈地改革，咱心里能不急吗？都是人，咱怎么非要挨饿受穷？人家别的地方早就没历史反革命和坏分子了，可你和平安还背着包袱。你说得也是俺的心里话，俺干了，看他们能把俺怎么样……但，集体没了，你……”

立国被李主任破天荒的一声“三哥”叫得热泪盈眶，他拍着主任的手回道：“小事，小事，咱全庄百户人家是大事，都富了，大家就安生了。俺爷爷俺老爹活着的时候就是这么告诉俺的，这是家教，所以给二哥起名叫立邦，不要忘了邻邻居居的安生。主任，你就放心地再去搞第三次土改吧，我敢担保，除了姓江的就没一人反对。你要学会用技巧，事先多和人沟通，特别是那些年轻人，等江再召开大会时你就当面把这提给全村，多让主张分地的铁杆出头露面，只要大家一致拥护，又是中央精神，谁敢反对？如有人能来抢俺这顶帽子，那俺可就轻快了。”

主任满意地拍了下立国的肩头，“三哥，俺不会让你失望的。爹没看错你，他临走还嘱咐俺，千万别祸害立国一家，别和那些没心肝的扯到一起。俺有时出于无奈，说你几句，但没一次是从心的。打今儿个往后，在你眼里，俺和平安都是你的亲人。”

（六十四）

当年二次土地改革的全部农资都属私有，而今日的农业生产责任制，农资仍归集体，分的仅是管理和使用权，老百姓虽不十分明白两者的根本差异在哪里，但都觉得和私有没大区别，“俺愿怎么干就怎么干，别人管不着了”，仅此，热情便和当年的土改一样，劳动积极性日日高涨。有人说集体还在，可大多人说“谁还会拿它当回事？也就个摆设，空壳一个”。这是江主任最不愿看到的自认是自己经营多年的大集体结局。他想：“挂招牌的集体有什么意义？”

但老百姓没想那么多，更不是江主任那样的看法，他们只求从此自己不再听队长吹哨出工，可以和工分那怪物彻底决裂了，不再受害了，不再辛辛苦苦地养群白吃饱的，不再越干越没盼头了。新政策好就好在从此让那些靠刮集体自肥的人彻底断了想头儿。

就在虎山公社“群众催办，干部怠慢”的“攻守相持”阶段，《人民日报》再发评论，逼簸箕庄革委会不得不在腊月初再次召集全村大会传达中央精神，说“包地包产到户是社会主义集体经济的生产责任制”，官方声音把那些情绪消极的人彻底噎成了哑巴。

治保李主任等江主任刚一念完文件，就立即借势站出来大声呼喊了一句：“光喊不练光学不干行吗？”

村人一齐应道：“不行！”

“那咱该怎么办？”

众人同声回答：“照小岗村和四川省那样办！”

“什么时候办？”

一帮年轻人挤到台上：“明天就办！”“不行，现在就办，谁要不干，就滚蛋！”

庄人纷纷往台上涌，江主任一看傻眼了，架不住十有九层多的人都主张单干。

李主任转头问江：“没办法了，群众积极性比咱高，该你拍板了？”

江主任知道自己已经落进治保主任设置的套子里了，但怎么回答庄人呢？

他确实很不甘心，想想才说：“咱还是和公社革委会一起动作吧，上级的意图咱还不知道，也该服从统一指挥才是，共产党不是历来强调行动统一吗？”

还没等江的话尾落结，又有几个年轻人跳到台上，领头呼叫：“中央的意图你不知道？那你还当什么主任？人家小岗村等过上级指示吗？谁和他们统一过？你们那些干部都是喝社员血的，再等下去俺还不都得被你们喝干了？你说句敞亮话好不好？别呜呜啦啦的，你还能不能拍板了？要不能拍俺大家立马再另选一个敢拍的上来。”

经带头者这么一较真，江主任自知回旋不了了，便站起来大声说：“好，俺不和大家二心，分，俺坚决支持，咱也当回小岗人，今晚咱就开队务会，拿个办法出来，公社来问俺挡。”但心里却想：“是谁给治保主任出的主意？平时谁有这么大的胆儿？”在回家的路上，他把值得怀疑的对象一一在心里过了遍筛子，还按主次排了队，“难道最后一个是他？不像，他也不敢呐？分集体对他最没好处啊？可他确实是个藏有心计而故意装傻的主儿……管他呢，宁肯怀疑一片也不放过一头，凡进了俺的名单的，你就甭想分到好东西。”

当晚队务会议决定的分配原则基本是：鉴于簸箕没有地主富农，

最大是中农，土地重归原主。而船只、车辆、耕具和牛马经过30年的变迁，一是原物早已面貌皆非，二是大多都已更新换代，只能几户合用合管。

当分配饲养院的棚户时，治保主任建议，“也没有几间，又破破烂烂的，根本不值钱，如大家赞成，干脆就分给赵立国算了，他也没个住处。”

江主任却从中看出治保主任的用意，心想：“你是在拿集体的东西报答给你出主意的人吧？没门！连那五亩地也不能赵家爷俩全占了，给它个一分为二，另在远处切块给他，让他跑路去，或是把拆了棚子的饲养院给他，地都踩实了，要种庄稼，翻土就得三年，前两年颗粒无收。”于是他说：“赵立国的历史反革命帽子还戴着吧，谁给他摘了？他阶级敌人的身份还没改变呐，你敢照顾他？我看还是把那些棚子拆了好，把草和木头给大家分了，人人有份，哪怕只够烧把火的也算公平，立国对那院子倒是感情很深，可以做田亩分给他，老赵家不是会种地吗？他如能在那儿种出高产来，至少是虎山这片的劳模。”

其他成员都说这不妥，人走马踏近20年了，硬得像石头，有心的会骂咱故意整人。

江主任说：“那院有二亩多地啊，那就把嘟噜原有的五亩切一半给别人，再在东畔分他两亩半给赵家，院子白送，这够意思吧？”

还没等治保主任开口，其他成员都说这还说得过去，至少面上好看。

治保主任知道这一步自己失策了，等没人了，他找立国说自己还是嫩，想给三哥分个安身之处都办不妥。

立国笑笑，说：“分是大节，让大家不再受害，这是天理。江主任家里过得扑扑腾腾的，村人是干怀疑就是摸不到人的把柄。没了集体所有，他的财路从此就断了，通天的线路没钱维护了，大中华抽不成了，俺也捡不到他的烟盒了。他发狠可以理解，对我来说小事一桩，村子这么大，还能冻死我？俺不是还有平安吗？地远点近点无所谓，别人能跑咱怎么不能跑？把饲养院给平安，俺还得感谢老江，他只知道地硬，却忘了那一大圈围墙，里面种点什么都安全，有劲儿慢慢刨呗，一年种半亩不也偏得？他坏心办了好事。”

李主任听了对立国又有了进一步的理解，这老头的确不一般，心胸阔达，头脑清楚。

在拆饲养棚那天，立国很是留恋，眼里一直含着泪珠，里里外外不停地走着、瞅着，摸摸这儿，拂拂那儿，眼看着一头头一匹匹和自己朝夕相处的牛马被人牵走了，有的还是他从幼崽扶养大的，就像孩子一样，那些畜生在回头望老主人时，似乎还流着眼泪，立国心如刀割，不敢再看下去，便将自己远远地挪开。但还是不死心，坐在半山坡朝院子望着数着，“俺接手时不到 40 头牛马，现在是 70 多头了，只俺一人持候，白黑不得闲，但俺不觉得累，个个都像心头肉……”他的回想被一声声牛的闷叫和马的嘶鸣牵往远处，让他不得不双手捂面，痛惜不止。

直到眼看着自己的住处塌落在一团冲起的尘烟之中时，他终于忍不住号啕地哭了起来。

冷风一阵阵刮过，这让他感受到心灵无以寄托的冰冷。“没了集体，我才是受伤最惨的人，那座院子朝朝暮暮和我相处，唯有它能接纳俺包容俺，从不抛弃俺，拿俺当人待……”

立国低下头，用手指划着腿间的雪，写个“人”字，并抹了再写，心想“这人字的撇捺是软的，弯立不倒，其中的至理十分深奥，它要是直的，看上去坚挺不苟，其实很累很艰难，先人造字时就告诉你，做人要揉要韧才能立得起来。我怎么早先就没发现这其中的奥秘呢？”“太晚了！”他把最后这仨字说出了声。

“什么太晚了？”

立国抬头一看，是贾厅安，想起身离开。但“吹巴”却扯住了立国的棉衣角。“心胸甭那么狭小，团不是宰相的坯子吗？”

立国犹豫了一下，仍坐定在原处，不想理他。

“咱都老啦，到这会儿再想想以往那些恩恩怨怨，实在是没滋没味，俺很后悔，人一辈子就这么几十年……”“吹巴”做了个要与立国牵手的动作。

“吹巴”的话和举动令立国意外，他不由地抬眼看了下贾。他已很久没这么近距离看这发小的老同学了，只见“吹巴”满脸深皱，下巴密布着花白的胡茬，上眼皮有些耷拉，下眼皮像包个鸽蛋，眼白泛黄，牙根粘着厚厚的烟釉，嘴角还和原先一样下咧，总是看不起人的表情，气喘仍然很粗，即使是急冷的风，也刮不去他呼出的浓浓的卷烟炮味。

“看集体没了不太安逸？”

“吹巴”的这句话让立国心烦，以为他又是来幸灾乐祸没事找事的，心想：“人话刚说完就变味了，真是天性难改秉性难移。”

“对眼下这光景可能全村只俩人不如心。”他瞅瞅立国，见立国面无表情，仍继续说，“俺知道团不愿搭理俺。可俺得告诉你，这俩人一个是你，一个是俺，不对，该是三个，还有江主任。团从此没家了，俺从此没法偷懒了，江从此没处捞了。这话你听着满意吗？实话。”

立国怎么也不会想到“吹巴”还会这么诚实，这才艰难地显出了一点笑样，但仍双手抱着膝盖没搭腔。

“俺爹活着的时候总瞧不惯俺，白黑地骂。你可不知俺那个烦呶，摔门就走，怀里揣着骰子，出门就想赌。俺也知道那样不好，要是好那全村人不都去赌了？伪满时也不是让你随便赌啊？说明赌肯定不是正经人干的。输了俺就恨爹，要不是他骂俺俺怎么能跑出去呢？现在回忆，自己开窍太晚。你是从小开窍，俺是到拉屎都蹲不了坑了才开窍。”

“俺这一辈子啊，说为人坏？也没坏到戴坏分子帽儿的份儿上，说为人好？那全村人都摇头。俺爹就说俺不是好人，一准是上辈祖宗做了什么对不住人的事了，才生俺这么个赖皮。爹挖苦俺，说要再早点出生，都能给小鬼子当狼狗，屁本事也没有，但能在那些瞎了眼的官员面前狗仗人势，贾家祖宗没一人有这本事，只俺有。爹这话比给俺戴坏分子帽儿还难受，爹为俺不知哭过多少回。今日想来真对不住他老人家……”他偷眼看看立国，“你别多心，平安的坏分子帽子那是政治帽，和人品没关系，全村谁不夸平安懂事？俺是真的坏，万人恨。只是出身贫下中农，是土改曾组长送俺个安全套，不然……”

立国听出贾厅安的自我贬罚的确出自内心，顿时把30多年积下的印记一抹而光。他使劲地拍拍贾的手，笑笑说：“知道就好，改了更好，现在时兴炼人，别进了火化炉还心满意足地躺着等烧就成。”

“老同学，你终于开口了。俺爹活着的时候就要俺去你家磕头道歉，说俺做过分了，天地良心都烂了。俺一定得把爹的话告诉你，要不没脸去阴曹地府见他。头次土改从団家搬的那些东西多半都叫俺卖钱喝酒、赌了。団家那四块黑石头被曾先生拿走了，说是上缴，俺也不好去打听他到底上缴了没有，俺寻思还有上缴石头的？笑他拿驴粪当牛宝。”

“老婆说她没脸见人，爹说他死不瞑目。可给団戴反革命帽，还有大叔和立邦他们的……俺确实主导不了，只是跟着曾、曲，还有卞起哄罢了，肯定也有罪……”“吹巴”说完就跪到立国面前，“俺给団赔不是了，你大人不计小人过，这事瞒了你几十年，但瞒不过天眼。人命关天，俺有罪，曾、曲他俩罪更大，卞是个野心家。你别看俺跟没事人似的活着，但心里别扭啊！”

“俺还得感谢共产党的那些政治运动，断了俺的赌瘾，你就想赌也没人敢来和你凑局子。団是次次运动都插翅难逃。俺一开始还偷着乐，后来越看心里越不忍，俺清清楚楚，什么历史反革命？就是曾和卞硬给你强加的，结果让団一辈子都没得好……俺瞪着眼硬给你琢磨出那几条罪来，编瞎话连心肝肺都烂了，现在看看，你说的都是对了，俺心里倍儿清……”

立国对头次土改的那些无聊勾当早就淡去了，只是对亲人的伤害和政治上让他毕生不得翻身，并祸及后人的莫名打击深入骨髓，只说：“你用不着这样，俺都忘了。咱两家老辈人没有怨恨，你爹骂你是叫你不该制造仇恨。但你的个性与你长辈不同，为人妒忌成性，自以为聪明，好吃懒做。你该记着的是，为人要宽宏向善，别落井下石置人于死地而你乐，其实你也乐不起来，只一时痛快，过后你还是心里压着石头，舒服不了。至于俺爹俺哥嫂还有金子的冤魂不散，那是世事的逼迫，即使是你和那位组长所为，就像你说的，法律不肯追究你们，草民能有什么作为？”

“是是，团能谅解俺，俺闭眼也安稳了。老了不图别的，只图个心静。”

“一辈子总让人小心你，谁和你在一起都没个真话，即使老了，心也难以安稳……不过，你想过没有？这人身上的恶性也不是说发作就发作的，好人也有恶性，它得有条件有机会才发作。头次土改和合作化，特别是公社化，还有那些专门整人的政治运动，都给你这样的人创造了发作的时机，让你恶性膨胀。我以为你头次土改能接受教训，哪知你合作化又死鱼睁眼，比上次闹腾得还凶。”

“你说把公社拆了只咱俩不中意，这对。但性质根本不同。我是生活不方便了，你呢？是懒人没法磨洋工了，偷鸡摸鸭找不到地儿了……”

“但你还是不简单，让我感动，到老终于良心发现了，没白读那两年书。你还记得那位信教的日本老师吗？他可不是日本鬼子……他说过，有了罪孽不肯忏悔，到死也不肯，那谁路过他的坟头都要撒泡尿再走，那你的魂灵不就总是乌头垢面满身臊臭了吗？”

“团真是圣人坯子，俺万万没想到立国确实是像俺爹说的那样，绝不是小肚鸡肠的人。俺对不住团赵家。文革时是媳妇要拿刀砍她自己的脖子，俺才老实了一点。那个什么无政府很对俺的脾气，每次批斗团赵家，要不是老婆孩子不想活了，俺都会参加。现在想起来总觉得良心过不去。多亏羞辱立春两口子的事没有俺，要不，俺的罪就更大了，还不如吊死算了……”

“俺知道文革时你没出来糟蹋俺。俺还觉得奇怪。”

“唉，老同学，团说俺以后这心还能总悬空着吗？”

“不会了，你变了，你该感谢你的老爹，他骂你当时没有作用，但有后劲儿。还有个能帮你分清好坏的老婆，家有贤妻男人不遭横事，再是孩子都不随你。否则，你不会良心发现的。”

“好吧，俺谢谢团能原谅俺。俺回去一定把团的话告诉老婆孩子。过年给爹磕头时还得给老人家说说，让他放心……团就一个人在这儿再安静一会儿吧，俺就不打扰啦。不管怎样，俺还有个家门开着在等俺，可团……以后有用得着俺的地方，就吱一声，别忍着，不要把那个历史问题当回事，村人都木了，上头说不说话俺们都没拿团当外人。上头连解放台湾都不提了，天下还不知怎么变呢。”

“谢谢你来给我精神安慰，你还是有特点的，敢来安慰我的你还是头一个。”

贾斤安听了笑笑，起身拍拍粘在屁股上的草和雪沫子，对立国点点头，撂了句“团本是簸箕庄的人精啊，可惜啊，没赶上好时候，也没遇上好机会和好人。”扭头朝坡下走去。

立国看出，“吹巴”这会儿的走路姿势就像卸了千斤重担似的，脚底没那么沉重难拔了。

对立国来说，那么仇性的“吹巴“都来向他认错，这还真算是他苦难中的蜜甜，仿佛心灵获得了安抚，无意中增加了他活下去的信心。他想，我不会再想为什么还不快死了。为了平安侄子和孙儿，活着就等于这家庭“私塾”仍然还能办下去，在孩子那里还有价值，不能给孩子增添多余的负担。

（六十五）

立国赖以寄身的饲养院没了，原以为那里就是自己的养老院了，现在可好，连住处都没了着落。平安要他搬回家一起住。可他坚决不肯，他不愿让侄媳英子难为，人家好好的家庭成分，非要嫁给“坏分子”，苦了这么多年，从没嫌弃过侄儿，十分难得，背着压力给平安管家，供孩子读书，现在又分了土地，家里家外劳累，再照顾个没用的老人，“俺说不过去。”可立国又想帮孙子是福温习功课，不让侄子两头为难，坚持要搬进离平安住处不远的苫棚里。

苫棚原是平安养兔的窝房，四周的墙是用捡来的块石干垒起来的，为了通风，不让兔的粪尿积臭，石头之间没塞泥巴。棚梁只是几道树杆加茅草，怕风刮，又压了板石。平安好几次都因为偷着养兔被江大队长割了“资本主义尾巴”，还拉到人民公社的台子上去低头认罪，晒过赤裸裸的太阳。队干部说本来兔子尾巴就长不了，你赵平安还一犯再犯，屡教不改，真是狗吃屎的本性，永远不得平安，便罚没了他所有的养兔用具和种兔，拆石怕墙倒伤人，棚子这才逃脱了被毁的噩运。

立国犟着非要住苫棚，还开玩笑地说：“俺就是属兔的，俺也没长尾巴，不拍扯。”平安理解小叔是在把侄子的遭遇变成笑话表达不平。

“可世事都发展到今日这步了，你不是和自己过不去吗？”平安劝说。但说也没用。侄子只好把苫棚清理干净，石缝塞了泥浆，搭了土炕，铺上干草……

“分田分船”后，虎山公社紧接着就按上级的要求给“五类分子”中剩下的三类摘了帽子。当众宣读时，平安想起当初在戴帽会上的情景，他曾问江大队长，“五类分子”是什么意思。

江听了“哈哈”大笑不止，说：“你这个五类分子，连自己的敌我性质都不知道，真该好好给你办办学习班了，否则你是不会接受无产阶级专政的。”

平安反倒乐了，继续问：“哪五类才够得上分子？你一个劲地敌我敌我，‘我’是指俺赵平安，但俺的‘敌’是谁呢？”几个干部听后脑子一时没返过劲儿来，等吧嗒出滋味了，气得拍桌子跺椅子。

平安走上前去安慰：“看把你们急的，一时半会儿想不起来没关系，俺也不是现在非要个结论。”心里却在想：“村民绝不会把俺当敌人，既然俺不是老百姓的敌人，那怎么能说俺与人民为敌呢？还要人民监督俺，只有你们几个当官的才把俺看作敌人，你们制造那么多敌人图的是什么？”

直到这次“摘帽”，平安才知道，自己之所以被学校开除，就因为当官的早早就结论说，“赵立国要是死了，咱簸箕拿什么当抓手？不行，得早做安排，别人没辫子可抓，只能拿赵平安说事，他小叔是历史反革命，得想法让他服，不然咱就没了吓唬人的家私了。”

现在帽子没了，没顾虑了，这次他可真该大胆问个明白了：“江主任，什么叫坏分子？坏分子是个什么罪名？前会儿你还在割俺的资本主义尾巴，你见过资本主义吗？资本主义长尾巴吗？专政大权掌握在你们手里，资本主义要像俺这么穷，有什么可怕的？革命是革四大家族和地主恶霸的命，俺穷得连裤子都穿不上，老实得你骑着都不敢抖一下，你革不革俺这命就根枯草，有捞头吗？”只问得江主任张口结舌面红耳赤，想了半天才说：“破坏集体生产啦，拿摸集体财物啦，出工不出力啦，投机倒把不务正业啦，乱搞男女关系啦，偷鸡抓狗啦，等等吧，都属坏分子。”

平安听了气愤地回道：“照你这标准，咱庄就‘吹巴’够格，但你拿他没办法，俺什么坏事都没干过，即使干了也不是敌我性质，你凭什么叫俺受那么多年的委屈？”江只好说：“你不是私自养过兔……”他的“子”字刚要出口就立即打住了，忽然想起，现在连个人办养兔场都符合中央精神了，而且还要鼓励，他才养了十几只……便改口说：“所以才给你摘了坏分子的帽子嘛。”

平安痛哭起来，喃喃地喊着：“这叫什么？说戴就戴说摘就摘，俺是个土疙瘩，可任意踢？你家养条狗也不能酷待吧？人多人命就可随意作践？俺的名誉受了伤害，浪费了那么多年的时光，连大学都不准考，人有几个10年？自己和家人的精神、经济受了那么大的损失，就一张纸两片嘴就打发啦？你们的权力是哪来的？用过头了吧？用起来怎么那么轻率随意？天底哪有这样的政权？俺得去法院告状去！”

江主任沉默了一会儿才回答：“赵平安，大队部三四个干部来哄你，还有一大群人陪听，多隆重啊！多严肃啊！你不但不感恩，反而还骂起娘来了。就这，倒退个把月，你不仅是坏分子，俺看呐，和団小叔一个性质……俺好心劝你就别这样了，那法院是谁开的？你不是不知道，只怕你连大门都没进去就完了。这就不错啦，脑袋进水了你？想什么呢？还要赔偿？让政府认错？让党给你低头？你见日头从西山出来过吗？”

“你们随意害人还要人感恩？滑天下之大稽，还有俺小叔，平白戴了30多年的反革命帽子，压得他一辈子都喘不过气来，个人前途全都葬送了，你们太可恶了！”平安气愤地说。

“也就现在这政策，倒退几年你就蚂蚁一只，随时被碾死。俺告诉你，赵立国没门，他当国兵期间有好多问题说不清楚，就是历史反革命。赵立国的问题上面到目前还没给大队革委会打过招呼，上面的精神说当国兵的大多是身不由己，但你小叔他不属身不由己，那顶反革命帽子他就好好戴着吧！”

平安狠狠地跺了下脚，“是啊，一天到晚为人民服务，谁是人民？你们才是人民，让我们为你们服务。在你们眼里俺连只蚂蚁都不如，自生自灭的权力都没有，你们还要踩上一脚要他快死，俺分文不值，这就是你们的为人民服务，把人踩在脚下还不许你反抗，那叫压迫。是啊，俺的死活就在一口气儿上，但这口气要你们给才算。哎，欺人者永远不知被欺人的心里在想什么，更不知被欺人的眼泪有多苦。”

“不知好歹，那些戴着胸章已经见了阎王的呢？哭都没人看，连阎王都不知他们为什么要提前去地狱报的到。运气叫你赶上了，赶快回家去吧，趴在炕头里偷着乐吧！散会！”江主任狠狠地跺了下脚。

干部们一个个气哼哼地走了。只有治保李主任撵上平安说：“你别生气，姓江的蹦跶不几天了，三哥的帽子不会再继续戴了，回去别说多了，让他闹心，过不好年。”平安感激得直点头。

平安没直接回家，先去苫棚看看小叔，但对刚刚经历的这个场面一字没露，只小声告诉叔叔，“从现在起，平安不再是坏分子了”。立国拉着侄子的手，激动得浑身颤抖，老半天才吐出一句话：“咱终于能去茔地给爷奶报喜了！”说着，便拿着香纸扯着平安朝松山顶上奔去。

（六十六）

再过几天就是1981年的春节了。

在富簸箕庄人的记忆中，倒数到前八辈祖宗那里，也只1948年“二次土改”和1949年、1950年，三个新春是热热闹闹的，粉碎祸国殃民的“四人帮”那年算第四次。因为赵嘟噜一家的特殊遭遇，对他们来说，1948年以后无论哪个新春都是道难以迈过的心坎，越是重要节日心情越是郁闷。

从 1950 下半年到 1953 年中，因虎山区离朝鲜战场较近，说美国飞机会来轰炸，接连三年夜里不许点灯，窗门都得用黑布挡住，晚上走路连手电筒和灯笼都不许拿，每年从清明前后就动员万人上山，一直忙到立夏，漫山遍野抓蜘蛛爬虫，说这些都是美国鬼子细菌战的携带体，弄得整春人心惶惶。接着就是很不如意的高级合作化、1958 年大跃进、公社化和 1959 年的反右倾运动，随之就连续饿了三年，死人无数，越到年节越是哭丧悲，尤其 10 年文化大革命，春节成了“四旧”，祖宗牌位和家谱都被烧成了灰烬，一到过年就“革命化节日”，实际上是找借口遮掩“店铺无肉，集市没鱼”的尴尬，一天到晚的“革命大批判”，户户四门紧闭，村人怕惹是非不敢邻里往来，连给祖传磕头拜年都是罪过，亲戚之间也绝了走动，几十代人一个村住着，愣是瞪着眼装不认识，生烦的像从远古起就积了冤仇一般。于是，亲情远离人心，疏远变为常理，遗患持久不衰。

如此掰着指头数数，庄人把祖传的喜庆春节当“难关”过，连续起来总共有 20 多个年头了。

而今，也真应了老人的古话，“农家一亩田，渔户一张网，猎人一杆枪，牧门一群羊”，仅仅一个包地包产到户，就让村民彼此间没了戒备，各家都自动敞开了房门，而且随人进出，人人脸上都挂了笑容，对人说话也一改往常憋屈怨种的模样，碰面总愿点头哈腰，连交谈的语调都变绵软酥骨了。

合作、公社搞了那么久也没法把人心合到一起，反而是私欲毫无掩饰地满街流淌。往常用政治挂帅阶级斗争强压都难以办到的事，结果只一个“分”字，反而把人心给“合”了，“私”只好悄悄地暂避了。立国暗暗自语：“呆头的政治，永远也弄不明白人欲的奥秘。”

各家都很清楚，自此，互相求援帮忙的事就将接连不断了，个体的劳作反而紧密了人际互通，生存的需要加强了彼此的连带。“这恰是文明政治应与解释的，却是教条政治不想认可的，但它却是确确实实存在的。”立国在烟盒纸上记下了这感悟。

出于兴趣，立国豁出工夫仔细观察人心的时代变迁，获得了如此结论，深感心里满足。他把这体会告诉侄儿，平安认认真真地做了记录。在平安心里，小叔是最有学问的人，他该做大事，可惜生不逢时。

从腊月二十三小年开始，不光是簸箕，几乎全乡的老爷门三天两头拖妻拉女逛集市，串商铺，扯布买酒，请财神，接福字，拉对子，挂彩饰，大筐小包的往家办济，会不会唱歌都一路哼着曲里拐弯的小调。人们无论从集市、在路上、到各家，都在大声议论春节前“第三次土改”的事，无法掩饰内心的愉悦，为过好30年来有自己生产资料的第四个大节宁愿掏空腰包，说“从此不必为钱发愁了，花完明年再挣。”

冷清了几十年的乡间，只一夜之隔就由沉闷突然热火起来。立国房前屋后地瞄着庄人的举动，心想：“俺总是看见这一天了，爹一辈子都愿庄子能这样，老人家这回可该真的安息了。”

节前，庄人还齐心合力地把村头被“文革”捣毁的山神庙修葺一新。立国说：“可惜原来那尊一米多高的石头坐像被‘杀杀杀’给砸了，那是咱庄的古迹，给多少银子都不能卖的宝贝。”

庄人不愿祭拜空庙，求立国给写个牌位立在其中，立国思量再三不肯接活。人们只好去求老社长宋福来出面。他身子刚刚见好就被几个上了年纪的拽着亲自登门去求立国，老人们都知道，立国的毛笔字在乡里乡外都是顶好的。

在一帮长者拿好话真心求援那日，他望着老人的脸犹豫着问：“俺还是个没摘帽的……别今日写了，明日立了，后日又变罪了……”

老社长忍住咳嗽说：“要再搞政治运动，俺第一个去把这牌位抱回家……不就游大街按头哈腰吗？他们还敢搞那极左的运动？再搞可就改朝换代了……”

立国瞅着老社长笑笑，拍拍宋福来干枯的手说："全庄也就你能有这见解……"

老人们七言八语："写个土地神牌位能算政治罪过吗？这不过是咱平民的一个心愿寄托，如今还有人拿这上纲上线？精神病吧？咱这心空落了几十年，只想求个踏实，保佑各家太平，希望年景风调雨顺，灵不灵就它了，香纸烧到自求慰安。庄人的心境没处搁，干脆都放土地爷那里算了，都到那儿去集中，心就齐了。"

立国听了开怀大笑起来，感激老人们对自己报以的迟到的信任，慢慢拿起老社长带来的毛笔，白胡子老人给他磨墨，这是对立国晚来的特别待遇，他一生也不曾享用过类似王羲之的那种挥毫的愉悦，心想："可惜木板书法拘谨，没法挥洒。只于'红袖添香夜读书'，怕是来生都属奢望了。"便说："唉，叔叔大爷是让我体现一下活着的价值来了，俺不能辜负你们，你们几乎是爹的同龄人。可爹他走早了……"

他深深地长吸了口气，在光洁的木牌上一气呵成。写完后又自我端详了好一阵子，然后交到老社长手里，说："这是我为人一世给村里能做的唯一的一件可供纪念的事，写土地神位，求土地爷护佑第三次土改的成果。"

老社长望着立国回道："不止这个，你做的好事俺知道，你对庄子的贡献大于任何人，俺一定找机会告诉全庄，赵立国是在养过兔子的苫棚里给全庄写就的山神牌位，庄人却让他住那种地方，该向山神认罪。"

老人们夸奖着说，"俺商量了半天，好不容易弄到块儿白白净净的椴木板，这要写不好可就废了……想来想去只赵立国行……俺这些老人都知道的，赵立国可是咱簸箕里的仙骨。"

立国搓搓僵硬的手指，淡淡地笑笑，无言以对。

老人们捧着土地牌位蹒跚着离开了苫棚，直到迈下了丈八石坎，仍回头朝立国招手并报以微笑。立国依着门口的槐树，颤抖着抬手与老乡亲挥别。老人们满意地渐渐远去，给立国留下了一辈子都难以获得的信任感受。

（六十七）

日头西歪了，淡黄的光辉映照在刚刚落下的一层雪花上，松针和树枝便像披了金彩一般，以迷人的俏丽迎接新春之夜的到来。几只麻雀在枝头上跳来跳去，把压枝的雪花斫践得纷纷飘洒，缓缓的东北风托着洁白向四处迷漫。

孩子们装扮一新，串街玩耍，村里时而爆出震耳的鞭炮声响。

立国半日都坐在泉井坡上望着村人忙碌的身影，看着侄儿侄媳门里门外在操持。他觉得这才叫生活，人这样活着才有意趣，如为极端政治利益活着，为权力去争斗，必定是生存的煎熬，更是对生灵的践踏……

在漫天雪花飞舞飘洒的时候，他在刚刚修整好的泉里捧起把水，仰头入口甜甜品味，一心要寻回 30 年前的感觉……而后冲夕阳拱手告别，到五亩地头抓了把土，缓步回到低矮的苫棚。

进屋后，他把土包好，下个目标便是跟了自己几十年的木箱，其中装着他的全部家底。他一手按着胸口，一手精心地整理着其中的物品，把土包放到箱子的上层，看着如意了，才安静地平躺到草铺上，放松浑身的骨节，望着苫顶，均匀地呼吸着凉爽的气润。

他觉得目光已透见了棚外深蓝的空际，那里白云飘渺，信鸥翔飞，还有腾起的浪花，天河在急速地回转着……爹和一家人正在焰火的照耀下包子时饺子，两个嫂子跑前跑后，仍是家里最忙活的贤内……

立国自知没钱医治的肝病已经十分深重了，但又很想坚持着活下去。

可现在却连咬紧牙关的力气都竭了。他求爹现在不要硬拉儿去那边，说俺不会包饺子，嫂子也不让俺包，俺只想和平安、英子、是福三口再多待一会儿，过了初三再去给爹下跪……

立国央求不止，哭得很伤心……可爹就是不肯答应……

平安小心翼翼地掀起苫棚的防寒门毯，悄声摸进了幽暗的石屋，他担心小叔夜里会冷，想给老人加盆炭火，让热气慢慢把棚间熏暖。

自从小叔从饲养院搬出来，平安几乎日日如此。可每次都被小叔扬手撵到门外，要他赶紧回家多帮帮英子，带好孙儿。

平安心里难过，他想起抚养他长大的立春伯父曾握着手嘱咐，一定要照顾好小叔，说小叔心里憋屈，容易成病。还告诉平安，你小叔满腹才华一身正气，只老天不肯照应他。

平安心疼叔叔，但又救不了他。被逼无奈，只好偷着去找算命先生给小叔看后运。那人说立国这名起得不好，他担不起这担子，运气了受压。平安本想巧妙将此透给小叔听听，让他降降心火，不再挤压自己。却意外从小叔的交谈中得知，算命人是他的小学同学，因家境不济，一直躲避监督偷着算命。侄儿这才明白，原来算命人对叔叔的情况了如指掌。

可今晚平安近前时他发现，小叔一反常态，十分平静，立国已无力再望侄儿一眼了，这让平安十分不安，他只能往好处联想："小叔知道今晚是大年三十夜了，为讨吉利，他该压压自己的固执脾气了。"

平安生好炭火，起身再次望望小叔的脸孔，老人微闭着双眼，眉间的U字纹浅了不少，嘴角显出微笑的样子，还刮了胡子，修剪了花白的平头，外观比早先受端详多了，看上去年轻了不少。

他怕惊动叔叔，没敢靠前，只伸手帮小叔掖掖下身的被角，顾虑重重地出了苫棚。"俺本想接叔叔回家好好过个大年，可他却早早就躺下了。"

别家的鞭炮又连声爆起脆响，请祖宗回家过年的酉时就要到了，英子要是福端饺子给爷爷送去，平安却止住了儿子说："不啦，爷爷躺下了，等发纸时再呼他，那是子时饺子，他很在意，俺插黑时去看过他，子时咱四口人再好好聚聚吧。”

英子说：“小叔对请年饺子也很在意，老人要有个长短的怎么办？俺去看看。”

平安说：“俺刚看过，现在还好，你还是和孩子在家吧，这四周都烧香烧纸放鞭放炮，火火气气的，别出事，俺请完年再去陪叔叔坐坐，子时一块儿回来发纸。”

平安嘴上虽这么说，但心里总觉不安，便到供桌前烧香，求祖宗保佑叔叔远离灾祸。而后再次返回要仔细看看叔叔的状况。

苫棚离平安的住处只两三分钟的路，可快要挨近苫棚时他却止住了脚步，依靠着棚门旁的洋槐树，抬头望着漆黑的夜空，挂雪的枝条就在他的头顶，那洁白仿佛在预示着什么。一股气流吹过，有碎雪飘落，洒到他的脸上，冰凉的感觉让他打了个冷颤，化解了的雪水和他的泪水溶到了一起。“前天小叔还问俺，买过年爆竹了吗？俺说买了。他笑笑说，你该转转运了，好时候要来了，该吃的苦该受的罪都快过去了。但今年还不行，别多破费，有几个响就行了。你爷爷说难过日子好过年，你懂这意思吗？可你爷你伯和你爸都愿意热闹，你姑是一夜闹到天亮，眼都不眨，爱放炮，就愿子时架起火盆发纸，吃子时饺子，一夜连双岁，五更分二年，小时候不懂人间烟火之难，天真无邪，真有意思，真留恋呐！”

“小叔从来没和俺提起过这些，他病倒了怎么突然回忆起这个来了呢？”平安悄悄地抹去了混浊的泪水，觉得心里别样的酸楚。

他插黑来时本来准备了一肚子的话要和叔叔好好说说。可见了叔叔觉得他是那样的安静，怕打扰他，只好留待有机会时再说了。

但此时此刻，他反倒觉得自己的脑子里一片空白，出门想好的话全都无影无踪了，不祥的感觉总在心里窜动。

平安几次要掀开苫棚的帘子，却每次都没成功。他觉得自已心慌意乱，胳膊在发抖。只好重又退回到洋槐树下。如此反复，一直徘徊到子时才感觉有礼花从头顶飞过，炸响、绽开，五彩在苫棚顶上闪动，棚门在眼前忽显又暗。

村人以刚解放翻身的激情过“发纸”的时刻，纷纷把供桌搬上当街，架起红灯，点着挂纸，引响鞭炮，有人还敲响了锣鼓，吹奏起喇叭，街巷里挤满了欢笑和呼唤……

平安这才感到浑身冰冷，急忙转身赶回家中。

英子已经在院里摆了供桌，小叔不爱吃猪肉，单独给他包了白菜鸡蛋馅饺子，见平安回来了，忙问：“你没领小叔来？不是说咱四口人好好过过子时吗？”

平安进门后顾不得给祖宗牌位磕头，没回答媳妇的问话，接过英子递来的饺子，也没领儿子，返回头就急匆匆朝苫棚奔去，他想让爬不起身的小叔尝尝侄儿摘了“坏分子”帽子的第一个子时饺子是什么滋味，逗老人高兴，顺便告诉叔叔，“这该是咱赵家最宽心的一夜”安慰叔叔，“你一定要活到平反昭雪那日。”

在平安从媳妇手里接过饺子时，已听见她说是素馅的，平安心想，侄媳虽很尽力，但她却不知小叔是养不了猪、买不起肉、吃不到肉，才改吃素的，并养成了素食习惯。想起这些，平安觉得心里一阵酸痛。

平安再次面对前会儿犹豫了两个时辰也没迈进去的苫棚，对着夜空长长地吁了气，鼓励自己这次一定要进屋仔细看看叔叔到底怎么了。他一进屋就朝窄炕走去，见叔叔头上的烛火正残弱地摇晃着，便放了盘子另点一烛举着走到小叔跟前。

炕是顺墙搭起的，除去木箱的地方，只剩一床褥子的长短和宽窄。他轻声喊着：“小叔，发纸啦，日子好过啦，英子专门给您包了素馅饺子，您尝尝！”

没有回应。

平安以为叔叔睡沉了，哈腰拿烛火照照叔叔的脸孔。

只见小叔的头歪在枕边，脸上显出痛苦的表情，左胳膊耷拉在炕沿下，地上散落着展开的中华牌烟纸和铅笔，右手紧紧地抓着盖胸的被角。

在平安初夜来给叔叔烧炭那会儿，立国在昏迷中已感觉到侄子出门渐渐远去的脚步。他想喊侄儿，可无论如何也喊不出声来。

“爹急着招俺，照上天的安排我确实该走了。”他心跳突然加速，想起自己还有些该给侄儿交代的事情，急切地念着“不慌妈妈，俺还要和平安说说话再去您俩那儿。”便不由地从冥冥中醒了过来，吃力地靠起身子，从枕头下摸出铅笔，翻开烟盒的内面，颤抖着在昏暗里写……直到支援不住了，才撒了手……

平安一见叔叔的样子就知道意外发生了。他急忙再喊“叔叔”。

仍没回应。

他靠到炕边用手背挨近小叔的鼻孔，小叔已经没有气息了，又赶紧摸摸小叔的额头，还远远地留存着一丝温暖。

平安起身紧握叔叔的左手用力地晃动着，大声叫喊着：“叔叔，你醒醒，叔叔，你醒醒，俺是平安呐，你的侄儿，儿是来给你送子时饺子的，他们快要给您摘帽子了，你该高兴才是啊，你为什么不声不响就走啦？俺就你一个亲人了，你走了，俺就无依无靠啦，俺的心都碎啦，叔叔……”平安痛哭不止。

撕心的悲痛渐弱了，他端起叔叔的胳膊顺炕放好，摆正面容，掖了被子的四周，举着烛光默默地矗立在一旁看着叔叔的面庞。

他眉间的情结似乎还拧着人间的疑问，敞亮的额头记录着他悲沧的经历，稀疏花白的寸发仍透着岁月折磨的伤痛，微合的双唇饱含着他为人的倔强和坚韧，黝黑的脸色掩饰着他的慈祥和和蔼，宽阔的耳郭隐藏着他的智慧和聪颖。

平安收起凌乱的纸片，刚要往墙角里放，却突然又止住了，潜意识在告诉他，这些确实是小叔拣来的破烂，可为什么都被修剪的大小一样整齐划一呢?

他翻到白纸面，只见上面有歪歪扭扭的铅笔字，便一个个摊开在烛光下反复细细地阅读着思考着。

“平安，立春伯伯留下的遗书你现在可以看了，当初不要你知道，是你还不成熟。要赌口气，不辜负伯伯和伯母。只因为你，小叔才坚持了祖宗血脉继承的托付，拒绝了死神的纠缠。其实死亡早已捆绑了我，至今连挣扎的力气都尽了。你能够独立了，就让我随因而去吧。你总算遇上机会了，我也终于获取了难得的自由。叔叔的后事静悄悄，一个泥坑，一撮黑土（放在箱里），只需你一人把我送去墓地，爷爷奶奶和俺的哥嫂已包好了子时饺子在等我。”

“后生以孝为上，孝养、孝敬、孝志为孝道三阶。一阶我没能养活父母，二阶让老人受尽侮辱，高阶更没实现祖宗对我的期盼，一步错位，遗憾终生，没脸面对赵家宗亲。”

“平安，你别忘了，共军要我前去投奔的联系地址在书箱里，我活没能如约，死不该失信，就将它随我一同火化了吧，算作路条。”

“平安，叔见头次土改人都疯了，以为是人性回猿了。后来方知是当权者误导，启发了人性的恶基，特别是‘文革’，错不在民、德，而在官、法。你不要忌恨庄人的已往，把爷爷的教诲刻在心上，以邻为善，刚柔兼容，立身固稳，功夫自在你的足底。”

“我曾认真思考过，大陆的无产阶级专政为什么会惩戒得那么宽泛?原来大陆的阶级斗争学说发之于蒋介石对共产党人灭绝人性的屠杀，逼迫中共毫秒都不想放松警惕。俺终于理解了。”

“我自不量力，琢磨死后谁能接纳俺，是马克思?反革命不够格；是林肯？我已投降了共军。他们都不喜欢俺。那只有去见自己的父母了，父母绝不会因为儿子信仰什么而绝情舍弃。说心里话，我读过《资本论》《共产党宣言》，很崇尚书中对人类社会和人的剖析。也痴迷林肯‘三民主义’的政治归宿——普世价值的根基。两者本可以融合归一，那后人为什么非要为取其一而砍砍杀杀呢？”

“子久老师曾告诫我，人对贫穷要理智同情，否则就会同情无能，甚至会同情愚蠢谅解庸政。我受爷爷影响，到终也没能理解老师的深意。现在要离开人世了，30多年了突然醒悟，黑幕豁然拉开。贫穷、愚昧与庸政原是三胞兄弟，贫穷必然导致愚昧，而愚昧会进一步延展贫穷，往而复之，特别是再遇上庸政，人世之乱必不堪入目。破解之道只有普遍教育、学识启迪与政通人和。有教育才增知识，有学识才有境界，有仁政才有动力。因之，教育与仁政乃人本国本。爷爷只知贫穷会导致妒忌与仇恨，一生善待他人，可仍无自保。阶级不可调和论必发源于贫穷与愚昧。世间千事万物皆可纠缠，但无死结。”

“平安，你若关心自己，必先关心国家和国家的权力特征。中国的皇权更替，没一次把人性人志人力解放摆到国政台面去正视。获取政权就立即在保卫政权上竭尽所能。其实没那么复杂和极端。巩固政权最大莫过于办好民生，一星定乾坤。第一届政治协商会议朴素求真，关切全体福祉，远见卓识，大度海量。而后便滑燥不实、口是心非、言行不一了，直至国无宁日，公仆帽子，皇帝脑袋，共和外貌，专制心态。如成府确能回归，乃民族之大幸，国河之春花。唯困我区区一人，甘心以命换得万众庆丰。可惜，吾仅柔弱一蚁，不足道矣。”

“古人今人都说性格决定命运。我认定此说偏废。从大处看，近百年来，国人无论精神还是生活，一直很苦，这是国人的性格能够决定的？国人不愿打内战，因为被打死的只是平民，他们只想过安定日子，可任何性格都无法抗拒政治绞杀。从小处看，爷爷对全庄人的态度从来向善，可他的遭遇又如何解释？立邦倔强，非要横死泄愤，立春懦弱，非要逃避折磨，说这是性格取向的报应，那我呢？既不倔强又不懦弱，坚持人伦首道，从不溜须拍马，该说我努力按人本做了，遵从了历来理学大家和授业大师之倡导。但结果呢？望侄儿踵事增华，悟其缘由，人生在世不可人云亦云。”

“自然造人，前世未偏未倚，偏在后生造化，倚在利欲饕餮，若言人性善，可从来善无善终；如言人性恶，最恶莫过于政治，政治害命或无声无痕，或为教一统，或血染莽山沧海。而噬命者却为英，为上，为伟，为圣？呜呼，文明之悬崖也！”

“我，抬举说，也就一无聊借书补气的呆子，自吹乃一棵林中柞木，可烧炭给人暖身，可做椅供人休酣。但终究不讨人爱，腐朽于山野，暴枯于寒流。”

“岁月教俺大智若愚，世事要我沉默寡言，只为偷生，期望明日，坚毅待等，实属苟且。我曾想学屈原死可明志，但想想他是因国破而投江。而我国不破仅衰。便改学司马迁牛可践志，而对惨死和宫刑两种惩处，他选择了屈辱，因而成就了万世珍记。而我苟活至今，志大才疏，心高眼低，碌碌无为。”

“思来想去，俺比常人多益，人间最酷之凌辱，连无知孩童都抛石追嘶，对世态炎凉的刻骨铭心，我乃首屈一指。”

“盼盼，你长大了吗？你在哪里？舅舅朝思暮想，盼你牢记林则徐的名言：人生有两出悲剧，一是万念俱灰，二是踌躇满志。少年看生命，漫长遥远，老来忆往昔，忽闪一瞬。你要成材筑梁，为民报国，我托你平安表弟将俺毕生积攒转送，你俩平分秋色，替我为国增砖添瓦，要故国大厦多盏辉火。”

“姐姐、姐夫，立国诚信可鉴，但辜负了你们的关爱与教诲，人世空溜一场，白费了爷奶的疼育和爹妈的爱养，更负恩师的谆谆嘱托，虚度了岁月之光，死不服输，但没用了。梁木虽粗，仍断损于令牌之下。不过，俺也有些安慰，平安成家了，赵氏有了孙儿。还有那些马驹牛犊都因我一手养大，实为可爱，如今都能帮村人耕作了。”

“平安，你的心我全都知了，可我不能和你相依，本是罪身，怎能让你罪上迭加？叔给你起名平安，给侄孙命名是福。可实与愿违，自你与侄孙降生人间，时事株连，从未安平、福是，上天不允吾心祈求。云是雾，雾是云，别于云高雾低，人上人，人下人，差在甜多苦少，甜也成，苦也成，吃尽五味乃人圣，鹏也飞，雀也飞，到老林间白骨堆。人死如灯灭，一乎然，我走了，撇下你与一家，莫悲沧，赵家代代本分，只求你接续了，望保重自己、侄媳和侄孙。”

“平安，你要学会多与古人对话，多问疑难，他们会给你有益的解答。少与今人闲扯，今人多浮躁且不能守己，忙于虚妄，内无定力，随波如萍。王阳明说，人生果效皆出于自心。心外无理，心外无物，心外无事。乃至理名言。你还要记住庄子的训教，哀莫大于心死，而人死亦次之……我本早已身死，唯念世趋与赵氏世代本分，人格莫损于我辈，以面祖上免罚俺长跪矣……”

“别忘了代我问长锁安，谢他几十年给我精神。他送我乾隆朝八只古碗，只那日与长锁用过一次，扤爷爷之泉痛饮，以露代酒，甘畅彻骨。珍藏。若不是长锁，我毕生一无所有。可惜金贵的碗里空空如也。你就与盼盼均有吧，以作鼓励与纪念，别忘了，把爷爷泉边的草棚故事做家誉颂之，告诉盼盼，那是人本真情……”

“平安，如能见到姑姑和姑父，代我解释，立国没有壮怀激烈，无创造奇迹的奢望，更没反潮流与权势博弈的勇气，仅想当个明白人，但仍然很难。你姑父很爱自己的祖国，很有学识很有能力。现在我敢说了，估计他是很不情愿地去了台湾，为了兑现他对那两千穷家孩子的承诺，不得不迈出艰难的一步，请原谅他们的选择吧……”

“平安，小叔对不住你，我万不该选择自你降生以来第一个好过的大年子时离开，你就不要让我在这里再躺三天了，明日上午就用身下这席子把叔裹送去墓地。如今，山上山下没一棵成材可用，你哪里去寻棺木？心数有了足矣！”

“叔……”平安抱住小叔的胳膊，痛哭不止，“俺还指望你摘了那莫须有的罪恶帽子，再……”

已到下半夜两点多钟了，村里的热闹气氛渐渐淡去，间歇着还有零星爆竹在炸响，平安开始整理叔叔的遗物。

立国搬进苫棚时的全部家当只有随身的薄棉衣、补外套。冬天过了，脱下棉衣，外套就是春夏秋三季的遮肉布，无论风霜雨雹就全是它了。如不是网兜里熏黑的铝锅和皱了边的铝碗、铝勺，那他就是个四处流浪的乞讨人。但他从不觉得自己寒酸，以木箱为伴，精神有寄，自食其力，泥泞跋涉，阅天下厚薄心境，自有另样活法……

那木箱不知传了多少代了，却一直保留着光亮油滑的木质。独芳在家时用它盛平日的衣物。立国从外地回乡被土改工作队“净身出户”时，他巧妙让木箱躲过一劫。民兵也当破柜踢到一边。之后，他再也没让箱子离开过自己。自搬进饲养窝棚后，不许任何人靠近，更不回答其中装了什么，一把铁锁牢不可破。人们都好奇，以为他有什么宝物怕人上眼。有人曾偷偷问过江主任，江说，就他那穷样能有宝？要是真有，他能住饲养棚？马粪牛屎白黑地熏，什么宝都臭不可闻了，那是人住的地方？除非他是个吝啬鬼。江还记得，文化大革命期间，他那只箱子突然不见了，造反队说他有“四旧”，问他箱子哪去了，他摇头不语。可华国锋一宣布文革结束了，那箱子一夜之间就冒出来了。

平安也觉奇怪，但他不想让叔叔烦心，从不提问什么。他知道这箱子是叔叔的心肝，在往苫棚里捣腾时格外小心。立国见侄子大冬天的还累得满脸汗珠，轻声说了一句话：“俺是孔老二搬家呀！”平安放好木箱，瞪着两眼望了小叔好久也弄不明白他的话是什么意思。

而眼前，铁锁打开了，钥匙还挂在上面，就好像特意让平安随便翻着看似的。

平安掀开箱盖，最先入眼的就是那个土袋，叔要让自己的骨灰和爷爷的血汗融合在一起。旁边就是那八只粉彩瓷碗，下面是整齐、干爽、发黄的书籍。他这才明白过来，小叔搬家时的那句幽默原来在这里。

他专注地拿起最上面的一本，是王守仁的线装《传习录》。翻开封面，里头夹着一张平展的中华烟纸，上面是铅笔竖书的楷体小字：人生必读，此为老先生赠俺之精神瑰宝。阳明乃继孔孟先圣与诸子百家之后的又一圣师。人生如深领其“致良知”三字，必领活命之四大要诀，即静处体悟，事上磨练，省察克治，惯于改过。如是，心与理一、知与行合，必贯汝生途之始终，驾驭自我必如操舟得舵。汝心光明了，人世便一同光明了，汝才有企盼之渴望。阳明拨教乃吾大半生之支柱。否则，早已腐败绞烂入土了。呜呼，守仁翘首天下，盼都能“致良知”。但世人却连王阳明是谁都一并忘却了，或连其土冢也难逃被批判散掘之噩运。

“叔叔这么看重《传习录》的价值？他是什么时候写的这段话？肯定不是这两年，该是他遭受非人折磨时的阅读心得。”平安捧着烟纸接连揣摩了好一阵子，才把立国的留字重新夹回书里，特意将《传习录》单放到一边。他想料理完叔叔的后事，静下心来仔细读读。

接着，他又继续一层层地查看。再往下是《谁是地球头脑的主宰》《国富论》及《四书五经》《资治通鉴》《史记》《诸子集成》《佛家集锦》《孙子兵法》《唐诗》《宋词》《元曲》，四大名著，《古今谭概》《笑林广记》和英文柏拉图《理想国》梅茵《古代法》及日汉、英汉文辞对照，西方政治、经济学薄本，还有孙中山的《建国方略》和英文《资本论》《共产党宣言》。尤为打眼的是《为人民服务》《纪念白求恩》和《愚公移山》

三个薄本。

到最底层是床灰色粗布被子和一方锦红的绣花绒布，中间还夹着一张宣纸，上面是端正秀气的毛笔小楷，内容是：锦红是妈妈嫁给爸爸那刻的盖头，被子是爹爹的救命恩人——八路留给老爹盖身的暖物，我当了国兵，爹爹把这两件心爱之物送俺留作纪念，告诉我要用生命护之，为国为祖争气，发誓不打八路。我记着，这是我的座右铭！

立国民国三十六年大年三十子时

平安捧起棉被和盖头哭泣不停，“世道为什么会凭白辜负一个充满良知的人的真诚呢？”他用脸紧紧地贴着叔叔的遗物。

这时，有件东西从盖头里滑落到地上。平安止住眼泪，把被子和盖头放到一边，哈腰拣起来一看，是个塑料口袋，袋子的外面被织网的尼龙线紧紧地缠绕着。

平安小心地解开线扣打开袋子，露出一张纸条。上面用铅笔写着：找东北解放军直属特战 2 营营长韩克林。

“这就是要叔叔参加八路的根据，那他为什么不拿出来给自己作证呢？”

纸条底下便是立春写在祭祀黄纸上的遗嘱。平安如获至宝。他一直想知道其中的内容。可叔叔总说他不敢看，不知道里面写的什么。

立春是用小楷写就的留言，字迹工整，就像他做人一样规范正派，看得出其中的一字一句都很用心，没有半点粗乎，若不看内容，谁都不会认定这是一封绝笔。

平安，伯伯和伯母抛下了你，让你稚嫩的心灵受到了伤害，自此你的亲人就只有立国叔叔了。而他又身在水火，如何倾心照顾你呢？让你受伤害的正是没本事的伯伯。你就诅咒他吧，这能让他的心少许获取点安慰。

伯伯和伯母实在承受不了这世道给予的污泼，而且还让已经失去双亲的你也跟随一道陷进百般折磨的囚笼。伯伯和伯母疼你心如刀绞。

俺俩走了，斗争与批判就结束了。孩子虽失去了心爱，但精神不再被摧残。这或许有利于孩子的成长。

你是赵家唯一的根。我在被批斗时没想别的，只想为爷爷保住孙子。千思万虑，走不归路是伯伯和伯母唯一的选择。你长大了就懂得伯伯和伯母的心境了。倘如让你在他们的兽性发作时夭折，莫说对不起爷奶，又如何向你的父母交代？只有用俺俩的命帮你换取宽松。

你一定要长大成人，伯伯和伯母把赵家的明日寄托在你的身上。

永别了孩子，任何时候都不要悲伤，向小叔学习，他很坚强，对一切都看得那么明白。

立国，我和你嫂把平安交给你了，让你在危难中加压了教育侄儿的重担。你比哥开阔透彻，哥知道你必然顽强地坚持到底。你的作为会影响侄儿，他会因你而悟到人生的意义。

我和你嫂不是逃避，也不是软弱到必得以死求解的程度，更没有以死表达反抗的操守。只愿平安不要跟着伯伯和伯母受罪，在他的心头播下阴暗与残酷的种子，让他的性格发生扭曲。

好弟弟，哥知道你心里很苦。可哥嫂与你同台被人无辜批斗，撇下平安仿如弃儿，你心里会更苦。

哥了解你的个性，只有把平安交给你，你才不会轻生，并死心塌地地去关怀他、教育他，让他长大成人。

哥嫂托付你了。如有来日，哥嫂会紧紧地拥抱弟弟的，以报承载之情！

1967年12月12日午夜今日是我娶亲24年的纪念日绝笔

平安一口气读了三遍还觉不足，又挨近蜡烛再读，连烛火烧了头发都没察觉，直到焦糊味冲进了鼻子，他才眼泪汪汪地捧着遗嘱对叔叔说："俺知道自己该怎么做了，你们放心吧，俺绝不辜负前辈的厚望。"

他收起伯伯的遗嘱，低头看看涂着白蜡的包装纸，预感这很可能就是叔叔托付自己转送盼盼的心意。"要不要揭开确认一下？"平安犹豫了。

他抬头望着烛光下叔叔的遗容。炭火已经熄灭，立国安详地静卧在冰冷的土炕上。"这里面如还有叔叔的遗言呢？"

他小心地揭开包纸，里面竟是五打20元面额的人民币，多半已皱褶绵软了，有的已经破裂，岁月的痕迹十分醒目。中间还夹张纸条。上面写着：平安、盼盼，小叔、舅舅愿你俩一生大顺，事业有成。平安从叔叔的遗言里悟出了这一万六千六百元整的含义。

平安捧起纸袋转身冲出了苫棚，抬头仰望着漆黑的夜空，一条银白的天河由东北向西南延展而去，闪闪的群星在遥望着人间的悲苦。他双手高高地托起叔叔的遗存，对着无际的空旷呼喊起来："哪里是叔叔的归宿？是上天吗？你看，这是叔叔毕生的积蓄，他是靠拾捡破布烂纸换得的，你睁眼看看他的心胸吧！他每次的辛苦所得仅有几元，这其中浸透着叔叔多少汗水啊！他积零为整，这得费多少时光跑多少道路啊？他把他的心意捆扎得严严实实，你看见了吗？而他却没有钱买药给自己治病……

"叔叔的心是干干净净的，他的人格是高尚的，用不着洗礼，更用不着看他是否真诚。他只渴求自由与公证，你就赐予他吧！俺求求老天爷了，你就招他老人家去吧！请接受他对千万人真心实意的祝福吧！老天爷！"

村边的半空腾起一道礼弹的闪光，紧接着便是一声震耳的轰响。金鸡应声而唱，向人们报晓富簸箕庄改革的第一个新春的第一个黎明。

平安无力地依靠在洋槐树下，夜风仍在不懈地摇动着树上的积雪，雪粒一阵阵在飘洒……悲凉透进了他的身心，将他的骨节一段段分离，让他散架般的难以支撑。他只好一手搂着洋槐一手伸向棚门……“叔，侄儿的心快要破裂了，您连您最喜欢的子时饺子都没尝一口，就悄声无息地走了……”

平安张开双臂要扑上去把叔叔从死神的手里夺回来，可他浑身瘫软，已无力支持自己了，身子在慢慢地下沉，眼前天昏地转，不由自主地歪靠着树干坐到雪地里，眼睁睁地看着叔叔头也不回地朝大海走去，走时还穿着韩克林营长送给他的那身布满补丁、浆洗的干干净净的四兜旧军棉衣……

第十一篇　恩怨录的展痕

（六十八）

农历 1990 年腊月 23 日的上午，浅黄色的阳光透过扬扬洒洒的细雪，给人间送来了久盼的温柔，一行三辆奥迪轿车从虎山脚下缓缓地爬过几座山梁后，停到箢篓东头一户人家的院门前面。清风刚刚给山坡和村庄覆盖了一层薄薄的银白，车后留下一道溜长蜿蜒的辙印，清清楚楚地一直延长到柏岭的后头儿。

奥迪刚刚开过的这条路，就是大清年间县太爷的少爷用彩轿娶走赵家姑太的那条路；是 1945 年晚冬于德政委和卞连长带领八路军在黎明时分撤离簸箕的那条路，也是 1946 年初春秦泰带着独芳和立国北上踏过的那条路，又是 1947 年正月 20 日立春立邦夜半寻马归来的那条路，更是 1948 年冬立国远道而归兴冲冲奔家看爹的那条路，还是历次政治运动把立国带走接受批斗和陪斗的那条路。对于立国，这条路就像一张扯不到头的纸，上面拓印着他人生的每一步坎坷。这条路从他父母哥嫂的墓地后边绕过，而每次他经过时都如万箭穿心、两腿石沉……总觉得如他听从了解放军营长和战友的劝告，不被这条路所吸引，坡下的墓地就不会多出若干坟头。

对簸箕人来说，这条路是他们世代西出东进的唯一捷径，在庄人的记忆里，甭说这条古老沙石路的来由，仅从老辈至今，特别是因为立国无数次踏过，由这条路而演义出的故事，够说书人唱上八天八夜。而赵家墓地，本来同别家的墓地一样的荒凉，但却让路人避而远之，只因立国故事的逐渐传播，竟有人特意骑车或步行来这里猎奇，以走过这条路和见到过立国的墓碑，为意外收获。

再说那三辆奥迪的来由，头车是连市接待办刁主任的座驾，后车是连市对台事务办公室余主任的专骥。不用说，夹在当中的那辆肯定是连市二位高官专程陪行的重要客人了。

市委夏秘书长曾向二位主任交代，“从有关部门了解和掌握的资料看，来客身份特殊，社会地位显赫，夫妇二人曾为国家和民族做过许多有益的事。这次是夫人携独子从美国直飞北京，因丈夫的父亲和姐姐都已离世，只在北京办理了遗产继承的相关手续，就立即赶来我市。这是‘八九’后中美关系紧张以来，第一位到访的重要美籍华人。我们这里就是来访女士的出生地，据说她回来只为探视亲友。但上头对她回乡的安排十分重视。招商引资是我市工作的重心，再加重要统战任务的需要，你们一定得好好接待，不可疏忽”。

二位主任不敢怠慢，亲往机场迎接，亲自安排下榻宾馆，亲笔拟定走访路线，亲口介绍参观景点特色，用上等土特产烹调一日三餐，派优秀女服务员辅佐照顾，还指定一名女医生随时过问客人的健康情况，所有接待项目从不提“钱”字。

而客人急着要去看看自己出生的乡村，本想拒绝那些游览日程。但因主人无可挑剔的热情招待，不好冷脸推辞，只能偶尔说句“太麻烦你们了，我真的很想快些见到我的亲人。”

而刁主任总是推说“我们市领导真心要您好好看看这个城市的变化，还想请您留下宝贵的建议。”

如此这般，倒是让客人从觉得奇怪进而感到很不理解，她怀疑“如此热情接待是否还有别的用意？是因为陈诚曾十分看重秦泰？还是秦泰曾为国军的少将？或秦泰曾是著名的抗日英雄？甚至是对秦泰反对内战不打八路的回报？”并一再向刁主任表示如数付费的要求。

可主任只笑着回答，“不急，等等，我们市领导一定会有安排。”

就这样，客人硬是盼了三个整日，才终于实现了回家的愿望。

车门开了，从中走出一女一男。

两位主任赶忙凑近客人，余主任主动介绍说：“上面通知我们说赵女士要回家乡看看，我们便事先让人过来做了安顿。您要看的这户人家，早先只有一对儿江姓的老夫妻，无依无靠，唯一的女儿跟女婿——也就是赵女士您的胞弟，一块儿参加了国民党反动军队。不，对不起，现在不该这样称呼了……”

女士笑笑说：“没关系，当年就是这个说法，老蒋称共产党为共匪。彼此彼此。”

余主任赶忙点头回道：“尽管赵女士谅解，可这口误是万不该发生的，国共该是第三次合作的时候了……我接着向您汇报，在本地头次土改时，老人的女婿只一个人回来了。但因那时极左的打压，这您在外面都能知道，甚至比我们还清楚，女婿无力照应二老，二老也受了许多牵连，又没有劳动力，常年卧病，便双双在1960年饿死了。那是连续三年的自然灾害，是苏联老大哥背信弃义造成的，咱这里是粒米贵如金呐，老百姓的日子过得十分艰难，我那时虽还是个孩子，可父母的疾苦让我终生难忘呐！”

“你们对这样的老人仅有政治标准就没有人性标准吗？在人性方面不该参杂政治偏见，应该尊重生命，既使是起码的尊重也好。外电报导，周恩来总理都说，那几年的灾害是三分自然、七分人祸。还有，请问立国他回来过？他怎么会牵连二老？他现在怎样？陈诚将军把独立旅调去台湾改成建设旅团，小虎他们都在那边安了家，日子过得都很好。只有立国的干部队没能成行，朋友们都以为他已经战死了，每年都凑一起纪念他。真是万幸，他还活着，人才难得，应该有所造化。只是大陆的政治能容忍他吗？”女士急切地向主任提了几个问号，眼泪夺眶而出。

“妈妈，您别激动，这次我不主张您来老家，但您非要来，您要有个好歹，我回去怎么给爸爸交代？从现在起妈妈不能激动，也别插话，行吗？我求您了！”高高的个头、一派轩昂气质、约三十来岁的同行男人紧紧地抱着赵女士的肩膀哀求着。

如要问儿子为什么会对妈妈说这番话的来由，还得从美国说起。自妈妈不停地叨咕要回老家看看那日起，儿子就十分关注各方对中国大陆的评价。但打入他印记里的是：中国大陆是一党统治，专制独裁，不讲民主，藐视人权，经济落后，贫富差距很大。尤其是“57”反右“66”文革和“89·6·4”，政治斗争接连不断，社会精英普遍被伤害，死人无数，知识变为废品，只靠一人一思压服天下，国家面临崩溃。中国汲取了以往的深刻教训，邓小平、胡耀邦、赵紫阳敢于否定过去，开拓未来，实行“改革开放”，并初见成效，或许这是这条东方病龙康复腾起的开始，世界还要进一步关注与耐心等待，不能抱以奢望……

余主任听了她儿子劝解母亲的话，接茬说：“对不起，恕我，是我介绍得过于琐碎了，没考虑赵女士的心理承受。大陆是从人所共知的基础上实行改革开放的，国人受封建帝王崇拜影响很深，长期皇治，不重法制，民国建立后，本来该依法治国，但军阀混战，法制一直无法完备，后来是抗战、内战。新中国刚诞生就抗美援朝，1953年后没有战争了，阶级斗争又成为治国的纲领，再加以美国为首的西方长期经济封锁，自力更生就成为大众的信条，不仅是经济自力更生，而且意识形态也搞自力更生，排斥了外来文化，使大众孤陋寡闻。现在刚搞改革开放，允许您的家乡有个摸索的过程，更希望能得到海外华人的理解与支持。我们坚信，从这代人开始，国家一定会好起来的，不会再倒退了，邓小平说倒退是没有出路的，贫穷不是社会主义，社会主义同市场经济不存在根本矛盾。他的这些话已经深入人心，无可否定。全国上下一致认为，倒退就是自我灭亡。对不起了，赵女士，请您理解！”余主任的巧妙自责加合理解释，让赵女士的心结得以松缓。

“这位主任对中国大陆政权行为的辩解，似乎与秦泰有些类似。但儿子对他爸爸的分析始终持保留态度。我是倾向秦泰的，他很客观，没因故乡情结而偏废或极端。”

（六十九）

赵女士回想起在飞离美国前和丈夫的一次阳台长谈。

那日，她要盼盼专程驱车到很远的一个华人豆腐店买来五香豆丝，再拌上麻辣椒油和香菜碎，外加一盘炸春卷和难得一见的四川宜宾糟蛋，两小碗绿豆大米稀饭，斟了满杯的张裕葡萄酒。中式佳肴西餐排场，简单明了朴实高雅，很能逗人食欲和畅想的情趣。夫妇俩把这称作“微型思乡Party”。平日，他俩只周末夜幕降临时在客厅里举办，用老式留声机放放京剧唱段或中国民乐，尤其江南丝竹调，对调整思乡人的心结有特殊功效，两人还常常顺着韵律相拥慢舞。

而这次却改在上午9点阳光灿烂的时候，地点挪到敞亮的阳台上，早餐加Party一并进行。独芳兴致饱满，不许丈夫插手，独自操办筹措，她的热情来自丈夫终于同意她先期回国看看久别的家乡，独芳恨不得立即飞回记忆中的那个贫穷、平静，但又充满秀丽与童趣的簸箕里，偎依到亲人的身边，嗅嗅他们遍身的草香和土气……但她一定要在临行前与秦泰作次深刻交谈，或叫意识交流，以便在登陆时有心里准备。

为把早餐的气氛搞得别样些，她特意整理了自己的杰作，让秦泰一抬头就能看见悬空的液养吊兰和黄蕊蝴蝶兰。两人围着白色的圆桌相对而坐，整个空间香气幽幽。恰巧近邻散放的两只白羽红喙鹦鹉正在窗前的松枝上嬉戏，把 Party 的环境装扮得分外优雅活泼，引逗得秦泰思绪泉涌。

秦泰面前虽摆了刀叉，但他还是用象牙筷子夹起一根沾着金红油珠的豆丝说："唉，一眨眼村姑和兵头就这般模样了，再过几年就走不动了，确实该趁早回去看看了，咱还能把这把骨头扔在这里？"秦泰说完，赶紧拿餐巾擦擦眼睛，他不愿妻子看见自己的脆弱。

他仔细地嚼着豆丝，又轻轻地抿了口红酒，瞅瞅手里的筷子继续说："政府明明说不准买卖象牙，可我受中国的牙雕文化影响，非要在南非悄悄买几双，过海关时心里紧张。传统意识啊，根深蒂固。"

"什么悄悄？是偷偷，你等于鼓励猎杀大象，是犯罪。"独芳认真地对说丈夫。

秦泰说："接受你的批评。我念小学时听老师讲，慈禧用象牙或银筷子吃饭，菜里有毒会变色，感到好奇，渴望自己也能有一双。后来当兵了让炮给震忘了，而到了南非一下又被勾起来了，欲望强烈，忘了法律。"

"我不是也用了吗？经不住诱惑，成了你的同谋。我知道，你想拿筷子说事。"

秦泰笑了起来，说："知我者村姑也。负伤时我遇见不少女医生和护士，没一人懂我，但等到簸箕遇见你，原来你就是我肚里的虫。"

独芳笑着端起杯朝老伴示敬。

"我在美国经常会想起立国所说的国体，中国的繁体字国字最能表达中国五千年国体的内涵，后来大陆把同室操戈的国换成了宝玉国，赋予了国体新的寓意，意在国家不再绞杀。原来我只知为国而战，岂不知其中参杂了许多利益集团的意图。"

“我不是社会学家，但来美国这些年最大的收获比我前半生的感性认知还深刻，证明了立国的看法，国体绝不是个抽象的概念，其中制度文明是脊梁。一个靠外来民族建国才二百来年的美国，凝聚力向心力竟比建国两千多年的中华还强，说明民族文化和民族意识确实是国家这幢广厦的钢筋铁骨。于是我自问，那我为什么还游离在外？”

“说心里话，尽管自己的祖国有许多不尽人意之处，离开大陆后，我走过很多地方，但无论多么美好，都觉得那不是我家，梦中的自己一直在景山上和小伙伴在玩耍。为了她，我流过的血早就超出了自己的体重，但没有怨言。我又问自己，从踏上北美这块土地那日起，为什么总思念祖国？想来想去只有一个理由——她才是我的母亲，我爱她。”

“她的健美和尊严很需要儿女的呵护。可她的儿女都干什么去了？我也想过，如回去，她还能认识我接纳我吗？所以，我带着这个疑问，仔细地阅读了立国推荐的《资本论》。”

“立国曾说，马克思是导引世界文明的第五个犹太大家，他的思想不仅是共产党和无产阶级的，也是国民党和资产阶级的。《共产党宣言》怎么会是国民党和资产阶级的？这不模糊了阶级阵线了吗？来美国后，我肯定了立国的见解，它首先是社会科学，是揭示人类社会的科学。”

“我爸只三间房子和头脑里的那点儿知识，该属城市无产者，我自然也是无产阶级的一分子。但从我到台湾起，一直在为资本主义服务，确切说是为蒋家王朝服务，是给谁读马克思就砍谁脑袋的政权。而美国，虽然也对马克思极其反感，但书店里却摆着马克思，从共和民主两党的竞选也能看出，他们虽是各自利益集团的代言人，但对马克思所揭露的那个吸血鬼形象极为审慎，不管是何用心，必定从马克思那里学到了知识，避免与人民大众激烈冲突，否者选票就会流失，只能用给民众更多好处博取人心。这招法是马克思教给他们的。他们也不回避，说罗斯福的书架上就摆着《资本论》。”

“因此我联想到中山先生的联俄联共，说明国民党的确离不开《资本论》，中山先生的民主革命在没联俄联共前一再失败，甚至失魂落魄。其后呢？如没有老蒋的‘四·一二’，日本侵华都可能拖延推后，甚至不会发生，更不会有后来伤国害民的内战。”

“原来我看立国像共产党，现在看，你也像，你干脆回去入党算了，就你这认识，他们肯定能接纳你，”独芳端起杯和秦泰碰了一下，又补充了一句，“我不和你开玩笑。”

“只怕盼盼接受不了，他们已被美国的政治氛围包围了。但总不能把他一人扔在这里。”秦泰放了酒杯回答。

“盼盼很像他小舅，是个很理性的孩子，如让他也回去亲身感受一下，负面影响会减少一些，立国如还活着，他俩可多交谈交谈，盼盼那么聪明，能无动于衷？”独芳肯定着。

“我非常挂念立国，人才啊！是那场交易把他给舍了，不得已而为之，中共上海地下党说什么也不肯把独立旅全部放走，只好把旅部 30 多文化人交给他们。恐立国到死都不知内情。陈部长要我提前赶到上海，主要是为这项艰巨任务没有可靠的谈判人。他要的是两千多听话的年轻士兵，我是为救那两千多穷孩子的命。”说到立国，秦泰重又把独芳已经知晓的事叙述了一遍。

“但愿立国一切如意，凭他的能力和为人。”独芳渴望能如此。

“行吧，我这几天再和盼盼沟通一下，比如说，我提个问题给他，抗战后老蒋的声望至高无上，但他不仅没能消灭共党，反而被轰出了大陆。中共起家时就那点力量，却一夜间就掌握了政权，创造了人类史上政权更迭的奇迹，连老美都刮目相看，要不是 1950 年的抗美援朝，台湾早就归了大陆，这个问题联系到《资本论》。你估计盼盼会怎么回答？”

“他读过，有段时间总泡图书馆，我问他怎么回来这么晚，他说博士生导师要他看看马克思和列宁有什么区别。”独芳回道。

“你看这孩子，还真像他小舅，你不问，他就装哑巴。”听了妻子的回答，秦泰心里有种美滋滋的感觉。

“你总问我对近代中国怎么看。我把近代中国从50年代切成两半儿。因几千年的皇权政治遗传和近百年的内斗外患，只求表象不求质变，对法国大革命和民主政治为什么一定诞生于古希腊的贸易文化，从未作任何深入研究，改朝换代都是义愤绞杀，没有新文化引领。中共在创党初期只能照搬苏共那套办法，结果差点毁在第二国际的手里，第二国际派个不懂中国的李德，指认几个娃娃，就想翻天覆地。最终是选择了世界任何政党都做不到的掘地自坟的长征起死回生。但老蒋并没认识到长征精神的天下无双，他和第二国际一样信仰斗争哲学，强调武装革命和政治化一。当然，长征后的中共也是如此，但他的战争对象选择，争取了民心。一、抗日，抵御外来侵略；二、面对老蒋的惨绝人寰，不得不拼死应战。但问题在，你治理国体就不该延续暴力思维了。武装斗争和政治化并不是马克思学说的主体，马克思说社会意识多元性直到共产主义才能趋统，睡一觉就想化一，太离谱了。何况马克思所描绘的物质极大丰富也不是一朝一夕的事。急于摆脱贫穷是对的，但蛮干就违背了科学规律。”

“只于老蒋，他就是个政治豆腐匠，称不上什么家，蒋天子，党天下，屠杀成性，逼人造反，离马克思十万八千里。”

“中国人习惯从自己的传统文化角度看新事物，而且还用自己的传统去改造新事物。马克思主义是揭示工业文明的，中国没有工业文明，你怎么全面吸收运用？只好部分运用，而最能和中国需要结合的就是武装斗争和暴力革命，以暴制暴传家治国，成了灵丹妙药。而马克思从来就没说革命必然是暴力，或暴力是革命的唯一选择，他反而在《共产党人对各种反对党的态度》中，给共产党提出的文明标准特别崇高。”

“陈诚说，他在黄埔多次听过周恩来的讲演，在重庆也多有接触，周的近代文明见解十分鲜明，党国如是周主政，中国人民可能是另个命运，陈诚也是在拿周隐喻老蒋。同样当权，一个主张共存，一个主张专制，结果能一样吗？但历史选人总是历史机遇第一，时势条件第二，个人本事第三。有人说第四是大众公认，我说没有第四，美国有多少人认识乔治·布什？听他胡侃了几次就投票，那票的质量可靠吗？”

“陈将军在我俩离台时说，他如远去不归，就不要回台祭拜了，记在心中就是祭奠，可见他见识之深远。”独芳深情地回应说。

“陈诚 1949 年一到台湾任省主席就带着我微服私访，随后就提出‘人民至上，民生第一’，必须把中山先生的‘三民主义’具体化，兴水利，办交通，抓农业，强工业，医治日本留下的疮痍，再造被日本废弃的中华文化，为老蒋的统治奠定了厚实的基础。老蒋有了本钱，再加从大陆运来的黄金财宝，顿生反攻大陆的冲动。

“1963 年，陈诚曾激烈反对老蒋反攻大陆的计划。说大陆灾害不断，民众困苦，不该再陷同胞于战火，这是何等宽阔的民生胸怀呀？他告诉老蒋，梦里他在大陆被层层的乞讨人群所包围，而自己却无力救助。所以，即使你反攻成功，也会因战乱让民心再次破碎，政权难以稳固，近百年来中华民族之所以受辱，骨肉相残纷争不和是根本，遭殃的全是百姓，总统是民意的代表，应深思熟虑，还待来日和解统一为上。老蒋听了虽满心不悦，但没法反驳，只好沉默不语。

“陈诚曾一再劝解老蒋，从此把历史以 1949 年划为两截，对中共不能再反潮流，政见不同可争鸣，但不可杀戮；不能为外国动用台湾兵力，消耗自我财富，让国人生命涂炭；不能信任美国，更不能受制于日本。老蒋表面应承，对退守台湾始终认定是用人不当造成的，总想假借国是而报私仇，让陈诚颇为伤感失望。”

“在陈诚发现老蒋有意要将总统的位置嫡传给小蒋时，他表示反对封建香火继承，结果被老蒋暗定为‘已失党性，是台湾明争暗斗的总后台’，暗示，不认他这干女婿。陈诚这才认识到，他的忠义仅是蒋家扫灰的扫把，蒋家的皇位不可任人动摇，谁敢疑问谁就是敌对。”

“陈诚不同意小蒋建立‘小王国党’。但帮派意识对年轻时的介石影响太深，没有帮派就没有嫡系，政权全靠嫡系维护，暗里撮合儿子的宗派活动。胡适一帮公开反对‘以见不得人的手段要儿子接班’。老蒋暴怒，认定陈诚是幕后策划，在国民党九大上假装再次提名陈诚，而实则是要陈诚永远退出政坛。老蒋的阴阳政治，恰是中国封建政治的遗毒。”

“其实人民加政权才是国家的全部，而且政权必须是人民利益的代表。所以，人民有权议论朝政，甚至指出总统的失职和错误，有人民议政才能对政权构成监督，防止政权腐败堕落。老蒋颠倒了，凡议论朝政的一律反叛，统统镇压。”

“在沈城我常听你和立国议论国共之间的关系，还有对老蒋的看法。到台湾后我一边工作一边验证，感受很深，觉得老蒋对大陆过于刻薄，政治姿态很低，总把国事当家事，缺乏元首胸怀。”独芳插话。

“所以，1965 年初，陈诚在患肝癌去世前招我到身边告诫说，‘自我把你调来台湾，一直没能照顾好你，你脱了军装，丢下北平的亲人，从不计较官职有无升迁，亲临一线指挥修水库，挖渠道，建港口，架桥筑路，开山劈岭，打开交通关节，做出了可竖丰碑的成就，台湾本土人不应忘记你们的忘我贡献，但你默默无闻。我们是忘年之交，诚如兄弟，我会永远把你俩揣在心里。”

“你们不能继续待在台湾了，政权即将更迭，宗派已经林立，你一直无党无派，很难适应变天政治。我老啦，将不久于人世，已没有力气保护你们了。他从抽屉里拿出一个信封说，按里面的指点移居美国吧，不管美国人怎么混账，但还算一个情感社会，你们悄悄在那里躲过台湾的政治清洗，以后是否回大陆，自己做主吧。”

“直到现在仍有人劝我回台。说心里话，我从没动过心，一直想着大陆。陈将军临终对我说，李登辉是个两面派，小蒋用人是第一观感为上，起用李，台湾会很麻烦，大陆来的会遭歧视。老蒋为在抗战后集中力量剿共，不征求国内意见，武断拒绝罗斯福关于中国出兵日本和收回琉球的建议，事后，党国高层有人说蒋荒唐。他反而骂人鼠目寸光。其实他是对民族和国家的犯罪。今后，随着台湾的政治动荡，这将是台湾四面楚歌的起因。如换作毛泽东，他绝不会作这种被历耻笑的决定。”

“将军和我只是人品仁德信任，没有任何拉拢利用，国军有军史价值的抗日战役总共二十来次，陈将军就参入了十六次，我和他一起游泳才看见他浑身布满了伤疤，他的军魂，就连老蒋都赞不绝口，无人可与之攀比。他告诉我，自己是抗日的主导派，既然老头子决心抗日，我只能冲到前面，牺牲了也值得。”

“看来陈将军要我俩离开台湾是经过深思熟虑的，是唯一可选之路。”独芳捧着酒杯说。

“是的，他说他梦里都在想家，从参加辛亥革命那天起，就没想过会漂流异乡，现在看，自己是肯定回不了家了，也想过定居美国，但没理由成行。原因是，一来他对中共话比手狠，中共不会原谅他；二来忠孝节义传统根深蒂固，老头子就是满身是洞，也只能它戳；三来出于对中山先生的敬仰，台湾大陆都是他的革命故土，应守土尽忠。”

“陈诚处事讲大义大节，为人低调，胸怀总体、国家和民族。在国民党高层，他是国共第二次合作最积极的推动者，劝阻过老蒋伤害中共的许多企图。”

“老蒋在决心抗日前后的各种表现，让陈将军很是焦虑不安。陈是1936年12月12日西安事件前的抗日主战派，对老蒋‘不抗战是耻辱，抗了三日亡国’，而后又改为‘不抗日亡国，抗了三个月国亡’的言论很反感。多次提醒蒋不该在一些场合公开暴露莫能两可的想法。陈诚认为，“卢沟桥事变”以前，老蒋对日之所以步步退让，是他一心剿共的错误认识导致的，因此也错误地估计了国内外形势。当然，党内反共亲日顽固派的蛊惑也是原因之一。他每次打败仗都暴怒于中共，猜疑朱毛妄图火中取栗，低估了全国军民誓死抗日的信念。”

“他 1937 年出版的《陈诚将军持久抗战论》，将抗战性质定为‘民族革命战争’，从认识、要点、战局、必要条件和最终胜利五方面作充分论述，告诫国人和武装部队，不可存依赖心理而限制战斗，树立战胜一切和不惜任何牺牲的民族精神。世人不知，其实他这本书主要是写给老蒋的，目的是坚定他抗日的信念和决心，不要半途而废。他衷心爱戴国共双方的抗日英雄和殉国壮士，左权的牺牲让他痛心了好久。”

“在家时，立国一看到书里有关封建专制的议论就找我没完没了地掰扯。但我有个疑惑总没得到化解，封建专制那么不好，可为什么它也有盛世？这疑问一直在我的脑子里画魂。你如何解释？”独芳求教。

“有人确实曾拿历史上有过封建盛世来证明封建制度也有优越性。其实国体性就是时代性。奴隶社会连国界都没有，你能把那叫世界大同吗？中国在帝王时期，西方搞君主制，都是专制，你中国有贞观之治，西方有罗马横空。但都有落魄的历史记录，不然就不会有推翻封建专制的革命。所以有无盛世，就看国民能否遇上个好皇帝，盛世取决于皇上的素质，叫皇恩浩荡。”

“中国的康乾盛世和西方的工业革命。这两者的本质就不同了。工业革命需要相应的国体支持，要制度变革。而康乾不想变革，继续专权，所以西洋闹钟为什么会跳出个小人来报时？他只当热闹不求原理。这就是后来衰败以致爆发辛亥革命的起因。”

“你对美国怎么看？说具体点儿。”独芳又问。

秦泰端起高脚酒杯在畅亮的封闭阳台上徘徊了一会儿，抬手抚了抚墨绿油亮的兰叶，吸了吸浓郁的兰香，透过林隙望望瓦蓝的大海，若有所思。而后转身去书房取来一本《我说美国》，并主动与夫人“当啷”地碰了下杯子，声响超常，紫红色的液汁剧烈地晃动起来，并溅出了杯口，这才说："咱俩干了，今儿个有种特别的痛快！"

"没来美国觉得它很神秘，扎进来细一挖掘，方知它很肤浅。这本书是站在月亮上看美国的，对民主、共和的驴象之争作了全面透视，但还没剔到骨头。我把美国分成27任总统威廉·塔夫脱以前林肯三民主义抚摸美利坚和从28任总统伍德罗·威尔逊逐渐把林肯主义捧进桂宫陈列起来，共两大历史阶段。

"美国人很看重每四年一次的那张选票，觉得无比神圣，是民主的象征。岂不知自己有两个总统，一个终身制，一个任期四年。终身制的是华尔街大亨，也可说是美联储成员，他们投票选出的人只是个在前台表演的木偶。美国人至今仍以为国家只有一个靠投票选出的总统。其实，无论他选谁，都是华尔街公关的结果。"

"通过两次世界大战，华尔街既总结了经验教训，又创造了如何收刮全世界财富的招数，在国际经济国际政治两个领域插手，金融诱导，航空母舰，政治颠覆和一包糖果，是四件战无不胜的法宝，能把全世界的黄金都收入囊中。谁能把这四个手段用好，谁就是总统。而美国大众根本不知内情。"

"为这，美国便产生了制度文化，并把制度文化分解为人权平等，人身自由等等。具体就是总统是你自己选的，你有言论自由，总统权力要受宪法约束，尤其不能搞暴力文化，不得制造焚书坑儒的文化暴政，任何人都可以用笔用嘴谩骂总统。而总统却不能用权势打压。因此在美国只有犯罪告密者，没有言论告密者，只要不打人，骂两句无所谓。"

"为什么美国人很看重这个？这就是制度文化长期引导，慢慢融化的结果。所以，我结论，美国政客在把制度文化具体到选举文化，言论民主，法律允许的行为民主，以及保护个人隐私和私有财产，保护公民创造力等方方面面，细致入微，坚持不懈，这很值得我们中国人学习。"

"那么人类在社会制度上的智慧挖掘已到尽头了吗？制度已经完美到

没必要继续追求了吗？这是个世界性的难题，恐再过一千年也没结论。上帝总要人类多些遗憾，否则人类就会十分骄狂，文明进步的惰性就会障碍社会发展。人类常常违反上帝意志，美国便是最典型的违反者，全民思维逻辑既简单又怪异，总把自己的制度美化至空前绝后，总想把自己的模式推向世界，人家不愿意，就军事威胁，野性、暴力。美国应摈弃这陈腐落后的惯性思维，允许人去认知、自觉接受，支持文明探索，尤其应允许占世界人口五分之一的中国去探索，无论从历史还是国家现状，都极有代表意义。”

“美国不会修正自己，因为修正了，华尔街搂钱的目的就落空了。人类的顽症在贪得无厌和傲慢自负，社会的停滞与倒退，包括战乱，都是人们觉得心智够用了和所获财富可用来下赌了，忘乎所以而为。狮子独往独来，野狼群出群入，行为不同，生存需要，各有所好。但别忘了，如废弃了共生原理，狮子如把自己的生存方式强加给野狼，野狼绝种了，狮子自己也灭亡了。”

“这就是我认定的美国文化符号，与中华文化格格不入。但是，中国执政者缺少对国民持久不断的新文化引导的接力性和持久性，往往只重眼前。”

“中华民族就缺这个，只重统治地位稳固，轻视国人综合素质提高，历朝历代都没在大众文化提高上下过功夫，满足于一般号召。其实民族文化素质的提高，是隐形国力。而中国的主政者过分重视传统和宗族的统治遗产，在治国理政上总是创新不足。老蒋时期，特务密布，监视跟踪，人人自危，上上下下不得不做绵羊，凡事只能哈腰点头，日日圣旨，百喙莫辩，你别说是公开反对他，即使你偷着骂他糊涂，被人告密，你不知不觉就消声灭迹了，统治恐怖让高官们们忐忑不安，自我教育的座右铭都是‘千万不要有脑子，见地越超群风险越大’。这么一群权势脑袋何谈创新？社会动力可想而知。”独芳也有感而发。

“几千年来，中华民族总在折腾，根本原因就是权力利益都掌控在高官手里，而其他人不得不屈从，要不就换个方式，围着权力利益明争暗斗不止。”

“美国的政治体制并不完美，甚至漏洞百出，经过百年演化，林肯的初衷已基本被驴、象两大利益集团各取所需了，各党派都在拼命代表和讨好本利益集团，竞选约束成了形式，都承诺给国人一大堆好处，价码越堆越高，严重脱离实际，谁敢把福利标准降低谁就下台，选民逼迫当政者搞歪门邪道，福利攀比自成祸害，把文明引向黑暗，摧毁的是人的正常理智，撕裂的是国人紧密团结的诚信。”

“美国是世界上对外最好强好斗的国体，这种风格是英格兰侵入北美暴力屠杀成痞的外延，工业革命后就没收敛过，反而越来越膨胀，至今已演变为‘强权文化’‘强权意识’‘强权政治’‘强权国际关系准则’，看看地球仪，全世界只美国在到处张牙舞爪，成了美利坚的生存信仰。但他们并没认识到这是反文明的，反而说这恰是推行文明的需要。执政者总向国人推销用战争拿回来的财富大大高于牺牲的本利对比，因此美国人相信牺牲是为国捐躯。”

“表面看美国是个政治意识多元的体制。其实不然，从 1919 到 1920 年大规模搜捕共产党，和从 1950 到 1954 年麦卡锡主义对共产党的大清洗，美国人已把共产主义视为资本主义的死敌，让国人一听共产主义就如同见了畸形怪胎，坚决绞杀。这违背了林肯美利坚不自虐的遗训。因此，全美到现在只那几个忠诚的马克思信徒还在坚持，短期根本形不成政治力量。本来历史已经证明，从资本主义子宫异化出来的法西斯主义和军国主义才是最凶残的，但美国人就是视而不见。根本原因是马克思早早就揭露了华尔街的嗜血本质，他们学会了用制度修正掩盖自己。”

“还有，美国人总不满足，个人的胃口永远空落，国家借债满足民众需求，仓库永远不满。咱中国人说够吃够喝就行了，美国人不懂。因此，他们对外的好斗都是为了自我利益。他们内斗动口，外斗动手，自南北战争后，从不搞武力自损，这是林肯的功劳。在美国南北战争要结束时，林肯把战场的惨烈和几十万死亡的尸体公布于众，教育国人，从此美利坚不再自我杀戮，不要内战，谁发动内战谁就是国人永远不齿的屠夫。这是世界任何政权都想不到的作为。”但现在的美国人对此已经淡漠了。

（七十）

“在飞机上，我一遍遍回味着秦秦的话，这是我俩结婚以来最有益的一次长谈。二位主任说要听听我这次回来所见所闻的感想。我如把秦秦的看法变成我的意见说给他们呢？他们能听进去吗？能接受吗？就他们俩的地位敢向上司汇报吗？他们的上司能驾驭总体吗？秦秦客观公证理性很强的见解，能被祖国的当权人认同吗？”

“我是否属秦秦批评的那种政治幼稚？秦秦说，政治从来都充满了奸猾与表里不一，连信口开河都是有目的的。世上只有皇帝政治最简单，只需皇上一人和太子个人学会统治术就行了。而除此之外的政治，你看似简单，但却需要所有正反两面社会学的支撑。你要参与政治，就必须得彻底改变自我的天性与习惯，把善于隐藏和善于显露完美结合，灵活运用大智若愚的本事。不会或不想为政治目标改变自我的，那只能是政治的工具和配件，或沦为政治的佣人、奴隶，甚至被牺牲掉。参与政治的目的如是想要改变既有或明日的政治，那你首先就要学会忍痛割裂自己的本来面目。或叫痛楚的美容手术。只有如此，才有机会争做政治的驾驭者，还不是一定能成功。否则，你只能顺应顺从政治的驱赶，死死抱住政治赐给你的既得排序与利益。”

“难怪陈诚那样劝解秦泰入党可他总是婉言回绝。要照秦泰这套理解，那我这次只能当个哑巴，何况我只是来摸摸大陆的底细的，不该早早表露自己的政治心迹，这趟回程就算是自我政治修养的考验吧。”

“但依据这几天的实际观察，大陆为了改变以往给国际上造成的‘极左政治大国’印象，尽快把经济大国的势力提升起来，已决心把外来政治见解与经济投资质量分开对待，国内政治不再强加外人必须建立对中国的政治信服，只需你把投资运营做好，只要你不公开诋毁大陆的社会制度就行。”

“这几天的接触，给我的感觉确实是大陆不再靠闭关锁国抵御外部文化渗透了，而是靠民众自主提升免疫力，这些都是政治的开明和进步。不像外面说得那样，大陆的政治就是洪水猛兽，会淹没、吞噬外来的一切。”

就这么一会儿，过往的事变与见识，在赵女士的脑海里风云般地急流而过，帮她梳理了蓬乱的思绪，并得出了客观的结论。这些也是促成她一定要回国看个究竟，和踏上故土后要冷静看待一切的主因和动力。

她觉得心里似乎有股热感在缓缓流动，原先她对祖国只是牵挂与挚爱，但现在却又增加了渴望和希望她强大的热盼。因此，很想把手伸过去与余主任握握，以表示对自己刚才过于生硬的话语的歉意。但不知为什么，她却又把刚从衣兜里掏出的手揣了回去。

这时，儿子插话了，话是说给接待官员听的。“我妈妈这次回来就是想多了解一些家人及亲友的情况，对出乎意料的变故，我相信她会安慰自己的。妈妈离开家乡已 43 年了，我们到美国也有 25 年了，这里是她梦牵魂绕的地方。二位主任连日陪同尽心尽意，你们不要考虑太多，谢谢二位这么细致的安排。”儿子本想说，“人命关天，怎么能谅解一个统治者无法无天的作为呢？”但他反复考虑，“算啦，客人怎么能揭主人的短项呢？也不是他们所为，爸爸在我临上飞机还一再叮咛，人与人之间有妒忌，国与国之间也有妒忌，美国不希望中国统一强大，台湾弱势，怕人欺负，就得找老大在背后给他仗胆。大陆最可敬的是骨气，谁也不怕，当年的苏联都拿他没办法，11亿人，有敢来捣乱的咱就较量。大陆在进步，在往好里变，要有耐心，说外公曾告诫他，性子急了做不成豆腐，身在大陆的，可能比我们在外的还要急。是啊，还是爸爸有思想，我就不去掐人的短处了。"

"不谢，这是我们应该做的，从现在起，我们大陆就要学会从一点一滴来改变自己，例如尽量满足客人的需要这些细节，这应是我们的职责。赵女士是我们的同乡加近邻，你们不同于其他客人。"余主任不知人家娘俩的心里在想什么，只能话赶话地接茬往下说。但他又稍稍停顿了一下，"我建议咱就不进这院了。现在是别人住在这里了。唉，我还忘了说了，这对儿老人去世后，三间草房归了集体，成了生产队的仓库。十一届三中全会后落实政策，落实给谁呢？他们没有子女，落实给女婿？"他本想说女婿是历史反革命，但迅速改口，"女儿与女婿的婚姻实际上早就不存在了。无奈，只能由政府出面变卖给他姓居住，所得归集体所有了。我看过，所有手续都是完备的。"

赵女士安静地听着，但心中却充满了疑问，"手续再完备，财产也不是江家所希望的接受者，那有什么用？集体是什么组织？法人地位有法律依据吗？怎么能随意把私人财产归它呢？如何合法公证？它拿去干什么用了？谁监督？谁担保？交给慈善机构才对嘛！"

儿子站在母亲的身边，看出妈妈的脸色有点发冷，便用力地捏了下母亲的手，要她不再发问，并小声说："这里是中国，不是美国。"母亲意会到了，才把刚要脱口的话咽了回去。

围观的乡人越来越多，赵女士翘着脚四处张望扫视，希望能认出一两张熟悉的面孔来。可是，她失望了，一个也没有，只好哈下身子伸开双手捧起近前的一个女孩的脸蛋儿。女孩天真地仰望着高出自己多半个身子且满头花白的老人，问："俺叫你奶奶行吗？你是从哪里来的？还坐那样的车？"孩子边问边用纤细的手指指了下停在路边的轿车。

奶奶蹲下身子，看着女孩儿冻红的脸蛋儿，抚摸着孩子的小辫辫，亲切地回道："你就喊俺奶奶好了，俺是从很远很远的地方来的。"

"不，你说话的口音和俺一样，就住这儿是吧？"

奶奶的眼里噙满了泪水，站起身要儿子去车里搬来纸箱，抓出把糖果，"是奶奶给你的，孩子，甜甜的，很好吃。"

"俺不要，老师说不能随便拿别人的东西。"

"囡的老师真好，那么会教育孩子，和俺小时的老师一样好。可这是奶奶给你的啊？不可不接着啊？"在这同时，她联想到自己读书的那所日本小学，"这孩子上得还是那所学校吗？它有变化吗？用土坯和干石垒起来的墙还没倒吗？老师领学生栽植的那些杨树还活着吗？长高了吗？"

孩子好奇地看着裹着金纸的颗粒，却又不敢伸手接住。

两位主任怕赵女士尴尬，走过来帮忙。

奶奶索性把整包糖果交给他们分给别的孩子，还示范教怎么剥去外包的金纸。

"奶奶，这金纸真好看，俺留着，可这糖果怎么是黑色的呢？"

奶奶见女孩在呼叫，从冥思里回过神来急着回答："你可以拿这金纸剪星星剪月亮，贴到窗上好看极了。这叫巧克力，吃了你会很精神的，念书不困。家里有爷爷奶奶吗？"

孩子天真地点着头。

"再拿几颗回去给爷爷奶奶尝尝，他们可能还没见过呢，知道吗？"

孩子点头，并从小衣袋里掏出两颗在赵女士面前显示着说："奶奶你瞧？”

“噢，真是好孩子，早有准备了，你太可爱了！”

孩子们把奶奶围拢在中间，使老人无法摆脱。

刁主任示意司机启动了车子，等于在提醒人们，“客人要离开了”。

两位主任挤到孩子中间，为客人拨开了脱身的通道。

赵女士刚刚贴近了一点久违了的乡音与朴实的乡情，但又不能耽搁太久，只好难舍难离地告别了那栋熟悉而又陌生的老屋子，头也不回地坐进车里。二老和三妹往昔的模样一次次地浮现到眼前。她是到台湾才从丈夫嘴里知道三妹早已不在人间的过程，解除了一直萦绕于心而又不好质问的疑虑，因而对立国也倍加牵挂。

车子鸣了几声告别的笛响，孩子们跳跃着欢呼起来，男男女女一齐把目光投向那难得一见的奥迪车队，扬起双臂向客人挥手。车子喷着缕缕青烟，突突地朝左边的山坡爬去。

直到这时，村人中年岁大的才想起“这老太太是谁呀，好像在哪儿见过的？”

照预先的安排，赵女士在松山顶要下车去祭拜爷爷奶奶的墓地。但直到这时她还不知父亲和三个弟弟及弟媳已经不在人世的实情。两位主任基于市委夏秘书长的告诫及种种考虑，不好提前把实情透露给客人，只能待意料中的变故发生时，等回到市里再由市委统战部长做专门接待和妥善说明。

停车后司机提醒，这条山路比车宽不了几尺，右手边就是深沟，开门下车要注意安全。赵女士点头说谢谢。但她没急着下车，问：“这是松山吗？怎么不像？这路边和四周的松树都哪去了？原来在路上只能透过树缝看海，你瞧这山顶？原先可不这么荒芜，光秃秃的一点儿生气都没有。”

司机笑笑，说：“唉，许多山都没毛了，全给共产主义了，老百姓没柴做饭，把山上的草根都挖光了，一下雨漫山遍野流黄泥汤子。现在刚刚把山林分到一家一户，估计至少还要一、二十年才能让山穿上衣裳。”

在赵女士的记忆里，这条路原本是条林荫路，两旁是一大片错落茂密的油松和阔叶混杂林，常见野鸡松鼠出来追逐，黄毛狐狸横穿牛道。每当雨后，奶奶都领她来这里捡蘑菇采地耳，去泉子洗净后拿去沙滩晒干留作冬菜。而现在……“怎么会是这个样子？太煞风景了！”这让她很是扫兴。

儿子先下了车，说这里比山下敞亮些，雪花也比山下的大。母亲扒着车窗只淡淡地笑笑，心想：“母亲孩子看的想的不是一回事，这就是时代的隔阂。”并深深地叹息了一声。

儿子很敏感，问：“妈妈您不满意？那一准和你在家时不一样了！”母亲挪下车，笑了笑，觉得无话可说。

离车不远的坡下是处缓缓的坪子，那里就是赵家的祖坟地，在坪子四周被青松围绕的时候，它背靠布满藤蔓的斜崖，面朝大海，左青龙右白虎，风水无限。可眼下，在远处就能望清楚坟头上跳跃的小鸟。

赵女士站在路旁仰起头长长地吁了口气，而后招呼儿子准备往坡下走。

这时，东路口那边有一男一女领个半大男孩朝西边匆匆走来。男的打着手罩朝前望了望，见有女士正站在车旁，急忙放下肩上的挑子，拼命地朝着车队跑，还大声呼喊：“姑姑，独芳姑姑，你可回来啦！”

但他又忽然蹲到路边捂着脸痛哭起来。赵女士一听便知这是成年男人委屈至极时的哭泣声，凄惨人心。被撇在后头的女人丢开孩子急促地赶到男人跟前，一边望着远处的陌生人一边拥偎着给男人捶背。

不认不识，这男人为什么会冒昧地呼喊姑姑，而且还那么悲伤？

原来这就是自幼失去父母、并被政治运动一再裹挟的平安，有幸托姑姑回乡探亲的福，前日刚被落实了住房政策，昨日才搬回本属自家的老院。

搬家时，平安牢记小叔“定力在足底，涵养存心胸”的嘱咐，没有兴奋也没有怨恨，安静地把村革委会搬走时留下的杂物清理了，将做饭的家什安放了，三口人围着灶口一边烤火取暖一边猜测为什么突然要他们搬回的原因。

不料，新上任的村长突然闯进了院子，平安以为又出岔了，慌忙迎出门外。

这位村长是公社改乡、大队改村后外派来接替江主任的。庄人对江不满，纷纷上书要求另行选任。但江的势力还在，选举难产，村民要推选治保李主任当一把手，但乡领导平衡不了，把矛盾推给群众，群众只能集体上访，乡里怕把事情闹到县里，只好从外村选派，村民拗了好长时间，最终还是无奈地接受了。

村长已经上了台阶，客气得满脸堆笑。平安惊诧不止。“他们刚从这院搬出去，难道要反悔？不是说中央政策让俺搬回祖居的吗？”

村长拍了下平安的肩膀，神秘地把他扯到院子的一边，小声说：“上面不许乱讲，还不准俺露面，只要俺赶紧帮你搬回老房子，说是怕对外影响不好。你姑姑从美国回来看你，还带着儿子，接待由市委包圆，连县长都靠边站了，乡长想沾都沾不上身。他们明天晌午到，说是直接去茔地烧香。你看，是不是得有个准备？到时别麻了爪儿？”

“唉，俺听说你家受了不少罪，大家有眼。可那都是过去的事了，是以前那些村干部干的，和今儿个没大挂链，从前‘左’的瞪眼扒皮，谁不恨？俺可是给你家落实政策的，记着点儿，说话时分个黑的白的。俺听说市里的大官专程陪你姑姑，你姑不是大款也是万元户，如今时兴给这个喊好，不是前回儿越穷越革命那套了，你姑是咱簸箕庄的光荣，你可赶上时候了，还整天丧个脸干屁？就装不出个笑模样来？”

说着又拍了下平安的屁股，“把后腰直起来，总哈哈着，都快成虾米了，人前矮三分，老是坏分子装老实的样子，习惯啦？改不了啦？值吗？嗯？”

平安半信半疑，瞪眼直直地盯着村长，“你们这些东西，只知道捉弄穷人开心，昨晚俺做了什么恶梦了？”他心里这么寻思了一下，又拍拍自己的脑袋。

村长见他听了喜讯不但没兴奋，反而是一脸疑惑的样子，这才发誓说：“俺要有半句假话……”他抬头望望头顶的悬空，跺着脚补充了一句：“就天塌地陷！”

平安“嘿嘿”地笑了，摇摇头，说：“这算什么誓？天塌地陷？那这院都没了，俺刚搬回来，连高兴都来不及了。”

村长自己也觉得可乐，笑着解释道：“俺不是着急嘛，该是天塌五雷轰。”

“那轰谁呀？”

“那还用问吗？这都不懂？轰俺呗！”又严肃地说：“有些话俺都不该告诉你，比如怕你姑回来见你还在外面住破棚子。还有你小叔住过的兔子窝，都不能叫你姑看见。当然，现在拆也来不及了。你还不信俺。真是的！”

平安这才严肃地说：“算了，俺信你，俺知道了。”

“哎，这就对了，别总愁眉苦脸的，过去的事叫大风刮走了，人要学会往好处想。你家该吃的苦都吃遍了，以后这日子也该往好里过了，啊？兄弟？过好日子的时候可别忘了俺这粪蛋子大的官儿？啊？长点儿记性。”村长拍了下自己的屁股调头走了。

等村长一出院门，平安赶紧跑回屋把信息告诉给媳妇和儿子，“独芳姑姑和盼盼哥哥要回来了。”

媳妇不信，“你大白天的做什么梦？哄俺高兴是吧？”

“新村长他别的瞎话敢说，这话可不能随意掏出来耍人。”平安说。

一家三口因村长特意送来的口信而兴奋得一夜没合眼。

独芳已很久没听见有人这么呼叫自己的名字了，只有赵家的亲人才如此熟悉自己。她惊讶地转过头，并紧紧地抓住儿子的手腕，问：“盼盼，你听，是谁在呼唤我？”

“是蹲在地上那个男的在喊你。他是谁？是舅舅的儿子？您不是说大舅二舅妈不生养吗？那一定是立国舅舅的儿子。”

“一定是，一定的，不会是别人，快，快迎过去！”独芳踉跄了一下，身子一晃便歪靠到轿车门边。

客人家乡的地界已经到了，两位主任不想过多打扰赵女士个人的意愿，恐事事多嘴让客人感觉别扭，还会造成不放心人家的误解。可又担心赵女士毕竟年岁已高，一见亲人就激动，怕出意外，两人在管篓上车时就达成默契，当赵家亲人相见时咱与他们保持适当距离。不料却见客人像要晕倒的样子，便急忙带随行医生跑近前去问："需要帮助吗？要紧不？"

独芳重新挺立了身子，回答："谢谢你们的关心，没关系，侄子在喊我，我感觉突然，内心的冲击有点大。"

这时，蹲着的男人已冲到独芳的身边，一把抓过老人的手流着泪急切地说："姑姑，俺是'平安'呐，是你立邦弟弟给赵家留下的唯一的根呐。"接着他转身扯过已经追到近前的男孩和中年妇女继续说："还有，这是你的侄孙名叫'是福'，是小叔给起的名，这是你侄媳'英子'，姑姑面前的三口人，就是你跟姑父走后至今老天给咱留下的赵家全家，都来了，俺给姑姑磕头！"平安拽过孩子和媳妇一齐跪到冰硬的雪地上。

独芳和盼盼不安地将他们一个个扶起。

"这就是赵家的全家？唵？怎么会是这样？"独芳觉得满心的疑问全都噎到喉咙里了。她张开两臂把平安紧紧地拥到怀里，嘶声地喊着："孩子，姑姑回来晚了，从没想过会是这样，弟弟把姐姐撇下了，老天它怎么能这样照应你们？"

除了上司的交代，余主任已详细地提前了解了赵家的遭遇，心里充满了忿感与同情，但又不好以个人名义把实情提早告诉给这娘俩。而眼下他又真切地听见赵家孙子的简单口述，更觉心里不是滋味，"的确是啊，曾经是那么热热闹闹的一大家子，而且完全是依靠自己的双手劳苦所活，当初为什么会那样对待人家？极左路线怎么那样不折手段？我没法理解……"

他又想："照这情况，今天如按计划返回市内太不近人情了。"他决定明日下午再来接客人，要赵家姑侄好好叙叙别离之情。他把这想法说给刁主任听，刁主任表示同感。

安稳的天空刮起了轻柔的东北风，碎雪早已变成了雪花，飘飘悠悠的很快就把一座座坟头装扮成白色的园丘，平安在坟前的空地儿摆了炕桌放了供品，独芳跪在雪里埋头流泪，家人随后一齐给故人磕头，烧纸，点香。

在独芳的预想里，迎接她的一定是一大家子，父亲不在此列可以理解，但立春、立邦、立国和两个妯娌，特别是立国，和姐姐的感情致深，他们怎么能不来和姐姐抱抱呢？陪姐姐一起祭拜先人呢？她曾想象，或者还有一群侄辈，每弟两个也该有十几口。是弟弟们都因劳累比姐姐老得快？怎么只有一个侄儿带着媳妇和孩子和自己相见呢？她分明听见平安说的“这是赵家全家”。但她不敢想象光阴的荏苒会让那么一大家子变得如此零落，让祖茔地多出那么多不该多出的坟头来。

祭拜完后，平安带姑姑和表哥挨个坟墓述说故人的遭遇，平安怕姑姑过度伤心，有意隐去了爷爷头次土改的遭遇。

“俺爸在头次土改出于义愤投海自杀，尸首让海冰带走了，俺是爸爸的背生子，妈妈生下俺后思念爸爸，不久就忧郁而去，茔里埋得只有妈妈一人和爸爸的遗物。”

“俺伯伯和伯母在‘文革’期间实在经受不了酷刑和侮辱，为俺不受牵连，就在那儿上吊自尽了……”平安抬头指着松山顶上那棵孤独的松树，“造反队把他们的遗体抛到这山顶的冰天雪地里，立国小叔在半夜领着俺把他俩偷回墓地，裹了被子，连口棺材都没有就埋了。小叔一见哥嫂满脸冻鼓的水泡，脱相难辨，哭得差点背过气去……”

“俺小叔从返回家乡的那刻起就被批斗，没完没了地接受审查，一直到‘文革’后期，30多年每次政治运动都不肯放过他，可以说，他遭受的精神折磨没第二人能承受得了，体罚对他是常事。为不被打成残废，他只好多年装傻作哑。在盼得一线希望即将到来时，他却闭上了双眼，留下至理名言，让俺一抱起就心里颤抖。而他盼望的还不仅只为自己，是寄希望于俺、盼盼和是福，还有这个国家……”

“爷爷前辈茔前的那些立碑，在‘五八年大跃进’时被抬去垫了路铺了桥，剩下的基座在‘文革’期间被破‘四旧’的给砸了。”

独芳听到这里，几乎要瘫倒在雪地里。

在客人祭拜祖先时，两位主任一直站在坡顶朝下面望着。余主任担心客人在得知家人的遭遇后会难以承受，甚至会做出意外的举动。但现在看，这母子俩还在默默的支撑之中。“这女人真不简单，撩给谁都会火冒三丈。我最怕在这一回合上发生意外。看来还算过得去，上面最担心的地段总算迈过去了，我可以向上级领导交代了。”

独芳在英子的搀扶下回到车旁，盼盼一直跟在母亲的身后。余主任赶紧上前紧握客人的手，一再表示：“赵女士，历史是沉痛的，共产党已经在深刻反思，不然也不会有今日的改革开放，我和刁主任都是50年代出生，虽没经历土改和亲身体会那段极左的时光，但耳闻目染，心灵的撞击也是十分强烈的。我们代表市委市政府向您表示慰问，表示深刻的追悔，表示欠意。事情虽然是前人造成的，可对一个党一个政府，责任与危害是无可推卸的，这也是我们二位一路陪同怕出闪失的用心。照您原来的安排，打算今日下午赶回市里。看来不可，人之常情，姑侄之间还有许多话要说。我们在侧会碍手碍脚，不方便。索性就先回去，如您觉得可以，明日下午再来接您。盼盼会驾驶，给您留辆车，以备急用。医生回乡里吃饭、晚睡，不打扰您，估计晚上您也不会外出。明日上午你们自己随意在家乡转转。如您觉得这样安排可行，那就照此办理。您？……”

独芳的满肚子苦水全被余主任一番检讨与厚意压下了。她只好点头应承，连连说：“给您们添麻烦了，日后感谢吧！”

三辆轿车一起朝簸箕开去，这次是客人的车在前，车里多了英子和是福。平安已先一步挑着担子抄近走了。是福和英子头一次坐轿车，这儿摸摸那儿瞅瞅，心情即紧张又兴奋。

家门到了，刁主任指挥司机把随带的食品和要送给赵家侄儿的礼物一并搬进院里。

村人见有轿车进村，并停到赵家的门外，都一窝蜂地涌上了街头，孩子们仍是不知天高地厚地在呼喊。有人还高声大气地说着怪话，“这政策要不给人落实嘛，就让人天天当狗，一旦落实了嘛，就落到人家炕头里了，昨儿个地狱今儿个天堂，反差忒大了。”

礼物卸完了，刁主任要村人让个空档好倒车。大人们嚷嚷着，“快给人家官车让个方便，别站着傻看，看进眼里就挖不出来了。”刁主任听了觉得刺耳，他知道，从“文革”起，人们的情绪总是浮躁，但又没法解释，只能尽快离开。

两位主任的车往松山的路上奔去，天不怕地不怕的孩子们跟在后面，一边追赶一边抛着土块喊叫。

留下的那辆车停到当年秦泰吉普的位置上，人们围拢过去想看看接下来还会有什么新奇的景况发生，不停地议论着，“赵家就是赵家，平安要有福报了，英子当年硬要嫁个坏分子还是有眼光的。”

（七十一）

独芳挽着盼盼的手站在久别的院门口等平安，村人冷丁认不出来人是谁，只觉得发型和装束都不同于乡人，又不便近前搭讪，只能向英子递眼色探求底细，英子装不看不肯回答，她心里总记着骂她不该嫁个坏分子的那些往事。村人得不到究竟，只好交头接耳地小声揣测。待平安走近了叫独芳姑姑了，人们才恍然大悟，“是嘟噜跟国军旅长跑了的那个闺女回来了。”

“姑，咱进屋去！”平安催着。可独芳还想看看人群里有没有小时一起赶海的亲邻。但瞅了好一阵子却一个也不认识，只好转过身去想象早先跨过高门坎的样子，但门坎没了。再一看，垒在门墙里的“泰山石敢当”只剩个窟窿，门楼不见了，厚实的大门也没了，只一堵院墙和一个宽大的豁子迎在她的面前。

独芳进院后停下脚步左右上下转着身地瞅，爸爸管理的那个干净利落的独门独院已不知去向，满院的安定、紧凑、充裕的生活气息也无影无踪了。

平安说，这门楼的木头和大门都被生产队拆去干别的用了。

“那棵大杏树呢？”大杏树是她最难忘的记忆，还有围在大树四周的那几棵小的，棵棵都是她与秦泰相爱的见证，不是红媒胜似红媒。可如今，就像她前会儿看到的松山一样，连树根都被挖了，光秃秃的，她不禁觉得一阵阵心痛。

“要变化不该这样变化，怎么能越变越倒退呢？东西厢房哪去了？那是你爷爷为三个儿子娶亲领着他们亲手盖起来的，把你小叔累得趴到地上不肯起身。还有那些燕窝呢？影都不见了？”

“1958年办大食堂，全村人都在这里吃饭，怕着火，又拥挤，他们就拆了木头拿去大炼钢铁了，还燕窝，人窝都差点给平了。”

“木头能炼钢吗？”盼盼插话。

“唉，小叔说，那年头儿人脑子都灌铅了，上头说狗屎能吃，他能毫不犹豫地咬一口。”

盼盼笑笑，又偷偷瞅瞅母亲。母亲却是满脸的郑重和严肃。盼盼知道母亲的心里充满了难以言表的恼怒和感伤。

独芳步上正房的石阶，见门窗都变成了粗木，石墙的边边角角显有些破损，但基本还是原样，只屋顶的苇草被换成了青瓦，显得富裕了一点。可与院落的状况很不相配，像残垣断壁中立个牌楼。她问："这是谁给换的？"

"生产队换的。"

"他们怎么能舍得花这个本钱给你换瓦呢？"

"他们不是给俺换的……"平安把祖院自头次土改至今的变迁史，简要地给姑姑叙述了一遍，但却没把因姑姑要回来才促使加紧政策落实的过程说出口。他以为，那不仅会让姑姑觉得他们虚伪卑鄙，而且还会自感羞辱。

"他们怎么能这样侵犯人权？根本拿人不当人！"独芳觉得这太不可思议了。"但人们还忍气吞声接受了！"心中塞满了难解的疑问。

"他们拖了一年也不给俺落实政策，说房瓦得算钱，关系到集体利益是否被侵犯的原则问题。治保李主任出来为咱打抱不平，说你白白占有人家房产好几十年，还拆了人家好几间房子，作贱人家的东西，人家既不是地主也不是富农，受了那么多冤枉罪，你凭什么要拿那几片瓦作价？作了价那钱归谁？"

独芳一直用心地听着，根本听不懂为什么会这样，越听心里越烦闷，觉得世道已把人正常生活的横竖都颠倒了，心疼地望着侄子的一家，不知拿什么话去安慰他们才好。

平安开门让姑姑进屋，独芳欲入又止。原有对开的木门和隔间的板壁都不见了，只剩齐腰的矮墙，三间连为通体，给人空荡荡的感觉。平安说，他们为办公方便，把墙壁拆了。小叔说那都是百年的上好柏板，很难加工，咱几辈人连火星都没让它沾过，他们可好，拆下点炉子了，那烧的是银子啊，一群败家的，无知的可恨，就那德行还能搞好集体？鬼都不信。

独芳犹豫着走进爹常住的那间，这儿曾是秦泰办公的地方。她想嗅嗅远去的气息，可挤进心肺的却是刺鼻的硫磺味。原先的火炕已变为板铺，地间升着煤炉，烟筒从窗框顶的圆洞接到屋外，外面一有风倒刮，炉盖的缝隙就冒出褐黄色的烟尘。

平安见姑姑捂着鼻子摇头，解释说："这是他们留下的，夜里不敢烧煤，怕孩子中毒。俺要把它搬出去，但还没来得及，昨晚冻了一夜，反正俺知道姑姑今儿个要回来了，坐一夜也值得，今晚咱要像爷爷那样，烧木炭。"

"傻孩子，只怕孩子中毒，那你们受冻怎么办？"独芳边说边打量着北墙的柜子，柜子的形状大小还是她记忆中的样子，但漆色早已斑驳脱落，柜顶和柜面遍及年久熏染的污浊，虽经擦洗，也难掩沧桑经历。独芳不想再问它的遭遇了，只说："这是我妈妈嫁到赵家的纪物。"而后把目光移到柜顶唯一的陈设，一个陈旧的相框，并惊喜地凑过去抱起来紧紧地贴到心窝里，眼泪像一颗颗珠子似的滚落下来。

相框里的照片是嘟噜晚年和儿女的"全家福"。独芳清楚地记得，在立国完婚那年，立春贩鲜挣了几张洋票（日元），对平民来说这在满洲国是梦寐以求的货币，立春因母亲走的早没留下影子，一直觉得遗憾，立邦立国根本都记不起妈妈是什么模样了，只能听奶奶的口头描述，爹说独芳的派模像娘不随父，弟弟就拿姐姐当母亲看，但就连独芳对母亲的记忆也模模糊糊。立春说，今年有能力了，全家合照一张留个念想。便专程从很远的镇子请来个照相师傅，父亲一人坐在中间，身后是三兄弟，台阶上是独芳和三个弟妹，背景是正房，一家八口其乐融融。当师傅喊，"站好，给个笑脸儿"时，突然"嘭"的一声，眼瞅着冒了一股白烟，吓得四个女人赶紧缩了脖子。独芳以为炸坏了，师傅却说女人没脑袋最好看。气得独芳直朝那人瞪白眼。半月后立春拿回相片一看，数独芳照得周正。那日晚上，不年不节，嘟噜破天荒让全家吃了顿饺子，白面自然是立春提早买回来的，还现杀了只鸭子剁了做馅。

她想到这里，把相框挪近眼前，用脸贴贴，默默地念着："你们都走了，撂下我一人不管了。你们走得让我撕心裂肺，你们见识了地狱的各样刑罚，我没法相信你们通向阴间的路会是那么残忍不堪……爹说咱不能都走，好留下一个照顾平安和盼盼，便让秦泰把俺领去很远的地方……可俺回来晚了，平安都近中年了。爹，俺对不住您，俺辜负了弟弟妹妹……”

她把相框挪开一点，一个个细看，再一个个亲着，亲一下又移开仔细看着，最后才亲了自己——爹娘的女儿，一个系着搭肩的辫辫、穿着奶奶留下的蜡染斜襟上衣、朴素无华、天真无邪的乡女。这发黄的老年旧照，特别是自己那清丽的形象，引着她接连回忆起在这院落和四围的土地、山岚、海滩上发生的一幅幅鲜活的画面……“世道和人生真是瞬息万变呐！”她感叹着。

平安说，“文革”期间，为保住这个相框，小叔一天藏一个地方。他说，如果让那些混蛋发现了，不仅相片保不住，而且还会借题发挥，问你在那年月为什么只有你们家能照这么大的相片？你怎么解释都白搭，肯定是一顿皮肉之苦在等着。小叔说他能抗住，只怕平安受罪。

独芳深深地叹了口气，自言自语地说：“国外的报导只是传闻，平安和叔叔才真正身临其境了。真不敢想，中国人怎么会一下就疯狂到那种程度？不是战争胜似战争，不可思议，太悲哀了，如照秦泰的说法，低智、偏执、贫乏是愚昧根源，而愚昧又是一切悲剧的根源。”

“妈，我回去和爸爸说说，这可能是研究中华民族的一个十分重要的课题，该组织一些才子下点功夫，好好分析一下。”盼盼说，“看是一个平平常常的簸箕，可其中却盛装着价值极高的中国社会学研究内容，我猜想，这都是小农意识的遗害，有关论文说，中国只搞阶级斗争，从来也没对小农文化做过清理。”

听了儿子的话，独芳这才略显笑脸地回道：“我光顾着伤心了，还真没想过这个问题。你先好好在脑子里条理一下，回去一定和爸爸仔细谈谈，他不是正准备写本有关中国问题的书吗？俺赵家的家史就是中国近代社会史的缩影，一个平民家庭在政治变迁中的遭遇史，应该用专门章节叙述，妈妈支持你。”

晚饭后，平安说有件大事要办。姑姑说你去办吧，有话回来再说，但要快些回来。

可平安并没离开屋子，姑姑不解。

平安要盼盼帮着把叔叔的木箱搬到铺上。

独芳见了箱子眼前一亮，说："这不就是我在家时用过的那个吗？经过那么多磨难它还在？保管得还这样好，奇迹？"她抚摸着箱盖，"真不容易，它可是经了风雨见了世面的。我奶奶告诉俺，她嫁给爷爷的时候就有它，是奶奶的婆婆在临终前才把这传给她的，你瞧它不起眼，是檀香木的，来头很有讲究，你爷爷说，他的一个姑太给婆家生了个秀才，人家高兴了回赠给咱赵家的。到我这儿，不敢随意乱放，一直经心呵护着。我离家时把它托付给了立春媳妇，她比立邦家的心细。"

"小叔告诉俺，他从北面回来时咱这儿正闹头次土改，分东西的进院胡乱翻腾，在民兵抓他时他故意把烂草丢到箱子上盖着，屁股坐着厢头儿，民兵把别的箱柜都抬走了，唯独看不起它，沾了土，扔到一边，等他再次回来时，见这箱子好好的，就一直留在身边。他告诉俺，它该是姑姑的嫁妆。"

独芳摇摇头，叹着："真是的，在我的记忆里簸箕人都很老实，怎么会变得那么麻烦？行为和强盗有什么区别？"

平安一边念着"姑，你可不知道啊，俺要是像你这样打比方，他们会要俺的命啊！"一边打开箱盖。箱子装得满满的，他小心翼翼地一个个托起那八只小碗递给盼盼，说："原先这上边有包土，是五亩地里的土，小叔要骨灰和爷爷的血汗融在一起，俺已经把它安葬了。这几只碗是叔叔的好朋友长锁送他的乾隆古碗，他有交代。"

碗下是凌乱的烟盒纸片，平安接着说："这是叔叔捡来的废纸，整理了用来记下他的心得。治保主任不知怎么看见了，说好，把原先写的都拿走留作纪念。这些是叔叔临终前写下的遗嘱……"盼盼赶忙伸手一张张收起，他不愿妈妈看舅舅的留言。但自己却不顾一切地坐到一边，一张张地边读边不停地擦着泪水。妈妈呆坐在一旁，很想知道儿子为什么会这样激动，但她实在是伤心怕了，只能等孩子都安稳了再问。

接着平安将一层层的书籍挪开，他搬出一本，姑姑便伸手接过一本。独芳一眼不眨地盯着每本书的封面，并轻声地念着书的名字。

到最底一层了，平安收拢了双手，抬头望着姑姑说："姑姑，压箱底的是床薄被，小叔走时总共留下八样东西，其中有五样没有交代，包括古碗只三样作了交代。这书没有交代，还有这木箱、被子、红锦盖头和伯伯的遗书，也没交代由谁保管。盖头俺把它蒙在小叔的骨灰盒上一起入了土，俺本想留着，但小叔离不开妈妈。可这被子必须得保存好，这是咱赵家和叔叔政治态度的见证，咱怎么能是'三反分子'呢？他人虽走了，但说不定哪天还会用上。立春伯伯的遗书俺留作纪念，只有这书和木箱等姑姑做主。"

平安挪开薄被，拿出一个朔料袋子，解开细绳，稳了稳自己的情绪才说："小叔给俺作交代的东西都在这里，一张是解放军要他归队的联络地址，他要带走，说活着失去了机会，死了让魂灵去找，这是他终生苦难的起点，也是遗憾终生的起源。但俺没照小叔的遗言办，俺要拿去给那些当官的看看，赵立国一句假话都没说。再就是这个蜡纸包。不过，姑姑你必须得向俺和盼盼保证不许激动，不能再给俺增加压力了，不然你不能看。"

独芳瞅着平安手里的纸袋疑惑地点着头。

平安这才把袋子递到姑姑的手里。

独芳接过袋子，只觉得手掌里沉甸甸的。她很想揭开看看，但掂了几次还是放弃了。

盼盼擦了眼泪，从妈妈手里拿过袋子，想了想才慢慢解开第一层蜡纸。"这里面包的是什么？"他停顿了一会儿，又疑惑地继续揭。当他打开最后一层包装时，一张纸片滑落了出来。

盼盼放了纸袋小心翼翼地捡起纸片，“是立国舅舅留给我的遗言。”他仔细地一字字默读着。

秦泰曾告诉过儿子，盼盼这名字是立国舅舅给起的。那时，国人盼不要内战，呼唤和平，盼抗战后好好建设家园，盼国人都能过上无忧无虑的日子。更盼外甥能遇上和平的年景，好好学本领，长大为国家服务，做能人，不做庸人。爸爸说，可惜平民无力实现自己对和平的期待，驾驭不了政治大局，内战还是爆发了。但这个名字却充满了期望和愿景，告诫你为了明天不得放弃奋斗。全家移居美国后，爸爸仍然呼盼盼，他盼望回到自己的祖国，帮屡经战乱的同胞做点事。

独芳见儿子面色凝重，一直用脑门压着袋子不肯抬起，知道这一定是立国给外甥留下的意想不到的东西或谆谆嘱咐。她抬起手想拿过包包看看，但又止住了自己。“我还是保持缓解的心态吧。这一整天总觉得心都被挤压扁了，很不好过。我会知道的，但不该是现在。”

她估计箱子里应该还有东西。因为只有她才知道箱子的堵头有假层。她跪起身子，伸手敲敲，“假层还在。”便搬开里面的暗插儿，从中拿出一支小楷毛笔和小手指大的一顶墨块儿，还有半拉沾着干墨的蛤喇壳。独芳把这三样文房必备捧在手里，想起中午平安在山上说的“在文革期间，小叔最无法忍受的是，不准他身边有任何书报和文具，只让他读《为人民服务》《纪念白求恩》《愚公移山》”。

“立国是实在没有办法了才把这东西藏在这里的，砚台又大又沉，容易暴露，只好用蛤喇磨墨。”她再也忍不住内心的悲痛，终于出声痛哭起来。“立国，你疼死姐姐了，你那么忍心拿刀子剜姐姐的心呐！”

英子跳到铺上给姑姑捶背，盼盼和平安一人一只手地牵着老人，全家紧张成一团。

独芳要躺下缓解一会儿，英子给姑姑铺了褥子盖上被子，紧紧地守在一边。

（七十二）

屋里静悄悄的，连蛐蛐都歇了，静得盼盼心里直跳，他担心妈妈会病倒，只把爸爸一人留在洛杉矶，儿媳又不和他住在一处，他从没和老伴分离得这么久，要都病了可怎么办？

独芳抬手招儿子和侄子靠近自己一些，并用缓慢的语气先劝解儿子："舅舅是咱中华最好的儿子，他没做高官，也没成大事，在凡人眼里他似乎极为平庸，甚至是下贱，似乎连活着都是社会的累赘，显得那么多余。可他没辜负前辈的期望和父母爷奶的哺育。他的生命中有股中华传统的国气、君子之气。可惜政治不愿接纳他，社会孤立他。秦泰说政治与社会大多只以宗派利益为核心，往往眼界狭隘心胸狭窄，不愿包容所有的生命和容忍异见，连高喊民主自由的美国也常常如此。这一次回来，我没准备这样刨心摘肺的悲痛，只准备了久别重逢的欢愉。"

"但大陆这三十来年的史实没能关照我的心愿，让我付出了有生以来最难过的精神代价。但由此也让我联想到苦难中的父亲、弟弟、弟媳和侄儿，你们是怎么煎熬的？人世间还有比这更生不如死的磨难吗？"

"我在祭拜墓地时，从悲痛里悟出了一些道理，觉得该对你们兄弟俩说说。立春舅舅聪明智慧，但怯懦，缺乏生存勇气，用自杀安排夫妇俩的归宿，同时也必然把其他亲人的生活路径做了安排，这让我很难如心。立邦舅舅慷慨仗义，但过于自信，做事常常不顾及后果，只求自己心里痛快，求死的态度和方法让人可怖，丢下即将分娩的女人，让平安成了孤儿，这我很不赞同。”

“只有立国舅舅值得你们学习，他苦苦挣扎，尊重生命，总认为苦涩也是生活的重要内容，期盼明天，在自己不行了的时候也不自暴自弃，有人会认为他是苟且偷生自我安慰。其实不是，而是他生命的境界超乎平常，双脚都站到悬崖的边缘了，仍渴求能拥抱一下祖国再粉身碎骨，始终揣着一颗对造物主感恩的心愿，视生命属自然属亲人，不属自己，始终认为生命就是责任与义务。所以他虽身处逆境，但仍寄希望于有志者和明天，这其中就包括你们两个。”

“你们仔细思考了没有？他每一步的悲惨遭遇都是他个人无力选择的，在世势随时都要他死的时候，他却千方百计去钻研如何让生命存活得更长久些，存活就是希望。他的境遇是社会所为，是机遇悖逆，政治的扭曲，他没有确立个人前途的条件、机会和权力，上天也没安排他去改变众人的命运，这就是生不逢时的生动注解，回家看看父亲再归队有什么错？他不要因此而遗恨自己。”

独芳说到这里时觉得自己的身心里又增多了些气力。英子帮她依起半个身子，端了碗水给她，她尝了尝，问：“是爷爷地头的泉水？”

英子和平安点头说：“本来那泉已被他们捣毁了，这次分地只给一半，泉子正好在咱地头，俺和小叔为了纪念爷爷和祖先，累了两天把它修好了，水虽然不如从前旺了，但仍然甘甜可口。”

“爽，的确还是那时的那个味道。”她一口气把水喝了，继续反复思考如何才能准确描述弟弟，和怎样才能把弟弟的质量和精神传给儿子与侄子。

“我是动了脑筋的，也把秦泰同意我回国看看的主旨联系在其中。你们俩得有些作为，条件大半具备，不足的要自己去创造，咱要在家乡干点什么，把这里的海陆环境优势和物产优势结合起来，这是个空白，空白的前途是远大的，可从零做起，成本低廉市场宽阔。你俩至少还能奋斗30年。因此，我弟弟留下的这些书就变成你俩的知识和精神财富，让它和这只木箱一起成为明日公司的遗产。平安，你要替姑姑管好它，不久我和姑父还有盼盼都会回来。还有盼盼手里的袋子，是你们创业的精神资本，是不可估价的精神能源，它将是公司的第一份宝贵遗存。千言万语千金万银都敌不过立国给你们的创业动力……不要让他失望……他来不及做的，你俩去做。”

“赵家和秦家是血脉相连的，胸怀在告诉你们，记恨与埋怨都不如理智与奋起。秦泰在抗日的战场上能活下来，能当英雄，不是他效忠某人，而是他对国家和民族的意志和信念不可动摇，这仍然适用于今天，适用于你俩。”

平安、盼盼、英子和是福都围拢到独芳的身边。一直跟着母亲长大的盼盼还是第一次听妈妈这样说教。在他的印象里，妈妈在爸爸当面永远是服从，永远是贤内助，精心侍弄爸爸的衣食住行才是她的第一要务。经过台湾和美国的历程，妈妈的英语和日语已非常地道，能拿着英文日文书籍和报纸直接用中文读给爸爸听。她非常注意学习，什么数据都看，内存丰富，所知广博厚实，帮儿子补习外语和纠正美式英语发音比老师还正规。在离开台湾时，她的同事、朋友，百人流泪送行，一到美国就广泛与社会建立联系，宣讲中国文化，在各色人种的圈子里都受人敬重爱戴。

他还记得，爸爸总提醒儿子多关心妈妈的心理和她的需求，说独芳是你的妈妈，也是爸爸的老师。他还以为爸爸是谦虚，有意在儿子面前抬举自己的夫人。他一贯的评价是，如爸爸是博士导师，那妈妈只能是研究生导师。而今日，他不得不重新认识自己的母亲了。

盼盼把舅舅给他的包包捧在手里，对母亲说：“妈妈，您说吧，咱下一步怎么迈，我和平安都听你的。”

“好孩子，你和你媳妇都是父母认可的好后生，她本来一再让爸爸说情要跟来看看。但我觉得她们两三代人都在美国长大，接受那边的宣传太多，怕内心对中国大陆不好接受，只让你一个人随我。你知道你爸爸自头一脚踩上美利坚时心里就不稳妥。他想的不是个人，而是在一个充满美式实用主义、美式理想主义、美式傲慢和烦躁的国度里，会特别想念故土的奋起。你们应帮他叶落归根。他为祖国流过血，流过泪，这土里包含着他的情感，他对这里寄予渴望。你俩有义务帮他。所以咱要把精神振作起来，发挥自己的优势，给故去的亲人争口气，为自己的国家做点事情。

“美国这个国家很有特点，很值得深入研究。因为有个林肯三民主义在长期主宰着社会政治的神经，所以有钱养老的，有钱另辟天下的，欲望永远不满的，想闯世界的，求知愿望强烈的，需躲避困境的，甚至政治逃难的，都愿往美国跑。我和秦泰就属后面这三种类型的综合体。但他又是个移民国家。凡自愿移民的基本都是敢冒险淘金的。所以美国人都很自我，是世界最大的自我者集团。而且自我因子一直被遗传至今，成了文化意识。所以他霸道也好，老大自居也好，抢上也好，妒忌也好，从不谦逊也好，处处自鸣得意也好，都是文化基因的结果。问题是经过历史的演化，到现在，社会总收入的93%流入了1%人的腰包。因此，社会下层和广大中产阶级无论怎么自我都没用了，无可奈何，民主、共和两党每四年为此争斗一番，实力相当，不可能有根本改变。秦泰说，这是祸根，因为他们把自我的私活塞进了林肯思想体系，每任总统都塞一点，几百年就把林肯给实用主义和利益主义了，所以国体已经变了味，美国的地球时代正在萎缩。”

“秦泰说，经过五、六千年，特别是近两千多年的历史验证，中华文化之所以没有被皇帝文化所替代，反而皇帝们还得好好利用她，就因为她的阔达包容性、自我剔解性、意志确立性、果敢行动性等，是世界任何文化都无法比拟的。他说这你不必花10年去翻历史长卷，只需一夜或一天就够了，把中国的成语词典、典故从头认真翻阅一边，人世间的一切都被囊括在其中。所以，中国应该有所作为，一定要把政治民主视作人民动力的发掘机。其实儒道两家对政治民主都有过论述，可惜历代只认定那是统治方法，而不是人性所需和文明理念。政治民主的价值是无限的，它是生产力的起动器。”

“伴随而行的就是发展经济了，不然还有什么民族精神？光嘴上功夫行吗？人家看不起你。小日本为什么敢欺负满清和民国？清末软弱无能，民国无所作为。但日本人却朝大唐叩过头，那是贞观盛世。美国富，全世界都有求于他。还不明白吗？富就有话语权，说话底气足，有支撑。这是我在美国这些年最深切的感悟，曾和秦泰交谈了无数次。他急于回国，回北京，那不仅仅是他的故乡，那里不仅仅是埋他亲人遗骨的地方，更重要的是他一生都想报效故国首都。”

“可抗战后他的心愿全落空了。所以，陈诚在临终前嘱咐他，要他一定离开台湾，先去美国定居，以后看机会再回大陆。我俩老啦，立国把希望寄托在你俩身上，我俩也把希望寄托在你们身上。知道吗？”

“盼盼是生在大陆长在台湾学在美国，你没搞自然科学，与舅舅的愿望相反。不过如今也算是华尔街的一个体面的白领阶层了。但爸爸一直不踏实，他认为你就干得再好也难以让美国社会从心里接受你，如今他们歧视华人的内心虽不像以往那样公开，可仍然储存心底，必要时就会暴露出来。做个高级白领决不是你做人的终极，当然世上 80% 以上的人都以打工为职业，但必定有 20% 或更少的人靠自己开拓成长。你俩要有争取做那 20% 的信念，独立做点事业，人已中年了，不能只满足做个优秀的打工仔，人生如能支撑出自己的一片天空才叫真本事。”

“平安你现在有什么一技之长？不要紧，有就有，没有就没有。”

“俺只读到高中，刚要考大学就文革了，荒废了。接着就戴了坏分子帽子。人家说不培养敌对阶级，工农兵大学生的名额都没份。俺多亏叔叔，他偷着指点俺，俺就趴在被窝里学，学了古文、历史，学了英语日语，还读了经济学。要说特长，有点儿，但说不出口。”平安含羞地看了表哥一眼。

“他会做豆腐，压豆皮儿，切豆丝，熏豆干儿、烤五香豆腐，十里八村都知道平安的手艺。早前，一过年节，外人白天不敢来，都偷着在夜里请他去帮忙。叔叔的朋友长锁很看重他，前日还来找他，说政策允许了，一起干个大点的作坊。但大队不要他动弹，说是不是资本主义和资产阶级还在争论。文革那会儿就因为这个才割他的资本主义尾巴，管制他，要他接受改造。”英子抢着说。

“就你嘴快，缝都缝不合。那破手艺还能拿出见人？豆腐匠下三烂，让人笑话。”平安拿白眼瞅了媳妇一下。

“真的吗？咱平安有这手艺？谁敢笑话咱？你自己怎么能看不起自己？”姑姑坐起身惊讶着问。

“这能算手艺？小叔夸俺种地比他强，能和爷爷比试，但属农垦化方式，没前途。俺想去教书，人家说学历不行。外语在这山沟里和谁说去？没处用，别的都不算本事。人家念大学搞科研的才叫本事，咱只能混口饭吃。”平安不好意思地笑笑。

“好你个平安，那么不自信。赵家人不许自卑，眼界高是对的，但手不能低，就你这手艺要在美国华人圈里，可是千金难求，再加你会英语，交流太方便了，知道吗？那些华人要是知道了能抢烂你的衣裳，求之不得，秦泰一天吃不到中国的豆制品就馋猫了。你刚说的叔叔的朋友长锁，这人有头脑，他可入股，好了，咱两头开发，平安先去美国开发，英子当助手管账目，是福去美国读书，盼盼先拿出一部分精力在家乡开拓，我和秦泰两头跑，等到跑不动时你们跑。我和秦泰就大连或青岛找个山青水秀的地儿去养老，咱就这么定了。平安这个项目就可行性了，盼盼干什么咱再回去和爸爸好好论证一下，别忘了，回美国时多带些这里的资源介绍资料，最好把俺家乡的土特优势组合起来，找行家好好商量一下规模化、集约化，一条龙生产、加工、销售联合体的可行性。”

“姑，要看你晌午和前回儿的样子，都快把俺和英子吓死了，她埋怨俺给你讲那么详细干什么，也不看看姑姑的头发都花白成什么样了。现在你可缓过来了，那俺去鸡窝里抓只鸡咱炖了好不好？家乡大骨鸡，双黄蛋，比鹅蛋小不了多少，就是姑姑说的那个土特优势。用爷爷的泉子水炖了，味道特别鲜美，它离开咱这儿就变种，该让盼盼好好尝尝。”

独芳开心地笑了起来，问：“这都快半夜了，你作践什么？肚子也不饿？”

“咱学学爷爷，高兴了管他什么三更四更的，想吃就吃，想喝就喝，你不是说了吗？活着就是生活，人要是学会找乐，生活才有味道嘛！”